藤沢周平全集

第二十四巻

文藝春秋

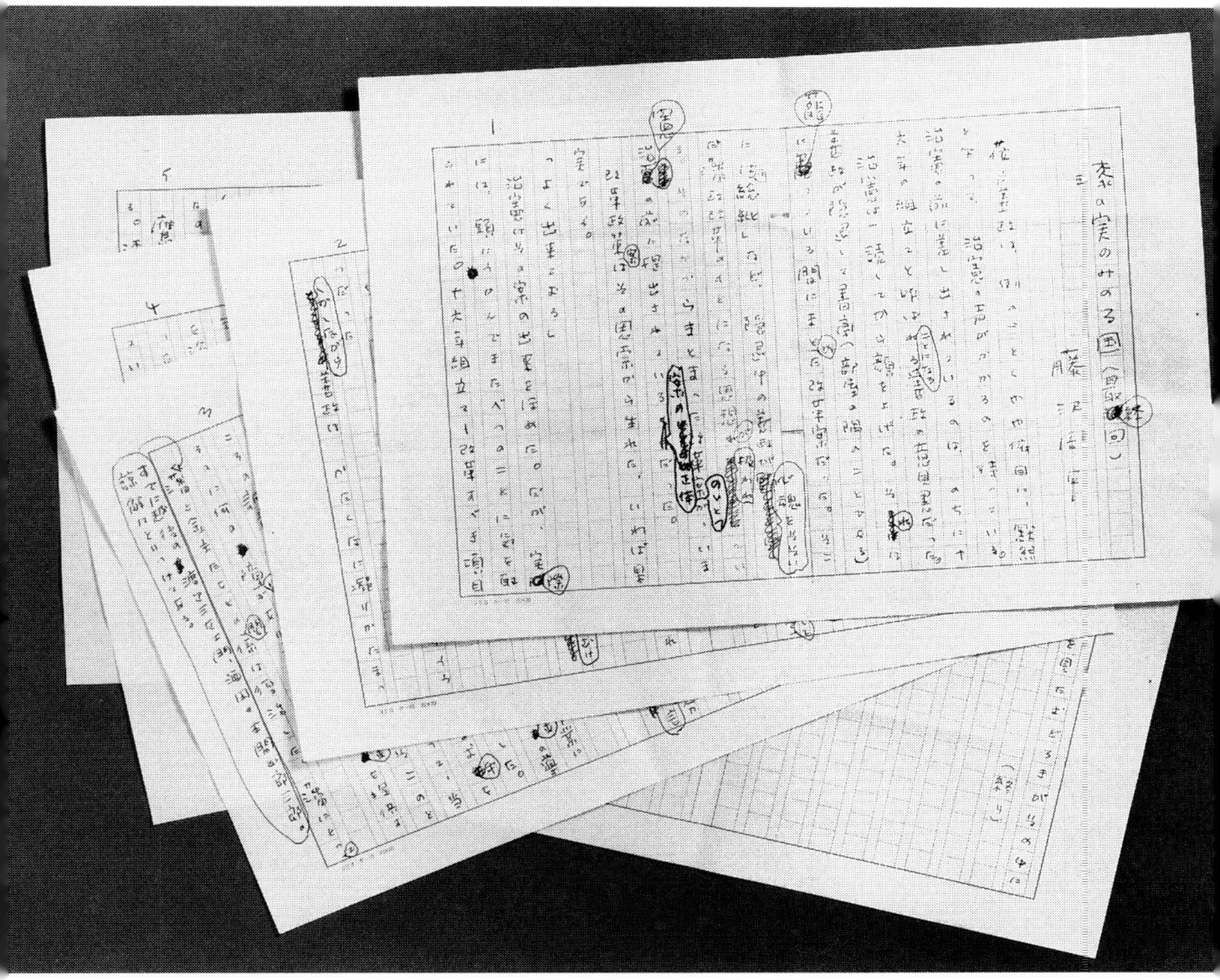

漆の実のみのる国　最終回

目次

漆の実のみのる国

題字　谷澤美智子

漆の実のみのる国

一

竹俣美作当綱《たけのまたみまさくまさつな》は髭の濃いたちである。朝に剃っても、夕刻には頬からあごにかけたあたりがかなり黒くなる。

髭もいっそのび切ればやわらかくなって、剃る手間もはぶけるのだが、国元勤めとは違い、米沢藩江戸家老として誰に会うかわからないいまは、そういうわけにもいかなかった。めんどうなことだと思いながら、当綱は藩邸内の住居から表御殿の御用部屋に出仕するときは律儀に髭を剃ってくる。

当綱は手紙を読み終った。だが、すぐには巻きもどさずに、最後のところをもう一度つかみ上げて目を走らせた。手紙は国元の侍頭千坂対馬高敦からきたもので、現在郡代所頭取と御小姓頭を兼ね、藩政を一手に切り回している米沢藩最大の権力者森平右衛門利真《としざね》の近況を知らせているのだが、手紙の最後は森をのぞく件は当綱自身がきて事にあたらねば埒《らち》あくまいという文言でむすばれていた。

「ふむ」

当綱は、低く喉を鳴らすと、あいた片手であごをなでた。のびはじめた髭がざらざらして、痛いほどてのひらを刺戟する。目尻の切れ上がった目で千坂の手紙をにらみ、あごをなでながら当綱の明敏な頭脳は音を立てて回転している。

——森をのぞくことに反対はしない。しかし責任はおまえがとれということだな。

と当綱は思った。当綱は声を立てずに笑った。するといかつい江戸家老の顔に、思いがけない愛嬌のある表情がうかんだ。もちろん、このおれが始末をつけるとも、と当綱は思った。

　このとき廊下を踏んで人がくる足音がしたので、当綱はいそいで手紙を巻きもどした。外桜田御堀通りにある米沢藩上杉家江戸上屋敷の建物は、ひさしい以前から傷みがきていて、事実は建替えを必要とするほどに古びているのだが、藩の財政状態は窮乏のどん底にあって天下に藩の体面が保てるかどうかというところまで追いつめられていた。とても屋敷の建替えどころではなかった。

　藩主とその家族が居住する奥御殿のあたりには、どうにか修繕の手を入れているものの、江戸家老をはじめとする多数藩士が執務する表御殿は、屋根がこわれても修繕の費用を捻出出来ず、雨の降る日はあちこちで雨漏りがする。畳は破れ、廊下を歩けば根太《ねだ》がゆるんだのかそっくり返った踏み板がぎいぎいと音を立てる始末で、忍んで部屋を訪れるなどということは思いもよらない。

　足音が御用部屋の外でとまり、侍医の藁科松伯《わらしなしょうはく》の声が、ご家老はおられますかと言った。その声を聞くと、当綱はすぐに立ち上がった。

「おりますぞ。どうぞお入りください」

　言いながら当綱は、いそいで自分で襖をあけ、松伯を部屋に迎えいれた。藁科松伯は二十六歳。八歳の齢《とし》下だが当綱の学問の師である。もっとも当綱が自分の手で襖をあけたのは、かならずしも儀礼のためばかりでなく、かたむいた襖をあけるには若干の力とコツを必要とするので、非力な師のために手を貸した気味もあった。

「御書院の帰りです」

と松伯は言った。

　藁科松伯は医師であるが儒者としても傑出している人物で、三年前に藩主大炊頭《おおいのかみ》重定の侍医に挙げられたのにつづいて、一昨年からは藩世子直丸君の素読師範を勤めていた。松伯は若年ながら国元では家塾をひらき、その書斎菁莪館《せいがかん》にあつまる青少年の中から、当綱や莅戸《のぞき》九郎兵衛《くろべえ》善政《よしまさ》、木村丈八《じょうはち》高広らの俊秀を教え育てた人物なので、世子の素読師範にはこれ以上の人はないと思われている。松伯はその素読教授の帰りに、当綱の御用部屋に立ち寄ったのだった。

　当綱は一礼して師をねぎらった。

「それはごくろうさまでございました。で、直丸さまのご学問は、近ごろいかがですかな」

「それがです、ご家老」

と松伯は言った。

「元来が明敏の御素質をそなえておられる上に、ご実家のお仕込みがよほどよろしかったとみえて、いやはやご学問のはかどること。いずれはそれがしのようないなか儒者ではなく、天下に知られる碩学《せきがく》を招いてあのお方の師となさるべきでしょう」

それにはまた費用がかかるだろうな、とちらと思いながら当綱は言った。

「それはたのもしいことでござる。ご実家の三好どののお仕込みがよろしかったのでしょうな」

世子の直丸は、一昨年の宝暦十年に正式に米沢藩主上杉重定の養子に決まり、麻布一本松の高鍋藩邸から外桜田の米沢上屋敷に移ってきた少年で、当年十二歳だった。その養子入りに際して、直丸を幼少時から訓育してきた高鍋藩の老臣三好善太夫重道が、二度にわたって養家の人となる心構えを記した訓戒書をあたえたらしいという風聞を、当綱も耳にしていてそう言ったのだが、松伯は意外にあっさりとそうかも知れませんと言っただけだった。

藁科松伯は青青と頭を剃り、痩せていて、坐っているときの姿勢が見事な人物だった。背と首がぴしっとのびているのに固さはなく、姿全体はやわらかくて気品があふれて見える。当綱はそういう松伯を見るたびに、清痩という言葉を思い出すのだが、時にはそのあまりに清らかな痩せように、なんともいえない懸念を持つことがあった。

懸念はまず、師はご病気なのではあるまいかということだが、それだけではない漠然とした不安もふくんでいた。

たとえばその超俗に過ぎる風姿ゆえに、師がある日忽然《こつぜん》とこの世から消え失せることはあるまいかといったたぐいの、現実にはあり得ない、しかしないと否定もし切れないような不安感に当綱は取り憑《つ》かれることがある。松伯の痩身と青白い顔貌には、そういう理由の判然としない不安を掻き立てるものがあった。

そういう不安の出どころについては、当綱にも心あたりがある。藁科松伯は明察の人だった。家塾の菁莪館で、経書を講義するかたわら、松伯は当綱らに、経済的な苦難にのた打ち回っている米沢藩の病理がどこにあるかを、掌を指すように示してみせたことがある。

松伯の指摘は、藩窮乏の原因をとかく過ぎ去ったむかしの非運、関ヶ原役後の慶長六年に食邑《しょくゆう》四分の一の三十万石に、さらにそのおよそ六十年後の寛文四年に藩主の急死によって半分の十五万石に減らされたあたりにもとめがちな当綱らの心根に一撃を加えるものだった。

米沢藩の禄高は、会津百二十万石と言われた時代のほとんど八分の一に減ってしまった。窮乏の背後に横たわっているこの事実は、一藩を無気力にするに足りるほどのものである。しかし松伯は、過去の急激な減封が、いまもいたるところに歪みを残しているのを認めながら、しかし十五万石には十五万石のやりようがあることを言い、そのためにあるべき藩経営の姿を阻んでいる障害物をいちいち取り上げて解き明かしてみせたのだった。

その明快な洞察と指摘は、当綱や莅戸善政ら、菁莪館にあつまる若手藩士たちの目から鱗《うろこ》を落としたばかりでなく、その心中に藩改革に対するかすかなのぞみを呼び起こすものだったのである。

もしも中途にしてこの師を喪《うしな》うようなことがあれば、ほんの少し芽ばえたばかりの藩改革の行方はたちまち舵を失った舟のごとくになろう、と当綱はつねづね思うのだった。過剰な不安はそのあたりから生まれてくるものに違いない。だからその不安に突きあたると、当綱はいつも大いそぎで打ち消しながら、こう思うのである。

——先生は医家だ。ご自分の身体のことは誰よりもご自分がおわかりだろう。

二

いまも、当綱が一瞬通りすぎたその考えを追っていると、松伯の声がした。

「直丸さまは、ただ賢いばかりではございませんぞ、ご家老」

その強い声にはっと目をもどすと、松伯が怪しむように当綱を見ていた。つかの間の放心を気づかれたらしい。

「いや、さもありましょう、さもありましょう」

いそいで言った。当綱は勘がわるい男ではない。松伯は、世子についてまだ何ごとか話したいことがあるのだと思った。慎重な口調で聞いた。

「今日は、ほかにも何ごとかござりましたかな」

「ご世子さまがお泣きになられました」

「ほう」

当綱は大きな目を松伯に据えた。松伯の弟子ではなく、江戸家老の顔になっていた。十二歳にもなって、人前で泣くとは柔弱なことである、と思ったのだ。世子にはそのような一面があるのか。

「それは、どういうことですかな」

「ご勉学を終えられたあとで、いつものように米沢のお話をいたしました」

と松伯は言った。

松伯は直丸に、経書そのほかの当日の素読を指導し終ったあとで、直丸がやがて藩主として赴く土地である米沢藩の歴史、地勢、気候、さらには産物、人情といったことを、少しずつ進講していた。江戸生まれの、ことに三万石という小藩の出である世子に、十五万石の領国の姿を大まかに知らしめるのが目的だが、もちろんこのことは松伯が独断でしていることではなく、当綱と相談し、藩主重定の諒解《りようかい》も得た上でやっていることである。

さいわいに直丸は、松伯がする国元の話に興味を示した。大方は黙って聞いているだけだが、進講の合間に少年とも思えない鋭い質問を放って、松伯をおどろかせることがある。決してなおざりに聞きながしているのではないことがそれでわかって、松伯は素読の教授だけでなく、こっちの話にも力をいれていた。

「本日は、わが藩の人別銭についてお話しいたしました」

「いかに窮したとはいえ、あれは稀代《きたい》の悪税でござる」

「世子さまがお泣きになったのは、その人別銭の話が佳境にさしかかったころでござりました」

と松伯は言った。

その少し前から松伯は、直丸が伏し目がちになり、頭を垂れるようにしているのに気づいたが、いくらか不審な気はしたもののかまわずに話をすすめた。ただお行儀のわるいことをなさると思い、進講が終ったあとでひとこと訓戒すべきだろうとは思っていた。

ところが直丸は、その姿勢で泣いていたのである。袴《はかま》の上に滴滴と落ちる涙を見つけた松伯は進講をやめ、なぜお泣きになるかと鋭くたずねた。

「するとご世子さまは懐紙で涙をぬぐわれ、落ちついたお声で不覚を詫《わ》びられたあとで、こう言われました。それでは家中、領民があまりにあわれである、と」

松伯のその言葉を聞いたとき、当綱は背骨から後頭部まで、何かしら名状しがたいぞくりとするものが駆け上がったのを感じた。

米沢藩は過去に三度、家中、領民から人別銭、またの名を人頭税と呼ぶ悪税を取り立てている。享保四年に、時の藩主吉憲が参勤のために出府する費用が調えられずに課したのがはじめで、つぎは八年前の宝暦四年、前年末に幕府から命ぜられた東叡山の修理と仁王門再建の助役という国役の費用捻出に窮したときである。そして三度目は四年前の宝暦八年に、やはり藩主重定の出府費用の工面がつかずに課したものである。

宝暦八年の人別銭の中身は、五百石以上の家中は妻子とも五十文、百石以上は三十文、五十石以上は同じく二十文、五十石未満の家中と町人、農民は戸主は十五文、家中の下男下女と、町人、農民の戸主以外の家族は一人につき十文、下人、門屋借りは八文と定められた。

この人別銭は、宝暦八年二月から九月までの八カ月間という触れ出しだったのに、満期になるとさらに徴収が継続され、翌年になって税額を雀の涙ほど下げただけで現在も続けられている。しかも森利真が取り立てているただいまの人別銭の苛酷なところは、同じ税を国元だけでなく、江戸詰の家中、小者、婢《はしため》、また理由あって他国に出ている者にも残らず割りあて、徴収していることだった。

藁科松伯は、学問に人格の淘冶《とうや》をもとめるだけでなく、実学ということを重んじる儒学者である。米沢藩の歴史、地理などの大要を進講することを大義名分に掲げているものの、世子に米沢の話を聞かせる松伯の真意は、主として、税吏が歩いたあとには草も生えないというほどの藩のただいまの状況を飾りなく進講することにあるのを、藩主はともあれ、当綱は見抜いていた。

松伯のその話を聞いて世子が泣いたのは、藩の実情を理解したということになるだろう。理解して衝撃をうけ、十二歳の世子が意見を言ったのである。

――意見？　いや、違うな。

と当綱は思った。泣いたのは、やがて自分が統治することになる領国が、話のような苦難の土地であることを知って怖《お》じたわけではない。家中、町人、農民の惨憺《さんたん》とした暮らしに思いをいたしたのである。それはつまり、仁慈ということだろうか。松伯はそう言いたいのだろうか。

しかし直丸は、十二歳の少年である。そしてあえて遠慮ないことを言えば、世子とはいえ、ついこの間外からきたよそ者にすぎない。松伯が言いたがっているようなことがあり得ようか。

当綱が黙然と松伯を見つめていると、松伯がご家老と言った。

「われわれは、たぐい稀《まれ》な名君にめぐり会ったのかも知れません」

「しかし、まだ御齢十二歳であられる」

松伯の顔はめずらしく赤味を帯びている。その顔に静かな微笑をうかべながら、松伯は首を振った。

「いいえ、お齢はかかわりござりません」

松伯はきっぱりと言うと、幸福そうな微笑をひっこめて一礼し、膝を起こそうとした。その松伯をひきとめて、当綱は身体《からだ》をのばすと机の上の手紙を取った。

「対馬から手紙がとどきました」

「いかがでしたか」

「対馬は、手を回して森の屋敷にひそかに伏嗅《ふしかぎ》を入れるのに成功したそうにござる。その結果、うわさになっておった森の豪奢《ごうしゃ》な暮らしぶりを確かめ得たと申しています。こう書いてありますな」

元馬喰町の旧宅から移るために、表町に新築した森利真の屋敷は、地盤を高く積み上げ、ひときわ高い黒塗りの門と塀をめぐらして、まるで城のようだと言われた。そして中の屋敷についても、部屋は金銀造りだとか、庭園には山があるとか、さまざまなうわさがささやかれてきたが、伏嗅が確かめたところによるとうわさはほぼ事実で、森の屋敷の座敷という座敷には金銀がちりばめられており、居間にはギヤマンの長押《なげし》をめぐらして、そこに金魚が飼われていた。

また庭にはうわさ通りの山が築かれていて、奇岩怪石が布置され、築山から流れ落ちる水で水車が回っているというぜいたくぶりだったが、おどろくべきことにここには、屋敷と庭を見回り修繕掃除するために常時三十人の人夫が雇われている、と千坂は書いていた。伏嗅というのは藩の探索組織である。

そしてさらにと千坂の手紙はつづいて、森の屋敷の塀の内側に建つ曰くありげな土蔵のことに触れていた。その土蔵には、うわさする者がいるようにかなりの人の出入りがあって、物を収納するだけの蔵とは思われなかったが、さすがの伏嗅もそこまでは入りかねた。

しかしここまでの調べをみただけでも、領民の窮乏をよそにした森の驕奢《きょうしゃ》ぶりはおどろくほかはない。

当綱が読み上げる千坂の手紙を、松伯はじっと聞いていた。そして終ると顔を上げて言った。

「このお手紙は、色部さまにも見せられましたか」

色部というのは、やはり江戸家老を勤める色部《いろべ》修理《しゅり》照長《てるなが》のことである。当綱が森排斥の相談をかけている重職の一人だった。江戸家老はもう一人、同職では一番古い広居左京清応《きよまさ》がいて、広居は千坂の実父であるが、相談相手としては筋が違うので当綱は森排斥の謀議のことは広居には秘匿していた。

「色部は帰国中でござる。むこうで千坂なり、芋川なりがくわしく話して聞かせるものと思います」

「そうですか」

松伯はうなずいてから、念を押す口調で言った。

「いま申された方方と、つねに意思を通じておることが肝要です。くれぐれも独断専行をお慎みなされますように」

「ご教訓、肝に銘じておきましょう」

と当綱は言った。

奸物森利真排除すべしという旗印のもとにあつまっているのは侍頭千坂対馬高敦、江戸家老色部修理照長、奉行芋川縫殿《ぬい》正令《まさのり》、そして当綱の四人である。呼びかけて四人の結束をまとめたのは当綱だが、松伯はその結束を大切にせよと言っているのだった。

藩政から森を排除する工作が、先ざき森誅殺《ちゅうさつ》という形で始末がつくことは大いに予想されるところだが、この場合は藩主重定に対する事後釈明がひとかたならぬ厄介事として残ることになる。

森利真は、もともとは上級家臣である侍組に属する森家の出だが、次男だったので一族の与板《よいた》組森武右衛門の跡目を継いだ。与板組は中級家臣で、藩主の旗本とされる三手組のひとつといっても、森が継いだ武右衛門家は二人半扶持《ぶち》三石取りの微禄だった。生家は四百石で、父も兄も侍組所属であっても、次男となると境遇はこのように違ってくる。

その微禄の家を継いだ森に日があたったのは、森二十六歳の元文六年のことで、この年森は当時まだ部屋住みだった現藩主重定の御小姓となり、新知三十石の取り立てを受けたのである。そして重定が藩主になると、森は御側役から侍組編入、御小姓頭次役、御小姓頭とめざましい累進をとげ、現在は藩政を一手ににぎる郡代所頭取という最高権力者の地位を占めている。その間禄高の方も加増につぐ加増を重ねていまは三百五十石、森はまさに藩主重定の信頼を一身にあつめる寵臣《ちょうしん》というべき存在だった。

その森の政治がけしからんと、許しも得ずに誅殺したりすれば、重定の激怒は必至で、対応を誤れば誅殺にかけた側も無傷では済まなくなるだろう。ほかの三人との連絡を密にしておけと松伯が言うのは、四人結束してそのときにそなえるということだが、剛毅な気性にまかせて、時に独断専行も辞さない傾向がある当綱が、肝心のときにその癖を出して孤立せぬようにいましめたのでもあった。孤立しては重定の怒りを防ぎ切れない。

師のその気持は、当綱には痛いほどによくわかった。もう一度深く低頭してから言った。

「孤立せぬように、重重気をつけましょう。しかし」

と当綱は言った。

「森は許しがたい男でござる。いかなる手段を使ってものぞかねばなりません」

「もちろん、もちろん」

と松伯は言って重重しくうなずいた。

「森はのぞかれるべきです。ご世子のために、道をあけてもらわねばなりません」

松伯は、当綱がこれまで師の口から聞いたことのないような、神がかりめいた言葉をつぶやくと、一礼して立ち上がった。

当綱も師を見送るためと、傾いている襖をあけるために立った。ぎしぎしと廊下を鳴らしながら詰め部屋に帰る松伯を見送ってから、当綱は机の前にもどった。すると障子に日の光が差して、机の上が明るくなっていた。朝から曇っていた空が、日暮れ近くなってようやく雲が切れてきたらしい。

その日差しに誘われたように、庭の木の実を喰べにきた鵯《ひよ》が鳴く声が聞こえた。当綱は机にむかうと、千坂からきた手紙をまた丁寧に巻きもどした。そしてそれが終ると机に載っている書類の山を手もとに引きよせたが、すぐには手を出さずに、障子を染めている日差しに目をやりながら、ぼんやりと片手であごをつまんだ。髭が、また皮膚を刺した。

――名君といっても……。

と当綱は思っている。藩政は重臣層から選ばれた執政たちが行なうべきもので、藩主一人が思いつきにまかせて専権をふるおうとすれば、勢い形は側近政治となり、森のような独裁の権力者を生み出しかねないのだ。

とは言うものの、藁科松伯が名君を待望する気持も当綱にはわかった。現藩主の重定は、兄であるさきの藩主宗憲、宗房に子がなかったので、跡を襲って藩主の座についた幸運な人物だが、藩財政の窮迫をよそに奢侈にふけり、心ある家臣を嘆かせている凡庸の君主だった。

その凡庸さが現在の森利真の独裁を許し、また森の台頭に先立って退場したさきの筆頭奉行清野内膳秀祐《ひでひろ》に、前代からひきつづく二十六年間にもわたって、権力をほしいままにさせた原因だとあからさまに指摘する声があり、また声に出して言わなくとも、藩主のそのような藩政に対する無関心が現在の藩の疲弊と根底のところでつながっていると考える者は大勢いた。

もちろん人別銭を取り立てねばならない藩の財政状態というものは、長年の疲弊に、幕府の工事手伝いとその直後から相次いだ凶作が最後のひと押しを加えたという面があり、すべてが重定の凡庸のせいのように言うのは酷な話だが、重定がせめて好きな能楽乱舞の半分ほども政治に心を用いていたら、というのは、松伯ならずとも藩の行末を思う大方の者の考えることだった。

——しかし仮にいまここに……。

名君一人が現われても、と思いながら、当綱は今度は両手でごしごしと顔をなでた。硬い髭が音を立てた。

藩はいま、病人にたとえれば五体に毒が回ってしまった状態だった。世子直丸が、松伯の言うような名君の卵だとしても、とても間に合うまいと当綱は思うのである。手を膝にもどすと、当綱は赤味を帯びはじめた障子の日差しを黙然と見つめた。胸の内を、虚無の思いがかすめ過ぎたようである。

——森は片づける。しかし改革は間に合わず、藩はいずれ野垂れ死にするだろう。

膝に十月の冷えが這《は》い上がってきた。しかし家老の部屋に暖をとる火が配られるのは、まだ先になるはずだった。

三

関ヶ原役の翌年の慶長六年、上杉景勝《かげかつ》は会津百二十万石から直江兼続《かねつぐ》の知行地米沢三十万石に移封された。このとき景勝が、譜代の家臣五千人を手放さずに米沢に移ったのは、戦国大名として当然の措置と言える。

関ヶ原役でとった上杉の姿勢は受け身の目立つものだった。上杉の家宰というべき立場にある賢臣直江兼続は西軍と気脈を通じていたが、上杉全体としては西軍に属したとは言えぬあいまいな立場をとった。ただし家康には独力で対抗し、家康が五万九千の会津討伐軍をひきいて来攻すると、上杉は領内白河の南方革籠《かわご》原に必殺の陣を敷いて待ち受けた。

ところが家康が石田三成の挙兵を聞いて小山から引き返したので、景勝は追撃を主張する兼続以下の諸将を押さえて会津に帰った。のちに名分に固執して歴史的な好機を逸したと言われる場面である。しかしこのほかの兼続の最上出兵も、国境線における伊達軍との攻防も、先に挑発したのは最上であり伊達であり、上杉はどちらかといえば受け身の戦に終始したのであった。

だがこの間に関ヶ原の西軍の敗報がとどくと、家康の再度の来襲を必至とみた上杉陣には、決戦の気概がみなぎった。ところが同じころ、伏見で外交交渉をすすめていた千坂景親から、徳川との和平の見込みありという急報がとどいたので、景勝は各戦場から若松城内に諸将を呼びもどして、和戦を評議させた。空気としては戦うべしという意見が強かったが、景勝はやがて主戦論を押さえて降伏を決定した。

翌年秋、上杉は五千の譜代を温存したまま、食邑四分の一の米沢に移った。家臣の俸禄は三分の一にとどめたが、しかしこれが米沢藩の苦難のはじまりだった。

直江兼続が治めていたころの米沢は小さな町だった。越後与板以来の兼続直属の手兵でなる与板衆八百五十五騎が住む侍町、ほか商人町、職人町数町がいわゆる城下町で、その中心をなす米沢城は、かつて伊達、蒲生《がもう》二氏の居城だった場所といっても、築城はこの二氏以前に、この地方を七代にわたって支配した長井氏の初代大江時広の時代に遡《さかのぼ》る、古くて規模狭隘《きょうあい》な堡塁だった。濠は浅く、土塁は低い。

人口六千ほどのその町に、領主景勝以下の諸将、譜代五千人とその家族が移り住んだのだから、その混雑というものはたとえようがなかったろう。しかもこの引越しは、慶長六年八月末ごろから九月十日ごろまでの短い期間に、家康の重臣で和睦交渉の徳川方の中心人物でもあった本多正信の家臣二名を監視役として行なわれた。混雑に拍車がかかったはずである。

兼続は自分は城外に仮屋を建てて住み、米沢城に景勝を迎え入れることにしたが、そのほかの家臣は、いったん収公した米沢の侍町、町人町の家家を再割りあてして、そこに住まわせた。その結果、一軒の家屋敷に四、五十人の人が入り住むという有様になったが、それでも既存の建物には家臣と家族を収容しきれず、町から溢《あふ》れ出た小禄、微禄の者たちは、その周辺や、少しはなれた村村に粗末な仮屋を建てて住むことになった。

九月といえば、秋はもう酣《たけなわ》である。引越しさわぎが一段落したころは、冬も間近という季節になっていた。上杉の家中にとっては、その冬は戦陣の暮らしに異らない長く辛いものとなった。

このような暮らしは、その後数年にわたってつづくのだが、藩再生の総指揮をとる兼続は、その間にも着着と軍備充実の手を打って行く。

景勝が米沢城に移ってきた十一月末には、二ノ丸を構築し、慶長九年の二月には城下の四方に鉄砲隊を配置した。そしてなお鉄砲による戦力増強を目ざして同じ九月には、近江国国友村の吉川総兵衛、和泉国堺からの和泉屋松右衛門の二鉄砲師を招いて禄をあたえ、領内関村の白布高湯で鉄砲を製造させた。その年の十一月には、兼続は家中に対して鉄砲鍛練の触れを出している。

この年はまた、旧領の越後から番匠五十名を招いて、城の門、塀、櫓を拡張改築させたので、城の体裁もやや整った。そしてさらに四年後の慶長十三年には、米沢城は外曲輪《そとくるわ》の建築に着手し、また外濠を掘削して水を引いた。この時に本丸、二ノ丸の修築も一緒に行なったので、これらの工事が完成したとき、米沢城はようやく三十万石の戦国大名の居城にふさわしい形容をそなえるに至ったのだが、それでもなお本丸に式台、広間、台所などが設けられたのは、時代が元和《げんな》に移ってからだった。

外曲輪造営に着手した翌年の慶長十四年に、江戸の桜田屋敷にいた直江兼続は、国元の奉行平林蔵人佐正恒に指示書を送って、はじめて本格的な家中屋敷の建設に着手させた。

その屋敷割は、城の大手にあたる東側に上級家臣である侍組を配置し、南側、西側、北側には三手と称される精鋭の中級家臣、馬廻組、五十騎組、与板組を配するものだった。以上が曲輪内に配置された家中で、さらに外濠の東には商人町六町が町割され、職人町はその六町の周辺に町割を受けた。

そして中級家臣以下で、曲輪内に居住出来なかった小禄、微禄の家中は、城下周辺と、街道口にあたる南原、松川対岸の東原などの未墾の原野に屋敷を割りあてられ、ことに原住みの者は城の防衛と開墾の二つの目的を兼ねて、半士半農の暮らしを送ることとなった。その数はおよそ千九百軒で、曲輪内に居住する中級以上の家臣およそ九百軒の二倍だった。

のちに原方《はらかた》郷士と呼ばれる彼らは、百五十坪の屋敷をあたえられ、開墾に従事すれば年貢を優遇されたので、家によっては曲輪内に住む中級家臣より楽な暮らしを送る者もいた。米沢藩はこのような家中の再配備と領内の要衝の地に警備と行政を担当する御役屋、国境の重点地点に番所を設置することで、厚味のある国の防備体制を完成させた。

しかし米沢藩がこのように藩の体裁をととのえるまでの道筋は、決して楽だったわけではなく、中には困窮に堪えかねて途中で逃亡する家中もいて、藩は郷村に対して、逃亡する武士を捕えた場合は褒美をあたえるという触れを出さざるを得なかった。また暮らしの困窮は自力で補うことが鉄則とされ、近間の村村に住居している者で、譜代であれ浪人であれ、開墾もせず商いもしないでごろごろしている者は村に置いてはいけない、宿を貸すことも罷《まか》りならんという触れも出している。

当然ながら倹約についても触れはこまかく、紬、木綿、布子《ぬのこ》、紙子のほかの上着をきてはならない、菜園をつくり、薪のしまつ、垣根の手入れはすべて自分でせよ、京都、江戸に行くときは借銭をせぬように心掛け、一紙半銭の費《つい》えを慎むようにしろと諭し、その際はたとえ扇子一本、帯ひと筋といえども土産に買ってはならぬと命令した。

しかし当時の暮らしは、士農工商を問わずもともとつましいもので、屋敷割を受けて移転当時の仮住居から曲輪内に移った中級家臣といえども、家は藁葺《わらぶ》きの掘っ立て小屋であり、家の中は土間に籾殻《もみがら》を置き、その上に藁、むしろを敷いて居住していた。部屋の間仕切りは葭簀《よしず》で、ただ使用人を抱えていたので、台所は広かった。その後次第に座敷を板敷きにするようになったが、享保のころまでは、部屋は土間、家の柱は斧《おの》で削ったものを用い、座敷だけが板敷きというのがごく普通の住居だった。中級家臣である三手組の家でも、足りない飯米を補って多くは糅飯《かてめし》を喰ったし、正月の酒の肴というものもほしこ煮と人参の水和《あ》えだった。俳諧の夜会が行なわれても、灯を用いず、煙草盆の中につけぎを置いて、句が出るたびにこれで火をともして句を書きとめた。このような集いの夜食は焼飯に漬菜と決まっていた。

武家にしてこのような暮らしであるから、農工商の庶民の暮らしは推して知るべしだが、たとえば城下町の町割が行なわれた当時の商家は半商半農で、由緒ある富商を別にすれば、ふつうの商家は藁葺きで、家の間取りも店、居間、台所だけだった。したがって商品を店に飾ることが出来ないので、商いは商品を市日に出して行なうのがふつうだった。

武家と庶民の暮らしの内実はこのようなものだったが、藩政の采配を握る兼続は、武家の暮らし向きをよくするために庶民の年貢を重くするという安易な方法は取らなかった。兼続は慶長三年に米沢領主として入国したとき、城下の商人町の年貢を三年間免税とした。このような領民保護の方針は今度の場合も貫かれて、河川水利の改良、新堰の掘削などをすすめて条件を整えながら農民に新田開発を奨励し、一方で漆《うるし》、青苧《あおそ》、桑、紅花などの換金に結びつく作物の植付け拡大をすすめた。

水田が少なく山村部が比較的多い米沢領では、この種の換金作物の植付け促進は不可欠の政策だった。兼続のこの見通しはのちに実を結んで、ことに漆、青苧は米沢藩に大利をもたらす産物となった。

兼続は領民に勤勉を説いたが、搾取はしなかった。年貢もこの時代に言う三ツ七分、三七パーセントほどで、当時としては低い率だったと言わざるを得ないが、兼続の経営策は、目前の困窮を脱するために領民をしぼることを排し、むしろ領民を育て、暮らしむきをよくすることで、領土の潜在的な富をふやして行こうとするものだった。

米沢藩の家中屋敷が一般に広いのは、屋敷内に菜園をつくれるようにしたからである。暮らしが困窮しているといっても、自給自足の体制はととのっていた。いそがずあわてずに国力を養い、いずれは表高三十万石の領土を実質五十万石に仕立て上げるのが兼続の構想だった。

兼続の死後十九年目にあたる寛永十五年に、米沢藩は上杉入部後はじめての検地を実施したが、慶長六年当時の石高が、長井郡十七万七千九百三十二石余、信夫、伊達二郡十二万三千六百三十八石余、計三十万千五百七十石余であるのに対し、寛永検地で確かめられた米沢三郡の石高は、長井郡三十万五千百三十八石余、信夫、伊達二郡二十一万二千九十四石余、合計して五十一万七千二百三十二石余であり、兼続が目標とした実質五十万石の構想は達成されたというべきだった。

しかし米沢藩が、寛永十五年の検地まで、年貢率を上げることもなく、概《おおむ》ね直江兼続の遺制を守って領民を搾取することなく過ぎたのは、先に述べたように、上下を問わず元来の暮らしが戦国の遺風を残して質素だったことにもよるが、一方に米沢藩には越後以来の軍用の御囲《かこい》金というものがあったからである。御囲金はいざというときの軍資金だが、合戦の機会が少なくなるにつれて、この貯え金が平時においてもいざという場合の頼りになったことは言うまでもない。

米沢藩のこの貯えは、正保二年に三代目の藩主定勝が死去したときに、玉金、延金そのほかで十四、五万両、ほかに長持の中に竿金、竿銀が幾万とも数え切れないほどあったと言われている。米沢藩は、慶長八年に幕府から江戸城桜田門の前通りに屋敷をあたえられたが、慶長十五年に、その桜田屋敷を将軍秀忠がたずねるということがあった。この種の行事は、迎える側に多大の出費を強いることになり、またそれが幕府の狙いでもあって、上杉家では昼夜兼行で屋敷内に御成御殿を建設するという騒ぎになったが、こういうことも幕府が米沢藩に、謙信以来の貯えがあることを疑ったせいとも言われたが一部は当っていたわけである。

会津藩から総引越しして、米沢三十万石にぎゅうぎゅう詰めに入りこんだ上杉はたしかに貧しかったが、真実の貧しさからはまだ少し遠かった。真実の貧しさは、もう少し後の年代になって現われてくる。

四

寛文四年の閏五月一日に、米沢藩主播磨守綱勝は江戸城登城の帰りに、鍛冶橋にある高家の吉良上野介義《よし》央《なか》の邸に寄った。

綱勝の妹三姫が吉良義央の夫人となっていて、義央は綱勝の義弟になる。その日綱勝は吉良邸で茶を喫して桜田屋敷に帰ったのだが、その夜半からにわかに腹痛に襲われ、夜明けまで七、八度も胃の腑のものを吐《と》瀉《しゃ》する有様で、抱えの医師たちが手をつくしたものの、症状は悪化するばかりでついに七日の卯《う》ノ刻に死去した。

あまりに早急な死去に、直後の江戸屋敷では吉良家による毒殺説がささやかれたほどだったが、それよりも藩が驚愕したのは、綱勝にまだ嗣子《しし》がいなかったことだった。

当時の幕法では、嗣子なく死亡した大名家は改易《かいえき》となる定めである。この制度は、慶安四年に改められて、嗣子のいない大名が、死にのぞんで急に相続人を願い出るいわゆる末期養子が認められるようになったが、二十七歳の綱勝には、むろん末期養子の用意もなかった。兄弟もすべて早世していた。

景勝から三代目、藩祖謙信から四代目にして、米沢藩はこのようにして突然に改易離散の危機に直面したわけだから、家臣の狼狽ははげしかった。しかしその混乱の中で必死の延命策が講じられ、米沢藩は会津藩主保《ほ》科《しな》正之を頼り、正之の奔走で吉良義央の長子で齢わずか二歳の三郎（綱勝の甥）を後嗣に立て、十五万石の半知で米沢藩を存続させることに成功した。保科正之は、綱勝のさきに病死した夫人清光院の父である。

一説がある。綱勝が死去したとき、枕頭には家老澤根伊右衛門恒高、江戸家老千坂兵部高次らと、綱勝の寵臣で小姓頭を勤める福王寺八弥信繁らがいたが、保科正之に願い出る後嗣について両者の意見が合わず、吉良三郎を推す澤根、千坂らに対し、福王寺信繁は正之の子で綱勝の先妻清光院の弟である東市正《いちのかみ》を養子とし、これに吉良家の女子を配すべしと主張した。この案に拠れば三十万石存続が可能だろうとも言った。

東市正は血筋から言えば、家康の曾孫であり、また吉良家から女子を配すれば上杉の血筋も残るとする信繁の案は当を得た卓見だった。しかし器量抜群の信繁に、さらに嗣子擁立の功まで奪われることを恐れた澤根、千坂らは、この案に強く反対した。しかし結果は、吉良三郎を嗣子に迎えることを得たものの領地は半減したので、このことを知った米沢藩の上下は悉《ことごと》く澤根らを怨《うら》んだというのである。

その説の真偽はともかく、吉良三郎改めのちの上杉綱憲を藩主に迎えたことは、米沢藩にとっては大きな失策を犯したことになるかも知れなかった。綱憲は成人するにしたがって、元来質実な上杉家の家風とは相容れない、高家の血を引く奢侈《しゃし》好みの性格を露わにして行くからである。

三十万石の領土が半分の十五万石に減ったということは、ひと口に言えば家臣の俸禄も半分に減るということである。会津時代のじつに八分の一である。これをさらに具体的に言えば、上級家臣である侍組九十五家は俸禄で暮らしを維持出来るけれども、中級家臣である三手組（馬廻、五十騎、与板の三組）と、家臣の八割を占める小禄、微禄の者は、俸禄ではもはや暮らしが立ち行かなくなったということだった。

もともと家臣が多過ぎて苦労してきた米沢藩としては、今度の減石を理由として思い切って藩の減量をはかるべきだという考え方が当然あっただろう。藩が防衛的な人数を必要とした時代は終って、四十六万石の福岡藩に匹敵する多過ぎる家臣は、藩の負担以外の何ものでもなかったから、そうしたところで、米沢藩が世の指弾を浴びるということにはならないはずだった。

しかし今度の騒動で、藩の恩人的役割を演じた保科正之は、家臣召放《めしはな》ちに反対した。藩はその意見をいれて、俸禄半減の措置で切り抜けることにし、その実態はさきに述べたようなことになったのだが、それでも家中に支給すべき知行（扶持米、切米も知行に換算）の総計は十三万三千石となり、その残りを藩運営の経費、藩主家の用度金ほかにあてる藩の財政はにわかに窮屈となったのである。

だが、形の上からは米沢藩の救世主として現われた新藩主綱憲に、右のような藩の現実が見えていたかどうかははなはだ怪しいと言わざるを得なかった。

綱憲が、それまでの上杉喜平次（三郎）から元服して上杉弾正大弼《だいひつ》綱憲となった延宝三年ごろから、藩は米沢城御本丸、御書院、二ノ丸、能舞台、麻布御殿をつぎつぎと造営した。そしてたとえば御書院は幕府の書院を模倣したもので、南北十二間半、東西三間半、屋内の装飾は贅美《ぜいび》をつくしたものだった。御書院と表御座の間は長廊下でつながれ、また中の間には美麗な一亭を置いて、これを御数寄屋《おすきや》と称した。また表御座の東に能舞台を設け、御台所の南に附属する上膳部所は南北十余丈、東西四丈もある広大な建物で、中には膳立の間、鉢部屋、銚子部屋、番将部屋などがあった。

このように異様に華美な建築はすべて江戸城の造作を模倣したもので、これら規模広大で贅沢な作事、あるいはこのころから目立つようになった諸寺院への寄附の増加などは、綱憲の実家である吉良家の助言に従ったものだった。

出費を顧みないこうした新規の建築工事などに加え、綱憲自身の暮らしも華美なものだった。延宝ごろの綱憲の年間の衣食料は二千両に達し、またしきりに能興行を催して、元禄年中には「嵐山」一番に一千両の金子を消費するという有様だった。その上参勤の行列は侍組、三十人頭、物頭組を加える大名行列で、このころから出費は増加の一途をたどった。

元禄十二年の米沢藩江戸屋敷の年間支出金は二万五千五両という多額だった。商品経済の発達が目立ってきたこの時代の江戸藩邸の費用増大は、当時の大名家に共通する悩みだったが、米沢藩の場合は、藩主家の奥向きの暮らしの豪奢、定詰の藩士、奉公人の増加、江戸の暮らしの贅沢化などによる増加のほかに、藩主綱憲の実家吉良家に対する金銭的合力の額が大きかった。

たとえば吉良家の町方買掛金が六千両もあるのを、藩は上方から借金して年一千両ずつ支払ってやったし、元禄十一年に吉良邸が焼失したときは、呉服橋に建築した贅沢な新邸の作事の費用の大部分を藩が負担した。しかしこうした吉良家にかかわる冗費のしわ寄せは、残っていた御囲金を費消するという形でやがては国元にかかってくるわけで、事情を知っていた米沢の家中は、のちに藩主の実父吉良義央が赤穂浪士に討たれた知らせが国元に伝えられたときも、反応はひややかだったと言われている。

さきにも述べたように、米沢藩には三代藩主定勝が死去したときに玉金、延金、砂金などの、一箱七、八貫目にもなる箱が九十四箱もあり、これを正保二年の時価に直すと十四、五万両に相当するものだった。なおこのほかに、長持に入れた竿金、竿銀が数本もあり、これは幾万か計ることが出来ないほどだった。歩銀蔵に納まるこの竿金、竿銀は、領内から上がる貢租の一部で、それは費消することなく格納しておくだけだったので、その重みで歩銀蔵が一部壊れるということがあったともいう。

要するに米沢藩は、米沢移封で石高で四分の一に減ったといっても、内実はかなり裕福で、藩経費、藩主家の掛り費用の不足分、あるいは不時の出費等を賄うに十分な金銀の貯えがあったのである。引越し当時の家中の俸禄を三分の一にとどめ得た秘密もここにある。その御囲金は、吉良家から入った綱憲が藩主となったときはなお六万両ほどは残っていたが、綱憲が死去した宝永元年には皆無となっていた。

すなわち綱憲在世中に御囲金は底をつき、藩財政の不足は国元、江戸商人、上方商人からの借金で補うという新しい事態が立ち現われてきた。このような借財は元禄十一年にはじまったので、これが米沢藩の借金のはじめとされている。その以前、四代綱勝の万治元年に、綱勝が国元の代官、および富商から二千両ほどの金子を借りたことがあり、これを藩借財の嚆矢《こうし》とする説があるものの、当時はまだ藩の御金蔵に二十万両近い御囲金が温存されていたので、元禄十一年の借金とはいささか性質が違うとみるべきだろう。

その上綱憲は、元禄十五年に至ってついに家中から俸禄四分の一の借り上げを実施した。事実上の減石であるこの借り上げは、じつは綱憲が上杉家を継いだ寛文四年ごろから、藩財政の窮屈にくるしむ全国諸藩に徐徐にひろがりはじめた緊急策であり、そういう一般的な情勢から言えば、米沢藩はよく持ちこたえたというべきかも知れない。

しかしそれも御金蔵に御囲金があった間のことで、その貯えを費消しつくすと、窮乏はただちに米沢藩に襲いかかってきたのであった。綱憲の豪奢の背後には、ことに元禄という時代の奢侈を好んだ世の風潮があり、藩窮乏の急転回を藩主一人のせいにすることはむろん出来ないことであるが、綱憲の贅沢に馴れた高家の血、あるいは都市人感覚といったものが、その原因の一端をなしたことは疑い得ないところである。

五

以後の米沢藩の財政は悪化の一途をたどり、綱憲の跡をついだ吉憲の代には、参勤の費用が捻出出来ずについに人別銭を徴収するに至ったことはさきに述べたが、つぎの藩主宗憲の代享保十八年には、江戸城の濠の浚渫《しゅんせつ》という国役を命ぜられ、家中の俸禄半分を借り上げて急場をしのぐという事態が起きた。

家中借り上げは綱憲以後次第に習慣化していたが半知借り上げはこれがはじめてだった。つぎの宗房は、兄宗憲の急死の跡をついだ藩主だが、このような藩財政の緩和に心を砕いた形跡があり、襲封五年目の元文三年には、領内郷村の困窮がひどくて年貢が滞っている有様をみて、古年貢の七カ年延納と当年分年貢の完納を命じたところ、米沢藩の年貢は半米半銀が建前だが、その年の年貢米は米蔵にあふれて急遽《きゅうきょ》用意した仮屋に積むほどにあつまり、また銀納も歩銀蔵の床が壊れてしばらく銀納を差しとめるほどに納入された。

この触れを、膠着《こうちゃく》する年貢未進の状況を打開する藩の一工作とみることも可能だろうが、旧債に喘《あえ》いでいた農民がこの触れに善政の匂いを嗅ぎつけたことも確かなように思われる。この年はまた、漆の実、青苧などが豊熟だったので、年貢の完納と相俟《あいま》ってひさしぶりに藩の財政にゆとりを生じ、宗房は家中藩士に対し三年には物成《ものなり》（米）の一部を、元文四年、五年にはそれぞれ借り上げの銀と米を返還した。

米沢藩は、このように宗房の時代に窮乏も一服という状況を迎えたが、この宗房も二十九歳の若さで死去して、さらにその弟で吉憲の四男にあたる重定が新藩主となると、再びきびしい窮乏に直面することとなった。

延享三年に、兄宗房の跡をついだ重定は、翌年五月に初入部したが、八月に至って家中藩士に文武ならびに謡曲乱舞に心がくべきことという諭告を出した。自分が好む謡曲を奨励したわけである。この諭告後、藩士はみな謡曲の稽古に熱中して、学問弓馬の道を顧みる者はいなくなったと言われた。この新藩主を綱憲の再来のように見た者もいただろう。

重定の治世下で、藩財政はふたたび深刻な様相を見せはじめていたが、延享、寛延のつぎに来た宝暦という時代は、薄氷を踏むようなやりくりをつづける米沢藩財政に、ほとんど致命的ともいうべき一撃、二撃を加えるために到来したかのようであった。

脆弱《ぜいじゃく》な藩財政に加えられた最初の一撃は、重定が藩主になってから七年目の宝暦三年末に幕府から下命された上野東叡山の中堂の修理、仁王門再建工事の助役だった。その費用は九万八千両もかかると概算されたので、藩ではただちに費用の調達に取りかかったが、領内からは家中、商家、郷方を合わせて六千二百六十両、越後商人の渡辺儀右衛門千七百両、与板の三輪九郎右衛門四千五百両といったところが借入金の主だったところで、これらの借入金を合わせても金額は一万二千五百両に満たなかった。

藩では、あとの不足分を上方からの借入金と、領内に宝暦四年三月から毎月徴収の人別銭を課すという非常手段に訴えて、辛うじて乗り切ったが、このときの作事手伝いは、借財の急増と人別銭による家中、領民の疲弊という大きな傷あとを残すこととなった。

こういう経緯はありながら、米沢藩では宝暦四年十月の晦日に、幕府に手伝い工事の落成を報告することが出来たのだが、翌五年は奥羽一帯を覆う大凶作年となり、米沢藩も宝五の飢饉と呼ばれることになるこの大飢饉を免れることは出来ず、大雨による河川氾濫で田畑の損失は二千七百四十九町歩に達し、三万七千七百八十石余の収穫が消滅した。この状況をみて、八月に入ると米は一俵一貫七百三十文に騰貴し、藩が一俵の値段を一貫五百文に指定すると、村からの米穀の出回りがぴたりととまった。藩では市中に横目を放って米を探させたところ、町中の米は百九十七俵しかなかったのは、東町の長兵衛が六、七百俵の米を隠していたからだという。

こういう状況と飢饉を憤った南原の下級藩士に率いられた関村、李山《すももやま》村などの農民五、六百人が、九月十日馬口労町酒屋遠藤勘兵衛家、南町の酒屋久四郎家、紺屋町の喜右衛門家を襲い、その三日後の十三日には城下に住む微禄の藩士五、六百人が、米座のある桐《あら》町の富商五十嵐総右衛門家、立町の油屋五左衛門家を襲って土蔵を破った。

叛徒はただちに鎮圧されたものの、冷害による不作、大雨、長雨による河川氾濫で田畑が損壊する凶作は、宝暦六年、七年とつづき、六年には餓死者が出た。藩では六年八月に、松川の川岸に二間に三十間という長大な救済小屋をつくって、飢えに苦しむ者に朝夕粥《かゆ》を振舞ったのだが、それを聞きつけて遠くの山村から妻子を連れて出てくる者もあり、このために残る者が一人もいなくなった山村も出た。

宝五の凶作で、高二十三万石余のうち十九万石余の減石を生じたという弘前藩、あるいは飢饉に悪疫が重なって死者五万人を出した盛岡藩ほどではないにしろ、米沢藩でも、宝暦五年の損失三万七千七百八十石余につづき、六年は五万三千五百石余、七年には八万二千二百七十石余という損失を出し、ことに宝暦七年は松川、野川、吉野川などの大規模な河川氾濫によって耕地に砂礫《されき》が流入し、七万石の休地を生じるに至ったのである。

国役の大出費とそのあとの相つぐ天災というダメ押しで、窮乏のどん底に落ちた藩を前に、筆頭奉行の清野秀祐がなすすべもなく職を退いたことはさきにも述べたが、二十六年間にわたって藩の政治権力を掌握してきた清野の、在職中の権勢は比類がないもので、清野の屋敷の中にある稲荷社に、姓名と希望の役職を記した賽銭《さいせん》を投げ入れて祈願するという風習がはじまると、あっという間に家中にひろまって清野稲荷が大繁昌したという。

こうした状況の中で、家中、領民はどのように暮らしをしのいでいたのであろうか。

六

総称して三手組と呼ばれる馬廻組、五十騎組、与板組は、米沢藩家中の中核だった。

馬廻組は藩祖謙信の馬前のそなえを勤めた勇猛の旗本百騎を淵源とし、五十騎組は出生地上田以来の景勝の旗本で、とくに景勝が征服に手を焼いた大敵新発田《しばた》重家を攻めて決戦を挑んだとき、直参《じきさん》の五十騎の武功が著しかったのでその名を冠された組、また与板組は、上杉の柱石直江兼続の与板城以来の直参で、兼続の功業を戦塵《せんじん》の間にささえてきた者たちである。

三組ともに、その後人数をふやし、のちには家中の総人数の二割ほどを占めるようになったが、それは戦時の働き場が遠ざかるにつれて、平時の重要な職務をゆだねられるようになったからでもあった。

馬廻組が勤める役職は大目付、御中之間年寄、御留守居、郡奉行、宗門奉行、町奉行、御中之間番頭、藩主に近侍する御中之間詰二十四人などであった。このうち御中之間年寄六名は奉行の下で重要政務に参与する要職で六人年寄とも称したが、内二名は郡奉行を兼務した。

また五十騎組は御奥御目付、板谷御殿将、道奉行、江戸各御屋敷将、御勘定頭、代官などの役職を勤め、与板組の所管は武芸所差配、金山奉行、浜役などであった。また、馬廻組はその下の三扶持方（徒組）、十八足軽組によって編成される段母衣《たんほろ》組、百挺鉄砲組、長手槍組、三十挺槍組、弓組（のちに鉄砲組となる）、足軽鉄砲組を統率する組頭を出し、五十騎組は弓組、長手槍組、足軽鉄砲組の組頭を出した。ちなみに馬廻組が統率する足軽鉄砲組は二組で、組頭は四名、五十騎組に属する足軽鉄砲組は三組で、組頭は六名だった。

また与板組の統率下に入るのは大筒組、足軽鉄砲組三組で、与板組からは大筒組頭一名、足軽鉄砲組頭六名だった。合計八組の足軽鉄砲組は、米沢藩の銃砲陣の充実を物語るものだった。

三手組はかつては精強上杉軍団の中核であり、平時においても藩の組織の中核を占める家中の中の精鋭だった。ところが、藩の石高が三十万石から十五万石に半減した寛文以降の窮乏の中で、もっとも困窮をきわめたのがこの三手組だった。

領土半減、知行、俸禄は会津時代の八分の一となっても、侍組は俸禄で暮らしを維持出来た。侍組は奉行、江戸家老、侍頭を出す分領家《ぶんりようけ》という家柄、その下の高家衆、平侍と称する家格の者をあわせて九十五家があるが、うち十三家を占める分領家の知行、禄高はおよそ千五百石、千六百石が普通で、家格がもっとも高い家の知行、禄高は二千百石だった。またその下の高家、平侍と称する家格に属する侍組にしても、平均して二百石から五百石の知行取りであった。

その上侍組にはすべて下屋敷があたえられており、またそのほかに無年貢の菜園も拝領していて、その菜園の規模は少ない者で三反五畝、千五百石から二千石の高禄の者になると二町歩の菜園を持っていた。享保十八年にはじめて出現して、以後藩の常套手段となる半知借り上げの悪政下でも、侍組は衣食に窮するようなことはなかった。

そしてもう一方の三扶持方、十八足軽組といった軽格、微禄の者たちは、俸禄で暮らすことをとっくの昔にあきらめて、半士半農の原方郷士に代表されるように生計の道をはやくから農工商にもとめていた。

原方郷士を別格にして、ほかの下士たちもあるいは高利貸をいとなみ、あるいは細工物、絹糸などの仕入れ問屋に類似した商売を行なう者、あるいは実際に店を構えて商いをする者、そしてその中には商人として馬に荷を積み、他領との間を行き来する者までいた。

家の中で内職の細工物をする家は少しもめずらしくなく、子供まで内職仕事に精出すのがつねの風景だった。

こういう世の風潮に抵抗して、少ない俸禄で家計をやりくりし、武家の矜持《きょうじ》を保とうとつとめる者は、時勢を知らない偏屈者とかえってまわりに嘲《あざけ》られるという状況が、微禄の家中の日常となっていた。

寛文の領土半減後、三手組の俸禄は二十五石が定知となった。ただし馬廻、五十騎、与板の各組にはそれぞれ一人ずつの統率者を置き、これを宰配頭と称した。そしてこれとその下の三十人頭、また槍組、弓組、鉄砲組、大筒組それぞれの組を統括する物頭、この三種の役職につけば、二百石から二百五十石、まれには侍組並みの二百八十石の俸禄を拝領することが出来た。ただし右の禄高は当人在任中のもので、役職者自身が死亡し、あるいは隠居して役を去った場合は、家禄は五十石に減り、孫の代になると現状の二十五石にもどる定めだった。しかしたとえば宰配頭に任ぜられれば、二百五十石の俸禄をもらって侍組に準ずる待遇をうけるので、三手の家中はこれらの役職をうけるために、ふだんの奉公においても精励これつとめたのであった。

いわば家中の中でももっとも純粋な形で、武家の矜持を保ってきたのが三手組と言ってよいだろうが、精励につとめても役につけないいわゆる無役の三手は、二十五石の俸禄で武家の矜持を保つのがむつかしいのも事実だった。

すでに正徳のころから、三手組の家でも細工物の内職をし、また暮らしに困って家財を質入れするといった光景が現われはじめていたが、この藩の中核であるべき三手組の困窮に、最後のひと押しを加えたのが藩による半知借り上げ政策である。享保末に出現したこの財政弥縫策《びほうさく》によって、三手組の平均手取りは実質十五石となった。十五石の俸禄では喰い、かつ武家の体面を飾ることは不可能である。

三手組の間に、いかなる卑劣な態《てい》をなそうとも、家格を守り家族を養い、主君に御奉公することこそ肝要なれという意識が行きわたったのはこのころからであったろう。彼らは内職を恥じなくなった。三手組の者が、顔を隠すこともせず、本来は農民が農作業のときに用いるにぞと呼ぶ藁帽子をかぶり、荷かけ縄一本で重荷を背負って意気揚揚と町中を歩いていたと人人がうわさするようになった。

また三手組は十五組を二つに分けて、月に一度城中広間に出仕し、夜の警衛にあたる制度になっているのだが、彼らはこの勤めを御殿に寝に行くと称して、登城するときは夜具を持参し、亥《い》ノ刻（午後十時）になるとさっさと寝てしまうのが習わしとなった。

こうした士風の乱れは、言うまでもなく生活の困窮が招いたものであったろうが、それだけではなく、財政のやりくりに窮した藩当局が、献金と引きかえに商人に苗字帯刀を許し、しきりに家中に取り立てる政策をすすめたことも無関係ではなかったろう。

町人が献金して苗字帯刀を許されるという風潮は当時の諸藩にみられた現象だが、米沢藩では享保年代にはじまり、そのころ立町の惣六が城に百両を献金して帯刀を許されたのを諷して、城下につぎの落首が現われたという。

百両の金を刀にとり替へた
米沢一の馬鹿の惣六

しかし献金で武家身分を購《あがな》った商人は惣六だけではなく、元来富裕な酒屋で、家中が困窮に陥った正徳のころから館山口に藩公認の質屋をひらき、家中に金を貸していた吉井忠右衛門は、藩への貸金数万両をそっくり献金した見返りに与板組に取り立てられたし、富商の寺嶋権右衛門も同じく藩に貸金五万両の献金を申し出て商売をやめ、三手組に入って知行七十石をもらった。

繰り綿の商売で巨富を積んだ五十嵐応元は、三手の与板組に入り、煮売茶屋からはじめ苧綿《からむしわた》、小間物を商って富商となった奥山久四郎の子良助は御小納戸頭《おこなんどがしら》となり、三手の馬廻組に入っただけでなく、南堀端の三手組の町に移って居住した。また東町の商人孫左衛門は関村の出で元来無学無筆の人間だったが、塗物を隣国仙台に商って富を築き、二代目の孫左衛門は城下南町、隣国の山形に支店を持ち、遠く京、大坂、江戸の三都、仙台、新潟と取引きをして大富商となり、藩の籾代官に取り立てられた。籾代官となった孫左衛門は、藩から乗輿御免の待遇を許され、羅紗の合羽に緞子《どんす》の野袴をつけて威風を張ったという。

そういう世情を目撃すれば、三手といえども辛苦して武家らしくあるよりは身を窶《やつ》しても金銭を得ることが第一と割り切らざるを得ないのは当然というべきだが、そういう割り切りようでは、三扶持、足軽の微禄の家中のやり方は徹底していた。

暮らしに窮した微禄の家中が、自分の嫡子を養子に出したり、金銭にゆとりのある者の子弟を養子にして生活の安定をはかる、いわゆる養子名跡の紊乱《びんらん》は、はやい例では元禄末期ごろから現われていたが、その風潮は時代がくだるにつれて、半ば公然化した。すなわち微禄の家中の間には、金銭と引きかえに農家、町人から養子をいれて拝領の家屋敷をゆずり、自分は隠居して借家住まいをする、あるいは養子をとって姓と扶持をゆずり、自分は士籍を脱してあるいは農民となり、金貸しとなるということがはやり、三扶持方以下の暮らしが三手より豊かなように見えるのはなぜかと人人に不審がられるような時期があったのである。

藩のたびたびの禁令も効果がなく、微禄の者の養子工作が蔓延《まんえん》した結果、譜代の足軽は次第に減って、家中足軽の大半は、もと農民、町人身分の者という有様になった。当然士風も弛《し》緩《かん》して、雪の町で橇《そり》を曳く下士が侍組の者と出会っても道をあけなかったり、また城下をすぱすぱと煙草を吸いながら歩く足軽を見かけたりするようになった。

士風の退廃は、これら三手組、三扶持方以下に限らず、侍組の一部にもおよんでいた。

藩が二百五十石未満の侍組と、宰配頭、三十人頭以外の三手組の馬飼育を免じ、所有する馬は売払い勝手次第としたのは宝暦三年であるが、馬のみならず、家に伝わる刀剣、槍などを質入れし、値打ちのある家財を売りに出す侍組の者が相ついだ。藩の半知借り上げと米札の下落、習慣化している日常の贅沢癖が、喰うには困らないはずだった侍組の暮らしを徐徐に侵蝕して、困窮に追い込んでいたのである。

元来が裕福な暮らしをしてきた階層だけに、貧に対する抵抗力は弱く、いったん困窮に襲われるとなすすべもないという状態になり、やがては「借りたるものを返さず、買いたる物も価を償わず、廉恥《れんち》を欠き信義を失い」と批判されるような状況さえ現われてくる。侍組の者で、城下を無刀、または脇差だけで歩き、町の銭湯に通うのを見るようになった。

宝暦十二年に、藩では侍組の勤め御免と知行地への引き籠りを認めたが、それは暮らしの困窮と山積する借金に身動き出来なくなった者の希望をいれたものだった。言うまでもなく侍組は、家中をたばねて重い職務を遂行する立場にある者たちである。その階層の何割かが、いまや暮らしの困窮のために、その任務を放棄するという事態にたちいたったのである。

一藩の模範となるべき家中の人人にしてこの退廃ぶりである。領内庶民の暮らしが、歯止めを失って放縦に流れるのも当然というべきだったかも知れない。農民のうちの利に聡《さと》い者は小商人をまねて金をため、町人は金を手にして武家の身分買いに狂奔し、封建の世の基礎であるべき身分制は、かつてないほどの乱れをみせはじめていた。

しかしその間にも、貧はしっかりと藩をつかまえていたのである。

七

上野東叡山の修理工事手伝いという国役を、百方からの借金と領内に課した人別銭で辛うじて乗り切った直後の宝暦四年十月二十八日に、米沢藩勘定頭七名は、十月から翌五年九月に至る一年間の収支の見通しと予想される不足額は二万五千六百両余に達する旨をまとめた文書を、連判で藩当局に提出した。

文書はこの不足見込み金を、いかにして工面すべきかと指示を仰いだ上で、つぎのような文言をつけ加えていた。「御家中は摺切れ果て、御借金は莫大に相成り、自他国ともにたびたびの御断りにて御自由罷りならず」金策に途がない。上方でも藩は評判が悪くて、今後とも借金が出来る見込みはなく、勘定頭としては意見を述べようもない、「まことに以て千万尽き果て、御役目相立ち申さざる義」である、というのが、勘定頭連名の見解であった。

そう言われても藩政の総指揮をとる奉行たちにも格別の名案があるわけはなく、甚だ無気力に翌年も家中から俸禄を半分借り上げることを指示したにとどまった。しかしこうした苦心のやりくりを、翌宝暦五年にはじまる大凶作が一挙に押し流して、藩を苦境の底に沈めてしまったことは先に記した。

困窮は国元だけでなく、江戸屋敷にも波及した。江戸詰の家中は数カ月も扶持米を貰えず、花のお江戸で飢餓に直面する有様となったので、麻布飯倉片町の中屋敷、芝白金の下屋敷に勤める者たちも言い合わせて桜田通りの上屋敷にあつまり、勘定頭棚橋文太郎を相手に強硬な掛け合いを行なった。

しかし扶持払い延期の件は上司も万策尽きて投げ出

していたことなので、抗議をうけても急には対策もなく、結局は江戸家老をはじめ要職についている者がそれぞれに刀剣や衣服を質入れして米を買い、七、八カ月分の渡し切りとしてようやく騒ぎをしずめた。しかし扶持米は良質米を売って濡米《ぬれごめ》、品悪の米を買って渡し、渡し方も二、三日分、あるいは四、五日分という小刻みなものだったので、その間を喰いつなぐために下士の中には袋を下げて市中を物乞いして歩く者まで出た。

また藩に金を貸したものの、たびかさなる催促にもかかわらず、まったく返す様子がないので、登城途中の藩主を待ちうけて路上で駕籠訴《かごそ》を仕掛ける町人が現われた。そしてそれほどの勇気はない者は、貸し金の返済督促を本職の金貸しに依頼するので、頼まれた出家や盲人体の者たちが江戸屋敷の玄関先に現われ、あるいは鉦《かね》を鳴らして経を称え、あるいは三味線を鳴らして督促するという騒ぎになり、中に勤める家中は騒がしさと世間に対する恥辱感で仕事も手につかない思いをした。

藩が、幕府に献上する進物綿の包みの中から、ひそかに綿二、三枚を抜き取り、また本来二十匁の蠟燭《ろうそく》を十八匁掛けにして献上したのが知られて、藩の信用を著しく落としたのもこのころである。

貧は人間の形や心のうちにだけ現われるのではなかった。建物も甚だしく傷んだ。米沢藩江戸屋敷は冒頭にも記したように屋根が壊れても修繕の費用を工面出来ず、大雨の日は屋内で傘をさして雨漏りをしのぐほどだったが、国元の米沢城も荒れた。草取り人夫を雇う金がないので城内は雑草がのび放題となり、石塁のきわから広場にかけて一尺五、六寸にもおよぶ草がぼうぼうと生い茂る様子は野原のようだった。日暮れに下城する家中が、城内に棲《す》みつく狐狸が行手を横切るのを見かけることもあった。

建物も傷み、南大筒蔵の屋根が朽ちて落ちたが、修繕するゆとりもなくてそのままにしておくうちに、中に納めてある鉄砲は風雨にさらされて腐蝕した。

信義と廉恥心は地に落ち、謙信の家の武の道も廃《すた》れようとしているかのようだった。多数の人人の関心事は、いかにして安穏な一日を確保するかということにあって、その日暮らしの思想は、この時期、米沢藩上下をひろく覆い尽くそうとしていたのである。

一藩をささえるべき道義は権威を失いかけ、べつのものが権威あるもののごとく振舞いはじめていた。いうまでもなく金の力である。そうした風潮を、のちに藁科立遠《わらしなりゅうえん》は鷹山に提出した「管見談」（寛政三年版行）の中に、「当世の人、役儀を望むは忠義の志にあらずただ利を営まんがためなり。世の事に立身出世を望むも竈《かまど》をにぎはしたきが故なりといふあさましき言葉もあり。ただただほしきものは金銭にて、何をもってわが家を利し、何をもってわが身を利するかをねがってそれのみに肝胆を砕き、利を見ては人の痛み、世の恵みを顧みず、乃至《ないし》は厳刑を恐れざるに至れり。礼儀廉恥を絶たんとして士風の頽廃《たいはい》すでに極まれり」と記した。

　極言に似ているけれども、立遠がこの献言書を鷹山に提出した寛政ごろには、蓄財の道に長《た》けた足軽の中には侍組級の暮らしをする者が現われたというから、立遠は真実見たままを記したとみるべきだろう。

　しかしそのような風潮そのものは、寛政年代を待つまでもなく、宝暦初期には藩内いたるところに、顕著に見出されるに至った現象だった。金こそ力であり、極まる貧の前にはいかなる美徳も絵空ごと、無力と化すほかはないという現実を、米沢藩上下は身をもってしっかりと性根にきざみつけざるを得なかったのである。

　天明七年という年は、直丸勝興改め上杉治憲、すなわちのちの鷹山が家督をついでから二十一年目にあたるが、この年に出た著者不明の「夢中の嘘言」は、藩政改革をすすめているもののまだみるべき成果を挙げ得ない藩主鷹山を批判して、「数十年家中の知行俸禄半ばこれを取り上げ、なかばは是家臣の身の肉を食したまひて寡君の身命をやしなひ、着料もまた臣下の衣服を剥《は》ぎて寒暖をしのがれ候と同じことわりに候。そのほか諸職人日傭《ひよう》をも半ばあたへず、市店の物を買上げながらその価をも給はらざれば国君の身として食ひ逃げに類せることとなるべし。寡君文学に長じその徳を修め申され候とも、この衰世をすくひ申されず候ときはその用これ無く候」と述べた。

　寡君はわが君というほどの謂《いい》である。享保以降の時代は、諸侯に君臨する幕府みずからをはじめとして、諸国諸藩が財政困難から藩経営に苦しんだ時期で、ことに寛延から宝暦にかけては藩の政策に反発する領民一揆が各地に多発した。貧に喘いだのは米沢藩だけではない。しかし藩主に対して、家臣がここまで思い切った批判を放ったところに、米沢藩が陥った困窮の深刻さをみることは出来るだろう。観念論は必要がなく、実効を示せと迫っているのである。

森平右衛門利真は、こういう時期に登場した政治家だった。森は長く藩政に専権をふるった筆頭奉行清野秀祐が職をしりぞいた翌年の宝暦七年に、家中の知行地から上がる年貢を代官所の直取り立て制に改めた。それは従来家中が知行地から自分の取り分の年貢をきびしく取り立てるため、農民はその家中を後盾として、藩吏の命令を聞かない弊があったのに対処した措置である。

こうして藩政について介入をはじめたとき、森の身分は御小姓頭次席、侍組であったが、禄高はその以前の御側役当時に拝領した五十石のままだった。しかしこのときの森は、背後に藩主重定の威光を背負っていた。そして翌年、侍組編入にふさわしい二百石の加増をうけて、二百五十石小姓頭という身分を手に入れると、森利真は公然と、清野が去ったあとの藩政切り回しに乗り出したのである。

行き詰まり、疲弊の極に達したというべき藩経営に、執政たちにかわって乗り出した森には、当然ながらわが手で藩政を立て直してみせるという自負があったであろう。

森は、これまた当然ながら荒廃した郷村の活力回復に手をつけることからはじめた。家中知行地の年貢を代官所直取り立て制とした同じ年に、森は並行して郷村の取締り機構の整備を行なった。郡奉行を設置し、世襲制の五代官には世襲制の弊害をふせぐために副代官を配し、これらの機構全体を統轄するために新たに郡代所を設けた。一方領民側の村支配のために、これまでの肝煎《きもいり》の上に数カ村をまとめる大庄屋を置き、郷村支配の機能充実をはかった。

そして翌年の宝暦八年になると、家中には預札を発行して商人を問屋役元に指定し、ここで預札を割り引かせて金融の道をつける策を講じた。預札は米だけでなく、真綿、紅花、絹糸、繰綿の預札も発行し、指定の問屋役元で、それぞれの相場にしたがって売買させた。

こういう政策に刺戟されて農産物を基盤にする商いがにぎわって来ると、武家で商いをする者には役銀を課し、城下町商人や村村の富農には十分取り立てを代償にして御用金の取り立てを行なった。そしてもう一方で森は断固として家中借り上げを継続強化し、宝暦八年に藩主の出府費用を調達するつもりではじめた人別銭の徴収を、徴収期限が終ったその年の十月に、ふたたび三、四年は継続しなければならない旨を諭告した。

森のこうした施策は、瀕死の病人に劇薬を盛って蘇生をはかるような荒療治だったろう。苛酷というほどの重税を取り立てて喰いつないでいる間に、農商振興を中心に据えた施策が実効をあらわすことを期待しているのだが、すぐには予期したほどの効果は現われなかった。

森はまた郡代所に藩の財政顧問として城下商人中村荘兵衛、江戸商人野挽《のびき》甚兵衛を登用していた。また、町奉行所ほか領内六カ所に札箱(投書箱)を設置し、触れを回して一般から施政についての献策、意見をもとめたが、こちらもみるべきほどの成果は挙がらなかった。森は従来禁令下にあった鵜遣《うづか》い、鮭狩りを勝手次第とし、またたとえ絹の晴着でも、持っている者は着てよいといった姑息《こそく》な措置で、重税の埋め合わせをはからねばならなかった。

そして、施した起死回生の政策がまだこれといった実を結ぶにいたらない段階で、森利真は権力者の驕《おご》りに取り憑かれはじめていた。

もともと森は権勢欲の強い人物で、宝暦七年三月に家禄五十石の御小姓頭次席の身で、二ノ丸奉行から江戸家老に転じた平林正相《まさすけ》と家禄一千石の分領家竹俣当綱を減石、閉門に追いこんだことがある。そのころ森は君側にいて、藩政には無関心で能や乱舞に熱中している藩主重定に直言を試みようとする藩内の動きをことごとく阻止していた。それは自分を引き立ててくれる主君に対する忠義立てでもあったろうが、そればかりではなく、重定の寵をほしいままにしているおのが権勢をひとに誇示したい気持にも動かされていただろう。

こういう状況にいら立っていた当綱は、その春平林正相が江戸家老に任ぜられて上府する機会をとらえ、重定への諫言《かんげん》を頼んで短刀をひと振り贈った。聞きいれられないときは切腹の覚悟でと励ましたのである。平林は侍組の家柄で、当綱の槍術師範でもあった。

だが森は、国元と言わず江戸屋敷と言わず、要所要所に自分の目となり耳となる者を配しておくので、極秘にはこんだ諫言の一件はただちに江戸にいる森に知られた。森は重定に、当綱が平林に短刀を贈ったのは主君に対して含むところがあるのではないかと讒言《ざんげん》し、その結果竹俣当綱は千石の家禄から三百石を削られた上に閉門、平林正相は閉門、追いかけてその年の暮には隠居の処分をうけた。

こういう森を佞臣《ねいしん》と呼ぶ者がいるのは当然だが、森はただ重定の袖の陰にかくれて媚《こ》びへつらいを専らにするだけの人間でもなかった。森は剛腹な男でもあった。

報復をおそれずに名門の当綱、平林を閉門処分に追いこんだ事件もそうだが、藩政切り回しに乗り出し、知行地の年貢徴収を藩主体に改めた一件、あるいは金融の道をつけるはずの預札の発行が、狙いどおりにいかず、米価をかなり下回る評価しか受けられなかった一件などは、あきらかに高禄の家中の反感を買うものだったにもかかわらず、森は意に介さなかった。こういう森の姿勢に、侍組、三手、三扶持以下という厳しい身分制にがんじがらめに囚われて、人材登用を阻んでいる藩の仕組み、とりわけ藩の指導層に対する反感を読みとることも可能だろうが、一方で森はやはり権勢欲の人であった。

森の権勢欲は、宝暦十年にさらに百石の加増をうけて家禄三百五十石となり、役職は御小姓頭兼郡代所頭取にすすむにおよんで頂点をきわめたといってよかろう。森はこの時期、藩最高の権力者だった。二人半扶持三石取りの与板組から、藩政を牛耳る地位に経《へ》のぼったのである。驕るなというのは無理だったろう。

森は豪奢な私宅を建設し、藩政の要所に憚《はばか》りなく一族の者を抜擢し、また森の側近政治を支える者たちを昇進させて、重い職につけた。森はその種の権力の行使を隠さなかった。平然と取りはこんだ。

だがその間にも藩の疲弊はすすみ、一揆のような大きな騒動こそ起きなかったものの、宝暦五年の微禄の家中が主導した米屋、酒屋の打ちこわしに引きつづき、城下に放火とみられる火事が起きたり、歴歴の者が身分に似合わない風体で狼藉《ろうぜき》をはたらいたり、無頼の者が家に入りこんだりという不穏な空気が改まらなかった。藩は町奉行所を通して、昼夜を問わず城下に徒目《かちめ》付《つけ》を巡回させる措置をとった。

米沢藩世子直丸、のちの上杉鷹山は、この騒然とした空気の中で上杉家の養子となり、桜田門前通りの上杉家上屋敷に入ったのである。

八

宝暦十三年一月のある夜、米沢藩江戸屋敷内の竹俣当綱の役宅（藩では小屋と称した）をしのびやかに三人の客がおとずれた。

しかし最後の一人が藩医の藁科松伯であることは、邸内を吹きわたる強い風の音も隠しようがないほどの咳の声で知れた。ほかの二人莅戸《のぞき》善政と木村高広は先にきていて、咳を聞きつけたらしく、松伯が役宅の玄関に入るとそろって迎えに出ていた。

松伯が中に入るのと入れ違いに、木村がすばやく土間におりて戸をしめた。そして小声で松伯に声をかけた。

「先生、だいじょうぶですか」

「なに、だいじょうぶだ。このぐらいの寒さはどうということはない」

木村は松伯のひどい咳のことを気遣って言ったのだが、松伯は単純に寒い邸内を歩いてきた身を案じたと思ったらしい。松伯が住む長屋からここまでは、かなりの距離がある。松伯が上にあがるのを見とどけてから、木村はしめ終った戸に顔を寄せて、いっとき外の気配を窺《うかが》った。

国元はむろんのこと、この江戸屋敷も森派の巣窟だった。そして最近は菁莪社中と呼ばれている菁莪館の師弟が森の政策に批判的で、いまや改革派の集まりであることはむこうに知られている。木村は戸に横顔をつけるようにして気配を聞いたが、外は闇を吹きぬける風の音がするだけだった。木村は土間からあがって、前を行く二人を追った。

莅戸と木村が、斜めうしろからささえるように、痩身の松伯にぴったりと付き添って奥に行くと、部屋の前に当綱が立っていた。部屋の中の明かりを背負っているので、当綱の姿は黒い影が立っているように見えた。ほかに家の中に人の気配はなく、当綱は召使いを外に出したらしかった。

「ごくろうさまです。さあ、入って火桶にお寄りください」

当綱が言ったとき、松伯は深く腰を折って咳《しわぶ》きはじめた。ながながと咳をした。急にあたたかい火気に触れて、喉が刺戟されたらしい。咳がやんでから、ようやく松伯は襟元をつくろって部屋に入った。

「こりゃあ、先生との密談は無理ですな」

　みんながそれぞれに座をしめるのをたしかめてから、当綱が言った。このお咳では、ここに松伯先生ありとおひろめしているようなものだからと当綱はつけ加えたが、莅戸も木村もにこりともしなかった。言った当綱本人も、そのあと少し暗い顔をした。

　誰も口には出さないが、この咳も松伯がかかえるただならない病患のあらわれではないかと、当綱らは恐れていた。だが不思議なことに、医師の松伯だけはそうは思わないらしく、まわりにはただの風邪だと言っていた。もっとも本心はわからない。

「江戸暮らしが長びいたせいか、風邪をひきやすくなり申した」

根っからの米沢者のようなことを言ったが、松伯はもともとは江戸生まれで、父の藁科周伯が御側医のつぎの待遇をうける外様法体《とざまほったい》の医師として米沢藩に抱えられて以来の家臣である。

　言いながら松伯は細く長い指を火に近づけて押し揉《も》んだ。その手も顔いろも青白かった。

「なに、季節があたたかくなれば、風邪などすぐになおります」

　と松伯は言った。

　そしてあたためた手を膝にもどすと、姿勢を正して、密談とは何かと言った。

「いま少し、お身体をあたためていただきたい」

　と、当綱は松伯をいたわった。

「お屋敷の台所に無心して炭をわけてもらったので、今夜は火はふんだんにござる。冬の夜長、話はいそがずともよろしい」

「いや、ご家老」

　松伯は鋭い目を当綱に据えながら言った。

「危険をかえりみずにこうしてわれらを小屋に呼びあつめたところをみると、お話は尋常のことではござりますまい。また、失礼ながらさきほどからお顔を拝見いたすところ、つねとは異るあわただしい色がござる。たかがそれがしの風邪ごときに斟酌《しんしゃく》はご無用、さっそくにお話を承りたい」

「さようか」

　と当綱は言った。小首をかしげて少考してから、三人を見回した。

「では申そうか。九郎兵衛、丈八、おぬしらもこっちに寄ってくれ」

当綱が言うと、入口の襖ぎわに坐っていた莅戸と木村が無言で膝をすすめてきた。じつは、と当綱は言った。

「今日、さるご老中のお屋敷に呼ばれて行って参った」

言ったまま、当綱は言葉を切って三人をじっと見た。そのとき、顔半分を埋めた濃い髭がいきなりそよぎ立ったように見えたが、それは単に、言葉をさがしていっとき口ごもったせいだったらしい。

当綱は低く重苦しい声でつづけた。

「そのお方が申されるには、先日わが藩の内情を竜の口に箱訴した者がおるということだ」

「なんと」

松伯は目を光らせただけだったが、莅戸と木村はほとんど同時におどろきの声をあげた。一瞬にして、当綱の言葉が言っていることの重大さを理解したのである。

箱訴は、竜の口にある幕府評定所表門の前に出ている投書箱に訴状を入れることである。この投書箱は先先代の将軍吉宗のときに設けられたもので、目安（訴状）箱とも言った。

この箱に投じる訴状の中身には制限があって、一、御仕置の儀につき御為に成るべき事、一、諸役人をはじめ、私曲、非分これある事、一、訴訟これある時、役人詮議をとげ、永永すておくにおいては、直訴すべき旨、相断り候上出すべき事の三つに決められ、このとおりの文言が高札で布達されていた。そして投書が許されるのは武士以外の庶民だった。

目安箱は正午の太鼓を合図に徒目付が門内にはこび入れ、鍵がかかっている箱をそのまま目付に渡す。目付はこれを江戸城内に持参してそのあと御用部屋坊主の手から月番老中、御側御用取次という順序を経て、執務中の将軍の前まではこぶ。すると将軍は、持参の巾着から鍵をとり出して目安箱をあけ、じかに訴状に目を通すのである。

御仕置の儀とはいうまでもなく政治のことで、箱訴の重点は、政治について天下のためになる意見があれば述べよ、また諸役人に不正、汚職の行為があれば訴え出よといった布告の一、二条におかれている。三番目は方法についての注意書で、現在訴訟中の事柄を直訴する場合の手つづきについて指示したものである。

この高札を見て、幕府老中以下諸役人の不正、あるいは藩政の乱れなどを箱訴してくる者は少なくなかったが、中身はむろん全部が全部正論というわけではなく、見当違いの政治論議や手前勝手な思い込み、誤解による不正糾弾なども多くふくまれていた。しかし中には読み捨てに出来ない真実を述べた訴状もあって、訴えの出た遠国の藩に将軍がひそかに御庭番を派遣して、内情をさぐるということもなくはなかった。

「わしを呼んだご老中の話によると、同じ趣旨のことを記した箱訴が、じつは前年にもあったそうだ。しかし前回は訴状はお取り上げがなく焼き捨てにされたが、このたびは二度目でもあり、しかも再度同じことを訴え出てきたということで、幕閣でも評判になったらしい。ために今回は、焼き捨てになるかどうかはわからぬというそのお方の話であった」

「訴状の中身は？」

松伯がたずねると、当綱はうなずいた。

「家中の禄米借り上げの強化、一藩を隙間なく覆う人別銭徴収の負担、家中、領民を問わず、一部につねに飢餓のおそれが絶えず、為政者は奢《おご》りにふけっている、といったような中身だったと申す」

三人は黙然と当綱を見、当綱は低い声に力をこめた。

「森にいかなる経綸《けいりん》があるかは知らんが、外からみればこれはまぎれもない苛政、または暴政とうつるはずだ」

「訴え出たのは、はたして領民でしょうか」

と木村が言った。当綱は口をつぐんだが、すぐに言った。

「箱訴は武士の訴えを禁じておる。その上、訴状には居所および名前を明記せねば受理されぬ決まりゆえ、米沢領の者に間違いはなかろう」

「あるいは家中士分の者が、親しい在の者に言いふくめて書かせた、とも考えられます」

松伯をのぞく三人の中では一番齢の若い莅戸が、慎重な口ぶりで意見を言った。

「大いにあり得る」

当綱は莅戸に顔をむけた。

「藩のいまの有様は、なにが起きても不思議はないところにきておる」

「いそがねばなりませんな」

松伯が平静な声で言ったが、急に失礼と言って口に懐紙をあてると、またはげしく咳きこんだ。ほかの三人は、松伯の咳がおさまるのを黙然と待った。咳がようやくおさまり、激高したように赤くなった顔を上げた松伯が、言葉をつづけた。

「かりに領内に御庭番が入りこむなどということになれば、藩の存続にかかわる大事も招きかねません。森の排除をいそぐべきです。幕閣に、わが藩が自力で建て直しをはかる力を持っていることを示さねばなりません」

「いよいよその時がきたか」

と当綱は言った。さすがにその顔が緊張にこわばったように見えた。

そういう当綱を凝視しながら、松伯がしかしながらと言った。

「森の処分は慎重になさるがよろしいかも知れません」

「慎重に？」

当綱は訝《いぶか》しそうに松伯を見た。

「どういうことでござろうか。森は、こうしてわれらが談合するのも密密にはこばねばならんほど、一藩をおのが悪しき支配下におさめてしまった男、やつをのぞくのに手段を問う必要はあるまいと存ずる。先生も、以前はさように申されていたのではありませんかな」

「今度は箱訴の一件がござる」

と松伯は言った。

「訴状がお取り上げになるか、焼き捨てになるかはまだ先のこととしても、評判になったからには森の処分の次第ということに幕閣も無関心ではあられまい。どう始末をつけるかは、ただに藩の内内の問題とは申せなくなったようでもある」

「……………」

「それに、森はなんと申しても殿がもっとも頼りにしておられる寵臣、始末のつけようによっては、殿を納得させるどころか重き処分を被《こうむ》ることにもなりかねません」

「そのことについては心配ご無用。千坂、色部、芋川と固く談合済みでござる。いかような始末に終るにせよ、藩に重き者たちの一致した申し合わせによるものとして、殿を押し切ってしまうことに相成る。もっとも……」

当綱はわずかにためらうような声を出した。

「これについては国元に下って千坂らと顔を合わせる席で、再度、一歩もひくまいと申し合わせる必要はあろうかと思う」

「森につきつける詰問の条条はもうお決まりですかな」

「これも千坂を中心に国元の同志が案を練っておるはずで、先般千坂からとどいた密書によると、森の悪政の数数は十七ヵ条にもおよぶと申しておる」

「さてそれでは、はじめにそれをつきつけて森におだやかに退隠をすすめてはいかがでしょうか。森がこれを固く拒絶したときに、はじめて誅殺という最後の手段に訴えるのが至当の処置かと思われる」

「先生は森をご存じあられない」

当綱はまるい大きな目で、松伯をじっと見た。

「あれは傲慢な男ですぞ。神かけて申してもよいが、おだやかに退隠を受け入れるようなやわな人間ではござらん。藩の重臣などというものは、屁とも思っておらんのです」

「ならば、いたしかたなし」

松伯は言ってから小さな咳をし、その咳がさっきのような激越な発作になるのかどうかと、しばらく行方を見さだめるような表情をしてからしかしと言葉をつづけた。

「その際には、森に対して私怨をはらしたとまわりに思われることのなきよう、言語、行ないにことに心を配られよ」

「いやいや、先生」

当綱は髭に覆われた顔面をぴくぴくと動かした。松伯が、六年ほど前に森が当綱の禄を削り、閉門に追いこんだ一件を気遣っているのだとすぐにわかった。髭づらが動いたのは、当綱が微笑したのである。

「あれはもはや過ぎた話でござる。第一このとおり閉門は解かれ、一昨年には家禄も旧にもどり申した。ご教訓は肝に銘じておきますが、それがし藩の大事に私情をはさみはいたさぬ。ご心配なされますな」

当綱がきっぱりと言ったとき、突然に役宅の戸が棒かなにかで叩かれたような、鋭い音を立てた。ごめんと言って、木村がすばやく立つと部屋を出ていった。

物音は一度だけで、すぐに木村が表の戸をあける音がした。木村はそのまま外の様子を窺っているらしく、入口の方からさむざむとした風の音が聞こえてくる。

思い出したように、また松伯が咳きはじめた。

間もなく木村はもどってきたが、松伯がまた激しく咳きこんでいるのを見ると、すばやく襖をしめて坐った。

「別条ござりません。風で飛んだ枯枝が戸にあたった音でした」

報告してから、木村は気づかわしげな目で松伯を見ながらつけ加えた。

「さっきより、また一段と冷えて参ったようでござります。外は雪でも降り出しそうな気配でした」

「江戸の冬の寒さは、米沢より身にこたえ申す」

口少なに坐っていた莅戸も、同調するように言った。当綱はじろりと二人を見てから制するように軽く両手のひらを上げた。

「相わかった。話をいそごう」

「で、決行はいつになされますか」

咳のおさまった松伯が、いまの発作とはかかわりがない人のような静かな声で問いかけた。すぐに当綱が答えた。

「殿が当屋敷におられるうちに、始末をつけねばなりませんな」

「そのとおりです」

松伯が強い口調で言った。

「殿ご帰国のあとでは、森の排除はむつかしくなりましょう。雪のある間が勝負どきと思われます。それがしの見るところ、森の処分は早ければ早いほどよいという情勢になって参りました」

「しかし国元の千坂らはこのたびの箱訴の一件をまだ知らぬ。ゆえにまずこの件を知らせてことの重大さを認識せしめ、森の処分を急ぐべきことを納得させた上で、早急の準備をたのまねばならぬ」

「……」

「その上でそれがしが国元に下り、森に防禦のひまをあたえずに一刀両断に事を処理するという形にしたい」

「時期は」

「二月のはじめ」

と当綱は小声で言った。そして松伯と莅戸、木村と顔を見合わせた。沈着な莅戸は表情を変えなかったが、松伯と木村は興奮を顔に出した。

「ついに、時いたるですかな」

松伯が感激の声を洩《も》らすと、木村が追っかけて言った。

「ご家老に先立つ国元への使者は、それがしがつかまつります」

「丈八はだめだ。こちらでもむこうでも顔を知られすぎておる」

「やつらに覚《さと》られぬよう、ひそかにやります」

「いや、無理だ」

と当綱は言った。

当綱が手を回して木村を江戸に呼んだとき、木村はまだ部屋住みで無給の右筆《ゆうひつ》だったが、江戸に来てふた月もたたないその年の暮に父親が病死して、正式に家督を継いだ。二年前のことである。家は五十騎組で、木村はいまは家禄二十五石の右筆として屋敷に勤務している。顔も知られているし、以前のようには自由がきかない。わるいことに木村は、以前無給の右筆として国元の城にも詰めているので、知人が多かった。

それにだ、と当綱はつけ加えた。

「丈八が忍んで国元に帰ったことが知れると、あとでわしが当屋敷を抜け出すときは、森派の監視が厳重をきわめるだろう」

「ほかに手段がござりましょうか」

四人のなかで一番声が低い莅戸がそう言った。莅戸は馬廻組の家柄で、十七歳のときに病弱の父に代って祖父政共から百八十石の家を継いだ。齢は正月をむかえて二十九歳、松伯より二つ齢上である。

性格だけでなく、そういう経歴のせいもあってか、莅戸は沈着な物言いが目立つ人間だった。ある、と当綱は言った。

「さる出入りの商人を使う。これまでもこの種の使いを頼んでいる男だから、心配はいらぬ」

「洩れるおそれはありませんか」

と丈八が言った。

「それはない。打ち明けると、彼もわが藩に多額の金子を貸しつけておる金主の一人でな、じつにくわしくわが藩の内情に通じておる。森に合力しても貸金がもどらぬことは百も承知しておるので、先方に洩らす気遣いはない」

当綱の言葉で空気が少しほぐれて、木村がにやりと笑ったがすぐに顔をひきしめた。使いには主人自身でなくしっかりした番頭をやるようだが、国元にはしじゅう江戸商人が出入りしているので、森の一党にあやしまれる心配はまずない、と当綱はつけ加えた。

密談がそこでほぼ終ったようだった。ところで、おさしつかえなくばお聞かせねがいたいのだが、と莅戸が言った。莅戸は慎重なだけでなく、疑問があれば時に鋭くつっこむことも知っている男だった。箱訴のことでござる、と莅戸は言った。

「お洩らしくだされたご老中とは、どなたさまのことでしょうか」

「他言せぬと誓ってきたのでな」

当綱が当惑した顔で莅戸を見た。

「同志といえども、そのお方の名前は申しにくい」

ただし一件が首尾よく片づけば、そのときには打ち明けよう。それまではなにはともあれ、事は密密にはこばねばならん、と当綱は慎重な口ぶりで言った。

そのとき強い風が当綱の役宅をつつみ、家の屋根も壁もみしみしと鳴った。四人は口をつぐんでその風の音を聞いた。

九

その年の二月一日の夜、竹俣当綱はひそかに外桜田御堀通りの藩江戸屋敷を出ると、かねて用意しておいた市中の隠れ家で旅装に着換えて江戸を立った。懐中にはお手盛りの関口仲蔵名義の関所手形と、出発にあたって松伯、莅戸《のぞき》、木村の三人が当綱にあてた連名の血判書、松伯の誓詞と壮行をはげます「従軍行」と題する五言律詩などをおさめていた。

血判書は、松伯、莅戸、木村の三名は、今度の森排斥の企てに同意するものであること、森が万一（制裁をのがれて）出府してきたときは、われわれ三名が討ち留めることといった内容のもので、松伯の誓詞は、今度の計画について一切他言しないことを誓っていた。

こうした誓詞や血判書からは、三人の決死の気持が伝わってきて、わが郷里といいながら敵地のようでもある場所に乗り込む当綱を力づけた。もちろん首尾よく米沢城下に入ることが出来れば、そこには千坂、色部、芋川といった同心の重臣たちがいる。だが彼らの同意には、微妙な利害の感情がからむかも知れなかった。

森を排除するのは藩のためである。と同時に森の圧迫をうけ逼塞《ひっそく》を余儀なくされている重臣層のためでもある。森をのぞけば、その圧力から解き放たれた重臣層は、以前のようにのびのびと藩政に手腕をふるうことが出来る、と彼らは考えていた。当綱がそう焚《た》きつけた面もある。

しかしそのために、無心の同盟というわけにはいかず、それぞれにわが家、わが一族、わが地位について思惑あっての同盟とも言えた。結束は鉄のようではない。その結束を固めるために、森をのぞく前も、のぞいたあとも何度か話し合いを持たねばならないだろう。

それにくらべると、江戸に残った三人は生死を誓いあった同志である。懐にあるのは、当綱に対する彼らの無私の支援だった。豪毅な当綱といえども、胸がぬくもる思いを禁じ得ない。

当綱はひたすらに道をいそいだ。とはいうもののその間、人に目立たぬように心配りもした。風のようにいそいでどこへ行く、とあやしまれてはならない。またときどきそれとなく道の背後をたしかめ、森派の追跡の有無をさぐったがその気配はなく、前日に旧領の山中の村李平《すももだいら》までのぼっておいたので、当綱は翌日二月七日の朝には国境の産《うぶ》ヶ沢《さわ》と板谷番所を通り過ぎて昼近くには板谷峠をのぼり切ることが出来た。

板谷峠は旧領信夫《しのぶ》郡と米沢領をむすぶ国境の通路で、参勤の行列もこの峠を通る交通の要衝である。

奥州街道を北にむかって歩いている間に、一日だけ雪まじりの強風に悩まされたものの、そのほかは大方春のようにあたたかい日にめぐまれた。街道の左右の田圃《たんぼ》では、ところどころに野を焼くけむりが立ちのぼり、遠い村落には梅の花が咲いているのが見えた。そういう日は、歩いているうちに日差しに羅紗合羽を着た肩があたたまって汗ばむほどだった。

だが福島で奥州街道とわかれて福島街道に入り、信夫郡庭坂から山道にかかると、あたりは次第に冬景色に変った。一夜の泊りをもとめた李平の集落も番所がある板谷村もまだ雪の谷底にあった。板谷峠は高さ二百五十丈(約七百五十メートル)ほどの峠だが、東西につらなる吾妻連峰のくぼみのひとつであるそこにも、吹きだまりのような雪が厚くつもり、木木の枝の間からふりそそぐ日の光も、平地とは異ってにわかに冷えてきたようにも思われた。前後には人影もなく、当綱が足をすべらせて雪の山道にころぶと、疎林の中で鳴いていた鳥が、物音を警戒したか、鋭く鳴きかわして飛び去った。

——さて……。

起き上がって野袴と合羽の雪をはらい、荒い息を静めながら、当綱は目の前にひろがる山山の重なりを眺めた。山はある場所では当綱の視界をさえぎっているが、ある場所では雪を覆いかくす常緑樹の森や日に輝く雪の山肌をあらわに見せている落葉の林をつらねながら、あきらかに城下のある盆地の方面に傾斜して行く景色を見せている。

だが起伏のはげしい山道は、まだ終ったわけではなく、城下にたどりつくための最後の関門ともいうべき板谷番所を通過したあとも、いま立っている峠から一度深い谷底までくだり、そこからもう一度板谷峠よりはやや低い峠をのぼり切らなければならない。のぼり切ったその先にある大沢村に到って、山道はようやく半ばである。

しかしいま、当綱が峠をのぼった疲労をいやしながら考えているのは、板谷山道と呼ばれるこの先の道の険しさではなかった。ここまできて板谷番所に対する懸念が、にわかに大きくふくらむのを感じたのである。

板谷番所は慶長三年に仙台の伊達《だて》の侵攻にそなえて設けた番所で、建物を板谷御殿と呼び、指揮者を板谷御殿将と物物しく呼ぶのは、伊達との戦闘があったあとで、上杉の家臣奥山大膳が足軽五十名をひきいて守備についた名残りである。

以来板谷御殿将の役目は、家禄二百石(米沢藩半知行後は百石)の奥山家の世襲となったが、世襲は四代忠右衛門利俊で終り、そのあとは三手組からしかるべき者が御殿将として赴任し、いまに至っていた。人数は指揮をとる御殿将のほかに、三扶持方の者二名、地元取り立ての郷士三名の六名で警衛にあたっているはずである。

国境の産ヶ沢の見張り所にいたのはそういう郷士のひとりだろうが、これは問題はない。懸念は番所にあった。おれが森なら、板谷番所に何人かは自分の息のかかった者を送りこんでおくところだ、と当綱は思っていた。

いま竹俣当綱は、板谷御殿といういかめしい名で呼ばれる番所で済ました入国の手続きを思い返している。

板谷御殿は、のちに板谷山道の通行がにぎやかになると村は宿場に変り、御殿は宿場の本陣を兼ねるようになるのだが、この当時はまだ家数五十戸に満たない板谷の集落の端に設けられた構えの大きい出入り改め番所にすぎない。ここでの役人の業務は、通り手形を改めて不審がなければ入国許可の入り判をつくって渡す、それだけのものである。

番所で、当綱は持参した関口仲蔵名義の通り手形を出した。かりに番所でその名前に不審を持ったとしても、強引に関口仲蔵で押し通すつもりだった。だが番所の手続きは、当綱のそういう緊張感をはぐらかすように、すこぶるなめらかに終った。いまはそのなめらかさが気になっていた。

通り手形を改め、入り判をくれたのは三扶持方の役人だった。そして関口仲蔵も三扶持方の猪苗代《いなわしろ》組に実在する藩士である。改め役ははたして関口と面識のない者だったろうか。そしてまた、その場に御殿将の藩士が立ち会っていたかどうかを、つとめて顔を上げないようにしていた当綱は確かめていないが、もし立ち会っていたとすれば、面《おもて》を伏せようとどうしようと、御殿将が国境を越えてきた髭づらの男を江戸家老の竹俣当綱だと見破るのはいと易いことだったはずである。江戸家老として赴任する前のふた月ほどの間、当綱は会談所奉行として城中に詰めたので、城勤めの三手組以上の藩士にはひろく顔を知られていると思わねばならない。そういうことにも当綱の気持は鋭くとがった。まして板谷番所は四境に設けた番所の中で、藩がもっとも重要視している番所である。御殿将の下の事務方に足軽を用いず、微禄ながら三扶持方の藩士を起用しているのもそのためと言えた。

――まだ、油断は出来ぬ。

追い越して城下に走り、当綱の入国を森に通報する者がいれば、城下に入る前に手ごわい妨害に出合うことになるかも知れなかった。そうなればわが身の危難はもちろんのこと、森排除の計画はいっぺんにつぶれてしまう、と当綱は思った。

もしそれらしき人間を見かけたときは、うむを言わせず斬って捨てねばなるまい、と思うものの、通報する者が板谷御殿に勤めているとは限らない。通報に走るのは板谷の集落の男たちかも知れず、ことはなかなか厄介に思えた。

当綱は振りむいて番所がある谷の方を見た。樹皮も枝もやや赤味を帯びて見える雑木の疎林の間を、傾斜の急な雪の道が少しずつ左に縒《よ》れながら下り、その先は雑木林の陰に消えている。雪の道に、人の姿は見あたらなかった。時刻は昼ごろになったとみえて、吾妻の山並みの上に凝然とうかんでいる日の位置はほぼ真南だった。やわらかいその日差しが、のぼってきた峠の斜面とかたわらの雑木林をくまなく照らし、木木は雪の上に濃い影を投げかけている。雑木の根元の雪は一様にくぼんでいた。仔細に見れば枝頭にはもう新葉のふくらみを見ることが出来るだろう。山山をわたるかすかな風はつめたかったが、当綱のまわりに見えるのは疑いもない早春の景色だった。

斜面の道には依然として人影は見えなかった。思い過ごしだったかな、と当綱は思った。のどかな景色がそう思わせたようでもある。番所に森の指令などとどいてはおらず、詰めている藩士たちは、関口仲蔵の顔も竹俣当綱の顔も知らなかったという可能性がないわけではない。

だが、そう思った直後に強い警戒心がもどってきた。三人の藩士と地元採用の郷士、あれだけの人数が詰めていて江戸家老の顔を一人も知らないということがあり得ようか。

――なにはともあれ……。

峠の上でのんびりしている場合ではない、と当綱は自分を戒めた。そのときになって腹がすいていることに気づいたが、当綱は歩き出した。道はすぐに険しい下りになった。

降り立った深い谷を横切り、もう一度むかい側のやはり勾配《こうばい》の急な坂道をのぼる。そして台地にたどりついて大沢の集落が見えるところまできて、当綱はようやく疲れた足をとめた。

――くたびっちゃ（疲れた）。

当綱は喘ぐ息をととのえた。前方に見える集落に目を据えながら、しばらく思案したが、結局村には立ち寄らないことに決めて、道をそれるとそばの木立に入った。

木立は雑木の間に幹の太い松や杉がまじり、身を隠すのにつごうがよかった。当綱は街道を見張ることが出来る位置にある杉の木の下に行き、雪を踏みかためた。つぎに背負っていた打飼《うちが》いをおろすと握り飯を取り出した。握り飯は、昨夜泊った李平の民家で江戸からはこんできた米を出してつくってもらったものだが、残った米は世話になったお礼の金にそえてその家に残した。そのときの大いに喜んだ家の主人の顔を思い出しながら、当綱は立ったまま握り飯をむさぼり喰った。その合間に雪をすくって口にほうりこみ、渇きを癒した。一杯の白湯《さゆ》がほしい気分だったが、大沢の集落に立ち寄る気持はもう失《う》せていた。どこに森の手が回っているかわからず、用心するに越したことはないと思ったのである。

雑木林にひそんでいる間に、大沢の方からきて峠にむかう二組の男たちが通りすぎて行った。一組は二人連れ、もう一組は五人連れの旅支度の男たちは、いずれも屈強な身体つきをした壮年で、誰はばかることもない米沢弁の大声で話し合うのに夢中で、そばの林にいる当綱には気づかずに街道を遠ざかって行った。しかしその間も峠からくる者はいなかった。当綱は打飼いの口をしめ、軽くなった荷袋を背負うと道にもどった。

そのとき当綱は、上空に何か光るものがあるような気がして足をとめると空をふりあおいだ。すると真南からわずかに西に片寄るあたりの高い空に、大日嶽がそびえているのが見えた。光はそこからきていた。大日嶽は、このあたりでもっとも目立つ吾妻山中の高峰である。日はいま南から西に回っているらしく、姿は山に隠れて見えなかったが、背後からさしかける光が大日嶽をてらしているのだろう。そのために山の北側は青ざめた雪の斜面を見せているのに、東側の稜線だけが金色の糸のように光っているのだった。

神秘的な光景に見えた。当綱の胸に、ふと神仏の加護という考えがうかんだ。幸先よしとも思った。だがそれは一瞬のことで、考えはすぐに現実にもどった。いったん西に回った日は、一目散に落日をいそぐだろう。明るいうちに山を降りねばならぬ。

――しかし、道の半ばはきた。

と当綱は思った。板谷番所から大沢の集落まで山中二里、さらに大沢から麓の関根村まで二里と言われている。ここまで来れば、どうにか日が落ち切る前に関根に降りることが出来そうだった。そして関根まで行けば、あとは城下まで平地で一里強の道程である。

片膝をついて草鞋《わらじ》の雪をはらい、紐をしめ直すと、当綱は立ち上がった。もう一度うしろの道を一瞥《いちべつ》してから歩き出した。握り飯を喰ったので腹に力がもどっていた。

だがその日、竹俣当綱が米沢城下に着いたのは深夜になった。関根を立つころには空模様が急変して、暗い夜空から雪が降ってきた。突きあたりに千坂屋敷がある五十騎町の通りにきたとき、当綱の笠も合羽も雪をかぶって真白になっていた。

十

千坂屋敷の家士に奥の部屋に案内されると、そこには三人の男がいて、そのうちの一人がさっそくにいらだちが混じる声をかけてきた。国家老の芋川縫殿《ぬい》正令である。

「日暮れに着くという便りだったが、おそかったではないか」

「お待たせして申しわけなかった」

当綱はあやまったが、これには仔細があると言った。

「たしかに日暮れ前に関根まで降りたのだが、村はずれで原方の者と思われる男二人を見かけての。先方もわしを見ておったので、自重して村に引き返した。そのまま暗くなるまで農家で休息しておったのだ」

「先方は竹俣とわかったかの」

屋敷の主人で、やはり国家老をつとめる千坂高敦がたずねた。

「さて、それはいかがでしょうか。しかしせっかく名を偽って旅してきたのが、ここで城下入りが露顕しては用心も水の泡と考えた」

「しかしその者らが森に通報するとは限るまい」

と芋川が言った。当綱は芋川を見た。

「さようだが、用心をしたということでござる」

「いや、竹俣の配慮はもっとも。ごくろうであった」

千坂は当綱をねぎらい、腹はすいていないかと聞いた。

「夜食は関根でざっと食して参った。出来れば白湯を一杯いただきたい」

では、すぐにはじめていただこうかと当綱は言った。家士を呼んで白湯を言いつけた千坂は、座にもどると、それまで無言で坐っていた江戸家老の色部照長に、少しこちらに寄ってもらおうかと言った。四人の男たちは、燭台の光の下に額をあつめるように身体を寄せた。

集まっている四人ともに侍組分領家に属する大身の当主である。色部の知行は千六百六十六石、寛文の半知以前は三千三百石を越える知行取りだった。芋川はいまは九百八十石だが、会津時代は、白川小峰の城を預かって六千石の知行をうけていた家柄である。当綱の知行は一千石、そして千坂家の知行は寛文以後千五百六十五石である。しかしいま四人があつまっている席で、ごく自然に千坂がまとめ役を買って出ているのは、屋敷の亭主というだけでなく、暗黙のうちに、みとめられている家格にふさわしい役割を果しているのだった。

色部の家系は、下越小泉庄に早くから秩父平氏畠山の一族である色部氏が勢威を張り、当地の名家とされていたという説があり、また同じ秩父平氏の本荘泰長が鎌倉公方《くぼう》成氏に色部庄に封じられたのがはじまりで、泰長が一族の家祖であるとも言われる。いずれにしても、永正年間に修理進勝長が越後守護上杉房能《ふさよし》に附属するものの、色部一族は下越に隠然たる勢力を持つ土豪だった。

また当綱の家は佐々木盛綱の裔《すえ》である加地新右衛門尉佐々木実泰の四男、筑後守信綱が竹俣庄地頭職となったのがはじまりと言われる。城は加治の東南虎丸村にあった。その子孫竹俣三河守慶綱は、侵入する織田勢を上杉が迎え撃った天正十年の戦のとき、後世に名を残した魚津城の籠城戦で戦死し、嗣子がいなかったのでいったんは血筋が絶えた。しかし景勝の命令で大浦の城主長尾景久が竹俣家をつぎ、竹俣利綱となってその家がいまにつづいていると家譜は記している。

色部、竹俣にはつぎの共通点があるだろう。ともに下越に盤踞《ばんきょ》した土豪で、謙信の父長尾為景《ためかげ》が越後守護上杉房能をほろぼし、越後の制覇にのり出したときは、最後まで屈せずに為景と抗争をくり返した。のちに上杉家に附属したものの両家は国衆と呼ばれる一群の武将に加えられ、外様《とざま》の扱いだった。

また芋川家は、元来が出羽の最上義光に仕えた武将で、芋川正章のときに最上家を去って甲州武田家に仕え、その子正親がさらに越後に入って謙信に仕えた。天正十年の織田勢との戦いでは、正親は飯山口の大将として、織田方の稲葉彦六がひきいる軍と激闘をくりひろげた。しかし芋川も経歴にみるように明白な外様である。以上の三家にくらべると、千坂はひと味違った経緯を持つ家系の家だった。越後上杉と呼ばれる守護上杉氏には、守護職を補佐する四老と呼ばれる四人の家老がいて、それがのちに上杉にとってかわる守護代の長尾家を筆頭にした、千坂、斎藤、石川の四家である。

謙信の時代になって千坂景親が上杉家に臣従するが、蒲原郡村松と護摩堂山に一族の城があり、上杉家ではやはり国衆として待遇された。しかし千坂家が古くは越後上杉の家老の一人として長尾家と同席した事実は、藩祖謙信が上杉憲政から家督と関東管領の職を譲りうけたことにもみられるように、上杉家が筋目、格式というものを特に重んじる家であるために、上杉家の中でそれなりの敬意をもって遇されてきたといってもよかろう。長い年月の間に、その意識は人人の心の深部に定着し、千坂高敦その人は広居家から千坂をついだ人物なのに、むかしから千坂家の人間であったように、ゆったりとその家の役目をこなしているのも、やはりそういう家柄意識のせいであるとも言えた。

森利真のような家格の低い人間が、重い家柄の者をさしおいて藩政を動かしているという事実は、あるいは述べたような格式の権威がゆらぎはじめている兆候とみるべきかも知れないのだが、重臣たちはそのことを認めたがらなかった。森のやることを、藩主の威を着た成り上がり者のただの越権行為だと思っていた。当綱からいえば、そのあたりにいま額をあつめている三人を、森排斥の謀議にひきこむ余地があったといえる。

当綱がもらった白湯を飲みおわると、千坂は引きよせた手文庫から巻紙に記した書付けを出し、まずこれに目を通してもらおうかと言って当綱にわたした。森に読みきかせる弾劾状だった。中身は当綱が出した素案をさらに国元で練ったものである。目を走らせてから、当綱は一礼して弾劾状を千坂に返した。

「よく書けておりますな。ごくろうでござった」

当綱が返した書付けを、千坂は慎重な手つきで手文庫にもどした。そして咳ばらいをして切り出した。

「では竹俣も無事に到着したので、森をのぞく最後の段取りを詰めるといたそうか」

「そのまえに、申したいことがござる」

急便で知らせたように、どのような形で森を排除するかは幕閣も注目するところとなったと思わねばならぬ。そこで呼びつけていきなり討ち果すというのではなく、森を説得して森と彼の与党を穏やかに藩政からしりぞかせる、といった手順を踏むことも必要ではないかという意見がある、と当綱は言った。

「それがし賛成はいたさなんだが、帰国のみちみち、これも聞くべき意見かと思いながら参ったような次第。ご審議いただきたい」

「その意見の主は松伯先生らしいの」

それまでずっと沈黙していた色部照長が言った。ただし意見ではなかった。色部は口辺にかすかな笑いをうかべている。

「松伯先生は見かけとは相違して、勇猛果敢な気性のご仁とみておったが、案外な意見だ」

「説得などは論外の沙汰」

芋川がきっぱりと言った。

「森の悪政は明明白白の事実だ。討ち果すのに誰に遠慮もいらぬ」

「しかし、幕閣に藩内争闘の印象をあたえるのは避けねばならん」

と当綱は言った。

「説得し、聞かれねばその場で討ちとるという手順ではいかがか」

「説得は迂遠、腹切らせるのがよい」

色部がはじめて意見をのべた。冷静な声だった。

「悪政の責めを負って自裁したとすれば、外に対する大義名分はそれでととのう。また、森があくまで自裁を拒んだときは、かねての申し合わせどおり、力をあわせて討ちとればよい」

「しかし、無駄ではないのか」

芋川が疑うような目で色部を見た。

「森は、われらが腹を切れと迫ったぐらいで恐れいるような男ではないぞ。きどえな（あくの強い）人間だ」

「いや」


色部は三人の顔をゆっくり見回してから、少し声をひそめた。

「さっきの弾劾状、あれをつきつけて腹を切らせよというのは殿のご命令だと迫るのだ」

「しかしそれでは、殿の御名を偽り借りるようでおそれ多い」

芋川がただちに反駁《はんばく》したあと、四人は沈黙した。沈黙したが、色部が持ち出した切腹という言葉は消えたわけではなかった。かえって少しずつふくらみを増して部屋の中に居据わる気配がした。

やがて千坂が、いずれにしてもと言った。

「いずれにしても藩のためにすることだ。われらの私利私欲のために殿の名を持ちだすわけではない。色部が言うような策も、この場合のやむを得ぬ一手段ではあろう」

「では、それがしが殿のご命令をいただいて帰国したという形にいたそうか」

と当綱が言った。当綱の言葉に三人がうなずいて、森の処分の手順が決まった。

「日時は？」

当綱が聞くと、千坂が持ちまえの落ちついた口調で答えた。

「明日夜の五ッ刻（午後八時）と申し合わせたが、いかがか」

「異存はござらぬ。で、場所は？」

「城内二ノ丸の会談所。われらは暮れ六ッ（午後六時）過ぎに、ぼちぼちとそこで落ち合うことといたそう。あまり早くても人目につく」

会談所は奉行詰の間である。部屋はひろく天井が高く、宿直《とのい》の部屋は遠い。森を討ちとるにはいい場所をえらんだ、と当綱が思っていると、芋川がところでと言った。

「明日四人の名で呼び出しをかけるとして、はたして素直に森がくるかどうかはわからんぞ」

芋川はにらむように三人に視線を配った。

「不審に思って黙殺することも考えられる。そのときはどうするな？」

「いや、森はくるだろう」

と当綱は言った。

「たとえ不審を抱いたとしても、森はそれで逃げかくれするような男ではない。かの男にはかの男の、門地門閥なにするものぞという気概がある」

「ふむ」

色部がふくみ笑いを洩らした。

「それが、やつの命取りになるか」

「ただし森も空手ではなく、なにがしかの用意をしてくることは考えねばならん」

「たとえば？」

芋川が鋭い目を当綱にむけた。

「腕の立つ家士を供に連れてくるといったようなことでござる。いったん森の始末にかかれば断じて討ち洩らしてはならず、このあたりにも万全の手配が必要かと思われる」

千坂ら三人は顔を見合わせた。その三人を見ながら当綱は言葉をつづけた。

「こういうこまかなことについては、少少考えもござるゆえ、それがしにおまかせいただけば、今夜これから家に立ち帰って、すぐに手配したい」

「いま申したようなことは、ごく密密にはこぶ必要がある」

千坂は言って、竹俣に一任してはどうかと言った。色部と芋川が同意した。

「ことが終ったら、ただちに大目付を呼んで検死を乞い、また伏嗅を使って夜のうちに森の家の書類、道具に封印をしてしまう。それでよいか」

千坂は、ほかに打ち合わせることはあるかと聞いた。その色部と芋川が、大体こんなものだろうと言った。その言葉をおさえるようにして、当綱はもうひとつ重大な相談があると切り出した。

「森の処分について、江戸の殿に事後承諾をもとめかつこれまでの政治を一新する改革を迫るためには、ここにいる四人だけでは不足だ。本庄、須田など侍頭の人人にも呼びかけて、多数による連判状をこしらえ、殿に掛け合う必要があると思うがいかがか」

「……」

「それと申すのも、森が藩内に扶植している勢力はどうして、なかなかに侮りがたいものがある。結束もはなはだ強い。殿のまわりはかれの与党が固めていて、蟻の這いこむ隙もないと申しても過言ではない有様だ。森の誅殺はいわば両刃の剣、事後の処置をあやまればわれわれも返り血を浴びねばならぬ。われらはわれらで徒党を組んで対抗する必要があろう」

「竹俣の言うことは至極道理」

と千坂が言った。

「この際は藩に重き者たちを結集して、連判をとる必要があるようだ」

「ただし、決行後のことでござるな」

あらためて事の重大さを認識したという表情で聞いていた芋川が、沈黙をやぶってそう言った。千坂が、さよう、決行後のこと、それまでは一切この四人の胸のうちにおさめておくことだと念を押した。

最後の打ち合わせがそこで終ったようだった。色部と芋川が膝を起こした。目立ってはならぬから、われらは先に罷《まか》ると言った。当綱は残って、千坂にもう一度弾劾状を出してもらった。

千坂が案内の家士とともに自分も玄関に見送りに立ったあと、当綱は燭台に弾劾状をかたむけて、個条書にした弾劾の文章を丹念に読み返した。文章は当綱が江戸から書き送った素案を骨子にしていたが、これと森の豪奢な暮らしをむすびつけた項目には、やはり国元にいて森の周辺を調べた者でないと書けない鋭い指摘がふくまれていた。その結果、と弾劾状はのべていた。国法はみだれ、国力は衰え、藩の行末はまことにおぼつかないものとなった、と。

当綱は顔を上げた。

――森は、やはり死ぬべきだ。

この期におよんで、なお私利私欲しか念頭にないとすれば藩を毒する大悪人、生かしておくことは出来ぬと当綱が思ったとき、屋敷のはるか遠いところで戸が開く音がして、芋川のやあやあこれは大雪じゃという声がした。つづいてべつの声が、では今夜は十分に眠っておくといたそうかと言ったのも聞こえたが、不用意なその声はかすかで誰のものとも知れなかった。


森は弾劾状を読み上げる当綱を、無言で見ていた。森は大男というのではないが、中背で恰幅がよく下ぶくれの頬の肥えた顔をしている。出がけに髭を剃ってきたとみえて、あごのあたりが青青としているのが燭台の光にも見え、顔には日ごろ贅沢なものを食しているせいか、うすく脂がういている。

当綱は弾劾状を読みおわった。顔を上げて森を見た。

「いかがだ。思いあたることは多多あろう」

「はて、何のことでござろうか。いっこうに思いあたらぬ」

森はうそぶいた。それっきり顔を横にむけている。だが当綱は動じなかった。淡淡と言った。

「にわかに呑みこめねば、ことをわけて聞こう。去る宝暦四年の東叡山の工事手伝いにあたって、藩は内外から借金して辛うじて工事費用を工面した。この金策にあたって、森平右衛門も殿の側近としていろいろと知恵を出した。翌年二十石の加増をうけて御側役にすんだのはその功を認められたのだと申す者がいるが、それはよい。おぬしの器量を示すものだ。しかしその時期に、人別銭まで徴収してあつめた苦心の普請金に一部使途不明の金額が生じた。おぬしにかかわりありといううわさがいまも根強くあるので、たずねておるのだ」

「何か、証拠があってのおたずねでござるかな」

ひびきのいいはっきりした声音で森が言った。森はふてぶてしいほど落ちつきはらっていた。森はじっと自分を注視している千坂、色部、芋川にも臆したふうもない目をむけながらつづけた。

「ここにおられるお歴歴の方方にもさぞかし身におぼえがござるかと思うが、人の上に立って指図する身は、よかれと思ってすることもとかく悪しざまに言われるのがつねでござる。江戸家老が言われるうわささと申すものも、多分それに類したたわ言、証拠もなく非難されるのは迷惑至極でござる」

「では、つぎの人別銭の一条に移ろうか」

当綱はあっさり言ってつづけた。

「いま行なわれておる人別銭を、領民は血も涙もない悪税と申しておる。またこの税のために人心の荒廃が著しいと申す者がいるのは承知であろう。そもそもただいまの人別銭は、去る八年に、殿が出府される費用に窮して用いた非常の手段であった。しかるにその後四年を経て、なおつづいているのはどういうわけか、無策にもほどがあるということを申しておるのだが、いかがか」

「ほかに藩費をまかなうよき方法があれば、お教えいただきたい」

森はそっけなく言った。するとそれまでじっと沈黙をまもっていた芋川が、突然に鋭い声を出した。

「美作、弁口ではこの男にかなわぬわ。無駄な問答はやめにせい」

当綱は辛抱づよく森を詰問して、森が答弁の中でボロを出したときは、一気呵成《かせい》に攻めこんで相手を窮地に追いこむつもりだったが、聞いていた芋川は森の傍若無人な応対ぶりにいらだちを押さえられなくなったらしかった。

ところが、千坂がその芋川を待てとおさえて、今度は自分で詰問にかかった。千坂が言った。

「聞くところによると、森の屋敷は水車のある庭を築き、家の中は造作に金銀を用いた上に、ギヤマンの長押をめぐらして中に金魚を飼っておるそうではないか。竹俣がさっき読み上げた時節柄をわきまえず屋敷住居を華美に造りなしてというのはそのことだが、事実とすれば大層な贅沢だ。しかし問題は、だ。藩の窮乏をよそにしたその奢《おご》りが、じつは人別銭の一部を流用しているのではないかと、世上もっぱらにうわさされていることだ、このへんの真実はいかがだな」

森は顔を仰向けてからからと笑った。そして、これはしたり、ご家老の言葉とも思えぬ言い方であると言った。森は千坂をおそれてはいなかった。

「藩の政務をみる身の心労は、他人の窺い知れぬものがあることはご家老もご承知のはず。家にもどって庭を眺め、ギヤマンの金魚を見ていっときの安息を得ることが、さように責めらるべきこととは思わぬ。また人別銭を流用したなどということは、それがしたためにする誹謗《ひぼう》のたぐい、一顧の価値もござらん」これま

「さようか、しかし、だ」

千坂は悠然とつづけた。

「そなたの家の土蔵の中には数寄屋のこしらえがあり、炉のわきにはじかに掘った井戸があって、その水をくむつるべは銀で出来ておるそうではないか」

森が、ふと顔いろをくもらせたように見えた。何か言いかけたが、森は思いなおしたように口を閉じて刺すような視線を千坂にそそいでいる。その間に顔いろは少しずつ白っぽくなった。秘密の土蔵の内部のことまで知られているのは、森にとっても予想外のことだったらしい。

当綱はにぎっている手が汗ばむのを感じた。いま千坂が口にしたことは当綱がはじめて聞くことである。千坂はその事実をいつ手に入れたのだろうかと思った。色部、芋川も初耳だったらしく、二人ともに千坂に顔をむけている。注意深い表情で森を見ながら千坂はつづけた。

「土蔵の窓には銅づくりの蔀《しとみ》をおろして寝所とし、土蔵から辰巳の川岸まで抜け穴が通じているとも聞いた。さながら城塞じゃな。さて、聞かせてもらおうか。そも、これは何にそなえた用心だな、ん？　何かしらよほど世と人を警戒しておるかにみえるが、警戒せねばならぬほどの悪業のおぼえがあるということかの」

ほかの三人も一斉に森を見た。森は依然として口を閉じているが、額には肌の照りとはちがう汗がうっすらとうかび出ていた。その森を見据えながら、千坂が大喝した。

「答えぬか、森。われらの詰問に対して弁明相かなわぬときは、腹切らせろという殿のご命令だぞ」

「腹切らせる？　それはおかしい」

と森は言った。すると千坂が、竹俣、森に箱訴の一件を言い聞かせろと言った。当綱は、箱訴によって藩の窮状が幕閣の注目するところになったいきさつを手短かにのべた。

「幕府の調べが入れば、おぬしの藩政の舵取りが、これすべて稀代の悪政ということが露顕する。そうなっては藩そのものが鼎《かなえ》の軽重を問われ、お咎《とが》めをうけることは必定。ゆえにわれらの詰問に対して筋道立った弁明が出来ぬときは、腹切らせて森に責任をとらせよというのが殿の仰せだ」

「いさぎよく腹を切るか、森。支度は出来ているぞ」

と千坂が言った。

森は青ざめて白く粉をふいたようになった顔を上げて、ゆっくりと四人を見回した。そして最後に当綱に目をもどすと、少しかすれた声で言った。

「されば、殿のご沙汰書を拝見したい」

「密密の仰せゆえ、ご沙汰書はない」

「ますますおかしい。さようなことがあるものか」

と森はつぶやいた。つぎに森の顔は一瞬にして朱にそまった。すさまじい形相で、森は四人をにらんだ。そして大声を出した。

「やあ、今夜の会合にはよからぬ企《たくら》みがあるぞ」

すっくと立ち上がると、森はうしろさがりに数歩入口の方に歩いたが、その動きがすばやくて、当綱らは立ち上がるひまもなかった。

「おたずねの条条、たしかに承った。しかしそれについての弁明は、それがし近近江戸に参って直接に殿に申し上げることといたす」

言い捨てると森は背をむけた。森は足早に会談所入口にむかっている。四人は一斉に立ち上がった。当綱が大声で「倉崎」と呼ぶと、入口横の襖がひらいて、伏せておいた倉崎一信が躍り出た。襷《たすき》、鉢巻姿で、袴の股立《ももだ》ちを高く取った倉崎は、すばやく行手をさえぎると、近づいた森を抜き打ちに斬った。

倉崎の刀は浅く額を斬っただけだったが、討手の出現に森はよほど動顛したらしく、身をひるがえして部屋のなかに走りもどってきた。森の顔面ははやくも額から噴き出す血にそまって、凄惨な顔になっている。

その森を迎え討つようにして、立ちふさがった千坂、色部、芋川が短刀をつらねて斬りかかった。森は斬り合う気配は見せず、襲いかかる短刀を素手ではらいながら逃げまどっている。森は三人の間をすり抜けて奥に逃げようとしていた。その目まぐるしい動きの中で、森と色部がはげしくぶつかり合い、はずみで色部の身体が大きな音を立てて畳にころんだ。誰も声を出さなかった。はげしい息遣いとどしどしという足音だけが部屋の中で交錯した。

だがそうした動きはほとんど一瞬の間のことのように思われた。当綱が色部がころんだところを見たときには、千坂と芋川の短刀をのがれた森が目の前に迫ってきていた。森の裃《かみしも》は片袖がはずれて背にぶらさがり、衣服は斬り裂かれ、顔からも両手からも血がしたたっている。森は野猪のように足音荒く当綱の横を走り抜け、そのときにつまずいて燭台を一基蹴倒して行った。

脇差《わきざし》を抜きはなって鞘《さや》を捨てると、当綱は猛然と森のあとを追った。森は奥に逃げて別室にのがれようとしている。しかし襖に一間まで迫ったとき当綱は追いついた。左手を森の身体に巻き抱きこむようにおさえると、右手の脇差を森の右腰に突き立てた。刃は深深と森の身体をつらぬいた。森の動きがとまった。森は自分を刺した者の顔をたしかめるように、首を捩《ねじ》って当綱を見た。しかしすぐに信じがたいほどの力で当綱をひきずりながら襖まで歩くと、厚い襖をかきむしった。

　そこに駆けつけた色部と芋川が短刀をふるって、つぎつぎに森の首と脇腹を刺した。そして討手の三人が得物を引きぬくたびに傷口からおびただしく血が噴き出し、ことに首の傷からほとばしり出た血は高く飛んで、うしろに立つ千坂もろとも、男たちを血しぶきで汚した。

「……」

　森は膝を折って襖にもたれかかりながら、供の家士と思われるひとの名を呼んだ。森が連れてきた家士二名は、二ノ丸の供待ち部屋に入ったところで、当綱が手配した佐藤文四郎秀周にすばやく拘束されたのだが、むろん森はそれを知らない。

　家士の名を呼んだ森の声に弱弱しかった。そして不意に森は身体を捩って四人を見た。遠い燭台の光に、血の気を失った森の顔がうかんだが、目は虚《うつ》ろで黒い穴のようにしか見えなかった。森は目をしばたたいた。それから徐徐に四人の方に向きなおると、背で襖をこすりながら腰を落とした。森の顔も手もどす黒く血にそまり、衣服は水を吸った襤褸《ぼろ》のようにふくらんでいる。

　両足を前に投げ出し、背を襖にあずけると、森は静かに頭を垂れて動かなくなった。すぐに森の身体の下から血が筋をひいて畳に流れ出た。

「死んだ」

　森の顔を持ち上げて鼻腔の息をさぐっていた芋川が言った。四人は息絶えた森を見おろしながら、しばらくは荒い息を吐きつづけた。そして息が静まると、当綱と芋川が森の身体をひきずって畳に横たえた。

「さてと、今夜はいそがしくなるぞ」

　千坂が言い、二人の国家老と二人の江戸家老は、森が横たわっている暗がりから遠くに一基だけ燃えている燭台にむかって、歩き出した。

芋川が言った。

「手むかってくるかと思ったが、ただ逃げ走るだけだったの。不思議な男だ」

芋川の声には、かすかな嘲りの気配が混じっていた。当綱は首を回してうしろを見た。やっと燭台の光がとどくあたりに、森の身体が物を置いたように黒く横わっているのが見えた。

十一

重臣十名が連署した藩主上杉重定あての言上書は、はじめに森の悪政の数数を項目別に挙げ、後段で藩主にきびしく当面の政治改革をせまる内容になっている。

役職の任命、大小の政務、事務はすべて森の承認がなければ実行されなかった、したがって役人はいても本来の職分を発揮することが出来ず、さながら森の手先同然であった。森が権力を一身にあつめたのは彼本来の職分にふさわしくないことだった、ここに国政が二分され、甚だしく政道が妨げられた原因がある。森は郡代所を設置し、古法を改めて新法を実施したが、この郡代所は結局は森が自分の威勢を張り、懐を肥やす道具となり、これまた政治の乱れの根本原因となった。藩財政が窮地に陥り、城回りの破損が甚だしいというときに、森一人庭先の華美を誇っていた。その罪のがるべからざるものである。

言上書は森誅殺の理由となった悪政をこのように数え上げたあと、一転して威丈高な文言で藩主に政治改革を促していた。

お上の御用は滞っても、家臣へのお渡し物は定法どおり相渡すべきであり、借り上げはしないこと、すべて身分、格式をもってご政道は相立つものであるから、近年のように家格の高い者を軽く扱い、身分の低い者を引き立てる格式不同の人物登用を改めること、古来の先格（しきたり）を厳守し、政務においては永年勤続、年功を重視すべきである。以上のことが聞きいれられず、今後もこれまでどおりのやり方で通すということであれば、もはやわれわれは政治を取りはからうことが出来ないが、そうなれば御家もまた立ち行かないであろう。

最後はほとんど恫喝的な言辞でしめくくられている言上書に名前をつらねているのは、国家老の千坂高敦、芋川正令、江戸家老の色部照長、広居清応、竹俣当綱、侍頭の本庄職長、中条備資、須田満主《みつたけ》、安田秀林、竹俣英秀である。

連署の重臣を代表して出府した本庄職長、芋川正令、竹俣当綱の三人は、いま言上書を読む藩主重定をじっとみまもっていた。寵臣を殺された重定が激怒していることは、言上書を持つ手が小さくふるえ、時どき三人に投げつけてくる目の光が険悪なことでわかった。おそらく、ことわりもなく森を殺害した上に、このおれに説教までする気かと思っているのだ。思い上がったやつらめ、とも思っているだろう。

しかし藩主の怒りは予想していたものだった。当綱らは、今日の会見では重定が言上書に盛られた事項を認めるまで、一歩もひかないことを申し合わせていた。当綱は目を重定にそそぎながら、森の誅殺と藩政の改革について重臣たちの申し合わせをとりまとめた日のことを思い出している。

森を誅殺したあと、当綱らはただちに侍頭、三宰配頭、六人年寄を城中に招いて森処分のいきさつを報告したが、四人がした措置に異議をとなえる者は一人もいなかった。報告は即座に了承された。五人の侍頭は五組に分れる侍組のそれぞれの頭であり、宰配頭はいわゆる三手組と称される馬廻組、五十騎組、与板組のそれぞれの長である。また六人年寄は、三手組から抜擢された利け者《き》六人で構成される政務参与で、国家老の下にあって重要政務を執りあつかう重い役職だった。

かれらに承認されたことで、森処分はほぼ藩公認の事実となっただけでなく、かれらが束ねる侍組、三手組など、藩内の重だった家臣の動かぬ支持を取りつけたことにもなった。しかし残る藩主重定への事件報告が難物だった。国元の支持を得ても江戸にいる重定が報告を受け入れなければ、森処分は宙に浮いてしまう危険がある。もしそんな事態になれば、やがては藩主となお藩政の要所を押さえている森派の結託によって、当綱らが逆処分を喰らう可能性すら出てくるだろう。

その難所を乗り越えるためには、国元の一致した支持を形にしたもの、森誅殺の前夜に当綱が言ったような侍頭を引きこんだ連判状といったものがぜひとも必要だった。

そしてその連判状について言えば、森誅殺の実行者である二人の国家老、広居清応をのぞく二人の江戸家老は、もはや連署したも同然である。問題は五名の侍頭だった。侍頭は、窮乏する藩内にありながら高禄のゆえになお暮らしにゆとりを残す侍組の家家を束ねる頭で、しかも今日《こんにち》ただいまの藩政治に直接かかわり合っているわけではない。従って考え方も言うことも、とかく保守に傾きがちな男たちとみられていた。かれらが、さきに家老、宰配頭、六人年寄と会合した席で森の処分を了承したように、藩主に提出する言上書にもやすやすと署名するという保証はひとつもない、と当綱は思っていたのである。

しかし言上書を読んで怒りくるうに違いない藩主をおさえて、森処分とこれにともなう当然の政治改革を飲ませるためには、侍頭とその背後にいる九十五家の侍組を後盾に引きこむことが喫緊の大事だった。

そのための工作をほどこすべき会合が、森の処分から三日後の二月十一日に、ひそかに城中でひらかれた。あつまったのは国家老、江戸家老、五名の侍頭で、会合を呼びかけたのはむろん家老側である。席上、千坂らと作成した言上書の案文を懐から取り出しながら、当綱は、いかにかれら五人の侍頭を説得して言上書に連署させるか、いずれにしろこれからひと汗かかねばなるまいと思っていたのである。

ところが予想外のことが起きた。当綱が言上書の案文を読みおわるやいなや、五人の侍頭の口から相ついで激越な藩主批判の言葉がとび出してきたのである。

かれらは、森の悪政はかくれもない事実だが、それをゆるした重定の政治的な無能ぶりが問題の根本であると口口に言った。藩主攻撃はさらにつづき、今日の藩窮乏の根底には大事なときに凡庸にして大浪費家である人物を藩主に戴いた藩の不運があり、堪能なのは乱舞だけという重定本人の罪は、森の問題を抜きにしても軽からざるものがある、という意見まで出た。

ここまでくれば、藩主に対する姿勢で、森誅殺の実行者である家老たちと侍頭は一心同体というべきだった。連署を前に、ただちにつぎのような申し合わせがまとまった。森誅殺は侍頭も同意したことである、森一件を藩主に報告し、もし藩主が家老のした措置を批判して報告を了承しないときは、侍頭は家老に与《くみ》し、一致団結して藩主に承認をせまる、藩主に政治改革を要求し、承諾を得られないときは一門の方方にも働きかけながら、家老、侍組一体となって改革の実行をせまる、それでも聞きいれず、また一時聞きいれても藩主が改革に踏み切らないときは、重き御覚悟あそばされ候ように取りはからい申すべく、というのが申し合わせの主な内容だった。

そのあと案文は若干手直しされて正式な言上書がつくられ、四人の家老、五人の侍頭の連署連判は何の支障もなくととのったのである。江戸屋敷にいて留守をまもる広居清応の連判は、あとでとることにした。当綱にすれば、むつかしいとみていた会合を大成功の形で乗り切ったことになる。

また侍組、国家老、江戸家老からそれぞれ一人ずつの代表者を立て、十九日か二十日にはともに出府して藩主に言上書を提出することもその場で決まった。いま藩主の面前にいる三人が、そのときに選ばれた代表である。

時どき小きざみに手をふるわせながら言上書を読んでいる藩主を見ながら、当綱は、しかしあの会合も万事が万事うまく行ったわけではなかったと思っていた。

——格式、先格か。

身分、格式にこだわる侍頭を味方に引きこむためにはやむを得なかったとはいえ、森の悪政にかかわる政治改革が、あたかも格式、先格の復活にかかっているような文言を言上書に盛らざるを得なかったのは、いかにも方角違いだった。

格式、先格を重んじて停滞した政治こそ、森の独裁を招いた原因ではなかったか。下手をすると殿にそのあたりを突かれるかも知れぬ、と当綱が思ったとき、重定が長文の言上書を読みおわった。

読みおわった言上書の紙を、たたまずに搔《か》きあつめてむずと握りしめたところに、重定の怒りが現われていた。

「そのほうら……」

重定の面長だが肉づきのいい顔が、にわかに紅潮した。興奮しているせいか、声がふだんよりも甲高い。

「いろいろとならべておるが、つまりはわしにことわりもなしに森を殺害したというわけだな」

「おゆるしを乞えば、ご承引をいただけましたかな」

国家老の芋川が、いきなり辛辣《しんらつ》な口をきいた。

「ごらんあそばされたとおりでござる。森の罪状は明明白白、殿のおゆるしをいただくまでもないというのが、われわれ国元の者の判断でござった」

「事の性質上、言上書には載せてありませんが、去る正月にわが藩の窮状を幕府に箱訴した者がおります」

と当綱は言い、箱訴の内容、これについて幕府がどう対応しようとしているか、といったことをくわしく説明した。

「近ごろ領内の民情はまことに不穏、箱訴は氷山の一角とみるべきものでござった。しかも片側に森の失政にそそがれる幕府の目があるということになって、事は急を要してござる。事後承諾を乞うのはまことにおそれ入った次第にござりまするが、事情をご斟酌《しんしゃく》の上、なにとぞこのたびの一件をご承認いただきたい」

芋川正令の高飛車な物言いを埋め合わせるように、当綱は丁寧にそう言った。言上書の補足としては理をつくしたつもりである。だが重定は煩わしそうに手を振っただけだった。

「森を殺害したのは誰だ。ん？」

重定は三人を見回し、最後に当綱に目をとめた。重定は内心の憎悪を隠していなかった。

「竹俣、そのほうが殺害に加わったのはわかっておる。名を偽ってはるばると国元に帰ったのだからな。手を出さぬはずはない。だが一人ではあるまい。ほかは誰だ」

当綱は顔を上げた。憎悪の目で自分を見ている藩主を見返した。

「それを白状せぬうちは、承認罷《まか》りならぬということですかな」

「当然だ。森はわしが藩の仕置きを命じた人間である。その人間を勝手に始末するとは、わしをないがしろにするもはなはだしい話だ」

「では、森がやった仕置きは正しいと？」

「そんなことはわからん」

と重定はいらだたしげに言った。

「わしは政治は苦手だ。政治は森にまかせておった。あの男は器量人だったからの」

「だが、その森の政治がいかなるものであったかは、ごらんの言上書に書かれてあるとおりでござる。勝手に始末したと言われるが、森の罪は万死に値するものでござった」

「そんなものは、そのほうらの一方的な見方に過ぎん」

「いや、それは違いますぞ、殿」

当綱は大声を発した。

「殿は乱舞に凝っておられてご承知あるまいが、森の失政によって、藩は先の存続を危ぶまれるきわに追いこまれ、いまもそのままでござる。これが真実でござる」

「森はそうは言っておらなんだな」

平然とした口調でそう言うと、重定はつぎに顔にうす笑いをうかべ、投げやりな口調で、森にかわって誰かが仕置きの舵をとったところでそれでにわかに藩が楽になるわけでもあるまい、とつけ足した。そしてさらにつづけた。

「そういうむつかしい話はあとにして、誰が森を殺害したか、まずそれを聞こうではないか、美作」

当綱は口をつぐんで重定の顔を見た。侍頭に連署をもとめたのは間違いではなかったという考えが胸をかすめた。

容易ならぬ壁のようなものに突きあたっているのを当綱は感じている。言ってみればまったく理を受けつけないものが前面に立ちはだかっていて、何を言っても言葉はむなしく手もとにもどってくる、といった感触があった。千言万語をついやしても、これは無駄だと当綱は思った。

重定が、寵臣を失っただけでなく自分の顔をつぶされたと思っていることは、言葉のはしばしから読みとれた。しかしそれならそれで、藩主らしい対応の仕方というものがあるだろうと思われるのに、重定はそういう場合に必要な藩主らしい威厳も寛容さも示せないでいるように見えた。その上政治の現状も領民のくるしみも一切視野には入らず、森が殺害されたただそのことだけにひたすらにこだわる気配が重定から押し寄せてくる。

——おそれながら、愚者に似ておわす。

と当綱は思った。これまでも凡庸の藩主とは思ってきたが、はっきりと暗愚を感じ取ったのはいまがはじめてだった。

藩主としてはじめて国入りした重定が、家臣にむけて文武ならびに謡曲乱舞に心がくべきことという諭告を出し、家中をおどろかしたことを当綱は思い出した。しかし謡曲乱舞は本来武家がたしなむべきもので、おどろいたのは米沢藩家中が無骨にすぎたからだということも出来よう。

だから新藩主が政治には無関心で、乱舞にばかり熱心であるなどという評判がたっても、家中はそれをさほど奇異に感じたわけではない。だが重定の来し方をふり返ってみれば、乱舞ひと筋といった凝り様はやはり尋常とはいえないものではなかったのか。

当綱が言葉を失っていると、それまで無言でいた本庄職長が口をひらいた。

「その返事は、われらから申し上げる」

その場の空気にそぐわないほど、ゆったりとした口調で職長は言った。職長自身は平林家から養子に入った人間だが、物言いといい所作といい、職長には越後村上城主として下越に勢力を張った本庄家の裔としての貫禄が身についていた。知行は千六百石余の大身である。

「森を誅殺したのは、そこに名をつらねておる十人でござる」

重定は何か言いかけたが、思い直したように口をつぐんだ。じっと職長を見まもっている。

「われらが森をのぞいたことを、殿はお認めになりたがらないご様子に拝察するが、これはぜひともご承認いただかなくてはなりませぬ」

おだやかな口調とは裏腹に、職長が言うことは威圧的だった。

「このたびの一挙には、侍頭五人が一人も欠けずに加担いたした。むろんそのうしろに九十五家の侍組がひかえておることを、殿はご存じであられる。また森処分のあと、ただちに三手の宰配頭、六人年寄を招いて事の是非を聞いたが、かれらはこれを承認した。この者らが三手組をひきい、あるいは藩の実務を預かる男たちであることは、これまた殿がご存じである。すなわち……」

淡淡としゃべっていた本庄が、ここで声に力をこめた。

「侍組、三手組は森処分を可といたした。さらに申せば残る三扶持方、手明《てあき》組、足軽、これもまた右の承認を異議なく歓迎したことは、森の処分が洩れるや家中に喜色がみなぎったことであきらか。すでに国元がかような情勢にあるとき、なお一人ご承認はまかりならぬということであれば、殿はここで家中藩士のことごとくを敵に回さねばなりません。その覚悟はおありですかな」

重定はうつむいた。だが、すぐにひょいと顔を上げた。

「在郷、町方の者はどうだ。森は村方の改善に熱心だったゆえ、少しは死を惜しむ者もおったろう」

「とんでもござりません」

と芋川正令が言った。

「森は苛酷な税を取り立てるだけではあきたらず、村にも町にも隠し目付を放って、政治を評判する者はうむを言わせず牢にほうりこんでおりました。その死を喜びこそすれ、死を悼む者などはおりませんぞ。一件を聞いて、領民はこぞって万歳をとなえたと申します」

重定は歯嚙みするような表情を見せた。しかし芋川の遠慮会釈のない言い方で、さすがに藩の大勢を悟ったらしい。ようやくあきらめた顔になって、小さくうなずいた。

「森にも欠点はあったであろう。よし、そのほうらのしたことをやむを得ぬ仕儀と認めよう。終ったことは返らん」

「お咎めはなしですな」

本庄の念押しに、重定は不機嫌な口調で言ったとおりだ、と答えた。

しかし本庄はもうひと押しした。

「改革の件もご承認いただいたと考えてよろしゅうござりますな。そちらはべつということでは、政治は停滞いたします」

「わかった。趣旨は聞きおく」

いまいましそうに、重定は言った。

帰国する本庄と芋川を見送った日の夜、竹俣当綱は上屋敷内の役宅に、藁科松伯、莅戸《のぞき》善政、木村高広を招いた。

召使われている老爺が、焼いた越後鮭の塩引に、上屋敷の台所で漬けているこれまた口がひん曲るほど塩からい大根の味噌漬け、それと盃をのせた膳をはこんできた。そして最後に大きな徳利をはこんできて去ると、当綱はさっそくその徳利を持ち上げた。

「国元の大町でもとめた地酒だ」

当綱は両手で持ち上げた徳利を耳のそばで振った。ごぼごぼと音がするのを確かめてからうなずいた。まだかなり残っておる、と言った。

「いや、江戸にもどったら貴公らと一献酌みかわそうと思って大事に背負ってきた酒だが、なにせ歩くと音がするもので、途中で芋川に気づかれてしもうた。季節はまだ寒いというわけで、宿でかなり飲まれての、江戸に着くまでに空になるかと思った」

松伯は、微笑しただけだったが、莅戸と木村は小声で笑った。

酒をつぎ合って盃を満たすと、四人は一挙の成功を祝って盃の酒を飲み干した。森誅殺に成功した二日後の十日、当綱はそのことを知らせる三人あての急飛脚を立てているが、本庄、芋川と出府してきてからは、重定と対決するのにいそがしくて、四人そろって顔を合わせるのは今夜がはじめてだった。

祝盃が済むと、当綱は床の間わきの手文庫から巻紙を出して三人にわたした。

「これが殿にさし出した言上書の写しだ。目を通してくれんか」

当綱に言われて、三人は順順に写しを回し読みした。最後に木村が読みおわり、当綱に写しを返すのを見てから、松伯が口をひらいた。

「で、殿は森平右衛門の誅殺を承認されたのですな」

「認めた。はじめはなにしろはげしくお怒りで、承認を得るのに骨折ったが、そこは肝心のところゆえ、われらも負けてはおられん。重臣連判を盾に押し切った形だ」

そのときの重定との応酬を思い出して、当綱は喉もとに、あの方は愚者だと言いたい気持がこみあげてくるのを感じたが、こらえた。いくら腹蔵なく物を言い合う同志の前でも、その言葉は口に出して言ってはならないように思えたのである。

しばらくはわが胸ひとつにおさめておくしかない。そう思って当綱が顔を上げると、自分を見ている冷静な松伯の目にぶつかった。松伯が言った。

「後段のご改革の件も、殿はお認めになりましたか」

「一応は」

当綱は盃を置いて、あごの不精ひげを掻いた。

「聞きおくという申されようだったが、改革案と申してもこれといった今後に役立つ項目が示されているわけではない。家禄なり、扶持なり藩が渡すべきものは決まりどおりに渡すこと、借り上げは罷りならんと、はなはだ現実ばなれのした要求のほかは、格式、しきたりを重んずべきだと言っておるだけだから、殿としてもほかに言いようもないわけだ」

「格式、先格に目くじらたてるわけではありませんが……」

松伯は目もとにかすかな笑いをうかべた。松伯がそういう顔になるときは、胸に不満があるときである。

「それだけではご改革は無理でござりましょう。政治改革には思い切った人材登用が欠くべからざるものです。言上書の案を見るかぎり、森という羹《あつもの》に懲《こ》りてなますを吹き、人材登用の道を閉ざしにかかっているとしか思えませんが、いかがでしょうか」

「その場にこの竹俣がいて、かようなありさまは何事かと、松伯先生はお怒りであられる」

「いやいや、さようなことは……」

当綱は両手を上げて弁解する松伯を制した。

「そう思われるのは当然のことだ。それがしも格式、先格が出てきたときはこれはこれはと思ったが、口には出さなんだ。それというのも、連署に侍頭の面面を引きこむからには、それぐらいのことは出てくるかも知れぬと半ば予想しておったからの」

このたびは火急を要する連署を優先させたということだ、というと、当綱は両掌でぱたりと厚い腿《もも》を打った。

「改革はこの先、徐徐に中身を考えていかねばなるまいて」

松伯が相わかりましてござる、と低頭したあと、四人は塩からい鮭と漬物を肴に米沢の地酒を酌みかわし、当綱が語る森誅殺の仔細に耳かたむけながら談笑した。森処分そのものは愉快に笑うべき事件ではなかったが、そのことがひさしぶりに藩の前途にあかるい光をもたらしたことは否めなかった。以前のように談笑の声を外にはばかる必要もなく、役宅の一室には菁莪館の書斎のひとときがもどってきたような、打ちとけた空気が漂った。

松伯もひかえ目に盃をあけていたが、当綱が心配したようにそのために咳きこむこともなく、顔いろもよかった。以前に病気を案じたのが杞憂だったようにも思えた。

国元の話が一段落したところで、当綱は松伯に呼びかけた。

「先生、直丸さまのご様子はいかがですかな」

「それがです」

松伯は顔をほころばせた。

「ご学問もさることながら、近ごろは馬のお稽古に出精でござります」

「ほほう、それは頼もしい」

そう言ったとき、当綱の胸に稲ずまのようにひらめき消えたものがあった。藩主交代をいそぐべきではなかろうか。

当綱はむずと胸に腕を組んだ。襟にあごを埋めて思案にふけっていると、遠慮深げな莅戸九郎兵衛の声がした。

「ご家老、もうひとつおうかがいしてよろしゅうござりますか」

当綱は顔を上げた。腕組みを解いて莅戸を見た。

「何だ。遠慮なく言え」

「さきほどの言上書ですが……」

莅戸は持ちまえの慎重な口ぶりで言った。

「ご老臣連署とは申しながら、言上書の文言には殿に対して少少威丈高に過ぎる個所が二、三あるように拝しました。これにはなにか、わけでもござりましたか」

「ははあ、気づいたか」

と当綱は言った。

「須田満主《みつたけ》ではなかったかと思うが、言上書の打ち合わせのときに、藩主が藩の乱れのもとになっているときは、重臣が結束して藩主を押し込め、隠居せしめても、幕府の裁定は必ずしも重臣側に不利にならぬという慣行があると言い出したのだ。それではひとつわれわれも遠慮なく意のあるところをのべようかということで、ああいう文章になったのだが……」

当綱はため息をひとつついた。

「いささか品格を欠いた言上書となった。莅戸が気にするのも無理はない」

このとき当綱は何気なくその打ち明け話をしたのだが、そのとき話題になったことが、のちに形を変えて、七家騒動という一藩をゆるがす大事件の中に現われてくるとは、むろん予想もしなかった。

十二

竹俣当綱ら重臣三名が、藩主重定に談判して森利真誅殺を追認させてから十日ほど過ぎた三月四日、国元では森家の処分言い渡しが行なわれた。

嫡子の森平太七歳は親類預け囲入り、森家用人佐久間政右衛門父子は入獄処分となったが、そのほかの家族、召使いは構いなしとされた。そして二日後の六日からは、森が仕置きの本拠地とした郡代所の役人に対する町奉行の調べがはじまった。その郡代所と、またやはり森の息がかかった役所のひとつで、内輪役場という機構が、森家処分と同時に廃止された。

また、森平太、用人の佐久間父子の処分言い渡しが行なわれた同じ日、森の屋敷の門扉と塀が藩の手で打ち壊された。御作事屋頭橋爪久兵衛と夏井弥左衛門が、大工十人、人足三十人を引きつれて森屋敷に行くと、金《きん》金具を使った黒塗りの門、長大な板塀を斧と大槌をふるってことごとく破却したが、その破壊の音は数里の間に響きわたったという。

また森が屋敷内にたくわえておいた諸道具は、六人年寄の中澤新左衛門が立ち会って改め、城の宝蔵に返すべきものは返し、売り払うべき物は城下の商人を呼んで売り払ったが、城にもどされた森の所蔵品の中には金銀拵《こしら》えの名刀三十振、また純度日本一と言われた佐渡産の極純金延板六本、時価にして一本千二、三百両にもあたる物があった。これら諸道具の始末がつくまでのおよそひと月ほどの間、森屋敷は御使番、徒目付、伏嗅《ふしかぎ》によって昼夜厳重に警固《けいご》された。

森家処分の詳細については、当綱の手もとに公式にもまた国元にいて改革に心を寄せる同志からもしきりに知らせがとどいたが、そのあと藩政を押さえている森の一党の調べがどこまですすんでいるのか、また千坂、芋川は藩政改めに手をつけたのか、それともまだかといったような、江戸の当綱らが耳を澄ますようにして動きを窺っている事柄については、何の音沙汰もなく日にちがたった。そして梅雨のさなかの季節に、重定が参勤交代で帰国した。

竹俣当綱は、重定の帰国でひと息ついた。重定と当綱の間は、表むきは藩主と江戸家老の立場で、支障なく日常の政務を処理しているものの、内面は捩れに捩れた関係に変りつつあった。

藩主は当綱を、信頼する森平右衛門を殺した張本人めという目で見ているし、当綱は当綱で重定を暗君と思い、内心で重定の存在そのものが藩の疲弊に拍車をかけ、再生を邪魔していることを疑っていないわけだから、双方ともに相手を見れば気持が尖《とが》るのはやむを得ないことであった。しかしその当綱にしても、重定が帰国すれば動きのにぶい国元にも、改革にむけて何らかの変化が起きるだろうと期待していたのである。

しかし聞こえてきたのは、五月二十二日に侍頭の本庄、須田、安田、竹俣（英秀）の四人が、重定に改革をもとめる建白書を提出し、これに対して重定が、国家老と侍頭に領内の荒地開拓と藩財政について意見を出すようにもとめた、ということと、六月になって借り上げ半物成《ものなり》のうち銀方の借り上げを停止したということだけだった。

銀方の借り上げを停止したのは、当綱らの言上書にある家臣に渡すべきものは定法どおり渡すべきであるという威嚇的な言辞に応えて、曲りなりにも恰好をつけたということであろうし、荒地開拓に言及したのも一応は藩主みずからが財政建て直しに意欲を持っていることを示したつもりだろう。だが、肝心の藩政機構から森の悪しき遺産ともいうべき森派の男たちをのぞく動きはまったくみられず、帰国した藩主を中心に試みられている改革は、改革の名にも値しないお座なりなものというしかなかった。

七月の末になって、重定は侍頭の本庄職長、須田満主を呼んで、侍頭のまま六万石の荒地開拓をふくむ農政を担当することを命じた。本庄、須田はその新しい職務に乗り気でなくしきりに辞退したが、重定に強く命ぜられて引きうけた。しかし本庄は一年ほども御用を勤めてお茶をにごすつもりらしいということも国元から聞こえてきた。重税と借財に喘ぐ瀕死の藩を救うために、誰かが命がけで何かをやっているわけでないことはあきらかだった。

風がつめたくなった九月に入って間もないある日、江戸屋敷の表の勘定組詰の間で、桜田御屋敷将を兼ねる御勘定頭と桜田、麻布、芝白金の各屋敷の掛り費用について話してきた当綱が、江戸家老詰の部屋にもどってくると、廊下の先に奥からさがってくる藁科松伯の姿が見えた。二人はガタがきて板が浮いている廊下をぎしぎし鳴らしながら両側から近づき、出会ったところで立ちどまった。

会釈した松伯が言った。

「国元のことでご家老にお話し申し上げたいことがあります。今夜、おじゃましてよろしゅうございますか」

「いっこうに構わぬ。どうぞおいでなされ」

当綱は丁重に言った。

「先生おひとりですかな」

「はい、ひとりです。では、後刻」

松伯はまたぎしぎしと踏み板を鳴らして遠ざかって行った。だいぶ行ってから、乾いた咳を二つほどしたのが聞こえた。当綱は立ちどまって振りむき、しばらく松伯の痩せた肩のあたりを見送った。

その夜、当綱の役宅をたずねてきた松伯は、懐から手紙を取り出した。

「源左衛門から手紙が参りました。国元の動きを記したものですが、二、三気になることが書いてござります。お読みになりますか」

小川源左衛門は御勘定頭小川与総太の嫡男で、松伯の門弟だった。家は五十騎組である。当綱は、どれ拝見と言って源左衛門の手紙を受けとると、巻紙をひろげてすばやく目を走らせた。

「ほう」

しばらくして当綱は言った。

源左衛門の手紙は、はじめにさきに同志から通報があった本庄、須田の両侍頭が荒地開拓の新事業を担当することになった一件に触れていた。そして引きうけはしたものの担当の二重臣の新事業への取組みはきわめて消極的で、藩のために開拓を成功させようという気概が少しも見られない。それに憤慨して、去る八月、家臣十一名が尾張藩に陳情をした、と書いてあった。先年に死歿した重定の正室豊姫が尾張藩主徳川宗勝の娘で、家臣らはその縁を頼ったのである。

かれらはその陳情書の中で、一刻もはやい藩政改革がのぞまれるのに、諂諛《てんゆ》の家老は改革に消極的で、忠義の家老もその有様を拱手《きょうしゅ》傍観していると重臣たちを非難し、さらにつぎのように述べたという。この夏の小物成の徴収は、国家老の指図によって非道の取り立てが行なわれたので、民心の暴発は眼前にありという状況になっている、何とぞ貴藩から、親戚藩のよしみをもってわが藩の為政者にきびしい忠告を寄せていただきたいと、陳情書の内容は大要以上のようなものであったと源左衛門は書いていた。

諂諛の家老、忠義の家老の名前も挙げられていて、重定にへつらう家老とされているのは芋川、色部、広居の三家老と侍頭の本庄で、忠義の家老は千坂、竹俣（当綱）、侍頭の中条、須田、安田、竹俣（英秀）の六名だという。そして最後に源左衛門は森の一派は依然藩政の要所を占めて、もとのままであると手紙をしめくくっていた。

国元の家臣たちが尾張藩に何ごとか働きかけたらしいということは、当綱の耳にも入っていた。尾張藩は重定の正室の実家である上に、前藩主宗房の室蓮胎院も、さきの尾張藩主宗春の養女だったので、両家の交際は親密だった。ことに重定の襲封後、もともとくるしかった藩財政が公儀の工事手伝い、相つぐ凶作でにわかに窮迫の度を深めたころ、また森利真の専権が表面化したころには、米沢藩から尾張藩に、あるいは当面の指示を仰ぎ、あるいは重臣たちがひそかに藩主重定に対する説諭を依頼したりする動きも少なからずみられたのである。

そしてそのような動きの仲介役として、米沢藩家臣は時おり米沢新田藩主を頼ることがあった。米沢新田藩は、重定の父吉憲が幕府の許しを得て弟上杉勝周《かつちか》に新田一万石を分与して支藩とした藩で、住居は米沢城二ノ丸の内、また江戸屋敷は米沢藩麻布中屋敷の内に二千八百坪を分譲されている身分ながら、もっとも近い親戚藩として、本藩の介添え役、あるいは目付役として本藩内に重んじられてきた家である。支藩の現藩主は上杉駿河守勝承《かつよし》で、公儀の役は父と同じく駿府城加番だった。

森処分で連判状を作成する直前に、当綱ら重臣たちは急遽同心を確認する申し合わせをした。そのなかで、藩主が承認しない場合は一門の方方にも働きかけると言ったときも、かれらは支藩藩主勝承を念頭においていたのである。

今度の尾張藩に対する訴えで、家臣が駿河守を頼ったかどうかについては、源左衛門の手紙は触れていなかった。

「非道の取り立てとは何かな」

当綱は首をかしげたが、すぐに自分でうなずいた。

「停止した銀方借り上げ分をべつの形で取りもどしたのだな。言上書の約束を守るために恰好をつけたものの、いまわが藩の財政のやりくりからいえば、たとえわずかにしろ借り上げを停止するゆとりなどはない」

「その分を庶民がかぶったということでしょうか」

「詳細はわからんが、まあそうみて間違いなかろう。しぼっても血も出ないところから、さらにしぼり取ったという次第だ」

「藩も天を恐れぬことをおやりになる」

「まさに亡国の相ですな、先生」

と当綱は言った。

「自身も重役の列につらなる身でこういうことを言うのは憚《はばか》りがあるが、過日の言上書に言う格式、先格などというものは平時のたわごと、乱世のただ中ともいうべきいまのわが藩に通用する物差しではござらん」

「いかにも」

「しかし、ま。芋川はともかく千坂などは気の毒な面もある」

当綱がそう言ったとき、突然に松伯がはげしく咳きこんだ。当綱はその間に立って台所の老爺を呼び何事かを言いつけたが、松伯の咳がおさまったころに老爺が持ってきたのは、小さな紙包みと湯気立つ黒い液をいれた茶碗だった。

「先日、さる人からめずらしい物をもらいましてな。これがその折の頂き物です」

当綱は紙包みをひらいて、包んである黒い塊を示した。

「黒砂糖です。だが唐渡りではなく琉球産とかで、少し味が落ちるなどとも申しておったが、なに、喰べてみるとさほどの違いはない。黒砂糖は黒砂糖です。これを半分、先生におわけしましょう。それから……」

当綱は茶碗を松伯の前に押しやった。

「黒砂糖を湯に溶かせたものです。御医師の先生に講釈するわけではありませんが、これは咳を鎮めるのに卓効があるそうですな。くれた人がそう申しておりました。どうぞ、お召し上がりください」

「これはかたじけない」

松伯はかれこれ言わずに茶碗を手に取ると、うまそうに砂糖湯を飲んだ。その様子を少し眺めてから当綱は言葉をつづけた。

「たとえば森の一党です。やつらはいまも要職を押さえて藩政を動かしておる。しかし改革はやつらをのぞくことからはじめなければなりません。それが第一歩ですな。わしならなにはともあれ蛮勇をふるって旧制を一掃し、やつらを藩政の仕組みの外に叩き出すところだが、千坂にはそれが出来ん。それをやるとこれまで藩政を支えてきた屋台骨があちこちで崩れて、当面の仕置きをすすめるのに齟齬《そご》を来すのを恐れておるのです」

「……」

「千坂は平時なら名執政と呼ばれてしかるべき器量の人物です。しかしながらその千坂も、いまの藩をいかんともし難い。無能の家老呼ばわりされるのを免れないということですな」

と当綱は言った。

だが当綱はすぐに、胸の中でそういうおまえはどうなのだと自問していた。さも自信ありげに大口を叩いているが、はたして混乱する藩を引きうけて新しく仕立て直すことが出来るのか。それだけの器量があるのか。

その問いかけには容易に答えられなかった。当綱はむっと黙りこんだ。師の松伯が無言で自分を注視しているのを感じたが、目を上げなかった。千坂、芋川を無能と非難するのは、おそらく間違っているだろう。いまの藩の仕置きは、誰がやってもいま以上のものにはなるまい。

そう思ったとき、みずからを嫌悪する気持が当綱の胸にあふれた。似たようなことを、かつて重定が捨てぜりふのように言ったのを思い出したのである。嫌悪感は行手に立ちふさがる何ものとも知れぬ不如意《ふにょい》なものに対する憤りに変った。

「森の始末がついて、ここで一杯やったとき……」

と当綱は言った。

「九郎兵衛と丈八がいたゆえ言うのを憚ったが、先生、わが殿は疑う余地のない愚人ですぞ」

「……」

「森処分の承認を迫った席で、つくづくとそう感じ申した」

めずらしく松伯が破顔した。

「いまごろお気づきですか」

「いや、かねて凡庸の君とは思っておったが、あのような愚物とは知らなんだ」

当綱は藩主を罵《ののし》った。森がいなくなって、こういう話を大声で出来るのがうれしかった。

「はやい話が、あのお方は森を誅したわしをいまだにしつこく恨んでおられる。いや、それはかまわん。ただこの非常のときに、心中森があって藩無きがごとしというおひとが藩主では情けないと申すのだ。藩の行手は闇ですな、先生」

「いや」

松伯が胸を起こしてきっぱりと言った。

「直丸さまがおられます」

「おそれ多いが、まだ子供だ」

当綱は言い捨てた。胸にまだ怒りがくすぶっていた。だが、少し気がさして言い直した。

「今年、おいくつであられたかな」

「十三におなりです。間もなく藩を背負って立つ君主になられるでしょう」

間もなくとはいつのことだ、と当綱は思った。運命が尽きかけている藩の姿が見えていた。森をのぞいたものの政治の仕組みは何ひとつ変らず、その間にも領土を覆う貧困は深まって藩は息絶えようとしている。当綱の胸を、記憶にある虚無の思いが静かに横切った。

くたばるならくたばればいいのだと思った。

するとまるでいまの当綱の心中の声を聞きとったかのように、松伯が言った。

「ご家老、直丸さまをお信じになることです。あきらめることはありませんぞ」

当綱は松伯を見た。松伯は微笑して当綱を見ていた。だが当綱には、その清らかな微笑も自己満足にひたっている狂信の徒の笑顔としか見えなかった。

十三

竹俣当綱が御用部屋で書類を見ていると、襖が開いて色部照長が顔を出した。

「入ってもよろしいか」

「どうぞ」

当綱が言うと、色部はずかずかと部屋に入ってきた。今日は非番で、役宅で帰国の支度をしていたはずなのに、見れば裃をつけている。

「いや、明日は早立ちしようかと思ってな。いま、直丸さまに帰国のご挨拶を済ましてきたところだ」

「さようか」

当綱は机の上の書類を押しやって、色部に向き直った。

「むこうにはどのぐらいおられることになるかな」

「ざっとひと月」

と色部は言った。

「公私ともに、いろいろと用があっての。少少手間どろう」

私用というのは何かわからぬが、公用の方は藩主重定から呼び出しの書状がとどいて行くのだとわかっている。ただし重定の用の中身が何であるかは色部は言わなかったし、当綱も聞いていない。

おう、そうだと色部は言った。

「立ち寄ったのは、殿に何か用はないかと思ってな。言いたいことがあれば伝えよう。口頭でもよし、手紙でもよい」

「近ごろ、殿のご機嫌はいかがかな」

当綱はすぐには答えず、故意に話を少しずらした。色部が帰国するからと言伝《ことづ》てをたのむわけがないほど、殿とおれが不仲であるのは知っているはずだろうにと、一瞬色部の申し出の裏をさぐる気持が働いたのだが、色部はただ事務的な用のことを聞いたのかも知れなかった。当綱はこのごろ、重定のことになると必要以上に気を回しすぎる傾きがある。

はたして色部は無頓着な口調で言った。

「ご機嫌はうるわしいはずだ。数日前にとどいた身内の手紙によると、相変らずというか、日日狂せるがごとく乱舞に精出しておられるそうだ」

色部は口辺に、冷笑といってもいいような笑いをうかべた。こういう笑いを見ると、色部が諂諛《てんゆ》の家老だという例の家臣たちの評価は疑わしく思えてくる。

だが当綱は、一緒になって冷笑する気にはなれなかった。何とも言えない無力感にとらわれていた。のんきなものだ、と当綱はつぶやいた。しかしつぶやいたとたんに無力感は掻き消えて、当綱は身内が熱くなるほどの憤怒がこみ上げるのを感じた。当綱は大きな声を出した。

「いや、のんきで済まされる話ではないわ」

「さよう、のんきでは済まされん」

と色部も言った。そして本音かどうかはともかく、めずらしく率直な藩主批判の言葉をつづけた。

「この期におよんでも、例によって仕置きはその方ら勝手にやれということだ。ちっともじたばたせぬところは見上げたものだと言いたいが、真実は平時も非常の時も区別がつかんのだて、わが殿には。こういうお方を藩主に戴くと、いたく疲れるの」

「殿に、竹俣がこう申したと伝えていただこうか」

当綱は目の前にいるのが重定本人であるかのように、色部をにらみつけた。

「いまのわが藩は、たとえて言えば病名もつけがたいほどの難治の病いに冒された病人だ。その病根は何ぞといえばじつはわが藩なじみの貧乏で、しかもこの貧乏よくよく見れば横の方に毛が生えているという劫《こう》を経た代物ゆえ、退治しようにも君も臣も無力で何とも打つ手がない。これでは為政者としてまことに恥ずかしい限り、かつは領民に対しても相済まぬ次第ゆえ、いっそ公儀に封土返上の内意をうかがってはいかがか、さようにそれがしが申したと伝えてくだされ」

色部は口辺の笑いをひっこめた。ひと息にまくしたてる当綱を鋭い目で見ていたが、当綱がしゃべり終ると冷静な声で言った。

「美作、本気か」

「本気だとも」

「そんなことすれば、幕府が喜んで封土を取り上げるおそれがあるぞ」

「あるいはしからん」

色部は顔を上げて、じろりと当綱を見た。そして、いや、待てよと言った。

「そうとも限らんか。上杉は名門だ。国替えさせて小さく残すという手に出るかな。そのときは当然多数の家中を召放つことになるが、今度は誰も文句は言わんだろう。すると、藩が小さくまとまって暮らしよくなるということも考えられる」

色部は半ばひとりごとのように言ったが、そこで腕組みを解いて鋭く問いかけてきた。

「美作、ねらいは何だ」

「ねらいなどというものはない」

当綱はそっけなく言った。

「貧乏にも、貧乏藩のやりくりにも飽きただけだ」

色部はまた口辺にうす笑いをうかべた。片手で膝を打ってから立ち上がった。

「わが藩の貧乏も長いからの。みんな飽きておるわ」

「先に、これといった見通しがあるわけでもない」

「そういうことだ。気が滅入《めい》るの」

帰る色部を見送って、当綱も廊下まで出た。明日は挨拶なしで早立ちするゆえ、見送りは不要だ、と言って色部は背をむけた。

細長い廊下には、障子を通してさしこむ晩秋の日差しがあふれていた。その中をぎしぎしと踏み板を鳴らして遠ざかる色部の背に、当綱は修理と呼びかけた。立ちどまって振りむいた色部に、当綱は少し声を落として言った。

「さっき申したことは、本気だぞ」

色部はわかったというふうに片手を上げた。そして無言で背をむけた。

二十日ほど過ぎて、帰国した色部から書状がとどいた。所用が出来て帰府が大幅に遅れると書いてあったが、その理由には触れていなかった。だが当綱の目はすぐにつぎの文章に吸いつけられた。色部は、重定に例の件を話したところ、封土返上の内意をうかがう願書の案文をまとめてこちらに送れと言っている、と色部は書いていた。そして最後に、当綱が言ったことを国家老の千坂にも話してみたが、千坂は賛成はしなかったが反対もしなかったと、これはつけたりのようにごく短く記していた。

――どういうおつもりかな。

色部の書状を巻きもどしながら、当綱は封土返上の案文を送れと言ってきた重定の心中を推しはかった。

当綱が封土返上などと少少乱暴なことを言い放った背景には、藩主重定との間のひとかたならない感情のもつれがある。むこうが当綱の顔を見たくないと思っているとすれば、当綱にも、この藩主にはうんざりだという気持があった。

その気持に、相変らずの暗君ぶりを伝える色部の言葉が火をつけたぐあいになって、当綱はカッと頭に血がのぼったのである。あの凡庸な君に痛棒を喰らわしてやれ、と思ったのだ。

だからといって、取りのぼせて口から出まかせのことを言ったわけではない。封土返上は、当綱の胸中深いところにいつとはなく棲みついた考えである。ただそれを表に出すには、当然ながらひろく家中に諮《はか》って同意を取りつける必要があるだろう。その意味では、怒りにまかせて色部にぺらぺらとしゃべったのは軽率だったかも知れない。

——しかし、まさか……。

あれに重定が喰いついてくるとは思わなかったと当綱は思った。こっちのささやかな悪意に気づいて、腹を立てるぐらいが関の山だろうと思ったら、案に相違して重定は封土返上に喰いついてきた。

暗君とばかり思ってきたが、重定にもいっそ領土を投げ出したい気分があり、はからずも当綱の提案に平《ひょう》仄《そく》が合ったということは考えられないか。あるいは話は逆で、当綱が封土返上を提案したのを好機に、何もかも投げ出して、憎むべき当綱に藩をつぶした男の汚名を着せようとしているのだとも考えられる。

しかし推測がそこまでくると、さすがに考え過ぎという気がして、当綱はにが笑いした。重定にそんな度胸はあるまい、と思うことにして当綱は数日後封土返上伺い書の案文を作成し、色部の手もとまで送った。

しかしそれっきり何の音沙汰もなく、色部ももどらないまま日が過ぎて、師走が近づいたある日、当綱は麻布にいる支藩藩主上杉勝承《かつよし》の使いをもらった。内密に相談したいことがあるので、支藩江戸屋敷まできてもらいたいと勝承の手紙は記していた。

麻布飯倉片町にある米沢藩中屋敷は、もとの広さは一万二千八百坪で、中に鬱蒼と木立がしげる屋敷だが、米沢新田藩を支藩として立てる許しをもらったとき、米沢藩では幕府から拝領しているその敷地のうちから、二千八百坪を分けて新田藩の江戸屋敷とした。

由来はそうだが、いまの外見は単に本家、分家が隣り合っているように見える。当綱の供をしてきた者が訪《おとな》いをいれると、すぐに人がでてきて、当綱は主の勝承が待っている奥に案内された。

「寒い日に呼びつけて済まんの」

と勝承は言った。色白で面長、品のいい顔をした藩主だが、風貌からも言葉のはしばしからも、時おり鋭気のようなものが伝わってくるのは、このひとが若いせいであろう。上杉勝承は二十九歳で、従兄の重定より十五も齢若い藩主である。

にわかに冷えてきたが、このぐらいの寒さは何ともない、と当綱は言った。

「で、本日は何か、火急の用でもござりましたでしょうか」

「うむ、その用だが……」

と言ったものの、勝承は色白な顔に困惑したような表情をうかべた。

「じつはこの秋以来、本家の者たちから一再ならず異な陳情をうけておる」

「ははあ、陳情……」

当綱は目をみはった。

「それはどのような」

「本家の殿に尾張さまから隠居をすすめてもらうよう、わしに骨折ってくれという訴えだ」

これにはわけがある、と勝承は言った。

「今年の五月に重定どのが帰国された折、わしはまだ国元におったゆえ、内密にお会いして忠告をひとつ申し上げたのだ。そろそろ隠退して、国のために人心の一新をはかるべき時機ではないかという趣旨のことだが、露骨に言ったわけではない。それとなく申し上げた」

「ははあ」

「それと申すのも、その方や千坂らが骨折って大悪人の森をのぞき、さあ今度こそ国の建て直しがはじまるぞと見ていたが、何事もはじまらぬ。その原因が奈辺にあるかはわしにもおおよそは読めておったゆえ、これは見過ごすべきであるまい、見過ごしては国の大事を招くかも知れぬと思い申し上げた次第であった。出すぎたようではあるが、こういうときに意見を言うのがわが家の勤めと、亡き父に言われておる」

「当然でござる。で、わが殿は何と答えられましたか」

「迷惑そうに聞いておって、考えておこうと言われただけだったが、どうもそのときのことが藩内に洩れた形跡がある。いや、申したような陳情がくるからには、そうとしか考えられぬ」

「わが殿が、まわりの者に愚痴でもこぼしましたかな」

当綱は言って少し考えこんだが、すぐに顔を上げた。

「新田の殿にお骨折りを願い出たのは、どのような者たちでしょうか。秋のはじめのころ、国元の者十名ほどが尾張家に陳情するということがありましたが、そのときの者たちでしょうか」

「美作は、わしが言っておるこの話は初耳か」

「むろん、初耳です」

やはりな、と勝承は言った。

「かの者たちのわしに対する訴えは内密のことゆえ、誰それという名前は言いにくい。しかしその中には六人年寄の者がおり、三手の頭もいて、秋口の陳情の者たちとは顔触れが違うようだ」

「ははあ」

「それはさておき、不思議なのはその中に本家の重役が一人も加わっておらんことだ。家老もいなければ侍頭もおらぬ。これを美作はどう思うな」

「なるほど、そうですか」

当綱はまた沈黙した。しばらくしてつづけた。

「おそらく上の役持ちどもは、日ごろわが殿に接触しているだけに、殿のお人柄というものをのみこんでおるはずです。ゆえに殿のご気性から推して、隠退をすすめても無駄と思っておるので、決して藩の行末に無関心だということではなかろうと思います」

ひと呼吸おいてから、当綱はさらに言った。

「それに、もしや隠退ということになれば、直丸さまがつぎの藩主ということになりますが、あのお方は利発ではあられても十三歳、まだ子供でござる」

「そんなことはあるまい。十三といえばりっぱに跡つぎが勤まろう」

勝承は軽くたしなめる口調で言ったが、そこで本題に入るという顔いろになった。

「ところでさっきの話にもどるが、さきの尾張家への陳情につづいて、わしにも今度のような訴えがくるのは、国元もいよいよきわどいところにさしかかり、しかも歯に衣着せずに言えば、だ。家中の者たちは藩主も重役も頼むに足らずと思い、気持がせっぱつまってきたのではないか。さように思うゆえ、わしとしても出来ればかの者たちの気持を汲《く》んで、尾張家に仲介の労をとってみたい。しかし藩に責任のある重役の意見をひとつも聞かずに事をはこぶのもためらわれて、そなたを呼んだ次第だ」

「それはぜひともおねがいしなければなりませぬ」

当綱は低頭して言った。余人にあらず支藩の藩主から相談をかけられたからには、当綱としてはそう答えるしかない。

「それがしのみならず、新田の殿のお話をうかがえば国元の役持ち一同、一議におよばず同様のおねがいを申し上げることと思います。支侯さまのお骨折りをいただいて尾張さまからお言葉があるということになれば、わが殿としてもこれをむげに打ち捨てには出来ますまい。ただあのご気性ゆえ、ただちに隠退を受けいれるとは思えませんが、少しは目ざめて仕置きに心を配るお気持になられるかも知れません」

「さて、それはどうかの」

重定のことは知悉《ちしつ》しているというふうに、勝承はふと顔ににが笑いをうかべたが、すぐに表情をひきしめた。

「わしも、これで本家がただちに隠居するとは思わん。しかしあのお方は何も言わねばそれでよしと思い、まわりに目をむけることはせぬ。ゆえに、実情はこうであるとかたわらの者が時どき面《おもて》を冒して言うことが肝要ではないかと思う」

「至言です」

「では、来春重定どのが帰府されたらすぐにも勧告をいただくよう、尾州家に頼んでみようか。それでよいか」

よしなに頼み入りますと当綱は言った。

辞去して外に出ると、屋敷のまわりには暮色が立ち籠めていた。門前の道は人の姿も稀で時たま通る人の顔が白っぽく見える。供の中間《ちゅうげん》が馬繋ぎ場から馬をひき出してくるのを待ちながら、当綱はうす闇に沈もうとしている麻布の町を眺めた。

——尾張さまから勧告してもらっても、仕方あるまい。

と、当綱は投げやりな気分で思った。米沢新田藩藩主の親身な支援ぶりは尊いものだった。本家のことなど知らぬと言ってしまえばそれまでのことである。だが支侯勝承はそうせずに家中、領民の意を汲んで藩政建て直しに労をいとわず力を貸そうとする。

だが当綱には、藩が、立ち直る機会をどこかでつかまえそこなったような気がしてならなかった。つかまえそこなったそのものは、藩の上を通りすぎてしまっていまははるかむこうにうしろ姿が見えているばかりである。皮肉なことにその状況は森を処分したあとに、明瞭に見えてきたようでもあった。

――つまり……。

もはや手遅れということだ、と当綱は思った。勝承が画策している藩主に対するゆさぶりも、とどのつまりはこれぞといった成果を生むことなく終るのではないか。

新田藩の門扉の外に、門番が一人じっと立ったまま、道に出てしまった当綱を見送っている。門番を振りむいて扉をしめてよいぞと言おうとしたとき、当綱は門の上の高い空にわずかに赤く日のいろをとどめている雲があるのに気づいた。当綱も以前は藁科松伯の、近ごろは細井平洲の門弟であり、いささか詩情を解する。はかなげにうすいふゆ雲を見上げていると、塀を回ってようやく馬を牽《ひ》いた中間が現われた。

国者の中間は、片手にまだ灯の入っていない提灯《ちょうちん》をさげていて、これを借りたので遅くなったと詫びた。

「暗くなりましたら、途中で灯を借ります」

よしと言って当綱は馬に乗った。馬を歩ませて間もなく、うしろで門をしめる音がした。初冬の寒気がひしと当綱をしめつけてきた。

十四

師走の半ばが過ぎたころに、上杉勝承から本藩上屋敷の竹俣当綱に、さきに相談をかけた一件を尾張藩江戸家老まで申し入れたという連絡があった。しかし窮乏にあえぐ米沢藩の今後にかかわるような動きはそのことひとつだけで、当綱にはほかに国元から格別の音信もなく、帰国した色部ももどらないまま年が暮れた。

ところが宝暦十四年と改まった年が明けて早早に、当綱は前触れもなく帰府した色部におどろかされることになった。

その日当綱は軽い風邪気味で、執務を終えるとすぐに自分の小屋(役宅)に帰り、召使いの老爺に粥を炊かせた。熱い粥を食して早目に床につき、風邪を追いはらうつもりだった。するとその夜食が終るのを見はからったように表の戸がほとほとと鳴り、当綱が自分で出てみると供を連れた色部が立っていた。まだ旅姿のままだった。

「おう、いまおもどりか。ごくろうでござった」

「ただいま帰り申した。長長の留守でご迷惑をおかけした」

色部は固くるしく言ったが、ちょっと奥をのぞくようなしぐさをして、誰かいるかと言った。

「いや、わし一人だ」

「では、着換えてまたくる」

「急用があるらしいな」

当綱が言うと色部はうつむいた。そして顔を上げると、今度は外に立っている供の男をちらと振りむき、一歩当綱に身を寄せてきてささやいた。

「例の件を手配するように、殿に命ぜられてきた。で、まずなにはともあれ貴公に話さねばならんと思ってな」

「例の件だと?」

当綱は一瞬意味がわからずきょとんとしたが、すぐに色部の言っていることが腑《ふ》に落ちた。色部は封土返上のことを言っているのだ。

当綱は衝撃をうけた。

「まさか」

「いや、そのまさかだ。ここに……」

と言って、色部は手のひらで自分の胸を叩いた。

「殿から預かってきた内意伺いの書面がある」

そもそもは自分が言い出したことなのに、色部の所作を見て当綱は背筋に戦慄《せんりつ》がはしるのを感じた。いよいよその時がきたかと思いながら、修理、ちょっと待てと言った。

「そのことならわしもいますぐに聞きたい。なに、出なおすことなどいらん。濯《すす》ぎを出すゆえ、上がってくれ」

「さようか、言われてみると改めてたずねるのも億劫《おっくう》だの」

色部はそういうと背中の打飼いをはずした。そのまま戸の外に出て供の者に打飼いを手渡し、何事か話しかけている。その間に当綱は老爺を呼んで濯ぎの湯を出すように言いつけ、自分は居間にもどっていったん埋《い》けた火鉢の火を掘りおこした。そうしながら、そうかと思った。

——とうとう、殿も決心されたか。

公儀に領土と領民を返納すると決めた藩主の心境がどのようなものかは、当綱には想像もつかなかったが、ただ決心したからには、凡庸の藩主重定の目にも、ついに進退きわまった藩の全貌がくっきりと見えたということだろうと思った。

そうだとすれば、皮肉な話だが封土返上によって、悪名高かった重定の米沢藩仕置きが掉尾《とうび》をかざる大善政で幕を閉じるということになりはしないかと思いながら、当綱が豆粒のような燠火《おきび》をひろいあつめていると、色部が部屋に入ってきた。

「途中、寒かったろう」

当綱がねぎらうと、色部は山の中より関東の野原に出てからの風が寒かったと言った。色部の顔は雪焼けがして赤黒く光っている。二人はそれぞれに座を占めると、改めて挨拶をかわした。

当綱は、火桶に手をかざしてくれとすすめた。自分の風邪けのことはすっかり忘れていた。だが色部はそれには答えず、いそがしく自分の懐をさぐった。

「年内にはもどる心づもりをしておったのだが、要するにこれに手間どって……」

言いながら、色部は懐から薄い油紙の包みをひっぱり出した。そして、内意伺い書だと言った。

「ひそかにという殿のご命令なので、封を切るわけには参らんが、中身は貴公が草した案文そのままだ」

「ふむ、するとそれをどこに持って行くことになるな？」

当綱はたずねた。

「まさかいきなり評定所にさし出すわけではあるまい。とすれば、幕閣のしかるべきおひとに会って内見を乞うということになるのかな。殿はどう指示された」

「いや、その前にだ」

色部は一度出した油紙の包みを、また慎重な手つきで懐に押しこみながら言った。

「尾張藩の殿宗睦《むねちか》さまにお目通りをねがって、指図をうけろという仰せだ」

「尾張藩の指図？」

当綱は呆然として色部を見た。

「それはどういうことだ」

「そういう手順は尾張がくわしかろうということだが……」

「ばかな」

と当綱は言った。

「そんなことをしたら、尾張の殿に伺い書提出をとめられるぞ」

「わしもそう申したのだ。ところが殿は……」

色部は消えかかってろくに赤いものも見えない火桶に手をのばした。

「それも考えられるが、わが藩のこともわし自身のことも誰よりもよくわかっておるのは尾張だ。その判断を仰ぎたい。そうせずに公儀に伺い書を差し出しては、あとに悔いが残るかも知れぬ、と言われた」

「悔いが残る、と？」

どこに悔いる余地が残っているというのだ、と当綱は思った。

あの殿がついに腹を決められたかと、さっきは身もひきしまる思いだったが、結局は凡庸の君主は凡庸の君主でしかなく、ご自分では決められずに最後は尾張藩にゲタをあずける気になったらしい。しかしそれで、藩はわが身を捨てて領民を救済するただ一度の好機を潰《つぶ》すことになるのだ、と当綱は思った。

「要するに臆病風に吹かれたのだな」

「そう言ってしまっては身もふたもない」

色部は重定を弁護した。

「殿のお気持にも無理からぬものがあると、わしなら思うところだ。なにせ父祖以来の藩をおのが代で投げ出そうというのだからな。一世一代の決心をつけたつもりでも、お気持は大いに揺れるだろうて」

「………」

「それに美作はそう言うが、わしは尾張藩がかならず伺い書の提出を阻止するとも思っておらん。殿が言われたように、尾張藩はわが藩のことをよく知っておる。よく決心をつけたと、伺い書を出すことを支持することがないとも言えまい。いずれにしろこのたびのような大事を決行するにあたっては、尾張藩のように、藩の外にいてわが藩をよく知る立場の者の冷静な判断を聞くということがあってよい。これがわしの考えだ」

色部はひと息に言ったが、言い終ると急に疲れた顔になり、はやくも立ち上がるそぶりを見せた。

「ま、しかしじっさいには、先方にあたってみぬことにはわからんということだよ。ただわしとしては殿のご命令にしたがうしかない」

「わかった。ところで今度のことだが……」

当綱は色部をじっと見た。

「殿と貴公、このおれ。この三人のほかにも知っておる者がいるのかな」

「おう、それを話すのを忘れた」

　色部は上げかけた尻を落として、坐り直した。

「殿のご指示はひそかにやれということだった。江戸に行ったらまっすぐ尾張屋敷に駆けこめ、美作にも言うにはおよばんという言い方をされたが、わしとしてはそうもいかん。封土返上伺いがすんなりと幕閣まで上がった場合、ほかの者は知らなかったでは、あとで物議を醸す」

「さようさ、大いに物議を醸すだろうな」

「千坂にちょっぴり洩らしたことは、さきの手紙に書いたはずだ」

　と色部は言った。当綱は読んだと言った。

「そういういきさつもあるからして、殿のご命令があったあと、大いそぎでちょっとした会合をひらいたのだ。場所は千坂の屋敷で、あつまったのは千坂、芋川、国元に帰っている広居、それにわしの四人だ」

「打ち明けたか」

「残らず打ち明けた。貴公が書いた案文も手もとにあったゆえ、読み上げた。で、かれらがどう言ったと思うな？」

「二、三のきびしい反論はあったろう」

「いいや」

　色部は首を振った。

「一人も反対せなんだ」

「ほう」

「ここまでせっぱつまっては、いさぎよく封土を返すのが筋ということだったな」

　二人は顔を見合わせた。しばらく無言で顔を見合ってから、突然に色部は、ではわしはこれでと言って腰を上げた。土間でもう一度つめたい足袋、わらじをつけてから、色部は腰をのばして見送りに立った当綱を振りむいた。そしてこれが近ごろの国元の偽りない姿だと言った。

「本音を言えば、千坂たちもいまや打つ手に窮して藩の仕置きを投げ出したい気分になっておるのだろうて。そして仮に千坂らが投げ出しても、そのあとを引き継ぐ者など誰もおらん。尾張さまにお会いしたら、そのへんのことも飾りなく申し上げるつもりだ」

　当綱は部屋にもどった。誰もいない部屋にぼんやりと立っていると、いつの間にか顔が熱くほてり、身体が重くなっているのに気づいた。色部と話している間は風邪けを忘れていたが、風邪は消えたわけではなく、身体の中でいっとき鳴りを静めていただけだったらしい。しかも今度は、背筋のさむけが消えたかわりに、いよいよ熱が出るところらしかった。

当綱は火桶のわきに中腰にしゃがむと、火ばしで灰をかき回した。燠火は燃えつきたらしくて、いくらかき回しても赤い火は出てこなかったが、そうしていると火桶からほのかなあたたかみがつたわってきた。

通りがかりにその姿を見つけてみかねたのか、表の戸締りをしてきた老爺が、火をお持ちしましょうかと声をかけてきた。

「いや、もう寝るから火はよい。おまえもはやく寝ろ」

と当綱は言った。挨拶をして台所の自分の部屋にひきとる老爺の気配を聞きながら、当綱は燠火をさがすのをあきらめて火ばしを灰に突き刺した。

——色部はああ言ったが……。

尾張が版籍返納をゆるすはずがない、と当綱は思った。それは米沢藩自身が決めるしかないことで、いかに親しいとはいえ、他藩が容喙《ようかい》出来る事柄ではない。相談をうければ阻止するよりほかに途《みち》がないのは、やはり自明のことだと当綱は思った。

——殿はそれを承知の上で……。

色部を尾張屋敷にやるのだろうか、というのが最後に残った疑問だった。

当綱は行燈《あんどん》の灯を消し、間の襖をあけて暗い寝所に入って行った。兆しはじめた熱はいまや全身をゆるやかに覆って、四肢を気だるく冒しはじめているようだった。

色部が尾張藩屋敷をたずね、藩主の宗睦に会ってから数日たった一月十三日、竹俣当綱は尾張藩の老臣石河伊賀守から使いをもらって、市ヶ谷御門外の尾張藩上屋敷に行った。

半白の髪をした石河は顔見知りの老臣である。柔和な顔で季節のことなどを言ったあとで、石河は色部の持参した内意伺い書に触れてきた。尾張藩主は色部の言うところを聞いたが、即答を避けて伺い書を預かった。

「さてわが殿が申されるには、貴藩の窮状は委細承知した。しかしながらなお万端にわたって倹約につとめられ、公辺筋の勤めに滞りを来さぬことはむろん、家中、領民ともに別心なきよう取りはからうべく、藩重役はいま一段の力を尽されよというお言葉であった」

当綱は低頭して、ご配慮を煩わし申しわけありませぬ、と詫びた。予想どおりの尾張藩の対応だと思った。

すると石河が、そばに置いてある手文庫から書類を出した。

「この内意伺い書は、竹俣どのが草したものだそうですな」

「ちょっと拝見」

と当綱は言って、書類を受け取った。

「年来蔵元逼迫し政事相立たず候えば、国人苦しみ候間」、長い間倹約につとめてきたけれども効果は現われない。漸く心力およばず、是非なき次第ゆえ「領知差し上げ国人お救い下されたく、公儀へ願い奉り候ほか御座無く」という伺い書は、当綱の案文そのままではなかったが、ほぼ似たものだった。

当綱は顔を上げた。するとさっきまでとは打って変った石河のきびしい表情にぶつかった。石河が言った。

「これは私見だが、貧民と貧士を置きざりにして、君臣ともに国を逃げ出そうというのはいかがなものか。これではその後に封じられる者も決して喜ぶまい」

当綱はもう一度頭を下げた。風邪はなおったのに身体が恥辱感でじわりと熱くなるのを感じた。

十五

版籍返納伺いに対する尾張藩主宗睦の意向を藩主に伝えるため、色部照長はふたたび寒風の吹く道をとって返して帰国した。そしてそのまま何の音沙汰もなかったが、二月の下旬になって色部は、去る二月十四日に米沢城二ノ丸で重臣会議をひらいた旨を、当綱に手紙で知らせてきた。

江戸にいる当綱をのぞく四人の家老と、五人の侍頭があつまって会議をひらいたのは、その前の八日に、国家老の千坂、芋川、江戸家老の色部、広居の四名が、藩主重定に辞職願いを提出したからである。

おどろいた重定は、願いを出した家老たちをなだめるとともに、重臣会議をひらいて善後策を協議するように命じた。十四日の会議はそうしたいきさつがあってひらかれたのだが、相談の結果千坂が一般政務を見、本庄職長と須田満主が御続道（財政）を監督することで政務にも参与することになった。本庄と須田がいわば貧乏籤《くじ》をひく形で政務にかかわることになったのは、会議の冒頭で本庄が家老の辞職に強く反対したためで、本庄は自分の意見の責任を取らざるを得なくなったのだ。

色部の手紙はそう記し、なお辞職願いを出した芋川正令は重定の慰留を受け入れず、翌九日から出仕をやめ、十四日の重臣会議にも出席しなかったと結んでいた。

四人の家老がなぜ辞職願いを出したか、色部はその理由を記していなかったが、当綱には聞くまでもなくわかった。以前に色部も言ったように、ここにきてみんな匙《さじ》を投げたのだ。政務をみることに厭《あ》きたと言ってもよかろう。家老として藩政の舵をとる職分には困難もつきまとうが行政家としての喜びがないわけではない。あえて言えばその上に、自分の力が藩を動かしていると思う権勢家の満足も加わるだろう。だがそれは平時のことである。いまの時期に、米沢藩の政治の指揮をとるのは、苦痛以外の何ものでもないのだ。

——きっかけは……。

多分、封土返上騒ぎだったろう、と当綱は思った。当綱が以前色部に言ったように、たとえれば藩は病人である。その病人があちらが痛いといえばとりあえずあちらを手当てし、こちらが痛いといえばこちらを手当てしてどうにかここまでやってきた。しかし封土返上が問題になったあたりで、誰の目にも藩の正体があきらかに見えてきたのだ。藩の貧窮がもはや手当てのきかないところにきていることが……。

当綱は顔を伏せて色部の手紙を巻きもどした。空は朝から晴れて、中庭から差す日が昼すぎのいまも障子をあかるく照らしていた。光は十分に強く、障子をあければ中庭にはほぼ満開の梅も見えるというのに、障子戸を鳴らして時どき冬のような荒荒しい風が吹きすぎる。そのたびに乾いた地面を風にあおられて走る落葉の音までして、部屋の内にいると季節はまだ冬かと錯覚するようだった。火桶の火が消えて、執務部屋に日暮れのようなつめたい空気が入りこんでいるせいでもあろう。

——小屋にもどって……。

昼飯を喰わねば、と当綱は思ったが、食欲は少しも湧いてこなかった。しかし午後は、藁科松伯と一緒に直丸君に会うことになっていた。会見は長くなるかも知れず、その前にやはり腹に何か入れておくほうがよさそうである。

気持にはずみをつけるために、当綱は色部の手紙を勢いよく私用の手文庫にほうりこんで立ち上がった。

若殿附きの近習《きんじゅう》にみちびかれて、御学問所を兼ねる書院に入り、直丸がくるのを待つ間に、竹俣当綱はふと思い出して言った。

「殿の出府の日取りが決まったと、国元から通報があった」

「ははあ、いつごろに相成りますか」

「四月はじめに国元出発というご予定のようだ」

「旅にはよき季節でござりますな」

と松伯は言った。

「昨年ご帰国の折はだいぶ雨に降られたと申しますが、今年の板谷山道は青葉若葉で心地よいことでござりましょう」

松伯はしばらく帰国していない国元の山山を思いやるような口吻で言ったが、当綱はそうだのと気のない返事をしただけだった。

――殿が帰府なされば……。

また腹のさぐり合いのような日日がはじまることになろう。うっとうしいことだと思ったとき、直丸が部屋に入ってきた。

「待たせた」

と直丸は言った。そのように松伯が日ごろしつけているとみえ、そう言った直丸の態度は自然で、しかも威厳があった。だが昨年にくらべて背丈がのびたとは思えず、藩世子の手足は細く、面長な顔は女性的にも見える。

顔を上げて、当綱は本日お目通りをねがったのはと言った。

「これにおります藁科が、近年若君のご学問は進歩いちじるしく、自分が講ずべきことはそろそろ終りに近づいてきたと申します。そこでいよいよ、藁科に加えて新たに世に知られる大儒をむかえて師となし、若君がさらにご学問を深められることはむろんのこと、やがては人民の上に立たれる御身として、ひと回り大きく成長を遂げられるための契機となすべき時が到ったのではないかという相談をいたしました。もとより……」

と言って、当綱はひと息ついた。

「そのときが参りますればわれらから殿にねがってその段取りをいたすことにございますが、殿が帰府なされる前に、まずもって若君のご意向をうかがっておくべきであろうと、このようにそろって参上いたした次第です。委細は藁科より申し上げます」

当綱が口をつぐむと、一礼して松伯があとをひき取った。

「ご家老よりただいま申し上げたとおりでございますが、なおそれがしよりあえて申しますれば、世子さまはやがては苦難の藩をみちびかれて、米沢の地にかつての上杉の光栄を呼びもどされることになる臥竜《がりよう》でございます。そのお方をこののちともみちびき教えるには、この松伯はもともと力不足、学問識見ともにその役目に堪える天下の儒者をお迎えせねばと思い、ご家老に申し上げたところです」

「天下の儒者とはどなたか」

と直丸が言った。澄んだ目に少年らしい軽い好奇心が動いたように見えた。

「両名の言うところを聞くと、もはやその心あたりがありそうに思われる」

「ございます」

と松伯は言った。声に弾みが現われた。

「そのお方は、細井平洲先生と申されます」

藁科松伯が細井平洲に出会ったのは六年前である。宝暦八年の秋のその日、松伯は所用があって外出した帰りに両国橋の近くを通った。そして橋袂《はしだもと》のそばに黒山の人だかりがしているのを見て、何事かと寄って行った。

人だかりの中に、人品いやしくない男が立っていて、何事か講演していた。男の齢は三十前後、骨組みのしっかりした身体つきで、地面を踏みしめた足は微動もしない。

しばらく耳を傾けているうちに、松伯は軽いおどろきを感じた。男の講じていることが経書の、それも礼記の一節ではないかと思われることにまずおどろき、つぎにその講演をあきらかに市井の女房と思われる女たちがまじる聴衆が、粛然と聞いていることにまたおどろいたのである。

むつかしい書物のことを話しているのに、男は誰にでもわかる平明な言葉を用い、その上ごく身近なところから豊富にたとえをひっぱってきて講義するので、聴衆がひきつけられているのだと思われた。

——これが辻講釈か。

と松伯は思った。話には聞いたことがあるが、見たのははじめてだった。松伯は去年江戸詰を命じられて上府したばかりで、まだ江戸の見聞が狭かった。

しばらく聞いて行こうかと松伯が思ったのは、物めずらしさ半分、講釈人に対する興味半分といった気持からだった。用事は終って、いそいで藩屋敷に帰るにはおよばない。松伯は快く耳に入ってくる男の弁舌に耳を傾けた。

男は嚙んでふくめるように、ゆっくりと話していた。押しつけがましく大声でまくしたてることもなく、能弁だが平板という退屈なしゃべり方でもなく、男は時にはふと言葉を切って沈黙したり、語尾がひとりごとのような形で消えるにまかせることさえある。だが講演はふたたび快い音声を取りもどして耳にせまってくる。松伯はいつの間にか話にひきこまれて、立ち去りがたい気持になっていた。

それがなぜなのかは、間もなくわかった。男の講演にはいま自分が話していることを、聴衆の一人一人にわからせたいという静かな情熱とでもいうべきものがあって、人人の気持を話にひきつけているのだと思われた。男の話は聴く者の胸にしみ通ってくる。

「あのお方は、どういうおひとでしょうか」

松伯は隣に立っている白髪の武家にたずねた。たずねずにいられないものが、講演する男にある。聞かれた武家は微笑して松伯を見た。風体、年齢からみて、松伯を一家を構えるほどの学儒とは思いもよらず、学問好きの若い医師とみたようである。

「細井平洲先生と申される」

武家は十分に尊敬のこもる声音でささやき返した。

「名古屋の中西淡淵の門弟だったそうだが、あの若さで折衷学派で一家をなしておられると聞いた」

「さようですか」

松伯は深くうなずいた。小声で礼を言って、また講話を聞く姿勢にもどった。

細井平洲は、人の子の親に対する礼について話していた。話は相変らずゆっくりしているが少しずつ熱気を帯び、聴いている松伯の胸にも惻惻《そくそく》と入りこんでくる。ふと気がつくと、まわりに目がしらをぬぐっている女房が一人ならずいた。うつむいてしきりに鼻をすすっている男もいる。

ここには親に死にわかれた者もいれば、親不孝もいるだろうと、松伯は泣いている男女の気持を漠然と忖《そん》度《たく》したのだが、なおも話がすすむうちに、何としたことだろう、松伯は自身も次第に目がしらが熱くなってくるのを感じた。

じっと堪えて耳をかたむけていると、突如として平洲が大声を発した。語ってきたことが、最後になってそれだけの音量を必要としてほとばしったという感じがした。その声は松伯の肺腑にとどいた。大喝といってもいいその声のあと、平洲は表情も声音《こわね》もつねのいろにもどってなお二、三言葉をつぎ、おしまいはほとんどそっけない感じで講演を終った。しかしそのあとに、何ともいえない快い気持の充足感が残ったのを松伯は感じた。

「おそれいります」

散りはじめた聴衆の中で、松伯はさっきの武家に呼びかけた。

「平洲先生のお住居をご存じありませんか」

「知っておるとも」

武家は足をとめた。そして足ばやに広小路を横切って米沢町の町並みにむかっている平洲のうしろ姿を見た。

「先生のあとを追って行けばすぐにわかるが、お住居はそこの町の奥、浜町河岸のそばの山伏井戸と申すところにある。そこに嚶鳴館《おうめい》という家塾をひらいて子弟を教えておられる」

礼を言って、松伯は武家の言うとおり平洲のあとを追おうとしたが、今度は自分が白髪の武家につかまった。

「平洲先生の講演を聞くのははじめてかの」

「はい、はじめてです」

「わしはこの近くの屋敷に仕える者でな、時どき聞きに参る。そのつど心を洗われる思いをいたす」

「さもありましょう。それがしも感動いたしました」

「細井平洲先生は、いまに天下の大儒となられよう」

と武家は言った。きっぱりとした声に聞こえた。

そのとき上野の山の方から矢のように走ってきた日差しが、二人のいる町のあたり一帯を照らした。うす雲ながら雲が多くて、それまで照ったり、雲にかくれたりしていた秋の日が、日没のきわになって空が西からきれいに晴れわたり、一日の終りをかざる光をはなちはじめたところだった。

松伯と武家は、言い合わせたように平洲が姿を消したあたりに顔をむけ、その町が金色にかがやくのを見まもった。

その日松伯は山伏井戸の嚶鳴館をたずねて平洲と師弟の仮約束をかわし、後日正式に束脩《そくしゅう》を入れて門人となった。そして三年後に竹俣当綱が江戸家老として赴任してくると、やがて当綱にもすすめて平洲門の門人にした。

「今日のわが国の儒学は幕府が官学としております朱子学、伊藤仁斎にはじまる古義学派、以上の両派に反対する荻生徂徠《おぎゅうそらい》がとなえた古文辞学派。この三派が大きな流れをなしております」

と松伯は直丸に言った。

「しかしながらこの三派は自派の正統性に固執するあまり、ともすると他派を異端視して攻撃するという思わぬ偏狭さを示すことがありますが、折衷学派はそういう学派の偏りに与せず、それぞれの長所を採用して総合的な学風を確立した一派で、平洲先生は師の中西淡淵先生からこの学理を受けつぎました。而《しこ》うしてこの折衷学派のもっとも大いなる特色は……」

松伯は言葉を切って、世子に微笑を向けた。

「訓詁《くんこ》の学識よりも、修身経世の実践を尊いといたすところにござります」

「うん、松伯先生の言わんとするところがわかったぞ」

直丸の顔が紅潮した。沈着な少年がめずらしく興奮を面に出したのだ。

「細井平洲先生に、ぜひとも教えをうけたいものじゃ。竹俣、松伯先生、よしなにたのみいる」

これで碩学細井平洲を藩世子の師として招く道がひらけた、と当綱は思った。そしてそのことは、いつかはわからないが、そのときに藩が存続していれば藩のために新しい道をひらくことにもつながるのではないかという、予感めいた思いをはこんでくるのが不思議だった。それはともかく、平洲招聘《しょうへい》で藩主重定を説得するのは、さほどむつかしくはあるまい。

当綱がそうした考えをめぐらしている間に、松伯はなおも直丸に平洲のことを物語っていた。平洲には「詩経古伝」という十巻の大著があり、それは詩経の原典批判であること、あるいは平洲は四年前から伊予西条藩主松平頼淳《よりあつ》に賓師として招かれ、経書を講じていることなどである。余談をつけ加えると、この松平頼淳は紀州家徳川宗直の次男で、のちに宗家をついで九代紀州藩主治貞となる人である。

「江戸の嚶鳴館、諸国の門人を加えると、平洲先生の門人はいまや一千人を越えると言われております」

松伯がそうしめくくったところで、当綱は重定が帰ってきたらさっそく話を取りまとめ、平洲招聘に全力をあげることを約束して、松伯ともども書院を辞すために挨拶をした。

すると一緒に立って二人を書院の入口まで見送ってきた直丸が、竹俣、と当綱を呼んだ。

「当節の、わが藩の借財はいかほどになるか」

「されば」

当綱は書院の外の畳敷きに膝をおとした。少考してから言った。

「それは、若君にはまだご承知なくともよろしいのではないでしょうか」

答えがないので顔を上げると、直丸がきびしい目で自分を見ていた。当綱が思わず言い直そうとしたのを遮るようにして、直丸が言った。

「竹俣、直丸が若年とみて侮《あなど》るか』

「あ、いや」

当綱は顔がどっと熱くなるのを感じた。

「そのようなこころはまったくござりません。なにせ藩の恥ともいうべき大借金のことゆえ、さように申しましたが、それが仰せのごとくに聞こえたとすれば身の不徳……」

熱いだけでなく、滲《にじ》み出た汗が顔面を濡らしはじめていた。

「わが藩の借財は、ざっと十数万両と承知しております」

「竹俣、らくにいたせ、懐紙を使え」

顔面汗だらけになった当綱を見かねたらしく、直丸が言った。語気鋭く咎めたさっきの気配は消えて、声はやわらかさを取りもどしている。

「十数万両か」

当綱の言葉は、やはり少年世子に衝撃をあたえたようである。少し沈黙してから言った。

「それほどの大金だとすれば、わが藩が金を借りたのは一人ではあるまい。誰にいかほど借りておるか、竹俣は承知しておるか」

「正直のことを申し上げます。ただいま相わかっておりますのは江戸の大金主三谷《みつや》三九郎におよそ一万九千両、同じく野挽甚兵衛に一万六千両ぐらいで、そのほかの詳細は竹俣怠慢にして承知しておりません。これより下がってただちに勘定頭に会い、明日詳細を記したものを若君までとどけるようにいたします」

表御殿に帰ってしばらく廊下を歩いてから、当綱は立ちどまってまた汗を拭いた。格別暑い日でも、またその季節でもないのにしきりに汗が出る。

その様子を、一緒に立ちどまって眺めていた松伯が言った。

「ご家老も、一本取られましたな」

「一本取られた」

当綱は正直に言った。

「いや、おどろいた。直丸さまはもう大人であられる」

「むろんです」

松伯はそっけなく答えた。私はもっと前にそう言っている。ただあなたが認めなかっただけではないのかと言っているようだった。だが当綱は、松伯のそっけなさが少しも気にならなかった。喜びが、身体の奥から沸沸とわいてくる。

「殿に隠退してもらわねばならんな」

当綱は松伯に言い、前後の気配をたしかめてから少し声をひそめた。

「早ければ早いほどいい」

いつかもそう考えたことがあったな、と当綱は思った。それは藩主に森処分の正当性を認めさせ、松伯ら同志と小屋で祝盃を上げたときのことだ。

——だがあのときは……。

藩主重定の愚物ぶりに失望し、腹を立てていた。腹立ちまぎれの思いつきという一面がなかったとは言えない。だがいまは確信をもってそれを言うことが出来た。そのことが、当綱はうれしかった。

松伯が小声で言った。

「しかし殿はまだお若い。容易に藩主の座を譲りますまい」

「わしが引きずりおろす」

ずばりと当綱は言った。

宝暦十四年四月三日、米沢藩主重定は参勤のために米沢を出発して江戸にむかった。

十六

米沢藩が幕府に封土返上の内意伺いを提出しようとした宝暦十四年は、六月に改元されて明和となったが、この時期、というのは主として享保以降宝暦にいたる五十年ほどの間のことだが、この時期は幕府をはじめ諸国、諸藩が一様に領国の経営にくるしんだ時期だった。

将軍に就任して数年しか経ていない徳川吉宗が、幕府財政の窮乏を諸国大名に訴えて、参勤の在府期間を半年免除するかわりに、石高一万石につき米百石を幕府に献じてくれるように頭を下げてたのんだというのは有名な話だが、たのまれた大名たちもひとに米を分けあたえるほど裕福なわけではなかった。それぞれに借財と家臣領民の不満をかかえて、藩財政のやりくりに苦慮していたのである。

吉宗が江戸城の大広間で諸大名に頭を下げた享保七年は、幕府が寛文六年に出した山川掟《さんせんのおきて》を解除して、再度新田開発の奨励に転じた年でもあった。

寛文の山川掟は、過剰な新田開発の進行によって、河川流域の荒廃がすすみ、災害が多発するようになったので、新規の開墾を禁じ、荒れた流域、山野に植樹して原型を回復するよう命じた法であるが、元禄という華美な時代をはさむ六十年ほどが経過する間に、封建の仕組みをささえる経済が様変りして、いそいで新田開発を奨励せざるを得ない時代になったのであった。

しかし封建の仕組みを成り立たせていた経済の様変りの中には、米中心の財政が成り立ちにくくなっているという時代の流れがふくまれている。領民が米を作り、藩はこれに年貢をかけて藩経営の費用と領主、藩士の暮らしの費用をまかなう。江戸開府以来のこの素朴な収支関係は、実際には考えられたほど堅固なものではなく、稲は豊作でも財政収支は赤字になる藩も出るという、はなはだ不安定なものであったのである。

こうした変化の背後には、領民の力が強くなって、為政者側がぎりぎりまで年貢を徴収することがむつかしくなったという事情もあるだろうが、農民や商人の関心が、米だけでなく、利益を生むということでは米よりもうま味のある綿、菜種、蠟、煙草などの換金作物に向いてきたことも大きな理由として数えられるだろう。こうした換金作物の栽培は、ひとびとの暮らしがよくなるにつれ、必然的にもとめられた変化でもあった。

そのことに気づかない藩は依然として米を重視し、収入の不足を年貢の増徴で補おうとし、またはやくから気づいている藩では、米を補足する換金作物の耕作を奨励して収入不足を補おうとするのだが、前者はむかしふうの苛政の色彩を濃厚にし、後者はしばしば藩が専売制を敷いて領民の富を横取りするという結果をもたらすことがあり、いずれも領民との間に軋轢《あつれき》を生む原因となった。

幕府の新田開発容認は、こういう時代の流れに逆行するようだが、幕府自体が財政建て直しのためには天領内の新田開発を省けないという事情があり、またかつての安定感を失ったといっても、米はやはり封建の世をささえる太い柱だった。幕府の措置が間違っていたとは言えない。

しかしすでに述べたように、新田開発が指し示すような方向、米作重視の経営が成りたちにくくなっていることは事実で、吉宗が新田開発にのり出した享保のころから、天領、藩領を問わず、領民の一揆が多発するようになった。

一揆の訴えは、重すぎる年貢の減免や役人の不正などから、人別銭を拒否してはじまった久留米藩一揆、藩の藍玉《あいだま》専売制に反対した阿波藩の藍玉一揆、不作を機会として藩に対する多年にわたる不満を訴えた上田藩一揆など、直接の動機は異っても、為政者の専制に対する抗議という一点では共通していて、藩の言いなりにならなくなった領民というものが、この時代には姿を現わしてくる。

宝暦四年に起きた久留米藩一揆は、かつての米沢藩と同様に、財政困窮のために参勤の費用を捻出することが出来ず、人別銭を課したのがきっかけで全藩的な大一揆となり、藩は人別銭徴収を撤回せざるを得なかった。また宝暦六年の阿波藩の藍玉一揆は、藍玉製造を暮らしの最後の拠りどころとしていた農民の藍玉を専売制にするべく藩がのり出し、安値で買い叩いて大坂に売り出そうとしたもので、一揆は蜂起の最後の段階で藩に押さえられたものの、一揆計画の全貌を知った藩は、専売移行をあきらめざるを得なかったのである。

宝暦十一年の信州上田藩で起きた一揆、この時期の少しあとに起きる福井藩の一揆は、久留米藩一揆と同じく全藩領を巻きこむ大一揆であった。これに対する幕府の対策も、一揆鎮圧には飛道具を使用してもよい、あるいは徒党、強訴《ごうそ》、逃散を密告した者には銀百枚をあたえ、場合によっては苗字、帯刀をゆるすというような、専制権力者の素顔をむき出しにしたものに変って行く。

しかしこうした状況には、為政者に問題があるというような特殊な例をのぞいて、多くは追いつめられた藩と追いつめられた領民の互いに生き残りを賭けた押し合いといった趣があり、あながち年貢増徴を迫る藩側が悪玉で、対抗する一揆側が善玉であるとは断定出来ない面があったのも事実である。

この時期の諸国、諸藩は、すでに米沢藩でお馴染みのきびしい年貢取り立て、藩士の俸禄借り上げ、国内外の商人からの借財などは日常事で、あとはわずかに領内の特産物の独占販売にかすかなのぞみをかける程度だった。これを一言にして言えば、米沢藩のみならず、この時期の大半の藩が経営破産を目前にしていたということである。

上杉直丸は、藩の借財十数万両という事実を深刻にうけとめるけれども、たとえば時代がこれより四十年ほど下った文化四年における鹿児島藩の京、大坂、江戸の商人からの借財は百二十七万両で、その借財はさらに二十年ほどを経て文政末年になると藩内外合わせて五百万両の巨額にふくれ上がり、年利五分という超低利でも一カ年の金利は二十五万両になる計算だという(大石慎三郎著「江戸時代」)。ちなみに文化十二年ごろの鹿児島藩の総収入は年間十四万両で、その全額を投入しても一カ年の利息払いにはるかにおよばない、とも同書は言っている。

時代の状況はこのようなものだったが、それでも米沢藩の困窮はやはりその中で抜きんでたものであったと言わなければならない。その格別の窮乏の最大の原因をなしているのは、すでに記したように、多すぎる家臣団にあった。既述したように上杉の米沢領移封のときに、すでにして家臣団は多すぎた。それが四十六万石の福岡藩に匹敵する人数だったことは記した。そして寛文の封地半減にいたって、その家臣の数は常軌を逸したものとなったのである。いくら家臣の禄を減らしても追いつくものではない。

この十五万石で五千人という米沢藩の家臣の数を他藩と比較すると、隣藩の山形水野藩が五万石で五百五人（江戸定詰の者を除外）、やはり隣藩の庄内酒井藩が十六、七万石で、千九百六十六人（ほかに江戸定詰九十八人）、金沢前田藩が高百二万石で家臣九千八百五十三人であるから、高に対する家臣の割合では、米沢藩は以上の三藩の三倍余の家臣を抱えていることになる。

また元禄五年の米沢藩の人口は十三万二千人ほどで、このうち武士とその家族が三万一千人余、農民は八万八千人余だった。すなわち農民二・八五人で武士階級一人を養っている勘定になる。

こういう無理な仕組みが藩財政に疲弊をもたらすのははやくて、藩では名宰相直江兼続、藩主上杉景勝が相ついで死去したあとの寛永十五年に、検地を行なってそれまでの年貢率平均三七パーセントを四八パーセントに引き上げた。四公六民が五公五民に変ったと言ってもよい。これが年貢増徴のはじまりだった。

このときの年貢増徴で注目すべきなのは、焼畑を本田として検地し、税を取ったことで、幕府の天領が焼畑を本高に繰り入れるのは享保後半から宝暦直前の延享、寛延のころだというから、米沢藩のこの措置は、それより百年もはやかったことになる。

年貢徴収の強化は、その後も財政の悪化にともなって行なわれ、承応年間には萩萱野を検地して年貢を取り、また藩林の下草を相応の価格で刈り取らせたりした。しかしその程度のことでは財政の窮乏は喰いとめられず、藩では明暦に入ると思い切った年貢増徴策を打ち出さざるを得なくなった。明元（明暦元年）懸銀と言われたこのときの年貢増は、広範囲の年貢対象に大きく引き上げた税率をかぶせたきびしいものだったが、一例を藩領特産の漆木でみると、四年前の慶安四年には、年貢は漆木百本につき蠟三百五十匁、漆液は一盃（二合五勺）で、年貢を納めた残りは農民の自由販売にまかせた。しかし明暦元年の改正では、年貢は百本につき木の実の上なり年が八百匁、中、下のなり年は六百匁で、漆液は百本につき二盃（五合）で、ざっと二倍の増徴となったのである。しかも藩ではこれを全量一定値段で買い上げ、自由販売を禁じた。

ところで米沢藩の漆木、青苧《あおそ》などの換金作物を眺めてみると、青苧、紅花、麻などは有名な直江兼続の「四季農戒書」にも作付を奨励されているし、漆木にいたってはさらに古くからある領内の特産だった。

ことに米沢藩領は四囲を山に囲まれた盆地であるた

め、元禄七年に最上川の水路がひらけるまでは、米を作っても大量に領外に輸送販売するということが出来ず、また年貢は兼続の時代から半石半永（永は永楽銭の意味で、米半分、銭銀半分ということ）を祖法としてきたので、農民ははやくから利益が手もとに残る換金作物の栽培に力をいれ、また銀納の増加は多すぎる家臣を養わざるを得ない藩の財政方針にも合致するので、藩もそれを奨励してきたのである。

この漆木作付で注目すべきなのは、藩が慶長年間に漆蠟を専売にしたところ、漆木作付が衰微したことで、藩はこのため慶安四年に年貢を取った残りの蠟は自由販売にもどした。そのほとぼりもさめないうちに、明元懸銀ではふたたびこれを藩の専売としたことになる。

たしかに特産物の専売で富を築いている藩は少数ながら存在し、専売は財政にくるしむ藩の大いに食指が動く制度ではあるが、これには領民の富を横取りするという側面があり、領民の意欲をそいだり反抗心を惹き起こしたりする。いわば両刃の剣である。

たとえば後年の肥後藩が行なった櫨《はぜ》の実の専売、鹿児島藩の砂糖、生蠟などの専売は成功したが、全国に名を知られた長州藩の和紙は専売制によって衰微したし、阿波藩の藍玉専売は既述のように一揆を引き起こした。専売制のそういう一面を、一度失敗している米沢藩が知らないはずはないが、明暦のころ藩財政は背に腹はかえられないという事情になっていたのであろう。

このあと寛文四年の藩主急死で封地も家中の俸禄も半減、そのおよそ四十年後の元禄十五年には、家中藩士の俸禄四分の一借り上げへと藩財政はひたすらに窮乏の道をたどる。

ようするに米沢藩では、年貢増徴にしろ特産物の専売制にしろ、他藩にさきがけてはるか以前に手をつけざるを得なかったのであり、他藩が年貢をきびしく取り立てたり、財政救済のために換金作物や特産品の専売制を試みたりする時期には、財政的に打つべき手はすべて打ちつくしてあとは人別銭を取るぐらいしか策は残っていないという状況に追いこまれていたのである。

藩のこのような状態は、領民はもちろんのこと、藩の経営にあたる為政者をも無気力に落としいれるに十分なものだった。封土返上伺いの一件は、発案者である竹俣当綱の心情をもふくめて、そのような為政者側の虚無感が表面にうかび出た事件だったと言えるだろう。

　しかし為政者にしろ領民にしろ、総じて人間が無気力とか絶望とかに長く安住できるものでないことはこれまた自明の話で、やがて人人は窮乏からの出口をさがしはじめる。悪しきものが藩を覆っている、それを取りのぞけば暮らしもよくなるだろうと。森利真が誅されたとき領民が歓呼したのは、その証拠である。

　しかし藩財政と庶民、家中の暮らしはその後も楽にはならず、むしろ悪化の道をたどっていた。そしていまは少なからざる人人が、その原因、藩を覆う悪しきものを藩主重定の政治的な無能と変らぬ奢侈好みの中に見ようとしていた。竹俣当綱を中心とする藩政改革派のように、明確に重定の施政を終らせて直丸を藩主とする新時代をひらこうとまでは思わなくとも、あるいは藩主重定がせめて遊興奢侈の暮らしをつつしんで藩政の指導に身をいれることをねがい、あるいは端的に重定の隠居をのぞむ者がふえてきていた。

　しかし同じくそうねがいながら、藩政に占める責任が重い者ほど、ふと胸の内を無力感が横切ることがあるのも事実だった。庶民はただよき政治の到来を待望すればよい。あるいは待望するしかない。重税と貧苦からぬけ出す出口はそこにしかないからである。

　だが為政者の側に立つ人人は、いささか世のうつり変りも見ていた。悪しき政治ならまわりにもふえているが、よき政治はそう簡単には手に入らないことがかれらにはわかっていた。世の中の仕組みがそのように変ってきていた。そして天災のようにやってくる幕府の強圧的な国役、さらには実際の天災。

　そういう時代に藩主重定の政治的な無能、非力を論難したところで、はたしてそれが藩の起死回生策につながるのか。そういう懐疑的な思いは、藩政の実務にあたる千坂、芋川らの国家老や侍頭のみならず、改革派の中心である竹俣当綱の胸の奥底にさえひそんでいた。同じ思いは、もっと俗な形ではあるが、おどろくべきことに重定自身の心の中にもある。重定は、藩の一部に自分を隠居させるという動きがあるのを承知していたが、少しも動じなかった。隠居して日日の乱舞と女色を嗜《むさぼ》るたのしみを捨てる気など毛頭なく、おれを隠居させたところで、それで藩がよくなるものでもあるまいて、と思っていた。

　この時期の米沢藩は、君臣、さらにはたくさんの領民がともに乗り合わせた破れ船で、広い海をただよい流れているようなものだった。改革派をふくめて行きつく先を知っている者は誰もいなかった。その中にあってただ一人、よき政治の到来を信じ、藩の再生を疑わない者がいた。世子上杉直丸である。

十七

明和元年の九月末から十月末にかけて、米沢藩江戸上屋敷で行なわれた重臣会議は、奇妙なものだった。

もともとこの重臣会議は、六月末に国元の勘定方が明和元年十月から翌年九月までの一ヵ年の収支予算書をつくったところ、およそ三万両の不足をきたすことがあきらかになったので、その不足金をいかに調達すべきかという指示を、江戸屋敷にもとめてきたことからはじまったのである。

三万両という不足金は、米沢藩の年間の貨幣歳入額にほぼ匹敵する金額だが、金策の道はすべて閉ざされていた。やむを得ず、重定は財政評議を行なうこととして国元から本庄、広居、須田の三重臣を招き、これに竹俣当綱と色部を加えて協議を行なうことにしたのである。

ところが奇妙だというのはこの後のことで、重定は到着した三重臣と色部に対し、藩主の前で評議すると決まっていた九月二十九日の当日になって、竹俣当綱の小屋にあつまって待機するように指示し、その上で近習二名を上使としてつぎのようなことを伝えさせた。

今度の会議の中身がどういうものか、重定は十分承知していないが、財政困難につき評議するということであろう。しかし仮に中身を承知していても重定は下知をくだすことはしない。ゆえに財政問題をはじめ政治一切はそちらにまかせるから、よろしく取りはからうように。これが重定の示達だった。

同じ江戸屋敷内にいて、しかも国元から呼びよせた重臣たちに会おうともしないというのは異様だが、示達の文言の中にある投げやりな物の言い方も尋常とは言えないものだった。おそらく竹俣当綱らが重臣評議を強要した形になったことに、内心不満を抱いていたということもあるかも知れないが、それでも重臣をはるばると本国から呼びよせておいて、わしは知らないからおまえたち勝手に相談しろというのは、藩主としての資格を疑われても仕方がない言い方というべきだろう。そして重定の本音を言えば、財政評議に加わるなどということは、辛気《しんき》くさいだけで何の興味も持てない雑事にすぎないのである。

しかし実際に政治を担当し、目前に難局をひかえている重臣たちは、そうですかとひきさがるわけにもいかず、まず無理やりに重定に面会を強要した上で、この難所を乗り切るためには、重定が率先して藩政に力を入れなければならない旨を直言した。重定が直言を聞きいれたので、重臣五人は以後昼夜を問わず延延とつづく協議に入った。

そして一ヵ月後の十月二十九日に、重定に評議内容を報告し、支出の削減を骨子とする向こう一ヵ年の予算書、ならびに藩の機構を縮小する藩政改革執行の要綱を提出した。評議を終えた本庄、広居、須田、色部の四重臣は十一月中旬に帰国したが、その労を犒《ねぎら》って帰国直前に開いた重定の饗宴に、竹俣当綱は所用ありと称して出席しなかった。

江戸屋敷で行なわれた会議は、はからずも藩主重定と江戸家老竹俣当綱の感情的な対立を浮かび上がらせることになったが、重要なことは重定も当綱もそのことをもはやほかの重臣の目から隠そうとしなかったことである。財政評議を終えた本庄、須田らの重臣は、重定と当綱の間にある越えがたい亀裂を胸にきざみつけて、米沢に帰った。これも亡国の相の一面と思ったかも知れない。

翌明和二年の十一月に、竹俣当綱は奉行（国家老）に任ぜられて帰国した。奉行職は言うまでもなく藩政にたずさわる者の頂点に立つ重い職だが、この人事を、人によっては当綱の器量は器量として、重定が当綱を、額をつき合わせることが頻繁な江戸家老の職から慎重に遠ざけたとみる者もいた。

当綱は奉行職を拝命して帰国したものの、その後病いを得たと称して出仕しなかった。

明和三年七月九日の夜、屋敷にひきこもっている当綱を色部照長と大平主馬がたずねてきた。大平主馬は今年の正月に荒砥《あらと》陣屋の御役屋将から御小姓頭に就任したばかりである。

はじめに主馬が、本日色部とともに重定に会い、面を冒して近ごろ思うところをいろいろと諫言したところ、重定は藩政にも力をいれ、藩の改革につくすことを約束したと言った。

「主馬は小姓頭として、殿が召使われている手廻りの者が多すぎはしないかと、率直に申し上げたのだ」

と色部が言った。主馬は御役屋将を勤める前は奥御取次の役にあって、奥詰の諸役の消息にも通じていた。

「その結果、殿も意見をいれて手廻りの者を膳番、手水番、平小姓などの八人に減らし、江戸表でも六人まで減らそうと約束された。ここまで殿が費《つい》えの節約に力をそえる姿勢を見せたのははじめてではないかの」

「そこで色部どのと相談いたしたのだが……」

主馬は当綱をじっと見た。

「ご家老が政庁に出仕なさらんのは、藩の現状に種種ご不満があって藩政をみる気になられないということかとお察しするわけだが、国家老が一日出仕を休めば藩のまつりごとに一日の空白が生じます。殿も改革にのり出す姿勢をお見せになられたことでもあるし、このあたりで政庁にご出仕いただけないものだろうか」

「わしは病気だ」

と当綱は言った。熱情あふれる大平主馬の弁論に水をかけるような、そっけない言い方だった。口をつぐんだ主馬を見ながら、当綱が言った。

「病気をしていると、いろいろなことが頭にうかぶ。今日はしきりに古弾正さま（三代上杉定勝）が顔の見ぐるしい男を召使われた故事が思い出されておった」

見ぐるしい男の故事というのは、定勝が召使っている家臣に、表情がひとに不快感をあたえるほどに愁い顔の男がいて、近習の一人があゝいう見ぐるしい男は隠居でもさせたらいかがかと進言した。ところが定勝はその者を強く叱って、人を故なく捨てるべからず、愁い顔なら憂いの場合の使者にでも使えばよいと言ったことを指している。

「むかしは君臣といえば、このように情の通い合うたものだった。いまはこのたぐいの情は枯れつくして見る影もない」

「殿に不服があるのだな」

色部が鋭く言った。当綱は今度は色部を見た。

「そうだ」

「殿に不服があって、藩政をみられんというのか」

「そうだ。いまさら経費の節約などと言い出されても、信用は出来ん」

「よし、美作」

色部はすばやく主馬を一瞥してから、また当綱に顔をもどした。

「いまのことは聞かなかったことにする。主馬もいいか、他言無用だ」

　その翌日、今度は当綱が使いをやって色部を屋敷に呼んだ。そして、重定に隠居をすすめたいがどう思うかと聞いた。色部は難色を示した。重定が藩政改革にまがりなりにも協力する姿勢を示しているときにそういうことを持ち出すべきではないし、またいまは隠居をすすめても殿は受け入れないだろうと色部は言った。

　これに対し、手廻りを減らしたなどということは、殿おとくいの一時的な糊塗《こと》にすぎぬ、いまに元通りになると当綱が反論し、二人は昼前の一刻を費して激論をかわしたが結論は出なかった。

　しかしその日の夕刻、当綱はにわかに登城して重定に面会をもとめると、面とむかって隠居をすすめた。当綱としても、直丸と江戸の改革派から切りはなされては、一刻も猶予はならないという気持になっていたのである。

「近習の者を国元、江戸表ともに減らされたことは、殿のご英断というべきです。このようなしかとしたご決意がなくては、藩政の改革は成り立ちません」

　当綱は最初重定を持ち上げてから、おもむろに隠居を進言した。

　殿は末弟に生まれながら幸運にも藩主となり、しかも二十年来藩を維持してきた。短命の代代藩主にくらべ、強運、長寿と言える。しかし満つれば欠くるのたとえもあり、よきところで藩政をゆずって、今後は安泰に暮らすのが第一と思われるがいかがか。

　ところでひるがえって殿の政治をみるに、そもそも政治がきらいで、これまでなされたことで道理に叶ったことは一カ条もない。勝手向き（財政）のことなどもよその家のことのように思いなされ、われわれが何度となく意見を具申しても、上のそらのご挨拶であった。殿の治世下の二十年は、米沢に日が照らない有様で、人民も心安らかでない年月を送ってきた。

　このたび藩は重い経費節減策を打ち出したが、なかなか成就される見込みはないと思われる。殿は政治に不向きのお人柄であり、この種の政策はこれまでも成就されたことがない。十分に合点されずに執行されるからである。なにとぞ隠居されることをおすすめする。

　この歯に衣着せない進言が終るころには、言う当綱も聞く重定も顔面蒼白になったが、ここから重定は驚異的な粘りをみせて当綱を押し返す。

「いやはや美作の申すことはもっともである。しかしこれまではご先祖のことも考えずに迂闊《うかつ》にしておったが、このたびは間違いなく取り決めたとおりに行なうゆえ、隠居などということは申してくれるな」

「しかし殿がそう申されても人人はもう本気にいたしますまい。人民に信用がなく、殿に帰服せずに改革が成り立つわけがござりませぬ」

「この上はいかようにもそなたらにまかせる。何なりともそむかぬゆえ、ただ隠居の儀だけは、ぜひにぜひに堪忍ねがいたいものだ」

この押し問答の間に、当綱は隠居をすれば、これまで以上にぜいたくをしてもいい、好みの女子を召使うも可とまで言うが、重定は承知せず、最後に当綱は、それでは今後はご身分は無きもの、すでにお死にになられた気持で暮らすことを条件に隠居の儀はひっこめましょうと言って引きさがった。

藩主の座に執着する重定の一念に根負けした形だが、しかし翌年四月、重定はついに幕府に隠居願いを提出し、前年七月に元服して従四位下弾正大弼《だいひつ》治憲《はるのり》となっていた世子直丸が、重定のあとをついで第九代米沢藩主となった。明和四年四月二十四日だった。

十八

新藩主となった上杉治憲が、最初に手をつけたのは、国元に前藩主重定の隠居御殿を建てることだった。場所は二ノ丸の城代屋敷に定め、城代の役宅を大腰掛裏に移して、五月に入るとただちに建築に着手した。

それは新藩主としてやるべき当然のことではあったが、のちに完成した新御殿南山館が、治憲の政治方針に反するほど豪奢だったことから言えば、いちはやく着手したその初仕事は、老後の暮らしに不満なからしめようとする治憲の養父に対する孝養のこころのあらわれとみることが出来るだろう。しかしまたさらに言えば、十七歳の新藩主は養父が隠退しないうちは瀕死の藩は瀕死のままでこの先も行くほかはないことを、十分に認識していたはずである。ゆえに藁科松伯やほかの側近の口から、重定隠退をめぐる事情を聞かなかったわけがないにもかかわらず、治憲はその流れに乗った。

重定のあとをうけて自分が改革に取り組むよりほかに藩建て直しの道はないと思い決めてのことだとして

も、藩主交代のあとには、治憲には養父に対する気遣いが残ったかも知れない。幕府に家督が認められると早早に隠居御殿の建築にかかったのも、その気遣いの一端をあらわしているとみることも出来ようが、しかし治憲は藩主交代を悔いたりしたわけではなかった。

治憲は満満たる自信とつよい決意を胸に抱いて藩主の座を引きうけた。そのことは家督後に詠んだつぎの和歌一首にあらわれている。

受次て国のつかさの身となれば忘るまじきは民の父母

この民の父母という視点こそ、前藩主重定に欠けていたものである。

八月一日に、治憲は内使を派遣して国元の春日社に誓詞を納めた。内容は、文学、武術を怠慢なくつとめること、民の父母という心構えを第一とすること、質素倹約を忘れぬこと、言行ととのわず、賞罰正しからず、不順無礼のないようつつしむことなどで、まず最初に上杉家の祖神である春日大明神に、新藩主としての在るべき心構えを誓ったのである。

さらに翌月の九月六日に、治憲は国元の白子神社に再度ひそかに使いを派遣して、つぎの誓詞を納めた。

連年国家衰微し、民人相泥《なず》み候、因って大倹相行い、中興仕《つかまつ》りたく祈願仕り候、決断若し相怠るに於ては、たちまち神罰を蒙るべき者也。

大倹は言うまでもなく大倹約令のことである。これを治憲は改革の中核に据えて、藩を再生することを誓ったのであった。

二年前に、重定の命令で江戸にのぼった国元の重臣たちは、江戸家老の竹俣当綱を加えて緊急の財政対策を評議し、藩政機構の縮小、さらには俸禄を得ている者の子の近習をやめさせる、重定の娘幸《よし》姫の費用三千石を二千五百石（四百五十両）に減らすなど、藩主周辺の費用削減を行なって当面する財政的な苦境を切り抜けることを決定した。しかしこの決定は、治憲や治憲のまわりを固める藩政改革派からみればきわめて微温的な一時しのぎのものでしかなく、またその後藩主重定に隠退をせまったときに竹俣当綱が口にしたように、上に重定がいるかぎりはそれすらも実現を危ぶまれるような脆弱《ぜいじゃく》なものにすぎなかったのである。

いずれにしろこのとき提出された経費節減策は、改革ということからいえば中身も覚悟もあまりにも遠くへだたるしろものというほかはなかった。それだけでなく、そこにははからずも藩主、米沢藩重臣のその日暮らしの体質が露呈されてもいたのである。神に大倹を誓った治憲は、つづいて九月十八日に、藩邸に江戸勤務の者を呼びあつめて親しく大倹令を諭達したのだが、その中で現在のような危うい経営をつづけているならば、かりに水難、旱魃《かんばつ》、火災、幕府の普請手伝い、これらのうちの一カ条でも到来するならば、国家はたちまち立ち行かなくなるだろうと言ったのは、右のような重臣層の現状認識の甘さに警告を発したのであった。

また同じ諭達の中で、治憲は座して滅びを待つよりは、君臣力をあわせて心力の尽きるまで大倹令を行なえば、あるいは国の立ち行くこともあろうかと、このことを屹《きっ》と思い立った、と述べた。

この悲壮ともいえる覚悟が大倹令の考え方だが、むろんこのことは治憲一人が考え出したものではない。国元の執政竹俣当綱と、治憲の側近莅戸《のぞき》善政、木村高広、学問の師でもあり治憲の侍医でもある藁科松伯らをむすぶ改革派とともに練った政策である。しかし白子神社に納めた誓詞は、おそらく治憲一人でしたことであろう。誓詞の文言には、他人の容喙をゆるさない気迫がこもっている。

ちなみに白子神社は和銅五年の創建とされる古い神社で、長井氏の支配時代にはすでに置賜《おきたま》郡の総鎮守であった。その後、伊達、蒲生、直江、上杉と歴代の支配者の尊崇をうけ、蒲生氏郷のときに米沢城の鎮護とされて以来、上杉氏に代ってからも、歴代国家の鎮守、産土神《うぶすながみ》として崇敬されてきた神社である。なお米沢城下最古の町とされる粡《あら》町は、白子神社の門前町として発達した町だった。治憲が納めた誓詞がこの神社の奥殿から発見されたのは百二十四年後の明治二十四年である。

九月になって大倹令の内容が発表された。大般若経、護摩の執行と、年間の佳祝行事の制限、延期。参勤の行列の人数を減らすこと。平常の食事は一汁一菜とする、ただし歳暮は一汁二菜とする。普段着には木綿のものを用いること。軽品といえども音信贈答を禁ずる。従来藩主奥女中は九人とするなど、十二カ条である。従来の奥女中五十余人を九人に減らしたのは、まず隗《かい》よりはじめよの意気込みだった。

治憲は、江戸では大倹令の趣旨を家臣に直達したが、国元には江戸屋敷に執政千坂高敦を呼んで、趣旨、内容を申しふくめて千坂から発令させようとした。

しかし江戸にのぼってきた千坂は、家中を城にあつめて懇《ねんご》ろに大倹令を申し達するようにという治憲の言葉に、すぐには答えなかった。手渡された十二項目の大倹令の内容にじっと目をそそいでから、やがて顔を上げて治憲には意外としか思えぬことを言った。

「これを持ち帰って家中に申し達しても、おそらく人人はこれが殿の真の思召しに発するものとは受けとらぬのではないでしょうか」

「それは、どういうことかの」

と治憲は言った。予想外の反応に緊張していた。その治憲をゆったりと見まもりながら千坂は言った。

「一汁一菜、木綿着用のこと、すべて格式を無視したバカげたお触れでござります。おそらくは殿のまわりにいて補佐する者……」

千坂は言葉を切って、その場に陪席している木村高広に鋭い視線を流した。

「補佐の者たちの入れ知恵によるものと思いまするが、かような申し達しを国に持ち帰るわけには参りません。この千坂が笑い者になります」

「対馬、わしを見よ」

治憲に言われて、千坂は主君を見た。

「わしを子供と思っておるのだな。そなたの目にはそのように見えるか」

「あ、いや」

これまでゆったりと構えていた千坂の顔に、わずかに狼狽のいろがうかんだ。

「いやいや、さようなことは……」

「いや、見えるなら正直に申してもよいぞ。咎めはせぬ。しかし、この治憲、そなたが思うほどの子供ではない。今後のこともあるゆえ、思い違いをせぬ方がよい」

新藩主はおだやかな口調ながら辛辣な口をきいた。

「それは、もちろん」

「たしかに今度の大倹約令をまとめるにあたっては、まわりの者の知恵を借りた。いろいろと相談もしたということである。しかし思い立ったのはこの治憲である。またそれぞれに決断を要するところでは、治憲がすべて決断した。その責任は、すべてこの治憲が負うものだ」

「相わかりましてございます」

千坂は紅潮した顔を上げた。

「しかしながらそれにしても思い切ったご政策。前代未聞のことにて、われらもとまどうばかりでございます」

「さもあろうが、国もまた前代未聞の窮地に立たされておる。この窮地をしのぎ、国を滅亡から救うためには大倹を行なうほかはないことは、さきほど話した。どうか国元にその趣旨を十分に伝え、大倹の条条の執行に力をつくしてもらいたい」

「しかし家中を残らず城内に呼びあつめてかかる事項を申し達した前例はありませぬ。大殿さま（重定）の時代に節倹を執行されましたときも、示達はそれぞれの組の頭をあつめて行ないました。このたびも、それで十分かと存じます」

「対馬、わしが特に家中を呼んで申し達してもらいたいと頼んでおるのは、数多い家中の中には、わが藩がこれほどの危難をむかえておることを知らぬ者もいないではないと懸念するからだ。ほかの重臣を説得するのに難儀であるようなら、わしが大倹の趣旨を記したものをつくろう。それを持ち帰って、国元での示達に万全を期してもらいたい」

と治憲は言った。


家臣への直達にこだわったのは、そうしないと重臣層と諸役の頭の間で、大倹令の趣旨も項目もうやむやになる恐れがあると感じたからである。

治憲のねばり強い説得に根負けした形で、千坂対馬は治憲が書き上げた志記という諭達書と大倹令の内容を懐におさめて帰国した。しかし千坂から話を聞いた国元の重臣たちは、一斉に反発した。

とくに芋川正令、須田満主の二人は、大倹令のような重要な国策を国元の奉行職に何の相談もなく決定したのは、新藩主の軽挙というほかはない、また江戸勤務の者には触れを直達し、国元は奉行職達しで済ませようというのは、事に軽重の嫌いありというべきだとはげしく反発し、大倹令の示達をいそぐことはない、お館《やかた》（治憲）が帰国するまで寝かせておいて、その上で国元でも直達を仰ぐのが筋だと、治憲と大倹令への反感を露わに示しながら言いつのった。

千坂の手紙でそのことを知った治憲は、再度国元の執政、重臣に対して直書を下し、家中への示達を促したが、重臣たちはこれをうけて数度会合をひらいたもののの須田、芋川らの主張する反対論をくつがえすにはいたらなかった。江戸屋敷から発せられた大倹令は、国元にはとどいたものの、宙に浮いたまま凍てつく冬をむかえようとしていた。

最後の重臣会議が、家中への示達を見合わせることを決定してから二、三日後のことである。その日竹俣当綱は夕刻にいったん二ノ丸会談所の奉行詰の間から下がったあとで、夜になってふたたび家を出て登城した。従僕一人を連れただけのひそかな登城だった。

当綱がたずねたのは、同じ二ノ丸にある重定の隠居御殿南山館である。南山館は重定が好む能舞台までそなえた新築の御殿で、相変らずあちこちに荒廃の痕が見える城内の建物の中で、そこだけが異域のように光りかがやいていた。重定はそこに三人の夫人、徳千代、保之助と治憲を養子にしたあとに生まれた子息二人、ほか大勢と住んでいて、江戸上屋敷の奥をそっくり移したような豪奢な暮らしをしていた。

「ひさしいではないか、美作」

奥から出てきた重定は、坐るとすぐに皮肉な微笑を当綱にむけてきた。

重定は重定なりに心労があったはずの隠居間ぎわの時期にくらべると、重定の面長で上品な顔にはつやがあり、生気にあふれてみえた。気持がふっきれたせいか、いくらか太って以前より若返ったようでもある。

これではなかなか隠居したくもなかったわけだと、当綱は思った。

「奉行の仕事がいそがしくて、なかなかここに顔を出すひまもないげにみえる」

「申しわけございませぬ」

当綱は詫びた。重定の言葉は裏に皮肉を隠しているのだが、実際に当綱はいそがしかったのだ。千坂や須田満主と協議して、三カ年にて終了をめどとした水帳改めに着手したし、また何よりも実効のある貢租増加策をすすめねばならなかった。このことは千坂、須田には黙っていたが、さきに江戸で発令された大倹令と表裏をなすものだった。

当綱は農民がおさめる年貢のうちの家中知行分を、いったん城内の御蔵納めとすることを決めた。姑息なやり方のようではあるが、家中からの半物成借り上げを確実にするためである。同時に家中が農民から過重に大豆、糯《もちごめ》、油などを取り立てることを禁じた。農民の負担力にゆとりをもたせるための施策である。しかしこういうことを前藩主に説明しても、何の益もないことはわかっているので、当綱は単に詫びるだけにとどめた。

「ふむ、するとそのいそがしい美作が夜分にここにくるからには、何かよほどの緊急の用があったとみえる」

「いえ、ただの時候見舞いにござります。にわかに寒くなって参りましたゆえ、ご機嫌はいかがかと」

「それは大儀である」

と言ったが、重定はまた皮肉な微笑を顔にうかべた。

「そなたが来た用は、おおよその見当がついておるぞ、美作。大倹のことで、重臣たちが揉めておるそうではないか。今夜の用はそれだろう」

「おそれいりましてござります」

当綱は低頭した。顔を上げて言った。

「さようなことを、どこからお聞きになりましたか」

「そなたはわしを世捨て人と思うかも知らんが……」

今度は重定は、皮肉を隠さずに言った。

「わしにも目と耳はある。そういう話はどこからともなく耳に入ってくるものだ。それで、わしにどうしろと？」

「江戸におられる殿をお助けいただきたい」

と当綱は言った。重定は口をつぐんで当綱を見ている。

「御耳がおそなわりであれば、江戸で九月に発令になった大倹令が、国元では十二月を目前にしながらいまだ一項目も発令されていないことをお聞きおよびでござりましょう。江戸の殿は進退に窮しておられます」

「美作に聞くが……」

と重定が言った。皮肉な口調は影をひそめて、もと藩主は沈鬱と言ってもよい表情と音声になっていた。

「新しい弾正どのは小藩の育ちゆえ、その家の格式がどのようなものかは、知らぬ。しかしそなたが十五万石の家の格式を知らぬはずがあるまい。その美作が、一汁一菜とか、木綿を用いよとか申す一律の倹約令に、なにゆえに賛同したかだ。わしにはわからぬ。説明してくれぬか」

「たとえば侍組は一汁三菜でもよろしいが、そのほかは一汁一菜と申しては、人が倹約令にしたがいませぬ」

と当綱は言った。

ほんとうは、藩が滅亡の境い目を行ったり来たりしているときに、再生を妨げる最大の障害物になっているのがかたくなに旧来の慣例、格式に固執するこころなのだと言いたかったが、重定にそれを言っても理解されない。重定だけではない。まだ暮らしの中で格式を守る余地のある上士層、重臣層も、これを理解しないと当綱は思った。

その当綱を、しばらく無言で見つめてからもと藩主は、自分で考えたのか、それとも誰かが言ったことの受け売りかはわからないものの、突然に封建の世の根幹にかかわるようなことを言い出した。

「いまの世は身分というもので成り立っておる。身分の軽重をないがしろにすると、世の中が乱れる」

「まさに……」

当綱は少しおどろいて重定を見た。

「仰せのとおりでござります」

「そなたにこういうことを言うのは釈迦に説法するに似るが、格式は身分にかかわる大問題だぞ。むろん承知の上だな」

「承知いたしております」

「無視するのか」

「ひとまずは辛抱ねがわねばなりません」

「大倹の行なわれる間はということだな」

「さようでござります」

「期限があったな」

「お触れが出されてから十年でござります」

「十年、ふむ」

重定はあごをひいて当綱をじっと見た。

「危ない橋をわたるわけだ」

「危ない橋をわたらねば、藩の建て直しは出来ませぬ」

「そのことは弾正どのも承知のことだろうな」

「もちろんでござります。発議されたのはあのお方でござります。われわれは補佐役にすぎません」

「ふむ」

重定は、今度は自分の膝に目を落とした。しばらくしてから言った。

「では、わしは何をしたらよいのか」

「大倹令がこのまま国元で停滞をつづければ、江戸の殿の威信がそこなわれることは必定でござります。なにとぞ明日にもわれら奉行職の者を膝下《しっか》に呼んで、大殿からきびしく大倹令の執行をうながしていただきたい。ただいまの苦境から江戸の殿を救い出すことが出来る方は、大殿のほかにはおりません」

「奉行職と申しても、そなたはのぞいてもよかろう」

「いえいえ、それでは困ります。それがしはこのたびの大倹令発布にひと役買ったはずと、すでにはや、まわりの重役どもに憎まれております。それがしも出席して、大殿との打ち合わせなどかけらだになかったごとくふるまわねばなりません」

ここで当綱はひげづらをほころばせた。

「それに、今夜大殿に陳情に参ったことは、何人にも秘密のことです」

「相変らず策略の多い男だの」

重定はめずらしく声を出して笑った。六月に帰国した重定が隠居御殿の南山館に移ったのは半月ほど前の十一月十日だが、新居が予想以上にりっぱなのに重定は気をよくしていた。その上機嫌がまだつづいている。

それに、ひさしぶりに家中にさきの藩主の威厳を示す機会がおとずれたというのも、もちろんわるくはないと重定は思った。そうしてくれと頭を下げてたのんでいるのが、自分を藩主の座からほうり出した竹俣だとすればなおさらである。この男に、前藩主の重味とありがた味をたっぷり味わわせてやろう。よし、よし、と重定は言った。

「大倹令にはわしとしても納得しがたいところがあるが、ここは弾正どののためにひと肌脱ぐこととするか」

当綱との約束を、重定はただちに実行した。すなわち十一月二十八日に南山館に千坂高敦、竹俣当綱、須田満主の三執政を呼び、大倹令の執行が滞っている理由を聞いたあとで、その方らの論じるところはもっともであるが、このままに推移すれば藩主の威信が傷つくことはあきらかで、看過出来ることではない。直達でなければ受け取れぬというのなら、わしがお館にかわって本城に行き、申し達しを行なおう。ただし家中一統を呼集するにはおよばぬ。諸役の頭をあつめれば足りる、と重定は言った。重臣らには花を持たせ、治憲のために実を取った措置だった。

三執政は承服して城にもどり、ほかの重臣たちにもはかったが、今度は重定の裁きにあえて反対を言う者はいなかった。ただし執政の一人芋川正令だけは重定の呼び出しに応ぜず、またそのあとの重臣一同の評議にも加わらなかった。

このような経過を経て、十二月十一日、前藩主重定は本城に出むき、高家以下諸役の頭を残らず呼びあつめた上で治憲の諭達と大倹令の十二項目を読み上げた。その上で以上のことを支配の組中の者に懇切に申し達するように命じた。重定のこの措置によって、国元でも大倹令がすべり出し、米沢藩は江戸、国元ともにかつて例をみない大倹約時代をむかえることになったのである。

しかしすべり出しはしたものの、かれらが拠《よ》って立つ格式を軽視された上士層、とりわけ政策にかかわりを持つ重臣たちはこの大倹令に不快感を露わにし、その発議者である治憲と側近に内心強い反感を抱いた。

おそらくこのあたりが火元であったろう。大倹令は他家への外聞がわるいだけでなく、わが米沢の国体を損じるものだ。あるいはお館は小家育ちゆえ大家の格式を知らぬ、また例の諭達は内容、文章ともに十七歳の少年に書けるものではない。必ず近習の莅戸善政、木村高広らがした作文であろう、といったたぐいの流言が上士層を中心とする家中にひろがった。

その流言を書き記した国元の倉崎一信が、莅戸善政と木村高広に貴公らは君徳の美を損じるものだ、即刻退任せよという書状を送ってきたので、莅戸、木村の二人は大いにおどろいて病いを得たと称し、治憲にねがって近習の役をしりぞくと帰国した。事実無根のことだとしても、このような流言が城下にひろまっては、大倹令の徹底に障りをきたすだけでなく、倉崎の言うように、治憲の威信を傷つけることにもなりかねないと判断したのである。

十九

明和六年は、新藩主治憲にとって、多事多端の年となった。まず正月早早に、かねておそれていた幕府の普請手伝いが、治憲の上に降りかかってきたのである。今度の手伝いは、江戸城西丸御殿の修復工事助役で、相役は松江藩（松平出羽守治郷）だった。ほかに西丸内外普請の助役に、大聖寺藩（松平〈前田〉備後守利道）が加えられた。

藩主となってようやく三年目に入ったばかりというときに、治憲はたちまち自身の言う国家存亡の危機に直面したことになる。

江戸屋敷の勘定組頭に助役の費用を見積もらせると、組頭は詳細はのちに報告するとして、概算で一万六千両を下らないであろうという見通しを言上した。一万六千両は藩の歳入額のおよそ半分である。借財は山ほどあるが、蓄えは一両もないといっても過言ではないときに、この大出費をどうするか。

しかしながら幕府の命令をうけながらこれを拒むようなことがあれば、理由を問わずただちに国の存亡が問われる事態になるのは明白、というのが治憲の胸をわしづかみにした思いだった。

治憲は千坂、竹俣そしてこの正月に江戸家老から奉行職に任命した色部照長の三奉行に、急遽このことを通知するとともに、とどこおりなく普請手伝いを成就するために、全力をつくすべきことを要請した。また家中、領民にも異例の直書を下し、突然の普請手伝いの下命によって、わが藩はいまや国家存亡の危機をむかえるに至った、わがためにあらず名誉ある上杉の家名を残すために、米沢藩十万人力を合わせて忠勤をつくすようたのみ入ると、切切と訴えた。

執政たちは、さっそく手伝いの費用の調達にとりかかったが、領外からの借金は一切のぞめないので、結局かつてそうであったように、領内で家中、農民、町人から出金をもとめるよりほかに方法はなかった。家中は半知借り上げの残り半分の知行について、百石あたり二両宛出金する、また農民は高百石につき銀百匁、町衆は応分の寄附を差し出すようにというのがこのときの費用調達の中身だった。

町衆に対しては応分としたのは、以前は御用金の命令に応じた富商には武家身分をあたえ、あるいは藩政機構の中でしかるべき役職につけるという褒賞措置を行なったが、竹俣当綱が奉行となった翌年、これを弊政なりとして廃止したので、今回は正面から御用金を命じることを憚ったのである。しかるに城下の富者らは、治憲の直書に感激してすすんで出金した者が多かった。また隠居の重定も、仕切料の中から三百両を寄附した。贅沢三昧《ざんまい》を信条とする重定も、述べたような情勢を見過ごしに出来なかったらしい。

藩が一体となった費用調達によって、秋にはどうにか見積もりの金額がととのい、九月三日に藩は西丸普請の国役を幕府に願い出、十月九日には普請の落成をみた。幕府は十月十五日に松平出羽守治郷、上杉弾正大弼治憲に時服《じふく》三十ずつ、松平備後守利道に時服十をあたえ、同じ月の二十二日に、手伝いに尽力した各藩の家臣らに時服、羽織、または銀をあたえた。これを以て治憲は最初の大役ともいうべき公儀御用を、つつがなく勤め上げることが出来たのである。

これより前の八月二十三日に、治憲は重定の次女幸《よし》姫と桜田の江戸屋敷で婚礼の儀を執り行なった。その日の辰ノ刻に江戸家老須田満主が使者に立って幸姫に結納を進め、辰ノ中刻には治憲が奥に入って三三九度の嘉儀を行なった。この婚姻は当日幕府に届け出た。治憲十九歳、幸姫十七歳の新夫妻で、幸姫はこの日から御前さまと敬称される。

二十九日には七ツ目の御祝が行なわれ、江戸屋敷の諸士、国元の群臣がお祝いを申し上げ、米沢城本丸では執政以下が隠居重定を招いてお祝いの膳を差し上げた。また国元では、婚姻を祝って国中に赦免を行なった。

しかし治憲と幸姫の婚姻が行なわれた日の翌日、さきに病いを養うために帰国していた藁科松伯が死去した。松伯の病いが重いという話を聞き、竹俣当綱は前日の二十三日、松伯を見舞った。少し待たされてから当綱は病間に通されたが、寝ていると思った松伯が机のそばに端座しているのを見ておどろいた。

「先生、無理をされてはいけませんぞ。まず横になられよ」

と当綱は言った。部屋の隅に片寄せて夜具は敷いてある。かすかに香が匂うのは、薬餌の香と体熱の匂いを消す心配りだろう。それも病体に障りはしないかと、当綱は気になる。

「それがしが見舞いにきて、ご病気の先生を煩わせてはなんにもなりません。お気遣い無用、どうぞ横になられよ。お臥《ふせ》りになっても話は出来ますぞ」

「いやいや、ご家老こそお気遣いなされますな」

と松伯は言った。

「寝ておるのも退屈で、時どきこうして起き上がって書物など眺めております。長くなれば疲れますが、少少はこうしておる方が気持が晴れ申す」

「さようか。では、じきにおいとまするとして……」

当綱は改めて松伯をじっと見た。そして声を押さえて言った。

「お加減はいかがですかな」

「よくありません」

と松伯は言った。松伯は瘦せて、皮膚の下に顔の骨格が透けて見えるような相貌をしていた。膝に置いた手も、着物に隠れているその膝頭も骨張って、人骨が衣服を着ているようにも見える。

にもかかわらず松伯には、全体として清らかに澄んだものに覆い包まれている清明な印象があった。まるで、この世のひとではないようなと、ふと思いかけて当綱は小さく首を振った。

「さようか。では、お医師の先生にこのように申し上げるのもナニだが、養生を重ねてお丈夫になられるよう、おねがいしなければなりませんな」

「ありがたいお言葉ですが、その養生もかなわぬところに来ました」

淡淡と松伯は言った。そして黙然と見まもる当綱に、これまで見たことのないようなやさしい目をむけてきた。

「しかしこれもわが定命とあればやむを得ません。ただ、お館さまが手をつけられた藩改革の行末を見ることが出来ないのはいささか心残りですが、事は一応すべり出しました。以てそれがしの役目は果したということも出来ましょう」

松伯の目がふと光を帯びた。

「近ごろはいかがですか。やはり、やりにくくなっておりますか」

「去年芋川が奉行職をやめてから、どうもうまくいかん」

松伯にこれ以上病気の話をする気がないのを悟って、当綱も話題を当面する藩政にもどした。芋川は治憲、当綱が主導する藩政改革を批判してやめた奉行である。

「それまでは、根本のところに不満を蔵しながらも改革に協力すべきかどうかと迷っているふうに見えたまわりの重臣どもが、芋川の辞職以来一斉にわしの敵に回った感がある。やりにくいことおびただしい」

「色部さまもそうですか」

「色部も、いまや敵だ」

松伯は膝に目を落とした。去年の暮に門弟の小川源左衛門尚興にあてて書いた手紙のことを思い出していた。

小川尚興は、経世済民を説く徂徠学の系譜につながる学者でもあり、竹俣当綱も藁科松伯もこの系譜につらなり学問の洗礼を受けた。当綱と松伯が、まだ直丸と称していた現藩主治憲に、あらたに学問の師をすすめるにあたって、実践を重んじる折衷学派の細井平洲を選んだのも、このあたりに淵源がある。政治は道徳に先行すると主張する徂徠学は、藩改革に打ってつけの学問だったが、徂徠は幕府が官学とした朱子学をはげしく批判して古文辞学を完成させた学者である。晩年八代将軍吉宗の政治顧問となったといっても、やがて米沢藩主となる人に徂徠学をすすめるのは憚りが多いとして、近似する学風をみとめることが出来る折衷学派をすすめたということになるだろう。

松伯が門弟の小川尚興に書いた手紙は、小川が重臣たちが治憲の発した大倹令をよろこばず、国政を非難するばかりか議論が藩主の批判におよぶこともある現状を心配してよこした手紙に対する返事だったが、その中に松伯はつぎのようなことを書いている。

はじめに松伯は、国政を不満として一揆あるいは強訴が打ちつづく近年の世情を記し、かように百姓の心さわがしく成り行き候も、畢竟《ひっきょう》は一度は治り一度は乱れ候天道のことに御座候えば、そろりそろりと天下のゆるる兆もあるべく御座候や、じつに国を持ちたもう主さま方のご用心時に御座候と書いた。これが松伯の時勢観だった。松伯は近年の世相に幕藩体制崩壊の兆を読み取らずにはいられない。

つづいて松伯は、こういう時節に、若気でも浮気でも一国の衆人と苦楽を共にして少しでも下の潤いになるようにと、みずから木綿に一汁一菜で過ごされる方を藩主に戴くことが出来たのは、地獄で仏に出会った心地だ、と記した。

尖った膝と膝の上に置いた手を見つめながら、松伯は門弟に書いた古い手紙の文言が間違ってはいなかったかとふり返っている。間違ってはいなかった。はてもなく長くはあるが、あきらかな一本の道が見えていた。ほかに米沢藩を生かす道はなかった。

「ご家老」

呼びかけたときに、松伯は髭が濃く目の大きい長年の友人に対する信愛の情があふれるのを感じた。

「重臣の方方の思惑などはほっておきなされ。彼らは時勢を知らぬ者です。この国を救うものはお館さま、補佐するご家老、莅戸《のぞき》さま、言うなればわれら同志のみと思い切らねばなりませんぞ。堪えるところは堪えて、じっと時節を待つべきです」

「相わかった。我慢しよう」

と当綱は言った。そしてふと気づいたようにつけ加えた。

「いまの町奉行、先任の長井藤十郎と、今年その役についた莅戸九郎兵衛、二人ともまことに庶民の評判がいいそうだ」

「莅戸さまのご登用は、やはりご家老のご指図ですか」

「人材を腐らせるわけにはいかん。根回ししてようやく実現したが、いや、これしきのことをはこぶにも苦労するのだ」

当綱は言ってから身じろぎした。

「少少長居し過ぎた。お疲れではありませんかな」

「お気遣いなく」

言いながら、松伯は暫時お待ちあれという身ぶりを当綱に示した。そして立って机に向き直ろうとしたとき、大きく上体が揺れた。目まいを起こしたようである。しかし松伯は、あわてて支えようと膝行する当綱を手を上げてとどめると、机にむかって紙をのべ、墨をすった。

顔いろこそ青白いものの、背は直線にのびて、さっき命がきわまったようなことを言った病人とは見えなかった。当綱がその横からじっと見ていると、やがて松伯はのべた紙にすらすらと文字を書いた。

賢臣ニ親シミ小人ヲ遠ザクル、コレ前漢ノ興隆スル所以《ゆえん》ナリ　小人ニ親シミ賢臣ヲ遠ザクル、コレ後漢ノ傾頽スル所以ナリ
右諸葛武侯ノ語と一気に書いてから、小臣藁科貞祐拝書と署名した。つづいて詩二篇を、紙を改めて流れるように記すと、これをお館さまにさし上げてくだされと言って当綱に渡した。揮毫《きごう》でおそらく全力を使いはたしたのだろう、松伯は呼吸がみだれ、額から汗をしたたらせていた。

翌日の八月二十四日、藁科松伯は死去した。三十三歳だった。その知らせが江戸屋敷にとどくと、治憲は深く悲しんで食が減ったという。

江戸城西丸の普請手伝いが無事に終り、幕府からの下され物を受けたあとの十月十九日、上杉治憲は初入部の旅にのぼった。米沢領最初の宿駅板谷宿に着いたのは二十六日の夕刻である。

谷間の宿駅には折柄降雪があった。時どき風が吹くと、雪は風に巻かれて宿場の中を右往左往した。そして夜になるとはげしい寒気が襲ってきた。

治憲が国境の警備と宿場の本陣を兼ねる板谷御殿の一室で、建物の外を吹きすぎる風の音を聞いていると、襖の外で目通りをねがう者の声がした。やがて近侍の者が襖をあけ、宿の者が申し上げたいことがあると言ってきている、御殿将が付き添っているが、いかがし

ましょうかと言った。

治憲が許可すると、御殿将にともなわれた本陣の主《あるじ》が入ってきた。夕方挨拶に来た男である。

「宿場の夜具が足りぬそうで、そのことで取りいそぎ申し上げたい儀があると申しております」

御殿将の言葉に、治憲はおどろいて男を見た。

「夜具が足らんとはどういうことか。直答をゆるすゆえ、遠慮なく言え」

治憲が言うと、本陣の主はお供の人数をすべて休ませるだけの夜具が足りないことが判明して、いま宿場の宿宿の騒ぎになっている。もちろん、まわりの民家からも借りあつめて何とか間に合わせるつもりだが、粗末な夜具にあたり、あるいは一部それすらも行きわたらない方方が出るかも知れず、至急にしかるべき方に命じて対策を講じていただきたいと男は言い、さらに言葉を改めた。

「こうして御前《おんまえ》に出させて頂きましたのは、不行き届きをお詫び申し上げるためでござりますが、かたがた当分は冬の間の御行列の御宿を勤めがたく、この儀をお殿さまにおねがいしようと思い参じた次第でございます」

「夜具が足りぬのか」

「はい、夜具もさし上げるたべものも不足しておりまする」

本陣の主は、板谷宿は谷間の村で耕地というものがない、よって飯米は米沢城下でもとめるしかないが、近年は米の値段が上がり、暮らしは苦しくなる一方なので、勢い旅宿を営《いとな》みながら夜具を調達することもかなわない有様である旨を説明した。

藩主の前に出てきたのはそれを言いたいためではなかったかと思うほど、主は雄弁だった。治憲は男を下がらせたあと供頭の瀬下秀有らを呼び、夜具が行きわたらない者には焚火を盛んにして暖を取らせるように命じ、またやや夜が更けると、近侍の者たちに命じて供方の一同に酒を賜った。寒気をしのがせるための心配りである。この処置を終って手焙《てあぶ》りのそばにもどった治憲は、物入れから近ごろたしなみはじめた煙草を取り出した。

風と降雪はいよいよ強まるらしく、宿駅を吹き抜けて時おりどっと建物の壁に雪をぶつける風のほかに、谷間のはるか上の方、暗黒の夜空を寸時の休みもなくごうごうと鳴りわたる風の音も聞こえてくる。その音を聞きまた宿の主人が言ったことを思い返しながら煙草をくゆらしていると、心が一方的に滅入ってくるような気がしてくる。これまでは話に聞き、想像の中に手さぐりするだけだった貧しい領国が、闇のむこうにぬっと立ち上がったのを治憲は感じていた。

「これは容易ならんことだぞ」

煙草を口からはなすと、青年君主は小さくひとりごちた。

つぎの日は治憲は山駕籠に乗り換え、国入りの行列はいよいよ峠道にさしかかった。険しく登り降りする峠道を通過する間にも、昨日よりもひどい風雪が、形ばかりに駕籠の上から垂らしてある風よけの布をまくり上げ、扉もない山駕籠の中の治憲の膝は、吹きこんでくる雪のためにはらってもはらっても白くなる。

ぎしぎしと乗物の竹がきしみ、前後をかつぐ陸尺《ろくしゃく》がはげしい息を吐くのを聞きながら、治憲は布を上げて左右の山肌を眺め、山道の下方を流れる沢に目をやった。

山の斜面も水の涸《か》れた沢も、新雪に覆われていた。近い山は頭上に倒れかかってくるかとおもわれるほど険しく峙《そばだ》つところもあるが、丘のようにつづくなだらかな場所もあった。その斜面にはおそらく小楢《こなら》か櫟《くぬぎ》と思われる幹の黒い木木が林立し、降りしきる風雪の中で、まだ枝にしがみついている茶色い枯葉がちぎれんばかりに打ちふるえているのが見える。

しかし山は雑木ばかりではなく、常緑樹に覆われている場所も見えた。暗い緑に覆われた森は強風に押されながらゆっくりと左右に揺れ、時おり上にかぶさる白い雪をこぼしていた。しかしそのうしろに折重なる遠くの山山は風雪に半ば隠れて形もつかみがたい。これがわが領国、と治憲は思った。通りすぎる風景に目をうばわれて、寒さはさほどに感じなかった。

「ここよりまた登りに変ります」

近侍の者の声がし、治憲は駕籠の上に取りつけてある竹の釣手をつかんだ。すると身体はたちまち駕籠の中で仰むけになった。

登り降りが険しい峠道を無事に通過すると、つぎはやや平坦な感じがする場所にある大沢宿である。少憩して旅宿の外に出ると、治憲は馬を呼んだ。

すると近侍の者、供頭、先立ちの小頭など行列を指図する重だった者が異様にあわてふためいて頭をつき合わせ、何ごとか相談をはじめた。そのはてに治憲の前にすすんだ供頭瀬下が言った。

「ご窮屈ではありましょうが、このまま御駕籠にて麓の関根宿までご辛抱ねがいたく存じます」

「馬はいかんと申すのか」

「はあ。参勤の折は、お館さまには上《のぼ》り下《くだ》りいずれにおいても関根の羽黒堂と米沢の御城の間一里の道のみ、馬をお用いになるのが定めとなっております」

「慣例ということだの」

「はい、長い間の慣例でござりますゆえ、ここより馬を召されるとなれば、われわれ供の者が、お城に入ってのち上に咎められるのは必定《ひつじょう》。言いわけも立ちませぬことゆえ、なにとぞお定めの如くおはこびあられたく存じまする」

「しかし、この山坂道、ことに今日は格別の風雪の中なれば駕籠を舁《か》く者らがあわれじゃ」

「駕籠の者らは、これが仕事、お役目でござります。駕籠はいらぬと仰せられては、かえってかの者らが困惑いたしましょう」

「よし、いまの言葉は心にとどめておく。しかし今日は初の入部の日、わしもはじめて見る領国を馬上から眺めたい。わしの我がままとして許せ。その方らに咎めがおよばぬよう、わしから上の者に言っておく」

言い分を通して治憲は、大沢宿から馬に乗った。たちまち身がこごえるような寒気に襲われ、吹きつける風雪に合羽を着た治憲の身体は真白になったが、しかしそうして顔を雪に打たれ、山道を馬をあやつってすすむ間に、治憲はむしろ風と雪に気持が鼓舞されるのを感じた。艱難《かんなん》何するものぞと思った。しかしこのときの大沢宿からの騎乗も、また十一月三日から行なわれた初入部の祝儀で、大倹の際であるからと慣例の馳走の料理と酒を赤飯と酒に変えたことも、さらにはその際に三扶持方以下足軽に至るまで親しく藩主の前に呼んで声をかけたことも、またしても旧来のよき慣例をやぶるものとして重臣らのはげしい反発をよぶことになった。

一部をのぞく重臣層の、家督相続以来の新藩主治憲と竹俣当綱らに対する反感は、蓄積されて巨大なものとなる気配をつよめていた。

二十

支侯の駿河守勝承と勝承の叔父上杉勝延が二ノ丸の

隠居御殿からもどり、琴女を連れて下城するのを見送ったあと、治憲は御座の間に帰ってしばらくぼんやりと障子に映る日の光を見ていた。部屋の中には成熟した女性の匂いと、その人がそこに坐ってつつましく物を言ったり微笑したりした余韻のようなものが残っていた。

——女人とはかくのごときものか。

と治憲は思った。何かしら限りなくゆたかなものに包まれて時をすごしたような、満ち足りた気分がある。

琴女はつい先日、治憲が国元におく側室と決まり、ごく内内に祝いの盃を済ませたばかりの女性である。上杉の一族式部勝延の娘だった。勝延は吉良家から入った五代藩主綱憲の六男であり、したがって新田藩主上杉勝承、また大殿と尊称されている隠居の重定にとっても叔父にあたる人物である。

国元におく側室のことに最初に触れてきたのは竹俣当綱である。去る四月の半ばごろに、城に登ってきた当綱は治憲に挨拶を済ませたあとで、唐突に麻布の殿からわれら奉行あてにお手紙を頂戴しましたと言った。

趣旨は殿に側室をすすめ参らせよ、ということでしたと言ってから、当綱は身を起こして治憲をじっと見た。

「御前さまが病身であられるということは、われわれもうすうす承知しておりましたが、御子誕生もおぼつかないほどにお弱いとは、麻布の殿の今度のお便りではじめて承った次第。いや、迂闊なことでございました」

竹俣らは、幸姫のいわゆる病身のことをどの程度まで知っているのだろうかと思いながら、治憲は黙って当綱の言葉を聞いていた。

咳ばらいをひとつして、これは失礼と詫びてから当綱はつづけた。

「いや、われらもいずれお部屋さまとなられる方のことを考えないわけではありませんでしたが、ゆるゆるでよろしかろうとのんびり構えておったところがございました。しかし事情が申されるごとくであるとしますれば、事をいそがねばなりません。麻布の殿は、当然ながら殿に御子誕生のあてのないことを憂えておられます」

「いそぐことはなかろう、竹俣」

と治憲は言った。

「大殿には徳千代どのがおられるし、保之助どのもおられる。危惧《きぐ》するにはおよばぬ」

徳千代も保之助も治憲が上杉家の養子に内定した宝暦九年以後の生まれであるが、隠居重定の実子である。したがって武家法の定めによって二人のうちのどちらかがいずれ治憲の順養子となり、上杉家を継ぐことになる。また理由があって山内氏を称しているが、昨明和六年正月に生まれた逵之助《きのすけ》という男子もいて、上杉家の相続を不安視する必要はない、と治憲は言ったのだが、当綱の考えは違うらしかった。首を振った。

「こと当家に関しては油断は禁物でござります。寛文の二の舞は何としても避けなければなりません」

そう言ってから、当綱はふといかめしい表情をくずした。

「お部屋さまの人選につきましては少少あてもありますが、来月はじめに支侯さまが帰国なさる由で、その折にくわしく申し上げまする」

当綱がそう言ってから二十日ほどがたち、五月五日に米沢新田藩主上杉勝承が帰国した。その挨拶のために城にのぼってきた勝承は、治憲と歓談する間、側室などということはおくびにも出さなかったが、やがて二、三日後に登城して再度そのことに触れてきた竹俣当綱は、以前とは顔いろが違っていた。

当綱は人払いをねがった上で、執務部屋から御座の間に場所を移すように治憲に要請した。

「麻布の殿からはじめて御前さまのご病身の中身をうかがいましたが……」

言いかけて当綱は、このあとはご無礼にあたることも申し上げなければなりませんが、おゆるしねがいますと言ったあとで、言いにくそうに髭のそりあとの青青としたあごをぶるんと手でひとなでした。

「うけたまわりましたところ、御前さまにはいまだ童女の態にてご同衾《どうきん》もかなわぬ御身ということでござりますが、真実でござりましょうや」

「そのとおりだ」

と治憲は言ったが、一瞬どこかを切られたような痛みが身体の奥を走り抜けたのを感じた。おそらくは無意識の深く秘匿したい場所をあばかれた痛みだったろう。

去年の八月に、治憲は幸姫と婚礼の式を挙げた。対面したそのときの呆然とした気持を、治憲はいまも忘れることが出来ない。幸姫は十七歳、花のさかりを迎えようとしている乙女であるはずのそのひとは、十歳ほどの少女にすぎなかったのである。これには何かのからくりがあるのではないかとふと治憲は疑ったほどだが、何の間違いもからくりもなく、盛装して目の前にいる少女が幸姫だった。

ただし幸姫は、身体に相応して知能も遅れていると は言い難いところがある女性にも見えた。少女ながら美貌だった。面長だがふくよかな顔立ちの中で、きらきらとかがやく瞳を治憲に据え、唇をきっとむすんで治憲を見ていた。と思う間に、幸姫は目にいたずらっぽい笑いをうかべた。その表情はあかるく、姫がこんなに小さいのでびっくりなさっているのですね、と語りかけているように治憲には思われたのだった。

「さようなことであれば、もっと早くわれらに打ち明けていただかねばなりません」

当綱はまだ狼狽の残る表情でそう言い、側室となられる方の大体が決まりました、と言った。一族の上杉式部勝延の娘で名前は琴であり、母が亡くなったあと、家に残る末娘として父の世話と屋敷の日常を取り仕切ってきたがために婚期に遅れたが、ふっくらとした人柄で和歌にも堪能であるとつづけたあとで、当綱は何気ないふうにつけ加えた。

「お齢は三十、殿とは少少齢のひらきが大きいようにございますが、そのことはおそらくお気になさるにはおよばぬと存じます。それがしがなぜそう申すかは、一度お会いになればすぐにおわかりになるはず。あ、それから式部さまは殿の祖母さま瑞耀院さまの兄君でございますので、琴どのは殿のおなくなりになられた母君とは従妹の縁となります」

当綱が言った琴女が亡母の従妹であり、またわが幼時にかわいがってくれた祖母の姪《めい》であるという言葉は、治憲の心を琴女に大きく傾けるように思われた。

そして当綱が言ったもうひとつの言葉、一度会えば齢のひらきなどは気にならなくなるはずということも、今日の一刻近くを琴女と二人だけでさまざまに語り合ったあとでは、そのとおりだったとうべないたくなるようなものだった。琴女はやや大柄な上に挙措も物言いもおっとりと静かで、治憲の言うことをやわらかく受けとめて包みこむように思われた。それでいて時おりはつつましく女子らしい羞《はじ》らいも見せた。

治憲が、女人とはこのようなものであるかと心に嘆じたのは、ひさしく大人の女の心に触れていなかったせいでもあるだろう。琴女は治憲にそのことも思い出させて去ったようでもあった。

琴と生涯を契ることが出来ればしあわせであろうと治憲は思ったが、その気持は野放図な喜びにつながるわけにはいかず、痛みをともなっていた。

無事に婚礼の儀が済んだあとで、幸姫の養育にあたってきた老女の言ったことが、いまも治憲の心を去らない。

「方外のおねがいとは存じますが、これからのち時には世のつねの夫婦のごとく、姫と褥《しとね》をともにされておやすみになっていただきとうござりまする。姫もまた、そのようにのぞんでいることと思いますので」

そう言い終ったとき、謹厳な容貌をもつ女の目にどっと涙があふれ、老女は袂を顔に押しあててしばらく治憲の前も憚らずしのび泣いたのだった。余にまかせよ、姫を決して粗略にはあつかわぬと治憲はそのとき約束した。

そしてそのつぎのある一夜のことも、なかなかに忘れがたく治憲の胸に残っている。幸姫が常人でないと知ったときのおどろきはなみなみでないものだったが、ただひとつの救いは姫がごくあかるい性格の女性だったことで、そのことはともすると沈みがちになる治憲の心を引きたてた。

執務が一段落して休息の時がおとずれるときなど、治憲はふと思い立って奥に幸姫の様子を見に行くことがある。すると姫はよろこんで、お館さま歌留多あそびをしましょうかとか、雛《ひな》あそびはおいやですかなどと、しきりに遊戯に誘う。治憲が相手になってやると、嬉嬉としてまつわりつきなかなか放そうとしなかった。そういうときの幸姫は、やはり十歳の少女に異らなかった。

ところがその夜、寝所をおとずれた治憲をむかえた幸姫は、日ごろの快活な面影は影をひそめて、形は少女ながらどことなく大人の雰囲気を身にまとっているように見えた。もっともそれは多分に部屋に焚きこめてある伽羅《きやら》の香とか、幸姫の身をつつんでいる白絹の寝衣などのせいだったかも知れない。

そう思い返して、治憲は案内の女たちが帰ると、ごく気さくな口調で、さて、姫、ではともにやすもうかと声をかけたのだった。すると幸姫が言った。

「お館さまと姫は夫婦《めおと》でありますゆえ、このようにいたすのでございますね」

そのいかにも心得顔の幸姫の言葉には、治憲の軽い緊張をほぐす力があった。治憲は微笑して、そのとおりだと言った。

そしてともに臥《ふ》して肩を抱いてみれば、幸姫はやはりごく骨細の少女だった。幸姫は軽く目をつむって治憲の胸に縋《すが》っている。これでいいのだ、としばらくして治憲は思った。これも一期の縁、わが運命と思いさだめてこのひとを大切にしよう。

そう思ったとき、ふと幸姫の身体がやわらかくなり、そして何としたことだろう、治憲は紛れもない成熟した女人の香を嗅いだような気がした。はっとして幸姫の顔を窺いみると、腕の中にいるのはやはり少女で、姫はもうかすかな寝息を立てているのだった。


さっきから日差しが強すぎると思いながら障子を見ていたように思う。治憲はふと夢想からさめて「お、お」と言った。すぐに立ち上がった。

明和七年のこの年は、梅雨どきに雨が不足した。そこで治憲は林泉寺の虎関和尚に雨乞いの祈禱《きとう》を命じたところ、一時は領内の田という田がくまなく潤うほどの雨が降った。しかし今年はやはり旱《ひでり》がちの油断ならない年とみえて、雨はその後ふたたびぴたりとやんだまま一滴も降る気配がない。来る日も来る日も領国の上には強い日差しが照りつけ、水不足の田には熱風が吹きわたって育ちのわるい稲をそよがせていた。

梅雨が上がるにはまだはやい時期で、村村には、いまからこの有様ではやがて田に罅《ひび》が入るのではないかと不安の声が挙がっているという報告があったので、治憲は再度虎関和尚を呼び、奉行列席の上で雨乞い祈禱を命じることになっていた。

今日がその日で、もはや約束の時刻が来ているのに側近の者が呼びにこないのはさっき人払いを命じたためで、かれらを責めるわけにはいかない。治憲はいそいで部屋を出た。そして表の式台の方に歩きながら、この際はあのことも先にのばすべきものかと思った。

琴女の本丸御殿入りが決まったあと、奉行たちは協議して、破損いちじるしい本丸御殿の奥住居の修理工事をすすめていた。しかし旱魃のおそれが出てきて寺院に雨乞い祈禱を命じているときに、側室のための城内工事を行なわせるのはいかにも領民の不安に無頓着な行為のように思われてくる。もちろんかりにここで工事を延期すれば、琴女を本丸奥に入れるのは一年先、つぎの帰国のころになるだろうが、治憲の胸の中にはそれでよいという気持もあった。

それは藩主となるからには民の心をわが心としようと思いさだめた初心にしたがうことでもあったが、そこにいくらかは、少女のままの新妻幸姫に対する哀憐の気持もまじっていることを、治憲は承知していた。

二十一

安永二年の六月はじめのある夜。今年はこれまで三年つづいた旱不作を上回る大旱魃になりそうな徴候が、あちこちに出はじめたというので、領内が雨乞い祈禱で騒然となっている最中に、奉行職千坂高敦の屋敷でひそかな会合がひらかれていた。

燈下に顔をそろえているのは屋敷の主《あるじ》千坂高敦、もう一人の奉行色部照長、江戸家老の須田満主《みつたけ》、侍頭芋川延親、清野祐秀、平林正在の六人で、いずれも歴歴の重臣である。

千坂が言った。

「兵庫どのが遅れているが、縫殿《ぬい》どのは帰国したばかりでお疲れだろう。そろそろはじめようか」

「いや、それがしへの斟酌《しんしゃく》ならご無用に。疲れはもうとれ申した」

と芋川延親が言った。延親は治憲が進める改革に反対し奉行職をやめて隠退した芋川正令《まさのり》の嫡男で、二年前に侍頭を命じられている。齢はまだ二十四、親に似て豪胆の評判がある男だった。

延親は去る四月末に治憲が帰国すると、即日将軍家への帰国御礼の使者を命ぜられて江戸にのぼり、使命を果して二、三日前に帰ってきたばかりである。千坂はそのことを言ったのだが、須田満主がそばから若者をいたわることなどいらんと言った。

「いたわるならわしにごくろうだったのひと言ぐらい言ってもらいたいものだ。今度の旅は疲れた」

「それはごくろうであった」

と色部が言った。須田も帰国の行列に附き添って、四月に帰国したばかりだった。色部は挨拶の言葉をかけてから、須田に微笑をむけた。

「殿ご帰国の日は、わしはべつに手がはなせない公務があってお出迎えに間に合わなんだが、聞くところによると、伊豆どのは当日、だいぶ派手にふるまわれたらしいの」

「なに、日ごろのとおりにふるまっただけでござる」

二人の問答を聞いて、一座の者がどっと笑った。

帰国の行列が城下に入ると、治憲は山上福田橋で、また王城大手前でと二度下馬し、会釈して徒歩で通過した。去る二月の末ごろに、志ある家臣らの奉仕、いわゆる諸士手伝いによってこの二カ所の道路の破損場所が修復されたことを聞いていて、かれらの勤労に謝意を示したのである。

当然つきしたがう家臣らで馬に乗っていた者は、治憲にしたがって下馬し、徒歩でその場を通った。大倹令下なので治憲は木綿着、木綿の羽織である。そしてこれも当然ながら供の者たちも身分の高下にかかわらず木綿着だった。

その中でただ一人、江戸から供奉《ぐぶ》してきた須田満主だけは、縮緬《ちりめん》羽織を着て馬に乗ったまま、治憲のあとから悠然と通り過ぎたので、出迎えの家中、沿道の庶民の評判になった。色部はそのことを言ったのである。

「殿のお考えとしては、家臣の苦労をいたわるという意味かも知れんが、わしに言わせればとるに足らぬ些《さ》事《じ》だ。一藩の主、まして名誉ある上杉のお館がやることではない」

須田は言ったが、言っているうちに日ごろの憤懣《ふんまん》がこみ上げてきたというふうに、顔が真赤になった。

「御みずからの木綿着用、一汁一菜、先年の雨乞い登山、諸士手伝いに対する謝意、すべてそうだ。やることがいちいちこまかすぎる。木綿着も一汁一菜もけっこうだ。だが何もご自分でやることはない。命じて、藩主ご自身は絹布を用いて悠然としておればいいのだ」

雨乞い登山というのは、三年前の六月、領内の寺院に雨乞い祈禱を命じているものの、効験はいまひとつはっきりせず、いよいよ旱魃の相が険しくなってきたので、治憲は竹俣当綱、色部照長の両奉行に供を命じて城の南西の遠山村にある愛宕山に徒歩で登った。そこで雨乞い祈禱をして下山すると間もなく沛然《はいぜん》と豪雨があった時のことを指している。

須田はなおも言いつのった。

「いまは平時だからまだよい。これが戦国の世であったなら、殿にはとても一国の主はつとまらぬ。一国の軍をひきいる大将は、将士を死地に投入して自身はでんと構えていなければ戦には勝てんからの」

「以前に大殿のことを無能の殿だ、領内の困苦をよそに乱舞に狂っていると非難したものだが……」

と色部が言った。

「いまのお館をみておると、たしかに伊豆どのが言うとおり、こまかに気を遣いすぎるところはある。いさか先の殿のころが懐しいという気がせぬでもない」

「領民がどうくるしもうと、藩主たる者は十五万石の格式で悠然と構えておればいいのだ」

「そう言っては少少行き過ぎではないかの」

千坂が須田をたしなめた。そして千坂はほかの者の顔を見回してから言葉をつづけた。

「しかし気持としては須田の申すこともわからんことはない。やはりナニかの、小藩のご出身は争えぬということかの」

千坂の言葉にみんながうなずいた。そしていまの言葉をそれぞれが確認するような沈黙が部屋を覆ったが、清野祐秀がその沈黙を破った。

「近ごろ諸士手伝いが多すぎはしませんかな。先月は五十騎組による小鈴川村の荒地開拓というのもあったし、それがしはこうした風潮が甚だ気になる」

「気にして当然。武家が百姓の真似をしておるのだ。武家と庶民の区別がなくなってはもはや末世だ」

「いったい、いつからこんなふうになったのかな」

これまで沈黙していた若手の侍頭平林正在、芋川延親がつぎつぎと発言した。

「材木の伐り出しからだろう。わが父は諸士手伝いは裏に策略する者がいると断言しておる」

芋川の言葉に、清野祐秀がずばりと言った。

「竹俣どのを指しておられるのだろう。竹俣どのはそのような仕方で低き身分の者たちの心をお館に近づけようと画策しているように思える。それでもってお館に人気をあつめようというお気持かも知らんが、少少露骨に過ぎはせんか」

材木の伐り出しは、前年二月に目黒行人坂の大円寺が火元の火事が折からの強風にあおられて江戸一円を焼く大火となり、この火事で米沢藩の麻布、桜田両江戸屋敷も焼亡したので、その再建の用材を領内から伐り出して江戸に船積み輸送したときのことである。この火災にあたって治憲は、家中に三年間百石につき二両の出金をもとめると同時に組頭を呼び、江戸屋敷再建について、勝手向き困難のときなので、諸士力を合わせて御家が立つように頼み入る、またこれについて考えがあれば遠慮なく述べるようにという諸組に対する諭達を行なった。

これを聞いて家臣らは感激し、貧困のわれらが家産を尽してたてまつるとも何ほどのことが出来ようか、君憂える時は臣辱めをかえりみずという、この上はいかなる賤役をもこばむべきではないと言い合い、五十騎組、与板組が材木伐り出しの手伝いを申し出たという。このときは奉行の竹俣当綱が会津境の塩地平の深山幽谷に入って、諸士とともに蓑笠をつけて伐採の指揮をとった。

「外に竹俣美作あり、内に莅戸《のぞき》九郎兵衛ありで、この二人が近ごろわが藩を動かしておると申しても過言ではない。われらが承るのは雑用だけで、大事の御用においては蚊帳の外だ。両人いかに器量があると申してもこれでは正しい形とはいえぬかも知れんな」

色部が言うと、須田はその穏やかな言い方にいら立ったように声を荒らげた。

「器量人なものか、奸佞《かんねい》邪智のやからだ。莅戸の出世ぶりを見よ、そのすみやかなることおどろくばかりだ」

昨年の九月、莅戸善政は町奉行から御小姓頭に挙げられ、百石の加増をうけて三百石の上士となっている。それればかりではない、と須田は言った。

「貴公らは何とも思わぬか。わしはいまの殿初入部以来、領国にろくなことがないのが気になっておる。今年もどうやら旱魃らしいが、そうなるとこれは四年つづきの旱魃、わが領内だけでないとも聞くが、また米沢ほど被害が大なるところはないともいう。加えて江戸屋敷の焼失じゃ。いろいろと政治建て直しの手も打っておられるようだが、そちらはさっぱり験《しるし》がなく、わるいことばかりがつぎつぎとおこる」

須田が声を張り上げて、これもみな奸佞邪智のやからが藩政を動かしているためではないのか、と言ったとき、侍頭の長尾景明が到着して遅れ申したと詫びた。

さて、と千坂が言った。

「殿に申し上げる不満の条条は、のちほどなおゆっくりと話し合い、煮つめるとして、兵庫どのも来て顔がそろったところで、伊豆どのから阿波徳島藩の処分の仔細を聞こうではないか」

千坂がそう言うと、ほかの五人は須田満主をのぞいてにわかに緊張した顔を千坂と須田にむけた。

「わしが江戸家老を命ぜられたのは明和三年、いまから七年前のことになるが、そのころにたびたび阿波の蜂須賀侯は名君であるというわさを聞いたものだ」

　それにひきかえわが殿は乱舞ばかりがお上手で、とぼやく者が多かったのと言って、須田満主は一座の人人をじろりと見回した。その無骨な諧謔は若手の侍頭たちには通じて、彼らは顔を見合わせ清野祐秀がくすくす笑った。大殿の重定が隠居するのはその翌年のことである。

「窮乏する藩財政を救うために、はなばなしい改革を行なっているという話だった。ところがその蜂須賀侯は、三年後の秋には家督をご子息に譲って隠退された。それも幕府命令によってだ」

「そのへんのことは前にも聞いておる。今夜はもそっと新しいことを聞きたいものだ」

　と色部が言ったが、須田は無視した。

「わしはなんとも腑に落ちなんだ。改革のすすめ方に手落ちがあったか、どうもそうではないらしい。専制の行ないありとも聞いたが、その中身はわからん。そこでずっと気にかけて、桜田屋敷の者にも折あらばその片鱗《へんりん》たりとも聞き質《ただ》すように言いつけておったのだが……」

　肝心のところはなかなかわからなかったと須田は言った。


　阿波徳島藩主蜂須賀重喜は英明の藩主だった。宝暦四年に、十七歳で秋田新田二万石の佐竹家から養子にむかえられて蜂須賀家を継いだが、当時の徳島藩は、未発に終ったものの藍玉《あいだま》専売制の廃止と貢租の減免を掲げる大規模な農民一揆が起きかけた。背景にあったのは凶作と暴風雨による農村の疲弊、領民の窮乏である。藍玉製造は窮乏する領民の最後の拠りどころだった。

　こうした状況にみられるように、当時の徳島藩は姑息なやりくりではない、根本的な藩政改革の必要にせまられていたが、藩政は格式を誇る家柄の出である家老たちの専断にゆだねられていて、藩主が介入する余地がないのが実情だった。新藩主重喜はそうした身分による藩の役職独占の弊害を改めないかぎり、思い切った藩政改革は不可能だと見抜き、宝暦九年に、家格、身分によるのではなく、行政の能力によって藩の役職を決める「役席役高の制」をまとめ上げた。人材登用に道をひらいたのである。

　重喜はこれに反対する家老たちを粘りづよく排除し、七年後の明和三年には新法の実施に漕ぎつけた。そしてつぎにこの新しい役職機構のもとで藩の再生をはかった。

るべく、倹約令の発布、備荒穀倉の設立、放鷹地《ほうようち》の開墾、葬送礼の儒教化、問題の藍玉専売仕法の改正など、広範囲な改革に踏み切った。しかしそれから三年後の明和六年に、蜂須賀重喜は幕府命令による処罰隠居の形で失脚した。

「ところが近ごろ、こういうものが手に入った」

須田は言うと、懐から袱紗《ふくさ》に包んだ物を取り出した。袱紗の中身は鳥の子紙にはさんだ二葉の書類のようなものである。須田は写しだと言って、まずその一枚を一座の人人に回覧させた。千坂は読まずにすぐそばの平林に回したが、おそらく今夜の会合に出る前に須田に見せられているのであろう。

最初の写しには、つぎのようなことが書いてあった。

一、代代の家法取り乱し候こと、一、国政取り乱し国民難儀におよび、無筋の仕置き申しつけられ候こと、一、家中譜代の者へ糾明これなく、仕置き申しつけられ候こと、一、自分の遊興に誇り、家中国民とも難儀におよび候こと。

「ご覧いただいたのは、蜂須賀家の家老に対する幕府のお尋ね書だ」

手もとにもどってきた写しをたたみながら、須田が言った。

「お尋ね書を持つ幕府の使者が江戸屋敷にきたのは、参勤の蜂須賀侯の行列が江戸に着く一日前のことだったと申す。お尋ねの中身は見られたとおり容易なことではない。これが幕府の公式の吟味の場に持ち出されるということになれば、徳島藩の浮沈にかかわる大事にもなりかねぬ」

当然、翌日江戸屋敷に到着した蜂須賀家の重臣たちは、これを知ると迅速に動いた。親戚大名を廻り、重喜の隠退を打診し、場合によっては家臣による重喜の押し込め隠居もあることもほのめかした上で、幕府の訊問に答えたが、幕府の態度が予想した以上に強硬なのを知ると、今度は重喜に面談して隠居退身を承諾させた。事を蜂須賀家内の藩主交代劇にとどめたいのが狙いである。

しかし蜂須賀家重臣の必死の工作もむなしく、幕府は彼らの意図した穏便な隠居願いの提出をゆるさず、重喜を処罰隠居とした。

「これがその際の幕府の申渡し書の写しだ」

須田はそう言うともう一枚の書付けをだし、ふたたび一座の者に回覧した。今度も千坂は読まずに隣に回した。

写しの書付けは、松平阿波守という一行のあとに「政事の儀よろしからざるに付、家中国民ともに難儀におよび候取沙汰、養子のことにも候えば、養家に対しかたがた慎しみ成らざる儀に思召し候、これによって隠居これ仰せつけらる」という文言が記されたものだった。

書付けが一巡して手もとにもどると、須田は二通の書付けを丁寧に鳥の子紙におさめ、さらに袱紗につつんで懐にしまった。

「幕府の申渡し書はここにはないが、このほかに二通があり、一通は重喜侯の嫡子千松丸君に、相違なく家督を下される旨をしたためたものであり、もう一通は、これをぜひおのおのがたの耳に留めていただきたいものだが、こちらは徳島藩家老あてで、重喜侯の仕法を廃して、前前の家法通りに政治を行なうように命じるものだったと申す」

色部がほほうと言い、若手の侍頭たちは無言で目を光らせた。千坂は小さくうなずいている。その様子を見回してから、須田が駄目を押した。

「つまりだ、いかにすぐれた改革であろうと、徳島藩代代の仕法を潰すものであってはいかんということだの」

「むろん改革がいかぬということではないと思う」

ひきとって、千坂が慎重な言い回しをした。

「かの藩では、代代力ある家老たちが藩政を仕置きしてきた。その形を崩してはならんということだろうな」

「藩主の直仕置きとなると、家臣が遠慮して諫争《かんそう》する者もいなくなるという事態も起きかねんからの」

と色部が言うと、須田がそうそう重喜侯に専制の行ないありというそのうわさだが、と言った。

「やはり、うわさのようなことは二、三あったようだ。じつはかの藩には蜂須賀家の血をひく正系のお人がおられるのだが、病弱のために家を継がれなかった。しかしこの方の御子は病弱ではないので、重喜侯は本来はその御子喜憲と申される人だが、これを順養子とすべきところを、そうしなかったらしい。喜憲という人を中老にして千五百石をあたえた、ということは家督をご自分の嫡子千松丸に譲ることを内外に表明したということでの、専制のそしりを免れないところだ」

ほかにも、領民に倹約を強いながら、ご自分は豪奢な別荘をつくった、あるいは改革の方針に協力的でない家臣、役人をどしどし処罰するなどということがあったらしいと須田は言った。そして最後につけ加えた。

「このあたりは、わがお館とは少少違うところだ」

須田がそう言ったあと、一座にはまた深い沈黙が落ちた。その沈黙の中で、人人はそれぞれに阿波徳島藩と現在の米沢藩、重喜とお館治憲をくらべていたはずである。その証拠に、やがて平林正在がぽつりとそれにしても似ておられると言った。

「小藩からむかえられたご養子であるということ、改革にご熱心であられるということ」

「側近を重用して重臣を遠ざけ、越後以来の格式、よきしきたりをことごとく無視なされていることもだ」

芋川延親も平林に和して語気鋭く言った。父親に似て血の気の多い延親は、顔を紅潮させている。若い者の憤慨をあおるように、須田がされぱこそ蜂須賀侯の失脚をわしが気にかけたのもそれが念頭にあったからだと言った。

その顔をちらと見てから色部が発言した。若手の興奮をあおるのは感心せぬというように、色部の声はごく冷静だった。

「さきほどの伊豆どのの話の中に、善後策をさぐって親戚藩を回ったかの藩の重臣が、主君重喜侯の押込めをほのめかしたということが出て参ったが、主君たるものにそのような振舞いをして、重臣らが幕府に罰されるという心配はないのか」

「それはない」

と須田がきっぱりと言った。

「わしもそのあたりのことはずいぶんと調べた。たとえば宝暦二年に隠居した岡崎藩の殿水野忠辰侯なども、家臣の手で座敷牢に押込められた方だったようだ」

「これもなかなか学問の出来たお方らしくての」

と千坂が補足した。千坂と須田が、かなり以前からこうした事例の収集につとめてきたらしいことを窺わせる発言だった。

「ご自分の理想とする新しい藩政を実現するために、人材を登用して側近を固め、重臣らと対決したものの、かれらの反発に遭って改革が途中で潰れてしまった。で、そのあと遊興に走って家臣の手で座敷牢に押込められたという次第だ」

「それでも、重臣たちに対しては幕府のお咎めはなかったと?」

清野祐秀が念を押した。須田はやはりきっぱりとうなずいた。

「何もない。岡崎藩の重臣らは幕府に忠辰病気ととどけ出て分家から養子を入れた。その上で忠辰侯より養子忠任の家督相続を願い出たところ、幕府はすんなりとこれを認めておる」

「内内岡崎藩の内紛、押込めの一件も知っていたにもかかわらずだ」

千坂がまた補足した。そしてもっとも岡崎藩重臣から、幕閣に対して多少の働きかけはあった模様だとつけ加えた。

千坂はそこで集まった人人をぐるりと見回し、思うに、と言葉を継いだ。

「むかしは主君と家臣が対立すれば、幕府の裁断はまずはほとんど例外なしに主君側の肩を持ち、家臣らを重く罰したものだった。しかるに近年はそうではなく、主君といえども藩の秩序を乱すことはゆるされぬというふうに変ってきておる。殿さまの権威よりもお家が大事と変ったと申してもよかろう。その時期はといえばおよそ第四代の将軍家厳有院殿さまのころかららしい」

言い終ると千坂は、これからが大事の相談ごとになるが、少し疲れた、一服しようかと言った。千坂は家臣を呼んで茶をはこばせ、人人は茶を喫し、煙草を吸う者は煙草を吸ってくつろいだ。しかしその間にも話題は諸士手伝いや下士、庶民の間にまでひろがっている雨乞い祈願のことなどに終始した。

「中間組、足軽組なども城下の神社に雨乞い祈願をしたそうだが、なにか上に対する忠義立てのようであまり感心せぬ」

「忠義立てというよりは、一体にそれが近ごろの風潮のようになってきておるのではないか。自分だけが加わらぬでは恰好がつかぬとか。こういう風潮は好ましいとは言えぬ」

「これも、裏でそそのかす者がいるのではないか。諸士手伝いと同じだ」

芋川延親が言うと、長尾景明がそれはどうかのと言った。長尾は分別に長《た》けた冷静な性格の男だった。

「足軽組にしろ町人にしろ、雨乞い祈願をした者には上から御酒《ごしゅ》をくださるのが慣例となっておる。中には、仕事を休んだ上に酒をのめるので出かける者もおろう」

長尾兵庫の言葉に、若い侍頭たちはどっと笑った。しかしと、笑いやんだ芋川が言った。

「御酒で思い出したが、先月の小野川村の荒地開墾のときには、御《おん》ねぎらいと称して開墾地を見舞ったお館が、手伝いの五十騎組をはじめ、身分軽き者のためにご自身で酒樽の口をひらいて酒を賜ったそうだ。それにつづいて竹俣はじめ役職にある者、近習がひしゃくで酒をついで回ったというのだが、お見舞いはともかくそこまでやることはない」

芋川の声が、またしても尖ってきたときに、千坂がさて、このさきは少し膝を詰めて談合しようかと言った。

「さきほどの蜂須賀家の事件のことだが、幕府の問い糺《ただ》しの中に、重喜侯が意見する者を処罰してしまったので、いまは諫言する者がいないというのはまことかという一項があったそうだ。幕府はそれぞれの家には諫言をなす家臣がいなければならぬと考えているのだ」

千坂は六人の顔を見回した。少し声をひそめて言った。

「われらも大いにお館に諫言したてまつろうではないか。しかし聞かれぬときはいかがするか。これについては伊豆どのが、帰国してからこのかた、人にも会わずに考えを練ってきたことがあるので、まずそれを聞こう」

千坂がそう言ったとき、突然に家のまわりや屋根にぱらぱらと物のあたる音がした。と思う間に物音は騒然とした雨音にかわり、雨はやがてごうごうとひびきわたって千坂屋敷をつつんだ。

千坂は口をつぐみ、ほかの人人も顔を上げてひさしく聞かなかった雨の音に耳をかたむけた。懸命の雨乞い祈禱にもかかわらず、旱魃は静かに休みなく進行していて、領内の一部には虫の被害が出はじめていた。無言で雨の音を聞きながら、人人は突然のこの雨が、あちこちに黒ずみが見えはじめた稲田に、起死回生の力を与えるめぐみの雨になるのかどうかと推しはかっていたのである。

二十二

安永二年六月二十七日の早朝。米沢城下は長く寝ぐるしい夜のあとにおとずれたつかのまの安息につつまれていた。

建物や樹木、そして東にむかってひらけた道の路地には、わずかに赤味を帯びた日の光がさしかけているものの、裏手の路地にはまだ夜の名残りの気配が淀んでいる。夜気はようやく冷えて、本来なら季節は秋に入りかけていることを思わせる光景だった。

だが事実は、日がのぼりきってしまえば大気はまたしても徐徐にあたためられて、やがて真夏同然の暑熱が大地を覆いつくしてしまうはずだった。その中で狂ったように蝉が鳴き、直立して枯死している稲が斑点のようにひろがる稲田を、日はじりじりと焦がしはじめるのだ。

しかしその朝は、日がのぼりきる前に米沢城下の屋敷町に異様な光景が見られた。襷《たすき》、鉢巻に足もとを草鞋《わらじ》で固めた、ごく小人数の下士の数隊が、右に駆け左に駆けしてどこかに姿を消した。時刻が早かったので、隊伍を組んで駆けぬける足音をあやしんだ者がいるとしても、外に出て姿をたしかめることはしなかったろう。

それからしばらくして、開門したばかりの城門を、供をつれた千坂対馬、色部修理、須田伊豆、長尾兵庫、清野内膳、芋川縫《ぬい》殿、平林蔵人ら七人の重臣がつぎつぎと潜った。城門を警衛する藩士は早朝に何事かとおどろいたに違いない。重臣たちの前に登城してきてその門を潜ったのは、治憲の近臣佐藤文四郎秀周ただ一人だったのだから。

登城した重臣たちは、二ノ丸の会談所であとからくる者を待ち、人数がそろうと簡単な打ち合わせを済ませてから本丸御殿にむかった。

その朝、治憲はいつもの時刻に奥御殿を出て執務室に入った。治憲の執務に取りかかる時刻ははやい。

宿直《とのい》の者がきて朝の挨拶をすると、執務机のそばに茶と煙草盆を置いた。

「ほかに、ご用はございませんか」

「別段、ない。あ、誰かきておるか」

と治憲は言った。近習の者の姿が見えないのを、ちらと不審に思ったのである。

「さきほど佐藤文四郎を見かけましたが、はて、そのほかの方方はまだのようにございまする」

「よい、じきに参るだろう」

宿直の者は膝行して部屋を出てから、ふと思い出したようにまだ膝をついたままで言った。

「窓をおあけいたしましょうか」

「よろしい。あとでわしがやる」

と治憲は言った。

宿直の者が去ったあとで、治憲は立って障子窓をあけ、座にもどって茶を喫した。それから小物入れの袋から煙草の道具を出して、一服、二服した。

窓の外は築山の木が繁っているのが見える。費えを惜しんで手入れをさせないので、木は枝葉が茂り放題になっていた。その木木に日の光があたっている。朝の光はいまは穏やかに木木の半面を染めているだけだが、日が南に回るにつれて光はたけだけしく勢いを増し、やがていま開いている窓から真夏のような光と堪えがたい暑熱がこの部屋になだれこんでくるはずだった。

治憲は煙草を喫し終った。道具を丁寧に小物入れの袋にもどしてから、机にむかった。そして昨日郡奉行の長井高康から上がってきた領内の旱天被害の報告書を読み返した。長井は莅戸《のぞき》善政とともに町奉行を勤め、二人ともに庶民の範となるべく日ごろ質素倹約を心がけていたので、「焼味噌九郎兵衛（莅戸）、干菜《ほしな》藤十郎（長井）」とあだ名された名奉行だったが、近年郡奉行に転じていた。

長井の報告はつねに正確で信用出来た。その書類は村村の被害の有様を克明に記したあとで、昨年以上の米の損耗は免れまいと思われると報告していた。治憲の脳裏に、炎天の下の村村を回っている長井の姿がうかんだ。

佐藤文四郎が入ってきて挨拶をしたので、治憲は顔を上げた。挨拶は文四郎一人で、ほかの者、木村高広も志賀祐親《すけちか》、倉崎恭右衛門、浅間忠房も、要するに近習の者は一人も姿が見えなかった。

「文四郎一人か」

と治憲は言った。

「ほかの者はいかがした」

「それがでござります」

佐藤文四郎は困惑した顔を治憲にむけた。文四郎はいわゆる馬づらで、茫洋とした顔つきの男である。

「まだ一人も登城しておりません」

「なにか、わけがあるのか」

「それが、よくはわかりませんが、それがし察しまするに……」

そこまで言って文四郎は長い顔を天井にむけた。そのまましきりに首をひねっている文四郎を、治憲は黙って見ている。何か変事が起きたのだと思ったとき、文四郎が言った。

「おそらく、一同家にて拘束されておるものと思いまする」

「ほほう」

と治憲は言った。じわりと緊張に身体をしめつけられた気がした。やがてそれに違いあるまい、と思った。佐藤文四郎は一見愚人のように見えるので時に人に侮られたりするが、事実は学問にすぐれ、武術も一流の域に達している男だった。文四郎の言うことは信じられようと治憲は思った。

「すると、竹俣も莅戸もまだ登城しておらんのだな」

「同じくお屋敷にて拘束されているものと思います」

「拘束したのは何者だ」

「おそらくは重臣方七人」

文四郎はその名を挙げた。

「ただいま右の七人の方方が表の間に参られて、お館さまにお目通りをねがっております」

「ふむ」

治憲は膝に目を落とした。心はもう平静を取りもどしていた。一部の重臣が自分や竹俣がすすめる改革を快く思わず、強い反感を示していることは承知していて、いつかはこういうこともあろうかと思っていたのだ。

「その者らは何と言っているか」

「お館さまに申し上げたき儀があるとのみ」

「よし、では聞こうではないか」

と治憲は言った。

「文四郎、供をせい」

「お待ちくだされ」

と文四郎が言った。文四郎は顔面蒼白になり、すさまじい形相をしていた。いつもは半分ぐらいひらいている口をひきしめ、眼光鋭く治憲を見ている。

「重臣たちは今朝、決死の覚悟で登城してきているかに見うけられます。いまこの広い城内に、お館さまとそれがしに味方する者は一人もござなく、四面みな敵と心得るほかはござりません。決してご油断なされず、御胸の内に相応のご用意をなされたく願いたてまつります」

「わかった。そのつもりで行こう」

「では、お供いたしまする」

と言ってから、佐藤文四郎はつけ加えた。

「ただし、お館さまに危難がおよぶようなときは、文四郎身にかえてお館さまをおまもりいたします。ご安心召されませ」


佐藤文四郎を次の間に残して治憲が表御座の間に入ると、そこにいた七人の重臣が一斉に顔を上げて治憲を見、ついで平伏した。七人を代表して千坂高敦が、早朝よりご出座を仰ぎたてまつり恐れ多いことながら、われら七名、お館にじかに訴えたき儀これあり、参上仕ったことをお許しいただきたいと挨拶した。

「よい、おもてを上げろ」

と治憲が言うと、七人は顔を上げたが、その顔面がいずれもこわばって蒼白だった。眼光だけが射るように治憲にむけられている。佐藤文四郎は、かれらが決死の覚悟で登城してきていると言ったが、まさにそのとおりだと治憲も思った。

皮膚がざわめき立つような感触に襲われたが、治憲は腹に力を入れてその感触を静めた。人は治憲のやわらかな外貌からその内面を推しはかろうとするが、治憲の内部には遠く戦国の猛将秋月種実《たねざね》の血が流れている。異常を悟って緊張はしたものの、眼前の七人の重臣を恐れてはいなかった。

「訴えとは何か。遠慮なく申せ」

治憲が言うと、須田満主と芋川延親がすばやく膝行して前にすすみ、風呂敷から出したかなり嵩《かさ》のある書類を献じた。須田が威圧するような大声で言った。

「訴えの儀はこの中に記してござりまする。ご披見ねがわしゅう」

「読めと申すか。ここでか」

治憲は言って、厚味のある冊子をぱらぱらとめくってみた。個条書にした文言がぎっしりと書かれていて、最後に七重臣の署名がある。

「これは長文の訴えだの」

と治憲は言った。

「ここでは十分に読めぬ。執務の部屋に持ち帰って読もう。その方らもいったんさがって、呼び出しを待て」

「いや」

芋川延親が野太い声でさえぎった。

「恐れながらこの場でご披見ねがいたい。ご披見の上でお答えをいただくまで、われらはここをさがらぬ覚悟にて登城いたしてござる」

治憲は顔を上げて重臣を見わたした。顔を伏せている者は一人もいなかった。昂然と胸を張り、挑むように治憲を見ている。

「よろしい。では、そのまま待て」

と治憲は言った。すばやく目を走らせて、紙をめくりはじめた。

訴えは冒頭から、君上（治憲）は家督以来の国政をよしとみているかも知れないが、事実は四民の離反を招いている。これは佞者が君上を惑わしているせいで、そのことにいつ気づかれるかと思って眺めていたが、いっこうに気づかれる様子がないので、つぎのごとき条条を言上することにした、と治憲を暗愚の藩主扱いする前置きではじまっていた。

四十項目を越える諫言と称する中身は、大別して藩主治憲がはじめた改革政治の否定と、竹俣当綱、莅戸善政ら、改革政治をささえる治憲側近に対する攻撃の二点にしぼられるものだった。

家督のはじめに発令した大倹令は、その後打ちつづいた御手伝い普請、水難、火難、旱魃に対してひとつも役立たなかった。去年三月に行なった籍田《せきでん》の礼で五穀成就の祈禱を行なったので、どんな豊年になるかと思ったら、その後は旱魃長雨で五穀は不熟、よく出来たのは小豆だけだった。

倹約はよいが、もともとこのようなことは小事である。ゆえに倹約の風が国中に行きわたったとは見えず、わずかに木綿着を着ることが守られているだけである。諸士手伝いを慰労するために山上大橋で下馬されたこと、小野川の開墾地でみずから樽の口をあけて酒をすすめたのは、いずれも子供だましの行為である。また、一体に文学者は平人に遥かに劣るものを、江戸より細井甚三郎（平洲）を招いて大枚の費用をかけ、藩内に養っているのは無用の僻事《ひがごと》である。たとえすぐれた儒者であっても、一年ばかり滞在して講談して回ったところで風俗が改まるなどということはあり得ない。ましてや甚三郎は油断ならざる者である。

ご家督以来君上が仰せ出されたことで、そのとおりに行ったことはひとつもない。よいことと見えたこともすべて害を生じている。これは越後風質素の律儀を第一とすべきところを、他家の派手な仕置きを好んでさまざまに新法を編み立てて旧法を破る竹俣美作の気質に染まったためで、ご家督以来七年におよぶのによいことは少しも現われず、凶作ばかり続いているのは宗廟社稷《しゃしょく》の咎もあろうかと思われる。

言上はこのように治憲の改革を徹底して批判した上で、その原因は治憲を補佐する竹俣美作の権力壟断《ろうだん》にあると当綱を非難する。しかしこれに先立って言上は、家督相続後の治憲について、つぎのようにも記していた。

「ご当家の儀は歳久しくご正系を以てご相続成られきたり候について、国中の存じ寄りも譜代相伝の主君を仰ぎ奉る儀に御座候ところ、憚りながら君上御事はご正系と申すにもこれなく御他家よりご家督成られ候儀に御座候えば、上下の御ちなみも薄しと申すようなるものに御座候」

であるからして、とりわけ国政大切、四民安堵を心がけるようでなければご先祖、国家に対し本意相立たず、宗廟社稷の冥覧もはかりがたかろうと思っていたところ、ご家督以来文学に心を寄せ、武術も捨てることなく、また国事にも熱心に取り組まれるご様子で、これはあっぱれ天下の大幸と思っていた。

しかるにだんだんと筋違いのことが出てきて、賞罰が明らかでない。政治に不馴れのせいであろうかとみていたが、年を経ても正直順路のご政道というものは見えず、政治の手法は手薄になるばかりである。このような筋違いの政策はどこから出てきたかといえば、元凶は竹俣美作である、と当綱に対する指弾がはじまるのであるが、故意か偶然か、当綱を指弾すればするほど治憲の迂闊さをうかび上がらせる棘《とげ》を、言上の文章は隠しているのであった。

たとえば言上は、美作はお上の気風をよくのみこんで、物事を遠回しにいつとなく思召しにかなうように持って行くのが得手であり、お上は美作儀は上なき忠信の者と思われるかも知れないが、美作儀は上なき奸佞の者であるという。あるいはまた、子供をあつかうときは、はじめにだましてうれしがらせ、その上でわが思うことをのみこませるものだが、美作の君上に対するやり方もこれと同様であるとも言う。

美作は君上を称するにご賢徳とかご仁政、あるいは下下帰服などと言ってうれしがらせているが、すべて虚言である。国中が静謐《せいひつ》によくおさまり賞罰が正しく行なわれてこそ、名君ともご仁政とも言うべきであり、今回のように国が貧に乱れているときに言う言葉ではない。また帰服などということも、ただいま国中に十万の人がいるとすれば、九万九千人までは君上に帰服などしていない。帰服しているのは佞人ばかりである。雨乞い、諸士手伝いを君上は喜んでいるが、これらは家臣の本心から出たものではない。内心は不平不満であっても、美作と開墾の指揮者小川源左衛門の讒《ざん》をおそれて、黙ってしたがっているだけである。

言上はこう述べて、君上は眼力を改めて奸佞をしりぞけ、美作を隠居に、美作に引き立てられて君側にいる佞人たち、莅戸善政、木村高広、倉崎恭右衛門、志賀祐親、浅間忠房らは元組に帰すべきであると主張していた。その上で何をなすべきかといえば、言上はつぎのようなことをすすめるのである。

一、質素律儀の越後風を詮になされ、おとなしくならせられるべく候
一、物堅く厳正なる者をお好みならるべく候
一、ご手段の類を一切ご停止《ちょうじ》なられ候て誠実ばかりを御執り行いならるべく候
一、御口先の理をお捨てなられ候て、お手風厚く成らせらるべく候
一、賞罰の御誤り返す返す御心を御顧みならるべく候

そして、自分たちは格別国を中興するほどの考えはないが、代代家柄を以て奉公してきたので国体を承知している。心をあわせて正直順路にはからいたいと思っているとつけ加えて述べ、最後に佞臣をしりぞけるか、佞臣をとってわれらの役儀を取り上げるか、二つにひとつのご決定を頂きたいと言上を結んでいた。

治憲は顔を上げた。言上は家督相続以来の治憲の政治努力をひとつも認めていなかった。手段の一語でつめたく否定し、何もやるなと言っているのである。

――それにしても……。

これは何だ、と治憲は首をかしげる思いだった。言上から押しよせてくるのは、なみなみならぬ悪意だった。大倹令も雨乞いも、山上大橋で下馬したことも、あるいは小事、あるいは子供だましの行為と嘲られ、治憲が心魂をこめて執行した籍田の礼はただの揶揄《やゆ》の対象にされている。

籍田の礼は、古代中国で周の皇帝が行なった田地開墾の儀式で、前年三月、治憲は城の西南郊遠山村にその場所を定め、当日は白子、春日両社に参詣《さんけい》したあと籍田の礼にのぞみ、執政以下諸役人に先立ってみずか

ら鍬をとって三揆した。開墾を奨励し、農は国の元とする意志をあきらかにするとともに、五穀の豊穣を祈ったのである。だが言上はこの重要な意味をもつ行事を、よく稔ったのは小豆だけだと皮肉っていた。

悪意はそれだけにとどまらず、言上は二十三歳の治憲を、事の黒白もわからず人物の鑑定も出来ない愚者か、子供のように扱っていた。

「いかがなりや。お読みいただけましたか」

と須田満主が言った。須田の顔にはかすかな薄笑いの表情がうかんでいる。治憲の沈黙を、言上の一撃に茫然自失していると見たかも知れない。

治憲は須田に目をもどした。読んだと言った。そして、ひとつたずねるがと言った。

「この言上の原文を草した者は誰か」

「それはお答えいたしかねます」

須田がぴしゃりと言った。

「強いて申せば、ここにおりますわれら一統。言上はわれらの総意でござります」

治憲はうなずいた。

「それならばよろしい。ところで……」

治憲は語気を改めた。

「ここに書かれておることは、国の大事である。熟慮を加える必要がある。むろん大殿にもご相談せねばならぬ。その方らの求めにはそのあとで答えよう。しばらく待て」

「いや、それは困り申す」

須田は大声を出した。それは無頼のわめき声に近かった。

「ただいま即刻に、お答えいただきたい」

「即刻？」

治憲は鋭く須田を見た。

「この席を立つゆとりもくれぬというつもりかな」

「おそれながら」

「そうか、よし」

と言って治憲は坐り直した。前に出ている二人、うしろに控えている五人をゆっくりと見渡してから言った。

「それでは答えるまえに尋ねねばならぬことがある。この言上書、その方らは諫言書というかも知れぬが、この中には数数の不審がある。わしが尋ねることに答えるか」

「何なりと」

須田がまたそれとわからないほどの薄笑いを顔にうかべた。衆を恃《たの》んで治憲を軽んじているのだ。その様子を静かに注視してから治憲は言った。

「では聞く。ここには国中十万人のうち、九万九千人まではわしに帰服しておらぬと書いてある。事実とすればまことに重大だ。いかなる手段によってこの事実を調べたか、聞きたい」

「調べずとも、自然に耳に入ってくるところはその通りにござる。われらは単なる臆測で申しておるわけではござりません」

「確たる証拠にもとづくものでないということだの。ではつぎに小野川の開墾を手伝った五十騎組は、内心の不満を隠して手伝ったものであるというからには、組の中にさだめしさように不足を申した者が多数おるのであろう。それはたとえば誰と誰か。その者らを咎めはせぬゆえ、名を申せ」

「それはお答えいたしかねまする。お咎めなしと言われても、名を明かせばかの者らが今後に不利を蒙《こうむ》ることはあきらかでござりますゆえ」

言上にある不確かな断定、疑問点、矛盾を鋭く問いつめる治憲の舌鋒に追いつめられて、須田は次第にごまかしの返答も間に合わなくなり、言辞もしどろもどろになったが、それでも治憲が席を立つのを阻みつづけた。

須田の不利を見て、そばの芋川延親がまた大声を出して介入した。君上はもと秋月家三万石の家より養子に入られた方である、と芋川は言った。

「憚りながら上杉家十五万石の御家格をご承知であられない。それが国の乱れの根本でござる。もはや多言を要せず、美作ら佞人をしりぞけられるか、それともわれらの辞職をお許しになるか、二つにひとつの返答をうけたまわりたい」

時刻は四ツ（午前十時）を回ろうとしていた。早朝からの論争に、治憲も重臣らも疲れ切っていた。治憲は手を上げた。

「待て。こう疲れては冷静に答えることも出来ぬ。暫時休もう。そなたらも頭を冷やせ」

立ち上がろうとした治憲の前に、すべるように膝行してきた芋川がむずと治憲の袴をつかんだ。大力の腕につかまれて、思わず治憲の身体が傾いた。

「無礼だぞ。芋川延親」

治憲の叱咤《しった》の声を聞きつけたのだろう。次の間から佐藤文四郎が出てきた。文四郎はまっすぐ芋川の前に走り寄ると、片膝をついて袴を押さえた芋川の手首に目にもとまらぬ手刀の一撃を振りおろした。

武芸に達している文四郎の一撃に、芋川は思わず手を放し、打たれた手を胸に抱えこんだ。よほどの激痛に襲われたのだろう。治憲は立ち上がった。須田をはじめ、重臣らはおうと声を上げて一斉に立ち上がったが、さすがに治憲の後に追いすがってくる者はいなかった。

佐藤文四郎に守られて、治憲は本丸御殿の妻戸口から外に出て、二ノ丸の隠居御殿、南山館にのがれた。隠居の重定に会い、出来事のあらましを報告して言上書を見せると、重定は激怒した。主を主とも思わぬ不《ふ》逞《てい》のやからめと、大声を出したところをみると、無理やりに自分を隠居させたむかしの重臣らのやり口を思い出したのかも知れない。

ところどころで唸《うな》り声を発しながら、ざっと言上書に目を通しおわると、重定は治憲に言った。

「弾正どのは元の座にもどって、やつらの相手をなされておるのがよい。着換えてわしも乗り込む。なあに、やつらの悪謀など木っ端微《み》塵《じん》に打ちくだいてやるわ」

重定のすすめにしたがって、治憲が文四郎をしたがえ、ふたたび御座の間にもどると、今度は須田と芋川だけでなく、千坂、色部をのぞくほかの侍頭たちも前に出てきて、治憲を取り囲まんばかりに詰め寄った。

「お目をさまされませ。美作、莅戸は君上のおためにならぬ佞臣でござる」

「議論は十分に尽し申した。この上は佞者を身辺からしりぞけられるか、またはわれらをしりぞけられるか、ご決断を」

ひときわ大きな声で、芋川延親が威嚇した。

「もし、御下知を頂けぬのであれば、恐れ多いことながら、われら一同ただちに江戸に登って幕府に訴状を提出いたしますぞ」

芋川がそう言ったとき、近臣数名をひきいた重定が部屋に入ってきた。

「なに？　芋川、その方幕府に訴えるとか。幕府にその方らの馬鹿さ加減を訴えるか。それもよかろうが、そうなればこの国をつぶすことになるぞ。それも承知か」

重定は治憲のそばに仁王立ちに立ったままで言った。

「言上書を見た。その方ら弾正どのが若年とみて侮ったな。ふとどきなやつらだ」

「恐れながら……」

「須田か。何か、言うことがあるか、須田。その方、弾正どのが帰国の節、山上大橋で下馬したにもかかわらず、自身は馬上で通りすぎたそうだの。大した傲《おご》りようだ。主君を侮るにもほどがあるぞ、須田。隠居が何も知るまいと思ったら間違いだ。そういうことは巨《こ》細《さい》承知しておるぞ。千坂、色部……」

重定はうしろで平伏している千坂高敦と色部照長にも鋭い目をむけた。

「侍組の長者ともあるべきその方らまで、このような騒ぎに加担するとは、もっての外のことだ。弾正どのは頭脳明敏にして行ないまた人倫を踏んで誤らず、胸に政治の大策を秘めるもったいなき君主だ。そのことをさとらぬおのれの不明を恥じるがよい」

さあ、一同さがれと重定は大声を出した。すると須田満主がむくと顔を上げた。

「まだお館よりお答えを頂戴しておりませぬ」

「なに、まだそのように言うか、須田。まだ逆らう気か。ふむ、ならば腹を決めて言え」

重定に叱咤されて、須田の顔が急に青ざめた。千坂と色部が辞儀を残して静かに立ち上がった。時刻は九ツ（正午）になろうとしていた。

二十三

重臣七人が退城したあと、治憲はかれらとかれらが排斥を強要した竹俣当綱らのどちらに道理があるのか、その曲直はまだ判明していないという立場から、ひきつづき竹俣以下の出勤を差し留めた。このために藩はその日、終日一切の政務が停滞するという異常な事態のうちに、日が暮れた。

そしてその日の深夜、治憲は身を清めてから本丸御殿の外に出ると、本丸の敷地内に建つ祠堂《しどう》にむかった。つき添うのは近習の佐藤文四郎一人である。六月末の夜気は、夜になってもまだなまあたたかかった。

文四郎がさし出す燈火で足もとをたしかめながら暗い木立を抜けて行くと、まわりの闇から灯を目がけてしきりに虫が飛んできた。やがて祠堂に達して、治憲は堂の内に上がった。祠堂は藩祖上杉謙信をまつる御堂で、闇につつまれた堂奥の霊域には謙信の遺骸を納める霊柩が安置されている。

——南無、藩祖不識院殿大阿闍梨……。

香を焚き、孤燈に顔を照らされながら治憲は祈った。

わが不徳をゆるし、なにとぞ君臣の融和をもたらし給え。

堂の外の闇には、佐藤文四郎が凝然と立って四方に目をくばっている気配がある。文四郎は当綱に推されて治憲の近習となった者なので、当然今朝は七重臣側に拘束されるはずだったが、容貌愚なるが如きをもって見のがされたことがわかっている。

治憲はさらに祈った。融和がかなわぬそのときは、きたるべきわが裁断に力をあたえ給え。

翌日、治憲は大殿重定と相談して、重定の御近習頭下條親明を借り受け、七重臣の屋敷に派遣した。平日のごとく出仕するように促したのだが、千坂らは一人残らず君命を拒否した。しかもそのあとに聞こえてきたところによると、芋川延親のごときは病気のために出仕出来ないと言いながら、屋敷の門前に馬をひき出して乗り回しているという。きわめて傲岸かつ挑戦的な態度だった。

延親ははじめ、須田満主に誘われたとき、企てに加わることを拒んだ。延親の言い分は、自分は大将の一人に過ぎないが須田は執政である。主君に言うことがあれば、まず執政みずからが言うべきである。もし諫言がいれられなければわれわれもその後につづこう、というものだった。

しかし須田から、こんな臆病なことを言う男とは、一緒に事を謀るわけにはいかぬと、あらわな軽蔑の言葉を浴びせられると、延親は激怒した。さっきは事の順序を言ったまで、自分は死など少しも恐れてはいないと言い切って、ただちに策謀に加担した。のみならず芋川延親は以後七重臣の先頭に立って、もっとも強硬に治憲に立ちむかい、言上書の容認をせまったのであった。須田の挑発にのせられた趣もあるが、しかしこの高圧的な姿勢がのちに延親の命取りとなる。

七重臣の対応を見た治憲は、三日目の六月二十九日になると迅速に動いた。すなわち大目付、御中之間年寄、御使番など監察の職を勤める者を一斉に登城させ、治憲、重定が列座する前に呼んで、千坂ら七重臣が提出した言上書を示して、書かれている事実の有無、および理非曲直について忌憚《きたん》のない判断を提出するように命じたのである。

監察職の招集にあたって、治憲はその中から慎重に竹俣当綱の推薦でその職を勤めるものをのぞいた。その上で、審議裁断にあたってはとくに、治憲の政治が筋違いの失政である、竹俣当綱は主君をたぶらかす佞臣である、人民は治憲の治政に帰服していないという、言上書の骨子というべき三点に留意するように指示した。

監察の者は別室にしりぞいて言上書を読み、審議をかわし、やがて結論を得て大殿、お館二公の前にもどった。御仕置きの道よろしからずということはない、人民服せずという事実はない、竹俣美作の佞臣も心づかざるところである。もしその事実があるとすれば、臣らは職監察にあり、本日のおたずねを待つまでもなく摘発していたでありましょう、というのが監察の答申だった。

治憲と重定は、監察の答申を得たあと、さらに慎重を期して三手組の宰配頭、三十人頭を呼んで同じ質問を行なったが、彼らの答申も監察の答申とまったく同じだった。

四年前の明和六年、家督を継いで初入部した治憲の前に難題が持ち上がったことがある。米沢藩では、藩主在国の時は毎年正月に、追廻し馬場で鉄砲を上覧するのが恒例となっていた。この鉄砲撃ちの実技を勤めるのは、三手の馬廻組、五十騎組、与板組であるが、通常五日にわたる一連の鉄砲上覧の先後について、古くから馬廻組と五十騎組の間に争いがあった。

藩ではこの争いを調停して、藩主在国の折の鉄砲上覧は両組交互に先勤《さきづとめ》するようにと定めたが、治憲が入部した翌年正月の上覧は、順番から言えば五十騎組がまず先勤し、二番手を馬廻組が勤めるとなっているにもかかわらず、馬廻組から藩主初入部のときの鉄砲上覧は、代代馬廻組が勤めてきた、このたびもそのようにはからってもらいたいと上書があったので、両者の先勤の名誉争いが再燃したのである。

馬廻組の主張にもかかわらず、五十騎組にも寛永のむかし三代定勝がはじめて糠山で鉄砲上覧を行なったとき、五十騎組に先勤を命じた事実を重いとする誇りがあり、また主君初入部の際のしきたりについても、馬廻組がその際の先勤を勤めたのは順番にあたったに過ぎず、初入部の上覧だからと言って馬廻組に譲るいわれはないと強く反発した。

調停する執政に、両者がこのような書類を提出したことから、馬廻組と五十騎組の争いは次第に深刻化し、やがて同じ家中でありながら親友もまじわりを絶ち、会合があれば両者同席を避けるといった状況にすすみ、はては両組の間に縁組のある家家は親子兄弟会合をとめ、夫が妻を離縁する家が出るという異常な事態となった。

互いに相手の組の者を見ること仇敵《きゅうてき》のごとしというこの有様を見て、家中の間にはこういう不穏な空気の中で、仮に一方に先勤の命をくだせば、城下、城中で不意の斬り合いがはじまるだろう、あるいは馬廻組、五十騎組のいずれか一手は、名誉を失ったとして藩籍を脱け、領外に立ちのくこともありうるとささやかれるに至った。両組ともに頭に血がのぼって、執政の調停を聞かなかった。

しかし時はもはや年末で、通常なら正月下旬に行なわれる鉄砲上覧までひと月の余裕もない。やむなく千坂、色部、竹俣の三執政はその状況をつつまずに新藩主治憲に報告して、親裁を仰いだ。

両組対立の深刻な状況を聞いた治憲は、熟慮した上で馬廻組宰配頭飯田惟次《ただつぐ》、五十騎組宰配頭神谷嘉有《よしなお》、与板組宰配頭中沢丈英《ともひで》の三手の宰配頭と、馬廻組の三十人頭五名、五十騎組の三十人頭四名に登城を命じ、表御座の間でじきじきに説諭した。先後の名誉を争うのは士の志として理解出来なくはないが、馬廻、五十騎はわが左右の手である。いざ戦のときは馬廻が疲れれば五十騎がかわり、五十騎疲れるときは馬廻が助けねばならぬものを、先勤を争って相手を憎むとはいかがなことか。

入部の際の鉄砲は馬廻が先勤するのが例というのであれば、五十騎がこれにしたがっても恥辱というものではあるまい、また初入部といえども五十騎組の当り番であるというなら馬廻組がこれにしたがったからといって恥じるところはないはずである。肝要なのは稽古の修練ではないか。ここを十分に考えて両組和合するようにと治憲は諭し、与板組宰配頭中沢丈英には、両組和順の仲裁役を命じた。

三手の頭たちは、この説諭を聞いて恐懼《きょうく》し、それぞれ組に帰って配下の者を説得した。そして正月の十一日には三宰配頭の連署で執政まで答申書を提出した。中身は主君の説諭にしたがい、五十騎組の先勤に決定したというものだった。ところが、その答申書の中に「享保十八年初めて上覧あそばされ候通り」五十騎組先勤にの一句があったために、馬廻組の意見がふたたび紛糾した。その一句に関しては三十人頭にも組下にも説明がなく、宰配頭飯田惟次の独断である、われわれはその事実を認めていないというのが馬廻組の総意だった。

このため藩では再度の紛糾を恐れて飯田を宰配頭からはずし、隠居閉門、知行二百五十石のうち百五十石を減ずる処置を下し、後任の馬廻組宰配頭には栗田包《かね》好《よし》を新任した。同時に両宰配頭に問題の享保十八年云云の文字を削った答書を提出するようにもとめたところ、今度は五十騎組側に異論が起きた。「享保十八年(七代宗憲公)初めて上覧あそばされ候通り」云云は事実である。削除すべき理由はない、というものだった。この趣旨に沿って宰配頭神谷嘉有が意見書を提出した。執政はその意見書の撤回を命じたが、神谷は頑として退かない。

業を煮やした執政側は、馬廻、五十騎両組の宰配頭、三十人頭を千坂高敦の屋敷に呼び、五十騎組の意見書は上に進達しがたいものである。ゆえにわれわれは今後鉄砲上覧は永久に廃止することを主君に言上することに決めたので、両組から提出された答書はすべて不用に帰したものと見做《みな》すという、強硬な態度に出た。

これには硬骨漢の神谷も愕然とした。もし執政たちが言うような事態になれば、連綿とつづいてきた鉄砲上覧を潰した罪は、末代にわたってすべて神谷と五十騎組が負わねばならない。神谷と三十人頭はいそいで組に帰って説得をはじめたが、承服したのは一組だけで、ほかの四組はなおも言うことを聞かず、五十騎組は騒然とした空気に包まれたままだった。

執政からそうした情勢を聞いた治憲は、一月二十五日、再度馬廻組、五十騎組の宰配頭、三十人頭を登城させ、表御座の間に呼んで説諭した。執政から鉄砲上覧を永く廃すべしという進言があったが、両組の和がととのわない以上それもやむを得ないことである。しかし、祖先より代代伝えられてきた上覧が、わが代に於て廃されるということになれば、上杉家で軍用第一の名誉を担う鉄砲の技もやがては廃《すた》れるべく、また本年より上覧廃止ということになればわれらの汚名は後代まで残るであろう。この恥辱は忍びがたいものがある。ここを熟慮して、両組ともにさらに和順に努力しわが直覧がかなうよう、配下を説得せよというのが説諭の中身だった。

二十歳の若年の藩主の言葉とは思えぬ、情理のそなわった懇切な説諭だった。一同は恐懼して城をさがったが、まず動いたのが馬廻組宰配頭栗田包好だった。栗田は組の三十人頭たちにむかって、末代までの恥辱の一言をいただいては千言万句も必要ない、われらからすすんで後勤をねがい出、国家の静謐をはかり主君の心を安んずべきである。五十騎組に譲るにあらず、国家に対する忠信からすることであるとはげまし、三十人頭また感激して配下の説得にあたったので、馬廻組はみずから後勤をねがい出ることでまとまった。一方五十騎組も、馬廻組が申し立てたとおり、初入部の節は馬廻組先勤という道理に動かしがたいものがあれば、五十騎組はこれにしたがうという従来にない譲った趣旨の答書をまとめつつあった。

この結果、両組が正式に執政あてに提出した答書にもとづいて、新年の鉄砲上覧の順序は五十騎組が先勤、馬廻組は後勤という裁定がくだった。長い激烈な争いが、ようやく熄《や》んだのである。両者はこの答書の中で、それぞれに主君治憲のご仁情、ご仁徳をたたえ、鉄砲上覧に永く道を開くことを懇願していた。治憲の説諭にいたく心を動かされ、事の本質に目ざめたことは確かだった。

おそらく馬廻組、五十騎組、それに与板組をふくむ三手の中級家臣たちは、この鉄砲上覧騒動の始末を通して、新藩主治憲と固く結ばれたのである。心が通い合ったと言ってもよい。相つぐ諸士手伝いはここからはじまったことであり、七重臣の言上書にある上司の譏を恐れて仕方なく労働に従っている、などということは、たとえば二、三そういう人間がいたとしても、真実からほど遠い皮相な見方と言うべきだった。

農民、町民の雨乞い祈願参加にしても同じことが言えるであろう。藩主自身が旱魃を憂えて、夜行して愛宕山にのぼり降雨を祈ったことに庶民は感動したのである。藩では前年の暮に郷村出役を通じて村方肝煎《きもいり》に諭告を行なったが、その最後のところにつぎの一項がある。

一、百姓は日にくろみ泥にまみれ、田畑を作り候て世上の宝をこしらへ、人の飢寒をしのがせ候尊き役目にて候。然れば年中暑さ寒さに身をくるしめ候儀、公儀にても痛み思し召され候。然ればせめて年中遊び日を定め、あるひは月待ち日待ちの時いづれも打ち寄って酒などのみ、語り慰み候事を御制し遊ばされ候事には少しもこれ無く候。さやうの事は稀なるたのしみに候間くるしからず候。人と生まれ、張り弓のやうには相成らざるものに候。ただただ正直を相守り、身のほどを思ひ、奢をやめ農業に精を出し候は天道に対し候勤めに候。この段よくよく心得申すべく事。

この文言は、それより先に新設した郷村教導出役の心得にある一項を敷衍《ふえん》したものだが、これを慶長のむかしに直江兼続が作成したと言われる「地下人上下共身持之書」、通称四季農戒書と比較すれば、両者の違いは明瞭にうかび上がってくる。

同じく農民教導の諭達ではあっても、四季農戒書の方は農民をひまなく働かせて年貢を完納させるところに主眼があり、郷村出役の諭告は農の困苦を理解し、少しは酒ものみ、遊びもした上ではげめと言っている。農民に対する藩のこの態度の変化は、単純に時代の差では片づけられないものがあり、こうしたことあるいは藩主みずからの雨乞い祈願などから、庶民は為政者の側から新しい風が吹いてきたことを鋭く感じ取ったに違いない。

治憲が家督を継いだあとも、藩は幕府の工事手伝いによる巨額の出費、連年の天災による不作、藩江戸屋敷の焼亡にともなう予期せぬ出費などによって、藩財政は極度に窮迫し、このため年によっては年貢の率が七公三民に達するという、治憲にとっては大いに志に反する政治となった。一方、治憲、竹俣当綱以下が掲げる藩政改革も、あるいは財政難に芽を摘まれ、あるいは重臣層を中心とする守旧派の抵抗に阻まれて、手をつけたのは大倹令の実施、郷村教導出役の新設など、二、三の基本的な制度改革のほかは、わずかに藩士が率先してする荒地開発にとりかかったぐらいで、みるべき成果はまだ挙げていなかった。

にもかかわらず、藩主が再度の雨乞い登山を行なうと、庶民もそれにつづいたのは、かつて君臨したことのない、領民と苦楽をともにする身構えの藩主が出現したことを直観したからであったろう。領内は藩主治憲を中心にして動きつつあったのである。

そういう現状から言えば、七重臣が提出した膨大な文言をつらねた言上書の条条は、いかにも旧態依然とした認識の産物というほかはないものだった。かれらはその言上書によって、かれら自身がいかに家中においても、領内においても孤立して浮き上がっているひとにぎりの守旧派にすぎないかを、みずから証明する形になったのである。監察、三手組の答申が示した裁定はそういうものだった。

安永二年七月一日、登城を差し止められていた竹俣当綱、籠居している間に死を覚悟して遺書まで書いた莅戸《のぞき》善政以下が登城の命令をうけ、城中で治憲と会うとただちに七重臣裁断の準備にとりかかった。

竹俣らの采配で、高家衆、平分領家《ひらぶんりょうけ》、御城代、支侯御家老、郷村次頭取、御中之間詰、奥御取次、大目付、侍組仲人、御中之間年寄、御中之間通、大小姓番頭および平番十人、御使番、御右筆、御中之間番頭ならびに平番十人、三手宰配頭、三十人頭、物頭および平番中、伏嗅《ふしかぎ》頭および支配諸役頭、勘定頭、同次役、江戸御納戸頭、隅御蔵役頭、御武具蔵役頭、御小納戸頭、御台所頭、御厩頭、御鷹部屋横目、御作事屋頭、金山奉行、役所役人、猪苗代三組三十人頭、平番三十人、組外《くみほか》御扶持方、組付御扶持方、御従、本手《ほんて》明《あき》、新手明、奉行付同心、江戸家老同心、段母衣《だんぼろ》、百挺鉄砲、御弓組、御留守番、十八組、大筒組の人数が出仕を命ぜられ、式台からそれぞれの持ち席にかけてぎっしりと詰めた。

その上で本丸の三門、二ノ丸の四門を固く閉め、また国境の諸口にも急遽人数を派遣した。また近国にも人を送って風聞を聞きとらせ、市中には三手からそれぞれ三人をえらんで、七重臣の屋敷を監視させた。その間にも守衛、巡察の者が本丸御殿の周囲に立錐《りっすい》の余地がないほど詰めかけたが、竹俣らの指図が行きわたって御殿の内も外も粛然とし、私語の声も聞こえないほどだった。城の台所では、詰めている人数のために千五百人分の賄の用意にかかった。

午刻、治憲は御書院に出て監察職、三手宰配頭を呼び出し、千坂ら七重臣が、心得違いの存念にもとづいて讒をかまえ、徒党を企てて、政治を誹謗し主を侮蔑したことは不届きである、よって今夜中に仕置きを申しつける旨の裁決を示した。

その日七ツ半（午後五時）、残るただ一人の奉行竹俣当綱は、治憲の命令をうけて千坂ら七重臣に召喚状を発した。それぞれの屋敷には上役、付添い、与力からなる一手二十七人の人数がむかい、七重臣をきびしく警衛して城にもどった。重臣家の供は冠木門《かぶきもん》内に入るのを許されず、供は草履取り一人で三手平士四人に付きそわれて玄関に入るとそこには町奉行二人が待っていた。町奉行は千坂らを溜《たまり》の間にみちびいて、そこで刀、紙入れを預かり、式台に仮設された屏風《びょうぶ》囲いの中に、一人ずつ拘留すると、まわりを付添いに警護させた。

その夜五ッ（午後八時）過ぎに、治憲はふたたび御書院に出た。作法にしたがって、治憲の左右、背後に執政、御城代、郷村頭取、御近習頭、支侯御家老、奥取次、三手宰配頭、三十人頭、近習、侍医が詰めかけて並ぶ中に、大小姓番所で脇差をわたし、懐中あらためを受けた千坂高敦ら重臣が一人ずつ呼びこまれ、交代に治憲の前に俯して裁決の達しを聞いた。

かれらのまわりは町奉行二人、大小姓八人、御中之間詰八人、三手の付添い四人、捕手三人が取りかこみ、すでに囚人の扱いである。燭の火が赤赤とかれらを照らす中に、治憲みずからのつぎのような直裁の声がひびいた。

其の方、このたび申し出で候趣、横目ども召出して相たずねるところ、無政の事もなく、美作奸佞の儀もこれ無く、民の帰服も相違なき由、然ればおのが非念をもって政事を誇《そし》り、讒を構え、徒党を結んで君を要す仕形、不届きの至りに付、重き罪科にも申しつくべく候えども、その段差しゆるし隠居閉門、知行の内半知召し上げる。

これが奉行千坂高敦、色部照長に対する裁決だった。長尾景明、清野祐秀、平林正在は同様の趣旨で隠居閉門、知行の内三百石を召し上げるという裁決にとどまったが、須田満主、芋川延親の二人は「……徒党を結んで君を要し、殊に徒党の本人も同然たる者にて、国家の騒動を企て不届き至極、不忠の者につき簀《す》蔵《くら》において切腹を申し渡す」という裁決だった。

君を要しは、主君を強要しの意味で、七重臣登城のとき、もっとも強硬に治憲に言上書容認をせまった二人の罪が重いとされたのである。

その夜のうちに須田伊豆の嫡子図書、次男、三男の押し込み処分、芋川延親の父正令、平林正在の父正村に対する囲入りの処分が執行される一方、中条至資《よしすけ》、島津知忠、竹俣寿秀《ひさひで》に侍頭就任の下命があった。それぞれ長尾景明、清野祐秀、芋川延親に代る人事である。

また江戸の一門、親戚の尾張家に、このたびの重臣処分に至った事件の終始を説明させるために、大目付の栗田包好、郡奉行の長井高康が江戸に派遣された。果断迅速な処置だった。五日には千坂にかわって侍組吉江喜四郎輔長が奉行職に、大殿の近侍頭広居忠起《ただおき》が須田にかわって江戸家老に就任した。

一方藩中の各層にも、治憲自身から改めて七重臣仕置きに至る経過の説明が懇切になされ、一件は無事終了したかと思われたが、重臣処分から三月ほどたった九月二十七日に、御番医師藁科立遠《わらしなりゅうえん》の父で隠居の藁科立沢《りゅうたく》が七重臣の強訴に関連して、打首となった。姦謀教唆がその罪名だった。立沢は自身の信念にもとづいて教唆を行なったものらしく、罪名を得て死に至るまで、従容《しょうよう》として少しも気色態度に変るところがなかったという。この藁科立沢の一件を最後にし城下を震撼《しんかん》せしめた七重臣処分事件が終った。

二十四

米沢城の大手前には、上級家臣の屋敷がぎっしりと配置されている。その中で城の前面を横切る主水町通りの東側に建つ竹俣当綱の屋敷はとりわけ広く、門は道むこうの屋敷をはさんでほぼ城門とむかい合う位置にあった。

屋敷の奥で、当綱はたずねてきた莅戸《のぞき》善政と密談していた。もっともたずねてきたというのは正確ではなく、夜分になって、当綱の方から使いを出し、莅戸を呼び出したのである。莅戸は二日前に、小姓頭として治憲の行列につきしたがい、帰国したばかりだった。

「どうだ」

手わたした手控えの草案を読み終った莅戸に、当綱は声をかけた。大きな目で善政の表情を読みとろうとした。走り書きの文字を読む間、善政がひとことも感想を口にしなかったのが気になっている。

草案の内容は、領内にそれぞれ百万本、合計して三百万本の漆、桑、楮《こうぞ》を植え、そこから新たに藩費を賄う金を生み出そうという、米沢藩起死回生の施策を記したものである。

竹俣当綱は視野がひろく、それでいて緻密さも兼ねそなえるすぐれた行政家だが、そのうえに、他の重臣にない企画立案の才にめぐまれていた。漆、桑、楮の三木植立て計画は、その当綱が長い間知恵をしぼって考えぬいた末に、たどりついた結論である。わが藩を甦《よみがえ》らせるにはこの策しかないと思い、当綱は自分が生み出した遠大な計画に満足していた。だから……。

——途中でひとことぐらい……。

この案はなかなかのものだ、ぐらいのことは言ってもよさそうなものだと、当綱は善政の冷静な態度が不満だった。ぜひともほめてもらいたいというのではない。だが藩の改革で志を同じくする者なら、もう少し親身な反応を示してしかるべきではないか。もちろん、そのうえでりっぱな案だとほめてくれれば、それに越したことはない。

だが莅戸善政は慎重な男である。是非の判断を前に、しばしば長く沈黙することがある。ひとかたならず慎重なその性格のために、時にはこの男頭が鈍いのではあるまいなと疑いたくなることさえある人間なのだ。しかしほかならぬ牛のようなその沈黙の暗がりの中で、藩でもおそらく第一級の頭脳が火花を散らして答えをもとめていることを当綱はわかっていた。そういう善政に、当綱は時に畏怖《いふ》を感じることもある。善政が沈黙しているのは、示した案に何か不満か懸念かがあるのだ。

答えを待っている当綱を見て、善政はおもむろに言った。

「気宇壮大なご計画と感銘つかまつりました」

当綱は善政を見返した。善政がまだ言いたいことを隠していることを敏感に嗅ぎつけている。

「そうは思っておらん顔色だな。言いたいことがあるなら遠慮なく申したらどうだ」

「いえ、ご計画の卓抜さは比類ないものです。お奉行でなければ、何人《なんぴと》がかように遠大な再建策を思いつきましょうや。ただ……」

「ただ、何だ」

「これには費用が計上されておりません」

と善政は言った。

「三百万本の苗木を購入する費用、また上からの強権で植えさせるというわけにはいかぬでしょうから、農民に払う植立ての費用も必要です。いずれも莫大な金額と相成りましょう。これをどのように手当てなさるおつもりですか」

「借金するさ」

当綱は無造作に言った。

「ほかに手はない」

善政は顔色を曇らせた。だが当綱はかまわずに言った。

「この貧乏藩に、誰が金を貸すかと思うかも知らんが、あてはある。心配するな」

「三谷《みつや》のことですか」

と善政は言った。

江戸の豪商三谷三九郎は古くから米沢藩の御用商人をつとめ、一時は藩の蠟《ろう》販売を一手にまかされていたが、宝暦年間に藩が同じ江戸商人の野挽甚兵衛を新たな金主と定め、蠟の独占販売の許可を三谷から野挽に移してしまったことから、藩と三谷の関係ははなはだ険悪なものに変った。

蠟販売の独占は、藩に金子を用立てる見返りとして与えられた特権である。すでに米沢藩に多額の金を融資していた三谷にとっては、蠟販売の独占は貸し金の担保に等しいものだった。少なからぬ利益を生むその特権を手もとに押さえているからこそ、不安の多い大名貸しにも堪えられるというものである。

その特権を、それまでの借金を返すでもなくいきなり取り上げて野挽に渡したのだから三谷三九郎が激怒したのは当然だった。三谷は、家のあらん限りは米沢藩の御用は承らないと言って、以後米沢藩から遠ざかった。

その三谷にふたたび接触を試みたのは竹俣当綱で、当綱は明和四年、米沢藩主が重定から治憲に交代した時期をとらえて三谷に会い、そのままになっている古債一万九千両の清算にあてるために、以後連年蠟五十駄を送ることを約束した。当時の蠟相場から言えば五十駄（約二千貫）の蠟は金額に換算して五百両にしかならず、一万九千両の古債の元利を返済するには四十年ほどもかかることになるのだが、三谷はこの申し入れを呑み、以後の交際の復活に応じた。

誠意というよりは露骨な懐柔策といったものだが、野挽甚兵衛を重用して郡代所の財政顧問にまでしたのは森利真であり、その森を藩政からのぞいた竹俣当綱の言うことは信じられたろう。三谷は大金の借り入れ申し込みには警戒して応じなかったが、時どきの千両、二千両といった金は貸してくれるようになった。

桜田、麻布の江戸屋敷が焼けた安永元年の江戸大火のときも、藩では自分のことはさておいて、同じく店を焼尽した三谷に百五十俵の米を見舞いとして送った。これは三谷の気持を動かしたらしく、三谷三九郎はお返しに江戸屋敷復旧費として二千両の寄附を寄せてきた。

三谷に限らず、藩では大坂の鴻池家、堺屋次郎助、越後の三輪九郎右衛門、渡辺利助、酒田の本間家などの領外金主、同じく借金先である地元の富商に対して、こまかに気を遣い、機会あるごとに藩主みずからが会って下され物を贈ったり、あるいは士分に取り立てたりして優遇してきた。

しかし中でも三谷は、財力からいってもっとも頼りになる金主で、これとの旧交を森利真以前にもどすことは、藩にとってきわめて重要事だった。そのことについては、藩主治憲と当綱の間には緊密な打ち合わせがあり、小姓頭である善政としても十分に心得ている。

前年四月、治憲は参勤のために江戸にのぼり、再建された桜田の江戸屋敷に入ったが、急を要する執務が一段落した五月七日に、三谷三九郎父子を屋敷に呼んだ。江戸屋敷再建の折にうけた助力に対して、治憲自身からねんごろに礼を述べたのだが、機会をとらえて三谷家と接触し、藩の印象をよくする対三谷工作の方針にしたがった会見でもあった。藩ではそのとき、三九郎に綿二十把、子の善吉に綿十把を贈っている。

そういったことを思い出しながら、善政は言った。

「桜田屋敷に親子を呼んで、お館ご自身が謝辞を述べられたのには、三谷も感激した様子に見うけました。しかし大金の融資を申し入れるには、時機尚早ではありませんか」

「そのあと、三谷の手代喜左衛門をこちらに呼んだのをおぼえておろう」

と当綱が言った。

「はい。さてと、あれは昨年の暮でしたな」

「十一月の中ごろだ。あのときは喜左衛門を、供つきの駕籠に乗せて領内を案内させた。新しい開墾地や青《あお》苧《そ》蔵など、勢いのあるところを見せてやったのだ。荒砥の宿は大貫で、あの家は江戸の者に見せてもはずかしくない富豪だ。その上で、日ごろの財政援助に藩として謝意を表するという名目で、銀二十枚を贈った。まず、国賓扱いだの」

それだけで帰したわけではない、と当綱はつけ加えた。

「帰りに、喜左衛門の懐にわしの作った文書をすべりこませてやった。わが藩の今後の殖産事業計画を述べたもので、つまり、投資先として米沢藩がいかに有利であるかを記した文書だ」

善政は口辺ににが笑いをうかべた。

「少し、やりすぎではありませんか」

「なに、そのぐらい強引にやらんと、大金を借りることなど出来るものではない」

「しかし、大金を借りれば、新たな利息払いにくるしまねばなりません」

「九郎兵衛、九郎兵衛」

また重くるしい顔にもどった善政を見て、当綱は叱咤するような声を出した。

「借金を恐れては、藩の再建などとうてい出来んぞ。いまどき借金のない藩などありはせんのだ。藩を改革する立場のわれわれとしては、新規の借金で事業を興し、これを成功させてやがては古い借金まですべて返済してやるというほどの気概を持たねばならん。肝要なのは資金の調達だ。資金がなくてはせっかくの名案も……」

当綱は、善政が返した三木植立ての草案を、ひらひらと顔の前で振った。

「絵にかいた餅だからの」

「もちろん、気概は必要ですが……」

善政はめずらしくはっきりと物を言った。

「お奉行の言われることは、少少楽観に過ぎはしませんでしょうか。わが藩の惨憺《さんたん》たる経済の推移をかえりみるとき、三木植立てが名案であることは疑いないとしても、それでもって古い借財まで返済出来るようになるだろうなどということは、莅戸九郎兵衛容易には信じられません」

「やらぬうちから水を差すな」

と当綱は言った。

「わしが楽観に過ぎるというなら、その言葉はそっくり裏返しておぬしに返そう。九郎兵衛、おぬしの考えは悲観に過ぎるのだ。考えてもみよ……」

当綱は熱心に説得する口調になった。

「手堅いおぬしの考えからすれば、諸士手伝いで大いにすすんだ荒地開拓、あるいは青苧、漆など従来産物の奨励などに目が向くかも知れんが、その程度のことは藩としてなすべき当然の策、どこの藩でもやるいわば平時の策だ。どういじったところで、藩をくるしめている借金を返済し、なお多少の貯えをもたらすということにはならぬ」

「……」

「わが藩をきわめつきの貧乏藩から救い出すためには、平時の策を行なう一方で、無から有を生じるほどの非常の策を用いる必要がある。いろいろと策は考えた。だが、まずこれだ」

当綱はまた、草案の文書をひらひらと振った。

「ここに記した案は、まだ出来上がったものではない。推敲《すいこう》の余地が多多ある。実現のはこびになれば、たとえば仮称だが、樹芸役場といった植立てに専念する役所が必要だろう。そのときは、頭取にしかるべき人材を選んであてることが肝要事となる」

お館には、そのあたりまで中身が固まってからきちんとした計画書をお見せするつもりだと当綱は言い、それから髭が濃くのびている顔に、奇妙な、とっておきの秘事を打ち明けるような微笑をうかべた。

「漆百万本、桑百万本、楮百万本。この三木が利益を生むようになったあかつきには、わが藩にどのような利益をもたらすことになるか、見当がつくか」

「いえ、そこまでは……」

「わしは概算してみた」

当綱の表情と声に釣られて、善政も小声になった。

「いかほどに相成りますか」

「年にざっと三万二千両の益金が出る。これは知行に見積もって十六万石ほど、つまり成功すればわが藩の実高はもとの三十万石にもどる勘定だ」

二人は顔を見合わせた。そして同時に笑い出した。

当綱はさも愉快げに、そして善政もめずらしく声高に。だが善政の方が早く笑い終った。

「いや、夢のようなお話でござる」

「何だ、それは」

笑いを消して、当綱がじろりと善政を見た。

「皮肉ではあるまいな」

「いえ、余人は知らずお奉行が采配を振れば事は成就いたしましょう。で、三谷からの借金ですが……」

と善政は言った。

「こちらはいかほどの見積もりでしょうか」

「一万……」

「ざっと一万一千両」

と言って、善政は絶句した。

「三谷がはたして応じますか」

「あたってみなければわからんが、掛け合いの使者を立てるときは、きちんとした植立て計画書を持たせるつもりだ。収益の見積もりも添えてだ。腹を割って頼みこめば、おぬしにはまたしても得意の楽観と言われそうだが、わしはなんとかなるのではないかと思っておる」

「いや、それにしても多額の借財……」

「植立ての費用だけなら、苗木買入れをいれても五千両前後にしかならんのだ」

当綱はあっさりと言った。

「ほかに目論見がある。藩ではいま膨大な借金の返済にくるしんでいるが、とくに苦しいのが深川の密巌和尚からの一万九千八百両という借金だ。普通金利が八分のところ、和尚のところは倍の一割六分。くるしまぎれに借り入れたものの、この高利の借金は考えはじめると夜も眠れぬほどのものだ」

当綱らしくない言い方に滑稽な感じをうけて、善政は目を上げたが、当綱は至極深刻な顔をしている。その顔には一藩の経済を預かる者の苦悩がにじみ出ていて、善政ははっと顔を伏せた。

「ゆえに残りの六千両は、和尚の借金の返済にあてる。ただし、この金はただでは返さぬ。一度に六千両を返済するかわりに、一万両を二十年賦に、残金の三千八百両は捨金させる。そういう交渉をやってみるつもりだ」

「さような掛け合いに、密巌和尚が乗ってくるでしょうか」

「わしはのぞみありと読んでおる」

当綱得意の楽観論が出た。

「ま、掛け合いにもよることだが、わが藩に多額の金子を貸している者たちは、かの貸し金、はたしてもどるかどうかと、つねに内心の不安を隠せずにわが藩の動きを見守っているはずだ。そこに六千両もの金がいちどきにもどるとすれば、あとの残金の交渉については多少対応も甘くなろう」

「……」

「密巌和尚との掛け合いがうまくいったら、ほかの金主たちともひきつづき交渉して、出来れば永年賦、無利息という形で話をつけたいものだ。いつまでも古い借金にからみつかれておっては、新しく資金を工面することも、新規の事業を興すこともままならんからの」

「……」

「どうした。異論でもあるか」

当綱の声に、善政は顔を上げた。いつの間にかひとりの考えごとに落ちこんでいたようである。

「いえ、お奉行のお話をうかがっている間に、それがしにもおっしゃるごとき借財の整理は可能かと思われて来ました。成功すればわが藩の前途はまことに明るいものとなりましょう」

「去年からずっと考えてきたのだ」

善政の賛同を得たのがうれしかったか、当綱は満足そうに言ったが、すぐに語調を改めた。

「何を考えていたのだ」

「は？」

「何か考えておったろう。途中で気を逸らすのは無礼だぞ」

善政はご無礼つかまつりました、と詫びて深深と頭を下げた。

「お奉行が、いともやすやすと五千両、一万両という借金の話をされますので、それがしならその金、何に使おうかとふと考えが横に逸れましてござる」

「おぬしなら何に使うな。いや、わかっておる。木を植えたりはせんはずだ。しからば、その借金何に使うか」

「一回限りでけっこうですが、家中藩士にせめて銀方なりと返してやりたいと思います」

「昨年も、ちらとそのようなことを申したな」

「はあ、とうていそのような資金の工面はつかぬということで、すぐに沙汰《さた》止みになりました」

「執着する理由は何だ」

「長期にわたって借り上げに馴れ、貧に馴れた家中の士気を高めるためでござる」

「士気を高める、か」

「お奉行をふくめて侍組の方方はまだ暮らしにゆとりがござるゆえ、あるいはお気づきあられぬかと思いますが、三手以下の家中の士気の退廃はもはや放置出来ないところにきております」

「聞いてはおる」

「城内のうわさを上回るものです。その者らに、たとえ銀方だけなりとも、また一回限りのこととしても藩から借りた分を返し、それぞれの家本来の家禄はこうぞということを示され、また経済が立ち直ったときはこのように返却するぞという藩の意志を示されることが、ただいま喫緊の必要事であるとそれがしは考えております」

「ふむ」

当綱は腕を組んで善政をじっと見た。善政の提言の深さが理解出来た。借りっぱなしでなく、たとえ一度きりでも借り分の若干を返すのは、家中に対する藩の挨拶である。それは貧窮に押しつぶされたままになっている家中の誇りを回復することになろう、と善政は言っているのだ。

こういう提言は、家中藩士の心の中まで踏みこまないと出てこないものだ。わしの策とは何という違いだ、と当綱は思った。

――わしの策は天空を行き……。

然《しか》りしこうして、善政の策は地を這《は》う、か。胸に一片の詩心を隠している当綱はそう思ったが、不快ではなかった。この決して飛ぶことのない男が控えているからこそ、わしも思い切った手を打てるのだと思った。

親愛をこめて、当綱は九郎兵衛と言った。

「そなたの提案は、時の妙手というものだ。よし、お館が下長井の巡覧からおもどりになったら、さっそくに相談してみようではないか」

明日五月六日から、藩主治憲は米沢の北、下長井郷に下って各地を巡覧する。名目は鷹野《たかの》だが、中身は各地の開墾地の巡視である。これに六日ほどを要し、七日目には帰城する予定だが、落ちついたらふたたび巡視に出る。ことに諸士手伝いによる開墾地ほか、たとえば土手の修理、橋を架けかえた場所なども丁寧に見ることになっている。そして今回の巡視を機に諸士手伝いを廃止する。

当綱にそのことを思いつかせたのは、昨年七月、九月と、治憲が上府中に行なわれた侍組の手伝いだった。これで諸士手伝いの趣旨は家中に行きわたったと当綱は思ったのである。

焼亡した江戸屋敷再建のために、先頭に立って木を伐り出す諸士手伝いを行なったときは、当綱の頭の中にあったのは経済ということである。人を雇えば莫大な費用がかかるところを、家中手伝いで間に合わせたのだ。だが以後の道路の補修から荒地の開墾にまでひろがった諸士手伝いにも経済を期待したわけではない。

もちろん荒地開拓数十町歩という経済上の成果を否定するものではないが、当綱は家中藩士のそうした動きに、藩主治憲の改革を支持する姿勢を読み取り、そのひろがりをひそかに期待してきたのである。そして七重臣の強訴というはげしい反発はあったが、そこを乗り越えたあとには、上士の侍組も開墾手伝いに加わるという、治憲以前には考えられない現象が出てきたのである。

喜ぶべき現象だった。かえりみれば会津から米沢三十万石に移されて十年余を経た慶長十八年に、二代景勝が桜の馬場を造営したときは、直江兼続以下諸重臣がみずから畚《もっこ》をかついで砂石をはこび労役奉仕をしたのである。家臣一体となって国の貧しさを分け合ったのだ。

だが当時とは武家の意識が違う、と当綱は思った。侍組の開墾手伝いは長く放置すべきことではなかった。放置すれば、やがて彼らの上士としての誇りが堪え得なくなり、ふたたび改革に対する反発心を呼びおこし兼ねない。むかしの話にしても、次の定勝の代になると藩士の労役従事は賤役であるという、主として重臣層からの反発が起こって、以後労役は停止されている。家中の改革支持の姿勢が行きわたったところで、諸士手伝いは停止すべきであると当綱は在府の治憲に申し送り、諒解を得ていた。

善政の考えは同じ趣旨に添い、しかもさらに一歩踏みこんだものと言えた。

「ご裁可を得たら、おぬしにまかせるゆえ、さっそく金主をさがして実行に移したらどうか。ただし、三谷はいかんぞ」

当綱は大きな目で、威嚇するように善政を見た。

「ほかをあたってくれ。越後の三輪家などはどうだ」

善政は黙って頭をさげた。そしてふと思いついたように言った。

「しかしお館が先年、果断の処置をお示しになられたことで、かようの策もまことに自由に立てられるようになりましたな」

当綱も善政の感想にまったく同感だった。

二十五

安永四年五月六日の早朝、上杉治憲は少数の供の者を連れて城を出発し、下長井にむかった。

前日に降った雨のせいで、城も城下の町町も濃い朝《あさ》靄《もや》につつまれ、四囲はまだうす暗かった。しかし馬上の治憲を中心にした一行が、城下北端の北町番所を通りぬけ、米沢街道を北にすすんで中田村にさしかかったころに、雨雲のように上空を閉ざしていた靄の一角にほの紅い筋のようなものが現われ、それはみるみる夜明けの光になった。

そしてまるでそれが合図だったように、靄は急速に引きはじめて、靄の中からいちめんの青い稲田、点在する村村などが姿を現わした。と思う間もなく、街道の奥につらなる山山の上に日がのぼって、一行を照らした。

「あれを見よ」

それまで黙って馬をいそがせてきた治憲が言った。

「もう草を刈っておる」

供の者たちも一斉に田圃を見た。遠い田圃の中に、腰を深く曲げて鎌を使っている者がいた。田の畔《あぜ》の草を刈っているのである。

草を刈っている男は一人ではなかった。街道の西に見えている宮井村と思われる村落のはずれにも、二人の男が鎌を使っているし、街道の北、これから通って行く窪田村の手前にも人がいる。

「牛馬にやる朝草を刈っているところでござりましょう」

と近習の一人が言った。少しは農民の暮らしを知っている口ぶりだった。近習はつけ加えた。

「男どもは、空が白むころには家を出るそうにござりますゆえ、草刈りもそろそろ終りかと思われます」

治憲はもう一度田圃の中の男たちに目を走らせた。日はいまはくまなく田圃や村落を照らし、ところどころで靄の置き土産である水滴が日の光をはじくのも、宮井、藤泉、そのはるか奥にある小山田などの村村に炊《かし》ぎの煙が這いまつわっているのもあきらかに見えた。さっきまで騎馬の一行を厚くとり巻いていた朝靄は、遠く盆地の隅にしりぞき、その中にも時おり草を刈る鎌がきらりと光るのが見える。のどかな景色だった。

——何事もなく……。

豊作であってくれればよい、と治憲は思った。それは祈りだった。民はかくのごとく勤勉である。だが天候は、神に祈るしかないものだった。

一行は窪田村を通り過ぎ、その日の最初の目的地である糠野目《ぬかのめ》村に着いた。巡覧出発にあたって、沿道の村村に藩主がくるからと特別のことをしてはならぬと、厳重に通達を出しておいたので、巡覧の一行を迎えたのは郷村出役の鰐淵甚左衛門吉武と糠野目御役屋（陣屋）の役人、少数の村役人だけだった。治憲と供の者たちは、御役屋の一室で城から持参した粗末な弁当を使って朝食をとり、小休止すると鰐淵の案内で糠野目村内にある開墾地を見に出かけた。

郷村出役という新たな農政の役職が新設されたのは三年前の明和九年（安永元年）九月で、この役職は、前年に行なわれた農村支配機構の改革を引きつぐ形で新設されたものだった。前年の改革の中心は郡奉行制の復活で、さきに竹俣《たけのまた》ら重臣に誅殺された森利真も採用したこの制度を、竹俣ら改革派も農村改革の骨組みをつくるにあたって再登場させたのである。

ただし森の時代とは違って、郡奉行二名には前の町奉行長井庄左衛門（藤十郎）高康、江戸御納戸頭永井喜総兵衛貞則という人材をあて、家禄はそれぞれ二百五十石に引き上げた。永井はじつに二百石の加増だった。

そして郡奉行の下に五名の次役、その下に代官、副代官をおき、これら全体の上に郷村頭取、次頭取を据えた。現在奉行が兼帯する新制の郷村頭取の職をになっているのは、さきの重臣騒動で失脚した千坂対馬高敦、色部修理照長にかわって奉行となった毛利内匠《たくみ》雅元である。

こうした農政機構の形は、大方は藩政初期、さらには森利真の藩政掌握時代の郡奉行制を踏襲するものだったが、前記の時代にはなかった内容もまた加えられていた。ひとつはこれまで慣例としてきた代官の世襲制を廃止したことであり、ふたつ目は副代官と掛り役人を増員して勤務の充実をはかったことである。

副代官は各代官ごとに二名、合計十名が任命されたが、彼らの特色はいずれも五人扶持十石程度の小禄家臣だったことで、この実践を重視した副代官の組織はのちにこの中からすぐれた農政家を輩出することになる。

新制の農政機構の三つ目の特色は、郡奉行、次役に直属する形の役職である十二人の郷村出役と六人の回村横目を置いたことである。郷村出役は領内二百二十六カ村を十二に分けたその一区画二十余カ村を管轄区域とし、その地域に住みついて農民の農作業、暮らしの教導にあたる役職で、横目は農村を密行して盗賊、賭博、さらには惰民の取締りにあたった。

これが制度上の農村改革で、糠野目村で治憲をむかえた鱘淵吉武はそういう新しい農村官僚の一人である。そして彼らの役目はひと口に言えば農村の教導にあった。

さきに述べたように、治憲が就封してからのちも米沢藩は度重なる災害と国役で財政は少しも楽にはならなかった。こういう場合の藩が取る手段は領民に重い年貢を課してきびしく取り立てるという、いわゆる苛《か》斂誅求《れんちゅうきゅう》の色彩を帯びざるを得ない。明和七年ごろの米沢藩では七公三民といわれた重い年貢が課されていたのである。

　藩主である治憲がどう考えようと、政治機構としての藩は、必要な税は未納の農民を打ち叩いても取り立てねばならない。その有様を、もう少し時代が下った寛政三年に、藩のもとめに応じて具申した意見書の一冊である藁科立遠《わらしなりゆうえん》の「管見談」は、近年年貢の取り立てがきびしくなり、初秋になるやいなや役人が村村に下りてきびしく催促し、年貢の納めが遅れる者は肝煎《きもいり》の家に縛っておいたり、水風呂に入れたりしたと記した。「厳冬烈寒にケ様の責に逢ふ事ゆゑに間々凍死する者も有と云へり。また当時は死せず共、翌年多くは疫病を病み死すると云へり。誠に不仁の甚しき哉」と立遠は嘆息している。

　このような苛斂誅求が何をもたらすかといえば、農村人口の減少とその結果としての村の疲弊である。農民が夜逃げした、あるいは耕作を放棄して町奉公に変ったなどといういわゆる潰れ百姓が残した田畑は村の責任で共同耕作し、年貢を納めなければならない決まりである。しかし自分の家も人手が足りない家家に他をかまうゆとりがあろうはずがない、というので、最終責任者である肝煎が潰れ田の耕作は放棄したまま、年貢だけを納めるといった事態も現われた。しかしこのような弥縫策《びほうさく》が長くつづくわけはなく、村は荒廃し、安永初期の農村の人口はおよそ八万人、元禄初期にくらべると七千五百人も減少したのである。

　藩がもっとも危機感を持ったのは、この農村人口の減少である。郡奉行制を柱とする農政改革の開始にあたって、竹俣当綱《まさつな》は農村官僚に郷村勤方心得を示した。

　その中に人少なで農業に手が回らないということが一国の衰微をもたらしたと述べ、人をふやすことが大事の根元であり、この一カ条が成就するだけで郷村は立ち行くだろうと説諭している。また「治世のもとは食物に候、食は土を掘りて田を作り、稲を植ゑて米を取り、これを喰らひて我ひと生きて居候致し方に候。その致し方が悪しく候へば家国衰へ、人々饑ゑて死に申候。政務の儀これに過ぎ候大事はこれ有るまじく候」とも述べている。

　これが竹俣当綱の政治観である。そのために骨組みのしっかりした農村の改革をすすめようとしているのだが、領内八万人の農民をこの改革の軌道に乗せることは簡単ではない。少数の村役人や地主をのぞけば、大方の農民は人倫のわきまえも十分でない無筆の徒である。教えこまなければならないことは多多あるが、これを彼らの心にどう伝えるか。

　藩主治憲は新しい農村改革の出発にあたって、新設の郡奉行に愛民の心を説く諭告を下した。しかし基本はそうであっても、勤方心得としてはいま少し実際的、具体的な方針が必要だろうと当綱は考える。

　民を養い育てること父母のごとくするのが郷方役人の心得ではあるが、民は知らしむべからず由《よ》らしむべしともいう。農民をおだてすぎれば乱を招くことがあるだろうと当綱は述べ、農民に対するには寛猛二つの心得が必要だが少少のことはゆるやかにしてひどい取扱いをしてはならないと説諭した。その上で農民をみちびくための数数の条項を示し、農村指導の目安としたのである。

　そしてこれらの農村指導を実地にすすめるのが新設の郷村出役、正式には郷村教導出役の役目だった。当綱は彼らにも教導の心得を指示したが、その内容はたとえば天道をうやまうこと、御上を恐れ尊ぶことといった人倫の教導から衣食住にわたる農民の暮らしむきまでこまかに言及し、奢《おご》りをいましめて質素に徹すべきことを教えみちびくように言ったもので、当綱の意図は意図として、規制される農民側にすればたまったものではないという気持もあったであろう。

　しかしまたその指示の中には、藩の用務を帯びて村に下る諸役人や知行主の横暴を排除することを命じた一項もあり、当綱が明確に郷村出役が農民保護の立場に立つことをもとめたことも示している。さきに記述した郷村出役の村方肝煎に通達した諭告の中には、奉行竹俣当綱のそういう基本的な考え方に沿った方針が示されているとみてよかろう。

　郷村出役には中級家臣である三手組の者が任命された。彼らは翌年に起きた七重臣の反改革事件の間も黙黙と赴任地で働き、いま一行を迎えた鰐淵吉武のように、このあとの巡覧地でもつぎつぎと現われて案内役をつとめるはずだった。

　彼らの中からはのちに中郡代官となる蓬田郁助《よもぎたいくすけ》、勘定頭格に昇格する今成吉四郎《いまなりきちしろう》相規《すけのり》、天明二年に郡奉行に任ぜられる小川源左衛門尚篤など、農政に通じた良吏が出て藩政の中枢に用いられて活躍することになる。鰐淵は馬廻組出身の二十五石、つつましい一郷村出役にすぎないが、やがてこの人物も文化二年には百七十五石を加増され、家禄二百石の物頭となるのである。

巡覧の一行は、開墾地を見終ると、村の東を流れる松川べりにある舟場、糠野目河岸に行った。河岸にある津出場（舟屋敷）は、元禄五年に対岸の幕領屋代郷の産米を松川の下流最上川の舟運によって江戸に輸送しようともくろんだ京都の豪商西村九左衛門の置土産である。

西村はこの年米沢藩に松川下流の難所黒滝の開鑿《かいさく》願いを上げ、翌年藩と幕府の許可がおりると二年の歳月と費用一万七千両を投じて開鑿工事を成功させた。これまで屋代郷のみならず米沢藩でも、領外に売りさばく物資はすべて困難な峠越えにたよるしかなかったのだが、この工事完成によって松川と最上川が舟運でつながり、物資は最上川、酒田湊経由の西廻り舟運によって大消費地につながる道がついたのである。

「しかしながら黒滝の水路がひらかれた結果、思いがけぬことが起きました」

と河岸まで一行を見送り、治憲の諮問に答えていた鰐淵が言った。

西村から黒滝の開鑿願いが出たとき、米沢藩では賛否両論が起きた。黒滝の岩盤がくだかれて舟運の便がひらかれれば、出入りする商品の量は従来の比ではない。工事は国益に合致するという意見に対し、滝を切り落とせば土地の膏沃《こうゆ》を流し去り、地味は痩せて五穀の豊熟が損なわれるだろうという反対論があった。

「藩では国益と決して許可をあたえましたが、水路が開通したとき予想もしなかったことが起きました。松川、羽黒川、鬼面《おもの》川の淵は浅瀬と変り、白旗の松原は枯れ、郡中の漆木は生育が阻まれました。ここの河岸も水不足となってふだんは使えず、これからおいでになる宮村の河岸が常用の舟着き場となりました」

鰐淵の言うことを興味深そうに聞いていた治憲が言った。

「しかし開鑿の利もあったであろう」

「ござりました。永世通船の便がひらけましたことが第一、また水量が減ったために河川の水害が減り、下長井河原前には桑畑がひらけました。得失を論じれば、得が残ったものと愚考いたします」

治憲は満足そうにうなずいた。

一行は鰐淵や村役人に見送られて舟に乗り、糠野目をはなれたが、昨日の雨の名残りを残す川は、濁ってはいるものの水量が多く、舟はなめらかに松川をくだった。この日治憲は出役湯野川半左衛門忠隆、小川尚篤らの案内で精力的に沿岸の開墾地を見て回り、夜は小出村の竹田四郎兵衛家に泊った。

小出村は北側に隣接する宮村とともに、最上川と野川が合流する肥沃《ひよく》な扇状地の上に出来た村で、下長井地方の中心をなす土地である。米だけでなく青苧《あおそ》、繭、紅花、真綿など、下長井のゆたかな産物の加工地でもあり、また商品の集散地でもあり、舟場を持つ宮村とともに中心地は在郷町を形成して、多数の富商が住んでいた。

治憲の巡覧一行はここを根城と定めて各地の開墾地を見て回り、また小出村の筒屋（製蠟所）、籾《もみ》蔵、宮村の青苧蔵、米蔵などを巡視して回り、五月九日には宮村河岸（舟場）からふたたび舟に乗って、下流の荒砥、白鷹方面に足をのばし、白鷹山に登った帰りには漆苗畑や植立ての杉林などを見た。翌日はさらに下流の黒滝、古四王原などを見た。古藤長左衛門政富、蓬田右門らの郷村出役が案内役をつとめた。

六日に城を出発してから十二日に帰城するまで、治憲は七日間にわたって下長井を中心に各地の開墾地と産業を見て回ったのだが、その間にこの地方の景勝の地と呼ばれる草岡村の洞松寺をおとずれ、また荻野、中山と狐越街道を北上して、白鷹山に登り虚空蔵菩薩を参拝したことは、治憲にとって日ごろの多忙な政務をはなれたいっときの休息となった。下長井滞在の最後の日十一日には今度の旅行の名目とした放鷹矢魚の遊びもたのしんだ。

治憲は十二日に帰城して、たまっていた政務の処理にかかったが、五月も末に近づいた二十七日に、二年前の七重臣騒動で隠居閉門の上知行の内三百石を削られた侍頭長尾景明、清野祐秀、平林正在の閉門を解く旨を公示した。竹俣当綱らと協議した結果である。

この処置によって、三家は後継の長尾景純、清野秀将、平林正賀がそれぞれ減石後の七百石、千百十六石、五百五十石の家禄で侍組に復帰した。この処置の二日後、五月二十九日に、治憲は城中に諸士手伝いで奉公した家臣らを招き、これまでの手伝いの勤労をねぎらうとともに、思う仔細もありという言い方で、以後の手伝いを禁止した。しかし諸士手伝いをふくめた開墾地の巡覧、諸工事手伝いの巡覧はそのあとも入念につづけられ、その年の十月ごろになってようやく終った。

また五月に重臣騒動の三家を侍組に復帰させたのにひきつづき、七月三日にはさきに当主が切腹処分をうけて苗字断絶した須田家、芋川家に、末家を立てて二百石とし、侍組に召し出す旨の下命があった。赦免措置をうけて両家の跡をついだのは大小姓須田平九郎満《みつ》清《きよ》と芋川磯右衛門親生《ちかいき》である。

同じ日、隠居閉門の上知行半減の処分を受けて慎んでいたもとの奉行千坂対馬、色部修理の両家にも、閉門を解いて対馬の嫡子与市清高と修理の嫡子典膳至長《のりなが》に家督相続と家禄半減のまま侍組に復帰すべき旨の下命があった。七重臣に対する苛烈な処分は、越後以来の名家重臣といえども藩主を侮ることはゆるさぬという、治憲の断固とした意志表明だったが、今度の赦免措置は、しかしながら越後以来の功業の臣の裔《すえ》である名家の名を惜しんだといったものだったろう。

治憲が諸士手伝いの跡を巡覧し、七重臣の赦免措置を講じている間に、奉行の竹俣当綱は金主を相手に汗だくで借財整理の交渉を行なっていた。当時の藩の借り受け金は三谷三九郎が一万九千両余、野挽甚兵衛一万六千両余、酒田の本間家八千両余など、合計して十六万千七百三十両で、たとえば明和八年の元利を合わせた年間の返済額は三万九千九百六十一両、半永半石(半分は永楽銭、半分は米)という藩の年貢の半永(実情は銀納中心)、つまり一年分の銀納め分を上回る額となっていた。

苛酷な年貢取立てをあえてして、領内から掻きあつめるようにして金をあつめても、これではとうてい財政が立ちゆくわけがなく、改革にともなう新規事業に取り組むとしても、その前に、この膨大な借財を何とかしなければならないというのが当綱の考えである。当綱は手段をつくして借財整理に取り組み、この年ついに古債の永年賦払い、無利息という交渉に成功した。

八月初旬には、莅戸善政《のぞきよしまさ》が具申した家中への借り上げ銀方一回限りの返却が実現した。諸士手伝いの跡を藩主みずからが巡覧して、長きにわたった勤労をねぎらうことと以後の手伝い停止、重臣処分の赦免措置、借財整理、そして銀方の返却は、いずれも本格的な改革事業を始動せしめる前に始末をつけておくべきことであったと言えようか。

あるいは協議の末に、あるいはたまたま関係者の符節が合致して、実行のはこびになった以上の政務は、いずれにしろ新しい事業を心おきなく行なうために必要な事柄であった。

安永四年十月四日は朝から断続的にしぐれが降る寒い日だった。その日治憲が執務室に入るのを待っていたように、莅戸善政を同道して現われた竹俣当綱は、朝の挨拶が済むとすぐに、三木植立ての計画書が出来ましたと言った。

竹俣当綱は、持参した風呂敷包みをひらいて奉書紙に包んだうすい冊子を取り出すと、うやうやしく治憲にささげた。

「まずはお目通しをねがわしく」

当綱は言うと、しりぞいて一礼した。莅戸善政もこれに倣った。治憲はうけとった冊子に目を走らせた。並んでいるのはつぎのような数字だった。

一、漆木百万本

二十二万二百十二俵　実穂一本より一斗計つゝの出方

一万九千百五十七両　百万本の御潤益

一、桑木百万本

七千四百七両　一本より四十文計つゝの出方にして御潤益

一、楮《こうぞ》百万本

五千五百五十五両　一本より三十文計つゝの出方にして御潤益

合せて三万二千百十九両

御知行に積り

十六万五百九十五石　百石二十両の割にして御知行に直し候分

右は三木の御潤益十年の後御出方空勘かくのごとし、ただしこれまで御出方の外

三木の内漆百万本植立て候地割（ただし一本を三坪に植立積り）

一、六十四万本　御郡中百姓持地百坪へ三十本つゝ植立て

一、二十六万五千本　御郡中空地七百五十九町の地所へ植立て

一、七万五千本　御家中諸士一屋敷へ十五本つゝ植立て

一、五千本　町々一屋敷へ五本つゝ植立て

一、五千本　御郡中諸寺院境内へ一ケ寺十本つゝ植立て

一、一万本　御郡中神社仏閣一地へ二十本つゝ植立て

合せて百万本。

治憲は計画書を二度読み返した。三木植立て計画については、当綱からいずれ書面をさし出しますという報告を受けていた。だが、いまこうして計画の全容を目にすると、治憲はさすがに気持が高ぶるのを禁じ得なかった。記されているのは十五万石の貧しい藩を実高三十万石とする案である。

起死回生の策にござります、これよりほかにわが藩が生きのびる道はありませんと、はじめて三木植立てを口にしたときに当綱は言ったが、当綱はついに米沢藩が貧苦から抜け出る道を見つけたのだろうか。

領内に大倹令を布《し》き、荒地を開墾し、藩政の基礎である農村支配の仕組みを改めたが、それが藩建て直しのいわゆる地均《じなら》しに過ぎないことを治憲は承知していた。四民が豊かとはいえなくともいま少しゆとりのある暮らしを営むことが出来、藩が負っている山のような借財をわずかずつでも減るほどに返せるようにするには、この地均しの上に、何か新しいことをはじめなければならない。

その何かが産業の振興であることはもちろんわかっていて、それについてはこれまで何度か当綱や莅戸善政とも話し合ったことがある。そしてその産業は米ではない。

ひと口に置賜《おきたま》地方と呼ばれる米沢藩領は、四方を山に囲まれた盆地である。米を商品として領外に売り出すには、峠路を通すにしろ、黒滝の開鑿によって可能になった最上川経由の海路を頼るにしろ、輸送費用がかかりすぎた。平野の一角に酒田という良港をかかえる隣領庄内藩のようなぐあいにはいかない。

もちろん、だから米つくりに力をいれないというのではない。米沢盆地は平坦で、三方の山山から流れくだる河川のめぐみをうける肥沃な土地である。米つくりに適した土地だった。だがいかにせん、人口に比して土地は狭く、かりに輸送費の問題がなくとも、領内の人口を養った上でなお大量に領外に売りさばくほどの米を生産することは不可能である。

稲作は藩の基礎である。貧しいなりに藩が現状を維持するために必要な基礎産業である。藩は荒蕪《こうぶ》地をひらき、米に余剰が生じればすかさず領外に売りさばいているが、それはあくまでも現状を維持するための努力であり、藩を富ますための政策とは言えない。

そして米だけではとうてい国を維持することが出来ず、藩がこれを補う漆、青苧、紅花などの換金作物の生産を奨励してきたのがこれまでの経過である。たとえば青苧は、雨が多く日照りが少ない、稲作にとっては冷害となるほかはない気候に強く、作柄もよいという意味でも、米作を補う力を持つ作物だが、それにしても藩の現状維持をささえる以上の力があるわけではなかった。

これが待ちのぞんだ国を富ます産業だろうかと思いながら、治憲はさらにもう一度熟読してから顔を上げた。

「三木それぞれに百万本か。遠大な計画だが、植立てるだけでもさぞや苦労があるだろう。このあたりの手当てはどうか」

「仰せのとおりにござります」

と当綱が言った。

「たとえば百姓が丹精して作っている畑地に、上の命令だからと無理に植樹を行なえば、百姓は朝夕その木を見るたびにわれらをうらむことに相成りましょう。十年先には漆なら実《み》がなって、定めにしたがって藩が買い上げることになりますが、その利は説いてやってもいまは見えません。植立てを成就するには、その仕事にあたる者らに苗一本いくらと植立て料を払ってやるのが上策です」

「以前にもそう申したが、植立て料はいかほどか」

「漆木一尺以上一本につき二十文と考えております」

と当綱は答えた。治憲の顔が少し曇った。

「苗木を買う費用に植立ての費用が加わるとなると、かなりの金額となるの」

「ざっと五千金」

しかしご心配なく、と当綱は言った。

「さきに申し上げました江戸の三谷よりの借金のうちから千五百両、領内の木の実から上がる純益千五百両、それにさいわい家中手伝いによって荒蕪地がひらけた結果、開拓地の米、雑穀その他に平年作がのぞめれば、ざっと二千両の収入が上がってくるものと予想されます。あわせて五千金、植立ての費用としてはこれで十分でござります」

「さようか」

「新たに植立てた分は御役木には加えず、その旨を証文にして郡奉行より各村村に渡すことも考えております」

御役木というのは、明暦元年に藩が領内の漆木の本数を調べ、二十六万三千三百十三本を御役木と定め、ここから生じる木の実五千八百俵余を公税とした制度である。今度の植立てにあたっては、新しい漆は役木にくわえず、藩が残らず買い上げることを村村に約束するというのである。

「漆はもとより、桑木百万本が成就すれば領内の養蚕も空前のにぎわいとなるだろう。繭をとるだけでなく、ゆくゆくはわが国内で絹布を織り、他国に売り出すようなことは考えられぬか」

と治憲は言った。

「たとえば小千谷縮《おぢやちぢみ》のごときものだ」

「ご卓見にござります。さっそくに研究いたしまする」

と当綱が言い、善政もおもてを伏せてもごもごと何か言った。治憲は計画書を当綱に返し、これにさきほど申した植立ての費用、経費の捻出方法なども書き加えて、再度提出するようにと言った。そしてかたちを改めた。

「妙策じゃな、美作《みまさく》。よくわが国が多年の貧苦から脱する道を考えあてた。礼を言うぞ」

「あ、もったいのうござる」

竹俣当綱は深深と一礼したが、頭を上げたときはひげの剃りあとの濃い顔が紅潮していた。

「植立てにはいつからかかるか」

「今月中にも、さっそくに」

と当綱は張りある声で答えた。

「三木植立てを実行に移すための樹芸役場というものを考えておりまして、ただいま人選をすすめております。総頭取は奉行の吉江輔長、次頭取に侍組から斎藤三郎右衛門英信をこれにあて、のちほどご裁可を得たいと思っております。漆方、桑方、楮方をそれぞれにわけて、植立ての計画決定と費用の算出、植立ての見届けにあたらせるわけで、こころ利《き》いた掛り役人の人選と人数の配分が重要事となりましょう」

当綱はひと息に言い、樹芸役場については成案を得次第、お手もとにご裁可をもとめる書類を提出すると言った。

「植立てがはじまるのがたのしみじゃ」

「いやいやお館《やかた》さま。植立てに着手してもその実効を目にするのは少なくとも十年先、気長にながめていただきたいものでござる」

当綱はそう言ったが、肉の厚い丸顔に自信に満ちた微笑をうかべた。

「とは申しましても、それがしのこころの内にも、わが国の行末を思い描いて飛び立つ思いがないわけではございません。およそ三十年……」

と言って当綱は言葉を切った。微笑を消し、かわりに胸を張った。

「およそ三十年にわたり、家中の者の知行《ちぎょう》から借り上げがつづき、残らず返すという一条は錠がかかったごとく不可能と思われて参りました。しかしながら本日、ご披見をねがった三木の植立て計画が成功すれば、やがては家中に負債を返すことも夢にあらずと思われます。樹木は稲作のごとく天候に左右されません。成功はまず疑いなしと、それがし愚考しておるところです」

かすかな不安が治憲の胸をよぎった。その不安は当綱の自信満満の言葉がひき起こしたもののように思われた。

はたしてそうか。三木植立ては非凡の大策だが、そこまで言い切っていいものかどうか。貧苦に喘《あえ》ぐ十五万石の藩が、ゆとりある実高三十万石に変るということをそのまま信じていいのか。植立て計画が、どこかで齟齬《そご》することはないのだろうか。

治憲は、黙然とひかえている莅戸善政を見た。思慮深い善政の意見も聞くべきだった。

「九郎兵衛、そのほうは美作の植立て案をいかに思うか」

「二十年、三十年先を見据えた遠大な再建策と愚考いたします」

と善政は即座に言った。

「着想の卓抜、用意の周到、お奉行ならではのすぐれたご計画ではないでしょうか」

「そなたも、しか思うか」

と治憲は言った。

善政の言葉はほめ過ぎた感じはあるものの、少なくともこの計画に疑念や危惧をいだいているようではなかった。やはりこれは比類なく卓抜な計画なのだろう。治憲はいっとき胸をさわがせた不安が、ゆっくりと消えて行くのを感じた。美作と治憲は呼んだ。

「三木植立て計画となっておるが、主力は漆だの」

「さようでございます。もっとも確実に、しかも多額にわが藩に利益をもたらします」

「わしは漆を知らぬ」

と治憲は言った。

「漆について語れ」

「かしこまりました。さて、何からお話しいたしましょうか」

と当綱は言ったが、すぐにうなずいて話し出した。

「漆には雄木《おぎ》と雌木《めぎ》がございます。雄木には実が生《な》らず、樹皮を傷つけて生漆《きうるし》の液を採ります。雌木は実をつけ、この実を加工して木蠟《もくろう》をとります。すなわちこの木蠟が蠟燭の原料として、よき値段にて取引きされるものでございます」

漆は五、六月ごろになると総《ふさ》のかたちに緑いろの小花をつけ、秋九月ごろには実が生る。実は成熟すると黄褐色になり、田畑の仕事が一段落する初冬のころに収穫されて、下長井小出村の筒屋（製蠟所）などで加工されて木蠟となる、と当綱は言った。

「過日の下長井ご巡覧の折には、小出の筒屋もご覧いただいた由《よし》にございますが、時期はずれでございましたゆえ、作業の姿はお見せ出来なかったものと思います。ただ、手順だけを申し上げればこのようになります」

当綱は言って、簡略に作業の手順を説明した。

収穫された漆の実はその後しばらく屋内に放置して乾燥させ、実際に蠟しぼりの作業にかかるのは雇われる農民の手が空く冬である。はじめに樫の棒で実を叩いて小枝を切り落とし、通しにかけて切りはなした小枝、塵《ちり》などを取りのぞく。そのあと今度は実を臼《うす》にいれて搗《つ》きくだくと、実は蠟粉と種子に分離する。これを再度細かな通しにかけて殻と種子をのぞき、残る白い粉を蒸籠《せいろう》にいれて蒸し、蒸し上がったら麻の袋にいれて搾り台にかける。

「この搾りは力仕事でございますが、こうして搾り出された蠟汁が木蠟となります」

と当綱は言った。

「以上が漆の大体でございますが、なおつけ加えますと漆は比較的気候が温暖で日あたりがよく、土地が肥えて空気の通りがよいところでよく育ちます。山なら日あたりのよい中腹以下の場所ということになり、高山、低山に囲まれているわが国に適していると言えましょうか。また漆の実は毎年の収穫物ではなく、一年おき、あるいは二年おきに実がなります。このことはこの計画書の中でも十分に勘案し、平均の金額を算出しておりますゆえ、見込みの純益に手違いを来すようなことはございません。栽培には根分けと実を植える方法の二通りがござります」

「美作、ごくろうであった」

と治憲は言った。

「この上はこの植立ての事業を、ぜひとも成功にみちびきたいものじゃ」

「渾身《こんしん》の力をふるってつとめまする」

と当綱が言った。

治憲は立って南の障子窓をあけた。外にはまだ季節には少しはやいと思われるしぐれめいた雨が降っていた。断続的に、ときには強く音を立てて降る雨に、庭の木木は濡れてたえまなく雫《しずく》をこぼしている。

物音はそれだけで、鳥の声も聞かず、空にはいちめんに雨雲がひろがって、やがて到来する冬を思わせるようなさむざむとした日だった。事実じっとしていると手足が冷えるが、火桶を使うのはまだまだ先のことである。

「漆は、今年は生り年かの」

「はい、生り年と聞いております」

と当綱が答えた。善政は相変らず黙然と坐っているが、善政にはただそこに坐っているだけで人を安心させるようなところがあるので、それでいいとも言える。

「漆の実の大きさはいかほどのものか」

「いたって小さな実にござります」

「ほほう、小さい……」

治憲はまだ漆の実を見たことがなかった。ただ漠然と、それはどんぐりのようなものであろうと想像していた。さきほどの当綱の説明で、その想像は若干の訂正を余儀なくされて、どんぐりのような実は総状にかたまって稔《みの》り垂れるものらしいと思ったものの、大筋で変化があったわけではなかった。

いま当綱は実は小さいという。治憲はそれで残っていたいささかの疑いがとけたように思った。櫟《くぬぎ》の実のように大きくては、総のごとくついては重すぎないかと思ったが、それは同じどんぐりでも小楢《こなら》の実のような、かなり小さなものであるらしいと治憲は想像した。

植立てが実施され、十年、二十年たてばこの国は三木、とりわけ市街地にまで植立てられる漆の木で埋めつくされるだろう。そして実が生る秋、それも今日のようではなく、目も青く染まるような晴れた日は、いささかの風にどんぐりのような実はからからと音を立てることだろう、と治憲は思った。

二十六

竹俣当綱が上申した漆、桑、楮各百万本の植立て計画は、その後これを実行に移す樹芸役場の機構が固まり、これに対して藩主治憲の認可があたえられたので、九月十二日に当綱から諸役人に発表された。

樹芸役場の機構は、総頭取に奉行の吉江輔長を据え、次頭取に侍組の斎藤英信、その下に三手組から御附横目三人、扶持方から役方十人、さらにその下に下役、掛役の小吏数人を配するという陣容で、植立て実施にあたってはこの人数を漆方、桑方、楮方の三部門にわけて発足させることになった。

この藩経済の再生を目指す計画がすべり出した翌月の二十六日、地味ではあるが治憲や執政の当綱らがかねてから念頭においてきたもうひとつの計画が実現のはこびとなった。武芸稽古所の開設である。

稽古所の場所は二ノ丸の御長屋で、ここに剣、槍、棒、弓、乗馬の各流派の高名な遣《つか》い手で、現実には各流派の師匠や高弟である人人をあつめて師範とし、治憲の御小姓頭大平《おおだいら》源五右衛門道次を頭取に指名して武芸稽古所を発足させたのである。

大平は、三富《みとみ》流から出て夢覚《むかく》流をひらき名声一藩を傾けたといわれ、上松《うえまつ》義次の系流をつぐ達人でもあった。

もともと米沢藩は、鉄砲をはじめとする武芸のさかんな藩で、稽古所を開設しても師範の選定に困るようなことはなかった。夢覚流中太刀の師範には頭取の大平道次、宗家の上松蔵之進義局など十四人が顔をそろえ、また夢覚流と同じく三富流からわかれた心地《しんち》流中太刀は、師範は正系をつぐ三代須藤五郎右衛門久隆と高弟林部美津右衛門忠寄の二人だが、久隆の弟伊門興起は、剣技超絶を理由に寛政二年にいたって藩から終身三人扶持をあたえられる人物である。

この伊門興起が心地流四代目で、六代兵八郎久明の代になると、門人は増えて千五、六百名になったという。なおつけ加えると須藤家は代代伏嗅《ふしかぎ》組頭を勤める家で、稽古所の師範となった五郎右衛門久隆も伏嗅頭取だった。

また一刀流の居合は、初代の梅沢忠兵衛広通が、江戸で阿字《あじ》一刀流の味岡久之右衛門光綱から伝えられた居合術である。忠兵衛広通の高弟が梅沢運平綱俊で、この師弟が伊勢参りに出かけたとき、途中で泊った宿が盗賊の家で、深夜に盗賊多数が襲いかかってきた。二人はまたたく間に四人を斬り伏せたが、二人ともに太刀音を立てなかったという話が伝えられている。

この一刀流居合からは、平林霞吹正相、梅沢捴助親綱《のぶ》、早川政右衛門秀政、神保作兵衛忠昭、吉田一夢秀《ひで》序、梅沢与総太直盛の六人が師範に選ばれたが、なかでも神保忠昭と吉田秀序は運平綱俊の高弟で、両者甲乙つけがたいといわれた達人である。

なお神保作兵衛は、のちに藩校興譲館の督学《とくがく》となる神保容助の父であり、吉田一夢は二年前の八月八日、まだ次左衛門と称していたときに君前に呼ばれ、一刀流の極意を伝え、数多《あまた》の門弟（三百余人）を指南したことを賞されて綿五把をもらった。一夢は隠居後の名である。

しかしまた吉田一夢は、明和八年に治憲の招聘《しょうへい》をうけて米沢にきた細井平洲をめぐって、藩論が二分したとき平洲を襲った人物でもある。

武芸稽古所にはこのほかに卜伝《ぼくでん》流中太刀、三富流中太刀、真天流中太刀、卜伝末期流長刀、伊藤流槍、佐《さ》振《ぶり》流槍、鹿島流棒、印斎《いんざい》流弓、雪荷《せっか》流弓、日置《へき》流弓、人見流鞍掛、徒鞍《とくら》流木馬などの各流派師範があつまって、家中藩士の武芸修行を指導することになったのだが、発足にあたって頭取の大平道次が示した稽古所規程は次のようなものだった。

師範は門人をねんごろに取扱い、技を伝えなければならない、門弟は師に対して厚く礼儀をつくし、謹んで指南を受けること、同門の者は相親しみたがいに切《せっ》磋《さ》すること、ほかの流派の善悪を評判してはならない、また他流との試合はこれを禁じる、すでに免許を受けた者たちは、同流の中で申し合わせて修行すること、稽古所内では世上の雑談をしてはならない。

武芸修行の決まりに似つかわしく、大平が示した規程は簡素なものだったが、眼目はその二項、三項あたりにあったであろう。

さきに記したように、寛文以降の経済の逼迫《ひっぱく》は、三手組以下の家中が武家の体面を保つことをむずかしくしたほどのものだった。享保十三年の著作とされる「笹野観音通夜物語」に登場する人物の一人は、藩による知行四分の一の借り上げに言及して「おっつけ諸士の破滅も遠からずおぼえ候」と言っているが、その後の推移はこの書の予言のごとくになって、家中の逼迫、士風の退廃は目に余るものとなった。

たとえば去年の六月、代官阿部清左衛門秀静《ひでしず》、屋代孫兵衛盛昌が役儀の上で清潔ならざることがあったという理由で隠居閉門を命ぜられ、さらに清左衛門は組《くみ》外《ほか》御扶持方、孫兵衛は猪苗代組に編入されたという一件、あるいは馬廻組の安江五郎左衛門繁英《しげひで》、与板組の坂《ばん》利兵衛正春が、それぞれ町奉行を勤めていたときに藩に差し出すべき日市金《ひいちがね》を自分の懐に入れてしまった。

二人はそれが理由で町奉行を解任されたが、その後も藩に返すべき金を返さず、坂利兵衛は返さないうちに死去したから仕方ないとして、安江五郎左衛門はその金で自宅を美美しく普請するなどしたので、公儀を恐れざる大胆の者ということで昨年九月に家改易《かいえき》、本人は在郷処分をうけた。また死去した坂利兵衛の方は、家督をついだ藤馬順正に、亡父が懐に入れた金を藩に皆済するまでは家禄八十石をさしおさえると通告した上で、藤馬と家族に御介(飼)扶持として三人扶持をあたえ、藤馬本人を閉門処分にすることでケリをつけた。

賄賂をとったとして隠居閉門の処分をうけた阿部清左衛門は代代小国《おぐに》代官を勤め、役料をふくめて百石をうける家柄の者であり、町奉行勤務中に不正を働いた安江五郎左衛門は三手の馬廻組に属し、いろいろな役職をつとめて家禄二百石をいただくれっきとした中級家臣であった。また坂利兵衛も中級家臣である与板組に属していた。

こうした身分もありかつ藩の要職を勤める者たちの間に犯罪が頻発したことは、やはり稀有《けう》なことだったろう。三手に属する中級家臣にしてこの有様であるから、扶持方役人の間の紀綱のゆるみもかなりのもので、この年の六月に断罪された扶持方の者の犯罪では、江戸割方小川丈左衛門が改易、同役佐藤武兵衛が斬罪、また同じ一件にかかわり合った漆蔵役方渋谷喜左衛門は藩を出奔したために苗字断絶、佐藤武兵衛と同じく死罪となるはずだった徳間七郎右衛門は先に死去したために、跡つぎの組付《くみつき》御扶持方徳間勘次郎が改易の処分をうけた。私曲これありとされた彼らの犯罪の詳細は不明である。

さらに先月、九月四日にも故あり、私曲これあり、あるいは悪事いたしという理由で扶持方三名が断罪されている。御徒《かち》の平米御蔵役竹津孫右衛門は改易、組外御扶持方で御兵具蔵役小山仙右衛門は私曲これありとされたが、自殺したので苗字断絶となった。また御台所木場蔵役相場《あいば》文吉は、自殺した小山と組んで悪事を行なったことが判明して改易となり、御兵具蔵役頭である高山仁助《じんすけ》政盛はこれら一連の不祥事の責任を問われて御役を取り上げられた上に閉門となった。

こうした士風の退廃、士分の者の犯罪の増加が、家中、扶持方の経済的な窮迫と密接にむすびついていることは、「笹野観音通夜物語」の指摘を借りるまでもなく治憲以下の藩の執政府でははやくから承知していた。

しかしまた士風の退廃は、経済の逼迫と密接にむすびついてはいたが、それが理由のすべてとは言えなかった。世の流れの不思議というか自然というか、この時代のように絶えず上から統制を加えられた世の中にあっても、人間の反面である享楽的な流れは絶えることがなくつづき、やがて隙を窺っては拡大して統制を破ろうとする。享楽ということが人間の本性に根ざす欲求であるからにほかならない。

それはまた視点を変えて見れば、米をつくりその米で藩も領民も自足していた時代はとっくのむかしに終って、人間の欲望を誘い出す消費文化が世に行きわたるようになったということであり、そうした世の自然な流れは、貧しく質朴を旨とする米沢藩のような江戸の消費文化から遠い場所にも、江戸屋敷などを通して静かに浸透してくる。

いま大殿と呼ばれている重定が家督をついで初の国入りをし、文武ならびに謡曲乱舞に心がくべきことを諭告して、素朴な米沢藩士の度肝をぬいたのは延享四年だが、そのころから、武家、庶民を問わず儀礼の乱れ、風俗の退廃は世を覆うようになったので、士風の退廃は米沢藩に限ったことではなかった。とはいうもの放置しておけば「諸士の破滅も遠からず」という「笹野観音通夜物語」の予言が現実のものとなるだろう。

そういう見地から、治憲をめぐる改革派執政府は大局的には三木百万本植立てのような経済振興策をすすめながら、一方で肌理《きめ》こまかな士風鼓舞の手を打ってきた。八月初旬に、竹俣当綱、莅戸善政が具申してきた銀方一回限りの返還を裁可したとき、治憲が諸組頭に御取箇《おとりか》(年貢)帳を閲覧させたのも、今回の武芸稽古所の開設も、それぞれに家中対策の一環と言えるものだった。

武芸稽古所開設にのぞんで大平道次が示した規程の二項は弟子は師に対して礼儀をつくし、つつしんで指南を受けることを指示し、三項は同門の者が相親しみながら切磋することをもとめている。いずれも武家としての儀礼が武芸修練の基礎であることを示して、その徹底をもとめたのである。しかしまた規程にこのような武家として当然の作法を盛らねばならないところに米沢藩今日の問題があるといえようか。

また過日の家中借り上げ銀方一回限りの返還は、善政がのべたように沈滞した家中の士気を高めるためのものだったが、それと一緒にこれまで部外秘とされてきた御取箇帳を組頭に貸出して閲覧させたのは、年貢の元（収入）払い（支出）を彼らに公開することで、家中からの借り上げがなければ藩の財政が立ち行かない実情を知らしめたのである。

組頭は御取箇帳を筆写することも、配下の組士に貸出すことも禁じられたが、閲覧によって、それぞれの組内に、借り上げがつづいているのはなぜか、あるいは銀方返還が一回限りなのはなぜかという疑問が出たときに納得のいく説明が出来ることになったのである。同時に執政府は、富国生産について意見があればのべるようにもとめたので、一連の措置は家中借り上げというものをこれまでよりかなり風通しのよいものにしたことは確かだった。

一方領内二百二十六の村村からも目を離すことは出来ない。十一月九日、藩主治憲は御書院に郷村教導出役十二人を召し出して各村村の習俗、田畑の肥瘦、山川の形勢などを聞きとり、その上で彼らの勤労ぶりをほめ、なお農民を安んじて、衰えた国を振興させるべく努力せよと励ました。

この郷村教導出役の任命は、さきに行なった農村の機構改革の中でもっとも成果が上がりつつある部門といえたが、執政の竹俣当綱は、郷村教導出役をふくむ郷方役人の指導について、日ごろから老臣たちにつぎのように指示をあたえていた。

領内二百二十六カ村と農民は、領国万人の暮らしの費用を産出する場所と人である。この村と人間の盛衰は国家の盛衰を左右するものであるから、藩の重職を勤める者はことに地方をおさめることに力をそそがねばならない。

ところで実際に村と農民をみちびくのは郷方勤務の役人であるから、彼ら役人が稲作、養蚕の道に暗くては、農民が十分に力を発揮することはむずかしい。しかるに役人がそのことには考慮をはらわず、秋になって年貢の取立てばかりに熱中するようであれば、農家は日日に窮地に追いこまれて、往往にして年貢を納めるのに滞りを来すことになるだろう。国家の衰微、君上のご艱難はここからはじまるのである。

国の本は民にある。重職の地位にある者はふだんからこのことを大切に心得て郷方役人をはげまし、役人は二百二十六カ村に対してその村村の利害を熟知し、その害をのぞいて耕作をはげまし、産物をふやして秋には滞りなく貢租がおさまるようにせよと下知すべきである。

竹俣当綱はこのあと数年後に失脚するが、ここまで農村を熟知して農民に同情をそそぎ、その上で理にかなったやり方で農村が持つ潜在的な生産力を引き出そうとしたという意味では、やはりこの時代には稀《まれ》な、艱難辛苦の米沢藩が生み出した名宰相だったということが出来よう。

この時代に藩経済の建て直しに取りかかった藩は米沢藩に限らないが、一般的な傾向を言えば改革は経済に偏りすぎて、当綱のように人間的なあたたか味を重視した施策を心がけた藩はやはり少なかったであろう。この人間を重視する藩政ということでは、当綱と藩主治憲の姿勢はぴたりと一致して寸分の隙間もなかった。そしてこの稀な一致には、多分に当綱が治憲の確固とした政治信条に感化された面があったであろう。

この年、安永四年も残り少なくなった閏《うるう》十二月二十三日に、治憲は特に諸役人を面前にあつめ、衰微の一途をたどってきた藩財政がこのところ若干持ち直し、回復の兆しも見えてきたことを告げ、これはひとえに諸役人が持ち場持ち場で努力した結果であるとたたえ、さらに今後の精勤を要請した。財政好転の兆しをいちはやく周知させ、臣下とともにこれを祝ったのである。

暗雲につつまれたままだった藩財政に、わずかながら持ち直しの機運をもたらしたのは、天候にめぐまれて農作物の収穫が安定し、年貢収納が比較的順調にすんだということもあったが、最大の理由は当綱らが治憲の裁可を得て行なった借財整理の成功にあったと言える。

すでにのべたように藩がかかえる旧債は十六万千七百三十両におよび、明和八年における年間の返済額は三万九千九百六十一両だった。この借財を返しながら藩が生きのびて行くのは至難のわざである。いわば藩の痼疾《こしつ》ともいうべきこの旧債整理にあたって当綱に先頭に立って働き、あるいは配下に指示をあたえ、自身も京都までのぼって在京の金主に掛け合うなど奮励努力した。

その結果旧債のほとんどを永年賦、無利息とすることに成功したことも既述したが、借財整理の交渉はそれだけにとどまらず、江戸の三谷家、越後与板の三輪家、越後関川の渡辺家、酒田の本間家などの有力金主とは、手段をつくして新しい契約をむすび、にわかに大金が必要となったような場合は、新たに金子を融通してもらえる道を確保した。こうした交渉が成功したことで、藩財政はひと息ついただけでなく、このあとも金融の道がついたことで藩の産業振興の施策を有利に展開することが出来たのであった。

このころから治憲は、一度は沙汰やみになった学館の再興に、本格的に取りくむ決心を固めた。財政的な若干のゆとりもその決心を誘ったであろうが、学館再興の目的はいうまでもなく学問の府を藩の中央に据えることで、家中はもとより一般庶民にまで、人が守るべき道義の道が行きわたることをねがおうというのである。

安永のころの藩主治憲、大殿重定の年間仕切料、自分の自由裁量で使える金は治憲三百両、重定六百両である。ところが時代が違うとはいえ、能狂言を愛好した五代藩主綱憲は、能の嵐山一番を興行するのに千両を投じたという。

綱憲は浪費家だった。この人が藩主だった元禄年間に米沢藩の蓄え金が尽き、豪商からの借金、藩士からの借り上げがはじまったことはさきに述べた。しかしまた綱憲は、元禄という享楽的な時代が持つもうひとつの側面、学問の尊重ということにも理解を示し、米沢藩の藩校のもととなる学館を創設した人でもあった。

そのはじまりは、綱憲の側医で儒臣を兼ねる矢尾板三印《さんいん》が、城北の元御細工町の自邸に聖堂を建てたことである。学問好きの将軍綱吉が、元禄三年神田湯島に宏大な規模の聖堂を建築してから、諸藩の中にも聖堂を建てる者が多かったので、学儒である三印もこの風潮にならったものであったろう。

しかし言うまでもなく私的な祭事を行なうためのものだから、矢尾板邸内の聖堂は小さかったはずで、これを聞いた綱憲は、元禄十一年に改めて三印が建てた聖堂を改築し、これに新たな講堂を建造して加え三印に預けたのである。すなわちこれが藩の学館の濫觴《らんしょう》をなすものだった。

しかし矢尾板家の聖堂、講堂は、三印が歿すると引きつぐ者がいなくなったので、藩命によって儒者片山元僑が祭酒《さいしゅ》となった。以来片山家の者が代代聖堂、講堂を管理し祭祀《さいし》を維持してきたものの、それはあたかも片山家の家塾の私的な行事に似て、元禄のころに藩主綱憲が矢尾板屋敷の聖堂で釈奠《せきてん》の礼を修め、矢尾板三印がかたわらの講堂で論語を講義したような藩との親密なかかわり合いは次第に影を薄くし、享保九年以降は藩とのつながりは絶えてしまった。

その背景には藩の財政的窮乏ということがあったであろう。綱憲以後の米沢藩は財政のやりくりにくるしみ、やがてつもる借金は藩をがんじがらめにしばり上げて、学問どころではなくなったのである。道義は廃《すた》れ、士風は退廃のみちをたどり、いまは片山家にある聖堂、講堂のある場所をかえりみる者もいなかった。

だが治憲や執政の竹俣当綱らが学館再興の拠りどころとしたのは、まさに元禄のむかしに藩が学問の聖域と定めた、現在の片山家の聖堂とそのささやかな講堂だったのである。

安永四年もおしつまった十二月二十四日に、治憲は頭取に奉行の吉江喜四郎輔長、御用掛りに近習頭莅戸《のぞき》善政を登用して、学館再興の準備にとりかかるように命じた。

学館再興は突然に浮上してきた計画というものではなく、治憲を藩主にむかえて以来、折にふれて議論されてきたことである。実務の最高責任者に任命された莅戸善政は、治憲の側近として、議論の大要をもっともよく把握していたので、ただちに三通りの学館再興案をまとめ上げ、執政らの意見と、藩主治憲の評価をもとめた。

このとき治憲は「学館建立の事、三箇条の内、片山講堂を用る事 甚可《はなはだか》也《なり》」という評価をくだし、執政らもこれに賛同したので、学館は聖堂と講堂のある片山屋敷に建てることに決まったのである。

なぜ新規の土地をもとめて学館を建立し、はなばなしく新建設をうたわなかったのだろうか。これについて治憲は「新たに取り立てるより廃れたるを興すは人情いつも平なるもの」と言い、むしろ新しく建設する印象を避けて、再興の意義を強調したという。

米沢藩の歴代藩主の中で、治憲はおそらくもっとも理想主義的な藩主として登場した人といえるだろう。改革の旗を高くかかげて、疲弊のどん底にあった藩を再生しようとしたのである。だが治憲と竹俣当綱ら治憲を補佐する人人の、いわゆる改革派が示す新しい政策は、なぜかつねに強い反発を呼びおこして藩内が動揺する種子となったのである。

新規なものの提示は、人人の警戒心を呼びおこす。そういうことを治憲は過去から学んだに違いない。新たに事を取り立てることよりも、廃れたものを再興する方が、人情として受入れられやすいものだという治憲の感想は、にがい経験を経てたくましい現実主義者に変りつつある治憲自身を示すものでもあった。

そうは言っても治憲は、理想主義を捨てたわけではない。藩中興の理想は、なお脈脈と胸中に生きているのだが、理想を実現するにあたってその手段を現実的な、実現可能なものとする方法を手にしつつあると言ってもよいかも知れない。場合によっては妥協もいとわない現実感覚を身につけはじめたということであったろう。

治憲たちはかつて米沢に師細井平洲をむかえて一気に学館を建設しようとしたことがある。だがそのときの藩内の反発は、改革派の予想をこえるものだった。いま治憲は、学館の新設を言わず再興と言い、綱憲が建てた聖堂と講堂のある場所を再興されるべき学館の敷地とした。廃れたるを興すことは伝統を尊重することでもある。家中も異をとなえにくい。ことをすすめるのに、治憲はきわめて慎重だった。

しかし再興するといっても、学館の規模は片山屋敷の聖堂、講堂とは比較にならない大きなものになる。治憲はこれについても、隣家の外様法体《とざまほったい》、樫村玄龍の屋敷を取り上げてそこに片山家を移し、かつ片山家、樫村家の間にある塀を取りはらってひとつ屋敷とし、空いた敷地いっぱいに学館を建てるように指示した。また儒者片山一積《いっせき》、神保容助の二人が館主となり、片山は聖堂の祭酒を兼ねるべきこと、神保はこのあと江戸にのぼって細井平洲に会い、学館の理念、教授の方法、規約などについて平洲の指示を仰ぐように命じたあとで、治憲は執政、有司の意見である内評に対して総評と呼ばれるこの評言、所信の終りを「年来の宿志いままさに成る。時なるかな、時なるかな、大夫旃《これ》を疾《つと》めよ」という言葉で結んだ。

神保容助は少年のころから藁科松伯《わらしなしょうはく》の門人となり、江戸にのぼって世子治憲の学問の相手を勤め、さらに君命で細井平洲の嚶鳴館《おうめい》に入門して、のちに塾頭となった逸材である。明和八年に細井平洲がはじめて米沢を訪ねたとき、神保は師に同行して帰国し、平洲が江戸に帰ったあとは塾長として馬場御殿の松桜館を預かっていた。

治憲や竹俣当綱、莅戸善政らの改革派は、平洲の米沢招聘を機会に念願だった学館を再興する計画だったので、計画がつぶれたあと五年の歳月をむなしく送ってきたことになる。学館再興の最後の詰めを固めるべく、神保容助を江戸に派遣するところにきて、治憲にも感慨があったに違いない。総評の結句には、その心情があらわれていよう。

神保容助は安永五年二月二日に米沢を出発し、嚶鳴館の平洲のもとで再興される学館の内容について、種種指導をうけた。帰国したのは四月二日である。この間建物の工事もすすんで、四月十九日には学館の落成式が行なわれた。

そして同じ月の二十六日、完成した学館に治憲と落成式の当日に養子となったばかりの世子治広（大殿重定の四男）がそろっておとずれ、釈奠の礼を行なった。

再興された学館の名称は興譲館である。命名者は平洲で、興譲の二字は「大学」の「一家譲なれば一国譲に興る」からとられた。平洲はこれを譲を興すとは恭《きょう》遜《そん》の道を修業させることだと説明している。

この註をつけたのは、神保容助が携行した治憲の諮問に対する答弁書である「建学大意」の中でだが、これについて平洲はさらに譲の意味を敷衍《ふえん》し「徳は遜譲より美なるはなし、美徳は仁者の所行也。不徳は驕慢より悪なるはなし、悪徳は不仁者の所行なり。館を興譲と名づけしこと、美徳を修し悪徳を除せんが為也」とも述べている。ここには学館の教育理念というものが、明確に示されていると言ってよかろう。

しかし興譲館の教育において、なぜ遜譲が第一等の徳として掲げられなければならないか。平洲はこれを右のような理念からだけでなく、きわめて具体的に現実の側からも説明する。

平洲のみるところ、封建の仕組みが行きわたったいまの世は、東照宮以来二百年におよぶ四海太平の安楽世界であり、この中で虚偽軽薄の介抱をうけて育った高位貴人すなわち為政者階級は、人情世態、あるいは安危存亡の道理を悟る機会もなく、成長するにしたがって驕傲《きょうごう》の心だけが募っているのが現状だという。

この現状認識は、第一回の訪問以来注視をおこたらなかった米沢藩の現状とも重なる。藩の為政者階級について、平洲は「分領は腹の内より分領、侍組は腹の内より侍組、襁褓《むつき》の内より諸人に頭をさげられ、已《すで》に西東を知るに至れば、自《みずから》高貴なるをしらぬ童子もなく、驕泰の心知るとともに長し。亢傲《こうごう》の態心とともに来り、四書一通も読み知らねども、元服すれば終《つい》には十五万石の執権になる身分と落付たる痼疾、いかなる良薬を用いてか仁厚恭敬の君子とはなるべき」と歯に衣《きぬ》着せない論評を加えている。

大名、世子、藩政の実権をにぎる高級家臣などの為政者が驕傲の心の持主であれば、それは万民の不幸というしかないと、平洲は考えていた。このような人間観、政治観から、興譲館では分領（執政を出す家格の家）、侍組、小姓頭の子弟、あるいは大目付、宰配頭、六人年寄、奉行など三手組の高級官僚の子弟にきびしい道徳教育をほどこして、将来の賢相、能吏を育成しようというのである。

二月に神保容助を平洲のもとに派遣したとき、御用掛りの莅戸善政は平洲あての手紙を持たせ、その中に特に「学館では知識偏重の唐《から》自慢人間をつくるのではなく、親にうちの子は学館に入ったら大酒をやめて不行儀もなおったと言われるようにしたい」と述べた。平洲が示した興譲館の教育方針は、このような善政の要望をも満たすものであったろう。

さて完成した興譲館は、敷地の正面に聖堂があり、そこには治憲直筆の「先聖殿」の扁額がかかげられた。聖堂の左には講堂、右に文庫、学寮があり、学寮は二十余室で、ほかに当直所、食堂、庖厨《ほうちゅう》、主宰局、番人室などが附属していた。

元御細工町は三ノ丸の堀の内側にあり、元来は上級家臣の屋敷がならぶ場所なので、片山、樫村の両屋敷も狭からぬ敷地を有していた。そこに立ちならぶ興譲館の建物は、再興という言い方が似合わないほど、堂堂とした姿をそなえていた。

興譲館の学業を指導するのは片山紀兵衛一積、神保容助綱忠の両提学で、全体を統括するのは総監莅戸善政である。

ここに学ぶ学生は「定詰勤学生《じょうづめきんがくせい》」と呼ばれる二十名

が中心で、彼らは三年間、学寮で生活をともにして勉学する。第一回の定詰勤学生には千坂与市清高、色部典膳至長《のりなが》、毛利弥八郎隆元、大国与市頼泰、竹俣勝三郎秀豊、井上隼人恒満、本庄孫八寿長《ひさなが》、須田数馬義喬など、侍組あるいは執政の子弟が選ばれているのは当然だが、ほかに三手組の子弟、さらには今成吉四郎相規、蓬田郁助など下級官僚の子弟の中から選抜された俊秀もまじっていた。

この定詰勤学生のほかに、一年間諸生の塾に寄宿して勉学する寄塾生十余人も入館を許可された。また月に六回行なわれる提学の講義は、一般の士民もこれを聞くことを許された。

注目すべきことは、学業のほかに月に三回、小笠原家から伝わる躾方《しつけかた》をもって藩に仕える大河原善右衛門を館にまねいて、定詰勤学生と童生に礼式の作法を学ばせたことである。空理空論をもてあそぶのではなく、上下の秩序をきちんと守り、恭倹にして有用な人材を育成する興譲館の教育は、このようにしてすべり出したのであった。しかし根本に譲の理念をかかげながら実学を重んじた館の学風は、のちに、藩学が朱子学にかわるとともに一変し、時世を切りひらいて一藩をみちびくような、破格の人材の出現を妨げたとして批判をうけることになる。

ところで安永五年は参勤の年だったので、治憲は興譲館の学業がつつがなくはじまったのを見とどけて、五月四日に国元を出発し、江戸にむかった。

その年の八月になって、江戸にいた治憲は細井平洲に懇望して米沢に行ってもらうことを決めた。治憲の胸のうちには、平洲の指示を仰いで動き出した興譲館を師に見せたい気持もあったろうが、狙いは草創期の藩校の学業をわが国有数の碩学《せきがく》に鼓舞してもらいたいというところにあったろう。

平洲は承諾し、九月十四日に米沢に着いた。平洲は五年前の明和八年に一度米沢を訪れているので、今度が二度目の来訪である。

五年前にきたときは、不評の大倹令を下令した新藩主として治憲が乗りこんできてから間もない時期だったので、細井平洲の招聘も藩内では必要以上の疑惑や警戒心、あるいは反感を以て迎えられた。

よそから儒者を招くのは国風に合わないばかりか、藩中に人なきを示すようで一藩の恥辱であるとか、あるいは新政の方針が文に傾いて、越後以来の武の誇り

小松村でも講話を行なっている。上小松村は下長井の小出とならぶ蚕糸の産地であり、また越後街道の宿駅としてもにぎわういわゆる在郷町で、この村にも平洲の門人がいた。懇望を受け入れて講話に行ったのはそういう関係である。

ここに平洲は安永六年二月の七、八、九の三日間滞在し、豪商にして地主を兼ねる金子十三郎家や、本陣の大竹芳助家で講話を行なったが、その模様は同じく平洲の手紙によれば「本陣大竹芳助と申す者の宅にて、昼夜数百人の百姓共を召出し、教諭をいたし聞かせ申候所、いづれも落涙にむせび申候て、老人共の分はひとしほ名残ををしみ、米沢へ帰府の節は降り敷申候雪の内に七、八百人も平伏仕り、ただ声を揚げ申候て泣き申し候」という有様だった。

ところで金子十三郎家で行なった「孝経」の講話のときの聴衆は、土地の上層農民の家の女性二百人だったという。平洲は彼女らにどのような言葉で講話を行なったのであろうか。

これについて参考になりそうな記録が残されている。平洲は安永九年に故郷である尾張藩の儒者となり、天明三年には尾張藩の藩校明倫堂の学館総裁となるのだが、その年に名古屋橘町の延広寺で、聴衆二千四百人を前に講話を行なった。残されているのはこの時の聞き書きで、書き取ったのは柴田応助という町人である。

（前略）生得天地の信《まこと》を請《うけ》て来たと言《いふ》は、幼少子《をさなご》を母の懐にだひて居る。或いは母が小便でもしに行く。其間姥《ばば》さが抱ひて居ると、かかさへいくいくと泣いてやかましい。そこで姥さがだましつ、すかしつ、かかさは今小便しにいた。今くるだまれだまれとて随分《いろいろ》すかせどかかさかかさと泣いてだまらぬ。そこで母が来て扨《さて》もやかましい餓鬼《がき》では有る。ちとの間もまたぬやつぢやと、一つあたまをはつて懐へねぢ込《こむ》、其やうに母があたまはつても、懐へねぢこんでさへ母がいだけば、其儘《まま》ひしとだまる。

是子といふものは生得邪智も分別も無い。只親にいだかれ、親にすがる計《ばか》りの心、親はただ何が無しに、我子が可愛可愛と思ふ心ばかりで余念はない。是が天地の間に生をうけ天地よりもらひ受たる信の本心と言《いふ》物《もの》。其天地よりもらひうけたる誠の本心を失ふと悪人と言物になる。（細井平洲講釈聞書）

上小松村で庶民を相手にした講話は、大体こうした調子のものであっただろう。しかし武家に講義するときは平洲は言葉を改めてきびしかったであろう。平洲は安永六年二月二十一日に米沢を出発して江戸に帰ったが、それを見送った藩内の人人には、学問という音のない颶風《ぐふう》のごときものが去った印象が残ったかも知れない。

興譲館のことは莅戸善政にまかせて、竹俣当綱はもっぱら産業振興に力をいれていたが、安永五年も押しつまった十一月になって、みるべき成果がひとつあがった。越後松山から縮師を招くことに成功したことである。

米沢藩の特産物である青苧《あおそ》は、奈良晒《さらし》、小千谷縮の原料として売り出され、米沢藩は隣国の村山地方とともに晒、縮の最大原料供給地となっていた。しかし言うまでもなく、原料として売ることと製品にして売り出す場合とでは、収益に比較にならない差が生じる。

これを国内で織り出すことが出来ないかというのは、ことに藩政改革、産業振興が目標となって以来の懸案だった。その評議をふまえて、当綱は藩士小倉伝左衛門と下長井小出村の肝煎横沢忠兵衛を越後小千谷に派遣して、縮師の招聘にとりかかったのである。

工作は成功して松山の源右衛門ら男女十三人の縮職人を雇うことが出来たのだが、これを聞きつけた松山の名主が、青苧の生産地に縮製造の方法を指南すれば、のちのち越後の縮産地である魚沼、頸城《くびき》、刈羽三郡に悪影響をおよぼすだろうと考えて妨害したので、小倉と忠兵衛はわずかに源右衛門一家五人、職人二人だけ、とはいうもののともかく松山の縮師を連れ帰ることが出来たのだった。

この成功があって、藩では十一月六日に寺町の蔵屋敷内に縮布製造場を設け、またその分場を下長井の横沢忠兵衛宅においてさっそくに製造事業を開始したのである。管理役人は用掛頭取以下七、八名で、織手には三手以下の婦女子を用いるように指定された。

それというのも、手広く事業を行なっては越後の在所から引戻しの掛け合いがあるかも知れない、また織手は指定した男女のほかは、習いたいという希望があってもこれに指南してはいけない、というように、もとの郷国とはいえ、いまは他藩となっている越後に対してはばかりある事業なので、当初は隠密裡《おんみつり》に縮布を織る必要があったのである。

二十七

安永六年は、藩祖不識院殿（謙信）の二百年の遠忌《おんき》の年だった。米沢藩では藩主治憲が上府中だったが、名代に奉行吉江輔長を立て、三月一日にはじまり十二日の真言一宗の大法会、十三日の藩主家および家臣の諸寺院における拝礼、焼香にいたる仏事を無事に終えた。

翌日十四日には、御遠忌にともなう赦免がひろくおこなわれ、その赦《ゆる》しは武家だけでなく、町人、農民にも行きわたったので、欠落ち百姓ら千四百人ほどの領国帰還がゆるされることになった。

四月末に治憲が帰国したあとも、七月の下旬に大雨で川水が氾濫《はんらん》し、治憲自身が人家の流失した割出町に出馬し、水防の指揮をとるということがあったほかは、領内は災害もなくおだやかに推移し、やがて九月に入ると、この年の稲の豊作が確定した。

稲の作柄がいい年は、ほかの農作物もおおかたは出来がよい。治憲はひさしぶりの豊作をよろこんで、遠山村の籍田《せきでん》の稲が刈取られると新米で餅を搗《つ》かせ、これに酒をそえて奉行以下諸役人に配った。九月十四日のことである。

また十一月に入ると、治憲は諸役人、村役人に家中、郡内各村にいる九十歳以上の老人を書き出して提出するように命じた。そして書き上げにもとづいて六日には武家身分（陪臣をふくむ）の老人を城中に、八日には村村の老人たちを番匠町の代官所に呼んで慰労した。ただし古老たちを呼んで馳走を出してもてなしただけでなく、治憲と大殿の重定がそろってもてなしの場所に顔を出し、古老たちにむかし話を語らせて聞きとった。その上で武家の老人たちには治憲から衣服一枚、重定から金子百疋（一千文＝一分）、村村から出てきた老人たちには治憲から玄米三俵、重定から金子百疋を贈って、長年の勤労と労苦を慰謝したのである。藩主みずからが、率先して敬老の範を示した形になった。

なお書き上げに載っているものの、病弱で城下まで出られなかった広河原村の久左衛門、下谷地村与右衛門の母親などにも、洩れなく玄米三俵と金子百疋が贈られた。

このような敬老の行事、為政者はかくのごとく領民の一人一人を心にかけているぞということを示す行事を、治憲はもっと以前から行ないたいと思っていたが、薄氷を踏むような藩財政はそれをゆるさなかった。たとえわずかな費《つい》えといえども、不急のものは慎まねばならぬという空気が支配的だったのだ。

だが今年の豊作は、増収の見込みばかりでなく、治憲をはじめとする藩の為政者の気持にも、ひさしぶりのゆとりをもたらすものだった。言うまでもなくその背景には、奉行竹俣当綱らの奮闘によって借財の整理が実現し、借財は消滅したわけではなくとも、連年ぎりぎりと藩の首をしめ上げてきた返済苦からは脱することを得たという事情がある。

治憲が敬老の行事のことを奉行たちに諮《はか》る気になり、奉行たちがまたそれに賛意を表して行事の段取りをつけたのは、ひとえに右に述べたような気持のゆとりが藩を覆っていたからだといえる。

ともあれ、敬老の行事は無事に終って、招かれた老人たちがよろこんで家に帰ったのをみて、治憲は満足していた。そして関係した奉行以下の諸役人も、治憲と老人たち、双方の心を推しはかって満ち足りた気分でいた。

だがその気分に、一人だけ乗りきれないでいる者がいた。奉行の竹俣当綱である。当綱の胸の中には不満が渦巻いていた。

いまも若党をしたがえ、着ぶくれて馬上にゆられながら、当綱は、三日前に終った敬老の祝事のことを考えていた。

――無駄な費えだ。

と当綱は思った。ひさしぶりの豊作でひと息ついたといっても、それで家中藩士からの借り上げがなくなるわけでも、山のような借財が返せるわけでもない。

それなのに餅を搗いて祝ったり、領内の年寄りを呼びあつめて金穀をあたえたりするのは少少はしゃぎ過ぎではないのか。来年どうなるかは誰にもわかりはしないのだと思う。それに、今日のゆとりが、当綱らがした血のにじむような借財整理の掛け合いの成功を土台にしていることを、もはや心にとめる者もいないようにみえるのも気にいらなかった。

当綱は上級家臣の大きな門構えが左右にならぶ主水町の通りを、北にむかってゆっくりと馬を歩ませた。夜が明けたばかりで、路にはまだ人影は見えなかった。

空は昨日と同様に、隅隅まで灰いろの雲に覆われているとみえて日が差してくる気配はなく、町にはまだ薄ぼんやりとした暗さが残っていた。肩をまるめても、夜明けの寒気はひしと身体をしめつけてくる。こういう底冷えのする日が数日つづいている間に、国境の山山に雪が降ることがある。

ようやく空が晴れて、初冬の日差しがくまなく領国にさしかけるような日に、人人はふと見た遠山のいただきが白くなっているのにおどろくのだ。

——殿に迎合するやからがおる……。

それがいかんのだて、と当綱は思った。奉行の吉江輔長、毛利雅元そして、と少しためらってからつぎにうかんできた顔、小姓頭の莅戸《のぞき》善政も迎合するやからの一人に加えた。

莅戸善政がただ者でないことを、当綱は熟知していた。鋭鋒を真綿にくるんだ非凡な男だ。これまで当綱は善政に対してつねに主導権をとりたがり、温和な性格の善政がそれに唯唯《いい》としてしたがうのをみて満足してきた。そういう関係は、当綱につねに善政おそるべしという気持があったからだともいえる。

だが学館再興を指揮して功をたてたころから善政は君寵に狎《な》れてわしを無視することがありはしないか、と当綱は思う。治憲と善政の仲があまりに密だと、当綱は自分だけがその親密な空気からはじき出されたようでおもしろくなかった。

もちろん治憲と側近の善政の間にかわされる相談ごとの中には、いちいち奉行にはかるまでもないといった事柄もたくさんある。それは当綱もわかっていた。しかし今度の敬老の行事の場合はどうだったか。

その案は、示された奉行たちがそのままのむしかないような形で出てきたのである。費用は最少に押さえてあった。それでいながら敬老の実が上がるような中身になっていた。最後に、実施されれば治憲の名君ぶりが領国の隅隅まで行きわたることは疑いないと思われるものだったのだ。善政が練っただけあって、周到な案だった。

だが事前に相談をうけたら、当綱は時機尚早を理由に案をつぶしたに違いない。借金財政がわずかでも好転したというのならともかく、その気色も見えないときに不急の敬老行事をやる理由はないと一蹴《いっしゅう》すれば足りる。口に出したことはないが、当綱は一藩を動かしているのはこのおれだと思っていた。

実際には案を示されたときに当綱は反対しなかった。吉江や毛利のように双手をあげて賛成することはしなかったが、認めた。案の中に見えがくれする藩主治憲の善意を、さすがに無視しかねたのだ。だがその善意が、人気取りと紙一重のものであることも当綱は見抜いていた。そのことがいまも心にひっかかったままで苛立《いらだ》ちをさそう。ふと、感情が激発した。

——名君気取りも、ほどほどにされてはいかがか。

当綱は馬上で顔を上げた。あたかもいまの声がどこからか聞こえてきたかのように左右を見回したが、もちろん声は当綱の胸の中から出てきたのである。

当綱は太いためいきをついた。近ごろはこういうことが多くなってきていた。今朝も未明に目ざめて床の中であれこれと考えているうちに、莅戸善政に対する日ごろの不満を押さえきれなくなった。

「たかが馬廻の分際で以て……」

当綱は吐き捨てるようにつぶやいた。つぎの瞬間、当綱はすばやく床の上に起き直っていた。

莅戸善政の非凡さを認め、珍重しながら当綱はその善政が三手組の出でしかないことを、かすかに侮《あなど》る気分がわが胸にあることを知っていた。最近のことではない。その傲慢《ごうまん》な気分は、改革派が少年の治憲のまわりに結集したころには、もう芽生えていたのだ。

もっともそういう気分はあっても、ふだんは押さえている。もしくは忘れている。それが近ごろはたやすく外に出るようになった。押さえきれずに激発する。年齢のせいかも知れなかった。長年激務を処理してきて、当綱はいま五十の坂を目前にしている。疲れてこらえがなくなってきたのだ。だが主たる原因は多分、改革の進行があまりにも遅遅としていることにあるだろう。藩再生のために、当綱は打てる手はすべて打ったと思っている。あとは成果が現われるのを待つだけである。だが一例をあげれば二年前に着手した漆百万本の植立て事業は、まだ二万本ほどしか植立てがすすんでいないという。そういうことに気持が苛立つ。

しかしそれにしても、莅戸善政は生死をともにと誓い合って困難な改革に取り組んできた同志である。善政が理解するようにわしを理解出来る者が、ほかにいるか。一人もいないと当綱は思う。たかが馬廻という言い方はなかろう。それは言った当人の心情の卑しさが露呈されているだけの言葉だ。

——わしはだめだ。

卒然と当綱は思ったのだ。おのれの傲慢を押さえきれぬ。

その恐れを何者かに訴えたくて、当綱は朝餉《あさげ》もそこそこに身支度をととのえて、外に出てきたのである。

自分がもともと傲慢な気質の人間だということを当綱は承知していた。人にそうみられていることもわかっていたが、あえて改めようとはしなかった。傲慢といってもまわりに大被害をもたらすようなものではない。また押さえようとすればいつでも制御出来ると思っていた。だがそれは誤りだったのだ。そう思ったのははじめてだった。

気持が落ちこんでいた。当綱の父本綱は、当綱が三歳のときに発狂して自刃している。ふだんは忘れているそういうことまで思い出している。

当綱は元御細工町の通りに入り、藩校興譲館の角を北に曲った。そしてさらに三ノ丸の濠の土手に沿って土手の内の通りを横切り、元御細工町の北側路を通って、代官屋敷がある番匠町通りを見わたす場所に出た。

するとその通りを当綱の方にむかって歩いてくる人影があった。その男は目ざとく当綱を見つけて、軽く手を上げた。当綱は小さく舌打ちをして馬を降りると、若党に手綱をあずけて男を待つ姿勢になった。近づいてくるのは七家処分で失脚した色部照長である。

いまいちばん会いたくない人間に出会ったようだった。もっとも色部の広大な屋敷は番匠町通りのつきあたりにあるので、色部がこのあたりを歩いていても不思議はない。

「しばらく会わなかったな」

色部修理は少し横柄に聞こえる口調でそう言った。色部の顔はひとところにくらべると痩せて鋭い相貌に変ったように見えるが、顔いろはよくて頬や額のあたりはつやつやと光っている。

「まったくだ」

と当綱は応じた。

「時どきは城にもきて、気づいたことがあれば意見を言ってくれればいいのだ」

色部は、はと笑った。笑って当綱の社交辞令的な言い方を一蹴したように見えた。そして、ところでこの寒いのに見廻りか、と言った。当綱が着ぶくれて馬に乗っているのを不審に思っている気配だった。

「いや」

と当綱は言った。

「近ごろはあまり身体を動かさぬもので、太って仕方がない。そこで、ほれ」

と当綱は御清水町表町の先に土手が見えている追い回し馬場の方にあごをしゃくった。ひと馬責めようかと思ってきたのだ、と言ったが、修理が信じたかどうかはわからなかった。

事実は違う。当綱は今朝、何ものかに追い立てられるように馬場のわきにある白子神社に参詣してみようかと思ったのだ。わが傲慢さを矯《た》めたまえ、と祈りたかった。この情けない悩みを抱いて、ほかにどこに行くところがあろう。

修理は深くは追及しなかった。話題を転じた。

「尊公もいろいろとやっておるが、まだこれといった成果は上がらんようだな」

またしても伝わってくる、わずかながら横柄な気配。

その気配の出どころに、当綱は心あたりがあった。色部たち重臣七家が治憲に提出した訴状の中には、当綱を攻撃して改革派の政治は側近政治であり、当綱の専権ぶりは悪人の森に異らないという一項があった。彼らは当綱の気質を正確に見抜いていたのであり、七家側の訴えにも理があった。

監察の裁断によって当綱は勝者に、修理は敗者にとわかれたが、内実は紙一重だったと言ってよい。にもかかわらず以後閉門は解かれたものの冷や飯を喰わされつづけていることの不満が修理の口調におのずとにじみ出てくるのだ。そう思ったが、当綱には修理の言動を咎《とが》める気はなかった。

治憲が強訴の七家に対して裁決を下した夜、隠居閉門、知行半減の沙汰をうけた筆頭の奉行千坂高敦が屋敷にもどると、嫡男の与市清高ははげしく泣いたという。助命されたのがうれしくて泣いたのではない。わが父が家を出て裁きの場にむかわれたとき、自分はひそかに遺骸をむかえる覚悟をした。しかるに首魁《しゅかい》として切腹を命ぜられたのは須田満主《みつたけ》、芋川延親の二人で、執政の首座にあるわが父が、この二人の従とされて命助かって帰られたのが情けないというのが、このときの清高の言葉だった。

この気概は色部の家にもあるだろう。へたに刺戟せぬ方がいいと当綱は思ったのだが、また修理の言動に敗者の卑屈がみられないことが気持よくもあった。もっとも修理はもともと皮肉な物言いをする男でもある。

当綱はおだやかに言い返した。

「計画したことがただちに実をむすぶようなら、政治に苦労はない。なかなか思うようにはこばぬのが世の中というものではないのか」

「それにしても漆の植立てはさっぱりすすんでおらんという者がいる」

　色部は、当綱がいちばん触れられたくない話題を持ち出してきた。

「あれでは貴公がぶち上げた百万本に達するのはいつのことやら、などと言うとった。事実か」

「そのとおりだ」

　と当綱は言ったが、屈辱で腸《はらわた》がにえくりかえるようだった。あきらかに計画が齟齬《そご》しているのだ。それをみて笑っている者は少なくなかろう。

　もちろんこの状況を、当綱はだまって見ているわけではなかった。数日前にも、当綱はひそかに勘定頭の黒井半四郎忠寄《ただより》を呼んで、樹芸役場の役人をあつめて植樹の遅れを叱責《しっせき》しようと思うがどう思うかと相談している。

　黒井忠寄は五十騎組に属し、わずか二十五石の軽輩の身分から当綱の推挙で勘定頭となった英才である。若いのに和算の名人で就任以来藩のあらゆる事業に計数の才を発揮しているが、また秀でた識見の持主でもあった。当綱は時どき彼の意見を聞いて重宝にしていた。

　忠寄は当綱がそう言うと、少し考えてからおそれながらと言った。

「樹芸役場は吉江さまが宰領されるところです。お奉行が直接に口をはさまれるのは越権と思われます」

「吉江は無能だ。ただ奉行の席を埋めているに過ぎん」

　当綱が言うと、忠寄は沈黙した。

　黒井忠寄は気の毒なほどの醜男である。その顔に沈痛な表情がうかんでいるのを、当綱はじっと見た。おれの傲慢さを非難しているのだな、と当綱は思い、わかった、もう少し様子をみようと言った。

　色部修理の前で、当綱はそのときのことを思い出していた。

「わしも座視しているわけではないが、いろいろと事情もあってな。ま、いまのところは我慢して様子をみているところだ」

「我慢か。それは貴公としてはつらかろう」

　修理は口のあたりに皮肉な笑いをうかべた。

「ま、しっかりやってくれ。聞いておるところでは、藩が立ち直るかどうかは貴公の立案した植樹の成行き如何《いかん》にかかっておるそうだからの。もっともただの大風呂敷だと言う者もいるが……」

「たわ言を言う者には言わせておけ」

当綱は強い口調で言った。

「見ていてもらおうか。いざというときは、わしが筆頭奉行の強権をふるって一気に片づける。人になんと謗《そし》られようとかまわん」

それでこそ竹俣美作、期待しておるぞと言って修理は背をむけたが、ふと思い出したようにまた当綱を見た。そして、目が血走っているではないかと言った。

「顔いろもよくない。少し疲れておるのではないかな。藩政を一手に動かすのは大仕事だ。がんばりもほどほどにせんとな」

それだけ言うと修理はふたたび背をむけた。歩き出しながら修理は大きな声で、そこへいくと隠居は気楽でよいと言った。そしてさらに少しはなれてからは、はとわらったのが聞こえた。当綱は遠ざかる背をにらんだ。

四方の山山はいつ晴れるとも知れない、霧のように厚味のある雲に覆われ、盆地にはつめたい雨が降ったりやんだりしていた。雨は日によっては霙《みぞれ》になったり、霰《あられ》に変ったりしながら、米沢の領国を冬景色に変えつつあった。

安永六年十一月二十五日。その日も午過ぎまでは雨が降り、その雨に時どき霰がまじったが、午後になると雲がうすれてきて、やがて小さな雲の切れ目から恩寵のような日の光が地上に差しこんだ。草は枯れ、木木は葉が落ちて裸だった。束の間の日差しは濡れている木肌や枝の先にとまっている水滴を光らせ、枯草の上で溶けかかっている霰の水玉を光らせたが、空は間もなくもとの曇りぞらにもどってしまった。そして点在する村村が暮色に沈むと底冷えのする冬の闇が足早に盆地を覆いつつんでしまった。

その日竹俣当綱は、莅戸善政を介して治憲の執務部屋をおとずれると、致仕《ちし》をねがい出た。突然の申し出におどろく治憲に、委細はこれにしたためてございますと封書を上呈すると、奉行詰所にはもどらずに、いつもより早めに下城した。このままでは済まず、明日になればかならず城から呼び出しがあるに違いないと思ったが、当綱は一切応じないつもりだった。

病気と言って引き籠《こも》ってしまえば、お館もあきらめるだろうと思いながら当綱は家にもどった。一藩の経営をわが手で切り回してきた過去に未練がないわけではなかったが、片方に肩の荷をおろしたほっとした気分があるのも否めなかった。長く執政の地位に坐りすぎた、と当綱は思った。

ところが上書を読んだ治憲は、その夜のうちに当綱の屋敷をたずねてきたのである。近臣を一人連れただけの治憲は、大あわての竹俣家の人人に気遣いはいらんぞ、美作と膝をまじえて話したいことがあってきただけだと言い、当綱の案内でずんずん奥に通ってしまった。

人ばらいを命じて当綱と二人だけになると、治憲はすぐに切り出した。

「さてと、執政の座を去るわけを聞こうか」

「上書に記したとおりでござります」

「多年努力してきたが藩の経済は少しもよくならない。疲れたのでやめたいということか」

「そのとおりでござります」

「つまり、うまくいかぬから投げ出すというわけだの」

当綱は答えなかった。

「そうだとすればいささか無責任な話だが、本音はほかにあるのではないか」

「お館に隠した本音などはござりませぬ」

「美作《みまさく》、顔を上げてわしを見ろ。うつむいて物を言うのはそなたらしくないの」

当綱が顔を上げると、治憲のきびしい目にぶつかった。

「そなたとはじめて出会ったのは、わしが米沢藩世子となって桜田の屋敷に入った翌年だ。わしは十かそこらだった。それから何年経つかわかるかの」

「はて、十年以上になりましょうか」

「十六年だ。十六年にわたるつき合いだぞ、美作。その間われらは一体となってここまで藩の改革をすすめてきた。わしの言うことに間違いがあるか」

「いえ、仰せのとおりでござります」

「ならば、政治にかかわることでは、何ごとであれ、わしに隠しごとをしてはならん。不満、落胆、憤り、すべて腹にあるところのものを隠さずに申せ」

当綱は治憲を直視した。当綱には意識のどこかで治憲を少年と思う癖がある。手塩にかけて育て上げた少年藩主……。だがいま目の前にいるのは、おそらくは知力も体力も当綱を上回るに違いない、二十七歳の青年藩主だった。当綱は圧倒される感じをうけた。

それではつつまずに申し上げまする、と当綱は言った。

「藩再生の実効が、いまだに見えないことに疲れたのは事実でござります。しかしそれだけではありません」

治憲はうなずいた。黙って当綱を見ている。

「それがしはもともと傲岸不遜な人間でござります。藩政を指図する上でも、おのれの才を恃《たの》み、門地を誇り、人を人とも思わぬやり方を通して参りました。そのことには自身も気づいておりましたが、持って生まれた気質ゆえ、矯めることはかなわなんでござります」

「ふむ、それで」

「とは申しながら、それがしにしても、時と場所によっておのれの傲慢をおさえるすべぐらいは心得ており申した。しかるに近ごろ……」

当綱は深い吐息をついた。

「以前のようなこらえ性をなくしてござります。齢《とし》のせいでもありましょうか、思いどおりにいかぬと不平不満はたやすく身の内をあふれ、誰かれかまわずに非難、叱責の言葉を浴びせずにはおられぬ、かようなことが多くなりました。こういう人物が執政の座にいてはいけません。国をあやまる恐れがあります」

「そなたが傲慢な人間であることは、よく知っておる」

と治憲が言った。当綱が垂れていた頭を上げると、治憲は微笑していた。そしてひとつ聞こうと言った。

「その傲岸不遜な指図なるものを、自身のために行なったことがあるか」

「いいえ」

当綱ははげしく首を振った。

「すべては藩のためにしたことです」

「では美作、不満があるときは腹にためておかずにわしのところに来い。わしがいつでも聞き役になろうではないか」

「しかし……」

「非常の時には非常の大才が必要だ。いかにも人柄つつましくとも経営の才がなければ役には立たぬ。見わたしたところ、美作にかわって藩再生に取り組むほどの器量の者は藩中に一人も見当らぬ。だから、このよ力をふるいおこすべきだろうか。考えに沈む当綱の耳に、治憲の力強い説得の声がひびいてきた。

「藩建て直しの事業はまだ途中にある。打つべき手は残らず打ったようにみえるが、はたしてそうか。果実の実りを見るまでは誰にもわからぬことだ。そしてそなたが申すとおり、改革の実りたるやまことに遅い。遅遅としてすすまぬ」

しかし、だからといってここで執政の座から降りていいものでもあるまい、と治憲は言った。

「ここまで藩をひっぱってきたのはそなただ。そなたには、事業を仕とげて領民すべてに藩立ち直りの果実が実ったさまを見せる大責任がある。そうは思わぬか、美作」

竹俣当綱は膝をずらしてうしろにさがった。そして無言で平伏した。治憲の説得を受けいれ、執政の職にとどまる意志を示したのである。

治憲を門前まで見送ると、当綱はいそいで自分の部屋にもどった。胸には治憲の厚い信任をうけたよろこびが残っていた。当綱は立ったままで治憲が言ったことのひとつひとつを胸に反芻《はんすう》してみた。すると、新しいよろこびがわき上がってきて、当綱は胸が震えるのうにいそいできたのだ」

「……」

「人間誰にも欠くるところはある。傲慢など気にするな。思うところを遠慮なく行なえばよい。それが私のための恣意《しい》に出ずるにあらず、藩のためにすることだというのは、見る者が見ればすぐにわかることだ」

当綱は微笑を絶やさずに話しかけてくる治憲を見ていた。治憲は藩内に大倹令を布告した襲封の年以来、変りなく着つづけている木綿の衣服をいまも無造作に身につけていた。質朴で気力あふれる藩主だった。底知れないなんという大きな方だ、と当綱は思った。底知れない包容力に身もこころもつつまれるのを感じた。

――この人をおいて……。

ほかにわが藩を生き返らせる藩主はいまい、と当綱は思った。やはりいまが、藩再生の好機なのだ。いまをのがしては、わが藩が立ち直る日は二度と訪れまい。故人となった学問の師藁科松伯が、かつて声をひそめて、われわれはたぐい稀な名君にめぐり会ったのかも知れませんと言ったのが思い出された。

そのとき治憲は十二歳の少年だったのである。この君のために、たとえ途上で倒れようとももう一度残るを感じた。

どのぐらいそうしていたろうか。興奮がおさまり、当綱はやがてふだんの自分を取りもどした。すると、それを待っていたようにそれまでよろこびの陰にかくれていたものがそっと顔を出してきた。それはかすかな気配にすぎなかったが、徒労感のようなものだった。その証拠に、そのものは当綱にむかってがんばってもおなじことではないのか、とささやいた。自分をあやしみながら、当綱はじっと立ちつづけた。


その日から五年のちの天明二年十月。当綱は突如として奉行職を解任され、隠居の上、かつての政敵芋川家の屋敷に押し込めを命ぜられた。

二十八

江戸家老の千坂清高と、折柄上府中だった奉行毛利雅元が前をさがると、上杉治憲はしばらく黙然と考えにふけった。人ばらいを命じてあるので、藩江戸屋敷の執務部屋には誰も入ってこなかった。

二人が持参して治憲の手もとにおいて行ったのは、国元の奉行広居図書忠起《ただおき》と六人年寄志賀祐親《すけちか》、降旗《ふりはた》左司馬忠陽《ただあき》らが急送してきた言上書、筆頭奉行竹俣当綱の犯罪を告発する言上書だった。言上書は、当綱に公私混同と認められる専権のふるまい、重大な不法行為など、十一カ条にのぼる奉行職を勤める者にあるまじき犯罪的な行為があることを告発し、治憲の裁断をもとめていた。

六人年寄は御中之間年寄ともいい、馬廻、五十騎、与板の三手組から抜擢《ばってき》された六名の政務参与を指す役名である。ひとに卓越する人物、才幹の持主である彼らは、奉行に直属して重要政務の審議に加わり、それが実施されるさまを掌握する。奉行とともに藩政の中枢を占める重要官僚であり、六人年寄に就任するとその地位にふさわしい百数十石の加増をうけるのがふつうであった。三手組の通常の家禄は二十五石であるから、彼らの才幹がいかに重く待遇されるかが知れよう。竹俣当綱の犯罪行為を告発してきたのは、藩政のそういう中枢部だった。

治憲は手の中の言上書を丁寧に奉書紙につつみ直し、机にのせた。そうしながら、まだ考えていた。日差しが机の前の障子のほんの片隅を染めている。十月の日差しのいろは淡いが、まだ冬を感じさせるほどではなかった。あたたかく見える。日が西に移って、わずかに残る光がそこにとどまっているのだ。

治憲は当綱の処分の是非を考えているのではなかった。言上書によれば当綱はあきらかに法を犯していた。藩法の定むるところにしたがって処罰すべきであった。ことに言上書が挙げている藩祖謙信公の忌日に飲酒歓楽していたという事件は、それだけで当綱の地位身分を剥奪《はくだつ》して重い処分をくだすに値する行為だった。

当綱を告発する十一カ条の犯罪行為の中にこの一項を発見したとき、治憲は当綱がそれがしを罰して奉行職からおろしてくだされと呼びかけているように感じた。もしそうではなく、当綱がおれならこのぐらいのことをやってもゆるされるだろうと思っていたとしたら、これはまたこれほど世の中をなめ切った話はあるまい。近年の当綱の思い上がった行動を考えれば、それもあり得ないこととは言えなかった。

いずれにしても潮時だと、治憲は雅元、清高の話を聞きながら早早に肚《はら》を決めたのだった。五年ほど前に竹俣当綱は最初の辞表を提出し、慰留する治憲に自分の性格の欠点を挙げて、こういう人間が執政の座を占めているのはよくないと言ったことがある。今度はすみやかに当綱の奉行職を解き、重い処罰をくだすべきだった。その決断に迷いはなく、治憲の胸のうちでは当綱の処分は終っている。いま治憲が考えているのは漆のことだった。

当綱から在府中の治憲に、漆木植立ての準備段階である雌木《めぎ》の根伏せが一挙にすすみ、これが苗木となり植立てられるあかつきには、既存の漆木と合算して領内百万本の目的は難なく達成できるだろうという報告がとどいたことがあった。根伏せの本数は山口村十万本余、横越《よこごし》村五万五千本、鮎川村八千本、村山松右衛門担当分十四万六千本、古藤長右衛門担当分十三万五千本、片山代次郎担当分三万五千本、合計四十七万九千本で、村名は植立て適地である下長井郷北部の村村、氏名はこの地方を管理する郷村出役である。

この報告書がとどいたのは辞表を出して慰留された翌年の安永七年五月で、治憲が参勤のために江戸にのぼってからひと月もたたないころだった。当綱が報告書に意気揚揚と記しているところによると、これまでさっぱりすすまなかった漆木の植立て事業がいっぺんに動き出した事情はつぎのようなものだった。

参府する治憲の一行を見送ったあと、当綱はかねてこころに蟠《わだかま》っていた漆木植立ての停滞解明に乗り出した。手をつけてからやがて丸三年目を迎えようとしているのに、実際に植立てられた漆木はわずか二万三千八百七十一株に過ぎなかった。この有様では百年たっても目的の本数に達するかどうかは、はなはだおぼつかない話になったと当綱は危機感に駆られていた。

——吉江に遠慮はしておられん。

当綱は詰め部屋に、樹芸役場の掛り役人を呼び出して、計画の遅れを指摘してきびしく詰問した。なぜこんなに進行が遅いのかという詰問に、掛り役人は、苗木には雄木《おぎ》、雌木の別があり、ある程度生長しないことにはその判別は出来かねる、これが今日の遅れの主たる理由である、と言った。当綱は啞然として担当役人の顔を見た。そういうこともあろうかと予想して、当綱は最初から雌雄鑑別の必要がない根伏せの栽培法を指示しておいたのに、その方法は行なわれなかったらしい。これでは植立てがすすまないのも当然だと思った。

胸に怒りが兆してきたのを押さえこみながら、当綱は漆の雌木を切りたおしてその根を取り、根伏せの苗を用いるように指示してある、そうしなかったのはなぜかと訊《き》いた。それに対する掛り役人の答えが、当綱を激怒させた。役人はいま現に実《み》をつけている木を切りたおすにしのびないと言ったのである。

当綱は植立てが一年遅れれば、富国の実現にも一年の遅れをきたすと思っている。せっぱつまっていた。しかるに木がかわいそうだとは、なんという言いぐさだと思った。そこには藩政に責任を負う者と、日日の用を大過なく処理すればよいと考える諸役人との乖離《かいり》があらわれていた。これだから国力の回復もすすまんのだと当綱は思った。

「領内の漆木五、六十万本。かりにそのうちの二、三万本を根伏せ用に切りたおしたところで何だというのだ。おのれら」

当綱は怒号した。あまり怒って身体が熱くなり、気分がわるくなりそうだったので、しばらく口をつぐんで目の前の男たちをにらみつけた。掛り役人らは竦《すく》み上がって頭を垂れている。当綱はその頭の上に、さらに大声を浴びせた。

「そのほうらにまかせておいては、いつになったら埒《らち》あくかわからん。よろしい、わしが自分でやる。一緒にきて、わしがやることを見やえ（見よ）。よいか」

四月二十二日は、参勤の治憲が江戸の桜田屋敷に到着した翌日である。その日当綱は樹芸役場の掛り役人、下長井の山口村から呼びよせた肝煎卯兵衛、自分の供の者などを同道して、下長井郷北部の村村にむかった。卯兵衛は漆の根伏せ栽培にすぐれた技術を持つ農民である。当綱ははじめ松川右岸の荒砥、あるいは左岸の鮎貝村、その奥の山口村あたりまで行くつもりで歩いていたのだが、途中荒砥の手前の畔藤《くろふじ》村にさしかかると道から見えるところに漆の大木があった。二丈余もある雌木である。すぐ近くに家があるから、漆はその家のものであろう。

当綱は卯兵衛が持参していた斧《おの》をつかみ取り、漆木までのゆるい傾斜を道から走り上がった。そして羽織をぬぎすてて斧をふりかぶると、小情のために大義を忘るべからず、これ百万本のもとなりと大音声に叫び、漆の根もとにはっしと斧を打ちこんだ。さわぎに気づいて持主が家から走り出てきたが、当綱は振りむきもせず、えいえいと掛声をかけて汗みずくになりながら独力で木を切りたおしてしまった。

卯兵衛が木の根を掘りおこし、根から切り分けた小根を掛り役人に説明しながら、もとの大木のまわりに埋伏した。一株から三百七十本余の根が伏せられた。それが終ってから、当綱は漆木の持主に青緡《あおざし》一貫文を切りたおした木の代金としてあたえ、そうこうしているうちに呼び出しを受けて到着した荒砥、鮎貝の村村を担当する郷村出役古藤長右衛門、村山松右衛門、片山代次郎に、卯兵衛を師匠にして根伏せ法で苗木を取る植立てをいそぐように指示をあたえた。彼らには根伏せの費用としてそれぞれ十両を支給し、そこから米沢に帰還した。

その結果が冒頭の報告書にある根伏せ本数の数字となって現われた。出役からその届けがあったのは五月四日であり、じつにわずか半月後のことである。呆然としている漆木の持主に青緡をあたえたとき、当綱はお国のためにおまえの漆木を切らせてもらったが、この根伏せ法が国内に行きわたればお国の繁栄は疑いなし、この青緡はその前祝いだぞと言ったと報告書には書いてあった。当綱得意の場面である。

そのくだりを読んで、治憲は思わず頬をゆるめたのだが、この報告書にある果断と、紙一重で蛮勇になりかねない荒荒しい実行力は当綱の得難い資質だった。

そしてそれこそ瀕死《ひんし》の状態にある藩経済の建て直しに必要なものだった。吉江喜四郎は篤実にして謹直な奉行だが、こうはいかないと治憲は思ったものだ。あれから四年がたち、今度は当綱は罪を告発されて処分されるという事態をむかえたのである。

——当綱を処分したら……。

当国の漆はどうなるのだろうかと治憲は考えている。考えがそこに行くのは、漆には藩をここまでひっぱってきた当綱の政策が集約されていると思うからだが、それがひいては米沢藩の命運にかかわっているからでもあった。当綱の漆中心の殖産政策がコケれば、その瞬間に藩もコケざるを得ないという関係である。

とはいうものの、治憲にしてもかつて三木百万本植立ての計画書で当綱が示した、漆木が生み出す一年の潤益一万九千百五十七両という数字を、無条件に信用しているわけではなかった。あれから七年が経過し、計画書に対する治憲の目もいささか辛辣《しんらつ》になってきている。胸中にいくつかの懸念があった。

ひとつは植立て実施の困難ということである。五十万本にせまる雌木の根伏せを達成したという報告書を読んだ治憲は、大よろこびで当綱の努力を称賛する親書を書き送ったのだが、そのあとの雑談のなかでのべた莅戸《のぞき》善政の意見によれば、伏せられた根がすべてよき苗になるとは限らず、そのうちの何割かは育たず、あるいは育っても形悪しく捨てられるだろうということだった。言われてみれば当然そのとおりで、つまりは五十万本の根伏せといっても内に歩留りの問題を抱えているのである。

さらに植立てられて成木となるまでの間に枯死したり、風に折れる木も出ると聞けば、ひと口に百万本の植立てといっても、言うはやすくして実現ははなはだ容易ではないと治憲も納得せざるを得なかったのである。

植立て実施上の困難ということでは、ほかにも治憲がひそかに懸念することがあった。領民の不人気ということである。もしくはそのようにわが目に映るということである。

一尺以上の漆木一本を植えれば二十文を支給すると、藩では計画書で発表した。百本植えれば二貫文、二百本植えれば四貫文（一両）になる理屈だから、片手間の内職と考えれば決してわるくない仕事のはずだった。だが領民の間にそういう気運は盛り上がらず、植立ては停滞した。その原因を、当綱は苗木を用意する役目を負う掛り役人が、緊迫感に欠ける対応をしたためだとみて、一挙に根伏せによる苗の育成を敢行した。

だがそれだけだったろうかと、最近の治憲は思っている。植立て計画では領内の百姓持ち地に六十四万本を植え、領内の空地に二十六万五千本を植え、この両所への植立てで百万本のほぼ九割の本数を賄うということになっていた。しかし空地はともかく、百姓の持ち地は田畑、山林、宅地である。田畑、山林はむろんのこと、宅地にしても人人はそこに果樹や蔬菜《そさい》の一部を植えていて、遊んでいる土地はさほどにないというのが現実ではなかろうか。そこに漆の割りこむ余地がどれほどあったかと考えると、一竈《かまど》（一戸）あたり三十本で計算した、膨大な植立て計画を押しつけられた郡中百姓の迷惑顔が見えてくるようである。

現在どのぐらいの本数が植立てられているかは、治憲は近年の報告を受けていないので正確なところを知らない。しかし報告がないということは、本数がまだ百万本達成にはやや遠いところを行きつもどりつしていることを想像させる。そうして新規の植立てをすすめる間にも、漆木の成木が枯死する、あるいは風に倒れる。すると、これらを手当てしなければ総体としての本数はたちまち減ってくるのだ。こういうこともふくめて、本数だけのことをいえば、まだこのあとも曲折があるだろう。

――一挙百万本という計画には……。

当初から無理があったらしいと、いまとなっては治憲もそう思わざるを得なかった。

懸念は漆木の植立てという内側の事情だけでなく、漆そのものにも存在した。何年か前に、江戸屋敷で豪商の三谷《みつや》三九郎を引見したことがある。三谷家に代替りがあり、若いいまの三九郎が当主となって後のことだから、安永五年か六年あたりのことだったろう。当時江戸家老だった広居忠起が陪席した。

三谷三九郎は、当主となる以前から父親と一緒に江戸屋敷に出入りしていたので、藩主の治憲とも初対面ではなかった。江戸商人らしく、問われることにははきはきと答えた。そして話が漆のことに移った。三谷家は最有力の金主として藩から二百五十石の知行を受けているほかに、古債一万九千両を四十年賦とするかわりに毎年五十駄（約二千貫）の漆を受けとり、さらに米沢藩の漆蠟を一手に売りさばく権利を得ているので、話がそこにおよぶのは当然のことだった。

「近ごろは……」

と若い三谷三九郎が言った。

「西国の櫨蠟《はぜろう》が力をのばして参りましたので、お国の蠟もやや売りにくくなりました」

「ほほう」

と言ったが、治憲は突然に総身に水を浴びたような気がした。米沢の漆蠟には競争相手がいると、三九郎は言っているのである。そういうことはこれまで聞いたことがなかった。西国の櫨蠟とは何か。三谷、もう少し前にすすめと治憲は言った。

「櫨と申すのも、やはり漆だな」

「さようでござります。暖国に生育して、実はよき蠟となります」

「諸国がこれを植えておるのか」

「もとは山地自生のものですが、いつからか諸藩がこれを植えて実をとるようになりました。くわしくは存じませんが、肥後の熊本藩がもっとも熱心に栽培している由を耳にいたしております」

「そのほう……」

と治憲は言った。

「近ごろと申したが、櫨蠟が江戸に現われたのは近年のことかの」

「それがしはよく存じませんが、父に聞いた話では元文のころにも少少の入荷はあった由にござります。しかし元来西国の蠟は大坂が取引きの本場でござりますので、さしたる荷ではなかったろうと推量されます。江戸の市場で目立つようになりましたのは、さよう……」

三九郎は思案する表情になった。

「ここ四、五年ほどのことかと思われます。入荷が少しずつふえておりますのは、産地での生産がのびているばかりでなく、品物の質がよろしいことも一因かと考えておるところです」

治憲はまた衝撃をうけた。陪席している広居忠起の顔を見たが、広居は無表情にふたりの話に耳を傾けているだけだった。通常の蠟の商いの話と思っているらしい。

櫨蠟はやはり米沢蠟の大敵なのだ、と治憲は悟った。当綱はこのことを知っているのだろうか。

「米沢蠟は品物の質で西国ものに負けるかの」

「いえ、里蠟（栽培漆）はなんらひけを取りません。

十分に太刀打ち出来ます。しかし山蠟（天然漆）の方は木蠟をつくるときに、よほど丁寧に手を加えぬことには売りにくくなりましょう」

「飾りなく申せよ、三谷」

と治憲はそのとき言ったのだ。

「結局櫨蠟に押されて、わが国の蠟はやがて売れなくなると、そのほう、さように見通しておるのではないか」

「いえ、いえ」

三谷三九郎は顔を上げた。若いなりにしたたかな商人顔になっていた。

「てまえどもは商人でござります。引きうけた荷はいかようにしても売りさばきます。ただし、市場の動きによって、あるいは売値が安くなることはあろうかと存じます」

漆蠟は商品である。市場の模様如何によって、売値は上がりもし、下がりもするだろう。しかし大まかなことをいえば、櫨蠟のような力のある競争相手が出てくれば、米沢蠟をかかえる三谷の商いの駆け引きは苦しいものになり、圧迫されて売値を下げることはあり得る。三谷はそういうごくあたりまえの市場の原理を語ったのだった。

だが当綱の当初の植立て計画案には、この平凡な理屈、漆が商品であり、売れたり売れなくなったりする生きものであるという見方が欠けていたのではなかったかと、近ごろ治憲は思うようになっている。当綱は年間の純益一万九千両という金額を、あたかも保証された数字のごとくに掲げ、その先に藩を苦難の十五万石から豊かな三十万石へみちびくという壮大な夢を描いてみせたのだ。

自信満満の当綱の説明を聞いているそのときに、ふとかすかな不安が胸にうかんできたことを、治憲はいまも思い出すことがある。それは本能的な一瞬のこころの動きにすぎなかったが、いまにして思えば、どこかで漆は商品なりという三谷三九郎の話とつながっていたかも知れない。

とはいえ、当綱から計画案を示されたあの日は、わしも豊饒《ほうじょう》のまぼろしを見たのだ、と治憲は思った。領内を埋めた百万本の漆木は、秋になるとどんぐりのような実をつけ、晴れた日は実は日に光り、風が起きると実と実はたがいに触れあってからからと音を立てるだろう。山野でも川岸でも、城下の町町でもからからと漆の実が鳴り、その音はやがてくるはずの国の豊饒を告げ知らせるだろうと思ったものだ。

実際には、その後治憲が見せられた漆の実は、総状《ふさ》の小枝の先についた米粒のように小さなものでしかなく、治憲は自分の思い違いに一驚を喫することになったのだが、それで豊饒の幻想が掻き消えたわけではなかった。当綱の三木植立て計画案には動かしがたい魅力があった。そしてまたその案のほかに、米沢藩を苦境から救い上げるいかなる考えも見あたらなかったのである。

当綱の漆が、計画当初の光彩を失ったことはたしかだった。いまはその案はいくつかの疑問と懸念につつまれ、実現の可否さえ危ぶまれているありさまである。竹俣当綱は二年前の三月に二度目の致仕をねがい出、そして今度は罪名を着て処分をうけようとしている。漆中心の殖産政策の停滞と、このような当綱の進退にはなにかの関連があるのだろうか。

——美作の漆に……。

過大な幻想は持っておらぬ、と治憲は思った。しかし藩はこのあともそこにのぞみをかけざるを得ないだろう。長い思案をそこで打ち切ると、近臣を呼んで莅戸善政を呼び出すべく、治憲は机の上から鈴を取って振った。

部屋に入ってくるとすぐに、莅戸善政が言った。

「や、これは……」

「灯をいれねばなりませんな」

「まだよい」

「いえ、このあとはたちまち暗くなりましょう。ご倹約もさることながら、お目を疲れさせては何にもなりません」

と善政は言って近習を呼んだ。米沢藩では三年前の五月に再度五カ年の大倹令を発令していて、いまもまだ諸事倹約の最中にある。しかし治憲の倹約は米沢藩主として貧しい領国を治めることになって以来の身についた倹約癖のようなもので、いまのような言い方も、特に実施中の大倹令を意識しているわけではない。

また莅戸善政の方は、緻密な実務的なものの考え方が出来る一方で、性格としては竹俣当綱の剛に対する柔、些事にこだわらない大まかなところがあって、いま治憲が示したような反応などもやわらかく受けとめる。受けとめてこんにゃく問答のようなところに持ちこみ、いつの間にか自分の意志を通したりするのが得意だった。

それに対して治憲があくまでも発言に固執することをしないのは、大まかに聞こえる善政の物言いが根本のところで決して規矩を越えないことを熟知して、信用しているからである。だから、善政がものを言い、それに治憲が一応異をとなえたあとで、結局は善政の意見にまかせるといういつもの儀式めいたやりとりがあったあとに、近習二人がきて何事もなく行燈に灯をいれて去った。

善政が言ったとおりで、そうしている間にも部屋はどんどん暗くなって、灯がともると部屋の中は急に夜の気配に変った。

「国元からきた急便のことで、千坂に話を聞いたか」

と治憲が言った。

「いえ、まだ何も……」

「国元の者らが美作を告訴してきた。まあ、これを読むとよい」

治憲は言って、無造作に広居奉行以下が送ってきた告発状を善政にわたした。うやうやしく押しいただいてから、善政はすばやく封じ紙の中身を取り出して目を走らせたが、読み終えたあともしばらく無言で書面を見ていた。

「どうだ、そのほうに心あたりはあるか」

治憲が言うと、善政はようやく顔を上げた。だが答えるまえに丁寧に告発状を巻きもどし、紙におさめて治憲に返上した。こういったところにじれったいほどに慎重な善政の性格が現われる。さて、と善政は言った。声は落ちついていた。

「書状にござります下女ノ事と申しますのは、お奉行が内方に先立たれたあと、広間番の青木の娘を妾にしたことを指すものかと思われますが、ほかには思いあたることはありません」

告発状はこのほかに「材木ノ事」「内会所江金子ノ事」「新御殿御舞台ノ事」「藤巻、真島、三矢寝廻ノ事」など、当綱の公私混同、大倹に反した遊楽の行状などを咎めていた。最後に挙げられている家中の姓名は、当綱は近年直言の士をしりぞけてこれらの佞臣《ねいしん》を近づけているという告発である。

そしてこれら執政の職を勤める者にあるまじき不行跡を一貫しているのは当綱の驕奢《きょうしゃ》専権だと告発状は断じているのだが、その典型的な例が「八月十二日肴ノ事」、つまり藩祖謙信の忌日である八月十三日に、前夜からの酒宴をつづけてやめなかったという一件だった。当綱は故意にか、あるいは酔って自分を失ってか、藩最大の禁忌を犯したのであった。

善政はそのことに触れてきた。

「しかしながら藩祖公の忌日に酒宴をひらいて遊楽に耽《ふけ》っていたのは、申しひらき不能の失態というほかはありません。これはちと、困ったことに相成りました」

「そのほうも、さように思うか」

治憲が言うと、善政ははあと言って目を伏せた。そして少しものを考える表情をしてから顔を上げた。

じつは以前から解せぬうわさが耳に入っておりました、と善政は言った。

「お館もご承知のとおり、お奉行は村村を巡回して農事を視察することを無上の喜びとされておりました。家僕に夜具を背負わせてつとめて貧家に泊り、一汁一菜に甘んじてしかも翌朝その家を去るにあたっては手厚い礼金を残すのがつねでござりました」

善政の口調が熱っぽいひびきを帯びてきた。

「少しでも貧家によかれとはかられたのです。過去何人のお奉行と呼ばれ、執政と呼ばれた方方がおられたか、いまにわかに数え挙げることは出来ませんが、美作さまのように骨身を惜しまずにみずから村村を回り、土地の肥瘦、作物の豊凶をたずね、孝子、精農をほめ、奸吏をこらしめたお奉行はおられなかったのではござりますまいか。ここは何人《なんぴと》といえども認めざるを得ないところです」

「うむ、よき執政であった」

治憲は当綱を過去形で賞揚した。善政はそれに気づかなかったような顔つきで、しかるにと言った。

「近年、かのお方の村村の巡回は従来とは中身がこと変り、村に宿泊しては酒宴をくりひろげ、その費えは村費をもって賄わせるといううわさがござりました」

「近年とはいつごろのことか」

「一昨年春、美作さまは致仕をねがい出て慰留されました。それからということでござります。以来お奉行は人格が一変したと言う者もおります」

「だからあのとき、わしは請をいれてやめさせろと申したのだ」

と治憲は言った。

安永九年三月十一日に、奉行竹俣当綱は二度目の致仕願いを提出した。するとたちまちほかの奉行たちから当綱の留任を懇願する願書が出された。しかし治憲は当綱の致仕を受け入れる肚だった。執政たちを呼んで、いまの当綱の身は十五夜の月のごときものである。十六夜からは闕《けつ》を生じるだろう。請にまかせて功名を全うせしむるのがよい、と諭した。

ところが今度は御中之間年寄長井高康が根回しをして、高家衆、侍頭、宰配頭、御中之間年寄、御使番などから、当綱が隠退すればこの国の政治は立ち行きがたいという趣旨の留任願いを治憲に提出させた。やむを得ず治憲は当綱を呼び、信国の刀をあたえて格別の覚悟で藩政を導くように激励したのである。

「そのほうらは知らぬが、美作が致仕を言い出したのはあのときが二度目だ」

善政は無言で治憲を見た。その善政にうなずいてみせて、治憲は六年の冬のことだと言った。

「説得して一夜にして撤回させたゆえ、公けにはならなんだが、致仕願いの理由は何だと思うな？」

「はて」

善政は首をかしげた。慎重な口ぶりで言った。

「懸命に働いても、藩が楽になる兆しはいっこうに見えぬ、疲れましたとでも申しましたか」

「それも申した。だがわしはそれだけではないとみて本音を申せと言った」

「ははあ」

善政の顔に、めったに見られない驚愕の表情が走った。善政は畏《おそ》れるような目を治憲にむけてきた。

「お奉行は何と答えられましたか」

「自分はもと傲岸不遜な人間である、そして近ごろは気力が弱ってその性癖を押さえられなくなった。こういう人間が執政の座にいては、国をあやまるもとであると、当綱は申した」

藩主の執務部屋を深い沈黙が埋めた。治憲と善政は一言もかわさずに対座していたが、治憲には、善政も二年前に提出された当綱の致仕願いを治憲が差しとめるべきではなかったと考えていることがわかった。

なぜかはなおつまびらかでないところがあるが、それより以前に当綱の時代は終っていたのだ。そのことを、ほかでもない当綱本人はよく承知していたのではなかろうか。そこを察知出来ずに信国の刀をあたえて激励したりしたわしは軽率だったと、治憲はおのれを責めている。

善政が身じろぎした。

「なにか、湯茶でもはこばせましょうか」

「いや、よい」

と治憲は言った。そして九郎兵衛と改めて善政を呼んだ。

「わしにはどうも解せぬことがある」

「はあ、何事でしょうか」

「あの賢明な美作が、藩祖公の忌日の禁を破ればわが身がどうなるかぐらいは心得ておらぬはずがない。あえて禁を犯したのは、自分を罰して執政の座からおろしてくれと申しておるのではないか。わしにはそう思えてならんのだが、そのほうはいかが思うか。つまり……」

治憲は考えをたしかめるように、一度口をつぐんでからつづけた。

「二度目の致仕願いを出したとき、美作は真実執政職から去りたかったのだろうと思う。それを、みんなが寄ってたかって押しとどめてしまったので、今度は非常の手段に訴えたと、そうは思えぬか」

「それはお館さまのお考え過ぎでござりましょう。小松駅での酒宴の一件は、かのお方の生地が出たにすぎません」

善政はほとんどそっけなく聞こえるほどの口調で答えた。

「思うに美作さまは、藩を再建する仕事がいつ成就するというあてもなくつづくことに飽かれたのだと思われます。お仕事に見切りをつけるにしたがって、その日までと思ってご自分をしばってこられたもろもろの我慢もほうり出し、あのお方本来の人を人とも思わぬ御気質をはばかりなく表に出されることにしたということではありますまいか。これが人格一変という評判の中身であるとそれがしは考えますが、お奉行ご本人の心境はむしろはればれとしておると思われますぞ」

「さようか、なるほどの」

「傲岸不遜はかのお方が持って生まれた痼疾でござります」

「ははあ、持病か」

治憲は思わず失笑したが、善政は笑わなかった。

「強いてご自分をしばってきびしく自制してこられたその間にも、ご性格の一端は独断専行という形でたびたび表に現われておりました。ゆえに痼疾と申し上げる次第です。去る四月に吉江さまが執政の座をしりぞかれたのもこのあたりが原因、美作さまと藩政を議することに堪えがたくなったものと愚考しております。しかしながら……」

善政は胸をおこして治憲を見た。

「美作さまの独断専行がなかったら、はたしてこの国が今日まで持ちこたえ得たかどうか、はなはだ疑わしいとそれがしは思うものです」

善政は当綱を弁護した。治憲はうなずいてから言った。

「それはわかっておるが、目前の訴えの始末をつけねばならんぞ」

治憲は、国元からきた告発状に善政の注意をひきもどした。

「美作の処分をいかにするか、いまも毛利、千坂と相談したところだが、そなたも意見を言え」

「これは恐れ多い仰せ……」

善政はつぶやいて目を伏せると、ひと膝あとにさがった。

「それがしは一小姓頭。月旦はいたしましても、藩政の枢機にかかわることに意見を申し上げる立場にはござりません」

「まあ、そう言うな」

と治憲は言った。

「わしが許すゆえ、遠慮のない意見を述べてみよ」

「されば……」

善政は暫時思案する顔つきになったが、やがてきっぱりと言った。

「美作さまの奉行職を剥奪しなければなりません。告発によれば小松駅の豪農の家で飲酒した美作さまは、十二日夜からはじめて深夜日にちが改まり、藩祖公の忌日である十三日となったにもかかわらず、灯の消えぬうちは十二日なりと申して遊楽をやめなかった由にございます。奉行職にある者としてゆるされざる言動と存じます」

「ほかにつけ加える処分は？」

「毛利さま、千坂さまのお考えはいかがでございましたか」

「告発の条条が事実なら、罷免の上芋川邸に押し込めが相当という意見であった」

それを聞くと、善政は露骨に顔をしかめた。

「小松駅の一件で鬼の首をとったというところですかな。お奉行の独断専行に反感を抱く人人は多うござりましょうから、かさにかかって攻めてきておるのでござりましょう。それにしても、結論を出すのが少少早すぎはしませんでしょうか」

「美作の不徳のいたすところだ」

と治憲は言った。しかしと善政は粘りを示した。

「お奉行は農をはげまし、ことこまかに藩再建の手だてを講じ、借財を整理して藩を借金地獄から救い出しました。その功に免じて、処分にも若干のご配慮があってしかるべきではないでしょうか。押し込めの沙汰は酷にすぎるかと存じます」

「気持はわからないでもないが、私情をさしはさんではならんぞ、九郎兵衛」

治憲はかたちを改めて言った。

「いかなる功臣といえども、罪を犯せば法にてらして断固処分せねばならん。自明のことだ」

治憲の態度から、善政も治憲の肚が毛利、千坂両家老と協議の上ですでに固まっているのを察知したのだろう。うやうやしく平伏して、恐れいりましてございますと言った。

善政が顔を上げるのを待って、治憲は言った。

「九郎兵衛、そのほう国元に行って、この一件の始末をつけてまいれ」

「それがしがでしょうか」

善政は一瞬おどろいたように治憲を見たが、すぐに表情を暗くした。

「これはちと、それがしには荷が勝ちすぎるお役目と思われますが」

「ほかに人がおらん。毛利も千坂も祝い事に手いっぱいで江戸をはなれられぬ」

治憲が参勤で上府した翌月五月、藩では治憲の養子喜平次勝意《かつおき》を嫡子養子としたい旨、幕府に願いを上げた。喜平次は養父重定の四男保之助で、去る安永五年に治憲の順養子となった。当年十九歳である。

その嫡子養子願いと幕府の許可が皮切りで、七月一日の御目見《おめみえ》、つづいて九月十九日には登城して元服をおえ、将軍家の一字を頂いて、喜平次は中務大輔治広となった。この間の各方面に対する折衝、挨拶、およびただしい礼物の指揮をとるために、執政毛利雅元、江戸家老千坂清高は忙殺されていた。なおこのあと間もなく将軍家から許しが出るのを待って、世子治広に尾張大納言宗睦《むねちか》の養女純姫《すみ》をむかえる婚儀が行なわれる予定で、去る四月に供奉《ぐぶ》の家老として参勤の供をしてきた毛利雅元は、この婚儀を宰領し終らないと帰国できないという状況にあった。

そういう事情は、自身江戸屋敷の多忙の一端をになっている善政にはよくわかっていた。しかし改革の同志であり、比類ない起案者、実行者、欠点はあるものの生まれながらにして名宰相の資質にめぐまれた人物としてうやまってきた当綱を断罪する使者となるのは、いかにも気のすすまないことだった。

そういう善政をじっと見ながら、治憲は言った。

「気がすすまぬのはわからんでもないが、一方的に余人に申しわたしを受けるよりも、そなたに言われるほうが、美作は処分を受けいれやすいということもあろう。ただのうわさかも知れぬが、美作はわしを軽んじているという風評がある」

治憲は微笑した。

「愚昧《ぐまい》な藩主がくだした処分は受けぬ、と申すかも知れんぞ。そのときはじゅんじゅんと説得するのだ。そなたのほかにそれが出来る人間はおらん」

「しかし、いずれにしても難儀なお役目……」

「いや、そなたが適任だ。さきほどそなたも申したように、告発状だけではいまひとつ罪状の中身がしっくりと腑に落ちぬ感じが残る。心利いた者が帰国して、そのあたりをはっきりさせることが肝要だ」

「……」

「帰国したらまず奉行の広居、御中之間の者たちと密談し、なお納得がいかねば自身人を使って調べてみよ。冤罪《えんざい》があってはならんからの。しかし確信を得たら躊躇《ちゅうちょ》はいらぬ、わしの名代として美作を一気に断罪に追いこむのだ」

治憲はことこまかに指示した。

「しかし帰国にあたっては、くれぐれも美作にそなたの役目をさとられぬよう、用心が必要だ。大殿あての手紙を持たせるゆえ、表向きは本日順養子を許された直丸の件を大殿に報告し、御礼を述べる使者として帰国するがよい」

直丸の順養子というのは、治憲の実子直丸を治広の養子と定めることで、藩では四日、幕府にその許しを願い出ていた。それに対して昨日六日にわかに許しが出て、治憲、治広父子は今日早朝の卯ノ上刻（午前五時過ぎ）に登城して台命《たいめい》を受けてきたのである。

昨日来た達しには四ツ（午前十時）とあった登城の時刻が早朝に改まったのは、将軍世子家斉《いえなり》が大川筋に御成りになるせいで、おかげで台命を受けたあと老中ほかへの御礼回りを済ませて桜田屋敷にもどったあとに、治憲は思いがけない余暇を得た。国家老の毛利、江戸家老の千坂を呼んで、午後はたっぷりと当綱の処分を協議するゆとりがあったので、善政が言う結論を出すのが早すぎないかという非難はあたらないと治憲は思っていた。当綱の犯罪は、見ようによってははなはだ粗雑で、単純なものだった。

なんだかだと抵抗を示していた善政が、ようやく観念したらしくうやうやしく礼をした。

「仰せの条条まことにごもっともと存じます。九郎兵衛つつしんでうけたまわり、使命を果して参りまする。御前《おんまえ》をもはばからず我意を申し立てましたことを、何とぞお許しいただきとうございます」

「よい、気にするな。で、いつ行くか」

「支度もありますので、し明後日《あさって》、十日ごろに」

「頼んだぞ」

治憲は言ったが、ふと思い出して善政の名を呼んだ。

「美作が執政の座から去ったあと、残された美作の政策はいかに相成るかの」

「生きるものもあり、捨てられるものもありましょう」

「漆はどうなるか」

善政は突然に沈黙し、目を伏せた。長い沈黙がつづいたが、治憲は辛抱して待った。ようやく顔を上げた善政は重苦しい表情で言った。

「お奉行は、漆植立ての効果が出てくるまで十年はかかると申されました。まだ事業の可否を論じる時期にあらずと思われますが……」

「ふむ、しかしそなたなりの見通しというものはあろう」

「されば……」

と言って善政はまた口をつぐんだが、今度の沈黙は短かった。

「残念ながら見通しは暗いと申しあげざるを得ません」

「理由を申せ」

「まず費用がかかります。植立てはいまもつづいておりますゆえ、その植立て費用、結実の時期が来れば木の実買い上げ代、筒屋(蠟製造所)の製蠟の掛り費用。またご承知のごとく、わが藩の最大の金主三谷には毎年五十駄を送り、古債一万九千両の返済にあてる約定をかわしております。五十駄の蠟は時価にしておよそ五百両ですが、以上の金額は無条件に年年漆蠟の収益から差し引かれるものです。そのほかにも……」

燈火に照らされた善政の表情はいっそう暗くなった。

「この間も三谷の手代半左衛門に聞いたことですが、西南諸国の櫨蠟《はぜろう》は市場においてますます勢いを得てきている由にございます」

「米沢蠟は圧迫されて、将来とも売り上げはのびぬだろうという予想か」

「さようでございます」

「美作が言う十年後の漆の収益を予想してみよ」

「予想ですからあたらぬかも知れません。むしろあたらぬことを祈りますが、それがしの最近の試算によれば純益はまず三千両から五千両ほどかと思われます」

「えらく少ないの」

「試算でござりますゆえ、たしかではござりません」

「こういうことに美作は気づいておると思うか」

「もちろんです。賢明なご家老がかかる情勢を知らぬはずはありません」

「よろしい。さがっていいぞ」

と治憲は言った。深い疲労感に襲われていた。懸命にやっても報いられないということはあるものだと思っていた。

襖ぎわでもう一度礼をした善政に、治憲は九郎兵衛と声をかけた。

「美作はいまも日日登城しておる。帰国したら十分に心してかかるのだ」

帰国した莅戸善政は、大殿重定に会って直丸君順養子の許しを報告、治憲の御礼の言葉を言上したあと、ただちに執政の広居忠起、御中之間年寄志賀祐親らと密談したが、告発状の内容は概《おおむ》ねうなずけるものだった。中でも藩祖公忌日の禁を犯した一件はかくれもない罪状と判明したので、善政は広居奉行らに藩主治憲の裁断をうけて毛利雅元、千坂清高が作成した御用状を示し、竹俣当綱に隠居を命じた上、芋川屋敷に押し込める処分を決定した。

ところで竹俣当綱は性格に激越なところがある上に、若年のころは伊藤流の槍の師範である侍頭平林正相についで槍を修行したつわものである。申し渡しが気にいらぬと激怒するようなことがあれば惨事を呼びかねないとも考えられた。

そこで善政は御中之間年寄降旗左司馬、御使番梅沢揔助、中野与右衛門の三人を上使として竹俣家に派遣し、用向きを伝えて、広居奉行宅に同行を求めさせた。梅沢揔助は一刀流の師範である。

抵抗するかと思われた当綱は、三人をむかえると少しもさわがずに用向きを聞き、広居の屋敷に至っても泰然として申し渡しをうけた。さらに広居家から今度は罪人として芋川屋敷に護送される間も、当綱の言語、動作は日頃と少しも変るところがなく、万一にそなえた善政らは拍子抜けしたほどだった。これらの処分がすべて終ったのが十月二十九日である。

その様子を知らせてきた善政の急便を、治憲は夜の執務部屋で読んだ。読み終ると手紙を丁寧に封じ紙におさめて机にもどした。治憲はつめたくなった手の指先を押し揉んでから机の横にある手箱をひきよせ、煙草道具を出した。

煙草を一服、二服と吸った。初冬の夜は静かで、隣室にひかえているはずの近習たちも、物音ひとつ立てなかった。

――治広の祝い事をのぞけば、今年はあまりよいことがなかった。

と治憲は思った。

三月九日に正室幸姫《よし》が死去しただ、治憲は国元にいて葬送にも間に合わなかった。幸姫とは心が通じていたろうか、と治憲は思う。通じていたようでもあり、心を通じる道は最後まで閉ざされていたようでもある。真相はおぼつかない記憶にまぎれたままで定かではなかった。

そして四月には吉江輔長が執政の座を去り、今度は竹俣当綱が職を剝奪されて押し込めの処分を受けた。幸姫の死は、人がこの世にある限り避け得ない不幸のひとつとあきらめることも出来たが、相ついで藩政の中枢から去った吉江、竹俣については治憲には悔いがあった。あれは避けようとすれば避けられた災厄のようなものではなかったか、と思うのだ。

吉江は凡庸と言われながらも執政の一角を占めて、それなりに重味があった。そして竹俣当綱は、ただひとつの欠点をのぞけば稀にみる宰相の器《うつわ》だった。吉江の凡庸といい組み合わせだろうと思っていたが、当綱の欠点は大きすぎて、人をほろぼしただけでなく自分をもほろぼすようなものだったのである。

――二人とも、……。

軽軽と去っていい男たちではなかったと、いまの藩の情勢を考えあわせながら、治憲は思っている。当綱が去ったあと、わが藩はいかなる道を歩むことになるのか。その答えを見つけるのは容易ではないという気がした。

考えをめぐらしていると、肩のあたりをうそ寒いものに吹かれるような気がした。桜田上屋敷の主は小さな音を立てて煙草盆に灰を落とし、まだ熱い煙管《きせる》に新しい煙草をつめた。

しかし藩をおそった災厄はそれで終ったのではなかった。年もおしつまった十二月十七日、世子御傅役《もりやく》木村丈八高広が致仕した。高広は藩政改革派の一人として活躍し、改革についても、また学館再興の折にもたびたびすぐれた意見を述べたが、近年は世子治広の厳格な傅役として誠実に勤めをはたしていた。高広が同志として当綱の罷免、押し込めに殉じたことは明らかだった。

治憲は高広の致仕を、当綱に次ぐ改革派の脱落として受けとめ、暗い気持になった。しかしふたたび傾きはじめた藩に追い討ちをかけることになる真の災厄天明の飢饉が、じりじりと足もとににじり寄りつつあったのを、治憲はこのときはまだ知る由もなかったのである。

二十九

天明三年四月十七日に、米沢藩では籾蔵《もみぐら》御用掛、御使番、御勘定頭などの連名で、凶作にそなえる籾蔵、御備米蔵の管理徹底を示達した。この年は天候不順で、その中には凶作に対する警戒心を呼びおこすようなものが含まれていたのである。

危惧されたそのものは、五月になって顕在化した。長雨がやまず、日の光を見ることが稀な天気がつづき、その悪天候は六月になるといよいよ甚しくなった。雨が降りやまず、気候は秋の末ごろのように寒くなり、人人は綿入れを出して着た。この有様をみて、たちまち米の値段が上がった。

しかし悪天候の間にも、田植えは無事に終えていたので、凶作という見込みを立てるのはまだ早かった。雨がやみ、夏の日差しと暑熱がおとずれるなら、一転して豊作となることもあり得るからである。

藩では治憲が帰国してひと月ほどたった六月十一日

に、家中から借り上げの内、米半分、銀は残らず、ただし一回に限り返却する措置を決定した。家中の困窮をみかねたと令達にはあるが、この決定は今年の作柄が凶作か豊作か、まだ見きわめがたいという時期だから行ない得たと言ってよかろう。凶作を懸念はしているが、まだそれがはっきりと見えたわけではなかった。同じ月のうちに、安永八年以来つづいていた大倹令を来春に解くことを発表したのも同様の理由からと言える。

しかしそういう藩の見きわめの甘さを嘲笑するように、稲が穂孕《ほばら》みする時期になっても、降りつづくつめたい雨はやまず、八月に入ると凶作の疑いは濃くなった。見わたすかぎりの平野は暗い雨雲に覆われ、なお降りつづく雨の中に、みのらない穂を持つ青立ちの稲田が延延とひろがっていた。それはおそろしい光景だった。

それでも稀に日が照ると、田には村村から穂孕みをたしかめに出る農民たちの姿があふれた。雨が上がって日差しと暑熱がもどれば、たとえ半作程度にしろ、稲が穂を孕むゆとりはまだあると、人人ははかないのぞみをかけていた。

万一の僥倖《ぎようこう》をあてにしているのは藩も同様だった。藩は八月の末に、隣国福島藩と大森領代官の求めにこたえて、それぞれ米二百俵を送ったが、それはこの時期にきても自領の作柄を凶作とはまだ断定出来ないでいるからこそ出来たことだった。しかしそのころから少しずつ奥羽諸国大不作のうわさが聞こえてきた。藩では凶作にそなえて、来年夏の飯米不足を補うための、大麦を蒔《ま》くように、村村に指示を出した。

そして九月に入っていよいよ凶作を疑い得なくなったあとの藩の対応は迅速だった。まず凶作の兆候がみえるので、いまから粥《かゆ》食、糅飯《かてめし》を用いて用心するように、また他領から入りこむ乞食《こつじき》の徒にはたべものを勧進しないように触れを出し、月末には糀《こうじ》、米類を材料とする菓子、豆腐、納豆の製造停止を命じた。その間に仙台藩、三春藩、秋田、最上、白石の各藩から買米の交渉があったが、このたびは当然ながら謝絶した。

十月に入ると大凶作の様相がはっきりした。このころになると奥羽諸藩が凶作から稀にみる飢饉に見舞われつつある状況が少しずつ判明し、米沢藩の為政者も、自領が同じ凶作の流れに巻きこまれてただよい流れつつあることを実感した。

十月四日、藩はさきに発表した大倹令の来春解除を撤回し、財政困難はまぬがれないので解除をひとまず延期することを告示した。そして六日には御備籾蔵をひらいて、家中に日日二百俵、商家には義倉《ぎそう》の貯蔵米に補助米を加えて払い出した。この月治憲は御政事掛り役人、さらに郷村出役を呼んで、それぞれに凶作対策に全力を傾けるように説諭した。

一方、藩では越後新潟に御中之間年寄志賀八右衛門祐親を、隣藩庄内藩の酒田湊には同じく降旗左司馬と町医師遠藤孫左衛門を派遣し、越後では米二千俵、酒田では米九千五百俵を糶《せ》り買いすることが出来た。また月末の十月二十九日に、藩は凶作被害をまとめ幕府に届け出たが、損耗量は十一万五十一石におよんだ。米作は平年の収穫量のおよそ二割余にとどまったのである。

合計一万俵ほどの米を他領から買入れることが出来たものの、藩では領民を飢餓から救うには米はまだ足りないと見ていた。その用意のため、六月に一回限りとして借り上げを返却したばかりの家中に対し、改めて百石につき銀二分の出金をもとめた。十一月五日のことである。また同じ達しの中に、主食は家中、寺院、町家は粥、糅《かて》を用い、一人一日玄米三合五勺、農民は労働がはげしい時期四ヵ月は一人五合、耕作期、収穫期をのぞく八ヵ月はほかと同じく一人三合五勺と見積もるべきこと、と凶作時の主食の量をこまかく規定し、最後に麦作、早稲米の手配をするようにとつけ加えたのは、来年の食糧不足にそなえたのである。

しかしこの年の降雪ははやく、断続的に降る雪は木の実、草の根をもとめて山野に出る窮民たちの足を阻んだ。寒気はなすすべもなく藩の救済を待つ彼らに、容赦なく襲いかかった。

その有様を見て、藩はさきの示達を出した五日に、領内数十ヵ所で本格的な救済活動に乗り出した。救済の中身は日日男子三合、女子二合五勺の割合で御救い米をあたえ、また味噌蔵をひらいて一人あたり味噌十匁を施与するといったもので、窮民たちは前途に不安を感じながらも、熱い粥と味噌汁をすすることが出来てひとまず安堵したのである。

このほかにも藩は、つのる寒気にそなえて着る物に事欠く困民には衣服もあたえた。こうしたこまかな手配は、一人でも餓死者を出してはならぬという、お館治憲の強い意志が反映されたというべきだろう。

この年の凶作で窮民たちの救済に用いた米穀は、御蔵籾一万四千俵、諸士備籾八百三十九俵、在郷備籾一万俵、義倉備籾一千俵、米に換算して計一万二千九百二十俵、これに酒田買入れ米九千五百七十五俵、越後買入れ米二千三十俵の計一万一千六百五俵を加えると、米は二万四千五百二十五俵に達した。このほかに、麦二万四千俵が加わる。しかし買米の資金がなお不足とみた藩は、町家物持ちに対して十四日、新たに一千両の御用金用立てを命じた。

こうした藩を挙げての凶作対策が一段落した十一月二十三日に、御小姓頭莅戸《のぞき》善政が致仕した。

「本来なら美作さまが処分を受けられた直後に、それがしも職を退くべきでした」

と、致仕願いを出した善政は言った。

「お館さまもご承知のごとく、それがしは森平右衛門の悪政を排するために結束して以来の、美作さまの同盟者でござりました。しかるに、美作さまに罪を問われる行為があったとはいえ、ともに藩改革のためにはげまし合ってきたその人を、みずからが断罪の使者となって処分に追いこんだ事実は、私情を申しのべるようではありますが、いまなおわが胸を痛めて消えません。たとえお館さまのお叱りをうけようとも、職を賭してなおあのお方を弁護すべきではなかったかというのが、わが胸に去来する思いであります」

善政がきわめて率直な物言いをし、その中にわずかに自分につらい役目を命じた藩主を批判する気配をふくめたのを、治憲は黙って聞いていた。

それはそれとして、と善政は言った。

「美作さまが執政の座から去られたあとのわが藩の行《ゆき》方《かた》、かつは本年の産物大不作にかかわり合っている間に、それがしとしては思わぬ時が流れました。しかしながらそれも一段落したいま、なおも寵恩《ちょうおん》をたのんで栄職にとどまることは、九郎兵衛節操なきに似ると人が申しましょう。なにとぞ願いの筋をお聴きとどけいただきたく存じまする」

「やむを得んか」

と治憲は言った。事実、器量人の善政が申し立てた致仕願いの理屈は、治憲が慰留の言葉をかける余地のないほどに、理路整然としたものだった。そのうえ善政が退隠を願い出たのは、今度がはじめてではない。二年前の一月と十二月の二度にわたって致仕願いが出されていて、今回は三度目だった。

差し許すほかはあるまいと思うものの、治憲の気持はつい、りっぱすぎる申し立ての裏側に向いてしまう。そこにある善政の本音は何かと思うのだ。もちろん善政の申し立てが虚偽だという意味ではない。述べたような思いも、善政の真実の一部ではあるだろう。だがすべてではない。

——九郎兵衛は……。

美作に対して義をつらぬくという建前もさることながら、見込みのない藩改革から逃げ出したくなったのではないか、と治憲は疑っている。

気持がそのように善政に対して批判的に動くのは、自分が疲れているせいに違いないと治憲は思った。泥沼のような改革や眼前にのしかかっている凶作の処理に疲れて、気持が寛容さを失っているのだ。治憲は、自分も善政とともに改革に見切りをつけて逃げ出したかった。それが出来たらどんなにか気持が楽になるだろう。

——だが……。

逃げ出して、どこへ行くのだとも思った。安楽の地はどこにもない。

やむを得んの、と治憲はもう一度つぶやくと形を改めた。きっぱりと言った。

「このたびは、願いの儀を差し許す。長年にわたる勤め、なかでも藩政への格別の力入れ、ごくろうであった」

「もったいない仰せにござります」

「しかしこれで……」

治憲はこらえ切れずに言った。

「九郎兵衛もついに藩改革から逃げ出すことになったか」

黙然と、善政は目を伏せて坐っている。暫時して治憲は、ゆるせ、よしないことを申したと詫《わ》びた。

「このところ少少疲れておっての、正直のところ、隠居するそなたがうらやましかったのだ」

「いえ、仰せのとおりで、わが心中をかえりみれば改革に見切りをつけて逃げ出す気味合いがまったくないとは申せません」

と善政は言った。善政は伏せていた顔を上げた。

「ただ、このたびの不作で藩の借金はかさみ、改革はさらに後もどりいたしました。賽《さい》の河原でございます。この手詰まりの有様を目前にながめながら、それがしがおそばにいても何の役にも立ちません。無為無策にして高禄をむさぼるはよからず、とも思うものです」

「九郎兵衛、わしが申したことを気にするな。つい気が弱って、言わでものことを申したのだ」

善政は膝でうしろにさがると一礼し、お館さまと呼びかけた。

「隠居するそれがしがけなりい（うらやましい）とさきほど仰せられましたが、たとえ退隠しても所詮はこの国の中のこと、貧苦はただちにわが日日の暮らしにつきまとって参りましょう。それを思えば、いまはいかにおぼつかなくみえようとも、九郎兵衛の心中より、この国をしかと建て直す改革への思いが消えることはご座あるまいと思いまする」

「さようか。よく申した」

と治憲は言った。たとえ、一人残る自分をなぐさめるために言っているのだとしても、治憲は善政の言葉がうれしかった。

「そのほうが、そう申したことをおぼえておくぞ」

善政はうやうやしく一礼した。それで座を立つかと思ったら、善政は坐り直して、時にはと言った。

「時には手詰まりの渦中から身を退いて、大まかに全体のかたちを眺めることも必要ではないかと、それがし考えております。眺めてもたやすくよき思案がうかぶとは思えません。むしろ絶望いよいよ深まるばかりということもありましょう。しかし万が一、思わぬ活路を見出すことも、ないとは申せません。いずれにしても、おそばにいては日日の勤めに忙殺されて、よき考えもうかびませぬ」

「そのとおりだの、九郎兵衛」

と治憲は言った。微笑して善政を見た。

「退隠を許すゆえ、しばらくはのんびりしろ。そしてよき思案がまとまったら、いつでもわが前に来い」

善政が部屋を去ったあと、治憲は善政が言ったことを脳裏に呼びもどしながら思案した。善政にうまうまと嵌《は》められたような気もした。明日からは善政がいなくなると思う空虚感が、そのような不満な気持を呼び起こすようだった。

だが善政は竹俣美作にくらべると、複雑な男である。述べたことはそれぞれに真実だったに相違ない。改革をあきらめたわけではないという、最後の言葉もだ。またしても美作にくらべるなら、善政は粘りづよさで美作に勝る。その粘りづよさは、美作とはかたちの違う剛毅な気質というものであるように、治憲には思われた。

治憲は顔いろをやわらげて、煙草道具に手をのばした。打つべき手をすべて打ったが、それで凶作をしのぎ切ったのかどうかはわからなかった。結果が知れるのは来年である。そしてこのような眼前の危急をしのぐのに汲々としている間に、善政が指摘するとおり、藩改革はむしろ後退した。

起死回生の改革策を提示出来るような人材は見あたらず、このような藩政の暗がりはなおつづくだろう。善政が三度目の退隠願いを言い出したとき、治憲はとっさにそう思いながら強い孤独感に襲われた。だが善政が去ったあとは、気持はむしろかすかな明るさを取りもどしている。善政が残して行ったあたたかみのせいだと思われた。

――九郎兵衛は賢者なるかな。

と治憲は思った。治憲は右に竹俣当綱、左に莅戸善政という二人の家臣を両翼として、藩政を経営してきた。だが当綱は罪を得て去った。そして善政もいま当綱に殉じて去った。けれども、善政は言葉ではっきりとそう述べたわけではないにもかかわらず、致仕したあとも自分が治憲の片翼でありつづけることを暗示し、治憲に一人でも改革に立ちむかう気力を残して去ったのである。それが善政の行ったあとに残るあたたかみの正体だった。

善政の致仕にともなって、藩では跡取りの八郎政以《まさもち》に二百石をあたえ、御中之間詰を命じた。善政にかわる御小姓頭には、侍組の香坂昌諄《こうさかしょうじゅん》が就任した。大晦日《おおみそか》に発令された人事である。

明けた天明四年正月元日の未明、寅ノ半刻（午前四時半）という時刻に、大殿重定が住む二ノ丸の御隠殿南山館が火事になった。火は御小姓頭詰之間から出火して、家中、町火消の働きで半刻（一時間）後には鎮火したものの、土蔵を残して御隠殿は残らず焼失した。重定と周囲の者は本丸に避難して無事だった。

南山館は贅をつくした建物である。藩はただちに新たな新隠殿の造営にとりかかったが、蔵元は南山館の焼失を二万両の損失と見積もり、不凶対策の出費と合わせてこの年の財政に、五万両の不足を来したと発表した。

天明四年は参勤上府の年になるので、治憲ははじめ三月二十七日に出発して、翌月六日桜田の江戸上屋敷に到着する予定で、その旨を幕府に届け出ていた。しかし出国直前の三月二十三日になって、治憲は幕府に脚気《かつけ》を理由に参府の延引願いを提出した。

この届出以後、治憲は二ノ丸南御殿にいる大殿重定をたずねるときも、わずか二町（二百メートル強）ほどのところを駕籠《かご》に乗って行ったが、内実は仮病だった。

藩では前年の凶作はどうにかしのぎ切ったものの、その後始末というべき窮民の手当て、出金の求めに応じた町家への米返済といった行政事務が山積し、その一方で長い月日をかけてためこんだ備荒籾を放出した穴を、いかにして埋めるかなどといういそがしい問題も抱えていた。もちろんこうした政務の一切は、広居忠起《ただおき》、毛利雅元の両執政を、老練の降旗忠陽、切れ者と言われる志賀祐親らの御中之間年寄が補佐して処理がすすめられている。

だが治憲の目から見ると、いまの執政府はよく奮闘はしているもののかつての竹俣当綱、莅戸善政という組み合わせが持っていた切れ味鋭い政策立案の才能と力強い指導力を欠き、時に右往左往するように見える。凶作という自然がもたらした難局が相手ということでは同情の余地があるものの、治憲はいささかこころもとない思いをすることがあった。

加えて今年の米の作柄はどうかという今日ただいまの心配がある。幕府に参府延引の願いを届け出た三月下旬の気候は、特に凶作を予想させるほどに悪いわけではなかった。だが雨の日が三日も四日もつづき、その中に尋常でない冷気がふくまれているように思われるときは、治憲の気持は凶作の再来を疑って鋭く尖《とが》った。

昨年の十一月、治憲は中条与次《ともじ》（のち豊前）至資《よしすけ》を江戸家老に任命した。いずれ現在の江戸家老千坂清高を奉行に格上げして国元にもどし、執政府にいれる含みである。奉行三名が執政府を形づくるのが藩政本来の姿で、千坂が加われば合議体制はととのい、藩政の舵取りは力強いものになるだろう。いまの広居、毛利二者の協議にゆだねられている執政府の運営は、変形であるだけでなく舵取り役としては弱体をまぬがれないものだと治憲は考えていた。

弱体の執政府に錯綜する後始末をすべてゆだね、凶作再来の不安にも目をつぶって参府するのは無理がある、と治憲は考えたのである。せめて凶作の有無だけでもたしかめてから参勤の途につきたかった。脚気はそのために考え出した仮病である。その届出に義理を立てて、治憲は城内でも律儀に脚痛を装った。むろん幕閣を偽ることにまったく罪悪感がないわけではない。だが藩が凶作でつぶれても、誰も同情はしないのだと治憲は思っていた。肚はきまっていて、動揺することはなかった。

そして凶作の再来をおそれる治憲の憂慮は的を射て、今年も例年ならそろそろ梅雨明けの兆しが見えてくるはずの六月初旬になっても雨はやまなかった。いつやむとも知れないつめたい雨が、野と山とそして村村をおし包んで降りつづける光景は、次第に大凶作となった昨年の気候と酷似してきた。

六月十日に至って、治憲は法音寺ほかの寺僧たちに命じて、城内本丸の御堂、二ノ丸の春日神社、明神堂町に鎮座する白子神社の三カ社で五穀成就の祈禱《きとう》を勤《ごん》行《ぎょう》させた。僧たちは御堂では三日三夜壇上に詰め切りで、春日、白子両社でも二夜三日の修法勤行を行なった。

治憲は十一日の明け六ツ（午前六時）にみずからも御堂に参詣し、五穀成就を祈願したあとで、付きしたがってきた奉行以下の家臣にむかって、つぎのように凶作に立ちむかう覚悟を披瀝《ひれき》した上で、この日から二夜三日の断食参籠《さんろう》を行なう旨を告げた。

去年は凶作に襲われたものの、領民は辛うじて飢餓を免れ、いまは今年の新穀の豊熟を待つのみという心境で日日を暮らしている。しかるに近ごろの気候の推移、作毛《さくもう》の有様にははなはだ心もとないものがあり、憂慮は深まるばかりである。

もし昨年に引きつづく凶作の再来となれば、領内十万の人命をいかに扶助いたしたらよかろうか。元来やりくりに苦しんでいる藩の勝手向きは、昨年の思わぬ出費もかさんで、とうてい窮民を救済する力を持たない。事態はせっぱつまっており、残るは神明の加護を祈る一事のみである。余は二夜三日の間断食して、ここ御堂に参籠することとした。奉行ら用事あるときは御堂に来るべし、というのがこのときの治憲の告知だった。

治憲の声音は静かだったが、家臣たちの肺腑に突きささった。家臣らは粛然とその告知を聞き、終ると争ってともに参籠することをねがい出た。

このときの断食参籠は、翌日になって治憲の身体を案じた大殿重定が、御堂に乗りこんできてみずから持参した粥をとるようにすすめたので、断食の方は一日一夜で中止された。しかし参籠はそのままつづけられて、その治憲の祈念が神に通じたか、あるいは寺僧たちの必死の修法が効験をもたらしたか、十一日はあるいは晴れ、あるいは降雨という天気に変り、十二日は朝から晴れ、午後は曇るという経過をたどったあと、御結願の十三日に至って、空は快晴となり天地に待望の暑気がみなぎった。

それだけでなく、夕方ちかくなると西南の山山の方角に高い夏雲がそびえ立ち、そこからのびる雲がにわかに領国を覆いつくして夕立の雨を降らせた。平野は殷殷《いんいん》と雷鳴がとどろきわたり、四半刻（三十分）足らずの間、雨はいっときは風までともなって稲田や村村をはげしく打ち叩いたが、騒がしい雨音がおさまり、雷雲が去って野に静寂がもどると、西空に低く懸かる夏の日が地上を照らした。

十三日の夕立を境に、領国は一転して晴天と暑熱にめぐまれ、田の稲は生色をとりもどした。その有様をみて人人は安堵し、ついこの間までの不安を忘れたかのように表情もあかるく振舞いはじめていたが、治憲の胸の中にはまだ強い危惧が残っていた。

いまはがらりと様相が変ったけれども、六月十日まで降りつづいた暗くつめたい雨には、まぎれもない凶作の顔が見えがくれしていたと思うのだ。禍禍《まがまが》しいそのものは、さっと身をかわすようにどこかに姿を隠してしまったが、その行方がどうなったかをたしかめるまでは、まだ安堵は出来ないと治憲は思っている。

六月末の二十七日になって、治憲は江戸屋敷を通じて、脚痛の回復がおもわしくないので、当月の参府も延引の許可を得たい旨、老中まで届け出た。そのついでに治憲は、昨年の大凶作に加え大炊頭《おおいのかみ》（重定）の住居が火災で焼失したので、何事もなくてもくるしい台所の事情がまことに窮迫してきた、ついては参勤御礼の登城の際に献じる恒例の贈り物のうち、将軍家、西丸の将軍世子方への御太刀、馬代白銀二十枚ずつはともかく、幕府諸役人への贈り物を、本年より戊年に至る七カ年の間、一格減じたいがいかがであろうかという伺い書を提出した。

内容は老中、水野忠之（老中格）、若年寄への金馬代（馬の代りに献上する金子。金一枚は七両二分）は従来通り、御側衆に対する銀馬代三枚（銀一枚は銀四十三匁）も従来通り。しかしそのほかの御奏者番、御留守居年寄、大目付、町奉行、御勘定奉行、御作事奉行、御普請奉行、百人組御頭、御目付に対しては、銀三枚を二枚とするなど、金額を一格減じたい、ただし年限明けにはすみやかに従前にもどすというものだった。

幕府と藩とのかかわり合いの中で、もっとも繁雑をきわめるのは礼物の贈答である。参府すれば参勤の御礼、帰国すれば在着の御礼として江戸城本丸、西丸へ礼物を献上するのが慣例である。ほかに年頭の祝賀、八朔《はっさく》の祝い、端午、重陽、歳暮といった四季恒例の献上品、領国の産物を毎月献上する月次《つきなみ》献上といったぐあいに、藩では目白押しの恒例献上物を捌《さば》かなければならない。またこれに対して、将軍家からはその折折に礼物下賜がある。

参勤御礼の献上品を一格引き下げるということは、これらおびただしい贈り物のやりとりの中のほんの一部のことである。だが毎年のこととなれば、それは無視出来ない金額になることはむろんのことだった。藩が凶作と火災を理由に、費用の減少を掛け合ったのは時宜をとらえた機敏な措置といえよう。

右の伺い書に対して、老中田沼意次《おきつぐ》から承知したという付け札がついた伺い書がもどされてきた。もともと貧乏藩で鳴る米沢藩に無理を言っても仕方ないと思ったか、許可が出るのははやかった。なおつけ加えれば、田沼意次は後世賄賂取りの親玉のような悪評を得たが、事実は幕府のしきたりである贈り物以上のものをもとめたことも、特に喜んだこともないのが真相だと言われる。

それはともかく、治憲は自分の胸の奥底に、誰にも、信頼する莅戸善政にさえ洩らしたことはないが、いつからか、一点かすかに幕府を軽んじる気持があることを承知していた。その気持は十八年間米沢藩主として江戸に参勤することを繰りかえしている間に、次第に形をととのえてきたもののように感じている。

日ごろ一汁一菜を用い、木綿着を着て平然としているように、治憲は元来が実質を重んじて虚飾をきらう気質の人間である。その治憲から言えば、天下国家のことにしろ、一藩のことにしろ、政治とはまず何よりも先に国民を富まし、かれらにしあわせな日日の暮らしをあたえることである。民の膏血《こうけつ》をしぼり取って、その血でもって支配者側が安楽と暮らしの贅を購《あがな》ったり、支配者の権威を重重しく飾り立てたりするためにあるものではない。幕府に経世の努力がないとは言わないが、幕府はその以前にあまりにも多くの精力を諸藩統治ということに傾け過ぎているように、治憲には思えてならなかった。

　参府して、登城する日は、治憲は江戸城表御殿の大広間に着座する。大広間は外様の国持ち大名の控えの間で、島津、伊達、細川、毛利といった大身大名が多い。そこに十五万石の米沢藩が加わっているのは、元来の米沢三十万石の家格によってというよりも、さらにその以前の、いま以て本国越後と名乗る越後の旧太守上杉家の家格が生きているとみるのが正しかろう。

　その席に坐って、季節によって定められている衣服に身をつつみ、島津、伊達などの大大名と肩をならべながら治憲が抱いた感想は、幕府の機構は、民を富ますことよりも礼儀三百威儀三千で諸侯を縛り、徳川将軍の権威と支配を維持するためにあるのではないかということだった。それは天下静謐《せいひつ》のために必要な仕掛けかも知れないが、いかにも内容空疎なものだった。

　実際に自身煩瑣《はんさ》な礼儀作法の中で進退しながら、治憲はしばしば、礼儀や威儀では一藩の民どころか、一村の村人の腹も満たすことは出来まいと思ったものである。それは儒教を論理ではなく実践の学問として説く細井平洲を師と仰ぐ治憲としてみれば、当然の感想だった。礼儀が不要だというのではない。ただ民の上に立つ為政者は、その前にやるべきことがあるのではないかと、貧しいわが藩をかえりみながら治憲は思うのだ。

　たとえば高級家臣である侍組のある者は、荷橇《にぞり》をひいたあきらかに下級藩士とわかる者が、自分と雪道で出会ったのに道をあけなかった、あるいはべつの下級藩士が、にぞ（藁で編んだ帽子）をかぶって顔をかくすこともせず、荷かけ縄一本で重荷を背負い、そういうおのが姿を恥じるどころか意気揚揚と町を歩いていたと、礼儀も武家の矜持《きょうじ》も欠落したいまの世を怒り、嘆く。

　しかしかつて細井平洲は、治憲に「管子」冒頭の牧民篇にある「倉廩実《そうりんみ》つれば則ち礼節を知り、衣食足れば則ち栄辱を知り」という語句を指し示したことがある。治憲は、農民が田畑でかぶるにぞをかぶり、暮らしのために重い荷を担いはこんでいる下級藩士を責めることは出来なかった。実際に治憲の側近第一にして小姓頭という重い職を勤めた莅戸善政さえ、家には床張りがなく、土間に敷物を敷いた部屋に寝ているのだ。

それがこの国の貧しさだった。そのことを考えると、治憲はおのれの無力さにほとんど泣きたくなる。

そういう治憲からみると、幕府が張りめぐらしている礼儀三百威儀三千は、ただの虚礼の世界に過ぎなかった。虚礼だが、それは幕府の各藩統治にとって必要なものである。たとえば正月の年始の礼では、元旦に清水、田安、一橋の三卿は、御座の間上段に着座した将軍に下段で年始礼を行なう。徳川三家、加賀前田家、越前松平家は白書院で上段の将軍に下段から礼を述べる。しかるに外様《とざま》国持ち大名は、二日に大広間に出てきた将軍に年始の礼をのべるのだ。基本の考えがそこにあるから、莫大な出費を強いることになる国役を命じるときも、幕府がそのためにくるしむ領民のために心を痛めることはない。

こういうことに考えをめぐらしているとき、治憲のこころは幕府から次第にはなれている。幕府よりわが藩大事と思い、そういう心情は少しずつ肥大して行くようだった。脚痛と偽って参府を遅らせ、凶作を理由に贈り物の軽減を掛け合い、あるときは微恙《びよう》を申し立てて登城を怠っても、治憲がさほど良心の咎めを感じないのはそのためである。

藩では八月に入って、長期の備荒穀物貯蓄計画を下命した。その内容はこの秋から二十カ年にわたって、籾米十五万三千四百二十八俵、麦六万二千百五十六俵を備蓄しようというもので、二十年としたのは昨年の家中借銭、中津川郷、小国郷などの凶作被害が大きかった土地の救郷銭、お救い米貸付けなどの返済期限を二十カ年としたためである。

昨年来の凶作は、大局的にみれば迅速な救荒対策が効を奏して、被害を最小限度に喰い止めることが出来たというものだったが、地域によってバラツキがあった。

たとえば下長井の南西、白川上流の山間にある中津川郷十四カ村の凶作被害ははなはだしく、藩の御救い米に頼る農家は全戸数の八割におよんだが、農民たちはそれだけでは暮らせず、暮らしの道具である鍋やお椀、桶、樽など、農具である鍬《くわ》、鋸《のこぎり》、馬の鞍などを質入れして餓えをしのぐ有様だった。

しかし日日の暮らしの窮迫はそれでも防ぎ切れずに、やがて雪も消えはじめようという春先になって続続と餓死する者が出た。餓死を免れた者も、あるいは他村に奉公に出、あるいは村を捨てて駆け落ちする者が多く、村村は荒れた。

救荒籾の備蓄は、このような貧窮農民をふたたび出さないために、早急に実行に移さなければならないものだった。

この手当てが終った九月中旬に、治憲は参府発向を前にして高家衆、侍頭、平分領家、御城代、奥取次、三手宰配頭、御中之間年寄にあてて、隠居退身の内意を示達した。理由は、幕府の普請手伝いが一両年中に命ぜられるのは必至の状況である。この普請役を勤めてから退身すれば、若殿治広の代になって間もなく重ねての普請役が回ってくるだろう。こうなっては家国相立ちがたしという有様になろうから、いまが退身の時節と判断したというものだった。


参勤出府を前にして、治憲は上級家臣、主な役持ち家臣を前に隠退の内意を洩らしたが、言ったことが治憲の真意のすべてではなかった。

大殿上杉重定は、小藩から養子に入って世子となり藩主となった治憲を、終始わが後継ぎとして礼をつくし、養子なるがゆえに隔てをおくような気配を一切示さなかった。これがひそかに乱舞狂いと誹《そし》られ、女子を愛し美食を好み、米沢一の浪費家、享楽家ともいうべき重定の一面だった。

しかしその重定も新しい年を迎えれば六十六歳になる。顔色には出さなくとも、血のつながる世子治広が藩主となる日を待ちわびているのではなかろうかと、治憲は養父の心のうちを推しはかってみる。出来れば重定がまだ元気なうちに藩主交代を実現し、重定をよろこばせてやるべきだった。治広はもう二十一歳で交代の時機は十分に熟している。

そういう思いがひんぱんに脳裏にうかぶようになったのは、必ずしも重定に対する孝養のためばかりとも言えなかった。治憲のこころの底にも、わが血筋をつぐ顕孝《あきたか》が、いつの日か米沢藩主の座にのぼるのを見たいものだという親としてみれば当然の願望がある。

顕孝はまだ九歳だが、二年前に治広の順養子にする願いが幕府に認められ、このときに幼名直丸を顕孝に改めた。去年には松平土佐守豊雍《とよちか》の姫と婚約がととのっている。子供の成長ははやい。顕孝にしても藩主の地位にふさわしい年齢などというものはあっという間にやって来るだろう。そのことも考慮にいれれば、治広に藩主の座を譲る時期ははやい方がいいと治憲は思っていた。

――そして、首尾よく隠退が実現したあかつきには……。

この身は藩主としての内外にわたる煩瑣な実務から解放され、藩の建て直しに専念出来ることになるのではないかというのが、近ごろ治憲が胸中に描きはじめた考えだった。

致仕した莅戸善政が言い残したように、昨年の大凶作で藩改革はむしろ後もどりした。大凶作というものの、わずか一年のことで蓄えは尽き、山のような借金が残ったのである。米沢藩の国力はそれほどに脆弱《ぜいじゃく》なものだった。竹俣当綱も莅戸善政も去ったあとの、その脆弱な藩の面倒をみ、後もどりした改革を引きうける者は、残る自分しかおらぬと治憲は覚悟をきめていた。

ただしそうしたことが、藩主としての勤めの片手間に出来ることではないのは自明の事柄である。治広に藩主の座を譲り、幕政下の大名としての多岐にわたる勤めと交際、家中の賞罰、家家の家督相続といったこまごまとした藩政の実務をまかせてしまえば、隠退藩主として執政府を助け、あるいは彼らに示唆をあたえて、悔いが残らぬほどの力を藩の建て直しにそそぐことは可能になるのではないか。

参勤出府を前に、一部の家臣に隠退の内意を洩らしたあと、なおも胸の中に去来していたそういうもの思いは、十月十五日に江戸桜田屋敷に到着するまでには固まり、隠退の決心はゆるぎないものになった。

治憲は江戸屋敷到着の二日後は、江戸家老千坂与市清高を奉行職に命じ、十二月には国元の芋川屋敷に囲入れを命ぜられていた七家騒動の関係者、元芋川九兵衛正令、元平林爰涼《えんりょう》正在、故須田伊豆満主の子ら図書、富弥、八十馬の囲入れを解いてそれぞれの一族に預け、また失脚して同じく芋川屋敷に囲入れを命ぜられていた竹俣美作当綱を芋川屋敷から出して、自宅囲入れとした。いずれも将来の藩人事をにらんで、自分がまだ藩主の座にいる間に布石を打ったという形の処置だった。

年明けた一月十八日に、治憲は御留守居高橋吉輔を幕閣の実力者である老中田沼意次の邸にやり、自身の隠居について内意をうかがわせるとともに、幕府に提出する願い書も意次に見せて意見を聞かせた。これに対し、意次からは翌日、万事これでよろしかろうという指図があった。治憲は前年十月に出府したものの、以来脚痛を理由に一度も登城せず、重要な年始の礼にも江戸家老中条至資が、名代として布衣《ほい》を着て登城したほどだったので、意次の治憲隠居はやむを得まいという判断はおそらく早かったであろう。

この内意を得て、治憲は以後すみやかな隠退実現にむけて、もろもろの手続きをすすめて行った。一月二十一日には、江戸三屋敷に勤仕するすべての家中に、近ぢか幕府に隠居願いを出すので、以後は新藩主治広に奉公仕るべしとの布告を発した。また藩主交代時の慣例にもとづいて、国元の家老三名侍頭本庄弥次郎精長《きよなが》、島津左京知忠、奉行広居図書忠起に出府を命じ、三人が出府した二十九日には、これに在府の奉行千坂与市清高、江戸家老中条豊前至資を加えた五家老の御目見の儀を執り行なった。

二月三日に、治憲は脚痛を理由に親族秋月山城守種徳《たねのり》を頼んで、老中牧野越中守邸に隠居願いを提出した。その日、国元米沢でも家中一統にむけて、先月に江戸屋敷勤仕の家中に告知下命したものと同じ内容のことを告知せしめた。提出した隠居願いに対しては、二月六日に老中連署で、父子同道で登城すべきこと、治憲が病気で登城できないときは名代も可なりという告達があった。

翌日、治憲は再度秋月種徳を頼んで、治広と同道で登城させた。二人は白書院縁側に老中列座する中で、治憲の隠居と治広の家督を許す旨の将軍の下命を聞いた。台命を伝えたのは老中牧野越中守貞長で、この直後に、治憲は家督相続以来二十年に達しようとする藩主の座から解放されたのである。

治憲の隠居と治広の家督相続にともなう一連の手続きが済んで、慣例の藩主交代の盃事も終ったその夜、治憲はその日から桜田の江戸屋敷の主《あるじ》となった治広と改めて対面した。

「諸事障りなく相済み、祝着の至りに存じる」

治憲は新藩主をねぎらう口調でそう言ったが、すぐに本題に入った。

「しかしながら、中務どのの新藩主としての勤めはまさにこれからでござる。まことに大儀であるが大名としての外の勤めから、内は米沢の国守としての勤めまで、折角お働きいただかねばなりません。むかしは……」

治憲はきびしい表情を治広にむけた。

「大名は気楽なものでござったと申す。幕府と朋輩《ほうばい》大名とのつき合いのほかは、国元のことはこころ利《き》いた重臣たちにまかせて、それで事は済み申した。しかし近年は諸藩ともに財政のやりくりにくるしみ、なかなかそのようなぐあいにはいかぬのが実情、一歩運用をあやまれば国の破滅という有様で、国政も重臣まかせには出来ぬ。万事につけて藩主みずからがきびしく目をくばらねばならぬ世の中と相成った」

「そのことは折にふれてのお父上のお話によって、治広もいささか心得ておりまする」

「さようか。されば近年来のわが藩の苦境も中務どのはご承知のはず。何とぞ領民の暮らしに怠りなく目をむけ、執政、有司の相談にも乗って、国政に力をそそいでいただきたいものでござる」

「それにつきまして、治広、お父上にお願いの儀がございます」

新藩主は形を改めた。

「在府中の五家老衆からもお願い申し上げた由《よし》にござりますが、治広はいまだ若輩、危殆《きたい》に瀕しているわが藩を預かって誤りなき政治をすすめるにははなはだ力不足と痛感いたしております。つきましては家老衆が申し上げたごとく、それがしが国主の座に馴れるまで、藩政においてはむろんのこと、幕府に対する勤めのあれこれにいたるまで、何とぞご後見の立場にて種種お指図をたまわりたく、お願い申し上げまする」

「そなたはもはや若輩ではない。隠居の指図などは無用と思って、ご自身が思うところを断固として行なってよろしいのだ」

治憲はぴしゃりと言ったが、すぐに新藩主に微笑をみせた。

「さように思うものだが、しかしわしにしても多年藩政の改革向上に取り組んで来たものの、政治は生き物、思うようには成功いたさなんだ。いま中務どのの前にある藩は、わしの力不足による悪しき遺産という趣がないわけではない。形は出来ておるものの産業は衰え、借財は大きく残った。これをそのまま手渡してうまくやれと申すのはいかにも気の毒な話である。隠居に出来ることは限りがあろうけれども、中務どのがさように申されるのであれば、およぶ限りは後見役を勤め、藩の建て直しに力を添えようかと思う」

「ありがたき仰せにござります。治広、数日来の胸のつかえが降りたごとき心地がいたします」

「さればと申して、わしに頼り切っては相成りませんぞ」

　治憲は釘をさした。治憲は治広を藩の世子と定めたあとで、改革の同志木村高広を世子傅役《もりやく》に任命した。治広、当時の喜平次勝意《かつおき》は、心情はこまやかだが剛気に欠けるところがあった。その性格を矯《た》めて、将来の米沢藩主にふさわしいねばり強さ、物に屈することのないたくましい気性を養わせようとしたのだが、木村の起用は結局のところ裏目に出た。

　木村は古武士さながらの厳格な男である。世子教育を重い任務とうけとめて、きびしく勝意の訓育にあたったが、そのきびしさは度を過ぎたものだったので、勝意はやがて悲鳴を上げた。木村高広の訓育には面《おもて》をそむけるようなはげしさがあった。そのことは、世子のお相手役としてそばに上がっていたわが子丈助を、世子に過ちがあるたびに代役としてはげしく叱責したので、丈助は才気にめぐまれた少年だったのに、心労のあまり病いを得てはやく死んだということでも知れよう。

　みかねた周囲の者から、治憲に木村の傅育《ふいく》は厳酷に過ぎるという訴えがあったので、治憲が莅戸善政に命じて再三にわたり木村をなだめさせるということがあった。しかし木村が見抜いた性格の柔らかさは、成人した治広の中になお残っていると治憲はみていた。

「一日もはやく藩主の身分に慣れて、わしの申すことなど隠居のいらぬ差し出口と思うようになってもらいたいものじゃ」

　心得ましてござります、そのように相成るべく努めますると治広は言った。あくまでも素直だった。その姿に、治憲は養い親としての喜びと同時にいちまつの不安も感じる。

　もうひとつ、この機会にぜひとも申し伝えたいことがある、と言って治憲は懐から奉書紙の包みを出した。

「藩主となって心がけるべき、いまひとつの重大事がござる」

「いかなることでござりましょうや」

「佞言《ねいげん》の者を近づけるべからず、ということでござる」

　と治憲は言った。

「家中の中には、わが家わが身をかえりみず藩のために尽そうという者もいる」

　そう言ったとき、治憲は胸のうちを師の藁科松伯、失脚した竹俣当綱、隠退した莅戸善政、そして不可解な自裁をとげた木村高広らの顔が、懐しく通りすぎるのを感じた。

不可解と言ったが、治憲は木村高広の自裁について、近年おぼろげに理解がとどくようになったのを感じている。木村は致仕したあとに自裁した。おそらく、と治憲は思いやる。木村高広は心血をそそいだ改革の停滞と世子傅育の失敗に絶望して死をえらんだのではないか。しかしこの考えは間違っているかも知れないとも思う。ひとの心中は測りがたい。

「しかしそのような無私の者たちは、じつはほんのひとにぎりしかおらぬ。多くの家臣はわが家の末長い保全とわが身の立身出世をもとめて、日日勤仕していると思わねばならない。それが人間の自然と申すものだ。しかしそのこころが行き過ぎれば佞言ともなる」

「………」

「藩主たる者は、そのような耳に快い言葉に惑わされることなく、つねに声なき声に耳を澄まし、あやまりなき政治を行なわなければなりませんぞ」

「声なき声と申されますと」

「民の声のことを申してござる」

と治憲は言った。

「さいわいにわが藩には、郷村出役と申して日常村に居住して村村の実情を見、村民の声に耳を傾けながら暮らしの向上に努めておる者たちがおる。この者たちを大切にされるとよい。彼らが声なき民の声を中務どのに聞かせるであろう」

治憲は奉書紙の包みから、書面を取り出して治広に示した。そしていま申したことを書き記したものであると言った。それはつぎのような文言だった。

一、国家は、先祖より子孫へ伝候国家にして、我私すべき物には無レ之候、

一、人民は、国家に属したる人民にして、我私すべき物には無レ之候、

一、国家人民の為に立たる君にて、君の為に立たる国家人民には無レ之候、

右三条、御遺念有間敷候事、

天明五巳年二月七日　治憲　華押

治広殿　机前

読み終った治広の顔が紅潮した。治広はなおも二度三度と丁寧に文面に目を走らせてから、顔を上げて治憲を見た。目に養父に対する畏敬《いけい》の念があふれている。

書面を一度額までささげてから、治広は治憲に深深と礼をした。

「ありがたきご教訓をいただきました。治広、なにやら前途にすすむべき道を見出した心地がいたします。治広は果報者にござります。お教え、拳拳服膺《けんけんふくよう》して藩主として道をあやまらぬように心がけまする」

「さようか。それはありがたい」

と治憲は言った。

治広を世子に迎えたとき、治憲がもっとも懸念したことは、治広が二ノ丸御殿の贅沢な環境の中で自由奔放に育ち、民のくるしみを知らないどころか、長上に対する礼儀作法すらわきまえていないように思われることだった。

さきに焼失した二ノ丸御殿南山館の主である大殿重定に対して、治憲はわが身の費用を削っても、のぞむところの贅沢をかなえてきた。しかしその放恣《ほうし》な暮しぶりは重定の四男である治広にも、悪しき影響をおよぼしたことをみとめざるを得ない。だから治憲は、世子の近臣と定めた者たちに、くり返し治広にうやうやしく人にへりくだるという一事を教えこむように指示し、さらに木村高広を傅育の掛に任命して世子教育に力をいれたのであった。

さいわいに治広は性格が率直だったので、次第に周囲の意見をいれて、藩世子としてはずかしからぬ人間となった。しかし人君にして民の暮しのせつなさに思いをいたすことが出来る者は少ない、と治憲は思う。

藩校興譲館の再建にあたって、治憲の学問の師細井平洲は藩重臣たちに対し、君主の子にしろ、藩重臣の子弟にしろ、襁褓《むつき》のころからまわりにかしずかれ、阿《あ》諛《ゆ》迎合のことばに馴れて育った者に世態人情の真実を悟れる道理がなく、成長するにしたがって心中に驕傲の思いがつのるのはきわめて自然なことだ、と高貴な家柄の者が持つ欠陥を鋭く指摘し、為政者は驕慢を排して謙譲のこころを養わなければならないと説いた。

人民のこころを知らず、また知ろうともせずに驕りたかぶったこころのままに強権をふるう政治ほど、治憲の政治理念と真向から対立するものはない。治広に驕傲の気持があるとは思わないが、また新藩主に人民のこころを知ろうとする気持が強いとも思われない。そこが残るいちまつの不安だった。

治広に示した三カ条は、治広の世子教育に通底していた考えを、藩主の立場に置きかえて示したというようなものだったが、ここには治憲の一歩も譲ることが出来ない政治理念が示されている。文言にこめた有無を言わせぬというほどの気迫を、治広は受け取ったろうかと思いながら、治憲はまだ感激さめやらずという顔でいる新藩主を見つめた。

しかし治広はこの三カ条をよく守り、次代藩主斉定《なりさだ》に手渡した。これが「伝国の辞」と呼ばれ、代代の米沢藩主に伝えられて藩政の根本理念となった治憲の遺訓である。

藩主交代により、以後治憲を中殿様と称することが決まり、また幕府に願いを上げて治憲はこれまでの弾正大弼《だいひつ》に代えて越前守と名乗ることになった。そしてその月の二十七日に、かねて父子で打ち合わせたように、治広から幕府に隠居治憲の二十カ月の御暇を願い出た。名目は脚痛を治療するために領国の赤湯温泉で湯治をさせたいというものだった。

しかし事実は、治憲はこのたび帰国すれば、ふたたび出府することはないだろうと考えて、青山長者丸にある秋月藩下屋敷に、実父の秋月種美をたずねたり、芝白金の藩屋敷に治広夫人、子息の久千代をたずねたりしてひそかに親戚、血縁との暇乞《いとまご》いを済ませていた。

幕府の許しが出て、江戸を出発したのが三月十九日、米沢到着は二十六日だった。

出府するときは藩主として、帰りは隠居としての帰国だったが、藩政の実権はまだ治憲の手の中にあった。そして託されたその権能は、治憲が当初考えていたものよりも大きかった。

治広に後見を頼まれたというだけではなかった。その前に打ちそろって拝謁をもとめてきた在府の五家老、いまの藩で自分もそう思い、他人からも実力者とみとめられている男たちが、治広の後見役とこれまでと変りない藩政への目配りを要請した上に、口をそろえて、この要請はわれらだけの私案にあらず、近年来のきびしい藩情勢にかんがみて君を措《お》いてよく藩を支え得る人はあらじというのが、家中こぞって言いもし、かつ念じてもいる一項であると言ったのである。

三十

治憲は軽軽と馬を走らせていた。お供はただ一騎、御側役と御手水番《おちょうずばん》を兼ねる浅間登理《とうり》忠房だけだった。その身軽さがなんとも快い。

――隠居するとこういうたのしみもあるか。

と治憲は馬上で思っている。

藩主でいる間はただ一人の供を連れて馬をとばすなどということは思いもよらないことだった。外に出るときはいつも暑くるしく供奉の者に取りまかれて移動した。いまは日番出勤の執政に、口上で行先をとどけておけば足りる。咎める者は誰もなく、城門の番士も親しみのこもった目で治憲を仰ぎ、無言で礼をするだけである。

治憲は剣、弓、馬術とひと通りの武術の心得があるが、中でも馬術にもっともすぐれた才能を示した。巧みに馬をあやつる。そのために御側役の浅間忠房は少し遅れていた。治憲は馬を並足《なみあし》にもどして忠房を待った。

「疲れたかの」

忠房が追いつくと、治憲は声をかけていたわった。忠房は治憲より四歳ほど齢上のはずである。いえ、遅れまして申しわけございませんと忠房は言った。

「疲れはいたしませんが、中殿さまの御馬が速すぎますので」

「目ざすあたりは間もなくじゃ。このままで行こうか」

と治憲が言い、主従はゆるやかに馬をすすめた。

二人は城門を出ると、大町の札の辻（高札場）から道を南にとり、そのむかし帰農した少禄の家臣いわゆる原方衆が住む猪苗代町の背後を通りぬけ、笹野観音を目ざしていた。といっても観音さまにお参りするのが目的ではない。

笹野観音と通称される観音さまは笹野山の南麓にある真言宗の寺院、長命山幸徳院の本尊である千手観音のことで、領内外の信仰をあつめているその観音さまは十七日が祭礼である。そういうときに突然たずねて寺僧たちをおどろかす気はなかった。城外に出てきた目的はほかにある。

二人がたどっている道は会津街道で、そのまま南下すれば綱木峠、檜原《ひばら》峠を経て会津領檜原村に達する。しかし正面には吾妻山、大日嶽、西吾妻山とつらなる国境の連峰がそびえたち、峠は青青とした山肌にかくれて見えなかった。

「このへんでよいか」

治憲は半ばひとりごとのように言って、馬をとめた。前方場所は笹野村にかなり入りこんだあたりである。前方に笹野山をその中にふくむ小高い丘陵とひとかたまりの村落が見えた。丘も村も緑に取りかこまれ、村ははげしく繁茂する緑の木木に埋もれてしまいそうに見える。丘のふもとにあるはずの観音堂は、そこからは見えなかった。

すずしい風が稲田をわたってきて、汗ばんだ馬上の二人を吹きすぎた。

「今日は三日か」

「さようでございます」

と忠房が答えた。六月三日はそろそろ梅雨が明ける時期ではあるが、照りつける午後の日差しは梅雨の晴れ間にしては暑すぎて、このまま梅雨明けになるのかとも思わせる。

だが視界をさえぎっている吾妻の連峰は、山襞《やまひだ》から昨日の雨の名残りと思われる雲を吐き出していた。うすい雲はところどころでちぎれながら、ゆっくりと緑の山肌を這いまわっている。その上に高い空をわたる雲の塊が時どき影をおとすと、地上の風景は急にくらくなって、たちまちつい数日前まで降りつづいた雨を思い出させた。梅雨が明けるには、もうしばらく間があるのかも知れなかった。

「今年の作柄はどうかの」

治憲は馬上で身をよじって、丘陵ぞいに笹野村から北の古志田村の方角にひろがる稲田を見ながら言った。田のあちこちに、深く腰を曲げて田の草取りをしている村人の姿が見える。

さて、と忠房は首をかしげた。稲は見たところ葉の緑も濃く、背丈ものびて順調に育っているように見える。忠房が馬を降りて街道わきの田のへりにしゃがんだので、治憲もそれにならった。

「虫もつかず、うまく生育しているように見えますが、素人にはそれ以上のことはわかりません」

どれどれと言って治憲も馬を降り、忠房のそばにしゃがんで稲の葉に手をのばした。ざらりとした、へたに手の中でしごいたりすると皮膚を切りそうな強健な葉の感触が伝わってくる。城内の神神にそなえるため、秋の収穫後の黄熟した稲束には手を触れているが、出穂前の稲そのものにさわったのははじめてだった。

ふと、祈る気持が胸の中を走りすぎた。豊作であってくれればよい、と治憲は思った。去年は前半の天候不順がたたって、稲の実入りはわるく不作だった。治憲が隠居をいそいだ理由の中に、そのこともなかったとは言えない。二年前の大凶作以来、治憲のこころの底には天候に対する強い警戒心が残っている。凶作のおそれはまだ去ってはいないと思うのだ。出来れば常時国元にいて、災いの兆しが見えたときはただちに対処したかった。

「暫時お待ちくだされ。あそこにいる百姓に聞いてまいりましょう」

稲の葉をにぎって深刻な顔をしている治憲を見て、忠房は主人がまだ作柄を案じていると思ったらしい。そう言いのこすと軽い足どりで田の畦を伝い、田草取りの村人に近づいて行った。いかにも鄙《ひな》の人間らしい、訛《なまり》のつよい大声の農夫としばらく問答をかわしてから、忠房はもどってきた。

「これからの日の照りぐあいにもよりますが……」

忠房はすぐに言った。

「去年のような不作はまずあるまいと申しております」

「そうか。それはよかった」

「ここまでの稲の育ちは、例年になくよいとも申しました」

「や、よくわかった。大儀だった」

治憲は忠房をいたわると馬にもどった。そしてぼちぼちと帰るかと言った。治憲の胸に城を出るときはなかった安堵感が腰を据えている。今日は田圃を見て来ようと思って、遠乗りに出たのだ。その目的は達せられたようである。

為政者にとっても、農民にとっても、米の平年作以上の収穫がすべての基礎だった。その土台がゆらいでいては産業の振興などということをとなえても徒花《あだばな》である。一昨年の大凶作は、そのことを為政者側に骨の髄まで知らしめた事件だった。大凶作までいかなくとも、不作の年に農民の尻をたたいて年貢を掻きあつめるのはつらい仕事である。年貢の減免といっても限りがあり、農民に情けをかけすぎれば今度は藩政の運営が成り立たなくなる。

——為政者というものは……。

と治憲は思った。いつもその兼ね合いにくるしまなければならない。というよりもくるしむべきだった。農民の痛みに無関心な為政者はろくなものではない。治広に書き遺したことも、つまりはそういうことだ。

そう思ったとき、治憲は脳裏にふと一人の人物の姿がうかび上がるのを感じた。もっとも、その人に治憲はこれまで会ったことがない。ただ大名間で評判の人物なので、一度も会っていないにもかかわらず漠然と容姿まで思い描くことが出来る。

——あの方も、いまごろはやはり稲の育ちぐあいを気にかけているだろうか。

と治憲は思った。忠房、と治憲は言った。

「今度の帰国の途中、白河侯がご書簡を寄せてこられたのをおぼえておるか」

「もちろん、しかと記憶いたしております」

と忠房が答えた。

白河城下を通過したときに、藩主松平定信が慣例のごとく手紙にそば粉一箱をそえて持たせた使者をよこした。ところが今度の書簡は定信自身の手書きで、文面はつぎのようなものだった。つねづねご美名相慕い謁見《えっけん》を願いおり候ところ、ふとご譲封ご帰国の由、ご縁の薄き、志願の空しくまことに一生の残念に御座候、この上はよくご自愛なられ候よう存じ奉り候。

そのとき治憲は恐縮して答礼の使者を送ったのだが、思いがけない人に突然に過剰な親近感とも思える心情を打ち明けられた違和感が残った。その気持はまだすっきりと消えたわけではない。

「そのときの侯のご書簡はそなたにも見せたはずだが、感想は聞かなかった。あのおり、そなたはどのように思ったかの」

「中殿さまは、白河侯とお会いしたことはござりましょうか」

「一度もない。参勤の年次が異るゆえ、その機会がなかった」

「ははあ、それであのように申されたのでござりますな」

と忠房は言ったが、すぐに言葉をつづけた。

「白河侯は賢君の聞こえ高いお方で、藩はよくおさまって一昨年の大凶作にも一人の死者も出さなかったと承っております。わが中殿さまも多年藩改革に取り組まれて、この言い方はおそらく中殿さまには面映《おもは》ゆく、またごめいわくとも思われましょうが、その名君ぶりは諸侯の間にて賞賛されております。おそらくその親近感があのご書簡となったものと拝察いたしました」

「それだけか」

「いえ、しかしながらあのとき、受けとられた中殿さまの方にはいささかとまどいがあられたのではなかろうかとも拝察つかまつりました」

「……」

「忠房、言い過ぎでございましょうか」

浅間忠房は明和八年に竹俣当綱の推挙で治憲の小姓となった。以来十五年も治憲のそばに仕えている。二人はいわゆる気心の知れた主従だった。

「いや、かまわん。つづけてよいぞ」

「ではお許しを頂いて申し上げますが、おそれながら白河侯と中殿さまのお二方はいささか人間の肌合いが異るように拝察いたします。それが中殿さまのとまどわれた原因ではなかったでしょうか」

「……」

「もっと申し上げてよろしいでしょうか。それともこのへんでやめといたしましょうか」

「忠房、前に出て馬をならべろ」

　と治憲は言った。帰りをいそぐ必要はなく、二人は並足で馬をすすめていた。笹野村の田圃は次第にうしろに遠ざかり、原方衆が住むひらべったい町が近づいてきた。日はまだ高く、暑かった。笠をかぶっていなかったら、主従ともに頭から灼《や》かれたろう。

「おもしろいの。考えていることを残らず言え」

「白河侯は貴人にございます」

と忠房が言った。声は左の斜めうしろから聞こえる。

浅間忠房は、はじめて米沢に招かれた細井平洲が、松桜館に滞在して藩の子弟を教えたとき、二十人の学生のうち学力第一等と称された秀才である。忠房の言う貴人が、平洲の「建学大意」に述べられている高位貴人を指していることは明瞭だった。暗に民のこころを読むことにおいて、治憲にかなうはずがないと言ったのだ。松平定信は三卿の筆頭田安宗武の七男で、八代将軍吉宗の孫である。貴人中の貴人だった。

「いまひとつ、中殿さまと異るところは、白河侯は天下に志があると、もっぱらうわさされている点にござります」

　と忠房が言った。

　八代将軍吉宗は米将軍といわれた。寛文六年に制定した「諸国山川掟《しょこくさんせんのおきて》」を廃して新田開発を奨励し、これまでの検見法《けみほう》に変えて定免法《じょうめんほう》を採用し、毎年一定量の年貢が収納出来るようにした。

　ただし定免法採用を理由に、年貢の収公率を上げたので、前代の正徳期ごろには三公七民にも達しなかった年貢が、吉宗の時代には五公五民となり、これはのちに享保末期以降に諸国一揆が多発する原因となった。

年貢増徴策は、畑作物を対象とする畑地年貢、三分一《さんぶいち》銀納法《ぎんのうほう》にも適用された。三分一銀納法というのは、米作不可能な畑地を三分の一とみなし、この耕地面積で収穫出来る米の量を算定して、実際にはこれを換金畑作物から得られる銀に換算し納めさせるもので、このような一連の年貢増徴策は、逼迫《ひっぱく》している幕府財政を救済するためにとられた措置である。

しかしせっかく新田を開発し、収公率を上げて年貢米を掻きあつめても、米の値段が下がっては何にもならない。米で衣食をまかなう武士の暮らしは、たちまち影響をうけてくるしくなる。そこで吉宗は米価の安定策にまで手を出さざるを得なかった。

吉宗以前は米の値段が高かったので、幕府は商人が先の値上がりを見越して米を買い溜めることを不実商《ふじつあきた》いとしてきびしく取締った。しかし米価が安くなった享保期には、不実商いは歓迎すべきものとなったのである。吉宗は延米《のべまい》取引きを公認し、大坂の堂島に米市場をもうけて米の延取引きを行なわせた。

それだけではない。酒造制限を解いて、酒つくりを奨励し、商人たちに半ば強制的に米を買入れさせ、幕府自身も加賀藩から十五万両もの借金をして市中米を買いあつめた。その上諸国大名たちにも、指示があり次第米を買入れる用意をするように命じている。幕府の権威を総動員して米価の釣り上げと安定に立ちむかったというべきで、米将軍の渾名《あだな》は故のないことではない。

しかし米相場ほど不安定でとらえがたいものはない。吉宗の苦心の政策にもかかわらず、享保十七年に西国を中心に蝗《いなご》の害による大凶作が起きると、米の値段はたちまち高騰した。このために江戸では打毀《うちこわ》しが起きて、幕府の命令で米を買いしめていた商人高間伝兵衛の店は、江戸市民千七百人の襲撃をうけた。打毀しは徹底していて、家屋、家財、帳簿類一切を川に投げこんだという。しかしその翌年から二年間は、今度は大豊作がやってきて、吉宗はまたしても米価釣り上げに奔走しなければならなかった。

この米の値段とのたたかいは、とどのつまり、吉宗自身が嫌いぬいた貨幣改鋳によって、世に流通する貨幣の量をふやすことで一段落したのだが、このような吉宗の米に執着した政策は、視野に何をいれていたのであろうか。

言うまでもなく武士階級の優位を維持するということである。武家奉公に対する報酬は、扶持米取り、あるいは禄高何百石というように、収入となる米の量で示される。幕府の直参《じきさん》である旗本、御家人も、地方諸藩の家臣も基本的には同じ仕組みで、彼らは一部を日日の食用に、一部を換金して衣服その他生活に必要なものをもとめる費用とした。こういう雑用を武士にかわって代行したのが地方では米商人、江戸では札差で、江戸の札差は台所のくるしい直参に対して、あずかる米を担保にして金を貸しつけた。

幕府がくりかえし発令する倹約令にもかかわらず、元禄ごろから目立ってきた消費拡大の傾向は、都市から地方へ、商家から武家、農民へと滲透して、これまでの米を中心にした武家政治の基本の姿を破壊しかねないところまで来ていた。購買意欲をそそる商品はふえつづけ、贅沢な暮らしをおぼえた人人はやがて暮らしの金に困るようになる。

こういう世の動きの中で、米は置き去りにされようとしていた。消費物資が少なく、暮らしが質素だった時代には、生活の基礎は米にあって米の値段に消費物資の値段が追随した。それで米で暮らす武家も農民も一応は安泰で、世の中はまるくおさまっていた。

ところがいつからか米の値段が下がっても、そのほかの物の値段は高いままでつづくという現象があらわれるようになった。値段が高くとも買うことが出来る富裕な客層がふえてきたということでもあり、また高い金を払っても買う気をおこさせる魅力のある商品がふえてきたということでもあったろう。

そして物を動かし、物を売るのは商人である。富がそこにあつまるのは当然の成行きであった。そのような新興の商人が出はじめたのが元禄のころからである。しかし吉宗が将軍職をつぐころに世の中の富を独占しようとしていた富商たちは、財力を誇示しかつ享楽的だった元禄商人たちとも、また徳川政権の草創期に、徳川家の覇権確立に深くかかわり合った伝説的な豪商たちとも、いささか性格を異にしていた。

かれらは何よりも富の確保に堅実だった。そのためには多分に禁欲的ですらあった。そして富の運用にあたって、たとえば幕府や諸藩の御用商人的な役割をつとめたとしても、必ず対価を取った。

このようにして世の中の富は、商人という一階級が独占するとまではいわなくとも、その場所に集中して蓄積されつつあって、米中心の経済に頼らざるを得ないために、相対的に財力の低下をきたしている武家社会と、その支配の体制は、商人が持つ富に頼らなければ何事もすすまぬという時代を迎えつつあったのである。

吉宗が米の権威を確立するために、あらゆる手段をつくして奮闘したのは、消費物資をにぎる商人中心にかたむきつつある世の中を、米中心の経済にひきもどして武家の権威を世に明示しようと考えたからにほかならない。政治の形は一種の農本主義だが、吉宗の目の中には農民の姿はなく、五代将軍綱吉が民は国の本なりと宣言したような農民保護の観点は皆無だった。農民をしぼれるだけしぼるというむかしながらの思想があるだけである。政権末期から農民一揆が多発したのは当然の成行きというべきだろう。

将軍職をついでから七年目の享保七年、吉宗は破滅に瀕している幕府の財政を救うために、万石以上の諸国大名に対して、石高一万石につき百石の上げ米の上納を命じた。その代償として参勤交代の在府期間を半分にするという条件を提示した上での頼みである。

しかし参勤交代は、幕府の対諸藩政策の根幹をなす制度である。諸大名が献じる上げ米は年間十八万七千石ほどになり、疲弊し切った幕府の財政をうるおしつつあったが、これによる幕府の、ひいては将軍家の威信の低下はまぎれもなかった。背に腹はかえられずに取った措置だったが、吉宗は胸のうちの屈辱をぬぐえなかったろう。

上げ米制度を採用してから六年後の享保十三年に至って、吉宗は六十五年間にわたって財政悪化を理由に取りやめていた日光社参を行なった。日光社参は将軍を中心に諸大名、旗本が厚く供奉して日光の東照宮まで行軍する準軍事的な催しである。出費は多大だが、将軍家の威信を取りもどすには、この上ない行事でもあった。

次いでその翌翌年、享保十五年には上げ米を停止した。参勤の在府期間をただちにもとにもどしたことはいうまでもない。こうした将軍、幕府の権威強化、あるいは復活と直接の関係はないが、吉宗は将軍職をついだ翌年に、さっそくに生類憐《しょうるいあわ》れみの令以来ながく停止されていた鷹狩りを再開し、また文化的に傾きすぎた前代の武家諸法度《ぶけしょはっと》を旧にもどしている。いずれも武家の権威を高めるための、武威を張った措置といえよう。一連の米対策の中で、吉宗は大商人たちの財力を利用せざるを得なかったが、その政策の基本は武士階級と隠然たる実力をたくわえつつあった商人階級との間に、強く一線をひくことにあった。

しかしつぎの時代の実力者老中田沼意次は、吉宗がこだわったようには商人階級にへだてをおかなかった。むしろかれらが持つ財力を積極的に政治に利用しようとした。

意次が九代家重の時代を経て、十代将軍家治治政下の老中として行政的な手腕をふるうようになっても、やったことは吉宗時代の政策の踏襲とみられるものも少なくない。たとえば倹約令の発布、荒地開発、貨幣改鋳といったようなことだが、しかしこれらの政策は、この時代に政策をすすめるためには誰がやってもある程度は同じようなことにならざるを得なかったということでもあったろう。

だが意次は、吉宗がやらなかったことにも手をつけた。下総国《しもうさ》の印旛沼《いんばぬま》、手賀沼の干拓は、吉宗が手をつけ、財政事情が行きづまって放棄した事業である。意次は行きづまりが幕府の出費でやったがために起こったことを見抜き、これを町人請負いの形で再度とり上げた。干拓を請負ったのは大坂の富商天王寺屋藤八郎、江戸の長谷川新五郎である。

事業そのものは、このあと天明六年に起きた大洪水による利根川決潰で挫折するけれども、町人の財力を利用した請負い開発は、意次の体面にこだわらない柔軟な行政ぶりを物語るものであったろう。

また意次の時代に株仲間（株によって同業者の数を制限するためにつくった組合）の公認が急増し、株仲間の公認は商人の利益保護につながる制度であるために、意次と商人たちとの癒着、ひいては収賄がうわさされたけれども、意次は意次で株仲間から上がる運上金、冥加金《みょうがきん》を、幕府財政をささえる重要な経済政策のひとつとして考えていたのであろう。意次は経済政策にあかるく、政策の実行にあたっては果断なところがあった。

運上金の吸い上げだけにあきたらず、のちに意次は貸金会所というものまでつくろうとした。全国の寺社、百姓、町人から出資金をつのり、これに幕府の出資金も加えて官制の金貸し機関をつくり、大名に貸しつけようとしたもので、意次が失脚したために日の目を見なかったが、目のつけどころは卓抜で、またきわめて商人的でもある。

同じく失脚によって実現しなかったが、意次は蝦夷《えぞ》地《ち》の大開発とここを足場にした開国貿易を考えていたとも言われ、政権末期にはその調査に着手していた。長崎貿易にも力をいれ、俵物輸出の増加で成功をおさめていただけに、田沼意次の積極的な経済政策は、政権が持続すれば以後のわが国の経済、外交に特筆すべき展開をもたらした可能性がある。

しかしこうした田沼意次の一連の政策をひややかな目で見まもっている一群の人人がいた。松平定信と、かれを中心とする定信が心友と呼んだ大名たちである。本多忠籌《ただかず》（泉藩主）、松平信明《のぶあきら》（吉田藩主）、松平信道（亀山藩主）、戸田氏教（大垣藩主）らがそれで、かれらは定信の田沼政治批判に同調して、会うたびにあるべき政治の姿を語りあって激論をくりかえしていた。

田沼意次の政治は、経済重視の政策を基本とするために、どうしても有力商人との密着したつながりを特色とせざるを得ないものである。そのために田沼が打ち出す政策は、定信らには将軍吉宗がせっかく商人階級の手から取りもどそうとした武家の権威、威信を、ふたたびなしくずしに崩壊させるものと見えたに違いない。

加えて田沼政権にとって不運だったのは、意次が幕政で力をふるいはじめた明和末年ごろから天変地変が多発したことである。明和九年の江戸大火は人災だったが、江戸を丸焼けにした。大名の藩邸千五百、旗本屋敷千七百、江戸の町六百二十八町が焼け、死者行方不明者は一万八千七百人、怪我人は六千百六十一人におよぶという大災害だった。

安永七年には伊豆大島の三原山、翌八年には鹿児島の桜島が大噴火を起こし、このときは一万六千人の死者を出した。そして天明三年にいたって浅間山が爆発し、この爆発はつづく奥州、北陸の大飢饉の遠因となったとも言われた。飢饉による死者は十三万人である。

こうした災害の多発は、意次の積極的な経済政策の効果をいちじるしく殺《そ》ぎ、たとえば大洪水によって印旛沼、手賀沼の干拓が失敗したように、時には政治的な努力を台なしにした。そして天変地変が意次のせいで起きたわけでないことはあきらかであっても、大災害がもたらす世情不安の中で、人人はそれがあたかも実力者意次の不徳と失政がもたらしたものであるかのように思いはじめるのである。

そして、そういう風潮を助長したものに、不確かなしかし根づよい収賄のうわさがあった。だが権力者への過剰な接近、つけとどけの習慣は意次以前からあった現象で、また意次が格別に賄賂をよろこんだという証拠はないとも言われる。

しかしこうしたことをふくめて、松平定信を中心とする譜代大名の一派は、それが災害のためであれ何であれ意次が政治的な失策を重ねるさまをじっと凝視していたのである。意次の政策が方法こそ異るものの、吉宗が腐心した幕府財政の確立にあることがあきらかであるにもかかわらずである。

意次の父意行は紀州藩の足軽だったが、吉宗が将軍となって江戸に入るときに随行し、用いられて直参となり最後は御小納戸頭取をつとめて六百石の知行地をあたえられた。意次の出自がそういうものであることに対しても、譜代にして門閥大名でもある定信らの視線はつめたかったであろう。成り上がり者が天下の政治を左右していると思わなかったろうか。

江戸城内のこのような政争の動きは、いつとはなく外に洩れるものである。述べたようなことは登城出仕のときにも治憲の耳に入ってきたが、また一部は高橋吉輔ら御留守居の役目の者からもたらされることもあった。御留守居は藩のもっとも先端ではたらく外交官であり、そうした今日ただいまの情勢にうといようでは勤まらないのである。

「白河侯は、いずれ幕閣に乗りこんで田沼さまにとってかわられ、天下を料理するつもりではあるまいかと申す者もおります」

と浅間忠房が言った。

「その御志には深甚の敬意をささげるものですが、それにつけてもわが中殿がそのような御志を持たれないのはさいわいだったと、われらは語り合っておりまず」

「は、は。わしにはそんな器量はない」

と治憲は笑ったが、背後の忠房ははたしてそうでしょうかと言った。振りむくと、忠房は馬上で首をかしげている。

「ご器量だけのことなら、僭越《せんえつ》ながら白河侯といずれかと、われらは思うものですが……」

「身びいきもほどほどにいたせ」

治憲はあきれて叱ったが、忠房はまだ何かを考えている様子で、はきとした返事をしなかった。

白河侯が田沼意次にかわって政権をにぎることに野心を燃やしているのは、ほかにも理由がある、と治憲は思っていた。

安永三年に病弱だった田安治察《はるあき》が病死したとき、子供がいなかったために田安家は家名断絶の危機をむかえた。そしてその数カ月前に、家に残っていた七男の定信は、白河藩主松平定邦の養子になっていた。田安家では治察の病弱を心配して、いざという場合は定信に家督をつがせたいと思っていたのでこの養子話に強く反対したのに、最後は将軍命令で定信は強引に田安家から外に出されてしまった。そのあとに起きた田安家長男治察の死去である。

背後にわが子家斉を将軍継嗣に推したい一橋治済《はるさだ》と、時の権力者田沼意次の結託があるといううわさがささやかれた。田安家は、一橋家、清水家を加えた三卿の筆頭であり、田安家の当主は将軍継嗣にもっとも近い人物であることは言うまでもない。一橋治済と意次は、万一の場合英才のうわさが高い定信が、田安家から将軍職をつぐことをおそれて手を結んだのだというのが、ささやかれている中身だった。事実そのときの養子縁組は、老中がすすめ、大奥がすすめて異様な雰囲気のもとにまとまったものであるらしかった。

白河侯には、田沼に対する私怨《しえん》がある。しかし忠房もそこまでは知るまいと治憲が思ったとき、また背後から忠房がよろしゅうございましょうかと言った。ようやく考えがまとまったらしかった。

「ご器量だけのことでありますならば、中殿さまは白河侯におくれをとられることはござりますまい。しかしながら、ご性格として、中殿さまは天下のことにはさほど関心を抱かれない。お考えは華美をきらい、きわめて堅実。はじめに人間の肌合いが異ると、僭越をかえりみず申し上げたのは、そのことでござります。そのことを、われらはわが藩のためにこの上なくよろこぶものであることを申し上げたく、今日はあえてかずかずのご無礼を申しました。おゆるしください」

馬が原方衆の町を過ぎて町人まちにさしかかったので、二人は口をつぐんだ。日暮れちかい町通りに、馬のひづめの音が軽快にひびいた。日がな一日町の上に日が照りわたって、道が乾いているせいだろう。

——忠房は……。

さすがによくみておる、と治憲は思った。わが主大《あるじ》事の身びいきな評価はともかく、治憲に天下に対する興味はないという指摘は、まったくそのとおりだった。上杉は外様であり、幕閣入りして天下の経営に参加するということは起こり得ないが、かりに治憲が譜代藩主だとしても、みずから望んで幕閣に加わるなどということは、これまたあり得ないことだと思われた。

政治権力というもの、はなばなしく、大きな身ぶりで天下を牛耳《ぎゅうじ》ることを快しとする生き方は、忠房がまさに指摘したように、治憲の性格にも生き方にも反するものだった。

原方衆の町にくらべると、町人まちの道は人通りも多く、どこかしらに活気がある。一群の子供たちが道を横切って路地から路地へと走り抜け、商家の前には町の女房たちが立ち話をしており、家家の奥からは槌をふるう音が聞こえてくる。馬上の二人をみて、小腰をかがめて会釈したり、家に隠れたりする人人の中に、笠の中の顔を治憲とみとめていそいで路上にひざまずく者もいた。

会釈して通りすぎながら、治憲は、土台一藩のやりくりもままならない身に、天下を切り盛りする才覚があるわけがないではないかとも思った。

三十一

翌天明六年の五月になって、治憲の隠居御殿餐霞館《さんかかん》を、執政の毛利雅元と御中之間年寄志賀八右衛門祐親が、連れ立ってひそかにたずねてきた。

中殿もご承知のごとく、と雅元は言った。

「わが藩はまだ、三年前の大凶作による疲弊から立直っておりません。しかるに昨年も意外の不作と相成りまして、中殿には申し上げておりませんが御取箇《おとりか》(年貢収入)に不足を来しました。加えるに……」

雅元は目を伏せたまま、持ちまえのゆっくりした物言いでつづけた。

「昨年は当藩御代替りにともなう諸出費、大殿、中殿お二方の御隠殿新建のご出費などがかさみ、藩の台所は、今年に入ってにっちもさっちもいかぬという有様になりました」

治憲はしばらく無言で、白髪が増した雅元の頭を見つめてから言った。

「よほど、ひどいのか」

「つつみ隠さず申しますと、藩は、明日のやりくりもの責めは執政府のみならず、われら年寄どももともに負うべきものと考えております」

「それはよい。ここで責任を云云《うんぬん》してもはじまらぬ」

志賀の弁明に、治憲は迂遠なものを感じた。

「それより、その借金の掛け合いはいかがした？」

「応じる者なし、です。もはや藩の要求には応じつくして、逆さにして振ってもらっても鼻血も出ぬ、と申す者もおりました」

志賀が言っていることは、聞きようによっては剽《ひょう》げた中身のものだったが、誰も笑わなかった。志賀自身も、自分が剽げたことを言ったとは夢にも思わないらしく、述べおわると深刻な顔をうつむけてしまった。

治憲はそっとため息をついた。

「さもあらん。領内の者からは借りつくしておる。借金に頼るのは甘い」

「しかし、金はまだあると存じます」

と志賀が言った。

「ただ、藩に貸しても益がないと思っているのです。さればと申して、金を隠しておるだろうと責め問いするわけにも参りません」

「当然だ。で、これからいかがするつもりか。何か方

ままならぬところに来ております」

「なんということだ」

と治憲は言った。

胸の中に動いた一瞬の怒気は押さえこんだものの、声が思わず非難するひびきを帯びるところまでは制し切れなかったようである。無能の執政府という言葉が治憲の脳裏にちらついた。

「内匠《たくみ》」

治憲は呼吸をととのえるひまをおいてから、雅元を呼んだ。

「さようなことであれば、いま少しはやくわしに申すべきだったの」

「それにつきましては当然われらも相談いたしましたが、とどのつまりは中殿にご心配をおかけしてはいかぬと、相談が一決いたしたもので……」

「しかし、いずれは知れることである」

申し上げます、と志賀祐親が言った。

「じつはこの苦境を、何とか当面の借財をもって切りぬけることは出来ぬものかと、領内の豪農、富商に借金の掛け合いをいたして参りました。ために中殿さまに実情を申し上げるのが遅れたということもあり、そ

策はないのか」

一昨年は思わぬ不作と相成りましたが……」

今度は雅元が答えた。

「もし今年もあのような事態になれば、諸国から借金して米を買わねばならぬということにもなりかねません。そのことを考慮にいれるならば、この際は、何としてでも目前の金不足を解消しておく手だてが必要であると思われます」

「相わかった。で、その手だてはありやとたずねておる」

治憲がこころもち語気をつよめて言うと、雅元と志賀祐親は顔を見合わせた。つぎに雅元がひと膝前ににじり出てきた。

「それにつきましては種種協議を重ねましたものの、とどのつまりはこれといった名案はなく、無策には似たれども、この上は家中一統より増借りをいたすほかはないということに相成りました」

「増借りのう」

と治憲は言った。気持が一度に重くなったのを感じた。

「家中はすでに藩に半知を貸し、いまも辛うじて日日をやり過ごしておる。そこにもってきてこの上の増借りということになれば、今度はいよいよ暮らしが立ちゆかぬ者が多数出るのではないか。ほかに方策はないものか」

「目前の危急を乗りきる手だては、これよりほかにありません」

「いかほど借りるつもりか」

「残知百石につき一両の出金をお申しつけいただけば、とりあえず藩の日日を動かす費用は賄えようとの見通しにござります」

治憲は二人から視線をそらした。季節はいよいよ梅雨に入るところらしく、ここ数日雨が降ったり、みじかい晴れ間がのぞいたりする天気がつづいている。今日は朝から曇りで、南向きの書院の障子はうすぐらかった。時刻はまだ八ツ半（午後三時）過ぎと思われるのに、日暮れのような冷えた空気が部屋の中に澱んでいる。

じっと考えていると、雅元が中殿さまと呼びかけてきた。

「増借りもやむを得ぬという中殿のご判断をいただけば、ただちに志賀を江戸にやり、お館《やかた》さまに面談して増借りの布達を乞いうける段取りといたしたいと存じます。しかしながら増借りは家中の大事、中殿さまよりお館さまにあてたお口添えの書状をいただき、志賀に持たせてやるわけには参りませんでしょうか」

「添え状か」

「はあ、お口添えがあれば江戸の殿からも布達を賜りやすいのではなかろうかと、愚考いたした次第ですが」

内匠、と治憲は雅元を呼んだ。

「わしは増借りを黙認も承認もせぬ。また添え状も書かぬぞ」

はっと顔を上げた二人に、治憲はつよい視線をくばった。

「江戸のお館は家督を済ませて弾正大弼《だいひつ》となられたものの、いまだ入部しておらぬ。しかるにいわば初仕事が家中への増借り布達というのではあまりにも気の毒な話、とても添え状は書けぬ。また……」

と治憲は語気をあらためた。

「国政の相談に乗るということになってはいるがわしは隠居、この国の主《あるじ》は弾正大弼どのである。その人を差しおいて仮にもわしが重要な国事に何らかの判定をくだすようなことはなすべきでない。増借りがなんとしても必要ならば、まず志賀を江戸にやって、誠心誠意お館に訴えさせよ。お館からは何らかのお指図があろう。すべてはそれからの話じゃ」

詫び言を言って雅元と志賀祐親が引き揚げたあと、治憲は部屋を片づけにきた小姓にことわって書斎に引き揚げた。

休休亭と名づけた書斎は、餐霞館の中で治憲がもっとも気持の休まる部屋である。縁側に面した窓の小障子を半ばあけて机の前に坐ると、治憲は物入れから喫煙具を出した。家紋入りの煙草盆には、治憲の煙草好きを熟知している近侍の者が、つねに絶やさぬように用意している火種が入っている。

治憲は火入れの埋み火《うずび》を掘りおこして、煙草を吸いつけた。二服、三服煙草を味わっているうちに、毛利雅元と志賀祐親に会っていたときの苛立《いらだ》った気分が少しずつ鎮まってくるのを感じた。窓の外の景色は相変らずうすぐらい。正面の築山のくらい緑と、泉水の一部が見えているが、そのあたりに差しかける日の気配もないままに、今日は暮れるらしかった。

——少少いきりたったかの。

と治憲は思った。口添えはしないとつっぱねられたときに二人の顔にうかんだ沈痛な表情を思いかえして、治憲は胸が痛んだ。

だが、何という無策と思ったことも事実である。家中から増借りをすると聞いたとき、治憲がとっさに思いうかべたのは香坂右仲昌諄《こうさかうちゅうしょうじゅん》のことだった。

香坂昌諄は家禄二百三十石の侍組で、天明三年末から治憲の御小姓頭を勤めている。香坂の父帯刀は治憲の傅役《もりやく》だった。その昌諄が貧しくて暮らしかねているという風評が耳に入ってきた。昨年の暮のことである。本人を呼んで問いつめてみると、香坂家の極貧は事実だった。よく見れば昌諄の綿入れの襟は擦り切れて、中から綿がのぞいている。治憲は昌諄に急場の費用として自分の仕切金の中から二十両を貸しあたえ、御小姓頭の役にいる間は、この金は返さずともよいと言った。

いまは、藩の中核をなす三手組の者といえども内職をしなければ暮らせないと言われていることを、治憲とて知らないわけではなかったが、家格から言えば三手組の一段上、上級家臣と呼ばれる家士層にも貧困になやむ者がおり、かれらは家の面目もあっておおっぴらには内職もしかねるために、中には香坂のように窮地に立つ者がいることを治憲は覚ったのである。

すでに家中藩士は家禄の半分を藩に貸し、日日貧困とたたかっているのに、この上残知百石につき一両の増借りということになれば、家禄だけは多くて内実は極貧の香坂昌諄などは、いかにして暮らしを立てて行くであろうか。そう思って治憲は暗然としたのだった。

思わず語気をつよめたゆえんだが、しかし代表して叱られに来た形の雅元と志賀祐親も、去年があのような不作になるとは思わなかったろうと、治憲は気の毒な気もした。治憲自身、去年の六月はじめに浅間忠房とともに馬を駆って城南笹野村のほとりに稲の出来ぐあいを見に行ったときは、不作ということには思い至らなかったのである。

ところが翌月になって、天候が急変した。七月八日に米沢城下を襲った嵐は近年になかった大暴風雨で、三ノ丸にある相模勝熙《かつひろ》の御殿を破壊した。勝熙は藩主治広の同母兄で、前月に三ノ丸御殿が完成して移り住んだばかりだった。

その大暴風雨のあとににわかに旱天がつづき、そうかと思うと稲が花穂をつける初秋になって、梅雨どきのような寒い雨の日がつづくという有様で、治憲がいよいよ幕閣にねがいを上げた赤湯の湯治に出かけた八月末にも、領内の河川が大氾濫を起こす大雨が降った。こうした天候不順は、どこかにその二年前の大凶作の影を感じさせるところがあったのだが、取り入れを終ってみると、はたして平年作にははるかにおよばない作柄となったのである。

こういう成行きは、たしかに執政府にとっては気の毒なものだった。しかし、だから仕方ないと言ってしまっては、いささか心中に違和感が残ると治憲は思っている。大雨、旱《ひで》りは大方の予想を越えたものだったが、目には見えていた。その見えている物の中に、不作を予感させるものもあったはずである。

藩政に責任を負う執政府としては、そのことをもっと敏感に感じとらなければならない。そして不作に対する警戒心をつよめ、ひそかにその対策を練るべきではなかったか、と治憲は思うのだ。不断の心がけとしてそうあるべきだった。

たとえば大殿重定の隠居御殿偕楽館の造営である。天明三年大晦日の夜、より正確にいえば翌四年一月一日のあかつき寅ノ半刻に出火した火によって、重定の隠居御殿南山館は土蔵一棟を残して全焼した。以来重定とその家族は本城内に仮住まいを余儀なくされていたので、御殿の再建は藩にとって緊急の大事業となった。

藩勘定方は、南山館の火災による損失を二万両と算出していた。ということは再建にあたって、少なくとも蔵元から二万両を上回る支出が必要となるということである。藩から自分の手もとにも新御殿再建の建議が上がってきたとき、おのずとそういうこともわかってきたが、治憲は自分の意見をさしはさまなかった。大殿が満足なさる普請をしてさしあげよと言った。享楽をこのむ義父であれば、その享楽を不足なく実現してやるのが子のつとめで、その間に賢《さか》しらな私見をはさんだりすべきではないというのが、治憲の考え方である。

だが、それから先は執政府に下駄をあずけたつもりでもあった。勘定方は、天明三年の藩の収支について五万両の蔵元不足を発表したが、内訳は大凶作による赤字三万両、南山館焼失による損失二万両である。重定に不満のない普請をという治憲の意見は意見として、時節柄を考慮にいれた再建計画ということになっても、過剰なものでない限りそれはそれでやむを得ないことと思っていた。

だがその後治憲の手もとにとどいた具体的な計画には、治憲の懸念したような抑制のあとはなく、建物の構造は旧南山館を踏襲しているばかりでなく、庭園などはむしろ旧御殿の規模を上回るものとなっていた。

事実完成した偕楽館の庭園は、旧御殿の木石を移した上に、ほかの名園からも名木、名石を買入れた見事な景観のものとなり、また大殿重定は時節柄を顧慮するような人物ではないので、御用人五十嵐弥左衛門を江戸にやって、好みにまかせて什器《じゆうき》、器具を買わせた結果、新建の御殿は旧南山館をしのぐ贅をつくした住居となったのである。

しかし、こういう成行きは、治憲にとっては一面よろこばしいことでもあった。執政府が時節柄を考えて計画を縮小し、そのことで大殿重定がこころたのしまない日日を送るということになれば、治憲は悲しんだであろう。治憲には、自分の身にかえても老境にいる重定に不足の思いがない日常を送らせたいというねがいがある。しかし執政府がすすめた偕楽館の建設に、天明三年の凶作と旧御殿焼失による五万両の蔵元不足という現実を一切顧慮した形跡がないことに、治憲はひそかにおどろき、またかすかな懸念を禁じ得なかったのも事実である。

大殿重定の居館再建の着手にひきつづいて、新たに隠居する治憲にも新御殿が必要になった。いずれ治広が藩主として入部して行くことを考えれば、いつまでも本城内に仮住まいをつづけているわけにはいかない。新御殿の建築は当然のことだったが、やがて治広と執政府が打ち合わせて縄張りした新御殿の図面がまだ江戸にいた治憲にとどけられてくると、その結構は、治憲の目にはいささか予想を上回る豪華なものに見えた。

──りっぱ過ぎないか。

江戸家老が普請の大体について説明したあとで置いて行った図面を眺めながら、最初にそう思ったことを治憲はおぼえている。

隠退後の住まいについて、はじめのころ治憲のこころにはどちらかといえば隠居所という言葉が似つかわしい、簡素な建物が思い描かれていたといってもよい。想像の中のその住居は、今日《こんにち》ただいまの藩の財政状況に照らしてこのぐらいが妥当ではあるまいかと思われる規模のものであり、また大殿重定の御殿にかかり過ぎた費用を、多少なりとも引きうけて簡素にとどめる意味合いもふくんでいた。しかしそれは、もっと正直に言えば治憲自身の好みを映したものでもあったのである。

しかし治憲のもとには、さきに藩主治広の世子となった実子顕孝《あきたか》が同居しており、また治憲は藩主の後見人でもある。そういう立場からいって、隠居御殿が胸中に思い描いたような隠者の住居のような建物で済まされるはずはなかった。治憲はこころの中の簡素な隠居所を、いさぎよく消し去った。だが、それでもりっぱ過ぎないかという感想は残った。わずかながら居心地がわるかった。

治憲は国元の奉行たちにあてて手紙を書いた。「紙面の通り直じき懇《ねんご》ろに申し達せられ候方、猶《なお》以て手厚くしかるべく存じ候。別紙案文随分よろしきように存じ候。併せて拙慮一通相したため一覧に入れ候。いずれにしてもよろしき方に相決せられ候ように候　以上」

新御殿の普請については、こまごまと報告をしてもらったが、計画案は大変よいもののように思う。しかしながらこれについては自分も考えていることがあるので、その案をも奉行衆のご覧にいれたい。ただし決定は奉行衆に一任する、といったほどの意味である。ひかえ目にではあるが、治憲は自分の希望をのべたのである。天明四年の暮のことである。

しかし結果的には執政府は治憲の希望を黙殺した。新建の隠居御殿餐霞館はりっぱに完成して、六月末に大殿重定が偕楽館に入居したのにひきつづいて、治憲も九月二十二日、世子顕孝とともに本丸御殿から三ノ丸御殿餐霞館に移った。この移住を機会に、奉行らと打ち合わせた藩主治広から、御殿内の仕切料を大殿重定に準じて年間七百両に増額するようにとの沙汰があったが、治憲はそちらの方はきっぱりと固辞して、従来通りの二百九両にとどめた。

これが前年、天明五年のことであり、餐霞館の規模、内容についての希望はいれられなかったが、治憲はそれで大いに不満だと思ったわけではない。住んでみると新しい居館の住みごこちはこの上なく快適で、黴《かび》くさい本城の住居に数等まさると思うほどだった。

こういう経緯をふり返ってみれば、蔵元窮迫という状況は、執政府のせいばかりにすべきではなく、自身も責任の一端を負うべき立場にある、と治憲は思う。

本城内から餐霞館に住居を移したころ、治憲は世子顕孝の近臣たちに、顕孝のために物語るべき七項目、物語るべからざる七項目を示した壁書をあたえた。世子は左右にいる近臣の言行を見て育ち人となるのである、そのことに心を用いよという意味で、内容は語ってよしとする物語を孝悌忠信の話、恭敬退譲の話、壮士義武の話、諫諍《かんそう》論弁の話、農事耕耘の話など七項目、遠慮すべき物語として財利損益の話、飲食酔飽の話、奇技淫巧の話など七項目を挙げ、最後に為せば成る為さねば成らぬ何事も成らぬは人の為さぬなりけりという治憲自身の信念を託した和歌を記したものだった。

このことは意外な方面に洩《も》れて、治憲の壁書は尾張藩主徳川宗睦に賞賛された。宗睦はわが家でもこれを以て世子の壁書とするべしと言ったということで、治憲は大いに面目をほどこした形になったのだが、そのころ領内の不作が確定しようとしていたことを考え合わせると、苦心の壁書にしても名君気取りの不急の閑文字とさえ思えてくる。

壁書のこともふくめて、いったいに昨年は気のゆるみがあったかも知れぬと、治憲はにがい反省の気持が胸にうずくのを感じた。隠居して藩政に直接責任を負わなくともよくなったというだけではない。十七歳で家督を継ぎ、以来ざっと二十年近い年月を財政困難な米沢藩の主《あるじ》として、気の抜けない緊張した日日を過ごしてきた。その地位から解放されて、さすがの治憲も大きくひと息ついたのだ。疲れもたまっていた。

帰国して隠居暮らしに入ると、治憲は得意とする馬を駆ってしきりに遠馬をこころみ、またたびたび近郊に出て鷹狩りをたのしんだ。以前は仰仰しい行列を組まねば出かけられなかった鷹狩りが、近臣だけを帯同して手軽に出来るようになったのもうれしかった。さらに肩のこらない夜話を聞くために、隠退したもとの奉行吉江輔長、剣客としても高名な大平道次、もとの小姓頭莅戸《のぞき》善政らを召し出すこともあった。餐霞館に移ると、庭で優雅な曲水の宴を催し、桜の盛りには大殿やその家族を招いて花見をした。

隠居暮らしを治憲はたのしんでいた。というよりも、まさにこれからたのしもうとしていたところだった。だが実情はそれをゆるさなかったということのようである。

では、奉行たちも治憲と一緒になって気を抜いていたというのであろうか。むろんそんなことはあり得なかった。事実上の藩政の責任者として、かれらは昨年七月以後の天候の急変に目をとめていたはずである。さらには郷村出役などからの報告をうけて、天候不順によって作物に不熟の不安、あるいは兆候があらわれてきたことも大筋でつかんでいたはずだった。それなのにかれらは何の対策も取らなかったのだ。

大殿重定の偕楽館は天候が急変する前の六月末に完成した。この工事に手直しの余地がないことは明白である。だが治憲の餐霞館が完成するのは九月二十二日、天候悪化を予感させる大暴風雨が米沢を襲ってから、およそふた月半後のことである。天候不順と作物の不熟はこの間に進行した。

この状況をみて、執政府から経費節約のための餐霞館の工事の一部手直し、あるいはそれが間に合わなくとも、庭園普請の延期というような申し入れがあったとしたら、治憲はよろこんで応じたに違いない。だがかれらは何も言わなかったし、財政の窮迫が既成事実となった今年に入ってからも、残っていた偕楽館の庭園築立てに二千人の人夫を使役した。

こうしてやるべきことをやったあとで、執政府は昨年の不作と大殿、中殿の御隠殿建設による莫大な出費を理由に、家中から増借りを言い出したのである。

治憲は黙然と煙草を吸っている。窓の外に見える庭の樹木がうっすらと赤くなっていた。日差しを見ないままに暮れるかと思ったが、日没に近くなって雲が切れたらしい。赤らんだ木の影が手前の池に映っている。冷えた空気はそのままで、むしろさっきより少し寒さを増したようだった。

——大国意識か。

煙草のけむりをくゆらしながら、治憲はそう思った。この国の痼疾《こしつ》ともいうべき大国意識が、藩政改革をさまたげている最大の原因だと覚《さと》ってから久しい。

上杉はかつて越後の太守として、京の足利将軍にも頼りとされた戦国の雄だった。豊臣政権のときに、越後から会津に移されたが、それでも麾下《きか》八千の精鋭を温存する禄高百二十万石の戦国大名だった。この意識が、奥羽の一隅に十五万石の封をつたえる今も、事あるごとに表面にうかび上がって大国の格式、体面を主張するのだ。いまにして思えば、家督を継いだあとに示した治憲の改革方針に対して、藩重臣らがこぞって反対をとなえたのも、無視された大国意識がはげしく反発したのだと、治憲はかえりみることが出来る。

一概に大国意識が間違っているとは言えない。歴代の藩主は公式文書に本国を記すとき、いまも本国越後と記す。本国越後は米沢藩をささえる誇りである。だがそれがために、侍組の中にさえ香坂昌諄のように貧にくるしむ者が出ているような現実に目をつむり、大国の体面を言い立てるのは錯誤もはなはだしいものだろうと治憲は思う。

藩政を一新するためには、人も機構も軽軽と動かなければならぬと治憲は思っている。古いものをすべて捨てるというのではなかった。捨ててはならないものもある。だが改革の足をひっぱりかねない余分なもの、贅肉のごときものは躊躇《ちゅうちょ》なく削《そ》ぎ落として身軽にならねば、藩政一新は成就せぬというのが治憲の考え方だった。

執政たちは、今度もおそらく大国の体面というものに照らして不満のない隠居御殿偕楽館、餐霞館を完成させたのであろう。情勢の変化に応じた手直しなどは念頭になかったと思われる。

――だがそういう臨機応変の身軽さがなければ……。

この貧にくるしむ国を経営して行くことはむつかしいのではないか、と治憲は思う。そうは思うものの、治憲は大国意識に批判的な考えを表に出すことには慎重だった。不用意に指摘すると蜂の巣をつついたようになることは、先に経験済みである。餐霞館についてのべた自分の意見が容《い》れられなかったあと、沈黙して執政府の方針にまかせたときも、その意識が働いたといってもよい。

突然に目の前がくらくなったように感じて、治憲は顔を上げた。築山の木木を照らしていた日差しは消えていた。樹木も池の水も黒く静まり返っている。窓から入ってくる空気は、夜気のつめたさをふくんでいた。日が落ちたようである。治憲は煙草盆に灰を落とし、煙管と煙草をしまった。

――結局のところ……。

家中からの増借りを認めるしかあるまい、と治憲は思った。ほかに目前の急場をしのぐどのような手段も思いあたらなかった。

なすすべもなく窮迫をむかえた執政府を、無策なるかなと嘆じたが、その無策の批判は治憲自身の胸にもつき刺さってくるようであった。わずかな天候の変化にもおびえて暮らすこの国の前途に、どのような活路があるのか。白子神社に納めた誓文の一節「因《よ》って大倹相行い、中興仕りたく祈願仕り候」という文言は、いまも埋み火のように治憲の胸の底を照らしているが、前途に活路などないのだとなれば、それは十七歳の少年藩主が描いた夢想にすぎなかったことになる。

「くらくなりました。灯をお持ちします」

部屋に入ってきた小姓の声に、治憲ははっと顔を上げ、自分がくらがりの中に一人で坐っているのを覚った。小姓の声に訝《いぶか》るようなひびきがあるのも当然である。

「灯はよい。今夜はこのまま奥に帰ろう」

と治憲は言った。

書斎の隣には寝間があり、書物を読んで夜おそくなるときはそこに泊ることがあるのだが、治憲は今夜は早目に奥にひきとって、お豊の方と軽い雑談でもかわしたい気分になっていた。

江戸にいる藩主治広に、家中への増借り上げを下命してもらうために陳情に行った志賀祐親は、六月の末になってむなしく手ぶらでもどってきた。治広は、増借り上げに許可を出さなかったのである。

「不首尾だったそうだな。それにしては、だいぶ手間どったの」

と治憲は、帰国の報告をしにきた祐親に言った。

「はあ、行って間もなくお館さまのご意向を頂戴しましたが、そのまま帰っては子供の使いのごときものと相成りますので」

「それで、これまで粘っておったか。ごくろうであった」

「江戸家老を頼み、時には二人でおねがいに参上しましたが、お聞きとどけいただけませんでした」

祐親は、旅の疲れだけとは思えない憔悴《しょうすい》した顔をうつむけた。

江戸家老は中条豊前至資《よしすけ》で、二年前に同役の千坂清高が奉行職に転じて帰国したあと、一人で江戸屋敷を切り回し、対幕府、対諸藩の折衝にあたっていた。人格、識見ともにすぐれて、やがては藩政を担う逸材と嘱望されているが、豊前はまだ三十歳で、なんといっても若かった。治広の拒否をうまく丸めこむような老《ろう》獪《かい》さは望むべくもない。

「で、お館は何と言われたのだ」

いまだ入部もしておらぬ身ゆえ、新藩主としては、はじめに家中、領民にまずもって仁慈のこころをこめた政策を示したいものだと仰せられました、と祐親は言った。

「しかるに、志に反して家中の者たちに苦しみをあたえる布達をもって、藩主の勤めをはじめねばならぬとは、余儀ない事情があるとはいえ、忍びがたいものがある。他に方策はないか、さらに一考すべし。お館さまはかように仰せられ、われらのねがいをきびしく斥《しりぞ》けられました」

「さようか、そのように申されたか」

うなずきながら、治憲は治広どのは大丈夫だという思いが、すばやく脳裏をかすめたのを感じた。これでわが後の藩は心配ないと思った。

ふと、自裁した木村丈八高広の顔を思い出していた。治広の現在がそういうものであれば、当時は厳格に過ぎて失敗したと思われた木村の世子教育は必ずしも失敗だったとは言えない、と治憲は思った。木村は正義を正義としてつらぬくべしと教えなかっただろうか。悪を悪として断固として斥けることを、治広にもとめなかったろうか。

執政府の要求をきびしくはねつけた治広のこころの中に、少年のころに叩きこまれた木村の教えが、当時は強く反発したとみえたのに、消しがたくいまも生きつづけていることは十分にあり得る。治憲はわれにかえってたずねた。

「お館の意向をうけて、執政たちはどう申しているか」

「お言葉は重重ごもっともでありまするが、もはや猶予はならぬ時がきた。なんとしても増借り上げが必要なわけを列記した書類をつくり、今度は奉行の毛利さまが出府なさるということで評議は一決いたしました。二、三日うちには、毛利さまが中殿さまにそのご報告に参るものと思われます」

「相わかった」

治憲はひと呼吸おいて、八右衛門と志賀を呼んだ。志賀祐親は、浅間忠房の前に三年間治憲の御側役をつとめたかつての側近である。

「内匠が出府する折には、今度はわしも添え状を書こうと思う。内匠にそう申せ。そなたには持たせず、執政に添え状を持たせるのはへだてを置くに似るがそうではない。情勢が変った」

「天候順ならずということでございますか」

「今年の不作は必至だぞ」

「仰せのごとく、と心得まする」

祐親は顔を上げて治憲を見た。その顔が、突然に青ざめたように見えたのは、藩政にかかわり合う者としての戦慄が、祐親の身の内を走り抜けたのであろうか。祐親は頭脳明晰《めいせき》な官僚だが、小心なところがある。いまもその小心さがちらと顔を出したように見えた。

主従は顔を見合わせ、そのあと無言のまま言い合わせたように、窓の障子に目をむけた。うすぐらい窓の外には、朝から一度もやまずに降りつづいている雨の音がした。冷気をふくんだ長雨は志賀祐親が江戸にいる間にはじまり、藩が城下の寺社に祈禱を行なわせたあと、いったん回復するかに見えたのだが、二、三日前からまた降り出して、いつやむともなくいまも降りつづいているのだった。

いよいよ去年につづく不作と決まれば、四方の金主をたずねて金を借り、米を買いもとめて不作に備えなければならない。その前に増借りであれ何であれ、藩の日常を賄う金を工面しておかねばならぬことは自明のことだった。

「国元のただいまの事情を知れば、お館もつぎの陳情は無下には斥けられまい」

と治憲は言った。

毛利雅元は藩主治広にねばり強く説得と嘆願をくり返し、ついに増借り上げの許可をとった。すでに藩に貸してあるあとに残る知行百石につき一両の借り上げ御頼みという布告が執政府から出されたのは八月十九日で、家中藩士はかねてのうわさから覚悟はしていたものの、いざ借り上げが発表されるとさすがに騒然となった。執政のその報告を、治憲は重い気分で聞いた。

しかし雅元が江戸表に出府したあとの七月十七日ごろから国元では連日冷気をふくんだ雨が降りつづき、暗く垂れこめた雨雲の下に、田も畑もおし黙って濡れているばかりだった。七月十七日は太陽暦の八月十日である。もっとも日照りが欲しい時期に、置賜《おきたま》の平野は雨期をむかえたような暗くうすら寒い日日がつづいたのである。

藩ではふたたび城下の寺社に命じて天候回復の祈禱を行なわせたが、そのころには誰の目にも天候の異常はあきらかに見えていた。稲が花穂を出す初秋まで、まだひと月足らずの日にちは残っていて、その間に雨がやみ、野に強い日差しがもどれば、多少は雨の影響が残るとしても、大きな不作はまぬがれるかも知れぬという観測がまったくないわけではなかった。

だが農民であれ、郷方勤めの藩役人であれ、そういう見方にのぞみを託す者は少なかった。初夏以来の天候不順が災いして、稲の育ちはきわめてわるく、茎は痩せ株は隙間だらけである、葉もまた生色を欠いて田のところどころでうすい黄ばみが見られるという報告が治憲の手もとにとどいていた。

七月半ばになれば、平年作の稲株は密集して直立し、葉は深い緑に染まってうっかり葉のへりに手を触れたりすると、皮膚を切りかねないほどに強健に茂る。今年の稲田にはそういう稲株は見られないというのだった。

藩では、寺社に雨止みの祈禱を命じた七月十七日に、凶作にそなえて領内の者は残らず粥を用い、一国一家の思いを為すべしという布達を出し、つづいて他国から米を買入れる資金をつくるために、藩の財政をささえる金主たちに借金すべく、いそいで掛け合いの準備に入ったのである。

そういう騒然とした空気の中で、治憲は不意に思い立って、雨の中を糠野目村の近くまで稲の様子を見に行ったことがある。七月の晦日だった。供は御手水番《おちょうずばん》をつとめる小姓綱島伊左衛門頼元である。治憲の御手水番は昨年まで浅間忠房が御側役を兼ねてつとめていたが、その後忠房を御用人に引き上げたので、後任に綱島頼元を起用した。

糠野目村は、米沢城下からほぼ二里ほど米沢街道を北上したところにあり、村のさらに北方を領内第一の河川松川が右から左に横切る。このあたりは置賜の平野のほぼ真中とされている場所だった。村の手前で、治憲は馬をとめた。

四方に稲田がひろがっていた。霧のような雨がその稲田と、合羽を着た馬上の治憲を音もなく濡らした。梅雨どきのように、ゆっくりと雨空をおしわたる黒い雲があり、くらい空と降りつづく雨のために野は半ば白濁した靄に覆われ、遠い田づらも野末の村もその奥にかくれて見えなかった。治憲は目にはいる限りの稲田のひろがりをじっと見た。丈はのびているものの、稲の株はこの季節なら当然そなえているはずの太ぶととした力強さを欠き、そのために田はあちこちに隙間を生じているような印象をあたえる。以前に手もとに上がってきた報告のとおりだった。

この稲に、はたして実がはいるのだろうかと治憲は思った。伊左衛門、と綱島頼元を呼んだ。

「今年の作柄をどう思うか」

頼元はすぐには答えなかった。笠の先を少し押し上げるようにして、長い間稲田を眺め回してから言った。

「稲のことはそれがしいたって不案内で、作柄のことはわかりかねます」

「見たままを申せばよいのだ」

頼元はもう一度じっと稲田を見た。そしてやっと言った。

「田圃に例年の勢いがござりません。由由しきことに思われます」

綱島頼元は寡黙な男である。それだけ言ったあとは口を閉じてしまった。治憲は蓑笠《みのかさ》を着て馬上に濡れそぼっている頼元から目をそらした。作柄の見通しを言うことを避けた頼元の返事は、気にいらないものだった。だが目の前にひろがる光景は、返事のとおりにただならないものに見えた。

三年前の大凶作のときも、田圃はこんなありさまだったろうかと治憲は思った。そう思ったとき、治憲の胸を何の前触れもなくいきなり悲傷の思いがしめつけた。治憲は天を仰いだ。

──天よ。

と、治憲は思った。いつまでわれらをくるしめるつもりですか。治憲の問いかけに、天は答えなかった。くらくおし黙ったまま、ゆっくりと動いていた。治憲はみだれた息をととのえた。一瞬のかなしみは、たちまち遠くに走り去ったようだった。

治憲は馬上に背をのばした。弱気に身をゆだねている場合ではあるまい、と自分を叱咤《しった》したのだ。わずかな間とはいえ、気持をみだしたことが恥ずかしかった。靄《もや》の奥にかくれている村村には、今年の不作をさとって恐れおののいている村人がいるはずだった。どのような凶作に見舞われようとも、かれらを飢餓から守るのが為政者のつとめである。いまはそのために、力をふりしぼってあらゆる手を打つべきときなのだと治憲は思い直した。

馬首をめぐらして、伊左衛門帰るぞと言った。そのときいったんやんでいた弱い東北風がまた吹き出して、馬上の二人をたちまち凍えるような冷気がつつんだのを治憲はおぼえている。

今年の増借りの沙汰はたしかにきびしいが、しかし不満の声を挙げた家中にしても、眼前にいまの田圃のありさまを見れば、暮らしの不自由を堪えしのんでくれるのではないか、と治憲は思った。

——ただしその声の中には……。

なすすべもなく今回の窮地をまねいた執政、御中之間年寄、ひいてはわれら藩主家の者に対する家中一般の不満がふくまれているだろう、とも治憲は思った。そのことを、家中の動向を報告にきた執政広居忠起は察知していたのだろうか。

——千坂は執政府の非力を承知していた。

と治憲は思った。毛利雅元の出府と前後して、千坂清高が致仕をねがって奉行職からおり、御中之間詰に転じた。そのあとには江戸家老の中条至資が抜擢《ばってき》されて奉行となり、中条のあとには色部典膳至長《のりなが》が江戸家老として赴任している。

この一連の藩の重職の異動を、家中がどのように見ているかはわからないが、家中からの増借りという緊急の施策をすすめている最中に致仕をねがい出てきた千坂の心情が、治憲には「無策を恥じる」というふうに読める。千坂清高は、四十歳、本来ならこれからが働きざかりである。治憲のように解釈しなければ、その致仕は納得出来ないものだった。

千坂清高は安永五年に開校された興譲館の第一回の定詰勤学生《じょうづめきんがくせい》だった。しかも才学すぐれた藩士の子弟から、二十名だけ選抜される定詰勤学生の中で、千坂は学頭をつとめ、才敏にして自重すと評された人物である。千坂の致仕には無策を恥じるだけでない含みがあるようにも思われるのだった。

この年八月二十五日に将軍家治が薨《こう》じ、米沢藩江戸屋敷では幕府に弔意を表し、国元では三手物頭に国境の警備を厳重にすべしという命令が下されたが、この間にも藩の首脳部は、いよいよはっきりしてきた凶作への対策、ことに米買入れにそなえる資金づくりに奔走していた。閏十月十五日に幕府にとどけ出た稲作の損失は七万余石、天明三年の大凶作に次ぐ減石で、飢餓対策の確立は一刻の猶予もゆるされないものとなったのである。

それより前の八月に、治憲は越後の金主渡辺万之丞、渡辺儀右衛門、三輪飛兵衛を越後から呼び、餐霞館で手厚くもてなすと同時に資金協力を頼みこんだ。頼みの要点は二点、連年年賦で返済している借財が、今年は凶作のために返済出来ないことを伝え、諒承を得ること、もうひとつは手伝い金の貸与を懇請することだった。

この懇請のあとで、治憲はかねて藩で打ち合わせたとおりに、渡辺万之丞に知行二百石、渡辺儀右衛門に六十石、三輪飛兵衛に扶持米二十五石という家禄をあたえた。

また米沢藩最大の金主である江戸の三谷三九郎家には、奉行広居忠起を江戸にやって、越後の渡辺家、三輪家にしたのと同様に、当年の借財返済の困難を伝え、かつ手伝い金の借受けを懇請したのであるが、治憲はこのときも忠起に、三谷家にわたすべくみずから書いた書信と脇差一振りを持たせている。

三谷家代代当家への功は申すにおよばず候、ついては当家においてもすべて如才なく取り扱ひきたり候ところ、今般は重重無心の頼みにおよび候段、心外の至りに存じ候（中略）、われら隠退の身柄に候へども、在府にて候へば直直《じきじき》申し談じ候ところ、八十里をへだて心底に任せず云云という三谷三九郎あての書信には、辞を低くしてというよりも、ほとんど相手の機嫌をとる口吻《こうふん》があると言っても言い過ぎではないだろう。

使者の広居は、このとき三谷家にこれまであたえていた家禄にさらに三百五十石を加増することを伝えたので、これで三谷家が米沢藩からうける禄高は七百石となった。七百石の家禄は、九百人余の米沢藩家中で上位から二十数人のうちに数えられる上士待遇である。享保のむかしに将軍吉宗が歯ぎしりしたのもむべなるかなといった好遇ぶりだが、ともあれこれが米沢藩の現実だった。そして藩の金主を手厚く処遇するのは、米沢藩に限ったことではなかったのである。

藩のこのような懇願に対して、金主たちは年賦の繰りのべには応じたものの、肝心の手伝い金融資に応じた者は一人もいなかったといわれる。たとえば少しあとのことになるが、初入部をはたした藩主治広が帰府した天明八年、江戸屋敷にもどってみると桜田、麻布、芝白金の三邸ともに扶持米が欠乏して諸士は貧窮に喘《あえ》いでいた。辛うじて丸屋某という米屋から米を借りて三、四日はしのいだものの、後がつづかない。そこで役人たちが江戸の金主たちの間を金策に駆けまわったが、金を貸す者は一人もいなかった。のみならず中には藩の日ごろの不信義を責め、侮辱的な言葉を吐く者もいたという。

同じころにわかに金が必要になって、江戸屋敷の勘定頭佐藤市右衛門、渡部儀右衛門が、屋敷の重宝とされている刀剣、掛軸などを持参って三谷家に駆けつけたことがあった。しかし三谷家では再三の懇願を受けいれず、二人の勘定頭が江戸屋敷と三谷家の間を二度三度と往復するにおよんで、ようやく金子百五十両を貸した。

このような両者の関係、ことに藩側の御用商人に対する懇請ぶり、あるいは度はずれな処遇をみると、藩が一方的に金を借りているようにも見えかねないが、もちろんそういうことではない。三谷をはじめとする御用商人は、米沢藩の米あるいは特産物の専売を独占して請負うという特権をあたえられているのであって、藩の資金融資の懇請というものは、このような関係を下敷きにして行なわれているのである。

ことに隣国酒田の本間家、越後下関村の渡辺家、越後与板の三輪家など、港町に住居と店があり、あるいは海岸に近接した土地に店を構える商人たちは、藩から米沢米、青苧《あおそ》、蠟などの国産物を買いうけて上方に売りさばく一方で、藩が入用とする塩、繰り綿などの上方の産物の調達にもあたっていたので、かれらは藩に資金を融資する前に、そういう形で商いの利益を得ているのである。

しかしこの時期になって、藩とのそうした結びつきによって得てきた利を失い、場合によっては利害で結びついてきた長年にわたる関係そのものも損ないかねない危険をおかしてまで、商人たちが固く借財の要請をこばんでいる理由は、ひとえに「彼所《あちら》より借りて此所《こちら》へ返し、此所より借りて彼所をくすぐり候」といわれた、誠意のみられない一時しのぎ的な藩の資金政策に対する根深い不信があったからだろう。

以前は藩政改革に意欲を燃やす藩主治憲がいて、左右には放胆な政策家竹俣当綱、緻密な実務家莅戸善政がいた。藩は困窮のどん底にいたが、藩のむかうところはあきらかで、融資する資金の行方もおおよそのところは見えていた。だがいまは竹俣、莅戸が相ついで藩政の表舞台から去り、治憲もまた隠居の身の上である。

融資は信義の問題である。誰を信用して藩に資金を融資すべき、と金主たちは思ったに違いない。ともあれ藩と金主たちのこじれた関係が解消され、両者の間にむかしの信頼がもどるのは、のちの莅戸善政の再登場を待たねばならなかったのである。

藩がこのような混迷に陥って右往左往しているときに、自宅にいて幽閉の暮らしを余儀なくされているもとの執政、竹俣当綱《たけのまたまさつな》から藩主治広にあてた上書が呈上された。

当綱は上書の中で、藩政改革が途中で沙汰やみとなったあと、藩がこれといった対策も打ち出せずに、半知借り上げの上に残知百石につき一両の増借りを決めるという現実に立ち至ったことに激怒していた。

米沢藩の財政窮迫は百年来のことで、ことに寛文四年の三十万石から十五万石へという半領の沙汰以後は、国をおさめる基本は入るを量って出ずるを制すにありといわれるにもかかわらず、年年歳歳収入は少なく支出は多く、働けど働けど楽にならない状況がつづき、藩政は混迷をふかめてきた。しかしながらこの状況をみて、当然ながら十五万石の土地から三十万石の収入を生み出そうとする努力も生まれ、これが効を奏して安永五年から三年ほどは、藩政の運営もやや穏やかに推移したといってよかろうか。

しかるに近年ふたたび世が衰える兆しがあらわれ、さきにはついに、四十年来半知を借りうけている家中から、さらに残知百石につき一両を絞りとるという決定がなされ、家中の家家に残るは滓《かす》ばかりという有様になった。このようなくるしい状況の中で、領民はいま新藩主の入部を嬰児が父母をしたうように待ちうけている。国家の盛衰、四民の苦楽が分れる大事な初入部となろう。

当綱は長文の上書で、大略このように述べ、さらにいかに学問があっても、国を困窮から救う方策がなければ学問は何の役にも立たない、国家は今年ばかりの国家にあらず、君上は御一門の意見からひろく衆慮まで聞きとって、目前の困難に対処するだけでなく、二十年先の構想を打ち立てて国人のくるしみを救われるべきであると上書を結んでいた。

当綱の上書を、治憲は写しで読んだが、読み終ったあとにうかんだ感想は快いものではなかった。それは警世の書といった体裁をとってはいたが、より強烈に当綱、善政以後手をこまねいたままここまできてしまった藩首脳部を弾劾する文章として読めたのである。目のさめるような成果は上げられなかったとしても、自分たちはやるべきことをすべてやった、しかるにその後の藩首脳部はという、強い自負が当綱にはあるのだろう。

それはともかく、当綱が思い描く無策の藩首脳部の中には、わしもふくまれるだろうと治憲は思ったのだ。もちろん当綱は上書の中ではそうは言っていなかった。近年国力の衰えが目立つのは賢君が隠居されたせいだと治憲を持ち上げていた。

しかしその一方で、当綱は藩が数十年来家中の喰い扶持の半分を借り上げ、いままた新たに残知百石につき一両の増借りを命じて君家の御国用に回しているのは、家中の身の脂《あぶら》、身の肉を取り上げてきたことにほかならないと論じ、こうして家中から取り上げてきた家禄を米穀金銀にして積めば、国境にそびえる吾妻山よりも高かるべしと言っていた。

家中の身の肉を取り上げるという文章には、当綱が意識したかどうかはべつにして、治憲の胸を刺す針がふくまれていた。明和四年に家督をついだ治憲は、奉行千坂高敦を江戸屋敷に呼んで、国元の家中に大倹令を告達することを命じ、このとき重臣を説得するために特に書いた志記と題する文章を一緒に手渡した。その志記の中に、治憲は家康の遺訓をひいて、人民の肉を取ってたのしむ心は露ほどもないと宣言している。

事実はこのときの意気軒昂とした宣言に反して、治憲もとどのつまりは先人の政策を踏襲して借り上げをつづけるほかはなく、人民の肉を削り取って国の運営を藩主家一族の暮らしの用にあてる結果となったのである。当綱の上書の文言が治憲を憂鬱にさせるのは、そこにうかび上がってくる自分の非力と、改めてむかいあう気分にさせられるからだろう。

だがそうして声高に藩首脳部を弾劾する竹俣当綱自身にしても、藩財政のいまの行き詰まりを打開するほどの有効な手を所持しているわけではなかった。

当綱はさきの上書につづいて、時務を論じるという形で「長夜の寝語」と題する提言書を上呈してきた。

その中には藩世子に農民の辛苦を知らしめるために、城下から二、三里ほどはなれた田野の内に、世子の仮屋を建てて住まわせよ、あるいは家中の女子に織物を織らせて、家家を富ませる工夫をすべきである、といった卓見もふくまれていたが、眼目は何といっても藩財政の救済策である。

この救済策で、当綱は依然として漆木百万本植立てによる収入増に執着していた。植立てから十年たてば、百万本の漆の潤益で藩を運営する費用が出来、家中から借りている家禄は、半ばを返済することが出来るだろうと当綱は言う。

しかし治憲が、じかに江戸の金主で米沢蠟を一手に商う三谷三九郎に聞いているとおり、山地に自生する山漆から採る山蠟はもちろん、植立ての里蠟にしても西南諸藩の櫨蠟《はぜ》に押されて、市場では売りにくく、かつ売値は安くなっているのである。理由は一にも二にも品質にあった。

櫨栽培と製蠟技術を最初に確立したのは薩摩藩だが、その後久留米藩、熊本藩、福岡黒田藩、萩藩、紀州藩などが、薩摩藩からあるいは種子を譲りうけ、あるいは苗木を買いうけて藩内で栽培を奨励した。その普及の流れの中で、福岡藩はことに櫨の品質改良に力をいれ、竹下直道による優良品種松山櫨の発見、内山伊吉による伊吉櫨の発見などが、木蠟の品質を高める基礎になった。

それに加えて、西南諸藩の多くが積極的に晒蠟《さらしろう》の技術に取り組んだことが、米沢蠟との間に決定的な品質の差を生み出すことになったのである。

晒蠟の原理は、ひとことで言えば生蠟を天日漂白して白蠟をつくるということだが、筑後晒と呼ばれる晒にしても、灰汁《あく》を加えて大釜で煮る、固まったものをさらに削って粗片にして天日で漂白する。そのあとふたたび釜にもどして煮直して灰分をのぞき、ふたたび斧、カンナなどで削ったものを天日漂白するという、幾工程かの手間をかけて白蠟をつくり上げる。

櫨栽培と晒蠟の技術は、大洲《おおず》藩や松山藩、宇和島藩などの伊予諸藩にも伝えられて行ったが、注目されるのは大洲藩ではじまった晒法で、宝暦年間に芳我弥三左衛門がはじめた、筑後晒法に対抗する伊予晒法は、ついにこのあと文政期に完成して、筑後晒法を上回る品質すぐれた白蠟を生産することに成功するのである。

もちろんこうした櫨事情の詳細を治憲は知るよしもなかったが、つまりは三谷三九郎が治憲に会ったその席で、ついぽろりと洩らしたように米沢蠟は黒く、西国の櫨蠟は白かったのだ。

木蠟は蠟燭、鬢《びん》つけ油、絹織物の艶出し、膏薬《こうやく》の原料、家具を磨く材料などの原料として使われ、すべてが白くある必要はないとはいえ、どちらが高値で、かつ多量に売れるかは言うまでもないことであろう。

また当綱が言う漆の実の収益をみるには十年先を待たねばならないということも、本格的な植立てが行なわれた安永七年から数えても十年近くの年月がたち、そろそろ答えが出はじめていた。たとえば天明五年の藩の製蠟買上げ額は山一蠟が千二百十五貫四百一匁、里蠟が二万五千二百七十五貫六百七十三匁、山弐蠟が四百八十六貫百九十八匁だったという結果が出ている。これを里蠟の地払い値段（地元で売り渡す場合の値段＝蠟四貫匁で一両）で計算すると、ほぼ六千七百四十四両になるという。潤益はさらにこの金額から藩の木の実買上げ代、木蠟製造所（筒屋）の製蠟費用をさし引いたものになるわけだが、この金額は一応の収入と言えるものだった。

問題は天明七年の藩の歳入出予算に計上された蠟収入で、米の収入（年貢と諸国売払い分）一万五千両、青苧四百八十五駄分売払い代四千三百六十五両にくらべ、蠟の売払い代がわずか五百六十両しか計上されていないことである。蠟は三谷家の場合のように、借財の返却分として出荷される分もあるとはいえ、藩の収入としては少なすぎる見積もりというほかはない。

当綱のもくろみでは、十年後の漆木は一万九千百五十七両の潤益を生み出すはずだった。これに同時に植立てる桑木の潤益七千四百七両、楮《こうぞ》の潤益五千五百五十五両を加算して、その合計は三万二千百十九両、知行にして十六万五百石余になると見積もったのである。これが十五万石の藩禄高を内実三十万石とする政策だった。

この見積もりからすれば、天明五年御買蠟御算用帳が記録する製蠟買上げ額六千七百四十四両、あるいは天明七年の藩歳入出予算に計上される蠟収入五百六十両は、あまりに落差が大きい数字と言わねばならない。当綱の遠大な見通しにもかかわらず、藩は不振の木蠟に見切りをつけはじめているといえないだろうか。

しかしこれが米沢蠟のいつわりのない現状だった。せっかく漆栽培に力をいれても、藩による漆の実の買値が安ければ、農民の収入は手間にもならないということになりかねない。治憲の耳にさえ、近ごろ漆木は減っているのではないかという消息がとどいているのに、当綱にはただいまの現実が見えていないらしかった。

百万本の漆木に固執しているだけでなく、当綱は漆木が期待される収入を上げるのは植立ての十年後である、それまでの苦難を緩和するために、三谷三九郎から四万両を借りうけて運用せよとも言っていた。

十年後と当綱はさも遠い先のことのように言うが、

百万本植立てに着手してからもはや十一年、本格的な植立てが行なわれてからでさえ、八年目になるのである。十年の年月はあらまし過ぎて答えは出かかっており、しかもその答えがあまり芳しいものでないことを、ひとり当綱だけが理解していないように見えた。三谷から借金せよということも、近ごろの藩と金主たちの関係のつめたさを考えれば、論外というほかはないものだった。

治憲は「長夜の寝語」を閉じて、机の上にもどした。

──これは……。

役には立たぬ、と思った。当綱について、治憲はいつも感心することがある。大藩の重臣の家系に生まれながら、当綱がつねに社稷《しゃしょく》ということを正確に理解して謬《あやま》らないことだった。社は土の神である。稷は五穀の神である。社稷すなわち国家は、この二つ、土地と五穀によって成り立つのだという具体的な認識がつねに当綱の内部にある。

藩世子を城から出して田野に住まわせ、農民の苦労を理解させよというのは、当綱でなければ吐き得ない卓見である。だが、肝心の藩財政の救済策はだめだ、なんら新たな示唆をあたえるものではないと治憲は思った。

当綱にしてかくのごときかと思ったが、幽閉の身には外から入ってくる知識は限りがあるだろう。せっかくの提言が現実から遠く遊離しているのはやむを得ない。そう思ったが、期待して読んだために落胆も大きかった。藩が出口の見えない袋小路に入ったことが胸をしめつけてきた。

煙草道具を出そうとして、治憲はふと手をとめた。小姓を呼んで九郎兵衛を呼べと言った。いまの莅戸九郎兵衛は善政の長男政以《まさもち》のことである。父善政が隠居したあと、家督をついで御中之間に詰めていた。

「九郎兵衛は近ごろどうしておる」

政以がくると、治憲はさっそく聞いた。莅戸善政は隠居したあと太華《たいか》と称していた。だが治憲には呼び馴れた九郎兵衛の方が気持にしっくりとくる。

「書き物をいたしております。終日飽きることなく書き、時には深更におよびます」

「何を書いておるのかの」

治憲は興味をそそられた。善政のことである。書いているのは藩を袋小路からひっぱり出すような提言ではあるまいか。

さて、と言って政以は首をかしげた。政以はまだ二十七歳で、御中之間に籍を置きながら興譲館に通っていた。俊才で、今年中には学頭に上げられるだろうといううわさがある。

首をかしげた顔は血色がよく、若若しかった。

「たずねても何も申しませんので、何を書いているかわかりかねます」

「ほほう」

深刻な顔をうつむけて筆を走らせている善政の顔を、治憲は想像した。

「機嫌がわるいのかの」

「いえいえ、さにあらず、きわめて上機嫌でおられます」

政以は微笑した。政以は、少年のころから父善政に連れられて治憲に会っていて、この主従にはへだてのない気分が通っている。

「この間、父は狂歌を詠みました」

おそれながら墨を拝借出来ましょうか、と政以は言った。治憲が政以を引見しているのは、餐霞館の書斎である。

治憲が机の上の筆箱をおろしてやると、政以は懐紙を出してさらさらと筆を動かした。

「米櫃《びつ》を、莅戸《のぞき》て見れバ米ハなし　あすから何を九郎兵衛（喰ろうべえ）哉」

懐紙を差し出しながら、政以は詠んだ。さすがは興譲館の俊才で、見事な手蹟だった。はは、と治憲は笑った。声を出して笑ったのはひさしぶりのことである。九郎兵衛は、少しもへこたれておらんのと思った。するとくらく閉ざされた藩の一隅にひとすじの光が差しこんだような気がした。微笑したまま、治憲はたずねた。

「九郎兵衛は元気か」

「いたって元気にござります」

「それはよい」

「暮らしが貧しいと、かえって身体にはよいように思われます」

治憲はまた笑った。政以のほがらかな顔を見ながら、親が親なら子も子という言葉を思ったのである。

――九郎兵衛善政がいる限り……。

藩は大丈夫だ。突然に、治憲はそう思った。その実感は生生しかった。だが、それはまだ人に言うべきことではないようにも思えた。

三十二

損耗七万石という不作に見舞われ、しかもこの傷を手当てする借財も不調に終った米沢藩では、その年の暮に、奉行、御中之間年寄があつまって評議をひらいた。

評議の中身は、言うまでもなく危機に追い込まれた藩の経済をいかに建て直すかということだった。長年資金を援助してきた金主たちが、そろってあてに出来なくなったとすれば、あとは国内の乏しい収入をやりくりして、何とかして藩政を切り回して行かなければならない。

評議の座の出席者は、そのことについて長長と議論したが、そういうことが出来るのかどうかは誰にもわからなかった。確信をもってこうすれば出来ると発言した者は一人もいなかった。しかし評議は、最後には慎重な口調ながらも問題の核心に迫る発言が多かった志賀八右衛門祐親を御内証掛（財政責任者）にえらび、志賀にやりくりの予算化をゆだねることを決めて散会した。

評議が終ったのは深夜だった。しかし一応の区切りをつけたものの、志賀に大役を押しつけてそれで安心と思っている者はいなかった。そして志賀自身も、出席者の中でただいまの藩の大勢をもっともよく把握しているのが自分らしいということは認めざるを得ないとしても、御内証掛に任ぜられたことを決してよろこんではいなかったのである。

この日の八ツ（午後二時）ごろから日没まで、米沢城下にはめずらしく冬の日差しがさしかけた。そのために雪の道は夜に入って凍りつき、すべりやすくなった。提灯の光で足もとをたしかめながら城をさがる人人の顔は、一様に重くるしく沈んで見えた。

年が明けて天明七年と変った三月三日、治憲は餐霞《さんか》館《かん》の居間で、明日江戸に帰るために挨拶にきた江戸家老色部典膳至長《のりなが》と会い、藩主治広をはじめとする江戸在住の人人に対する伝言を申しふくめた。

色部至長は、さきの七家騒動で知行半減、隠居閉門の処分をうけた色部修理照長の跡継ぎで、昨年七月に、江戸家老中条至資《よしすけ》が奉行に転じたために空席となった江戸家老に任ぜられた。今度の帰国は、昨年暮の経済評議にもとづいて、御内証掛志賀祐親が作成した経済再建策を評議する会議に加わるように呼び返されたのだった。

色部が帰ったあとに、今度はやはり明日出府する志賀祐親が、挨拶のため餐霞館にきた。治憲は志賀を書斎に呼びいれた。

八右衛門と治憲は呼んだ。

「このたびの使いは大役だが、発議者であるそなたでなくては、弾正大弼《だいひつ》どののお質《ただ》しに十分には答弁出来まい。ごくろうだが行って参れ」

「はあ。何とか無事にご承認いただけるように、努めて参りまする」

志賀は答えて、顳顬《こめかみ》をぴくぴくと動かした。志賀は国元の評議をもとにまとめた再建策と歳入出の組立て案を持って、藩主治広に説明に行くのである。

はやくも緊張しているようにみえる志賀の青白い顔をじっと見ながら、治憲は言った。

「そなたがまとめた再建策は思い切ったものだが、弾正大弼どのは賢明な方だ。説明すれば、なぜそのような破格の再建策が必要かを理解されるだろう。案じることはないぞ」

「仰せのごとくでござれば、まことにありがたく存じまするが、ただ再建策の骨子は、大省略、大倹約でございまして、事の性質上二、三の項目につきましては、お館さま初入部の以前に手をつけていただかなくてはなりません。これも頭痛の種でございます」

と志賀は言った。

志賀がまとめた藩再建のための経済政策は、藩の収入と支出を従来のおよそ半分と見積もる、徹底した緊縮財政を基礎としている。外部からの資金導入がまったくあてに出来ず、国内にある物を掻きあつめて財源とするしか方法がないとすれば、まず真先にやらなければならないのは、藩政の仕組みの簡略化とそれによる諸経費の削減である。そっちをぎりぎりまで削って、その上で歳入歳出の予算を組まなければならない。志賀が評議の席に提出した歳入歳出の予算は、そういうものになっていた。

藩政の仕組みの簡略化といっても、一役職の廃止から参勤の行列の簡素化まで、内容は多岐にわたるが、簡略化とこれにともなう経費の削減ということでは、志賀は自分の言い分を通して大鉈《おおなた》をふるったといってもよい。

たとえば志賀が取り上げた参勤の行列の簡素化の場

合は、これまで聖域あつかいされてきた上杉家の御家風、べつの言い方をすれば、この藩に抜きがたく存在する大国意識に、腕をつっこんで掻きまわしたといった感じのものだったが、志賀の発言の背後にあるものは崖っぷちに立たされている藩経済である。

志賀の説明を聞いて顔を引き攣《つ》らせる奉行もいたけれども、表立って反対する声はなく、志賀がまとめた経済の建て直し策は承認された。今後の米沢藩はこれで行くと、評議は決定したのである。だが不安がないわけではなかった。諸経費を削りに削り、国内の換金可能なものは籾ひとつぶも見のがさずに収入に計上して、歳入歳出の予算を組み上げてみたものの、志賀本人にしてもそれでうまく行くと自信を持つまでには至らなかった。

算勘の数字の中には魔物が棲んでいる。支出は何をしなくともすぐに膨れ上がるけれども、入金の方は手をつくしてもとかく不足勝ちになり、歳入歳出の均衡を破ろうとするのである。それだけでなく、志賀が提出した予算案には重大な欠陥があった。歳入総額三万百十八両余、歳出総額は二万三千九百三十七両余で、差引六千百八十一両の残金が生まれる。

志賀はこの残金は、諸金主に対する借財の年賦償却金にあてるものだと説明したが、問題はそれで償却金が全額返し切れるのではないということだった。このほかに、返し切れない年賦償却金三百十二両、前年未済の償却金九千八百両余、計一万百十二両余が予算の外に残ったのである。

その点を追及された志賀が、つぎのように答弁したことが治憲の耳にとどいている。

不作年の農民を、これ以上しぼっても鼻血も出ない。町人たちは出すべきものはすべて差し出して、日日の暮らしを維持するのに懸命である。となれば、最後の責めは領民から取り上げる御取箇《おとりか》（年貢）によって暮らしを立てている家中藩士が負うしかない、と志賀は述べた。つまり予算の外に残った年賦償却金の返却にあてる金がどこからも出てこないときは、家中藩士がこれを負担するしかないというのである。

志賀のこの答弁を聞いて、評議の席はいっとき騒然となったが、それもすぐに静まったとも、治憲は聞いている。ほかに財源とすべきものが皆無の状態では、結局志賀の言うようにするしか方法がないことがあきらかだったからである。

しかし御取箇で暮らしを立てているといっても、馬廻、五十騎、与板という、いわゆる三手組以下の家中の大半は、その乏しい収入を内職で補って暮らしているのが現実である。志賀の答弁は承認されたものの、この決定は評議の空気をいっそう重くるしくするものだった。

　そういう紆余曲折があった末の結論を持って、家督を相続したもののまだ初入部も済んでいない藩主に会いに行く志賀の気の重さは、治憲にも察しがついた。しかも志賀が言うように、再建策の全体は治広の入部を待って公表されるものだが、一部はその以前に藩主名で発令してもらう必要があった。元締役場の廃止、侍頭、御近習頭、宰配頭の騎馬通行の停止、供廻りの削減、諸公子、御部屋方の御通行時は駕籠を廃して歩行とする、江戸御留守居役三名を二名とするといった項目である。

　志賀の愚痴に対して、治憲はそれはやむを得まいと言った。

「決まったからには一日もはやい実行がのぞましいという側面が省略にはある。そのあたりは弾正大弼どのも心得ておられるであろう。ただ……」

　と言って治憲は、志賀の顔をのぞきこんだ。

「初入部の行列のことだが、弾正大弼どのは生まじめな方ゆえ、行列の簡素化ということを申せば、かならず初入部の行列から実行に移されるに違いない。このあたりのことについて、そなたはどのように考えておるかの」

「されば……」

　と言って、志賀祐親はくるしげな表情をみせた。

「そのことのご判断は、お館さまにゆだねるべしというのが評議の大勢でございました。しかしそれがしは、それがし一己《いっこ》の意見として、初のご入部の行列からご省略があってしかるべしと申し上げておきました」

「ほほう、そのわけは？」

「今度のご省略は藩はじまって以来のことと相成ります。そして、省略の正否はこのあとのわが藩の命運を決めることとなりましょう。さればこそ、お館さまにはご入部のはじめから簡素化のお手本を国内にお示しねがいたいと思考した次第です」

　治憲は黙黙とうなずき、少ししてそれもひとつの考え方であると言った。そのあとは雑談になり、最後に治憲は、上府の一番の目的である藩主への再建策の具申が済んだあとに、江戸の金主三谷三九郎らに会って、借財の償還を低利、三十五年賦という形で話をまとめてくるようにと命じた。

「色部と同道して、辞を低くしてたのみこむのだ。もう金は借りぬという気色をちらとでもみせてはいかんぞ」

治憲は懇懇と言いきかせ、帯ひと筋をあたえて志賀を激励して帰した。

治憲は縁側に出て首筋を揉んだ。首から肩にかけてめずらしく筋肉が凝っていた。志賀との話は決してたのしいものではなかったが、そのせいで肩が凝ったということはないだろう。ただ、話している間に何か気がかりなものが頭の隅にちらついていたような気がする。

南に面している書斎の縁側には、昼近い春の日差しが燦燦《さんさん》とふりそそいで、まぶしさに治憲は目をほそめた。庭の奥を流れる泉水が、一箇所だけ強く日を照り返している。泉水の左手奥にある桜の木のつぼみはふくらみ、あと十日ほどもたてば花が咲きそろうのではないかと思われた。

小さな幸福感が治憲をつつんでいた。春になって春の日差しがふりそそぐ。そのごくあたりまえのことが、何事にも代えがたいしあわせのように思えるのは、昨年の不作がまだ念頭にあるからだろう。

――今日あつまる者たちと、この幸福感をわかち合いたいものだ。

と治憲は思った。今日の午後は十人ほどの家臣を呼んで、曲水の宴をひらくことにしていた。呼び出されている者は香坂昌諄、莅戸《のぞき》政以《まさもち》、浅間忠房、降旗忠陽、神保《じんぼ》綱忠《つなただ》といった気のおけない者たちだが、中には三俣吉年のように、かつて小国郷の御役屋将からのち治憲の正室となる幸姫の御傅役に転じ、そのあと御中之間詰に任ぜられている変り種もふくまれていた。

風もなく、日はあたたかで曲水の宴の遊びには、この上ない日和だと思われた。しかしそう思ったのはわずかな間で、治憲の気持は江戸に行く志賀祐親にもどった。

――八右衛門の申すことは理に適《かな》っている。藩の舵取りは、志賀にまかすほかはない。そう思ったとき、ふともつれた糸がほどけるように、志賀と対話しているときにうかんでは消え、うかんでは消えした気がかりなものが正体をあらわしたのを感じた。

外部から資金を入れることが絶望となったいまの藩に出来ることは、掻きあつめることが可能な財源に見合うだけの支出で、藩を運営して行くことでしかない。それを自明のこととして、志賀はその運営費をこれまでのおよそ半分と見積もったのである。

つまり外部からの借財がなければ、表向き十五万石の藩の国力はせいぜい七万石から八万石程度のものであると見きわめたことになる。うすうすは気づきながら、誰も触れることを好まなかった藩の実態を、志賀は白日の下に晒したのだとも言える。

しかしその判断の裏には、もはや見てくれや虚栄のために藩の体裁を飾るゆとりはないという、志賀の強い主張があるようにも治憲には思えるのだった。もっともそれは、言ってしまえばごくまっとうな、理詰めの結論だった。これに対して反対論を述べることは、おそらく何人《なんぴと》たりともむつかしい。だから、藩の運営は志賀にゆだねるしかないのだ。

――しかし、いかにも華《はな》がないの。

と、いま治憲は思っているのだった。それが気がかりの正体だった。

竹俣当綱、莅戸善政を中心にした改革が、天明三年の大凶作の一撃を受けてほぼご破算となり、自身も現職から身を引くというときにも、莅戸善政は治憲の身辺にあたたかみのある空気を残して去った。

その不思議なあたたかみは何かといえば、まだのぞみはあるということだったように治憲は思う。藩はいまは疲弊している。しかしいつかは枢要の地位に人を得、策のよろしきを得て、藩はついに繁栄をむかえるだろう。善政はそののぞみを、治憲の胸のうちに残して行ったのである。

志賀祐親はその人であろうか。そうは思えなかった。志賀の立てた藩再建策は、策のよろしきものだろうか。それもそうとは思えなかった。理に適ってはいるが、志賀の再建策からつたわってくるのは冷えびえとした感触である。志賀は藩を袋小路から抜け出させようとして、かえって一層深い袋小路へみちびこうとしているようにもみえた。

――国内ににぎわいをもたらすような、新しい策がないからだ。

竹俣当綱の漆、楮、桑の三木植立てには、壮大な夢があった、と治憲は思う。いまふり返ってみれば大言壮語に似た若干のいかがわしさがあったものの、十五万石の表高を実質三十万石に変えるという構想には、聞く人をふるいたたせるものがあったのだ。

だがそれを言えば、志賀祐親は冷静に反論するだろう。財源がないと。これに対して、治憲もまた一言もなかった。

うしろで小姓の声がしたので振りむくと、居間との境い目に跪《ひざまず》いた小姓が、昼飯を書斎にはこばせるかとたずねていた。

「いや、奥に参ろう」

と治憲は答えた。

藩主上杉治広の初入部の行列が、その年の五月二十六日に国元に到着した。

新藩主初のお国入りの行列は、通常の参勤の行列よりひと回り豪華で美美しいのが慣例になっている。その行列を迎えながら拝見しようという人人、家中の者たちから遠近の領民の群が、その日は城下町の郊外から市中の道道まで溢《あふ》れた。

しかし行列の先頭が姿をあらわしたとき、奉迎の人人の間に異様なざわめきがひろがった。むかしの行列は、先頭が目の前を通りすぎても後尾は後方の村に隠れてまだ見えないほどに延延とつづく大行列だったのである。だがいま近づいてくるのは、思いもかけず簡素な行列だった。行列の先立ちを勤める本手明《てあき》、新手明の扶持方につづく百挺鉄砲の者、御弓組の者はもちろんのこと、最後尾で行列の押さえを勤める供奉の家老、表用人、奥取次、行列の前後に配置される騎馬物頭、槍、鉄砲はすべて省かれ、規模からいえばこれまでの中行列を残すだけというのが、この晴れの日の新藩主の行列だったのである。

以前は武具の間に御道具をおさめる桐油籠《とうゆ》がいくつも担がれ、うつくしく彩色された小道具類や傘なども捧げ持たれて、奉迎の人人はそういうものを拝見するのをたのしみとしていたのであるが、今度の行列からはそれらの御道具類も姿を消していた。行列が通りすぎると、人人は嘆声を残して散って行った。

初入部にともなう恒例の祝賀の行事が一段落すると、藩では藩主治広の出座を仰いで、経済の建て直しをめぐる正式な評議を開いた。もっとも評議の中身は決まっていて、藩の運営を従来の御家風のおよそ半分の費用でまかなうことを目的とすること、今後は外からの借財を一切もとめず、国内の歳入をもって支出をまかなうことの二点が柱である。

この基本政策に従って、御堂、諸神社の祭祀料の削減、各御殿のお附き役、奥御殿、お住居の仕切料の減額、武芸所の廃止、学館の定詰勤学生《じようづめきんがくせい》を半分に減らす、提学神保綱忠を休職させる、籾代官の役職を解除する、樹芸役場などの産物役所、郷村出役、廻村横目等の役所、役職を休止するなどの措置が承認された。

武芸、学問の振興といった藩の将来にかかわる基礎的な施策は、不急の出費として狙いうちされ、また樹芸役場、郷村出役など、竹俣当綱、莅戸善政らの改革政治から生まれたもろもろの産業振興策も不振を理由に否定されたことになる。さきにも述べたように、志賀祐親が組み立てた歳入歳出予算に盛られた木蠟収入は五百六十両余にすぎなかった。

また鉄砲御役筒の役料廃止、通常の褒賞金の削減などは、家中の暮らしを一層くるしくするものだった。

この評議の席で、藩主治広はただ一点、予算の不足を家中から石掛け出金でまかなうことについて、強く難色を示した。日常身の回りの費用を節約せよという要請はいかようにも忍ぶべし、しかし暮らしにくるしむ家中藩士からの再三の石掛け出金要請には堪えがたいものがある、と治広は述べた。

これに対し奉行、御中之間年寄ら、評議に出席した執政府の人人は、つぎのように答弁した。金主に対して無情の永年賦償還を押しつけ、かれらの胸に怨嗟《えんさ》の心を残したからには、すでに藩の退路は絶たれたというべきである。

このようなときに御代替りにともなう幕府の手伝い普請の下命があるときは、わが藩の前途は予測しがたい苦難に見舞われることとなろう。家中藩士にこの上の石掛け出金をもとめるのは、苛酷この上もない措置には違いないが、わが身の苦難はわが身で処置する覚悟が必要であり、家国の安危には代えがたいことを説き聞かせるほかはない。

執政府の一致した意見具申に、治広はついに折れて、六月二十四日に高家衆、侍頭、宰配頭、三十人頭、物頭を城に呼び出して、石掛け出金の要請のやむを得ないことを説明したあとで、当年から三年間、家中藩士に百石につき二両の出金を命じた。家中の暮らしは、これによってさらに一段とくるしくなったのである。

ともあれ、志賀八右衛門祐親の経済建て直し策は承認され、米沢藩は未曾有《みぞう》の緊縮政治に突入することになったのである。その成否は、まだ誰にもわからなかった。

その年の秋、八月二十四日に、治憲は実父秋月長門守種美《たねよし》の病気を見舞うために出府した。種美の病気は五月末ごろに伝えられ、治憲は出府して見舞いたい気持が募ったが、折からの藩の大緊縮政治である。費用を考えて長く逡巡した。

藩でも事情を知って内内で評議を重ね、その上大殿重定、お館治広も出府、お見舞いをすすめたので、二十四日の江戸到着となったのである。治憲は念願の病父との対面を果し、以後は連日種美が臥せっている長者丸の高鍋藩下屋敷に通って看護につとめたが、この間に思いがけないことが起きた。

九月十五日に、治憲は江戸城中白書院の間に呼び出されて、将軍家斉からじきじきに年来の国政の運営をほめられたのである。家斉はまた治憲の病気も気にかけていて、病気を押してよく登城した、なおゆるゆる保養をいたせなどという言葉もあった。去る六月には白河藩主松平定信が幕閣入りして老中首座を勤めているので、家斉のじきじきの褒賞は、定信の推奨によるものかとも思われた。

この日は将軍が奥に去ったあと、さらに閣老列座の中で松平周防守《すおうのかみ》から、隠居するまでの国政のあり様が格別であった、今後なお家政に厚く心添えをするようにという将軍家の書面と紋付羽織を拝領したので、治憲は思わぬ面目をほどこすことになった。

しかしこのあと老中、若年寄に御礼の進物を贈ったりしたので、今度の褒賞は予想外の出費にもなった。祝いごとが済んでから治憲は、かねて気にかけていた江戸の金主三谷三九郎と三谷家の手代を藩邸に呼んで、羽織などをあたえ、饗応して帰すなどした。そうこうしているうちに実父秋月種美が死去したので、治憲はねんごろに喪に服したが、十一月になって国元から大殿重定の病気を告げる早飛脚が到着したので、急いで帰国した。

三十三

治憲は空をながめていた。近年はわずかなひまが出来ると、こうして空模様をみたり、風にふくまれている湿気をじっとはかったりしていることがある。若いころにはおぼえのなかった癖だから、おそらくは天明の大凶作以後に身についたものなのだろう。凶作にいかに対処するかで為政者、ことに藩主に、藩主たる器の如何《いかん》を問われるのだと治憲は思っている。あの災害以後天気の変化に敏感になったのはそのあたりに理由があるかも知れなかった。

襖の外で、中殿さまと呼ぶ小姓の声がした。治憲はいちめんに曇ってはいるが、さほどくらくはない空から目をはなして障子をしめ、書斎を出た。表の間に行くと、広い座敷にぽつんと坐っていた執政の広居忠起と中条至資《よしすけ》が治憲をむかえた。

餐霞館《さんかかん》の表の間は治憲が公務に使用している場所であり、執務部屋と人を引見する部屋になっている。部屋は上段ノ間、二ノ間、三ノ間の区画、上段ノ間、二ノ間の区画、御広間の三区画にわかれ、ほかに御広間の反対側に、御手明番所をはさんで御座敷がある。二人の執政がいるのは執務部屋に隣接する二ノ間だった。

平伏した二人に頭を上げるように言ってから、治憲は読んだかと聞いた。二人の前にはそれぞれ一通の諭告書がおかれていて、中身は治憲が書いた「夏の夕」と題する諭告と、もう一通はその写しである。両執政は半刻(一時間)ほど前に呼び出されて、諭告を読むように言われていた。

「つつしんで拝読つかまつりました」

と広居忠起が言った。

「まことに仰せのとおりにござります。お諭しを持ち帰って、参政(御中之間年寄)ともども ご趣意とされるところを胸にきざみ、日日の勤めにあたる所存にござります」

「頼んだぞ」

と治憲は言った。

諭告「夏の夕」は、現行の藩政の欠陥を指摘し、政治の実務にあたる者たちの奮起をうながした文章だが、ただそれだけにとどまるものではない。もっと深刻な内容をふくんでいた。

だが広居がそこまで察知出来たとは思えなかった。広居忠起は、江戸家老を勤めた時代から大勢を取りまとめることに格別の才能を発揮した。広居の長所といえる。執政となってからも、この才能にはむしろ磨きがかかり、藩が困難な状況にありながら表向きはさしたる破綻《はたん》もみせずに済んでいるのは、広居の懸命の周旋《しゅうせん》に負うところが大きいと言わねばならない。

だが広居の理解はひろく行きとどいても、深くはとどきかねるところがある。やむを得なかった。ただ、治憲が「夏の夕」のなかで暗示した藩の危機に、執政である広居がついに気づかないときは、やがて取りかえしのつかない悲劇が到来するだろう。事態は思ったよりもはやくすすみ、もはや穏便に取りまとめて藩を保つぐらいでは済まなくなる。

豊前と治憲は中条至資を呼んだ。

「そなたにもとくに申しておこう。図書が申したとおり、その文書は持ち帰って、参政ともどももう一度熟読いたせ」

「かしこまりました。そのようにいたします」

「特に書き記してはおらぬが、これは昨年暮《く》の話のときに申した、わしの答弁書だ。その気持を汲み取ってもらいたい」

中条の顔に、一瞬驚愕の表情がうかんだ。だがその表情はすぐに消えて、かわりに中条の顔はうすい朱にそまった。

「暮の話とは何だ」

広居が低声に、しかし鋭く中条にたしかめたのが、上段ノ間にいる治憲に聞こえた。二人の執政は、今度は治憲の前もはばからず、顔をよせてひそひそと言葉をかわしている。それでも広居の顔には、まだ不審が解けないといった表情がうかんだままだった。事態を把握しかねているのだ。

――まさか……。

あの一件を広居が知らなかったということはあるまい、と治憲は訝《いぶか》しんだ。聞いたが忘れたか、いずれにしろ中条との間に、あの件に関しては認識の喰いちがいがあるらしいと思いながら、治憲は興味深くなにやら揉めている二人を眺めた。

去年の暮、餐霞館を中条至資がたずねてきた。一人だった。時刻が朝の五ツ（午前八時）前ととんでもなくはやかったのは、そのころ治憲が、連日朝の五ツから夜九ツ（十二時）まで、寸分のひまもなく偕楽館で病床についている大殿重定の看病についていたからである。

中条は懐からうすい冊子を取り出した。あるいはお聞きおよびかも知れませんが、中殿を批判した匿名の書物が出ました、と中条は言って冊子を治憲にわたした。

「なにはともあれ、まずお目通しを」

「どれどれ」

と言って、治憲は冊子を受け取った。表には「夢中の囈言」という題名が記されていた。

数十年来、寡君が家中の知行、俸禄の半ばを取り上げてきたのは、家臣の身の肉を食してわが命を養ってきたというべきであり、また衣服にしても臣下の衣服を剝いで寒暖をしのがれたと同じことである、と冊子は述べていた。

ほかにも職人、日傭《ひよう》の払いも半ばしかあたえず、市店の物を買ってその代金を支払わないのは、国君の身として喰い逃げに類することをされているというほかはない、とつづけたあとに、匿名の冊子は最後につぎのような嫌味なことを述べていた。「寡君文学に長じ其徳を修め申され候とも、この衰世をすくひ申されず候ときはその用これ無く候」

ほう、ほうと治憲は言った。書物を閉じて中条を見ると、中条は待っていたように治憲の視線をとらえて、もってのほかの言い分でござりますと言った。中条の顔は赤くなっていた。はじめて読んだときの怒りと困惑が、胸に甦ってきたというところだろう。

「ただいま、何者がかように不遜《ふそん》な文章をしたためたかを調べております。突きとめましたならばきびしく糾問して、重き罪科を加えるつもりでありまするゆえ、しばらくのご猶予をねがいまする」

「いかん、いかん」

治憲は大きな声を出した。

「それでは話の方角が違うだろう、豊前。若いそなたが事をさように小さくとらえてはいかんぞ」

治憲はもっとそばに来いと言って、中条を近くに招きよせた。

「この男の言い分は、なるほど無礼ではあるが間違ったことを言っているわけではない。わが藩では、従来まさにこのとおりのことが行なわれてきておる」

「はあ、見方によればそのとおりかも知れませんが、しかしかような、中殿に対する悪意に満ちた文書の出現は前代未聞……」

「まあ、もう少し聞け、豊前」

と治憲は言った。

「そなたらは知行取りゆえ、暮らしにまだ多少のゆとりはあろう。しかし三手組以下の者は、内職をせずにすむ家はめずらしく、武士の体面をととのえるのに必死だと聞いておる」

「そのことはわれらも十分承知しております」

「ゆえにだ。こういうわしに対する悪態も……」

治憲は取り上げた冊子を、指で軽くたたいた。

「藩政改革はどこに消えたのか、この国は小さく身をかがめたままで亡ぶのかと問いかけておるのだとは思わんか。家中の者がひとしくかかえている不満と懸念だ。そのいらだちを文章にすれば、このようなものになろう」

中条豊前はうつむいて、じっと考えこむ顔いろになった。わしにも責任がある、と治憲は言った。

「十分に考えて、いずれそなたらにこれに対する答えを示そう。犯人さがしなどは無用なことだ。不問に付すがよい」

その答えが、いま手わたした「夏の夕」だと、治憲は豊前に言ったのだった。

みじかい私語の間に、広居と中条もそのことの重味を理解したらしかった。居住まいをただして広居が言った。

「頂戴いたしました御《おん》諭告の重味は、しかと胸にきざみましてござります。われら持ち帰った上は、再読三読し、ご指示に添うべく相つとめまする」

「そうしてもらいたい」

治憲は言い、口調をあらためて、ところでとつづけた。

「志賀八右衛門に御内証掛をまかせてから一年たったが、少しもよくならんの」

「はあ、仰せのとおりでござります」

と広居が言った。広居の表情はくらかった。

「中殿にさように指摘されると、執政の職にある者としては胸が痛みますが、しかし事はまだはじまったばかり。いましばらく志賀に猶予をあたえられてはいかがでしょうか」

「むろん、そうしてやりたい。志賀は財政建て直しに五年をみておる。一年で結果をどうこう申すのは酷な話だ。また志賀の策は失敗したと決めてしまうのは、いかにもはやかろう。しかしながら見のがしならぬことがある」

「は？　何事でござりましょうか」

「その方らは気づいておらぬか。近ごろ国内のあちこちに、亡国の相が見えてきておるぞ」

二人の執政はぎょっとした顔で治憲を見た。

「大げさなことを言うと思うかも知れんが、わしの目にはそう映る。その方らも知るとおり、近年わしは遠馬に名をかりて気楽に城の外に出るようになった。隠居してよかったと思うことのひとつだ」

「……」

「ところが今年になって目立ってきたことだが、城下にも村村にもはなはだ活気がない。いわんや藩の建直し策に協力して懸命にはたらこうなどという意気込みは、どこにも感じられぬ。村はともかく、城下の町町はにぎやかではないかと申すかも知れんが、人がふえたように見えるのはその日暮らしの日傭とりがふえたので、その者らは、仕事がなければ昼酒を飲んで路上で無駄話をしておるという話だ」

「事情の一部はわれらもつかんでおりまして、いずれ何らかの処置が必要と考えております。日傭とりの多くは、村をすててきた百姓どもにござります」

「処置と申しても、なまなかのことでは片づくまい。根本は庶民は田畑を耕すだけでは喰って行けぬのに、ほかによろこんではたらくような仕事がないことだ。このままでは、藩は少しずつ坂道をころげ落ちて行くばかりではないかと思われる。そうだとすれば、志賀に時を藉《か》すゆとりはさほどにないと思わねばならんぞ」

二人の執政がくらい顔を伏せて下がって行ったあと、治憲は上段ノ間に残ったまま考えにふけった。

諭告書「夏の夕」の中身は財政についての諭告である。それは当然だが、その中でとくに治憲が指摘したのは、予算に計上されている御備え金、三千両、不時御備え金二千両がいまだに入金されていないこと、および金主に対する未済の償却金九千八百両が、家中から増借りをしたにもかかわらず手つかずで残り、その結果返済すべき償却金は一万両を越えたことの二点だった。このほかに、年賦返済の去年分がそっくり残っていて、治憲はこの事実もきびしく咎めている。

御備え金は幕府の普請手伝いなど、莫大な出費が予想される事態が起きたときにそなえて、天明七年から亥年までの五カ年間に一万五千両を積立てることを目標にした預金計画で、すでに三千両が積立てられたが、今年の積立て分が滞っていた。また不時御備え金は、普請手伝いのように使途が明白でない突然の出費、たとえば昨年治憲が将軍家から賞賜をうけたあと、老中、若年寄など幕府要路の人人に礼物を贈ったように、思いがけない費用をまかなうために必要な備金だった。いざというときにこの用意がなく、金主と不仲で金を借りることも出来ないとなれば、米沢藩は天下の嗤《わら》いものになりかねないのである。

もちろんいますぐ必要な金ではないが、藩としての体面をたもつためには、この上なく重要な意味を持つ積立て金である。事情によっては藩の浮沈にもかかわりかねないその金の準備を、いまの執政、参政が不急の積立てと軽くみている気配があるのを、たとえくるしまぎれの処置だとしても、治憲は腹に据えかねた。

また治憲は、諭告の中で力をこめて金主との交渉のありかたを論じたが、藩の掛り役人が、金主との交渉にあたってただただ目前の窮地をのがれるために一寸のがれの口をきき、言うことはそのときそのときでまったく違うという誠意のなさを指摘し、さらには金主との関係が悪化して交渉がとだえると、それをさいわいに支払いを先に繰りのべるという悪辣《あくらつ》なことまでしていることを取り上げて、金主に対するこのような態度は、信義にもとる恥辱の上の恥辱というものだと述べた。

治憲がとくに金主との交渉について、声をはげますといったきびしい言い方をしたのは、藩の経営は、資金を貸す金主なしには成り立たないと思っているからである。それは金主から金を借りることをやめ、出費を切りつめて自力で藩を経営しようとする御内証掛志賀祐親《すけちか》のやり方をみて、いよいよはっきりした。

出費を切りつめて借金を返して行くことだけでは、個人はいざ知らず国家は立ち行かない。国家には産業のにぎわいが必要である。そのにぎわいで庶民の懐と国の財源を太らせ、借金も返して行くようにするのが藩政の方向でなければなるまい、と治憲は思う。

多年馴染みの金主から借金をするのは恥ずかしいことではない。その関係を通じて金主にも利益がもたらされるような方法を講じればよい。どこの藩でもいまはそうしている。農は国の基本だが、農中心の藩経営はもはや成り立たなくなった。外から資金を導入して、産業をおこす、そういう時代になったのである。竹俣当綱や莅戸《のぞき》善政に見えていたことが、志賀には見えないのだろうかと、治憲は訝しむ。

――いや。

賢明な志賀にも、そのことは見えているだろう、と治憲は思った。ただ藩政のお膳立てをする御中之間年寄という役職にいる人間としては、志賀は小心なところがある。新しい藩の経営を考えたとき、金主に喰らいついて資金を導入する道をえらばずに、巨大な借財を生むもとである金主とのまじわりを断ち、国家の規模を小さくまとめて危機を乗り切る方向をえらんだのだ。

だが、そのやり方が失敗だったことは、残る借金を年賦払いで返すゆとりさえ持てずに、日日の藩運営に汲汲としていることで明白になったといってよい。

——志賀にまかせておけば……。

やがては返し切れない年賦返済分の借金が山とふくれあがって、藩は息の根をとめられることになるだろうと治憲が思ったとき、小姓の声が耳に入った。

二ノ間の入口に坐っている小姓は、さっきから何度か声をかけたらしい顔色で治憲を見まもっていたが、主人がやっと自分に気づいたのをみて、時刻が遅くなりましたが、遠馬に出かける支度をいたしましょうかと言った。

おう、おうと治憲はつぶやいた。広居と中条に会ったあと、近くの村を見廻ってくる予定だったのだが、話が長びいて外に出る時刻ではなくなっていた。

「これから出かけるのは、ちと無理であろうよ。またの日といたそう。それよ……」

治憲は思案したが、すぐに心を決めた。

「いまから大殿を見舞うとするか。供の用意をいたせ。おう、それから用意を申しつけたら、そなた書斎にきて着換えを手伝え」

時刻は七ツ（午後四時）を四半刻ほど過ぎたはずだが、外に出てみると、三ノ丸の上の空はまだあかるかった。空は相変らず曇っていたが、その雲の中にかすかな日の光がにじんでいるのは、日が西に回り、その方角から雲が薄くなってきているのかもしれなかった。

三ノ丸から二ノ丸御殿偕楽館のある区域に入ると、うすあかるい空は繁り合う樹樹の枝葉で少しばかりくらくなった。その下を、治憲はゆっくり歩いて行った。供が二人ついていて、一人は提灯を持っている。帰りが遅くなる場合にそなえたのである。

——明日は晴かの。

と治憲は思い、いきおいよく繁っている樹樹の枝葉を見上げた。

ここ数日、梅雨の前触れかと思われる雨が降りつづいたり、雨が上がった翌日は、にわかに狂暴なほどに暑い晴天になったりしているが、大まかにいえば天候の推移は順調だった。今年は天気を心配せずとも済むかも知れぬ、と治憲は思っている。しかし、もちろんそれは確かなことではなく、治憲は胸の奥で、祈りに似た気持でそっとそう思うだけである。

――せめて志賀が御内証掛をつとめている間は、天気が順調であってくれればよい。

と治憲は思った。志賀は藩の台所のやりくりに四苦八苦している。この上に不作だ、凶作だという災難がかさなったら、綱わたりのような志賀の政策は収拾がつかなくなるだろう。

そう思っているうちに、考えは自然に二人の執政とかわしたさっきの会話にもどった。治憲はそれとなく志賀の政策を見直すべき時期がきていることを示唆し、広居と中条の両執政はそのことを理解したかに思われたが、しかしと治憲は思っている。

――では、志賀の政策を修正し……。

もしくは廃して、それにかわるいかなる政策をもとめるのかということになると、話はそう簡単ではなかった。治憲の脳裏には忘れがたいひとつの記憶が刻みつけられている。記憶はそう古いものではない。

去年の正月に、江戸屋敷三邸では、勤務の家士に支払うべき扶持米の手当てをつけられず、日割りで米を支給するということが起こった。米の値段が高騰して、まとめて買うことが出来なくなったのである。それが正月のはじめのことであり、同じ月の二十三日には、三邸の米不足を補うために、急遽国元から陸路二十六駄（五十二俵）の米を送ってしのいだ。

しかしその後も扶持米の欠乏はつづき、四月の末には日割り支給の米を買う金も底をついたので、縁戚の尾張家に借米を申し入れたが、四年前の貸し米をまだ返してもらっていないという屈辱的な理由を盾に、ことわられた。やむを得ず新婚の親戚土佐山内家に懇望して米六百俵を借り、急場をしのいだのだが、お館治広としては忘れることの出来ない恥辱を味わったことになるだろう。

そして藩主治広が初入部で在国していた六月末ごろに、米沢の家中の間に江戸屋敷ではまたしても飯米に窮し、江戸勤番の者たちはいまや飢餓に瀕しつつあるといううわさが急速にひろがった。このうわさをめぐって、江戸勤務の者を送り出している家家では騒然となったが、さきに述べたような今年に入ってからの三邸の米不足を考え合わせれば、留守宅の心配は当然のことといえる。

事態を憂慮した治広は、江戸表に急使を走らせた。しかしその結果は、うわさのような米不足の事実はなく、上屋敷、中屋敷、下屋敷ともに、勤務の者はつつがなく暮らしているというのが、帰国した急使の報告だった。

藩主治広は、この報告にもとづいて諸役の長あてにその事実を告げ、今後とも飯米は不足せぬように手当てするゆえ、在番の家中の留守宅の者は安堵するように、家家に通達せよという布達を出した。前代未聞の布達だった。

治憲の胸に残っているのは、このときの出来事である。いまは特産品で潤っている少数の藩をのぞけば、諸藩ともに経営にくるしんでいる時代である。貧しく、その経営は辛うじて商人たちからする借金で支えられている。

——だが……。

と治憲は思うことがある。藩主がこのような内容の布達を出さざるを得ない藩がほかにあろうか。わが藩の貧しさは、諸藩のなかでも例を見ぬほどに際立っているだろう、と。

この貧しい藩を安泰に保つことは、志賀にしろ、ほかの誰にしろ容易なことではない。だが、このままの状態がつづけば、藩はジリ貧に再起不能の境涯に落ちることもあきらかだった。この感想は、ときには治憲のように内に不屈の粘りを秘める人物の心をも、くらくする。

奉行から御中之間年寄まで、藩政の実際にあたる人人を叱咤激励した「夏の夕」のなかでも、治憲はふとつぎのような述懐を記さずにはいられなかった。「今日の国体上に暴戻《ぼうれい》の君なく、下に専権の臣なく、大小の有司真実に相勤め、女謁《じょえつ》賄賂の行はれ候事もこれ無く、何ひとつ他に恥ぢることもこれなく候へども、ただ嘆かはしきは勝手向きの差支へのみにて云々」

なにひとつ人に誹《そし》られるようなことはしていないのに、ただ貧しいがために人に侮《あなど》られる、と治憲は述懐したのだ。まだ若かったころ、江戸の薩摩侯屋敷で行なわれた責馬《せめうま》に招待されたことがある。ほかの大名は供の近習にいたるまで美麗な乗馬袴をつけていたが、治憲は藩に大倹を触れたあとなので、桟留《さんとめ》の木綿袴で出席した。

その粗末ないでたちを見て、なかには目ひき袖ひきする者もいたが、治憲は昂然としていた。若さが周囲の侮りをはね返したのである。いまに見よ、とも思った。だがあれから二十年ほどがたったいまも、藩は先行きも知れない混迷のなかにいた。さすがの治憲も、愚痴のひとつぐらいはこぼしたくなるのだ。

だが治憲は気力を失ったわけではなかった。わしが気力を失ったらこの国はどうなるかと自分を叱咤する。遠くに偕楽館の門が見えてきたときも、治憲はまだ考えていた。

――評議をひらいて……。

いまの政策を反省し、今後のことを相談すると申して執政二人は下がって行ったが……。さほど期待は出来まい、と治憲は思った。

正月に老練の奉行毛利雅元が致仕して、執政は広居忠起、中条至資の両奉行だけだった。そして政策の立案、実施にかかわり合う参政である御中之間年寄は、長井高康、志賀祐親、降旗忠陽、北条元智《もとよし》らで、この危機を乗り切るには執政府はあまりにも弱体といわねばならなかった。

――人がおらぬ。

と治憲はつくづく思う。藩が落ちこんだ空前の危機を乗り切るには、いまの執政府では無理だった。起死回生の策を打てる人物をさがしもとめなければならぬ。

治憲の胸の内には、そういう切羽つまったときに登用すべき一人の男の姿が思い描かれている。いうまでもなく莅戸善政だった。

だが、いまの執政府にむかって、治憲がいきなり善政を推薦することは不可能だった。治憲は藩政の実際にあたる者たちに、さまざまな示唆、忠告をあたえることは出来るが、治憲自身が先頭に立って政治を引っぱって行くことは出来ない。藩主のときでさえ、そうである。政治は執政府にゆだねて、藩主もその方針にしたがう。それが藩主の分際というものだと思っていた。

ましていまは隠居の身分である。藩主でいたころより多少物を言いやすくなったといっても、おのずから限界がある。藩主家の矩《のり》を越えてはならない。

一歩控えて莅戸善政の登用を示唆するようなことも無理だった。善政は何者かといえば、中級家臣団三手の内の馬廻組莅戸家の隠居にすぎず、かつてのように御中之間年寄でさえない。身分、家柄がすべての藩において、善政が藩政にもどっても、坐る場所はない。

まして藩政を切り回すなどということは、到底無理だった。そして善政を小姓頭に登用し、側近として存分に政治の才をふるわせた治憲は隠居していて、もはやその力はない。

――待てよ。

治憲はふと、脳裏を中条至資の顔が横切ったのを感じた。

中条も身分高い侍組だが、若いだけに物の理解も考え方も柔軟で、古い既成の型にとらわれないところがある、と日ごろ治憲はおもっている。

その中条にも、善政を登用しろ、と頭ごなしに申しつけることはむろん出来ないが、そのあたりに何らかの事態の突破口をもとめることは考えられないか。

「中殿、中殿」

供の小姓があわてて呼びかける声がした。はっと顔を上げると、考えに夢中で大殿重定が住む御殿偕楽館の門前を通りすぎるところだった。治憲は威儀をただして門にむかった。

「やあやあ、越前どの」

大殿重定は、治憲が待っている部屋にいつものようにずかずかと入ってきた。もう七十になろうとしている老人には見えない大きな身体とたしかな足どりだったが、顔色が白っぽく、声が以前にくらべて嗄《かす》れたように思える。去年の大病の名残りがそこに出ていた。

袴をさばいて坐ると、重定は生まじめな表情をつくった。

「たびたびの見舞いで恐れいる」

「いえ、急にひまが出来ましたもので、ご様子をうかがいに参ったまで。お気遣いなされますな」

と治憲は言った。

「近ごろは政務の手伝いに手を取られて、しばらくおうかがいしておりませんが、おぐあいはいかがでござりますか」

「上上の気分じゃ。そなたの看護のおかげだ」

と重定は言った。

去年の九月に、治憲は出府した。実父の旧秋月藩主長門守種美の病いが篤《あつ》いと聞いて看病に駆けつけたのだが、折から藩は新しい態勢をととのえて耐乏の日日に入ったばかりである。周囲に気兼ねして出府についてはさんざんに迷った。

しかし大殿重定、在国中の藩主治広をはじめ、執政府もこの際は出費を度外視して出府するようにすすめたので、治憲は種美を看護することが出来、その死を見送ることが出来たのであった。

ところが、種美歿後の仏事や、後の始末にかかわり合ってまだ江戸に滞在していた治憲のもとに、十一月十五日米沢から早飛脚がきて、今度は大殿重定が病気となり、その病状ははなはだ重篤であると告げたのである。治憲は翌十六日、幕府に帰国伺い書を提出、許しが出るとただちに当夜中の出発をとどけ出た。十七日丑ノ刻（午前二時）前後に藩邸を出発して雪の積もる道を急行し、米沢に着いたのは十一月二十四日だった。帰城の時刻は亥《い》ノ刻（午後十時）過ぎとも子《ね》ノ刻（午前零時）とも言われるが、いずれにしろ深夜だった。

治憲は帰城すると、旅装も解かずにまっすぐ二ノ丸御殿偕楽館に入って重定を見舞い、そのまま看病につこうとしたが、重定の再三のすすめにしたがって、その夜は三ノ丸の餐霞館に帰った。しかし治憲は翌日から翌年の二月二十六日に重定が快癒して病床をはなれるまで、じつに八十日ほどの間一日も休まずに重定の看病につとめ、しかも朝の五ツ（午前八時）から夜九ツ（午前零時）まで、時には終夜看病にあたりながら、その間治憲が睡気に襲われる様子を見た者は一人もいなかったと伝えられている。

周囲の重定の近臣、医師などは、長い看病に疲れて夜ともなるとつい睡気を誘われることが多かったので、江戸の実父の看病にひきつづき大殿を看病して寸分も油断なくつとめる治憲をみて、人人は中殿の御《おん》至誠、尋常の人間のなせることにあらずと感嘆したのであった。

しかし治憲が献身的に重定を看病したのは、養い親に孝養をつくすという道徳的な意味ももちろん含んではいるがそれだけでなく、この養父に対して治憲は格別の思いを抱いていたからである。

治憲が上杉家の家督をつぐころに、義父重定は家臣の間でも暗君と言われた。竹俣当綱などは、治憲の前でも、重定を無能の愚物呼ばわりしてはばからなかったものである。いやしくも主君に対するそういう物言いが快いはずはないが、治憲自身の心の中にも、義父がそのようなお人であれば、竹俣らの言うごとく藩政の座からしりぞいてもらうのが、米沢藩のためになるのかも知れないという思いがなかったとは言えない。

藁科松伯、竹俣当綱、莅戸善政など、藩政を改革して窮乏の領国を再生させようとする人人の意見を吸収しているうちに、治憲の胸のうちにも改革への熱意が生まれ、その思いはしっかりと育ってゆるぎないものとなっていた。われ、藩中興の藩主とならんと治憲はそのころしきりに思ったものである。貧窮にあえぐ家臣団、領民を思うと、胸が熱くなった。

だから、追われるごとく藩主の座を明けわたした義父重定に対しても、治憲はさほど同情しなかったのだ。だがそうしていわば乗りこんできた治憲を、重定は実の子のようにねんごろな態度で扱った。養子としてへだてるようなことは一切なく、その態度は治憲を養子にむかえたあとで徳千代（上杉勝熙）、保之助（上杉治広）と相ついで実子が生まれてもまったく変らなかった。

ことに忘れられないのは、安永二年に奉行の千坂高敦ら七人の重臣が改革政治の撤回をもとめて強訴したときのことである。重臣たちは撤回が聞きいれられなければ押し込めも辞さずというほどの勢いで治憲に迫ったのであった。

このとき治憲の前に仁王立ちに立ちふさがって、重臣らを叱咤非難したのが大殿重定だった。

——もしも大殿が……。

策略を好むような腹の黒い人物だったら、と治憲はその後あの場面を思い返して胸がつめたくなるのを感じたことがあった。重定にはすでに実子が二人もいて、丈夫に育っていた。かりに重臣たちが治憲を藩主の座から引きずりおろしたとしても、後継ぎはいる。しかも重定の実子である。藩も重定も治憲を排除したところで何の痛痒《つうよう》も感じなかったはずである。

だが重定は自分に利のあるその種の思惑には目もくれなかった。治憲が救援をもとめるとすぐに立って重臣らの前に急行した。前藩主の雷のような怒声を浴びて、重臣らは顔いろを失い、言葉を返す者もなく城を下がるしかなかったのである。

義父重定のこうした自分に対する心くばりに、改めて気持が向くようになったのは、治憲が自分も顕孝という子を持ってからだったに違いない。父の幼名をついではじめ直丸といった顕孝は安永五年に生まれ、天明二年には現藩主である世子治広の養子となった。いわゆる順養子であるが、自分も養子として上杉家に入った治憲としては、自分の血筋が上杉という藩主家の正統を継ぐことになった成行きに、格別のよろこびを感じないではいられなかった。

養子手続きがすべて、つつがなく終った日の夜、顕孝の生母であるお豊の方と、しみじみとわが子の将来を語り合い、よろこびをわかち合ったことを忘れない。

この年、治憲は三十二歳で壮年期の入口に立っていた。顕孝を治広の養子と定めるにあたって、なにくれとなくこまやかな世話を焼いてくれた重定に対して、ごく自然に感謝の気持がわくのを感じたのも、三十二歳という年齢とかかわりがなくはなかったろう。

このころになってようやく、治憲は藩政の指導者としては無能であるという重定観から解き放たれ、ものにこだわらず、享楽的であるけれども、人間として在るべき道は心得ている義父を認識したといってもよい。

「近ごろ、舞台の方はいかがですか」

と治憲は言った。偕楽館にはりっぱな能舞台があって、重定はいまも舞台に立ってひとさし舞うことを無上のたのしみとしている。

重定は初入部にあたって、文武とならべて謡曲乱舞に心がくべしという諭告を出して家中を驚倒させた藩主だが、さすがに近年は体力がおとろえて、乱舞狂いと言われた能好きもやや影をひそめていた。もっとも、だからといって舞うことをやめたわけではなく、装束、鳴り物をはぶいた仕舞《しまい》だけは変りなくつづけている。近臣に謡をうたわせ、あとは身ひとつで出来る仕舞の簡素をほめて、重定は老体には手間がかからぬこれがよいと言っていた。

「仕舞などはいたされますか」

「いや、それがの」

重定は顔をしかめるような表情をみせた。

「もの憂くて、まだ舞う気にはなれんのだ」

「それはいけませんな」

治憲は重定の顔を見た。能好きの重定のために、治憲は江戸から能役者を呼んだことがある。そんなに遠いむかしのことではない。そのときの重定のよろこびようはいまも目に残っている。治憲はいまのような言葉を聞くと、義父のおとろえを感じないではいられない。

「しかし医師たちの見立てでは、ご病気は全快して何の心配もないとのことです。季節はそろそろ梅雨、もの憂いのはそのせいでござりましょう。仕舞などは、つとめてなされてはいかがかと思われます」

「相わかった。心配をかけて済まぬ」

重定は神妙にうなずいたが、ところでと言った。

「そばにつかえる者たちの話によると、藩の新しい仕法もなかなかうまくいかぬそうだの」

「仰せのとおりにござります」

治憲は、ふだん藩政のことには無関心と思っていた重定が、突然に政治向きの話を持ち出してきたことに少しとまどいながら答えた。

「しかしながら新しい仕法に切りかえてから、いまだ一年ばかり」

治憲はさっき広居忠起に言われたことをそっくり持ち出してしゃべっていることに内心苦笑しながら、重定に言った。

「しばらくはことの行方を見まもってしかるべきかと思われます。いよいようまくいかぬと見きわめがついたそのときは、ほかの手だてに切りかえるべくよりより談合もいたしておりますので、ご心配なされませぬように」

「さようか。すると借金で藩がつぶれるようなことはないか」

治憲は笑った。

「さような心配は断じてありません。藩にもまだ人がいて、必死に建て直しにはげんでおりますゆえ、大殿には安んじてたのしき日日をお過ごしなされませ」

「うむ、安堵した」

大殿重定は大きくうなずいたが、もうひとつ聞きたいことがある、と言った。

「近ぢか幕府の巡見使が参ると聞いたが、まことかの」

「まことでござります」

治憲は、義父が今日は意表外のことばかり話題にするのでおどろいていた。幕府巡見使は、将軍代替りにともなって諸国に派遣され、各藩の藩政の状況を視察して幕府に報告する。しかもかれらは、藩政の当事者をさしおいてじかに百姓、町人から聞き取りを行なうので、困窮のどん底にある藩としては歓迎せざる客というしかないがやむを得ない。ありのままを見てもらうしかなかった。

義父はそのことを心配しているのだろうか、と治憲は思った。

「幕府より巡見使派遣の通達がありましたので、藩としては壊れた道を修理したり、防火用の天水桶を修理したり、準備をすすめて参りました。先日は郷村、城下の町町に、お使いをむかえて粗相のなきよう触れを出したばかりでございます。貧しい領国の台所をのぞかれるようで、いささか気はずかしい思いもいたしますが、下手に取りつくろうよりも、ありのままをお見せするのがむしろ藩のためかと思います」

「それはそのとおりだ。飾っても仕方がない」

と重定が言った。そして、しかしと言葉をつづけた。

「費用がかかるだろうの」

「さきほど申しましたような道普請、橋の修理、それに宿の費用……」

と治憲は言った。

「来国される巡見使の方方は御三名ですが、この方方にそれぞれ随行のご家来衆がついてこられます。総人数はざっと百名近くにもなりましょうか。幕府は巡見使の応対に藩はなるべく費用を使わぬように、かつまた音物饗応は一切無用であると申されますが、それでもかかるものはかかります」

「いかほどになるかの」

「執政府では、他藩での掛りから勘案して、ざっと二千両ほどはかかると見込んでいるようです」

「うむ、二千両……」

重定は呻いた。そして思いがけないことを言い出した。

「仕切料を削られるかも知れんの。越前どのはどう思われるか」

治憲は顔を上げた。

重定が顔を突き出すようにして、治憲を見ていた。その顔には意味不明の、強いていえば含羞を包んだような微笑がうかんでいる。治憲は思わず腹に笑いが動くのを感じた。義父重定が、藩政の行方を憂慮し、巡見使の掛り費用を心配するのは、ほかでもない藩から支給されている暮らしの費用、仕切料への影響を心配してのことらしいと見当がついたのである。

気はずかしげな微笑の奥に、意外に真剣なもうひとつの表情が窺《うかが》われて、そこに女色を愛し、乱舞に日を暮らし、美食を好む享楽主義者重定の素顔がのぞいていた。答えやいかにとこちらを窺っている顔に、正直にそれが出ている。

——わが義父は、善人なるかな。

と治憲は思った。贅沢を好んで金を使いすぎる、と歴代の執政たちは重定を非難してきたが、治憲は目の前に不可解な微笑をうかべている義父を愛さずにはいられない。執政たちは、善良で策略を好まないという大殿重定の半面の美質にも目をむけるべきだ、と思った。

「藩が大殿の仕切料を削るなどということは、万にひとつもござりません。ご安心めされ」

治憲は太鼓判を押してやった。

「貧したりといえども、藩には二千両の不時の出費を賄うぐらいの蓄えはございます。大殿にはお気遣いなく、まずご自身の体調をととのえることに専心なされてしかるべしと思います」

「さようか、よくわかった」

重定の微笑が満面の笑いに変った。その笑顔をみると、近臣が雑談の間に耳にいれたことを、一人思い悩んでいたようでもある。壮年のころはもっと豪毅なところがあったひとだが、これも老いの証拠であろうか、と治憲は思った。

この義父に、不満のない晩年を送らせたいものだと思いながら、治憲は言った。

「湯治もお身体によろしいかと思います。赤湯あたりでのんびりしたいというお気持が起きましたときは、お申しつけがあればいつでも手配いたしますぞ」

寛政二年九月。治憲は野袴に菅笠という軽装で、野道に馬を走らせていた。供はただ一騎、御手水番の綱島頼元である。

小さな村落を駆け抜けると、二人の姿はふたたび野道に出て、八割方は取り入れが終ったがらんとした田圃の土の上に、二つの長い影が踊るようにはげしく動いた。時刻は間もなく七ツ(午後四時)になるころであろう。正面に見える吾妻連峰の山肌は黒黒と暮色に塗りつぶされて、その上に熱気を失った赤い日がぽっかりとうかんでいる。その日もじきに山陰に落ちて野はすみやかに夕闇に包まれるだろう。

「城に帰るまでに、日が暮れそうだの」

と治憲が言うと、綱島頼元は「しか、思われまする」と答えた。それだけだった。相変らずの寡黙ぶりだが、治憲は一面で頼元の口の重さを珍重していた。馬で村村を回る間、治憲は考えることが多い。供の者の寡黙は考えの邪魔にならなくてよい、とも思う。

また、さっきよりは少し大きめの村落を通りすぎた。治憲は、おとろえた日差しに照らされている家家の庭先に、すばやい目を走らせる。はやく取り入れを終った庭に敷いたむしろの上で千歯《せんば》で稲をこいているとところもあれば、まだ取り入れが終っていないらしく、年寄りから子供まで総出の人数が庭に出、稲束を家の中にはこびこんでいる家もあった。

村落を通りすぎると、その先は見わたすかぎりの田圃で、はるかむこうに、横に長く夕色に覆われた城下町が見えた。吾妻連峰の上からさしかける日の光は、城下町の上空を通りすぎて先端を無人の野に落とし、治憲たちがいる野とさらにその背後の村村を光らせている。そのために、日差しに取りのこされた町は、灰色で扁平《へんぺい》な物の寄せあつめとしか見えない。

「中殿、あれは何でござりましょうか」

と綱島頼元が言った。振りむくと、頼元は馬上から稲田の間に点点とはさまっている荒れ地を指さしていた。あらまし取り入れが終った田圃の中に、ぼうぼうと枯草が生いしげる、それも一カ所や二カ所ではない土地が点在している光景は、稲田が虫に喰われでもしたように異様に見える。口の重い頼元がおどろきの声を発したのは、はじめてみる景色だからだろう。

治憲は手綱《たづな》をしぼって馬をとめると、頼元を振りむいた。さしかける日差しに、頼元の顔半分は濃い笠の陰に隠れている。

「あれももとは稲田だ。年貢をおさめ切れぬ百姓が、田圃と家を捨てて村を出奔したゆえ、ああいうふうになっておる」

実際には、潰れ田は百姓が属する村の責任で耕作することになっているのだが、いま見えているような少なからぬ潰れ田が残っていることは、村自体が人手不足で、他人の田圃までは手が回らないのだろうと推察がつく。

しかし、農事にくらくて、たったこれしきの景色にもおどろいている頼元には、そこまで説明してやっても仕方あるまいという気がした。治憲は行くぞと低い声をかけて馬首を城下町の方にむけた。

すると、同じように馬首をめぐらしながら、頼元がめずらしく自分から感想をのべた。

「しかし、逃げた百姓もあわれでござりますな」

治憲はもう一度頼元を振りむいた。そして、その気持を忘れるなと言った。

城下に帰りつくまでに、はたして日はとっぷりと暮れた。餐霞館に入ると、奉行の中条至資が待っていた。

三十四

治憲は手早く着換えて至資《よしすけ》に会った。野行着を人に会う衣服に着換えるといっても、用いる衣服はいまも質素な木綿着なので、さほど変りばえするわけではない。それでも治憲は藩の執政である中条至資とその職をうやまって律儀に着換える。

「だいぶ待たせたらしいの」

と治憲は至資をねぎらった。

「何か、至急の用件でも出来《しゅったい》いたしたか」

「はあ」

と言って、中条至資は懐から奉書紙に包んだものを取り出し、治憲にわたしながら言った。

「志賀が二度目の解職願いを提出いたしました。ご披見ねがわしゅう存じます」

治憲は黙って解職願いを受け取ると、奉書紙をひらいて取り出した書面に目を走らせた。志賀八右衛門祐親は、その解職願いの中で、わが力のおよぶかぎりの再建策を試みたが事態は好転せず、かえって借財をふやし、人心は沈滞した。万策すでに尽き、罪万死に値するので、ここに御内証掛(財政責任者)の解職を冀《こいねが》うものである、と記していた。

志賀はかつて、莅戸《のぞき》善政、倉崎七左衛門清恭、佐藤文四郎秀周らと一緒に治憲の御小姓を勤めた人物である。怜悧《れいり》な男だった。その怜悧さは佐藤文四郎の愚直とならべると際立って見えた。馬場次郎兵衛頼綱は、一人半扶持の身分からのちに御勘定頭に抜擢された人物だが、去る安永二年、七家騒動があったその年に治憲が志賀をこの馬場とともに江戸の農政家に派遣し、農業技術を学ばせたのも、志賀のすぐれた才能を見込んだためである。

——だが八右衛門は……。

その怜悧さのゆえに、目前の事象の処理に気を奪われて、大局を把握しかねたところがあったかも知れない、と治憲は思った。志賀には、もともと一藩の経済を処理するほどの器量はなかったのだ。賢い男ではあったが、その賢さの限界をみずから暴露する羽目になったもとの近臣に、治憲はかすかに憐れみを感じながらそう思った。

ふと沈思からさめて、治憲は顔を上げた。

「八右衛門は非難されているのか」

「暮らしのいっそうの逼迫、世を覆う人気の沈滞、ふくれ上がった借財、すべて志賀の方策よからざるゆえの結果と、十人集まれば十人がさように申しております」

「志賀一人を責めるのは酷だ」

「もちろんです。われらも同罪ですが、いまや誹謗《ひぼう》の声は志賀の一身にあつまっているという状況です」

「志賀を御内証掛に任ずることには、わしも賛成した。責任の一半はわしにもある」

治憲は言って、借財の状況はどのようになっているかと、話を転じた。

「彼が御内証掛に就任して四年、その間に二万両余りの借財がふえましてござります。その以前からあった新借財と合わせて、わが藩の借財はいまや十一万両余と相成りました。もちろんそれ以前の巨万の古借を抜きにした金額にござります」

「で、志賀八右衛門の解職にもどるが……」

治憲は奉書紙におさめた書面を中条至資に返しながら言った。

「その方らはいかがするつもりか」

「夜も眠らずということがござりますが、志賀は懸命に、知力のおよぶかぎりの手を尽しました。にもかかわらず、藩のありさまはかくのごとくです。貧はびくとも動きません。しかるになおいまの職にとどまれというのは、志賀をこの上さらに心ない誹謗の前に晒し者にするも同然、解職やむなしというのが、われらの考えです」

「わしも、しか思う」

治憲は短く言った。

さきに執政らに示した「夏の夕」は、当面の藩の在りようを声をはげまして論じたものだった。藩政の目下の欠陥を指摘し、執政をはじめとする諸役人の奮起をうながす内容のものと言ってよい。呼び出されて治憲のきびしい言葉を浴びた執政、広居忠起と中条至資は、深刻な表情で治憲の前からひきさがって行ったが、そのあとの動きは依然として鈍かった。すなわち諭告書「夏の夕」に応えるような動きは、その後も現われる気配は少しも感じられなかった。またそれについての執政たちの陳弁の言葉もなかった。

——糠《ぬか》に釘《くぎ》だの。

と思ったが、治憲は一度方針を示したあとは静観していた。

高鍋藩の家老三好善太夫重道は、当時松三郎と称していた治憲が遠縁につながる上杉家の養子となったことをよろこびながらも、家の禄高、格式、家風すべてにおいて格段に異るこの養子縁組を懸念して、二度にわたって将来米沢藩主となるべき治憲に、いわば一藩の藩主たる者の心得べきことを進言した。

その中に、人に君たる御身は寛仁大度と申し候て、ゆったりとして人を憐れみ、御胸中を広く人を疑うことなく云云という一箇条がある。一藩の藩主たる者はひろい心で人民を憐れみ、しかしながら小事にこせつかず悠然と構えているように心がけるべきであると、君主の日ごろの在りようを諭したのであった。

三好善太夫の教訓は、いまも治憲の手文庫の中に秘蔵されていて、そのときどきに治憲がきびしい態度決定の必要にせまられたときの指針の役目を果している。

――執政らには執政らの考えがあろう。

そう考えて、治憲はその年の暮の夜、急に執政を呼んで、休講したままになっている興譲館の再興についいて諮問したが、そのときもあえてこちらから「夏の夕」に対するその後の措置についてふれるようなことはしなかった。わが胸中にある方針は示した、あとはそなたらが努めよという態度にもどったといってもよい。

ところが意外なところから、本来なら執政が一藩に対して示すべき方針を意見具申した者が現われた。

昨年寛政元年（一月に天明九年を寛政元年と改元）は、藩主在国の年で、治広は五月三日に帰国して本城で政務をみていた。その治広に御側役の丸山平六蔚明《もちあき》が時務を論じる上書を献じたのである。

丸山ははじめ治憲の近習から小姓となってほぼ一年半ほどの間治憲のそば近く仕えたが、そのあと抜擢されて世子治広の御用人を命ぜられた。そのころ治広の御傅役《おもりやく》は木村丈八高広で、きわめてきびしい態度で治広の傅育《ふいく》にあたったので、その厳正さに堪え難くなった治広がついに悲鳴をあげて、教育がきびしすぎることを治憲に訴えたとも言われる。

ところで、世子の訓育にあたっては、寸毫《すんごう》の甘さも許すべからず、びしびしと諫言《かんげん》せよ、それが世子治広をすぐれた藩主とする道であるという木村の教育方針にしたがって、その配下に属する近習たちは諫言を競い、時には治広を逃げ場のないところまで追いつめることがあったらしい。

その中で、丸山平六一人は同じく木村の下に配属されながら、ほかの者とは治広に対する態度が違っていた。丸山はつとめて寛大な態度で治広に接し、また厳格にすぎる上下の者の調和をはかる風があったといわれる。それをみて木村高広は激怒したか。否であった。木村は丸山のやり方を珍重して、平六には長者の風格があると評したという。

丸山平六は、当然ながら治広の厚い信頼をうけ、治広が家督をつぐと今度も抜擢されて御側役となっていた。丸山は元来は組外《くみほか》と呼ばれる御扶持方の出であるが、五十騎組の丸山家に迎えられて跡をついだ。藩主治広に時局を論じた上書を提出したときは三十七歳だった。

丸山の主張は要約すればつぎの各項目にしぼられるだろう。

一、国の基本政策を決めるにあたっては、ひろく大衆の意見を聞くことが必要である。

一、藩政の実施にあたっては重職の任に堪え得る人物を得て、万事をまかせるべきである。

一、元締所（会計所）の人数は、御中之間年寄一人、御使番一人としてはどうか。現在の様子は船頭多くして船山にのぼるの観がある。費用の無駄づかいである。

一、諸役人の中に汚職を事とする者がいるやに聞く。因循遅延して処分を怠るときは、国の綱紀が弛《ゆる》むだろう。断固処分すべし。

一、ただし博奕の死刑は厳刑にすぎるものと考える。若干刑を弛めるべきではなかろうか。死罪ということではむしろ無頼の反抗心を煽って、かえって非違に走る者が手がつけられないほどにふえるものと愚考する。

一、衣、食、住について示達を出されたが、これを守らぬ者が出ると、かえって人人の悪い手本になる。自分も、という気持にならぬものでもないので、気をつけるべきである。

治広から丸山のこの建言書を見せられた治憲は、そのときは、なかなか思いきった建言で聞くべきところは多多ありますな、などと言ったが、治広のもとからひきあげて外に出ると、治憲はついに局面が動いたか、と思った。胸の奥にざわめく興奮を押さえられなかった。

丸山平六も英才だが、志賀とはまた形の違う才能を胸に蔵しているようだった。丸山は寡黙で、めったに自分を人に見せない。才能はその寡黙の中に居眠っているという感じがある。

丸山の上書には、いま藩にもっとも必要とされているものが、二つふくまれている。在るべき藩の方向は衆論に聞け、ということが第一。第二は言うまでもなく、藩政をひっぱって行く力量のある人物を登用せよ、ということである。丸山はおそらく、家門意識ばかりが強くて、従来のしきたりに病的にこだわり、新規の事を行なうことにきわめて臆病な上士階級が主導する藩政が、これまで藩の再生に何ひとつ効果らしいものをあげ得ずにきた経過をみて飽き飽きしたのだろう。そうでなければ、これだけの思い切った提言は出来るものではない。

その日の午後は、半刻ほど前に降った雨が止んで、うすい雲の間から夏の終りの日差しがまぶしく差しはじめてきた日だったことを、治憲はいまも思い出すことが出来る。そして執政も御中之間年寄たちも、丸山のこの提言を無視することは出来ないだろう、と思ったことも。

ところが、治憲が期待したようなことは、何ひとつ起こらなかった。丸山平六の提言後も、提言があった前と同じような日が流れ、そして一年余の歳月が過ぎたのである。

その間、かれらは一体何を考え、何をしようとしているのかと治憲は怪しんだのだが、いま目前にいる執政中条至資が言うことを聞いて、はじめてその謎が解けた気がした。

志賀祐親の政策が破綻したことは、執政たちにももっとはやくわかっていただろう。だが、かれらは志賀に辞職せよとは言わなかった。志賀が解職願いを出すと、かれらは慰留してなお御内証掛をつづけさせた。そして二度目の解職願いが出るにおよんで、はじめて志賀解職に動いたのである。

それは一面においては、志賀をやめさせて、では代りに誰が御内証をみるかという問題があり、その見通しを得られなかったということがあっただろう。だがここには上に立つ者たちの怠惰の気配がある。志賀をやめさせれば、その後始末はたちまちおのれらの肩に重くのしかかってくる。

しかし、志賀をやめさせるのに手間どったのは、言ったような事情のほかに、根強い形式主義というもののせいでもあったろう。解職願いを出したのをひとたびは慰留する。あるいは二度、三度と慰留する。隠居願いの場合も同様である。長い間の潜在的な慣行と言ってよかろう。待っていたように願いを受けつけるのは、本人に対してはもちろん、本人が属する家門に対する侮辱である。

ほかに人はいないと慰留し、なお本人の努力をのぞんで、いったんは解職願いの取りつぎを拒否する。それが礼にかなったやり方である。解職するかどうかは、二度目以降の本人の申し出によって本格的に論議される。

「して、これからどうするつもりかの」

と治憲は言った。治憲の肚《はら》は決まっているが、中条の意見を聞くことを優先させたのである。

「中殿は、昨年丸山平六がお館に建議書を提出したことをご記憶であられましょうか」

「丸山平六？　はて」

治憲はとぼけてみせた。一応相手に花を持たせたのだ。もちろんおぼえておるぞ、と言ってしまっては中条としては身もふたもなかろう。

しかし言うべきことは言った。

「うむ、思い出した。目下の藩にとって必要なことは何か、を論じたなかなかの建議書であった。その方らがなぜあの建議を用いないのかと、不審に思ったものだ」

最後にちくりと刺した。治憲も四十歳、このぐらいの腹芸は出来る年齢になっている。

「全部用いよとは言わぬ。だが採るべき二、三の項目はあったように思うぞ」

「恐れいりましてござります」

中条至資は詫びたが、表情はさほど恐れいった風には見えなかった。

丸山平六の建議を用いることになれば、多年苦労をかけた志賀祐親を即刻馘《くび》にしなければならないだろう。情においてしのびないところである。だが、それだけではなかったろう、と治憲は推測している。

丸山平六は三手組の五十騎組に属しているが、すでに述べたように素姓は御扶持方の出である。猪苗代、組外、組付《くみつき》の三組を総称して三扶持方、あるいは御扶持方とも呼ぶ。平六蔚明も実父星源五右衛門は代官を勤めたともいわれるように、大まかに言えば藩の組織の中で、末端部分を取締まる、いわゆる小役人級の人人を御扶持方と呼ぶのだが、かれらの藩から受け取る給与は、家禄ではなく扶持米、すなわち、米そのものである。かれらの暮らしはきわめて不安定と言わざるを得ない。

これに対して、中条至資が属する侍組は、藩から知行地を支給されている身分であり、日日の糧である米を藩の支給に頼る御扶持方とは、身分、経済力において天地ほどの懸隔があるというべきであった。はやい話が、中条らからみれば、丸山なにがしは五十騎組に養子に迎えられなかったら、ゴミのような存在としか映らなかったろう。

丸山平六のめざましい建議を見ても、中条、広居がこれを採用する気配をちらともみせなかったのは、志賀の一件のほかに、かれらの心中にふん、もと扶持方の男の意見かという意識が働いたせいではなかったろうか、という思いを治憲は捨て切れない。そうでなければ、丸山の、藩を憂える渾身《こんしん》の文章が、黙殺といった形で捨ておかれるということがあり得ようか。

そしてまた、これだけの大事を、広居忠起、中条至資の二人、あるいはこれに江戸家老を勤める色部典膳至長、竹俣兵庫厚綱の意見を加えたとしても、たったの四人で決めたとも思えない。背後には侍組九十五家がいるというのが治憲の認識である。

侍組に属する九十五家が藩から受けている知行地の合計は約四万石。米沢藩の禄高十五万石の約四分の一強をかれらの知行地が占める。藩に知行の上がりの半分を借り上げられている現状でも、一家あたりの平均の手取りはほぼ二百十石で、俸禄だけで十分に暮らせた。もっとも侍組の中にも貧乏暮らしで知られる香坂昌諄のような例外もいることはいる。

そしてまた、侍組は、奉行（言うところの執政、あるいは国家老）三名、江戸家老二名、侍頭五名、中老一名、御小姓頭二名、御城代一名、御傅役四名、支侯御家老一名、奥御取次二名、御役屋将五名（鮎貝、荒砥などの、各陣屋を統率する指揮者）など、いうなれば藩機構のもっとも枢要な部署をすべて押さえていた。藩政上の最高の地位とされる執政といえども、侍組のこのような機構の一部分に過ぎないともいえ、多かれ少なかれ同僚であるかれら、さらにはその背後にいる侍組の無言の圧力を受けざるを得ないのだ。

丸山平六の建議書を読んで、かれら侍組の者たちにしてもそこに藩の今日の病理が指摘されていて、その手当ての方法も明快に示されていることを、察知出来なかったわけではなかろう。だがそれでも、まず真先にかれらを襲う感情は、たかが御扶持方の意見かというものであったろう。たとえそれが非常にすぐれた意見であっても、扶持米取り出身の男が提出した意見にとびつくことは、侍組の沽券《こけん》にかかわるとかれらは思ったであろう。出来れば歯牙《しが》にもかけたくないのだ。

長い間、藩のそれぞれの階層の在りようというものを眺めてきた治憲の目は、かれらの心の動くさまをそのように見てとる。竹俣当綱の偉さはそこにあった。独断専行してずいぶんひとに非難されたが、竹俣は侍組の人間でありながら家柄や禄高で人物を評価しようとはしなかった。禄高は低くとも識見のすぐれた人物を、しきりに各所に登用しようとした。

比較して莅戸善政はあくまでも三手組、中士階級の分を守ったといってよかろう。治憲の小姓頭に挙げられ、徐徐に権力の一端をゆだねられても、出身母体である中士階級の牆《かき》をはみ出すようなことはなかった。それはそれでひとつの見識というもので、誰にでも出来ることではもちろんない。

それはそれとして、執政の中条至資が、埃をはたいて一年前の丸山平六の建議書のことを持ち出してきた理由は何か、と治憲は興味深く至資の顔を眺めている。

治憲に建議書のことで文句を言われても、至資がさほど恐れいった様子もなくけろりとしているのは、丸山の建議書を黙殺したのが、中条と広居忠起の才覚と責任だけでないことを証拠だてるようなものだが、では背後の侍組の中に、ほかに手はない、ここはひとつ、丸山の意見を用いるべしという議論でも出てきたというのだろうか。

「志賀を罷免することはいと易《やす》いことでありますが、あとに坐る者がおりません」

治憲に皮肉を言われても恬然《てんぜん》としていた中条は、ごくあたりまえのことを言った。

「そこで、ここは昨年の丸山平六の意見をいれ、衆知を募って国の方針を聞くのみならず、それを実行に移すような人物がいまの藩中にありや否やを問うてみる時機かと考えました。これについて中殿はいかがお考えでありましょうか」

「侍組の者たちが、さように申しておるのかの」

治憲は注意深い目を至資にそそぎながら、さぐりをいれた。いえと至資は答えて、胸を張った。

「それがしが昨年の丸山の建議を思い出し、広居どのを説いて、かように中殿のご意見をうかがいたく参上いたしました次第。至資は性もと愚昧」

　中条至資はみずからを謙遜した。

「志賀の罷免のことといい、丸山の建議のことといい、事実その時が到らぬことにはなかなか事の真相をつかめませぬ」

　至資の言葉を聞いているうちに、治憲は中条至資にまつわるある挿話を思い出していた。至資は若いくせに大酒家である。大酒呑みの評判があった。

　あるとき至資は、みるからに古雅の風をそなえる菓子器を手に入れて愛用していたが、ふとこれを盃にして酒をのんだらさぞうまかろうと思いついた。大酒家らしい発想といえようか。そこで、米沢一の碩学である神保綱忠に頼んで、菓子器から一転して酒盃に変った器に銘をいれてくれるように頼んだのである。

　ところがそのころの神保綱忠はといえば、志賀の緊縮財政の犠牲になって興譲館が大幅に縮小された結果、提学を罷免され、悶悶とした日を送っていた。その神保からみれば、中条至資は志賀八右衛門の憎っくき上司である。

　神保はさらさらと銘文を書いた。中条至資重任を辱《かたじけな》くするも、国事艱難の時にあたりその職を勤むるを知らず。唯大酒これ耽《ふけ》り、この盃やじつに桀紂《けっちゅう》の象《ぞう》箸《ちょ》玉杯を超ゆ。この銘文には、神保の藩上層部に対する日ごろの憤懣がこめられている。ことに神保は若い中条至資に斬新な政策を期待していただけに、至資がこれまでと少しも変りばえしない、黴《かび》のはえた事なかれ主義にどっぷりと漬かったまま奉行の席をあたためている有様をみて心中ひそかに憤慨していた。

　神保の父作兵衛忠昭は、吉田次左衛門秀序《ひでのぶ》とならび称された一刀流の名人で物頭を勤めたが、子の容助綱忠は学問の道にすすみ、ついに藩校興譲館の最高位である督学まで勤めた。しかし歩んだ道は違っても、気性のはげしさは父子ともに相似たところがあったろう。ひと口に言えば中条至資の酒盃に記した銘文は、面罵にひとしいものであった。

　藩の事情が絡んでいるとはいえ、こういう時期に、こういう人物に銘文を頼んだ至資こそ災難というほかはない。

　ここで怒ればただの人だが、至資は怒らなかった。神保を丁重に自分の屋敷に招き、うやうやしく藩政について神保が日ごろ考えていることを質した。その態度は師に対する門弟のようにつつましかったといわれる。そのとき神保は、今日の政治には人心を厭《あ》かせるに十分な数カ条の弛緩した部分があること、また興譲館を閉鎖同様に縮小したがために、藩内の好学の風は廃《すた》れ、家中のこころは荒廃しつつある、と述べたという。中条は黙然と聞いていたが、その後中条は、あちこちと人を説いて回り、ついに興譲館をもとの形にもどした。

──至資は、やはり物の考え方に柔軟なところがある。

と治憲は思った。かつて、若くして執政にのぼってきたこの男に期待したのは間違っていなかったとも思った。

ただし、立ち上がりの腰が重い。侍組の通弊とも言えるだろう。竹俣当綱のような人物は稀で、大ていはまず家門の安泰とこれから行なわんとすることを秤《はかり》にかけるのだ。

「至資、よくぞ申した」

と治憲は言った。先日御中之間から近習に転じた小見吉馬親忠が顔を出して、白湯でもお持ちしましょうか、と声をかけなかったら、にじり寄って至資の手を取ったかも知れない。いま中条が言ったことこそ、治憲の待っていたものであった。

「機至るとは、まさに今日の状況を指す言葉だろう。いまをのがしては機会は二度と来はせんぞ。八右衛門の施策はもはや底が見えた。これ以上つづけても、八右衛門には気の毒な言い方になるが、無駄だ。至資」

治憲は、中条至資に鋭い視線を据えた。

「その方、さっそくに上府してお館にさきほどわしに申した意見を申し述べ、ご意見をいただけ。いや、不退転の意気ごみで、お館を説いて参れ。わしからも早急に口添えの手紙を書くゆえ、持って行くがよい」

「明朝までにご書簡を頂戴出来れば、それがし明日にでもただちに出発いたします。これより広居どのに本日の首尾を報告いたさねばなりませんが、広居どのもさぞおよろこびなさることと思います」

そう言うと、中条至資はいそがしく席を立った。怠惰な獣が長い眠りからさめたように、きびきびとした動きに見えた。

──人それぞれのやり方があるものだ。

下がって行く至資を襖ぎわまで立って見送りながら、

治憲はそう思った。中条至資はこういう人間であるとはめったに言うべきものではない。一人の人間の中に、何が隠されているかは容易にわかるものではない、という感慨が胸を占めていた。

中条豊前至資が江戸藩邸で藩主治広に会い、帰国したのが寛政二年の十一月十三日である。そしておよそその十日後の二十二日には、はやくも家中の者であれば無給の者、すでに隠退した隠居を問わず、藩政について意見のある者は封じ書をもって上申せよという布達が行なわれた。

布達の要旨は、諸事節約に基礎を置いた財政の施策もうまくいかず、四年間に二万両の会計不足をもたらして、負債は増した。このような施策をつづける限り、来年は今年よりも、さらに藩財政は窮迫に追いこまれるであろう。

一方倹約といっても限界があり、これ以上の節倹は不可能なところに追いつめられた。このようなときに幕府の御用を仰せつかったり、あるいは領国に何らかの災害が起きたりした場合は、まさに家国の大事、膚《はだえ》に粟を生じる思いである。ここにおいてわが藩は、上は主君から下は無給の者にいたるまで、封印の書面をもって藩によかれと思うことが少しでもあれば、それを申し述べ合うことに決した。

多分物を書き馴れぬ、言い廻しの下手な者もいるに違いないが、理屈がわかればそれでよい。遠慮なく上言すべし。なお意見を述べる者の参考までに、本年十月より来年九月までの歳入、歳出を簡明に作成し、諸士に示すこととする。布達は大略こうした内容のものだった。

国の歳入、歳出、すなわち国家予算を示す会計御一円帳は、古来深く秘匿され、一般家中の目には触れることがなかったものなので、この措置は家中を感激させた。そのためばかりではなかったろうが、意見書を封印をもって厳重に包み、提出した者は三百四十人余におよんだ。さらに十二月一日には江戸屋敷勤務の者たちにも、国元と同様に今日の藩政の得失について論じた封印書を提出するように発令された。

年も暮れようとする十二月の十四日に、中条至資はふたたび、封印のままの意見書三百四十余通を背負って国元を出発し、江戸藩邸にむかった。藩主治広に読んでもらうためである。

雪は里でさえ、もう根雪だった。白一色の風景の中に葉を落とした木木、村落の貧しげな板壁が黒く点在している。稀に厚い雲の割れ目から日が差して、これらの風景を束《つか》の間《ま》のやすらぎに似た光で染めることはあるが、大方は風景は深くうすぐらい沈黙の中に、それぞれに孤立しているように見えた。

平地の村村でさえ、風景はかくも寒寒としている。雪の積もる山中の道は、さぞ寒かろうと治憲は思いやった。若い若いと思っているうちに、中条至資も中年である。

「風邪などひかぬように、気をつけよ」

出発の挨拶に来た至資に、治憲はそう言い、用意しておいた任重くして道遠しの五文字を大書した書を贈ってはげました。

中条至資は翌年一月二十六日夜、風邪もひかずに帰って来た。そして翌日になるとさっそく餐霞館《さんかかん》にやって来た。治憲は至資を書斎休休亭に招きいれた。

「お館さまに申し上げてみたか」

と治憲は言った。声が思わずひそめ加減になったのは、これから話すことが重要事だからである。

じつは中条至資が封印の意見書を背負って江戸に行

く三日前の十一日、治憲は至資を餐霞館に呼んだ。そしていまいる書斎で、世子の顕孝を同席させた上で、至資に重要なことを依頼した。ひと口に言えば莅戸善政を再勤させ、執政職に入れたい。ついてはお館の忌憚《きたん》のないお考えを聞かせていただきたいということであった。むろん至資は治憲の意見に賛成していた。至資はいまの執政府の非力を誰よりもよく承知していた。丸山平六の建議の第二項、一藩をひきずり回すほどの政治力のある人物が執政府に入らねば、行き詰まった局面を劇的に改革することは無理である、という点で、治憲と至資の考えは一致していた。そしてそのような人物をさがすとすれば、それは莅戸善政以外にはいないということでも。

首尾を聞いたのはそのことである。

「申し上げました。反対なされたら論争も厭《いと》わずとまで思っておりましたが、お館には、中殿が申されるとおり、善政のほかに人はおるまいと申されました」

「さようか」

治憲は眼の前に一条の活路がまっすぐにひらけたのを感じた。ここまで長かったとも思った。これには幸運なこともござりました、と至資が言った。

「意見書は、お館がすべてご自身で開封し、丁寧に目を通されたのですが、その意見書の中に、莅戸善政に再勤をねがうべしという意見が数通含まれておりました。思うことはいずれも同じということでしょうか」

治憲はさようか、と言ったが、そのまま口をつぐんだ。気がかりなことがひとつあった。莅戸善政を藩政の牽引役にしたいということは、長い間治憲の胸の中にあったことである。だが、具体的に善政の名前を出したのは、じつは至資だった。

第一回目に江戸に出発する前、治憲が至資を餐霞館に呼んだときに、ふと至資の口から善政の名前が洩れたのである。治憲が話の中でそのように誘導した部分がないとはいえないが、とにかく至資は善政の名前を出し、執政府にかれのような人物が加わっていたら、このようにはならなかったろうと言ったのである。

その言葉を治憲はとらえた。お館にその件をうかがってみよと言ったのだ。その首尾は上上のものだったことが、至資の口吻からも知れる。しかし善政は、以前は知らず、いまは三手組の一隠居にすぎない。善政の再勤を意見書の中でもとめた者たちも、善政の執政府入りまで考えた上の意見であろうか。なかには御中之間詰ぐらいにしか考えなかった者もいたのではなかろうか。

だが、執政府に入れなければ、善政の再勤は無意味である。権限は小さく、なし得ることは限られる。

至資、と治憲は中条豊前を呼んだ。

「善政をいきなり家老にして執政府入りさせることには、侍組に強い反対があるかも知れんぞ。いや、必ずあろう。そこをどうするつもりだ」

「中老という役がござります。はじめはこれでいかがでしょうか。これならばそれがしもうるさ方を説得出来ます。そして徐徐に執政職に持っていけばよろしいかと思います」

中老は家老、江戸家老、侍組の下だが、御小姓頭、御城代の上に位置する。重い役職の間にはさまれた小さな隙間のように、たった一人のために設けられた職だが、むろん藩政の重要事すべてに参画する。

「中老か。至資、そなたがこのように知恵の働く男とは知らなかったぞ」

治憲は言い、晴れ晴れと笑った。あとは多分隠居づいてしまった善政を、いかに説得して、藩政に復帰させるかということだけである。

三十五

隠居した莅戸《のぞき》善政が再勤を命ぜられて、中老に挙げられるらしいということは、中条豊前至資《よしすけ》が帰国して間もなく、家中の間にうわさとなってひろまった。こういうことは、いつ誰から洩れたということもなく、いつの間にか人人の話題となるものである。

そしてはやくも、善政が要職を占めて藩政に参画することの得失を論じる者が出た。ある者は善政の老齢を言い、ある者はかつての善政が結局は改革に失敗して職を辞したことを言い、またある者は、ただいまの藩を見わたしたところ幅広い行政経験、政策を組み立てる能力、人心の理解において、莅戸善政をしのぐ人材は見あたらない、もしいるというなら、その名を挙げてみよといきまいた。

こうしたひそひそとしたささやき、時には公然となされる議論の中で、莅戸善政は執政の広居忠起に一通の陳情書を提出していた。陳情書の内容を一言にして言えば、再勤は不可であり、そのことを執政を通して中殿治憲、お館治広まで申し上げてもらいたいということである。宛先を広居にしたのは、善政が日ごろ広居と懇意にしていて、その繋りを頼ったのであった。

家国の現状が興廃の境い目にあることは、よく存じていると、まず善政は言う。その家国が治まるか治まらないかは、まったく治政にあたって人を得るか得ないかの一事にかかっていることもまた承知している。

それがし莅戸善政は、家国の危急を救うためならば、自分から訴え出てもう一花の奉公を買って出て、国民を安んじ、社稷《しゃしょく》を安泰にみちびきたいとねがう者であるが、この善政がはたしてその人であろうか。

むかし燕《えん》の昭王は臺《だい》を築いて賢者を招き四民に披露して優遇したというが、いま身分の低いそれがしを貴殿方の相談相手にしようという御趣旨も、すなわち燕昭の臺を建てるということにほかならず、これによってそれがしにまさる人材が多く馳《は》せあつまる道を開くことになるならばそれに勝るよろこびはない。しかし平時ならそれでよいとして、いまは一触即発ともいうべき人心不安のときである。なおその上にそれがしの不徳のゆえに、すでに巷間《こうかん》のうわさで大いなる誹《そし》りをうけているときでもある。そのそれがしが格別の優遇を蒙《こうむ》って召出されるようなときは、もはや政治からはなれている人心が、なお一層背くことに相成るだろう。そうなればお館さま、中殿さまの君徳を汚すことになり、かつは燕昭の臺にのぼるにふさわしい真の賢人の登用の道をふさいで、家国の大事をもたらしかねないことになるだろう。

ゆえにたとえ三ノ丸さま(治憲)のお召があろうとも、それがしは病気と称して参上をおことわりするつもりなので、さようにご承知ありたい。

陳情書の要旨は以上のようなものであった。しかし、善政は、その陳情書の中に、微妙に揺れる気持も書きつけていた。

そのひとつはみずからの隠居に関することだった。善政は言う。前回は重い役職を無事に勤め上げて隠居を許された。その上よき待遇をも得てこれも勤めの間に、人には言えぬものの忠誠ひと筋に職務に励んだためであろうかと、自分としては満ち足りていたところに、これを一切水に流して新たに家国の大事にあたるべしという今度のご命令である。これは累代高恩を蒙っている君家に対し、場合によっては害をもたらしかねないきわどい話である。考えざるを得ない。

もうひとつは、有用の者を重く用い、無能の者、悪事を働いた者を降格あるいは追放する家中の人事について、藩はもう少し慎重であるべきではなかろうか、ということだった。

たとえ右のような事実があきらかであろうと、罪を犯した者も、それまでは家国のために懸命に尽してきた者である。これをたとえ執政の言上があり、これに中殿さまが同意されたとしても、お館が江戸におられる間に事をはこんでしまうのは軽率のそしりを免れないのではなかろうか。人事の確定は、お館さまの帰国を待って、そのご下命によって行なうべきものである。ただし一人、二人の重用、降格(善政は黜陟《ちゆつちよく》というむずかしい言葉を使っている)についてはやむを得ない場合もあろうかと思われるが、例を挙げれば今度のそれがしの場合のように、四方に影響するところ大きいような場合は、ぜひともお館ご在国の折に、重重しく任命していただきたいものである。

前段の隠居の項には、安気な隠居の身分に対する未練がちらちらと見えている。善政の本音がのぞいたとも言えよう。しかし、後段の人材の登用、あるいは人材にあらざる者、犯罪を犯した者の降格、追放に事よせて、人事の確定はお館在国の折に執り行なうべきであるとの論には、そこに自分をあてはめて、お館、つまり現職の藩主の権威を以て、自分の非をあげつらう家中の者を黙らせたいという意図が隠されていると言えなくもなかろう。ということは、その過程を踏んでくれるなら、中老職を引きうけてもよいということである。それはまた別の側面からいえば、もし自分が失敗しても中殿治憲に責任は及ばない、そのための保険をかけたいのだと見ることも可能だろう。

以上の文章は善政が広居忠起に提出した長文の陳情書をかいつまんで述べてみたものだが、善政はさらにこういうこともつけ加えている。

以上のようなことを申し上げると、善政はわが身かわいさに重責を免れようとしている臆病者とみられるかも知れないが、それがしは家国のためならば決して一命を惜しむような者ではない。もしさようなお疑いを中殿さまも持たれるようなときは、致仕の折に中殿さまに頂戴した相州貞宗の脇差を以て、腹十文字にかっさばいて心底の潔白を証明するつもりである。

「陳情書を見た」

と治憲は言った。

「九郎兵衛も五十七に相成ったか」

「もはや老齢でござります。あ、それから中殿さまのお耳にはまだとどいておられぬかも知れませんが、それがしいずれ六郎兵衛と改名いたすつもりで、ただいままわりにさような相談をかけております」

「六郎兵衛とな」

「老齢のゆえに、むかしの九郎兵衛にはちと及ばぬという意味でござります」

は、はと治憲は笑った。季節はまだ厳寒を抜けきれていない寛政三年一月の末だが、治憲は胸の中をやわらかい春風が通り抜けたような気がした。善政には、竹俣当綱が持ち合わせなかった諧謔《かいぎゃく》のこころがある。

——善政の再登用は、うまく行くだろう。

と思った。ひとかたならず複雑な藩政に、新たな改革の道をつけ、窮地を打開して行くためには、剛直一本槍のやり方ではなく、進んでは退き、退いてはまた進む粘りづよいやり方が必要だろう。それをするためには、一度や二度の失敗、行きづまりにへこたれない柔軟にして強靭な精神が必要とされる。善政はそのやわらかな精神、しかし簡単にはあきらめない粘り強さをふたつながら内部にそなえているように思う。

そしてこのとき、ふと幽閉十年に及ぶ竹俣当綱のことが心を横切《よぎ》ったが、治憲はそれには目をつむる気持で話題を転じた。幽閉十年というが、当綱は謙信公歿後、何人《なんぴと》も破ったことのない戒律を破ったのだ。

九郎兵衛、と治憲は善政を呼んだ。こうして二人だけで対座し、隠居名の太華《たいか》ではなく、むかしの名前を呼ぶと、若かったころの君臣の日常がもどってきたような錯覚をおぼえるが、二人ともに取りまく環境はいちじるしく変っている。その上治憲は四十一歳となり、善政は五十七歳になった。この歳月の経過は取りもどしようのないものだ。

ただひとつ藩の窮状は変らず、というよりもさらに苦悩を加えて目の前にどっしりと横たわっている。

「五十七といえばたしかに老齢には違いないが、そなたが言うほどの年寄りでもない。これからひと働きするには十分な齢だとは思わぬか」

善政は目を伏せて黙然としている。治憲がこれから何を言おうとしているかを、およそは察している表情だが、そのまま受け入れる気色とも見えない。

「ところで隠居の間にしきりに物を書いておったと聞いたが、何を書いておったのか」

「いろいろと……」

善政は目を上げたが、めずらしく歯切れわるく言葉をにごした。

「わしのことを書いていると申す者もいたが、さようか」

「はあ。恐れながら中殿さまのこれまでの言行を記し奉りました。『翹楚篇《ぎょうそへん》』と申します」

「無駄なことをしたものだ。わしの言行を書きとめたところで、翹楚（高くぬきんでた状況）というほどのものは出て来まい」

「いやいや、さにあらずです」

と善政が言った。少し声音が強まった。

「中殿さまの言行を記せば、そこにはおのずからわが国の来し方、行き方がうかび上がって参ります。中殿さまは、再三にわたって、わが家国の行き方はこうぞと、正しい道を示されました。『翹楚篇』をお読みになれば、そのことがくっきりと見えて参ります。しかるに家国はいまだにこの有様で、中殿さまの示された場所からいまだに一歩も進まず、一歩踏み出したかと思えば二歩も三歩も退くということを繰り返して参りました。これひとえにこの九郎兵衛をはじめ、中殿さまに仕える者の怠慢のしからしむるところでござります」

「怠慢とは言えまい。みなみな努力した。しかしそのときそのときに、それぞれやむを得ぬ事情があってかくのごとき現状がある」

「恐れ多いお言葉ですが、とどのつまりはわれら家中の無能、怠慢というところに落ちつきまする」

「ほかにも書いたものがあろう」

「『樹畜建議』、『凶荒予備』、『総紕《そうひ》』といったものですが、それがしの基本とする考え方はただいま書き終らんとしている『政語《せいご》』に述べてあります。御前をはばからずに申せば、この著述には九郎兵衛心血をそそぎましてござります」

「出来上がったら持参して、わしにも読ませろ」

と言ってから治憲は少し沈黙をはさみ、再度九郎兵衛と呼んだ。

「わが藩の危機について、それだけの憂慮と衰えぬ改革の熱意を持ちながら、なにゆえに広居にあのような陳情書を提出したか。老齢のゆえにわが任にあらずとは言わせんぞ」

善政はまた目を伏せた。

「侍組の者たちが上からいらざる圧力をかけてきておるということか」

「いえ、そうとも言えません。もちろん、たかが家禄わずか二十五石の三手の者が身のほどもわきまえずわれらが領分を侵すつもりかという声もないわけではありませんが、侍組の方方の中にも、それがしに理解を示す向きもござります。むしろ同輩の三手の中にある、異常な出世を遂げようとしているそれがしに対する嫉視の方が多いかも知れませぬ」

「ふむ、ひと筋縄ではいかんものだの」

と治憲は言った。善政が陳情書の中で、一般の例にかこつけて、家中の黜陟《ちゅっちょく》についてはお館治広のじきじきの命令が必要で重要だと力説していたことの意味を余すところなく理解した気がした。

善政がいま言ったようなことはおそらく事実であろうし、その種の反感、嫉視を引きずったまま中老職についても人はついて来ない。そうなると策を立てても存分に腕をふるうことが出来ず、その結果善政は孤立に追いこまれるだろう。孤立して中老職を辞すということになれば、手を打ってよろこぶ者もいるのだ。それが世の真実というものである。

「侍組の方は懸念するにおよばん。いま、そなたを中老職にということで、至資が懸命に根回しをしておる。また三手組の方も、……」

と言って、治憲は形を改めた。

「そなたを執政府に入れるということは、すでにお館が承認済みのことだ。桜田の江戸屋敷で、至資はこの件でお館と余すところなく懇談したが、その席で至資はそなたをまず中老職にということを申し上げてみたところ、お館は待っておられたごとくにうなずかれ、この上ないよき人事であると申されたという。ゆえにこの一件はすでに決定しておる。いかに三手組といえども、心やすだてに今度の人事をあれこれとあげつらったり、誹謗したりすることは許されぬことだ」

「みなみな暮らしが貧しいがために、一人だけその境遇から抜け出す者があれば、おもしろからぬ思いを致すのでございます」

「本末顚倒だの。一同の貧しさを解消せんがためにそなたを用いようとしておるのに、これを邪魔するとは、まさに小人の仕業だ」

治憲は言ってから善政をじっと見た。

「しかし大局からみれば、あれもこれも区区たる些事に過ぎん。九郎兵衛、肚は決まったか」

「本日、御殿に呼び出されるとき、さように仰せ出されることは覚悟して参りました」

「もちろんそなたの気持を汲んで、お館ご帰国の折には、改めてご下命を頂くつもりだが、いまはその手順を踏むゆとりはない。志賀はすでに辞表を出して罷免を待っており、かれにかわって至急にこの国の舵をとる者が必要だ」

「うけたまわりました」

と言うと、善政は膝をすべらせて平伏した。

「御殿に参上致すまでは、断固おことわりするこころにござりましたが、中殿さまの諄諄のお諭しには、九郎兵衛一言の返す言葉もござりません。この上は身命の及ぶかぎり、与えられた職務に励むことと致しまする」

善政は顔を上げ、膝をすすめてもとの座にもどると、中殿におうかがいいたしたいことがあると言った。

「江戸の三谷、越後の渡辺一族、庄内の本間など、わが藩の金主との近ごろの行き来はいかが相成っておりましょうか」

「そなたの耳にも多少はとどいているかと思うが、米、青苧《あおそ》といった国産物を売り捌《さば》いてもらうということがあるゆえ、かれらとのつながりがまったく切れたということはない。だが、こと借財の一件に関してはだめだ。その話になるとかれらは一様に顔をそむける」

善政は無言だったが、その顔にただならない憂慮のいろがうかび上がるのを治憲は見た。金主と呼ばれる商人たちとの金銭的なつながりがなければ、いまの世の藩政は成り立たないことを、善政は骨の髄まで知りつくしておるからの、と治憲は思った。

そしてもうひとつ、冷静沈着な善政が顔いろを変えるからには、かれの第二次改革の構想の中に、外から資本を導入出来なければ動かない、たとえば新しい産業のごときものが描かれているからであろうとも治憲は思いながら、言葉をつづけた。

「かれらがそっぽをむくのも無理のないことで、担当の者の金主に対する応対ぶりは、言いわけの逃げ口上に終始し、しかも苦しまぎれにその場しのぎの虚言を吐いてごまかすというものだったそうだ。金主たちが、誠意のかけらもないと憤ったのは無理はない。それにまた志賀八右衛門の政治方針が、そなたらの世話にはならぬというものであった。うまく行くはずはない」

「志賀は方針を間違えましたな。もっともそれがかれの政策の骨子でもあったわけでござりますが……」

「わしが心配しておるのはの、九郎兵衛」

と治憲は言った。

「藩財政の行きづまりもさることながら、幕府から普請手伝いの命令がくることだ。お館に家督をゆずってすでに六年、いつ命令がくだっても不思議はない時期になっておる。そしていったん幕命による普請を引きうけるとなれば、まず二万両の金は軽く消え失せるだろう。その金の算段に無理に無理を重ねて、家中、領民の顎が干上がろうとも、そうしてつくった資金は一文残らず消え失せる」

「そういうことに相成りましょう」

「民の顎が干上がっても、必要な費用を捻出出来ればよしとせざるを得ないが、その費用をどうにも工面出来ぬという場合もあろう。為政者たる者はそこまで考えが及ばなければならぬものを、八右衛門の目は内側に向いたままじゃった。もし費用を工面出来なかったらどうなるか。そのときわが米沢藩は破滅をむかえねばならぬ。しかも満天下の嘲《あざけ》りのもとにだ」

善政は顔いろを曇らしたまま、黙然と手を膝に置いている。

「この心配があったゆえ、わしは八右衛門の財政方針が、長いつき合いの金主といえども新規の借金はしないと決まったあと、折に触れて金主たちに、ふだんはともあれ普請手伝いといった緊急の事態が起きた場合は、よろしく融資をたのみ入ると言って回らせた。金主に接触して、そのような口上を述べたのは新しく江戸家老に任ぜられた者であり、藩命で江戸屋敷に行く重職であり、とにかく機会あるごとに、とくに三谷には接触させたのだ。だが三谷はうんと言わなかった。三谷だけではない、ほかの者、越後の渡辺三左衛門を長とする一族、酒田の本間家、最上の柴崎弥左衛門などだが、かれらも申し合わせたように口をにごし、首を縦にはふらなかった」

「………」

「つまりはわが藩の信用は地をはらったということだの。そなたの再勤をいそぐ理由のひとつだ」

「しかし、それがしにしても……」

善政は顔を上げ、困惑の色を隠さずに治憲を見た。その善政に、治憲は言っていることとはうらはらに、ゆったりとした微笑を見せた。

「だがそれで金主たちとのつながりが切れたかといえば、なに、そんなことはない。たとえば三谷はいま七百石かな、もっともらっておるかの。侍組に匹敵する俸禄を得ているはずだし、また折に触れていろいろと贈り物もしておる。利益は以前にくらべて少なくなったとしても、漆の一手取扱いも許している。また、越後の渡辺一族、与板の三輪一族は時どき挨拶に参るゆえ、懇談の上で溜の間あたりで馳走を出し、帰りには土産物を持たせて帰す。わしの口から金を貸せと申しては、かれらも断る言葉に窮するだろうから、それは言わぬ。だが下地はつくってあるつもりだ。中老職につくそなたに、誠意をもってかれらとの新しいつき合いをはじめる気持があればの話だが……」

「ありがたきお言葉にござります」

と善政は言った。顔を覆っていた憂色はいつの間にか晴れている。その善政の心底を映したかのように、そのとき餐霞館の奥の書斎がぱっとあかるくなった。障子に日が差したのだ。

「ほう、雪がやんだようだの」

と言って治憲は火桶の上で手を揉んだ。春も遠くないというのに、暗いうちから降り出した、こういうときは大雪になると伝えられる音もなく降る雪が、明けてもやまず昼になってもやまず降りつづいていたが、八ッ半（午後三時）を過ぎて、急にはたとやんだ気配である。

それのみならず、日まで差してきたのは、鬱陶しく領国にかぶさっていた雪空がようやく晴れつつあるらしい。九郎兵衛、火桶に寄れ、と治憲は言った。倹約第一でもともと少量だった炭火が、話がつづいている間に半分以上も減っている。

「わしはまだ若いがそなたはそろそろ齢だ。さぞ寒かったであろう。気づかぬことをした」

「恐れ多いお言葉にござりますが、日ごろ鍛えておりますゆえご心配にはおよびませぬ」

「わしの前で恰好をつけることはいらん。まだ火があるうちに寄って身体をあたためろ」

されればお言葉に甘えて、と言って善政は火桶に寄ってきて手をかざした。善政の手はさすがに皺《しわ》が目立つものの、大きくて指は太い。またしても治憲の頭の中を、自分はまだ青年期の半ばで、善政はいまの自分ほどの年齢だったろうが、心身ともに男盛りの活気に満ちていたころの日日が、幻のように通りすぎた。

「あのころは……」

と言ってから、治憲はわしもそなたもまだ若かったころはと言い直した。

「人材が豊富だったの。そなたがいて、当綱がいた。木村丈八、佐藤文四郎、焼味噌九郎兵衛と並んで町奉行を勤めた干菜《ほしな》藤十郎こと、長井庄左衛門、かれはいま御中之間におるか。いまは興譲館の柱ともいうべき神保容助、郡奉行を勤めた小川源左衛門。それにしても丈八はなにがゆえに自裁したものか。わしにはいまもって謎だ」

治憲は口をつぐんだが、また指を折って数え、

「一癖あったが奉行、色部修理照長も人物だった。それに扶持方から役所役に登用されて、いまも重要な会議には欠くことの出来ない人物、今成吉四郎《いまなりきちしろう》。同じく扶持方から出て名代官と呼ばれるに至った蓬田郁助《よもぎたいくすけ》。じつに多士済済だった」

「まことに……」

と善政も和した。

「それだけの人材がいて、竹俣どのが国策の大綱を定め、それがしがその竹俣どのをたすけ、さらに全体について当時のお館であられた中殿さまが目を配ってお

られた。それでいて藩改革は中途にして挫折せざるを得ませんでした。ふり返ってみると、あの時こそ改革を成就する唯一の機会ではなかったかと、努力の至らなさにこころを苦しめられることがござります」

「それを申すな、九郎兵衛」

と治憲は言った。しばらく、障子を照らす春の光とも見える日差しに目をやってから、視線を善政にもどした。

「みなそれぞれに努めたのだ。ただ天の時というものがある。西国の櫨蠟《はぜろう》が市場に出てくる時期がいま少し遅かったら、わが藩は漆蠟でもって大いに潤ったかも知れぬが、それをいま言ってもはじまらぬ。過ぎ去ったことは過ぎ去ったこととして、新たな改革に取りかからねばならぬ。いずれそのために、そなたが藩政の舵取りとしてもどって来ることを、わしは信じて疑わなかったぞ」

「もったいなきお言葉にござります」

と善政は言った。治憲は話題を転じた。

「ところで、いま若手で人材と言われるほどの者は誰かの」

「まず、丸山平六」

間髪を入れずという感じで、善政が言った。

「年明けてすぐに大目付、奥取次次席に抜擢されましたが、あれはよき人事にござりました。二年前に、平六はお館に六カ条におよぶ建言書を提出しましたな。目のさめるような意見にござりましたが、わが家国の病弊をあれほどぴたりと言いあてた文章は近ごろ見たことがござりません。しかも平六のすぐれているところは、その病弊なるものの手当てを、誰の意見も借りずに、自分の考えで述べていることです」

「ずいぶんとほめたものだ。いや、じつを言えばわしもあれを読んだときは驚愕した」

「当代の若手、と申しても四十にはなっておりましょうか、しかしその中でまず第一等の人物というべきでしょう。それがしが執政府に入るようなことがあれば、ぜひ力を借りたい男です」

「ほかには、誰がいるか」

「少し偉いところで江戸家老の竹俣兵庫厚綱どの、さすが美作どのの嫡子だけあって、頭は切れるし、人物の幅がひろいところが魅力でしょうか。ほかには黒井半四郎忠寄《ただより》、ただいまは御中之間詰に進んでおりますが、識見にすぐれ、財政の建て直しには欠くことの出来ない人物と思いまする」

「しかし、半四郎は和算家だ。和算にすぐれているために人物に偏りがあるということはないかの」

「いえ、かれの和算の才こそこれからのわが藩にとって必要なもの。半四郎はいずれ必ずや大きな仕事を成しとげるに違いありません」

「ほかには……」

「新しく台頭してきた目立つ人物といえば、このようなところでしょうか」

「寥寥《りょうりょう》たるものだの」

と治憲は言ったが、すぐに気づいて言い直した。

「これはしたり。そなたの跡つぎの政以《まさもち》を忘れておったわ」

善政は手を振った。

「あれはまだ未熟者です。しかし改革がはじまれば、おのずから頭角をあらわす人物という者は出て参りましょう」

そのあと二、三世間話をしてから、善政は暮れぬうちに罷《まか》り帰ると言って書斎を出た。例によって部屋の入口まで見送りながら、治憲は声をかけた。

「考えごとに気を取られて、雪に滑るでないぞ、九郎兵衛」

そしてつけ加えた。

「滑って足でも折ったら、六郎兵衛が縮んで五郎兵衛になってしまおう」

九郎兵衛の諧謔にお返しを言ったつもりだったが、われながら拙い冗談だと思った。

だがそんなおどけを言いたいような気分が、治憲の胸の内に動いていた。治憲は机の前にもどり、そばの手文庫から煙草道具を出すと、田舎の親爺のように火桶に首をさしのべて火を吸いつけた。

その一服はうまかった。日はそろそろ落ちるところらしく、障子を染めていた日差しのいろもややあせてきている。だがいろは薄くともそこに残るあかるみは暖かく見えた。煙草のけむりをくゆらせながら、治憲は多年心をくるしめてきた大きな気がかりから、いまゆっくりと解き放たれつつある自分を感じている。

——九郎兵衛にまかせることが出来れば大丈夫だ。

暗いだけだった前方に、小さな光が見える。治憲はかすかな幸福感につつまれていた。

三十六

寛政三年一月二十九日、莅戸《のぞき》善政は正式に中老職に就任した。しかも、中老として政治に参画するだけでなく、郷村頭取と御勝手掛を兼ねることとなった。郷村頭取はいま疲弊の極に達している農村を再生させる施策の責任者であり、御勝手掛は藩財政の責任者である。これ以上はない重い職務と言わざるを得ない。

しかし治憲の肚は、執政の中条至資《よしすけ》と打ち合わせたとおりいずれは善政を執政に加え、存分に持てる手腕をふるわせようというところにある。だがそれはいますぐというわけにはいかない。三手組の一隠居がいきなり奉行となり、執政職に加わるということになれば、目立たない中老職の場合は黙って眺めていた者も、そのときは口を噤《つぐ》んではいないだろう。囂囂《ごうごう》たる非難の声が挙がり、その声は善政の一身のみならず、依怙《えこ》の沙汰ありとして治憲、お館治広の身の上にも降りかかるのを防ぎ得まい。藩がこのように浮沈の境にあるときでも、人は藩の行く末よりも、とかく人の立身、凋《ちょう》落《らく》に目をうばわれやすいのである。

それを恐れるというのではない。だがそうなれば善政の施策はことごとく壁にぶつかり、苦心して中老に引き上げたことまで無意味と化してしまうだろう。善政を正式に執政の一角に嵌《は》めこむためには慎重に時期を見きわめる必要があった。

そして職を中老にとどめたままでも、郷村頭取と御勝手掛という藩にとってのかなめのところを兼務することにすれば、それは内実からいって奉行職同然の権限を手中にすることになる。だがそれについては人はおそらく非難の声を挙げないだろう。人間の不思議さといえばそれまでのことだが、要するに人人は善政が中老になることはゆるせるが、奉行になることはゆるせないのである。これを建前にこだわるといってもよいかも知れぬが、表向きの変化はただちに家門の誇りといったもの、ひいてはおのれの身分にもひびいてくるが、中身のことはさほどにひびかぬということでもあろうか。

とにかく莅戸善政は、事実上執政にひとしい権力をあたえられ、またただちにそのように行動した。

とはいえ善政も、このたびのわが身の上に降りかかってきた人事を引きうけるについては、決死の覚悟を必要とした。すでに老齢である。また治憲のそばで小姓頭として政策に参画していたときとは事情がまるで異る。元来小禄の三手組出身の中老が、仕事の上でへまでも犯せば、ただちに嘲笑い、批判しようと待ち構える侍組の者がいるだろう。さらには禄高五百石の中老という異常な立身をとげた善政が、どこかで躓《つまず》くのを待ちのぞんでいる三手の者もいるだろう。さながら裸で餓狼《がろう》の野に放たれたようなものだった。

治憲と会い、中老就任を受諾した善政は、その夜家にもどると一首の和歌を詠んだ。善政は、さきに御小姓頭から退いたときにも画家に委嘱して木こりが山中の丸木橋をわたっている図を描かせ、その画を賛してつぎのような歌を詠んでいる。

今さらに見るもあやふし丸木橋　渡りし跡の水の白浪

という歌であった。丸木橋をわたっている木こりは善政自身である。今度の和歌は、前回のその歌を踏まえ、しかし前回とは異る感懐を詠みこんだものとなった。

立帰り又踏みそめし丸木橋　行衛は知らず谷の白浪

どうなることか、あとのことはわからぬという感慨の吐露である。そうはいっても善政にも多少の成算と自信はあった。それがなければ、いかに中殿治憲の委嘱といっても、中老のような重い職務を引きうけられるものではない。善政が御小姓頭を辞してから、足かけ八年になる。その間善政は漫然と隠居生活に甘んじていたわけではなかった。身体のぐあいと相談しながら、時には藩の行方に思いを凝らし、考えがまとまれば書きつけて備忘とした。その量は意外に多くなり、「翹楚篇《ぎようそへん》」、「樹畜建議」、「凶荒予備」、「総紕《そうひ》」、「政語《せいご》」といった著作物にまとまった。

――わが労作を活かす時が来たか。

と善政は思う。すると老骨が火に炙《あぶ》られたように熱くなるのを感じた。

中老就任のあと、善政は仔細にわが著作物を点検した。とくに「総紕」と「政語」はくりかえし読み返した。

そして二月に入ると、善政はにわかに行動を起こした。

ほとんど毎日のように奉行中条至資の屋敷か、奉行広居忠起の家に三人で寄りあつまることに決めて、政策を審議した。審議の中身は、さきに家中からあつめた存じ寄り書（意見書）のくわしい検討、すでに不正があきらかになっている役人の処罰対策、またもっとも重要、かつ緊急を要するいかにして財政を建て直すかという問題、疲弊して活力を失っている農村をいかにして甦らせるかなどという具体的な政策の審議だった。

これまで執政の政策審議といえば、とかく観念論に流れがちだったから、広居、中条の二執政はさぞかしおどろいたことであろう。しかしこの執政会議には、問題によっては大目付丸山平六、御中之間年寄黒井半四郎、明晰な論理を展開することで注目をあつめ出した勘定頭奥泉善之丞といった時の英才を同席させ、意見を聞いた。会議の性格がいよいよ具体的で実行力をともなうものとなったことは言うまでもない。

二月の二十九日間のうち、莅戸善政がわが家に在宅したのはただの三日間、あとは連日、広居、中条宅の会議に出ていた。おそるべき精励ぶりと言わねばなるまい。

そのことを洩れ聞いた治憲が、九郎兵衛は少少働きすぎではないかと心配したころ、その九郎兵衛がひょっこりと姿を現わした。

治憲は善政を書斎にまねき入れた。そしてつくづくと善政の顔を見た。善政は年相応の皺づらになっている。だが血色はよく、面上には生気が溢れていた。

「元気そうだの」

と治憲は言った。

「だが近ごろ、ちと働きすぎではないのか。そなたはいまや藩の柱だ。自重して身体をいたわることも考えねばならんぞ」

「もったいないお言葉にございます」

善政はうやうやしく頭を下げて言った。

「やらねばならぬことは山積し、わが齢は限られております。おそらくはその思いが知らず知らず事をいそがせるのでござりましょう」

善政は顔を上げて、もっともただそれだけでもないと言った。

「隠居している間に洩れ聞いた話では、これまでの執政会議なるものはまことにのんびりとして、茶飲み話のごときものでもあったと申します。もちろんうわさでござりますゆえ、真偽さだかではござりませんが、もしもさようなことであれば、かれらに一藩を預かる執政会議の在りようはこうぞと、その一端を示したい気持もなかったわけではございません」

「ふむ、竹俣美作がいてそなたが加わったころの執政会議は、席上火花が散ったからの」

治憲は千坂高敦がいて色部照長がいて、竹俣当綱がいたころの改革初期の執政会議を懐しく思い出した。もっとも千坂と色部は議論の上の火花にとどまらず、治憲に反旗をひるがえすところまで行ってしまったのだが。

「真剣勝負じゃった」

治憲は言って、開けてある障子の外に目をやった。

季節はちょうど二月の半ばを過ぎたばかりだが、今日は朝からあたたかく三月の末に近い気候を思わせる日だった。風もなく、静かな日差しがまだ雪が残る庭を照らしている。その風景の中に、池の右端にある梅の老木が一、二輪の花をつけはじめているのが見えた。蕾は赤みをおびて大きくふくらんでいる。

だが実際家の莅戸善政は、治憲が長くむかしの感慨にひたっていることを許さなかった。

「ところで……」

と話題を変えた。

「先日お手もとまでさし上げましたものは、ごらんいただけましたでしょうか」

「おお」

治憲は現実にもどって、善政を振りむいた。

「聞きしにまさるものだの。それにしても藁科立遠《わらしなりゅうえん》か、その者よく調べた」

安永二年七月の七家騒動で、治憲の施政に、ほとんど悪口雑言ともいうべき批判の言葉をならべたてた訴状を提出した重臣たちは、江戸家老須田満主《みつたけ》、侍頭芋川延親の切腹を筆頭に、それぞれ重い処分をうけたが、騒動が一段落してからおよそ三ヵ月後の九月末になって、一人の医師がひっそりと打首の刑をうけた。藁科立沢《りゅうたく》である。

立沢はもともと儒者兼医師であったが、二年前の明和八年に儒業怠惰を理由に儒者職を免ぜられ、御番医師に格下げされた。このことから立沢は治憲を筆頭とする時の改革派を深く怨み、七重臣の言上書の原型となった密書を、江戸家老須田満主に送ったとされる。そのことが判明したので、教唆《きょうさ》の罪に問われたのみならず、一藩をゆるがした事件の首謀者とされたのである。

いま治憲と善政が話題にしているのは、その立沢の養子藁科立遠が善政に提出した「管見談」と題する意見書だった。本来なら年末に藩が募集した封印書に加えられるものであり、事実その趣旨に相当する藩政についての長文の意見もふくまれてはいたが、「管見談」の特異な点は、意見開陳にとどまらず、侍組から足軽にいたる武家階級の現状、町人、農民の現況をつぶさに調査して述べているところにあった。

封印書とはいっても、ただの意見書ではなく、大部の冊子である。善政も治憲も、この立遠の労作を見て、わが藩の現況を一目瞭然に俯瞰《ふかん》し得た思いをしたことは確かだった。立遠がこれを治憲に呈上せず、善政に持参したのは、藩法をもって処刑された立沢の跡つぎである身を恥じ、また遠慮もしたのであろう。

「三手組の暮らしの苦しみを書いてあったが……」

と治憲は言った。

「これまでも多少は耳にせぬわけではなかったが、事実が立遠の言うがごときものであれば、役人に規律を説いても無駄という気がいたすの」

「立遠が記していることは事実でござります」

と善政は言った。

「それがしの家などは、幸いに厚遇を蒙って過分の役料を頂戴しておりまするゆえ、安気に暮らすゆとりを得ておりますが、役ももらえずただの二十五石で暮らすということになりますと、丸丸の手取りは一年に米十六俵と銭八貫文（二両）。その中からかれこれよんどころない掛りを差しひけば、手もとに残るのはまず米十俵に銭七貫文というところでござりましょうか」

善政は治憲の前にいることを忘れたように、深深とため息をついた。

「まずはようやく夫婦二人が暮らして行けようかというほどのものでござりましょう。しかしながら養う親や子のおらぬ家はござりませぬゆえ、みなみな必死と内職にはげんでいる次第でござりまする。それがしがこのたび中老職を拝命いたし、これについては同格の三手の嫉視があると以前申し上げましたが、中老という役職に対する羨望もさることながらそれは表向き、裏では五百石というかれらからみれば途方もない役料があたえられることをうらやむ気持が働くのでござりましょう」

善政はにが笑いを洩らした。

「もとよりそれがしも三手組。そのあたりの気持は十分に相わかりまする」

「わしにだってわかるぞ」

と治憲も言った。

『いかなる卑劣の態をなしても、今日の取続きで御奉公なすこと本意なれ』と書いてあったな」

「ご奉公を続けるためには、人に何と言われようとかまわぬ、という一種の居直りでござりましょうか。百姓がかぶる藁帽子をかぶり、あるいは荷かけ縄一本で重い荷を背負う力仕事に従事し、面も伏せずに悠悠と市中を罷り通る、それをまた誰も不思議とも何とも思わないという時節となったようでござります。三扶持方も同様、玄人はだしの細工物の内職に精を出すのはもちろんのこと、なかには商人になりすまして馬に商う品を積み、他領との間を往来する者もいる由……」

善政は一瞬苦悶の表情を顔に浮かべた。そういう世の建て直しを一身に引きうけることになった重荷をひしと感じたふうでもあった。

「藁科立遠は、これを表に士を飾れども内はまさしく商売なりと、痛烈に批判しておりますが、まさにその通りにござりましょう。憂慮すべきことは、暮らしの助けにはじめた商売が、金儲けのたのしみに変りつつあるということではないでしょうか。立遠はそれを申しておるものと存じます」

「国力の衰微のせいとはいえ、容易ならぬ事態に立ちいたったものだの、九郎兵衛」

「わが藩の窮乏はいまにはじまったことではなく、寛文四年に禄高三十万石が半領の十五万石に削られたときよりはじまりました。元禄のころにはすでに酒を売って内職をしていた者がいて、藩よりきびしく注意をうけたと記録にござります。しかるに半分に削られたわが藩を相続した法林院殿（上杉綱憲）さまは、お能に凝って嵐山一番の興行に千金を投じた、おそれながら大浪費家にござりました」

「声が高いぞ、九郎兵衛」

治憲は注意した。善政ははっとしたように背後をふり返ったが誰もいなかった。密談すると言って、近臣は遠ざけてある。

「とにかく……」

と善政はやや声を落としてつづけた。

「中殿さまもご承知のごとく、わが藩は百二十年来の貧乏藩でござります。その積年の疲弊が、つもりつもって今日の有様となったということでござりましょう」

「軽き者たちの進退も目にあまるものがあるようだの」

　と治憲は言った。

「足軽などは金子を取って町人に苗字と扶持をゆずり、自分は隠居して楽に暮らしていると『管見談』は言っているが、これはまことかの」

「残念ながらまことにござります。いまは巷間足軽の苗字の大半は町人の手にわたったと言われております。大半は言い過ぎにしても、金のある町人が足軽株を買いあさっているのは事実で、中には一人で三つも四つも足軽の苗字を持っている者もいる由にござります」

「嘆かわしい世だの」

　治憲は嘆息した。

「足軽になることが、そのようにうれしいものかの」

「それはやはり……」

　と善政は言った。

「町人と卑しめられてきた身が、軽き者とは申せ士分となるわけゆえ、そのよろこびは格別でござりましょう。それに足軽の扶持は、大概一人扶持から三人扶持ぐらいのものにござりますが、一人扶持はむかしは三石、いまは二石ぐらいに減っておりましょうけれども、笑い話のようなさきほどの話、一人でもって三つも苗字を買った者は一人扶持でも六石の扶持を頂くことに相成ります」

　善政の話はあくまで実際的だった。

「それに役職につけばその上に七人扶持の役料を頂戴出来ます。そうなると本扶持を加えて一人扶持の者でも十六石、ほとんど三手組の本来の禄高に変りないということに相成ります。苗字を買うときに出す金は一度限り、扶持は小なりといえども年年入ってまいります次第ゆえ、このあたりは町人らしい細かな計算が働いておるのかも知れません」

「いま、ふと思ったのだが……」

　黙って善政の話に耳を傾けていた治憲が顔を上げた。

「興譲館などは、ちと高踏にすぎたかのう」

　善政は訝《いぶか》しげに治憲を見た。それはいかがな意味であろうかとたずねた。

「足軽のことはさておくとして、三手の馬廻組、五十騎組、与板組は藩の中核である。武においてはもちろん、平時の職務でも、藩を支えるべき階層であるかれらが今日《こんにち》のような有様で日日を送っているとすれば、聖賢の道を説く藩校とは何か、あまりにも日常からかけはなれてはおらぬかと、いまふと考えたところだ」

「恐れながら中殿さま」

善政は顔いろを改めてただちに反論した。

「その学館から幾多の俊秀が世に出ていることをお忘れではないでしょうか。部屋住みの身分で郷村出役を命ぜられ、いまは若殿顕孝さまのご学問相手を勤める嶋田多門、さきにも申しました今成吉四郎、蓬田郁助。かれらはいずれも郷村出役を経て、いまは人に一目おかれる良吏となって、藩を支えております」

「そういえばそうか」

「もし学館なかりせば、藩は背骨を失った巨魚のごとく、つかみどころのないものと成り果てましょう。学館は藩の骨でござる。これあるがために、人は時に廉《れん》恥《ち》を思い、時におのが人格の向上に思いをいたすものではござりますまいか。さきほど三手の内職の話が出ましたが、三手の者もすべてがすべてそうであるとは限らず、中には金儲けを卑しとして、いまなお毅然として貧に堪えている者もおるのが半面の事実にござります」

「さようか」

と治憲は言った。少し物思うふうに目を伏せてから言った。

「しかし平洲先生ならば、いま少し経書なども中身を噛みくだいてお話しなさるだろう。金儲けに狂奔している者どもに、ぜひ先生のご講話を聞かせたいものだ」

ごもっともでござりますと善政が諾《うべな》うと、治憲はまだ話をつづけてよいかと言った。多忙な善政の身を気づかったのである。

「ご存分にお話しくださりませ」

善政が言うと、治憲は高く声を張って、これよ、明かりをもてと言った。遠くで近臣の者が答える声がした。早春の日は暮れやすく、さっきまで庭を照らしていた日差しは、もはや跡形もない。日没のあとのうす闇が青黒く庭を覆いはじめ、その中に幻のように雪の白さがうかび上がっている。梅の木のあたりを動かず、しきりに澄んだ声をひびかせていた小鳥の囀《さえず》りもいつの間にかやんでいた。

近臣たちにも、日が暮れたことはわかっていたろうが、密談に遠慮して、またいつもの倹約にも配慮して声をかけそびれていたようである。治憲の声を聞いて、いそいで廊下をやってくる足音がした。

善政は立って窓を閉めた。そのあたりのすばやくて構えない動きに、三手の腰の軽さが出たのを治憲は微笑して眺めた。近臣の者は部屋に燈火を持ちこみ、さらに火桶の火はいるかとたずねた。

「九郎兵衛はどうか」

「いや、今日はあたたかゆえ、それがしのためならばご辞退申し上げまする」

では、わしもいらぬと言うと、近臣は去って行った。そのしのびやかな足音が消えるのを待って、善政が言った。

「お話というのは『管見談』のことにござりましょうか」

「さようだ」

と言って治憲は身を捩《よじ》り、机の横に積んである書籍の中から「管見談」の冊子を抜き出した。

「気になるところがある」

善政は黙って治憲の動きを見ていた。その善政の前に、治憲は立遠が村村における年貢取立ての酷薄さに触れた個所をひらいて示した。

農村における年貢の取立てはむかしからきびしかったが、近年はことにやり方が苛酷になり、初秋になるのを待っていたように取立て役人が村村に入り、厳重な督促をするようになった。そう言われてもすぐには納められない者は肝煎《きもいり》の家に連行して縛っておき、または水風呂に入れるなどという有様で、このために病死する者がめずらしくなかった。

しかるに当年は、ということは前年の寛政二年のことを言っているわけだが、立遠は筆を改めて取立てはとりわけてきびしかったと言い、つぎのような例を挙げていた。

年貢を納められぬ者からは家財、農具、蓆《むしろ》の下敷わら、人糞までも取り上げ、それらをすべて金に代えて年貢とした。翌年の耕作、農民の暮らしを考慮しない根こそぎの取立てである。それでも決められた年貢に達しない者は、先日のことであるが冬至より二、三日つづいた大雪の中を中田村の橋の袂にまで連行し半日ほどもかがませておいたのを目撃している。また未納農民を凍てつく松川の中に追いこんで水流に浸し、肩が水より上に出ているといって棒でしたたかに肩を打つ取立て役人もいたと聞く。

これではとても命がもたないというので、わずかの家財を背負い、老人、子供をひき連れて村を出奔する者が一村に五軒、十軒と出ていると立遠は記していた。

「これも事実だろうの」

と治憲は善政に問いかけた。それがしは事実あったこととして読みましたと善政は答えた。治憲はたたみかけて聞いた。

「八右衛門（志賀祐親）は承知しておったかの」

「さて」

と善政は首をかしげた。

「昨年の秋というと、志賀はもはや実権を失っておりましたゆえ、格別に志賀が苛酷な命令を出したとも思えません。むしろ末端の取立て役人の行きすぎではござりませんでしょうか」

ここで善政はかすかな微笑を頰にうかべた。

「ただ農民も純朴にして骨身を惜しまずに働く者ばかりではござりません。惰農といわれる者がおります。身は百姓でありながら土を耕すことを厭う者の謂《いい》でござります」

「ふむ、人間のことゆえさような者もおるであろうな。で、その者たちは何をいたしておるのだ。村の中でただぶらぶらと遊んでおるということでもあるまい」

「さような者もおりましょうが、まず町に遊びに出る者が多うござりましょう。しかし町で遊び、立ち飲みの酒などを飲むためには銭金《ぜにかね》を必要といたしまする。かような者が博奕に手を出すのでござります」

「なるほど、博奕か」

「そういう者が、わが田に生える草を横目に見て、隣の屋代郷などにもぐりこみ、一攫千金を夢みて博奕を打つもののようにござります」

屋代郷は元来上杉領だったが、寛文四年の半領削減のときに切りはなされて幕領となった。いわゆる天領となったわけである。その後屋代郷は米沢藩の預り地となったり、また天領にもどったりということを繰りかえし、明和四年には元禄の検地のときにはおよそ四万六千石あった領地が、うち六カ村四千六百五十石を国替えで東北に下った織田藩に編入されるなど、複雑な動きがあった土地である。

このような経緯はあったものの、屋代郷の領民は一体に天領の民として高い気位を持っていた。しかし半面年貢の率は米沢藩にくらべて比較にならないほどに低くて暮らしやすく、また天領の民なるがゆえの自由も許されていたので、それがともすると放縦の気風を生むことにもなった。中には博奕を打つ者が出ても不思議はない環境といえよう。その気風を倣《なら》っていまは藩領の村村でも、ひそかに博奕を打つ者がいて問題となっている。

「竹俣美作どのが、郷村出役を村村に派遣するにあたって、農民には寛猛の二字をもってあたるようにと申されたのは、このようなことも考慮されたものであろうと思われます」

「しかし、きびしい取立てに泣いた者たちの、みながみな惰農というわけではあるまい」

「もちろんです。むしろ精いっぱい働いて、なお年貢を納め切れなかった者の方が、十人のうち八人と、はるかに多かったろうことは容易に推察出来まする」

「あわれじゃの、その者ども」

治憲は夜の闇にまぎれて、いそぎ足に村を後にする一家のうしろ姿を追うように、灯のとどかぬ部屋の隅のあたりに目を凝らした。先祖伝来の住む土地と家を捨てて行くかれらに、新しいしあわせの土地が用意されているとは思えなかった。

その顔いろを見ていた善政が、治憲の心中を推しはかったように言った。

「改革の第一年目は、まず役所の整理から手をつけます。役人も大幅に入れかえる相談をいたしておりますゆえ、口殿さまがご心配なさるような酷吏はやがて一掃されましょう」

莅戸善政が退出して行ったあと、治憲はしばらく黙然と考えにふけった。酷薄な年貢取立ての模様が、善政と話したことでまた新しく記憶に甦り、頭を熱くしていた。それはまったく治憲の意に反したものだった。そのためか、今夜はこの前善政を送り出したときのように、煙草道具を出して一服するという気分にはならなかった。

さっき善政が口にした農民には寛猛二つの心得をもってあたれと言ったのは善政が言ったとおり竹俣当綱だが、当綱はまた、新設の郡奉行にあたえたこの説諭の中で、少少のことはゆるやかにして酷薄な取扱いをしてはならないともつけ加えている。これは治憲が下した愛民の心を説いた諭告を補足したものだった。

治憲の頭の中を、「百姓は日にくろみ泥にまみれ、田畑を作り候て世上の宝をこしらへ、人の飢寒をしのがせ候尊き役目にて候」という言葉がゆっくりと横切って行った。これは当綱が郷村出役を通じて村村の肝煎に行なった諭告の最後にある言葉である。いかに財政が苦しいとはいえ、農民に対する藩の態度は基本的にはこのようなものであったはずである。

治憲は火のない火桶の上で手を押し揉んだ。夜になって夜気は急に冷えてきたようである。

――農民に対する対応がいつから、このように荒《すさ》み切ったものとなったのであろうか。

と治憲は思った。思いながら一人の男の顔を脳裏に思い描いていた。謹厳にして端正なその顔は、いま幕政改革をすすめている松平越中守定信である。

三十七

莅戸《のぞき》善政は、例のごとくやや俯目《ふしめ》に、黙然と坐って、治憲の声がかかるのを待っている。治憲の前に差し出されているのは、のちに十六年の組立てと呼ばれることになる善政の意見書だった。

治憲は一読してから顔を上げた。それは善政が隠退して書斎（部屋の隅のことである）に籠《こも》っている間にまとめた改革案だった。そこには「総紕」など、隠退中の善政が心魂をそそいだ藩政改革のもとになる思想が扱われている。そのなかからまとまった改革案のひとつが、いま治憲の前に提出されている案の正体だった。

改革政策案はその思索から生まれた、いわば果実である。

「よく出来ておる」

治憲はその案の出来をほめた。だが、実際には、頭にうかんできたべつのことに気を取られていた。十六年組立て――改革すべき項目を十六段階に分け、一年に一項目を実施してその上に次の新規の事業を積み上げて行くという方法である。

善政は第一年目の事業に、藩政改革を挙げていた。当然そうあるべきことだった。藩政の乱れが、いま米沢藩の最大の障害となっている。武士が金儲けに狂奔していた。貧しいがゆえである。

治憲はもう一度意見書に目を走らせた。そして後尾に殖産振興が控え目に配されているのを見た。

「殖産振興はもっとも肝心のことだが、これには資金の導入が必要だ」

そしてつけ加えた。

「ところがわが藩はいま、すべての金主に背をむけられておる。どうするつもりか」

善政は重い瞼を上げた。

「何とか、あたってみまする」

何ともなるまい、と治憲は思った。ゆううつだった。

しかしながら善政は、かたくなに凝りかたまった金主たちの前に、裸のおのれを投げ出すようにして懇願し、ついにかれらが拒否の態度をひるがえして、藩の事業に出資する約定を取りつけたのである。

殊に出府して藩最大の金主である三谷三九郎に会った善政は、まず従来の藩の掛りが「彼所より借りて此所へ返し、此所より借りて彼所をくすぐり候」といわれた誠意のない対応を詫び、以後、もしこのような信義にもとることがあれば自分は割腹も覚悟で対処いたすという腹をさらけ出した言い方で迫った。

そして出資を待ちのぞんでいる藩の事業についてくわしく説明し、これらの殖産産業は資金の導入なくしては動かない旨を述べて懇願した。善政の誠意と迫力に圧倒された三谷はついに言った。どうぞ莅戸さまお手をお挙げください。もちろんそれによって、当方ももうけさせていただく身です。そこのところの誠意さえ示して頂けば、資金を提供するのに何の障りがありましょう。

すでに越後の渡辺三左衛門、酒田の本間四郎三郎の諒解はとりつけてある。藩と金主たちとの関係は復活した。藩にとって最大の懸案が解決をみたのである。

その報告をうけた治憲のこころのなかに、ふたたび静かな感慨がもどってきた。

しかし十六年組立て——。この計画の特徴はすでに述べたように一年に一事業のみを行ない、積み上げて、その成果をたしかめながらすすめることである。事業の完結までには長年月を必要とする。年齢からいって、善政がこの財政組立ての成果である殖産産業が華咲くところをみることはおそらくむつかしかろう。

しかし治憲はそのことに触れなかった。いたわりをこめて言った。

「善政、そなたのような人物こそ、真の政治家と申すものだ」

善政はうつむき加減のまま、めずらしく微笑した。

治憲は享和二年に鷹山と改名し髪を総髪に改めた。文政五年、鷹山は池のほとりに出て、一月の日の光を浴びて立っていた。一月の光はか弱く、風はなかったが、光の中に冷ややかなものがふくまれていた。冬の日のつめたさである。

鷹山は前年の十一月に、愛妻のお豊の方を喪《うしな》った。糟糠《そうこう》の妻だった。その欠落感は大きく、冬日の中にじっと立ちながら、鷹山は胸の中に巨大な穴が空いている感覚を捨て切れない。

だがいま鷹山の胸にうかんでいることは亡妻のことではなく、漆のことだった。

米沢に初入部し、国入り前に江戸屋敷から国元にむけて大倹実施を発表したことで、入部するや否やむかえた藩士たちの憤激を買い、嘲罵ともいうべき猛反対の声を浴びてから五十年が経過している。白子神社におさめた大倹執行の誓文。竹俣当綱によって、漆の実が藩の窮乏を救うだろうと聞いて心が躍ったとき、漆の実は、秋になって成熟すれば実を穫って蠟にし、商品にすると聞き、熟すれば漆は枝先で生長し、いよいよ稔れば木木の実が触れ合って枝頭でからからと音を立てるだろう、そして秋の山野はその音で満たされるだろうと思ったのだ。収穫の時期が来たと知らせるごとく。

鷹山は微笑した。若かったとおのれをふり返ったのである。漆の実が、実際は枝頭につく総《ふさ》のようなもの、こまかな実に過ぎないのを見たおどろきがその中にふくまれていた。

短篇小説

岡安家の犬

一

隠居の十左衛門をその中にふくめていいかどうかは、若干の疑義が残るところだが、ひと口に言えば岡安家の人人は大の犬好きだった。屋敷にアカという名前の赤犬を飼っていて、そのかわいがりようは尋常ではない。

岡安家は当主の甚之丞《じんのじょう》が近習組《きんじゅう》につとめて、百十石をいただく家である。家族は今年六十八になる祖父の十左衛門のほかに母と妹二人、それに甚之丞本人を加えた五人で、父の藤兵衛《とうべえ》はさきに他界した。甚之丞自身は二十二で、跡目をついで三年になるが、まだ妻はいない。ほかに下僕の源吉と婢《はしため》のよし。アカはこれだけの人人にかわいがられていた。

そして犬というものは、自分がかわいがられているかどうかはよくわかっているものらしく、甚之丞の母直《なお》が菩提寺《ぼだいじ》に墓まいりに出かけるとか、源吉が市中に買物に行くなどというときはアカは嬉嬉《きき》としてついて行くし、甚之丞が下城する時刻になると、いつの間にか門の外にすわりこんでその帰りを待っている。

ところで隠居の十左衛門のどこが問題かというと、十左衛門はたしかに犬好きには違いないが、好むのはもっぱら犬の喧嘩《けんか》である。

十左衛門はふだんは隠居部屋にもらっている奥の八畳間で寝起きし、日中は隠居仲間の土屋内蔵太《くらた》の家をおとずれて碁を打ったり、一緒に五間川の上流に川魚を釣りに行ったりする。そういうことにも気のむかない日は、部屋の外の縁側に坐りこんで鋏《はさみ》で丹念に爪を切る。手の爪が終ると痩せた脛《はぎ》を立てて足の爪を切る。

だがそうしているときに屋敷の外に犬の喧嘩の声が聞こえると、十左衛門は鋏をほうり出して、野猪《のじし》が走り去るごとく家から走り出る。ふだんは耳が遠くなったとかで、家の者が話しかけてもろくに返事もしない老人が、犬の喧嘩だけは一町（一〇九メートルほど）先の声も聞きつけて、ただちにとび出して行く。

ついひと月ほど前にも、甚之丞の縁談を持ってたずねてきた親戚の恒《つね》という婦人が、はばかりを借りて部屋にもどる途中、犬の喧嘩を聞きつけて奥から走り出てきた十左衛門ともう少しでぶつかりそうになり、親戚の女子たちの中で一番の小心者で知られる恒女が、おどろきのあまり失神しかけたなどということもあった。

しかも十左衛門は、犬の喧嘩をただおとなしく見物しているわけではない。大声を発して「ホキ、ホキ」と喧嘩をあおる。ホキというのはこの地方で犬をけしかける声である。一度、城を下がる途中の甚之丞が、偶然に祖父がそうしている場面に出会って赤面したという。要するにそうやって犬をけしかけている祖父の姿は、武家の、それも家中で相当の家の老人にふさわしいものとは見えなかったわけで、甚之丞は祖父には気づかなかったふりで、一緒の同僚をうながすといそいでひとつ先の角を曲った。ともかく岡安家の隠居の犬の喧嘩好きは、海坂《うなさか》城下の名物だった。

むろん十左衛門の悪趣味のために迷惑しているのは甚之丞だけではない。甚之丞の母の直も、家の外で顔が合う女たちに、岡安さまのおじいさまはお達者でよろしゅうございますね、などと冷笑半分の挨拶をうけること一再ではない。

そこで直は奥の部屋にお茶をはこんで行くついでに、やんわりと意見を言う。

「おとといはだいぶ遠くまで犬の喧嘩を見に参られたそうですが、おもしろうございましたか」

この女子、また何か苦情を言うつもりだなという顔で、十左衛門はじっと直を見ている。十左衛門は頰の肉が痩せた分だけ顴骨《かんこつ》が突き出ているという顔の造りの上に、細い目が釣り上がって、その顔立ちは齢《とし》をとるとともに一種の悪相を呈するようになった。

直は十左衛門の娘だが、父親に顔が似ないで済んだのは幸いだった。直はいやしくない程度にふっくらとしている頰も、おだやかな気性も死んだ母親似である。そこがいいところだと十左衛門は思うものの、直は四十を過ぎて寡婦《かふ》になってから父親に対して時たまちくりと刺すような物言いをすることがあるようになった。油断はならないと思いながら十左衛門は直を見ていた。

いまもそうだ、犬の喧嘩がおもしろかったかというのは、あきらかな皮肉だ。

「お好きなものをとめはいたしませんが、走ってころばぬようにお気をつけなさいませ。お若いつもりでも齢は齢、ころんで怪我でもなさったら大変、おとうさまが痛い目にあうだけでなく、ご近所の笑いものになりますよ」

「足は丈夫だ」

小言はこのへんで終りとみて十左衛門はひとこと反発したが、まだつづきがあった。十左衛門には自身もみとめる上品ならざる趣味がもうひとつある。

「今日は私が寺参りにまいったあとで、火事見物に出かけられたそうですね。それも葺屋《ふきや》町などという川向うの遠い町の火事に、袴《はかま》もつけられず尻はしょりして走って行かれた、韋駄天《いだてん》のようだったとご近所の方が申しておりましたよ。少しは家の体面も考えていただきませんと」

十左衛門はそういう老人なので、アカが寄って行っても気がむかねばうっはあんなどと空咳《からせき》をひとつして、犬には目もくれずに通るので、アカはおどろいてとびのいてしまう。犬ぎらいではないとしても、問題なしとしないというのはそういうことだった。

二

親友の野地金之助から、犬鍋《いぬなべ》をやるから喰いにこいという使いがきたとき、甚之丞はよろこんで家を出た。

場所は矢場町の関口兵蔵の家だということだった。

甚之丞の家は山吹町にあるので、矢場町まではそう遠い距離ではない。甚之丞はいったん藩主家の休息所白《しら》萩《はぎ》御殿の裏まで出てから、高い塀にそって北に歩き、代官町に入った。代官町を北東方向に横切ると、間もなく矢場町である。

普《ふ》請《しん》組の組屋敷である関口の家の粗末な門をくぐり、庭に入るとはやくもうまそうな獣肉を煮る香がにおってきた。訪《おとな》いをいれるのを待っていたように主人の兵蔵が出てきて、上がれといった。関口兵蔵も野地金之助も青柳町裏の小野道場の同門である。

「家の方方は?」

甚之丞がたずねると、兵蔵は留守だ、今日はおれ一人留守番だと言って、甚之丞を台所にみちびいた。兵蔵は真黒い顔をし、口数が少ない男だった。

台所に行くと、男が五人煮えたぎっている鍋をかこんでいて、甚之丞を見るとようようと言った。甚之丞と兵蔵、金之助をのぞく四人は部屋住みで、いずれは家中の婿《むこ》になるか、さらに学問、武芸をみがいて一家を立てるかの道をえらばなければならない。また、甚之丞と兵蔵は家督をついで城に出仕する身だが、金之助は父親がまだ元気なので、長男ではあるが家をつぐのはまだ先になる。

「いそがしくはなかったのか」

と金之助が言った。

「いや、非番だからやることは何もない。退屈しておったところだ」

と甚之丞は言って、ひさしぶりに会う仲間の顔を懐しく見回した。あつまっている七人は道場仲間というだけではなく、よく野犬狩りと称して野良犬をとらえて鍋で煮て喰った仲間でもある。冬近い時期に、煮炊《にた》きする物を背負って遠方の村まで出かけ、五間川の川べりに竈《かまど》を築いてそこでとらえてきた野良犬を調理し、煮て喰ったこともある。

兵蔵が椀《わん》に煮物を盛ってくれた。いいにおいが鼻腔《びこう》いっぱいにひろがる。ほかの者ははやくも一椀をたいらげていたが、甚之丞が椀をかかえこむと、兵蔵に催促してまた椀に肉汁をいれてもらっている。男たちはしばらくは物も言わずに喰うことに専念した。甚之丞も喰った。うまかった。空は曇り梅雨ざむの日なので、身体《からだ》があたたまってくる。

「どうだ、味は」

はやくも二椀目を喰い終ってじっと甚之丞を見ていた金之助が言った。甚之丞は微笑した。

「うまい。ひさしぶりにむかしを思い出した」

「うまいはずだ」

金之助がにやにや笑い出した。

「いま喰ったのは、貴様の家のアカだぞ」

それを聞いて、ほかの者は椀をおくとどっと笑い出した。手を叩いた者もいた。関口兵蔵だけは笑わなかった。

甚之丞は頭からさっと血がひくのを感じた。空っぽになった頭の中に、昨日からアカの姿が見えないと言っていた家の者の言葉がうかんできた。それでも念を押す分別は残っていた。

「まことか。おれをかつぐのじゃあるまいな」

「まことさ。天気はわるいし、村は遠い。しかし犬は喰いたい。そういうわけで手っとりばやいところで間にあわせたのだ」

「おのれ、金之助」

甚之丞は椀を手もとに叩きつけ、刀をつかむと躍り上がった。おどろく男たちを置きざりにしてそのまま台所から走り出て行ったかと思うと、すぐに庭の方でげえっと吐く音がし、つづいて甚之丞の怒号が聞こえてきた。

「金之助、貴様、ゆるせん。表に出て勝負しろ」

わっと叫んで立ち上がった仲間はあとを追って庭に出たものの、甚之丞の血相が変っているのでそばに寄れない。口口に制止の声をかけながら、遠巻きに様子を見ているしかなかった。最後に野地金之助がのっそりと戸口に姿を現わした。

「なんだ、なんだ、たかが犬一匹のことで男二人が斬り合いをしようというのか」

「犬のことはさておく。だが、貴様はおれを愚弄《ぐろう》した。ゆるせん。さあ、抜け」

「まあ、そうかっかするなって」

と野地金之助は言った。小太りの身体で、あごにうすく無精ひげが残っている金之助がそう言うと、全身にふてぶてしい気配が出てきた。

「ちょっ、貴様を愚弄などするか。よく目ン玉をむいて見ろ。ちょっといたずらしただけじゃないか。斬り合えだと？　バカこけ、われわれの長年の友情はどうなったんだ」

「友情などクソくらえだ」

甚之丞も汚い言葉で罵《のの》りかえした。

「文句を言わずに抜かんか、この臆病《おくびょう》もの。斬り合いがこわいか」

「これだ、おれを挑発しておる」

と言って、金之助はほかの者を見回した。だが仲間は、小野道場で伎倆《ぎりょう》伯仲の二人の高弟の間に持ち上がった突然の争いを、こわばった顔で見まもっているばかりだった。その中でただ一人、この家の主《あるじ》兵蔵だけは冷静に様子を見さだめようとしているように見える。

「おれは挑発には乗らん。おれはいずれ野地家をついでお上に仕えなければならぬ身だ」

金之助は突然に演説口調になった。

「つまり、おれの命はすでにお上にあずけてあるも同然、たかが犬一匹のことで捨てるわけにはいかん」

「金之助の言うとおりだ」

甚之丞がぐっとつまったのを見て、兵蔵がすばやく割りこんできた。

「甚之丞の気持はわかるが、犬一匹のことであたら若い者が命をやりとりするのはバカげている。それに発議したのはたしかに金之助だが、犬鍋を喰いたさに賛成したわれわれも同罪だ。今日のことはゆるしてやってくれんか」

身分の低い兵蔵がここまで強いことを言えるのは、兵蔵は家督をつぐ五年前まで、小野道場で師範代をつとめた剣士だからである。齢も二十八で、この仲間の中では一番の年かさでもあった。

兵蔵の言葉を聞いて、仲間の内でおれもわるかったと言った者がいた。だが当の金之助は詫《わ》びる気などまったくないらしく、けろりとした顔を甚之丞に向けている。甚之丞はその顔をにらみつけた。

「わかった。この場の始末はこの家の主どのにあずけよう。しかし金之助、貴様とのまじわりはこれまでだぞ」


背を見せかけて、甚之丞はもう一度金之助に身体をむけるととどめを刺すように言った。

「八寿《やす》との縁談もなかったものにする。当然だ」

それまでうす笑いして甚之丞を見ていた金之助の表情が、急に生気を失った。甚之丞の背に、おい、ちょっと待てと声をかけたが、甚之丞はふりむきもせずに勢いよく歩き、その姿はたちまち門の外に消えた。

八寿は甚之丞の妹で、金之助がいま願いを上げている御小姓に召出され、扶持米《ふちまい》をもらうようになったら祝言《しゅうげん》をあげることになっていることは周知の事実だった。甚之丞は祖父に似て、目の釣り上がった醜男だが、十七になる八寿が母親似の美人であることは、大概の若者は伝え聞いて知っている。

「心配するな、金之助」

矢島という男が言った。

「甚之丞も家にもどればのぼせもさめる。あんなことを言うんじゃなかったと後悔するさ」

「そうかな、いや、おれにはそうは思えん」

金之助はこの男に似あわない暗い声を出した。

「あいつはいったんこうと決めたら、テコでも動かぬ男だぞ。つまらんいたずらをしなきゃよかったな」

「その犬鍋だが」

御供目付《おともめつけ》の家の三男坊で、大食漢の戸田が言った。

「まだ残ってるが、どう始末するんだ」

「喰いたきゃおまえ一人で喰え」

金之助が言い、ほかの者も針をふくんだ声で、腹がぶっちゃけるまで喰えと言った。

三

野地金之助と喧嘩してもどった甚之丞は、その夜、夜食が終ったあとで家の者を茶の間に呼びあつめた。

「打ち明けねばならんことがある」

甚之丞は切り出して、アカはもどっていないなと確かめた。もう一度念をいれたのだ。まだ姿が見えないと聞くと、改めて怒りが胸にもどってきた。

「アカはつかまって、喰われた」

と甚之丞が言うと、下の妹の奈美がきゃっと叫んで手で顔を覆《おお》った。奈美はまだ十三である。ほかの者は呆然と甚之丞の顔を見ている。

「喰ったのはおれの道場仲間だ。音頭《おんど》をとったのは野地金之助だ」

「何ですと!」

直が小さく叫んだ。直も八寿も顔いろが蒼白になった。覆った手をはずした奈美が、今度はぽかんとした顔で甚之丞を見ている。

「犬は、わしも若いころによく喰ったものだ。そう言えば赤犬が一等味がよかったの」

祖父の十左衛門がふるき良き日を懐しむふうに言ったが、この一拍ずれた感想には誰も答えなかった。

甚之丞は今日のいきさつをくわしく話した。仲間は自分にアカの肉汁を喰わせてから、いま喰ったのはアカだぞと打ち明け、おどろくところを見てみんな手を叩いて笑ったと言った。

「そんなことが上等のいたずらだと思っているのだ。程度の低い連中だ。おれは腹が煮えたぎって坐っていられないから、外にとび出して金之助に出てきて刀を抜けと言った。おれは人に笑いものにされて黙っているような人間ではない」

「当然です」

と母の直が言った。

「で、金之助さんはどうしました?」

「それが例の横着な言い方で、命はお上にあずけてある、斬り合うわけにはいかんという。正論だ。おれはますます腹が立ったから、斬り合いの一件はこの家の主、関口兵蔵だ、兵蔵にあずけるが貴様とのつき合いはこれまでだ。八寿とのことも破談にすると言って帰ってきた」

「おや、まあ」

と直は言った。若い者同士の喧嘩の話、それもかわいがっていたアカを喰ったことが原因の喧嘩とあれば当然のことと聞いていたのが、話がいきなり八寿の縁談に飛び火したので、直ははじめて顔いろをくもらせた。

これは、アカを喰われて憤慨している場合ではないかも知れないと直は思った。野地金之助はたしかに野放図なところがあるが、概していえば好青年である。家柄もいい。甚之丞どの、と直は言った。

「そこまで言ってしまっては、喧嘩も少し行き過ぎではありませんか。そりゃあ、喰われたアカはかわいそうでならないにしても」

「いや、それがしも家にもどる道道、少し言いすぎたかとも思いましたが、しかしいまはやはりやつら勘弁ならんというところに気持が落ちつきました。いくら友達同士といっても、やっていいこととわるいことがある。それに……」

甚之丞は姿勢を正した。

「男子の一言《いちごん》を、こちらから撤回する気持は毛頭ありません。ただ八寿の縁組みは、それがしの家督前に親が決めたこと、また正式に破談にするとなれば仲人の三好さまにご足労をかけねばなりません。そういうわけで、ひと通りは事情を打ち明け、家の者の意見を聞くべきだろうと思い集ってもらったのです」

「アカは年寄っておった」

突然に十左衛門が言った。

「年寄ってしまえば屋敷で死のうと外で野垂れ死にしようと、またはつかまって人の口腹を養おうと大した違いがあるわけじゃない」

言いながら十左衛門は、ある光景を思いえがいていたのである。

やっと水がぬるんできたころのことである。十左衛門は隠居仲間の土屋内蔵太と御城の濠《ほり》ばたの桜見物をしたあと、誘われて代官町の内蔵太の家に行き、何番か碁を打ったあとで酒のもてなしをうけた。そして内蔵太の家を辞したときは、夜もかなり更けていた。

土屋家の若い嫁が暗いから提灯《ちょうちん》を持って行くようにとすすめたが、十左衛門は固辞して外に出た。隣町に帰るだけである。それに空はうすぐもりだが、東の方に月がのぼっている気配がし、足もとはさほど暗くない。十左衛門は低声に謡《うたい》をうなった。

ところがしばらく歩いたあとで、十左衛門は酒が足にきていることに気づいた。足がやたらにひょろひょろする。そしてその足に時どき何かがからむようでもある。十左衛門は足をとめた。犬が十左衛門を見上げて尾を振った。夜だから黒くしか見えないが、形はアカである。

「アカか、むかえにきたか」

と十左衛門はまた謡をうなり、ひょろひょろと歩き出した。だがいくら歩いても山吹町の道も家も見えてこなかった。何かしら、狭い路地を、しかも同じ場所をぐるぐる回っているような気がしている。

——これはしたり。

十左衛門はひとりごちた。だが気分は上上だった。十左衛門はひょろつきながらも勢いよく歩いた。すると不思議なことに、そうして歩けば歩くほど山吹町の家から遠ざかるような感覚が強まってくる。十左衛門はまた立ちどまった。あたりを見回した。黒黒とした家の屋根と塀がそこで尽き、その先は生垣がつづいている。見たこともない場所だった。

振りむくとアカも立ちどまって十左衛門を見上げていた。夜の道に迷った十左衛門に忠実についてきてはいるものの、案内して家に帰る才覚はないらしい。

「アカ、おまえも齢老《としお》いたな」

十左衛門はひょろひょろと生垣の道を先にすすんだ。とにかくこの代官町か山吹町かもはっきりしない町を抜け出さないことには、話にならない。十左衛門は息せき切って歩いた。すると突然に生垣がそこで終り、さらに一歩踏み出した十左衛門はずるずるとすべった。そして面妖《めんよう》なことにすべりながら両足が際限もなく空《そら》ざまに上がって行くようである。と思う間もなく、十左衛門の身体はすっぽりとつめたいものに覆われた。これは気持がよかった。酔いとそのあとのムダ歩きでほてった身体がだんだんにひやされて行く。十左衛門の意識は、そこでとぎれた。

ここちよい眠りからさめると月が出ていた。そして十左衛門は自分が幅四、五尺ほどの小川の中に寝ているのに気づいた。耳もとで、ハッハッというアカの荒い息の音がする。そのアカが十左衛門の襟をくわえているとみえて、十左衛門は首吊りのような恰好になっているが、そのために顔まで水につかることをどうにか免れたことはすぐにわかった。

よしよしと言って十左衛門は、アカに口をはなさせた。立ち上がってみると、水は踝《くるぶし》までしかないところである。全身から水を滴《したた》らせながら十左衛門は岸に上がり、大きなくしゃみをした。身体がすっかりつめたくなっていた。

あたりを見回すと、そこは岸に沿って雑木が密生する小川のそばで、水は雑木の暗い陰を流れ、川のむこうはひろい田圃《たんぼ》だった。野にはいくらか風があるのか、月に照らされた稲田があちこちでひらひらと光るのが見えた。田圃のはるかむこうには、黒い森に包まれた村があって、その中にかぼそい灯火がひとつまたたいているのも見える。どうやらいま立っているところは、代官町の西はずれらしいとようやく十左衛門にも見当がついた。あれだけ歩いたのに、一歩も家には近づいていなかったわけである。

アカは草に横たわって、はげしい息をしていた。息をするたびに腹がいそがしくふくらんだりしぼんだりするのが見える。十左衛門が手を出しても、アカはか細い声を出すだけで立ち上がれなかった。十左衛門の襟をくわえて精根つきはてたとみえた。

「よし、よし、今度はおれがおまえをはこんでやろう」

十左衛門はよいしょとアカを抱き上げた。だが十歩も歩かないうちにくたびれて足がひょろついてきた。十左衛門は一度アカをおろし、つぎに子供をおぶうように背中に背負った。

「アカの肉は固くてうまくなかったろう」

十左衛門が言うと、甚之丞は怪訝《けげん》な顔ではあと言い、直は非難するような目で父親を見た。気を取りなおすように、直はそれはともかくと言った。

「甚之丞どのの申されることはもっともですけれども、野地さまは家柄も禄高《ろくだか》もわが家と釣り合い、親御さまはお二人ともとても気持のよい方方で、八寿の嫁入り先としては申し分のないお家とよろこんでおりました。金之助さまにしても、少し軽軽しいところはあるにせよ、いやみのないりっぱな跡取り。それだから、甚之丞どのも長くお友達としてつき合ってこられたのではありませんか」

　直は言葉のはしばしにたっぷりと未練をのぞかせながらしゃべっている。

「あの軽軽しさも、いずれお家をつげばなおりましょうよ。甚之丞どの、そなたの腹立ちはもっともですけれども、三好さまに申し上げるのはもうしばらく待って、様子をみてはいかがですか。そのうちにあちらからあやまってくるかも知れません」

「金之助が？　あいつはあやまったりはしませんよ」

「でもね、さきに八寿を片づけないと、そなたの嫁をむかえるのにもさしつかえがあるかも知れませんし」

「じじはん（おじいさま）のお考えはいかがですか」

　と甚之丞は十左衛門に言った。

「甚之丞、この家の主はおまえだ」

　十左衛門はいかめしい顔つきで言った。

「おまえの思いどおりにやればいいのだ。直の言うことなど聞くことはない。女子はもともと愚痴の多いものでな、いちいち聞いていてはきりがない。それに、嫁に行くのは八寿だ。直が嫁に行くわけではない」

　十左衛門は娘に一矢《いっし》むくいその上うまい冗談も言えたのに満足し、天井をむいてはっはっと笑ったが、誰も笑わないのでもとのいかめしい顔にもどった。

「しかしながら嫁に行くつもりでいた八寿にしてみれば、また格別の思いもあろう。ひとこと当人の意見を聞いてはどうか」

「八寿、じじはんがああ言われる。おまえの意見をのべろ」

「わたくしはわが家のアカと知ってかどわかし煮て喰うような人には嫁に参りませぬ。金之助さまのなさったことは乱暴ではなくてただの無思慮、さきが思いやられまする」

　うしろから奈美が尻をつついたが、八寿はその手をはらった。

「兄さまのよろしいように。おまかせいたします」

　野地金太夫《きんだゆう》は御供頭《おともがしら》をつとめる体格雄偉な男である。仲人の三好弥十郎の言うことをひとことも口をはさまずに聞き終ると、うやうやしく低頭してから言った。

「聞けば聞くほどあきれた話、すべては金之助の稚気に発したことで、岡安どのがお怒りになられたのは当然。わが家では三好さまのお骨折りによりこの上ないよき嫁を得たとよろこんでおりましたが、岡安どのがさよう申されるからには破談もいたしかたありますまい。岡安の家の方方には、三好さまから野地金太夫心からお詫び申し上げておった旨をおつたえ下さいますよう」

見送りは野地夫婦だけが立って、金之助は部屋に残った。深刻な顔をして腕組みをしていると、もどってきた金太夫がひょいと部屋をのぞいた。

「このバカもの」

金太夫はひとこと特大のかみなりを落として、さっさと行ってしまった。

四

秋風が立ちはじめたころ、岡安甚之丞は城の廊下で菅井重助に呼びとめられた。菅井は大納戸《おおなんど》につとめる若者で、美男子である。

「この間野地金之助に会ったら脅されたよ」

「何で?」

「貴公の妹、八寿どのにはちょっかいを出すなと、暗にそういう言い方をしよった」

「何だ、それは」

「まだ聞いておらんかな。家の親がそちらに縁組みを働きかけているのだ」

「それでか、バカな」

と甚之丞は腹立たしい気分で言った。

「野地とはきっぱりと縁が切れている。金之助に遠慮することなんかひとつもないぞ」

「うむ、貴公にそう言われるといささか意を強くするな。それにしても、やつめは早耳だなあ」

菅井は複雑な笑顔になった。

「八寿どのをまだあきらめ切れておらんとみえる」

だが菅井はそこで気持を切り換えるように、話題を転じた。

「近ごろ青柳町の道場に逸材が入門したそうだな」

そういう菅井は鍛冶《かじ》町の石栗道場の高弟で、城勤めをしながらまだ道場の方の面倒もみている。道場では次席にいる遣い手だった。そのためにほかの道場の動静も気になるのだろう。

「名前は何と言ったかな」

「三宅藤右衛門だ。風采の上がらん男だが、天稟《てんぴん》の才があるようだ。あれはうまくなるぞとみんなが言っている。だがはたしてそっちの佐竹や丸岡のようになれるかどうかは、まだわからんな」

甚之丞がそう言い、二人の話はいつの間にか剣術談議に移った。


秋が深まり、木木の紅葉がはじまったころ、甚之丞は三ノ丸の広場でばったりと関口兵蔵に出会った。

「やあ、岡安どの、いいところでお会いした」

人目のある場所なので、兵蔵は尋常な挨拶をしたが、顔を寄せてくるともと道場の師範代の顔つきになった。兵蔵は甚之丞や金之助を鍛えた男である。

「近ごろ金之助に会っておらんか」

「いいや」

「あれっきりか」

「あれっきりだ」

兵蔵がふとため息をついたので、甚之丞は声をひそめた。

「金之助がどうかしたか」

「いや」

秋のはじめに、金之助は親に置手紙をして姿を消した。それっきりふた月近くも家にも道場にももどってきていない。その金之助がどこへ行ったかだが、置手紙によれば領内をあちこちと歩き回ってどうやら赤犬をさがしているらしいと、兵蔵は言った。

「赤犬だと？」

「そこもとの家のアカを喰ったのを後悔して、というよりそれがもとで破談になったのがこたえたらしい。そこで見目よい赤犬をさがし出して連れ帰り、そこもとに詫びをいれようと、いや、本人に聞いたわけじゃないが、状況からいえばそういう算段じゃないのかな。なにしろとんでもない遠くの村村を転転と泊り歩いているらしい」

「バカバカしい話だ」

「ところでとばっちりを喰って困っているのは道場で、金之助がいないと若い者を鍛える者がおらん。近ごろはほれ、三宅のような出来のいいのが入門しているから、なまなかの先輩じゃ教え切れんのだ。金之助は何をしておるかと、先生からおれが怒られている始末だ」

兵蔵はにが笑いし、さりとておれにも城のつとめがあるしと言った。

「金之助を見かけたら、何はともあれすぐに道場に顔を出すように言ってくれんか」

奈美に言われて、八寿は障子の合わせ目から門を見た。門はひらいているが誰も見えない。そう言うと奈美が辛抱してもっとよく見てと言った。

「あ」

八寿は口を押さえた。ひらいた門のむこう側を人が通った。赤犬をつれた野地金之助である。犬と金之助は顔を真直《まつすぐ》前にむけたまま、あっという間に通りすぎた。

「ね、金之助さんでしょ」

気配をさとった奈美が言った。八寿は息をつめてなおも見まもる。すると、しばらくして金之助は今度は反対側から現われた。やはり門の内には目もくれずに、とことこと歩く赤犬を先に立ててまたしてもあっという間に門の前を通りすぎた。

そっくり返って通りすぎる姿に、苦労してアカに似た犬をさがし出してきた自分の誠意と贖罪《しよくざい》の姿勢を岡安の人人に認めてもらいたいという願望と、しかしながらそれは縁談をもとにもどしてもらいたいがためにしたことでは断じてないという痩せ我慢の姿勢がみえみえに出ている。そうやって門の前を行ったりきたりしているところを奈美にみつかったのだ。

八寿は腹の底に強い笑いが動くのを感じた。なんてこっけいなひとと思ったが、そういう金之助にこれまで感じたことがない親しみをおぼえるのも事実だった。

八寿が金之助に会ったのはただ一度である。兄のところに遊びにきた金之助にお茶をはこんだのだ。それは二年ほども前のことだったろう。そして間もなく婚約がまとまったのだが、八寿が金之助について知ることはきわめて少なかった。兄の口を通じてわずかな動静を知るぐらいだった。だがいまは自分の目に金之助のさまざまなことが見えている。強情な金之助、みえっぱりな金之助、はずかしがりの金之助。

「あの犬、アカの子供みたいでしょ」

今度はわたしに見せてと奈美が言ったが、八寿はその奈美をやわらかく押しもどした。もっと金之助と赤犬を見ていたかった。

「わたし、兄さまに言ってくる」

奈美が駆け出して行くと、八寿ははばかりなく障子の隙間を少しひろげて門を見た。また金之助と赤犬が現われた。折りから吹きつける木枯しに赤犬の毛が逆立ち、金之助の鬢《びん》の毛が逆立ち、金之助の着ているものがはためくのが見えた。澄まして、金之助は通りすぎた。八寿はとうとう声をしのばせて笑った。

その目に今日は非番で家にいた兄が下駄をつっかけて門の外に出て行き、今度は一匹の犬と二人の男が右から左に、左から右に行きさしたあげく、やがて男たちが談笑しながら門を入ってくるのが見えた。アカよりも少少小型の赤犬も一緒に。

犬は物怖《ものお》じする様子もなく、とことこと男たちの先を駆け、庭の途中で立ちどまるとひと声わんとほえた。

——アカが帰ってきた。

と八寿は思った。すると思いがけなく目に涙があふれてきて、犬の姿も金之助の顔も見えなくなった。

＊この小説は加藤省一郎著『臥牛 菅實秀』、杉山宜袁原著・大泉散士訳著『大泉百談』にヒントを得たものです。

深い霧

一

原口慎蔵には、長く忘れていたあとで、ふと思い出すといった性質の、格別の記憶がひとつある。それはある情景で、情景としてはごく単純なものだった。裏木戸の内側で、慎蔵の母が若い男を抱きしめている、といってもその若い武士は母よりも背が高く、骨格もたくましくて、母の腕は男の肩にもとどいていないのだが、男はされるがままにじっとしていた。二人を包み込むように屋敷の中を夕霧が静かに流れ動いていたのも思い出す。

子供ながら、見るべきではない情景を見てしまったようなおそれから、慎蔵は胸をとどろかし、足音を忍ばせてその場所から引き返した。だが、そのときの慎蔵はごく小さかった。多分二つか三つごろのことだったろうと、慎蔵は思っていた。

その日、稽古が終ったあとで、風邪で寝こんでいる道場主の桂木重左衛門を見舞って、母屋から道場にもどってきたとき、原口慎蔵はひさしぶりにその古い記憶を思い返すことになった。わたり廊下を歩いてくると、道場の中で男が二人話していた。ほかに人もいないらしく声高な話し声だったので、声は筒抜けに慎蔵の耳に入ってくる。

「三人目の討手《うって》とうわさがあったあの人だな」

「そう、あの人だ」

「ふうん、国勤めに替って御奏者になられるのか」

そう言っているのは国井庄八という御小納戸勤めの男である。国井はつづけた。

「器量人だそうだから、一段昇進して帰国するということだろうが、塚本の縁者の方は心配いらんのかな」

慎蔵は足をとめた。絶家になった塚本家の親戚はほかにもあるが、慎蔵も縁者の一人だった。それはもう心配いるまいて、と相手が言った。声は勘定組にいる林伝五郎という男だった。二人とも慎蔵の道場の先輩である。

「古い話だ。あれからもう二十年ぐらいはたっただろう」

十八、九年前のことだ、と慎蔵は思った。

秋の夕刻、屋敷の中を流れる霧の中で母に肩を抱かれていたのは叔父の塚本権之丞。母の弟で、塚本家の当主だった権之丞は、その夜、藩領を出奔して討手をかけられ、遠い信州路で討たれた。藩内の抗争に巻きこまれて人を斬り、そのことが露見して領外に逃げたのだというが、慎蔵はその詳細を誰にも聞いたことがない。

いずれにしろ、慎蔵はその叔父をただ一度、いまにして思えばひそかに母に別れを告げにきたそのときの叔父を見たきりである。ほかに叔父に会った記憶はなかった。だがいま、林伝五郎と国井庄八が話していることは、雷鳴のように慎蔵の脳裏に鳴りひびく。

塚本権之丞は他国で討たれ、塚本家は絶家となった。そしてその直後に、塚本の縁につながる家家はそれぞれ、あるいは役替えとなりあるいは禄を減らされた。慎蔵の家も家禄《かろく》を七石減らされ、そして慎蔵が十のときに母の衣与が病死した。

母はもともと病弱なたちで、顔色が青白く口数少なに暮らしている人だった。しかし母は実家の塚本家では権之丞とただ二人だけの姉弟だったので、弟の権之丞が異常な死を遂げたあとは、その始末をすべて引きうけなければならなかった。以後の積もる心労が母の早い死を招いたとも考えられる。病死したとき衣与は二十八だった。

慎蔵からみればそれほどの大きな事件なのに、いまだに正確には何年前のことかもわからず、またその仔細を語る者はいなかった。他人はむろんのこと、慎蔵の肉親も母の縁者も、事件の中身についてはひとことしゃべらず、慎蔵もまたあえてたずねなかったのだ。成長するにつれて叔父の事件は藩の秘事であるだけでなく、塚本家の秘事でもあるらしいと推測がつき、原口家の総領としてはみだりに触れるべきものでないことにも気づいたのである。

だが道場に残っている二人は、無造作に古い叔父の事件のことを口にしていた。事件のことを、人人は長い間さわらぬ神に祟《たた》りなしといったふうに、語ることを避けてきた。そのためにほとんど忘れられかけていた事件が、いまになりなまなましく眼前におどり出てきた感触が、慎蔵を動揺させている。慎蔵はとどろく胸を静めてから空咳《からせき》をひとつし、わざと廊下に足音を立てて道場に入った。

突然に現われた慎蔵を見て、二人はあきらかに間のわるい顔をした。ことに国井は狼狽《ろうばい》をかくせないという感じで、林と慎蔵の顔を交互に見ると、突然に、では寄るところがあるのでお先すると言い、すたすたと道場を出て行った。そのうしろ姿に、慎蔵は今日はごくろうさまでしたと声をかけた。

国井と林は師匠の風邪が長びいていると聞いて見舞いにあらわれたのだが、見舞いが済んだあとで稽古着と竹刀を借りて、子供たちに稽古をつけてくれたのである。国井に逃げられて、まさか跡を追うわけにもいくまいと観念したか、林伝五郎は慎蔵が身支度するのを待ち、戸締りを手伝って一緒に外に出た。

「いまは貴公が実力一番だそうだな」

と林は言った。林とか国井とか、あるいは普請組にいる清野徳平とか、むかし桂木道場で鳴らした人人は、いまはそれぞれに家を継いで勤めを持ち、そうなってから年月もたってめったに道場にくることはなくなったが、それでも道場に対する関心はうすれずにつづいているらしかった。

その証拠に、今日のように突然に現われて後輩に稽古をつけたりする。

「いや、それは違います」

と慎蔵は言った。

「師範代の小川さんがおられますし、それに次席の浅井文之進がいてそれがしなど歯が立ちません」

「小川甚九郎か」

林は親しみをこめた口調で言った。三十になる小川は、林やさっき逃げた国井たちに鍛えられた文字どおりの後輩である。時どきそのころの激烈な稽古の話を慎蔵らに聞かせることがある。

「しかし甚九郎はこの春ようやく谷村に婿《むこ》入りして、夏からせっせと会所に出仕しておる。師範代の役目は果しておるまい。それに……」

林はじろりと慎蔵を見た。

「浅井よりは貴公の方が腕は上だという評判がもっぱらだぞ」

「ただのうわさに過ぎません。事実と異なります」

ふーんと林は言った。

「貴公につづくのは誰だ。葛西か、船村か」

林も、さっきの失言から逃げを打っているのだ、と慎蔵は思った。いま歩いているひと気のない裏小路を抜けると、いきなり城下でもっともにぎやかな商人町の通りに出る。そこに出てしまえば、いま腹の中にある質問を持ち出すことはむつかしい。

林はそう読んで、時間つなぎの無駄話をしているのだ。その思惑につき合って、思いがけなくころげこんできた機会を潰《つぶ》すことはない、と慎蔵は思った。

「失礼ですが、さきほどお二人で話されていた三人目の討手というのは、どなたのことでしょうか」

林は立ちどまると、しぶい顔をして慎蔵を見た。

「やはり聞いておったか」

「はあ、たまたま耳に入りましたもので」

「ほんとうは知らん方がいいのだ。その方が貴公のためでもある」

と林は言った。しかしすぐに思い直したようにつづけた。

「しかしそうは言っても、耳に入ってしまったものを話さんというわけにもいくまい」

「ぜひ、おねがいします」

慎蔵はふたたび胸の動悸が高まるのを感じた。叔父の権之丞を信州まで追尾して討ちとめたのは二人、野田道場に籍をおく剣士樋口宗助と穂刈欣之助だと言われている。

樋口と穂刈はその後それぞれに一人は家督をつぎ、一人は家中に婿入りして城に出仕していると聞いてはいたが、慎蔵は快くはないものの二人に怨《うら》みがましい気持を抱いたことはない。お役目だから仕方なかったと思っていた。だが今日突然に林と国井の話に出てきた三人目の討手については、ただならぬ関心があった。

国勤めに替って御奏者になるというその男は誰なのか、なぜ三人目の討手がいたのか、そして何よりも、その事実がこれまで公然と語られたことがないのはなぜなのか、と慎蔵は思う。ことに最後の疑問は、叔父の一件が長く秘事扱いされてきたこととどこかでつながっているような気がしてならなかった。

「他言せぬと誓えるか」

林は言い、慎蔵がうなずくと道の途中にある稲荷社の祠《ほこら》の前に、慎蔵をまねきよせた。

「貴公の叔父御、塚本権之丞が桂木道場の天才と呼ばれたことは知っているな」

「はい」

「天才としか言いようのない遣い手だった。おれも国井も、権之丞どのに鍛えてもらったのだ。おれたちが十七、八で、権之丞どのは二十を出たばかりだったろう」

林はむかしを懐しむような目をした。頬骨が出て顔の造作が大きい、いかつい感じの林の顔にふとやわらかな表情がうかんだ。

「藩では樋口と穂刈を討手に送り出したが、この二人に権之丞どのを討てるわけがない。ところが二人は首尾よく討ち取って塩漬けの首を持って帰国した」

おかしいという者がいたが、事実は事実だからその声は間もなく消えたと林は言い、この先はうわさだからそのつもりで聞けと念を押した。

「ところがそれから三年ほどたって、そのときの討手には江戸屋敷から三人目が加わったらしいといううわさが流れた。江戸詰から帰国した者の口から洩《も》れた話だと聞いたな」

「その三人目が、今度御奏者になられる人ですか」

「ひそかにそう言われておる。真実かどうかはわからん」

「お名前は」

「新庄伊織。もう四十を越えたはずだ」

「よほどの遣い手とみえますな」

「いまは潰れたが、むかし雁金町裏に佐久間という道場があった。流儀は無外流で、新庄はこの道場の麒麟《きりん》児《じ》と呼ばれた男だ。権之丞と剣才を並び称されたこともある」

「新庄伊織」

慎蔵はつぶやいた。

「これまで耳にしたことのない名前ですな」

「新庄は若いころ、江戸詰で出府すると藩に願いを上げて剣の修行を許された。そして、修行が終ると間もなく小姓組勤めから留守居に抜擢《ばってき》され、そのまま国元に帰ることのなかった人間だ。縁者はこちらにいるものの、本人は国元ではいたって馴染《なじ》みのうすい男といってもよかろう」

わしが知っているのはこれだけだ、と林は言ったが、慎蔵は喰いさがった。

「叔父の討手に加わったのは、その人が何をしていたころのことでしょうか」

「うわさだと言ったはずだぞ」

林はたしなめてから、まだ江戸で剣の修行をしていた時期のはずだと言った。そして不意に身体《からだ》をはなすと、足ばやに道の中ほどまで出て慎蔵をじっと見た。

「くどいようだが、ただのうわさかも知れん。あまりつつかん方がいいぞ」

先の方に見えている表通りには日の光があふれているが、裏小路の中はうす暗かった。もう日が傾いたのだろう。

林は身をひるがえして去りそうにしたが、もう一度振りむいて慎蔵を見た。

「おれも後輩はかわいい。だからそう言っておる」

それだけ言うと、林は今度はあとも振りむかずに去って行った。

二

「あの家だ。もう少しで出てくる」

小田切忠八はそう言うと、朝の日差しの下で突然大口をあけてあくびをした。そして、今日は非番というので昨夜は少し遅く寝た、寝不足だと言いわけをした。そして申しわけのように家の説明をはじめた。

「あの家はもとは番頭《ばんがしら》の奥野さまのお屋敷だったが、奥野さまが差立番頭となり、中老に抜擢されたあと、空家になっていたのだ」

「差立番頭の屋敷か。豪勢なものだな」

と慎蔵はつぶやいた。差立番頭は筆頭の番頭のことで、城中での席次は小姓頭のつぎにくる重い役職である。一小姓から御奏者にすすみ、いまは差立番頭の元屋敷に入っている新庄伊織のすばやい出世ぶりが気持にひっかかった。

「家族がいるだろう」

「妻女と実の母親、子供はおらんという話だ」

言ってから、忠八は警戒するような目を慎蔵に回した。

「何でそんなことまで聞くんだ、おい。おれを変なことに巻きこむなよ」

「そんな心配はいらんと言ったろうが。胆の小さいやつだ」

と慎蔵は言った。

慎蔵と忠八は子供のころともに藩校に学び、気が合って桂木道場にも一緒に入門した。剣の方は才能というものがあるらしく、忠八の腕前はあまりのびなかったが、そういうこととは関係なく二人は昵懇《じっこん》のまじわりをしてきた。二年前に忠八が家督をついで近習組に出仕するようになってからも、変らず友達づき合いがつづいている。

「そう言うけどな、慎蔵。城勤めとなるとそりゃ気を遣うぞ」

忠八はまだ日焼けが残る丸い顔に、憂鬱そうな表情をうかべた。

「はやく近習役を勤め上げて、おやじがやっていた郷方回りに出してもらいたいものだ。おれにはその方が性分に合っている」

「そうかも知れんな。城勤めの窮屈さはわかるような気もする」

と慎蔵は言った。小田切忠八の父親は若い時から郷方役人を勤め、致仕《ちし》して家督を忠八に譲るまえは郡奉《こおり》行だった。慎蔵が好ましく思う忠八ののんびりした性格は、そういう家の勤めと多少は関係があるようにも思える。そう思わせるもの、ひと口に言えばどこか土くさい感じが、小田切家にはあった。

「道場に通っていたころだが、時どきおやじのあとについて馬で山に入ったものだ。植林の検分に駆り出されたのだが……」

忠八は言葉を切った。そしてあれが新庄どのだとささやいた。

屋敷町の中ほどにある新庄家の門がひらいて、供をしたがえた男が出てきたところだった。目立つほど風采のいい男だった。林伝五郎は新庄伊織を四十過ぎと言ったが、とてもそんな齢《とし》とは思えず、三十半ばにしか見えない。長身というほどではないが上背があり、腰から背にかかる身体の線がぴしりとのびている。そして慎蔵が立っている場所からは横顔しか見えないが、それだけで十分美男子だとわかった。

その男、新庄伊織は見送りに出たもう一人の家僕にうなずいてから城の方角に歩き出した。しかし三歩ほど歩いたところで足をとめると、すばやく振りむいて慎蔵を見た。慎蔵と伊織の間には十間近い距離がある。だが伊織は慎蔵を見ていた。忠八には目もくれなかった。

凝視は束《つか》の間《ま》だった。新庄伊織はすぐに背をむけて歩き出した。華奢《きゃしゃ》といってもいいほどの細身の身体が、ゆっくりと遠ざかって行くのを慎蔵は見送り、つめていた息を吐き出した。

——きざな男だ。

一分の隙も見せずに立ち去った男に、慎蔵は胸の内で悪態を浴びせた。一気に予期しなかった敵愾心《てきがいしん》が盛り上がるのを感じる。だがそれとはべつに慎蔵の胸にはひやりとしたものが残っていた。新庄伊織が残していったものだ。あれはまちがいなく修羅場をくぐったことのある男だと思った。その修羅場は、叔父の権之丞を討ちとめたときだろうか。短い凝視だったが、慎蔵はその凝視に新庄に抱くひそかな敵意を読まれた気がしている。

「どうした」

と忠八が言った。

「これでおれは御役ごめんか」

「いや、非番のところを済まなかった」

「どうだ、これからおれのところにこないか。少し話したいことがある」

忠八は言ってから急に、おい、どうしたんだとおどろいた声を出した。

「慎蔵、おまえ顔いろが青いぞ」

三

叔父の権之丞が斬った相手が誰か、お聞かせねがえませんかと慎蔵が言うと、父の原口孫左衛門は書見台を押しやって、ゆっくりと慎蔵に向き直った。

「それを聞いてどうするつもりだな」

「いえ、どうするというのではありませんが、ここ二、三年叔父御の事件が気になりまして、父上がご存じのことだけでもお聞きしておきたいと思うものですから」

「そんなことは知らんでもよい」

「しかし叔父は亡き母のただ一人の肉親でありましたし、現にこの家も事件によって家禄を減らされております。父上のお言葉ですが、知らないでいいとは思いません」

「慎蔵」

と孫左衛門は言った。

「わしは来年いっぱいいまの職をつとめて、そのあとはおまえに家督を譲って隠居したいと思っている。そういう大事のときだ。妙なことに心を惑わしてはならん」

「………」

「塚本の一件はくわしく知らん方がいいというのはだ、そのことが藩の秘事とされているからだ。このことについてはしゃべるなということだ。権之丞の事件があったあと、藩政の舵をとる家老、中老、ほか一部の重い役職の方方が交代した。血なまぐさいこともなく、静かな交代だった。血なまぐさいことは塚本の一件で終りにし、この話を蒸し返すことはすまいと両派の話がついたということだ。ゆえに、誰もこの事件の中身については語らぬ」

「権之丞叔父の死に損ということですか」

「かッ！　何を言うか」

孫左衛門は一瞬、顔を朱に染めた。だがじきに顔いろを元にもどし、静かな口調でつづけた。

「わしとしては、出来ればわしの代に減らされた禄をもとに戻したかったが、それはあきらめた。いまの執政の顔触れが変らんうちは、いかんともしがたいことだ」

「光村さまたちのことですか」

「そうだ」

と孫左衛門は言った。いま藩政を動かしているのは光村派と呼ばれる人人で、光村帯刀《たてわき》は筆頭の家老である。対する旧政権の人人は秋庭派と呼ばれ、いま派の中心となっているのは組頭の猪狩忠左衛門だというが、政権からはなれたこの派の影は甚だうすくて、誰が秋庭派かははっきりしない。

こうした現在の姿は慎蔵にもほぼわかっていた。そして秋庭派から光村派へと劇的な政権の交代が行なわれた裏に、詳細は知れないものの叔父の権之丞の事件が大きくかかわり合っていることも、父に聞くまでもなく大体の見当はついていた。光村派はいま上は執政府から下は無役の平侍にいたるまで、なにかと藩政の余沢をうけ、わが世の春を謳歌していた。

その光村派からはじき出された形の原口家の立場をたしかめるように、孫左衛門はさっきは答えることを拒んだ慎蔵の質問に触れてきた。

「権之丞が暗殺したのは、光村派の実力者で尾島小七郎というおひとだ。つまりいま中老職におられる尾島作左衛門どのの父御だ」

尾島小七郎は組頭の家柄で、当時は光村派の知恵ぶくろと言われていた。衰退して長い間生彩を失っていた光村派を、秋庭派に対抗出来る勢力に育て上げたのは尾島だと言われ、派閥の中の人望も厚かった。

「事件はその器量をおそれた秋庭又左衛門どのが、手を回して権之丞に尾島どのを暗殺させたのだと言われている。もっとも真相はわからぬ」

孫左衛門は口をつぐんだ。そこまで話してしまったことを悔むように慎蔵をじっと見てから、またつづけた。

「わしも塚本の縁者だ。むろんそのへんまでは調べたのだ」

「秋庭又左衛門という人が、秋庭派の頭だった人ですか」

「当時の筆頭の家老だ。政権を光村派に譲ったあとは派はみるみる逼塞《ひっそく》して、三年後か四年後には秋庭さまご自身も病死したが、葬儀はさびしいものだったそうだ。世にときめいていた人がいったん落ち目に転じるとそんなものだ。そのころ秋庭派から光村派に鞍替えした者も多かったらしいの」

「わが家はいかがですか」

「わしは派閥には与《くみ》しなかった。小禄なりといえども藩政の監察にかかわる者は、派閥に属すべきではない」

原口家は代代勘定目付をつとめる家だった。藩庫の金銭の出納を見とどけるのが役目である。しかしそう言ったことで孫左衛門は、小禄の中から七石を削られたことをふたたび思い出したらしかった。

「おまえも承知しておくといいが、光村派の支配がつづくかぎり削られた七石はまずもどらん。ご先祖さまには申しわけないことになったが、しかしまたそのあと何事もなくここまで来られたのは幸運だったとも言える。あれは塚本の縁者と言われぬよう、わしも懸命に勤めたからの」

慎蔵は父を見た。燭台の光に半白の髪をして、こけた頰を持つ初老の男の顔がうかんでいる。小心翼翼とあたえられた職を勤め上げ、再婚もせずに通してきた男の顔だった。

そういう父に同情しないわけではないが、いまのような言葉を聞くと、それでは死んだ母や権之丞叔父がかわいそうではないかという気もしてくる。慎蔵が無言でいると、孫左衛門はなだめるような口調で言った。

「わしが知っていることはすべて話した。これで気が済んだか。気が済んだらもう塚本の一件は口にするな。つついたところで何の益もない」

「……」

「そうそう、本家から太田の娘との縁組をすすめられておる。太田の家は上士だ。あそこと縁組みができれば、あとあとわるいようにはせぬだろう。家督をつぎ、嫁をもらって落ちつくのだ、慎蔵。古いことは忘れろ。いいか」

一礼して慎蔵は父の部屋を出た。つぎの部屋には寒気と闇が淀んでいた。その部屋を横切りながら、慎蔵は否《いな》と思った。

叔父の事件で日があたった男たちがいる。言ってみれば光村派全体がそうなのだが、それは父の話によれば当時の筆頭家老秋庭又左衛門が叔父に尾島小七郎を暗殺させたのが原因だという。しかしそのことがなぜそんなにはやく、反対派の光村に知れてしまったのか、秋庭は失策を犯したのか、そうだとしたらその失策はどういうものだったのか、すべては謎だった。

謎はもうひとつある。三人目の討手新庄伊織の異常ともいえる昇進ぶりである。新庄の家のもとの家禄は知らないが、江戸屋敷で小姓組に勤めたといえば禄高は百石以下である。しかるに留守居は二百石から二百五十石、御奏者は三百石から家柄によっては四百石をもらう役目で、そこまでいけばもはや上士である。このにわかな加増は、討手としての論功行賞としてはむろん多すぎるし、また本人の器量、人物を認めてのこととしても尋常とはいえないだろう。

父の孫左衛門は話すことは話した、あとは塚本のことは忘れろという言い方をしたが、父の話で事件の中身がわかったわけではなかった。肝心のところは何ひとつわからず、むしろ叔父の事件を包む霧が前よりも濃くなっただけだった。

嫁をもらって母や叔父のことを忘れることなどは出来ない、と慎蔵は思った。慎蔵が抱く敵意を読みとっただけでなく、歯牙《しが》にもかけずに背をむけた男に対する敵愾心がまた腹の底を熱くしたが、慎蔵にはこのあとどこから手をつけたらいいのか、少しもわからなかった。

茶の間の火桶に手をかざして考えにふけっていると、台所の声がやんで、茶の間の襖《ふすま》があき、妹の小文が顔を出した。

「兄《あに》さま、茶をお持ちしましょうか」

と小文が言った。台所で飯炊きのとよとバカ笑いしていたのはこの娘らしい。小文は嫁に行った姉の芙佐にも慎蔵にも、そういえば原口の家の誰にも似ない活発な、といいえばほめことばになるが、要するに軽躁なところのある娘だった。

十七にもなってこういうことでは困ると慎蔵は思い、日ごろ気づいたときは小言を言う。いまもうなずいたあとでたしなめた。

「話し声が大きいぞ。桑山の叔母のようになったらどうする」

桑山の叔母というのは御供頭の桑山にとついだ父の妹で、男のように活発な立居ふるまいと大声で、親戚の女たちの顰蹙《ひんしゅく》を買っている婦人だった。

「それに嫁入り前の娘が、あんなあごがはずれるような笑い方をしてはいかん」

「兄さま、それは誤解です。笑ったのはとよですよ」

小文は心外そうに言ったが、これからは気をつけますると神妙に詫《わ》びた。その小文はじきに茶をはこんできたが、目もとにうすい笑いをうかべながら慎蔵を見て、立とうとしない。

「何か、用か」

茶碗を盆において慎蔵が言うと、小文はひと膝《ひざ》にじり寄ってきて声をひそめた。

「おとうさまのお話は何ですか。兄さまのお嫁の話ですか」

「ふむ、そんなことも言われた」

慎蔵は面倒くさくてそう言った。

「本家から太田の娘はどうかとすすめられているという話だった」

「太田の多喜さまでしょ。わたしも耳にしましたが、あの方はおやめなさいませ」

小文はきっぱりと言った。太田は本家の妻女の親戚で、御使番を勤める上士である。

「多喜さまはもう二十になる嫁《ゆ》き遅れですよ、兄さま。それというのも家柄を鼻にかけるから嫌われているのです」

小文はどこから仕入れた知識なのか、なかなか辛辣《しんらつ》なことを言い、また目もとにさっきの奇妙な笑いをうかべた。そしていよいよ声を小さくした。

「お嫁をもらうときは美尾さまになさいませ」

「美尾？　どこの美尾だ」

「塚本与惣太さまの末娘ですよ」

慎蔵はにが笑いした。

塚本与惣太は権之丞の父の従弟で、馬乗り役という荒っぽい役を勤め、貧しさと偏屈人で親戚中に知られている男だった。慎蔵はがぶりとお茶を飲み干した。

「よし、考えておこう」

小文は目の笑いをひっこめて、かならず美尾さまになさいませ、桑山の叔母さまにたのめばちゃんとはからってくれますからと太鼓判を押し、そしてわたしがこう言ったことはお父さまには内緒ですよとつけ加えた。

四

なすところなく日が過ぎ、雪が降り、その寒い冬も去った三月の末に、慎蔵は寺前町の北はずれにある野田道場で、子供たちの剣術試合を監督していた。


試合は桂木道場と野田道場の間に行なわれる恒例の春の撃剣試合で、この試合に出場出来るのは十歳から十五歳までの少年だが、もちろん両道場選りすぐりの少年たちの試合である。子供たちの試合だからたわいもないといえばたわいないが、中には将来の剣才を窺わせるに足る竹刀を遣う子供もいて、目がはなせない。

ところが慎蔵は途中から、一人の男が時どきちらっちらっと自分を見るのに気づいた。試合を見ているのは桂木、野田の高弟だけでなく、両道場の先輩たち、試合のことを知って駆けつけてきた非番の剣術好きの家中など、かなりの人数の男たちが壁ぎわにならんで、無言で試合を見物していた。

慎蔵に視線を流してよこすのはその中の一人だった。男はちらと慎蔵を見、慎蔵が見返すとさりげなく視線をはずす。さっきからそういうことを繰り返している。四十近い男である。

「少したずねる」

慎蔵は野田側の代表で隣に坐っている高弟の早坂牧之助をつついた。

「あのひとは野田のかかわり合いのひとかな」

「どのひとだ」

「右の隅から六、七人目というところにいるご仁だが、あ、いまこっちを見たひとだ」

「当道場の先輩、樋口宗助どのだ」

「ははあ、樋口どの」

慎蔵は心ノ臓が一瞬波立ったのを感じた。だが胸はすぐに平静さを取りもどした。そうか、あれが叔父の討手の一人樋口かと思い、会うときはもとめなくとも突然にやってくるものだとも思った。

「われわれも知らんことだから多分ご存じないと思うが、むかしは当道場で鳴らした人だったらしい」

事情を知らないらしい早坂が言うのにうなずきながら、慎蔵は樋口宗助を見つめた。樋口はやや鬢《びん》の毛の後退が目立ち、人なみはずれて顔の長い男だった。顔いろが黒かった。婿入りして普請組に勤めているというのは、この樋口だったかも知れないと慎蔵は思った。

すると慎蔵の凝視に気づいたらしい樋口が、間もなく人を掻きわけ、蟹のように横に歩いて道場を出て行った。

「ちょっとあとを頼む」

慎蔵は、両隣にいる早坂と桂木道場から一緒にきている葛西万次郎の二人にささやくと、立って樋口のあとを追った。

あかるい春の日差しが、どことなく埃っぽい場末の町を照らしていた。片側に小商いの店や職人の家がつづき、片側は空き地や材木置場という寺前町の道を、樋口はいそぎ足に遠ざかるところだった。慎蔵は走って追いかけた。

「樋口宗助どの、お待ちください」

追いついてうしろから声をかけると、樋口は足をとめてすばやく振りむいた。そして慎蔵のそれ以上の接近を拒むように片手をぱっと前に出すと、日焼けした顔にうす笑いをうかべた。

「おっと、待った」

樋口は芝居がかったしぐさで、前に出した手をひらひらと振った。

「塚本の縁者である原口の伜が、人目のあるところでおれと立ち話などしたりしていいのかな」

「それがしが原口の伜だと前から知っておられたのですか」

「そりゃあ知ってるとも」

樋口は大きくうなずいた。

「桂木道場の俊才原口慎蔵、血は争えんということかな。権之丞も天才だった。その原口がいつ叔父のかたきと名乗りかけてくるかわからんのだ、貴公から目ははなせぬ」

「まさか」

慎蔵はにが笑いした。

「叔父の討手をつとめられたのは藩のお役目、私怨とは違います。そのぐらいのことはわきまえております」

「そうか、わかっておればよい」

樋口は言ったが、まだ疑わしそうな表情を解いていなかった。

「しかし、原口慎蔵がほかにおれに何の用があるのだ」

新庄伊織どのが第三の討手に加わったいきさつをお聞かせねがいたい、と慎蔵は言った。

「新庄伊織か」

樋口は足もとにかっと痰《たん》を吐いた。

「秋庭さまのお屋敷に呼ばれて討手を仰《おお》せつかったときは、新庄のことなど考えもしなかったのだ。討手はおれと穂刈の二人、塚本権之丞は難敵だが、力をあわせて討ちとめ、剣名を挙げようとおれも穂刈もふるいたったものだ」

秋庭又左衛門の屋敷に呼ばれたのは権之丞が藩領を出奔した翌朝のことで、行ってみると秋庭のほかに猪狩、依田といった当時の執政のほかに、樋口たちからみれば意外な人物、光村帯刀がいた。

しかし事件の概要を聞いて、その場に対立する派閥の長である光村がいる理由はすぐにわかった。そして樋口と穂刈は旅費をもらってそれぞれに家に帰り、旅支度をととのえにかかったのだが、その途中に光村から使いがきて、江戸屋敷に寄ったらわたすようにと手紙を託された。

「あて先は宇野覚兵衛、当時の江戸家老だ」

「宇野さまと言いますと」

「いまの宇野中老の父親だ」

上意討ちの相手を追って領外に出たとき、藩主が在府の場合は、討手は江戸屋敷に寄って江戸家老か御小姓頭にその旨をとどけ出る。上意討ちの形をととのえるのだ。その上で長旅のときはそこで一日ぐらい休息することもあるし、場合によっては旅費を足してもらったりもする。

「ところがご家老に光村さまの手紙をわたすと、とんでもないおまけがくっついてきた」

「新庄さまのことですか」

「そうだよ」

樋口は今度はそばの空き地にむかって痰をとばした。

そして普請組の工事で鍛えたダミ声で、いまもそうだが、あいつはいや味な男だったと言った。

「そのときも権之丞のことはおれにまかせろという態度でな。おまけにすっかり江戸ふうに染まって、おまえら田舎者とは話もしたくないと言わんばかりだったから、おれと穂刈は大いに憤慨したものだ。もっとも……」

樋口は長くて黒い顔に、またうす笑いをうかべた。

「権之丞を討ちとめたのは新庄だ。いや、大方は一対一の壮絶な斬り合いでな、いまもあのときのことを思い出すと盆のくぼの毛が逆立つ。おれと穂刈は手も足も出なかった。討ちとめはしたものの、新庄も重い手傷を負ったよ」

慎蔵はまたはげしい敵愾心が腹の中に動くのを感じた。その気持をおさえて聞いた。

「新庄さまを討手に加えたのが、執政府でなくて光村さまだったというのは、なにかわけでもありますか」

「おぬしは知らんだろうが、新庄は江戸詰のときに藩に剣術修行の願いを上げたのだ」

「いや、それは人に聞いて知っております」

「おや、そうか。そのとき反対が多かったのを口添えしてのぞみをかなえてやったのが光村さまだよ。二人はそういうつながりだ」

「……」

「光村さまはわれわれ二人だけでは心もとないと思われたのだろうて、ケッ」

樋口はまた痰をとばした。

「権之丞をかならず討ちとめたかったのだ。なにしろ頼みとする光村派の柱を暗殺されたのだからな」

「しかし叔父はなぜすぐにわかるような暗殺を引きうけたのでしょうか」

「そんなことはおれに聞いてもわからん。猪狩さまにでも聞いたらどうだ。秋庭派もそういつまでも光村の下風に立ってはいられないというので、ちかごろひそかに人をあつめて集まりをひらいているらしいぞ。おぬしが行ったら猪狩さまは喜んで会ってくれるんじゃないのかな」

樋口宗助は話は終ったという身ぶりをしたが、ふと思い出したように言った。

「おかしいなと思ったことがひとつあった。おれなどは塚本権之丞は光村派だと聞いていたのだ。しかし尾島小七郎を暗殺したところをみると、やはり本来は秋庭派だったのかな」

これでいいか、おれもいらぬことまでしゃべったから、これで貸し借りなしにしてもらうぞと言うと、樋口は背をむけそうにした。慎蔵はあわててもうひとつうかがいたいことがあると言った。

「加増はうけられましたか」

「加増？　事件のあとでか」

樋口宗助はにたりと笑った。

「加増とは大げさな。ご褒美と言ってもらいたいものだ。ご褒美ならおれも穂刈も金五両ずつだったな。他国まで行って塩漬けの首をはこんできたごくろう賃というわけだ。ま、部屋住みだったし、働きからいってもそんなものかも知れんて」

それにしても新庄伊織との差が大きすぎないかと慎蔵が思っているうちに、樋口はにわかに忌むべき人間のそばから逃げるように、いそぎ足に立ち去った。

樋口宗助が叔父について言った最後の言葉は、しばらくの間慎蔵の頭からはなれなかった。もともと光村派だったとすれば、叔父は秋庭派に買われて、恥ずべき暗殺をやったということだろうか。

否と慎蔵は思った。そう思わせるのは、母とわかれを惜しんでいた叔父の姿だった。いまふり返ってみれば、そこにはなにかよんどころない境涯に突きおとされた者の悲しみが濃密にただよっていたように思うのだ。そしてその悲しみを母がともに分けあっていたことも見えてくる。真相はまだ霧の奥にある、と慎蔵は思った。

五

数日して、慎蔵は組頭の猪狩の屋敷をたずねた。樋口はああ言ったが、部屋住みの自分に派閥の頭である猪狩がはたして会ってくれるかどうかと慎蔵は思っていたのだが、案じることはなく案内を乞うとじきに、慎蔵は猪狩の部屋に通された。

二、三度外で見かけたことがある猪狩忠左衛門は、いまは五十半ばになっているだろう。以前に見たときよりも白髪がふえて、固太りの頑丈そうな身体つきに変りはないものの、家の中では眼鏡をかけていた。慎蔵が部屋に入ると、猪狩は見ていた書類を机にもどして眼鏡をはずすと、気さくに声をかけてきた。

「原口の伜《せがれ》か。慎蔵というそうだな」

「はい、お見知りおきを」

「評判は聞いとるぞ。桂木道場で一番の遣い手だそうではないか。頼もしいの」

慎蔵はあえて訂正しなかった。いちいち訂正するのもわずらわしいことだが、本音をいえば、近ごろおれの剣は師範代の小川、次席の浅井を越えたと自覚することがあるせいでもある。

猪狩は上機嫌で言った。

「その桂木道場の剣客が、今日は何の用があってわしに会いにきたかな」

「叔父の塚本権之丞のことで、少少うかがいたいことがあってまいりました」

慎蔵が言うと、猪狩は急にしぶい顔をした。

「古い話だの」

「おそれ入ります。しかし二、三お聞きしないことにはどうにも落ちつかないことがありまして」

「原口」

猪狩は改めて慎蔵を呼んだ。しばらくの間するどい目で慎蔵を眺めてから言った。

「塚本の一件は藩の秘事とされておる。両派が手を打って、両派というのはわかるな、こちらと光村のことだ、両派が手を打って以後この件については語るべからずとした。つまり表に出してはならん話としたのだ。このことは聞いておったかな」

「は、あらましは父から聞いております」

「よし、それでもきたというならやむを得ん。そなたは権之丞の縁者だ。わしが知っていることは話そう。他言せぬと誓えるか」

「はい」

「よろしい。聞け」

「叔父は」

と言って、慎蔵は息をととのえた。問題の核心に触れつつあるという切迫した感情にとらえられている。

「叔父はもともと光村派だったが、秋庭さまが手を回して叔父を使嗾《しそう》し、尾島さまを暗殺させたと聞いております。事実でしょうか」

「正直に答えるぞ。そのつもりで聞け」

と猪狩は言った。

「権之丞は光村派ではない。人にそう思われていただけだ。また秋庭どのが尾島を暗殺させた事実はない」

「では、誰が」

慎蔵はおどろいて言った。

「さあ、それはわしにはわからん。近ごろ、こういう筋書きかというものが見えてきているが、証拠はない」

「尾島さまを暗殺させたのでなければ」

慎蔵は猪狩の目を見返した。

「秋庭派はなぜ光村さまに執政府を譲ったのでしょうか」

「尾島が殺され、権之丞が出奔した直後に、光村が単身秋庭どのの屋敷に乗りこんできて、わが派を脅迫したからだ」

「脅迫でございますか」

慎蔵は目をみはった。思いもしなかった事実である。

猪狩はうなずいた。

「われわれも呼び出されてその場に立ち合ったからよくおぼえているが、光村はこう申したな。塚本権之丞はわが派のように見せかけていたが、事実は秋庭派の回し者だった。今度の事件は、出奔した権之丞を使って切れ者の尾島を殺害し、わが派の勢いを削《そ》ごうとする秋庭どのの陰謀である。この事実が公表されれば秋庭派が潰滅《かいめつ》するのはもちろん、司直の手が回って主だった者がすべて罪名を着ることになるのは明白だと」

「しかしそれは、さきほど事実ではないと言われたではありませんか」

「半分はな」

と猪狩は言った。

「尾島を殺させたというのは事実と違う。しかし権之丞は光村が言うように、わが派の回し者だった。光村に接近してむこうの動きをさぐっていたのだ。この弱みがあるので、われわれも光村の脅しに抗し切れなんだ。かれの言うように、公表されれば尾島の一件だけは違うと申しても誰も信用せん」

「それで政権の委譲を」

「それが光村の持ち出してきた条件だった。黙って政権をわたすなら事は秘密に葬ろうと。こっちはその取引きに乗ったということだの。派閥の傷を浅くして事をおさめたのだ」

そのとき、慎蔵の脳裏に突然にこれが事件の真相かと思われるものがくっきりとうかび上がってきた。それはさっき猪狩が筋書きが見えてきたといったものと同一のことかも知れなかったが、ただ一点まだ不明なところがあった。

慎蔵が深深と頭をさげて礼を言うと、猪狩は急に機嫌のいい声を出した。

「二十年もたつと政権も腐る。ここ数年の光村派の執政ぶりは退廃目にあまるところがあってな。わが派も政権交代すべしという観点から、活発に人をあつめて藩政を論議しておるところだ。どうだ、そなたの頼みをきいてわしは秘事を打ち明けた。そのかわりといってはナニだが、そなた、わが派閥に与せぬか。わが派に原口慎蔵が加わったとなると、こりゃあ人があつまる。わしも派の頭として面目をほどこすことになるがの」

考えさせていただくと言って、慎蔵は部屋を辞した。すると廊下を数歩行ったところで、うしろから猪狩に呼びとめられた。慎蔵がもどると、猪狩は立ったまま声をひそめて意外な人間の名を口にした。

「塚本与惣太を知っておるな」

「母の縁者でございます」

「一度与惣太をたずねてみてくれぬか」

何年か前に与惣太が屋敷をたずねてきて、権之丞が尾島を暗殺したのは光村の陰謀だ、その証拠をにぎっていると言ったのはいいが、与惣太はその日酒気を帯びていてろれつが怪しかった。そこで猪狩は、酒をさまして出直してまいれと叱責して追い返したのだが、与惣太はそれっきり顔をみせず、一方こちらもいそがしく日を過ごしているうちに何年かたってしまったと猪狩は言った。

「与惣太は馬乗り役だが、むかし馬場にきた先代の殿をそのころ一番の荒馬に乗せて、重役連中をふるえ上がらせた男だ。変り者だから証拠云云《うんぬん》もそのときはいい加減に聞き流したのだが、このごろしきりに気になってきた。行ってたしかめてくれぬか」

六

塚本与惣太は長らく会わないうちに、髪が半白に変っていた。齢は五十を過ぎているだろう。だが日焼けした顔、小柄ながら強靭《きょうじん》な手足を持つ男という印象に変りはなかった。眼光もするどい。

「よう、衣与どのの息子。やはりそなたが来たか。待っていたぞ」

与惣太は慎蔵を眺めまわしながら言った。馬体を吟味するようなするどい目つきをしたが、やがてその目の光をふっとやわらげて、上がれと言った。

慎蔵が猪狩に言われたことを告げると、与惣太は黙って部屋を出て行った。そしてもどってくると慎蔵の前に一通の書状を置いた。

「権之丞の置き文だ」

と与惣太は言った。

「あとで読めばわかるが、ひと口に言えば、光村帯刀に命じられて尾島を斬ったと書いてある」

やはりそうか、と慎蔵は思った。血が沸き立った。光村は派閥内における尾島の人望が、いつの間にか、自分を追い越してしまったのを感じて焦っていたのではないか。権之丞に尾島を殺害させれば、派閥内の競争者を抹殺出来るだけでなく、罪を秋庭派にかぶせて政権交代を迫ることもねらえる。

光村は一石二鳥のこの構想に取り憑《つ》かれてしまったのではないか、というのが、さっき猪狩と話している間に慎蔵の頭にうかんできた考えだったのである。そして事は光村の思惑どおりにはこんだのだ。

「光村は尾島は派閥の裏切り者と判明したから抹殺しなければならんと言い、権之丞に暗殺を指示したあと、事件の後始末についてはこう言ったそうだ。権之丞はいったん領外へ逃げる、しかし大目付はわが派の人間だ、そしてそなたは秋庭派の人間だ」

与惣太はここで言葉を切った。そして、こう、ずばりと言われては権之丞もふるえ上がったろうて、と感想をのべた。

「事を小さくおさめてそなたを、権之丞のことだ、そなたを帰藩させるのはわけもない。光村はそう言ったと書いてある。それで権之丞は逃げ場を失って結局暗殺を引きうけたのだ。尾島小七郎は光村派の実力者なので、尾島をのぞけばのちのち秋庭派に有利になるかも知れぬとも思ったと書いてあるが、甘いな」

「暗殺の言いわけとも考えられます」

「しかし尾島を斬ったあと、権之丞は光村の罠にはめられたという気持がにわかに強まったらしい。それでこの置き文を書いて、出奔する夜にわしの家に投げこんで行ったのだ」

与惣太はそこで奥の方をむいてぱんぱんと手を鳴らした。そしてわしから話すことはそれだけだと言った。

「置き文の処分はそなたにまかせる。さて、少し酒でも飲もうか」

「いや、そうもしておられません。こちらもそろそろ夕食の時刻でしょうし、帰ります」

「なにを遠慮しておる。飯など一緒に喰っていけばいいではないか」

と与惣太は言い、また奥の方をむいて手を打つと、おい、誰かいないのかと大きな声を出した。

すると遠くで返事がして、小さな足音が聞こえたと思うと紙が黄ばんだ古びた襖があいて、襷《たすき》をかけた若い娘が顔を出した。

「あ、お客さまですか」

娘は目をみはり、いそいで襷をはずすと、慎蔵に挨拶した。顔が赤くなったのは、真白な二の腕まで慎蔵に見られたからだろうか。娘は小さい声で、言ってくだされればお茶をお持ちしましたのに、と父親を難じた。妹の小文に見せたいような、つつましい言い方だった。

「これが末娘の美尾だ」

と与惣太は自慢そうに言い、一拍置いてからあまり気のすすまない口調で、これが、ほれ、原口の衣与どのの息子だと慎蔵を美尾に引き合わせた。そして自分の態度にいくらか気がさしたか、慎蔵どのは桂木道場で筆頭の剣士だと披露してくれた。与惣太の認識は事実と少し違っていたが、慎蔵は黙っていた。

「酒がまだあったろう。お燗をして持ってこい」

と与惣太が娘に言ったが、慎蔵は今度は帰るとは言わなかった。坐り直して聞いた。

「一度猪狩さまの屋敷に行かれたそうですが、どうしてその後出直さなかったのですか」

「猪狩忠左衛門は近ごろはつらがまえも派閥の頭らしくなって、光村に対抗する気力が出てきたようだが、わしが様子を見に行ったころはまだ腰が据わっていなかったな。光村に落度を拾われぬように汲汲としておった。亡くなられた秋庭さまとは、やはり人物に差がある。そういう男に真相を打ち明けるのも気がすすまぬから、行かなかったのだ」

与惣太はえらそうに言った。

「さればといって大目付の相良金太夫は光村派だったし、証拠は手の中にあるものの、わしも進退に窮した思いをしたものだ。ただここ三、四年前から、そなたの剣名が聞こえてきた。それを聞いたとき、わしはこう、何か知らんがいつかそなたがわしをたずねてくるような気がしておったのだ」

与惣太はまたやわらかい目で慎蔵を見た。

「この置き文をどうしたらいいとお考えですか」

と慎蔵は言った。

「やはり猪狩さまに預けるべきでしょうか」

「それは考えものだぞ、慎蔵」

と与惣太は言った。

「派閥の頭はまず派閥の利というものを真っ先に考えるからの。置き文を餌に光村派と変な手打ちなどやられたら権之丞はうかばれん。それどころかそなたの身も、危うくなりかねんぞ。持って行くとすればやはり大目付のところかな」

「しかし大目付は光村派だと」

「そなたも世間にうといな。大目付は二年前に交代した。今度の大目付川重喜十郎はなかなかの人物だという評判だ。光村ともかかわり合いはないらしい」

与惣太がそう言ったとき、美尾が酒と膳をはこんできた。何も馳走がなくてお恥ずかしゅうございます、と美尾は言ったが、膳はたしかに貧しいといえば貧しく、大いそぎで焼いたらしいするめを裂いたのと川魚の燻製《くんせい》らしいものの片身、茄子の古漬けだけだった。

だが慎蔵の胸はなぜかあたたかいもので満たされた。

燭台の用意をして美尾が出て行くと、男二人は盃を上げて酒を酌み合った。

「新庄伊織という男を知っていますか」

慎蔵が言うと、与惣太は燻製の魚にかぶりつきながら、知らんな、何者だと言った。

「叔父の討手の一人です」

「討手？　討手は樋口宗助と穂刈欣之助ではなかったのか」

と与惣太は言った。

慎蔵の胸に、遠い他国で命を落とした叔父をあわれむ気持がひろがった。そしてその気持はすぐに光村帯刀に対する強い怒りに変った。いまはすべてがあきらかだった。

樋口宗助は、派の柱石である尾島を殺された光村が、暗殺者をかならず討ちとるために新庄を討手に加えたのだと言ったが、むろん事実はそんな殊勝なことではないだろう。

光村は黒黒とした自分のたくらみを知るただ一人の人間である権之丞が、樋口と穂刈を斬り伏せて生きのび、いつの日か生還してくることを恐れたのだ。だから新庄を討手に加える工作をし、しかもその事実を出来るだけ国元の目から逸らすために新庄を留守居に抜擢して、長く江戸詰にしておいたのだ。

新庄の昇進ぶりは目をみはるほどのものだが、負託にこたえて見事に使命をはたした新庄伊織をいくら加増したところで、権之丞が帰ってきてわが身を破滅させることにくらべれば高が知れていると、光村は思っただろう。

光村帯刀は悪党だ、と、慎蔵はわきあがる怒りの中で思った。

七

「いま懐にある叔父の置き文をこれから大目付どのに差し出せば、まずこちらの派閥はつぶれ、その上尾島さま殺害の罪でご家老も司直の手で裁かれることになるでしょう」

そう言うと慎蔵は、尻下がりに襖ぎわまでさがった。そしてもう一度光村帯刀を凝視した。

「黙って大目付の屋敷に駆けこんでもよかったのですが、やはり叔父の命をもてあそんだ人物にひと目お会いし、失礼ながら悪党ぶりを拝見したいと思って参上した次第です。悪しからず」

一礼して腰を上げようとしたとき、それまで無言だった光村が言った。

「そんなものを誰が信用するものか」

光村は声を出さずに笑った。好敵手の尾島を屠《ほふ》り、単身秋庭屋敷に乗りこんで政権を奪い取ったころの光村は、野心に燃える颯爽とした悪党だったろう。だが二十年の藩政支配は、光村の身体にも精神にも得体の知れない贅肉のようなものをつけ加えたように見える。声を出さずに笑っている光村には人間ばなれした不気味さがあった。

慎蔵はいそいで光村帯刀の屋敷を出た。そして少し遠回りして若松町の新庄伊織の屋敷が見えるところに出た。慎蔵は光村に罠をひとつ仕かけてきたのである。権之丞の置き文は、光村の屋敷に行く前に大目付の川重喜十郎をたずね、あずけてきた。事のあらすじを話して、今夜のうちに大目付屋敷にもどらないときは置き文を読んでもらいたいと頼んできたのだ。

光村に会いに行けばかならず新庄が動くだろうと思い、万一を考えた処置だったが、それは賭けでもあった。置き文をどう扱うかは結局のところ大目付の胸三寸にゆだねられる。川重の人物を信用するしかなかった。

満月に近い月がもはや寝静まった若松町の黒黒とした家と道を照らしている。さほど待つ間もなく、新庄の屋敷の潜り戸があいて、人が二人出てきた。一人は新庄でもう一人も武家だった。二人はすぐに門前で右と左にわかれた。一人は光村の使いだろう。思ったとおりに、あのあとすぐに新庄に使いを走らせたのだ、と慎蔵は思った。家の陰に深く身をひそめて、河岸道の方に行く新庄をやりすごした。

河岸道に出たところで、慎蔵は疾駆して新庄に追いついた。

「新庄伊織どの」

手早く懐から出した襷をかけながら、慎蔵は呼びかけた。

「塚本権之丞の甥でござる。原口慎蔵と申す」

新庄は無言で羽織を脱ぎ捨てた。

「それがしをさがして大目付屋敷に行くところかと思いますが、それにはおよびません。ここで立ち合いましょう」

原口を斬れ、あとはなんとでもなると光村は言ったのではないかというのが慎蔵の推測だった。その推測はあたったようである。新庄はすばやく刀を抜いた。

困難な斬り合いになった。新庄の剣は予想に反して撓《しな》うような豪剣だった。斬りこんできたあと、右から左から唸《うな》りを生じて返しの剣が襲ってくる。息つくひまもない斬り合いだったが、慎蔵は冷静だった。自分も斬られたが、自分の剣がより深く、一瞬はやく相手を斬りさげているのを見とどけている。

ふと、新庄の剣が八双に上がったままとまった。新庄伊織は前に踏み出そうとしてよろめいた。かッと叫んだのは自分自身を叱ったのだろうか。一瞬の間もおかず、慎蔵は踏みこんで胴を打ち、勢いにまかせて新庄のわきをすり抜けた。うしろに新庄が倒れる音がした。

慎蔵は振りむいて膝をついた。しばらく息をととのえてからいざり寄ってとどめを刺した。立とうとしたが、足を斬られたらしくうまく立てなかった。

するとどこからともなく声がした。

「原口慎蔵どの、徒目《かちめ》付《つけ》の三好彦六でござる。大目付の指図で援護に参りました。刀をお納めください。いま、そこに参ります」

そうか、川重喜十郎はおれの話を信用したのだと慎蔵は思った。猪狩に一言のことわりもなく証拠の置き文を大目付に持って行ったのは少し気がさすが、叔父の事件に大目付の手が入れば、政権が自然に秋庭派に移るだろう。猪狩に不満はないはずだった。三好の肩を借りて立ち、大目付屋敷の方に歩きながら、慎蔵はふと、美尾を嫁にもらうなら桑山の叔母にたのめと小文が言っていたなと思った。

静かな木

一

布施《ふせ》孫左衛門《まござえもん》が五間川の河岸《かし》の道を城下にもどってくると、葺屋《ふきや》町のはずれにあっていつも必ず目をひく欅《けやき》の大木が見えた。

木が立っているのは福泉寺という寺の境内で、福泉寺は城下でただ一寺だけというめずらしい時宗の寺である。創建は室町中期といわれ、いまも藩から知行七十石の黒印状をもらっている由緒ある寺だが、福泉寺は建物は古びて、いつ行っても森閑と人気《ひとけ》のない寺だった。

欅は寺門を入って間もない右手に立っていて、秋の末になるとだだっぴろい境内に夜も昼も休みなく落葉を落とす。その時期に寺をたずねると、ふだんはほとんど姿を見かけることない寺僧がせっせと落葉を掃いているところに出くわすことがあった。そのように福泉寺のことにくわしいのは、孫左衛門が隠居の身分で気散じによくそのあたりまで散歩にくるからである。

しかしいま布施孫左衛門が五間川の岸を歩いているのは散歩ではなく、肩にかついでいる釣竿《つりざお》で知れるように、ひさしぶりに釣りに出かけたのである。だがもはや川釣りの季節は過ぎたのか、魚はさっぱり釣れず、また釣り人にも出会わなかった。それでいつの間にか、かなりな上流まで遡《さかのぼ》ってしまったらしい。

ふと気がつくと、いつもは城下から遠くに見える丘がすぐそばまで逼《せま》っていて、傾いた日が丘の雑木の梢にかかるところだったし、取り入れが終った田圃《たんぼ》のむこうに見えている村も、これまで見かけたことのない集落である。孫左衛門はいそいで糸を巻き、岸辺の細道を帰ってきたのだが、馬場横の広い河岸道にたどりついたころには、日は西空の下に低く這《は》っている丘のむこうに落ちてしまった。

　足もとの道にも、すぐそばを瀬音を立てて流れる川の上にもうす闇が這い、そのたそがれいろはこれからもどって行く城下の町町をも黝《あおぐろ》く包みはじめている。

　福泉寺の欅は、闇に沈みこもうとしている町の上にまだすっくと立っていた。落葉の季節は終りかけて、山でも野でも木木は残る葉を振り落とそうとしていた。福泉寺の欅も、この間吹いた強い西風であらかた葉を落としたとみえて、空にのび上がって見える幹も、こまかな枝もすがすがしい裸である。

　その木に残る夕映えがさしかけていた。遠い西空からとどくかすかな赤味をとどめて、欅は静かに立っていた。

　——あのような最期を迎えられればいい。

　ふと、孫左衛門はそう思った。

　孫左衛門は五年前に隠居し、二年後には還暦をむかえる。隠居する前は勘定方に勤めていた。いまは総領の権十郎《ごんじゅうろう》が跡をついで同じ勘定方に出仕している。子はほかに一男一女がいるが、二人とも良縁を得て他家の人となっている。

　隠居した直後の五年前に、連れ合いの季乃を急な病気で喪《うしな》ったこと、およそ二十年ほど前に、勘定方で起きた不祥事に巻きこまれて家禄《かろく》を十石減らしたことが痛恨事として胸に残ってはいるが、人間の一生には山もあれば谷もあり、このぐらいの不しあわせがあって晩年をむかえることが出来ればよしとすべきなのかと、孫左衛門は思うことがある。

　連れ合いであれ自分自身であれ、老年の死はいずれ避け得ないものである。それなのに季乃の死を痛恨事と思う気持が消えないのは、季乃がようやく老年の入口に立ったばかりだったからだろう。おだやかな晩年をむかえる間もなく、季乃は急死した。

　孫左衛門がいまのように、ふと老年の死を身近に感じることがあるようになったのは、連れ合いを失ってからである。福泉寺の欅にこころをひかれるのも、それと無縁ではないだろう。欅は老木だった。幹は根本の近くでは大人が三人も手をつながなければ巻けないほど太く、樹皮は無数のうろこのように、半ば剝《は》がれて垂れさがっている。そして太い枝の一本は、あきらかに枯死していた。

欅は春には新芽をつけ、やがて木を覆《おお》いつくした新葉がわずかの風にもざわめき立って、三月の日を照り返す。その光景をうつくしいと思わぬではないが、孫左衛門はなにかしら仮の姿を見ているようにも思い、孫木の真実はすべての飾りをはらい捨てた姿で立っている、いまの季節にあるという感想を捨てきれない。ただしそれは老年の感想というべきものかも知れなかった。

城下に入る前に、五間川は大きく左に蛇行して、市中に入る孫左衛門と別れる。そこに立ちどまって孫左衛門は福泉寺の欅がある方角に目を上げた。家の陰にかくれたのか、それとも日が落ちて闇にのみこまれてしまったのか、木はもう見えなかった。かわりにあちこちに家家の灯がともりはじめている。しかし孫左衛門のこころの中には、さっき馬場の柵《さく》横のあたりで見た欅が、まだまぼろしのように立っていた。

鶴子町の家にもどると、すぐに嫁の多加《たか》が出てきてお帰りなさいませと言った。そして孫左衛門がわたす魚籠《びく》をうけとりながら、中をのぞき見もしないでつづけた。

「今日は遅うございましたこと」

「釣れんので遠くまで行ってきたのだ。いや、疲れた」

遠くまで行って、釣れたのはようやく山女《やまめ》一尾である。孫左衛門は急に疲れを感じて、上がり框《かまち》に腰をおろした。すると、いつもならすぐに濯《すす》ぎの水を持ってくる嫁が、板敷に坐ったままで言った。

「さきほど久仁《くに》どのがみえまして……」

「久仁がどうした」

孫左衛門は笠を取り、草鞋《わらじ》に手をのばしていたが、その手をとめて嫁を振りむいた。

「おとうさまにご用があるとのことでしたが、釣りに出かけましたと申しますと、夜分に出直してくると申されて帰りました」

「用というのを聞いたか」

「はい。内密のお話ということで、おっしゃいませんでした。でも……」

多加はふだんは口数の少ない女だが、なにか気がかりなことがある様子でつけ加えた。

「とても急なご用があってたずねてみえられたように思えました。わたくしの思い過ごしかも知れませんけれども……」

いや、思い過ごしではあるまい、と孫左衛門は思った。

久仁は権十郎の妹で、末子の邦之助《くにのすけ》の姉である。百人町の石沢家に嫁いでいるが、石沢家は姑《しゅうとめ》がまだ元気で、久仁自身も三人の子持ちなので、外に出ることなどはめったにない。百人町は鶴子町からさほど遠からぬ場所にあるのに、吉凶のことでもなければ久仁が実家にくることはほとんどなかった。

孫左衛門は草鞋の紐《ひも》をしめ直した。立ち上がると、多加がおどろいたように言った。

「石沢においでになるのですか」

「急用ならば捨てておけまい」

「でもお疲れでしょうし……」

多加は坐ったままで孫左衛門を見上げた。

「久仁どのは、夜分にまた参られると……」

「あの家は大所帯だ。夜分の外出など叶《かな》うものではない」

行ってくると孫左衛門が言うと、多加はあわてて言った。

「お着がえをなさいませ」

「なに、このままでよい。着がえたりすると億劫《おっくう》になる」

「おなかもおすきでしょうに」

「そうだな。白湯《さゆ》を一杯もらおうか」

白湯を一杯、土間で立ちのみしてから、孫左衛門は外に出た。

嫁の前では押し隠していたが、外に出ると孫左衛門の胸は不安で波立った。内密の話とは何だ、と思った。死んだ母親に似て、久仁は若いが分別にたけた女である。その久仁が、夜分にまた出直してくると言ったからには、何か尋常でないことが起きたのだ、と孫左衛門は思いながら、暗い道を百人町にむかっていそいだ。

二

久仁の家を出て百人町を西に横切ると、しもた屋や長屋がある町人まちに入り、そこも突っきると城下でいちばん繁華な商人まちの通りに出た。

通りの大きな店はすべて戸をしめて、道はひっそりとしていたが、上手の青柳町の方で、まだ夜商いをしている店があるとみえ、一、二カ所灯火があかるく道を照らしているのが見えた。孫左衛門はひろい道をわたって心おぼえの路地に入ると、家家の間を抜けて河岸道に出た。そこはさっき葺屋町の南でわかれたあと、しばらく町のへりを西に流れてからふたたび北に向きを変えて市中に入ってきた五間川の河岸である。

孫左衛門は五間川にかかる行者橋をわたって、河岸道を少し北に後もどりしてから、武家町である代官町に入って行った。そこは次男の邦之助が婿《むこ》入りした間瀬家がある町である。

妻に呼び出されて表口の板敷に出てきた邦之助は、父親を見るとそそくさと土間におりて下駄をつっかけた。

邦之助の妻がおどろいたように、旦那さまと言った。

「おとうさまに上がっていただかなくともいいのですか。父も母も、上がってもらえと言っておりますけど」

「いいんだ」

邦之助は手を振った。

「すぐに済む話だ」

「川釣りの帰りでな。このような恰好をしておるので失礼いたす」

と孫左衛門も言った。そうですかと、不審そうな顔をしている若い妻女を残して、孫左衛門と邦之助は家の外に出た。

「百人町の姉に聞かれたのですか」

家の者に話を聞かれるのを恐れるように、邦之助は暗い庭を先に立って、父親を門の方にみちびきながら言った。

「うむ。果し合いとはおだやかでない。鳥飼の息子との約定はいつだ」

「殿の参勤を見送ってからということにしました」

「すると、まだ七、八日はゆとりがあるか」

と孫左衛門はつぶやいた。自分にたしかめたのである。緊張感が、わずかにやわらいだようでもある。

「わけは何だ」

「侮《あなど》りをうけましたゆえ」

邦之助は短く言った。くわしくは語りたがらない気配がある。

だが、それだけ聞けば十分だった。果し合いの相手である鳥飼郡兵衛《ぐんぺえ》の息子も邦之助も、ともに近習《きんじゅう》組勤めである。おそらくは城中で、しかも人のいるところで侮りをうけたのだろう。そういうことであれば、事の是非を論ずるまでもなく、斬り合わねばならない。

――しかし、それにしても……。

おれが若いころならその場を去らせず斬りむすんだか、城中がおそれ多いということなら城を下がってから、申し合わせてすぐに斬り合ったろう。

いまどきの若い者はのんびりしておると思ったが、それはただ邦之助の気性が脆弱《ぜいじゃく》なためかも知れなかった。姉の久仁をたずねてこっそり打ち明けたというのも、言うまでもなく久仁に言えばわしにつたわることを見込んでのことだろう。

孫左衛門は暗がりの中で眉《まゆ》をひそめた。だが、もろもろの懸念は胸にしまったままで言った。

「わしに少し考えがある。軽はずみなことをしてはいかんぞ。後の便りを待て」

それだけ言うと、あたたかそうな間瀬家の灯のいろを一瞥《いちべつ》してから孫左衛門は潜《くぐ》り戸を抜け、外に出た。

孫左衛門の家は代代の勘定組勤めで、失態があったあとの家禄は七十五石だが、間瀬家は大御納戸《おなんど》役を勤め、家禄は百二十石である。邦之助もいまは近習組にいるが、いずれは大御納戸役にかわることになる。

二年前に、邦之助は実家よりは格上の間瀬家に、のぞまれて婿に入った。そのとき邦之助は二十で、新妻の美世《みよ》は十五だった。美世は二年たったいまも少女の気配を残しているような若妻だが、ようやく身籠《みごも》って来年の春には間瀬家に初孫が生まれることになっているのを、孫左衛門も聞いている。邦之助のおだやかで落ちつきのある性格は婚家でも気に入られていた。それが……。

――果し合いをする、などと聞いたら……。

間瀬家の人人はどう思うだろう、と河岸に出て行者橋にむかいながら、孫左衛門は思った。腹がすいているはずだが、重苦しい思案に押しつぶされて、空腹を感じなかった。

しかも、果し合いの相手は鳥飼中老の息子勝弥《かつや》である。勝弥は御弓町の松川道場で名を知られている剣士で、ひと通りの心得はあるものの剣の腕前はさほどのびなかった邦之助は、立ち合えばまず勝弥の敵ではないだろう。

どのような形で勝負の片がつくかは予測しがたいといっても、果し合いが行なわれればまず八割方は、邦之助は命をうしなう羽目になろう。そしてよしんば邦之助が果し合いに勝ったとしても、それで間瀬家が無事で済むわけではない。

勝っても負けても、相手が鳥飼家の総領だということだけで、間瀬家は家名存続の危機にさらされるに相違ない。良縁を得たと思い、よろこんで送り出した布施家の末子が、婚家を窮地に追いこむことになるのである。

さっきからくすぶっていた怒りが、突然に胸を焦《こ》がした。

――鳥飼郡兵衛……。

孫左衛門は、道ばたにぺっと唾《つば》を吐いた。

中老の鳥飼郡兵衛は、二十年前に勘定奉行を勤めていた。孫左衛門の上司だが愚物だった。孫左衛門が勘定方の不祥事に巻きこまれたというのは、鳥飼が勘定奉行だった時代のことで、孫左衛門が帳面記載に重大な遺漏ありとされて家禄十石を減らされた事件は、ひと口に言えば鳥飼の酒屋冥加金《みょうがきん》にからむ不正をかばって、帳簿記載の誤りのごとく始末をつけた事件だったのである。

すべてが白日のもとにあらわれれば家名にかかわる処罰をうけることになったはずの鳥飼郡兵衛は、孫左衛門に泣きついて難をのがれたばかりでなく、その後家中が目をみはる立身をとげて、二十年後のいまは中老職についている。

その間、減らされた布施家の十石を回復するような配慮は何もなく、また和泉《いずみ》屋という新規に酒屋株を取得した業者と組んで懐にいれた冥加金は、当時の中老でいまは筆頭家老を勤める内藤佐治右衛門に献上する賄賂《わいろ》に使ったと推定されたものの、それについても鳥飼から孫左衛門に対して何の説明もなく、頰かぶりのままだった。鳥飼郡兵衛は、要するに孫左衛門の犠牲によって今日の立身を手にした男なのだ。

――あの男はまことの愚物だった。

それがわかっていて鳥飼の失脚をかばったについては、また別に事情もあるのだが、孫左衛門はいまも時どきそう思って歯ぎしりすることがある。

そういう過去がある上に、いままた伜《せがれ》の邦之助まで鳥飼家によって窮地に追いこまれているとなれば、申し合わせた果し合いなど仕方ないと見過ごすわけにはいかぬ、と孫左衛門は思った。

三

家にもどって遅い夜食を喰いおわったとき、孫左衛門は自分がかつておぼえのないほどの疲労に襲われていることに気づいたが、気持をはげまして茶の間に行き、権十郎に会った。権十郎も下城が遅かったらしく、夜食後の茶を喫していたが、孫左衛門が行くと茶碗を下に置いて耳を傾けた。

「で、父上のお考えは」

　孫左衛門が話しおわると、権十郎はぽつりと言った。権十郎は寡黙な男である。嫁の多加もそうで、夫婦そろって口数が少ない方だが、孫左衛門は、権十郎の寡黙には家禄を減らした父親に対する、無言の非難がふくまれているように思うことがある。

　実際に、世襲である勘定組に勤めていれば、かつて父親がその職場で重大な過失を犯したことを肩身せまく思うこともあるだろう、と孫左衛門は思った。だが、今夜はそのわけも話してやろう。

「鳥飼中老に談じこんでみる」

　権十郎は思いがけないことを聞いたという顔で、孫左衛門を見た。

「それはいかがでしょうか」

「まあ聞け、これにはわけがある」

　鳥飼郡兵衛が勘定奉行になったとき、そのころ奉行添役をつとめていた孫左衛門は、郡兵衛の父親でさきの勘定奉行でもあった鳥飼平右衛門《へいえもん》に呼ばれた。郡兵衛のことをたのむと平右衛門は言った。

「あれはただの剣術自慢の乱暴者でな、勘定奉行の器《うつわ》ではないのだ。いまにとんでもない失策をひき起こしそうで、心配でならぬ」

　と平右衛門は言った。鳥飼平右衛門は夫妻ともに篤《とく》実《じつ》な人柄で、勘定組の者は公私ともにこの夫妻の世話になった。平右衛門が奉行を勤める間、勘定組はよくまとまって一件の過失も出さなかったのを、孫左衛門はおぼえている。

　郡兵衛は孫左衛門より七つの齢下《としした》だった。孫左衛門は練達の役人であり、奉行を補佐するのが役目である。平右衛門がたよりにするのはもっともなことだった。ご心配なく、と孫左衛門は言った。

　そして平右衛門が恐れたような事件が起きて郡兵衛に泣きつかれたとき、孫左衛門は酒屋の運上金、冥加金を帳付けする寺井権吉と、実際の金の出入りを扱う元締役所の男一人を抱きこんで、勘定奉行の収賄という冥加金にかかわる不正を、帳簿の誤記のごとくによそおって郡兵衛を救った。ただし金額があまりに大きかったので、孫左衛門自身が不正を疑われ、その疑いが晴れたあとも、寺井権吉とともに記載洩《も》れを咎《とが》められて処罰をうけたのである。

「元締役所の男を抱きこんだのは、鳥飼がうけとった冥加金に相当する銀を、ひそかに元締が管理する金蔵におさめるためだ。油問屋の敦賀《つるが》屋にわしが話をつけて、鳥飼に金を融資させたのだが、それでどうにか難をのがれた形になった」

郡兵衛の父平右衛門は、そのときにはもう世を去っていたが、孫左衛門も寺井も、郡兵衛をかばって処罰をうけたことを不服には思わなかった。それというのも、孫左衛門、寺井権吉だけでなく、勘定組の者はむかし平右衛門に格段の世話になったからである。

孫左衛門が家督をついだころ、藩は凶作と多額の出費を強いられる幕府工事の手伝いが重なって、台所は極度に窮迫した。領内、領外に備財をもとめても足らず、ついに家中藩士の知行を取りあげて、藩が当座の銀と禄米を支給するという非常の政策を打ち出したのがそのころである。家中藩士は一斉に内職に走った。

しかし土台小禄の者は、内職をしても家族を養うには足らず、小禄、微禄の者が多い勘定組も、貧にくるしむ者が多かった。奉行の鳥飼平右衛門は、そういう組の者にあるいは銀をあたえ、あるいはわずかなりとも米をあたえて暮らしを助けた。公私にわたって世話になったというのはそういうことである。

「そなたが生まれたころも、久仁が生まれたころも、いずれも暮らしが立ち行かぬほどの極貧の時代だった。お奉行にいただくもので、どれほど助かったかわからん」

と孫左衛門は言った。権十郎は黙って聞いている。

「だが、その人の子でありながら、いまの中老は人間の屑《くず》だ。冥加金を懐にいれて、その金を藩のおえら方に差し出す賄賂に使ったのだ。事があらわれかけるとわしに泣きつき、後始末をさせたあとはみるみる立身した。われわれを踏み台にしたことについては、あれから二十年にもなるが一言半句の釈明もない。敦賀屋の貸し金は、三が一ほど返してあとは踏みたおしたそうだ。わしの面目は丸つぶれだ」

「……………」

「それでもよいわとわしは思った。あの男と二度とかかわり合うこともあるまいし、と思っておったが、邦之助の一件が出てきた。今度は黙っているわけにはいかぬ」

「………」

「わしは隠居ゆえ、そなたの許しを得ねば動けぬ。場合によっては布施家に再度の災厄がふりかかるかも知れんのでな」

権十郎は顔を上げて孫左衛門を見た。軽く一礼した。それが存分にしたらよいという挨拶だった。孫左衛門が立とうとしたとき、無口な権十郎が言った。

「助勢がいりますか」

権十郎は長身で頑丈な骨格をした男で、若いころは鍛冶《かじ》町の石栗道場の高弟として剣名を知られた。孫左衛門も剣の修行は同じ石栗道場でしたので、父子の若いころの太刀筋を知っている者が、剣術談義の中で親父の方が少し上だったように思う、などと言うことがある。

「いや、一人で間に合う」

「しかし齢が齢でござるゆえ」

めずらしく権十郎が親を気遣うようなことを言ったのがうれしくて、孫左衛門はしかめっつらをしてバカを申せと言った。

「まだそこまで老いてはおらんわ」

四

孫左衛門は、寺井権吉が持ち出してきた文書を丁寧に見た。それは勘定方で寺井が受け持っていた帳簿の写しで、ある時期の六年にわたる酒屋の冥加金の入金を記したものである。記載洩れとして加筆する以前の元帳なので、問題となった和泉屋の冥加金もほかの酒屋の額を上回るものではなかった。

そして冥加金そのものは、酒屋に対して古くは運上金、近年は酒役銭が課されているために、さほど高額のものではなかった。もともとは藩が財政悪化にくるしんだころ、領内商人に献金をもとめたのがはじまりで、献金の多寡があらわれて賄賂の傾向を帯びてきたことから、藩では名目を冥加金に改め、献金に極端な高低が出ないように配慮したのだった。

和泉屋の冥加金は同業の分を越えるものではなかったが、事実はそのほかに年に五十両を越える大金が、勘定奉行である鳥飼郡兵衛の懐に入っていたのである。酒屋株の認可は勘定奉行の権限であり、和泉屋から鳥飼に流れた金は、無理にねがって株を取得した謝礼だというのが鳥飼の弁明だったが、孫左衛門ははじめから合意の上の賄賂だったろうと見抜いていた。

文書の最後には、和泉屋から鳥飼に渡った賄賂の額も年ごとに記載されている。いわゆる記載洩れとしてのちに帳簿に加筆した分の元金だが、じつはその額は加筆分の倍額で、総額は五百両を越えている。寺井はこれを帳簿操作の間に、和泉屋の番頭にたしかめたのである。おしまいにその番頭の名前と爪印《つめいん》がある。

これを出すところに出せば、事件の当事者である孫左衛門と寺井も再度の咎めを免れ得ないかも知れないが、鳥飼郡兵衛も無事では済まず、中老職どころか家名の危機にさらされることになろう。これだ、これだと孫左衛門は言った。

「いざというときは、この控えのことを持ち出すぞ」

孫左衛門が言うと、寺井権吉は色の黒い丸顔にほくそ笑むような笑いをうかべた。寺井も、五石ではあるが二十年来家禄を減らされたままである。

「遠慮はいらん。ガンとやってやれ」

「しかしこれを持ち出すと、口ふさぎにわしだけでなくおぬしも狙われるかも知れん。手詰めはまだ出来るか」

「出来るとも。修練に怠りはない」

寺井は言って、また声を立てずに笑った。手詰めは体術の一種だとしても、柔術とはまた違うらしい。らしいとしか言えないのは、むかし寺井が自分よりもずっと身体《からだ》が大きく、剣もよく出来る若い男を相手に三通りの技を遣《つか》ってみせたことがあるが、目の前で行なわれたその技は、見終った孫左衛門には理解を越えた玄妙の技としか思えなかったのである。

真剣をふるう勢いで木刀を打ちこんで行った若者は、つぎの瞬間あおむけに、あるいは背を下に寺井の足もとに落ち、そのとき寺井がどう動いたのかは、孫左衛門にはまったく見とどけることが出来なかった。寺井はその技を、いまはなくなった村松という心形刀流《しんぎょうとうりゅう》の道場で居合いを学んだときに会得《えとく》したという。

孫左衛門が帰るというと、寺井は表口まで見送ってきた。表口の板敷まで来たとき、孫左衛門の目に、奥の台所で行燈《あんどん》を囲むようにして内職にはげんでいる寺井の妻女と娘の姿が見えた。

孫左衛門が帰るのをみて、あわてて立って来ようとする妻女を、孫左衛門は大きな声で押しとどめると外に出た。すると寺井も下駄を突っかけて出てきた。ここでいい、と孫左衛門は言った。

一内職か」

「うむ、わしもこれから加わる」

出仕していたころの孫左衛門は奉行添役をつとめていたといっても、それはただの役目で、ほかの同僚と身分に差があったわけではない。ただ組の者それぞれは当然家禄に差があって、寺井の家は五十石だった。五石減らされていまは四十五石である。

そのことに、孫左衛門はいまもわずかに負い目を感じることがある。寺井も喜んで加担したといっても、鳥飼を救う工作に寺井をひっぱりこんだのは孫左衛門である。いまとなっては、ほかにやりようはなかったものかと思わぬわけではない。

「暮らしはきついか」

「むかしのようではないが、やはりきつい」

と寺井は言った。

藩が丸ごと知行を取り上げるということこそなくなったが、家禄の二割借り上げはずっとつづいており、これからもつづく見通しだった。

寺井は孫左衛門より五つ齢下で、まだ勘定方に出仕している。娘に婿を取らないと隠居も出来ない身だが、内職暮らしの四十五石の家には、たやすくは婿も見つかるまいと孫左衛門はそれも気になる。

「わしも隠居であまり役には立てんが、いよいよ困ったときは声をかけてくれ」

「…………」

「いや、それにしても……」

孫左衛門は日暮れの空にすっくと立っていた福泉寺の欅を思い出しながら、愚痴をこぼした。

「この齢になって伜《せがれ》のことで苦労するとは思わなんだ」

「いや、世の中はそうしたものだろうて。いくつになろうと身内は苦労の種よ」

寺井は言って、孫左衛門が背をむけると、加勢がいるときは言ってくれとうしろから声をかけてきた。孫左衛門は二本の朽ちた柱が立つだけの寺井の家の門を出た。暗い道には、寺井の表口にいる間は気づかなかったつめたい風が吹き通っていて、孫左衛門をふるえ上がらせた。

翌日の昼過ぎ、孫左衛門は小雨の中を傘をさして川向うの山吹町に行き、もとの町奉行尾形弥太夫《やだゆう》をたずねた。人の紹介もなく行ったので、あるいは面会を拒まれるかと思ったが、案じることはなくあっさりと奥に通された。

「めずらしい男が来たものだ。布施はいわばわしを失脚させた人間だからの」

と尾形は言った。

尾形は城下の酒屋の密告によって、和泉屋から勘定奉行の鳥飼に対して多額の賄賂が動いていることを聞きこむと、すぐに綿密な調べを開始した。賄賂も一度や二度のことなら通常は目をつぶることだが、長期にわたって、しかも贈り先が勘定奉行となれば見過ごしには出来ない。

尾形は、和泉屋を贈賄の罪で領外追放に出来るほどの調べをつけてから、大目付に会った。そしてその直後に家禄はそのままで騎馬衆に編入された。騎馬衆は家中筆頭の名誉ある席次だが、無役の閑職である。尾形は呆然《ぼうぜん》としたが、やがて和泉屋だけが領外追放となり、勘定奉行の鳥飼は冥加金の記載洩れで法の裁きをのがれたことを知った。

「あのときは派閥の争いに巻きこまれたのだ。相談する相手を読み違えておった。鳥飼にそなたらのような忠義の部下がいることもな」

尾形は孫左衛門をにらんだ。だが無役のまま隠居して十年以上にもなる尾形の髪は真白で、身体は小さくしなび、往年の迫力はなくなっていた。

「今日は何の用だ」

と尾形が言った。和泉屋を調べたときの書類は残っているだろうか、と孫左衛門は聞いた。

「残っておるとも。さがせば奉行所の書庫にあるはずだ」

「それを拝見出来るようなお手配をおねがい出来ませんか」

ふん、とそっぽをむいた尾形に、孫左衛門は、記載洩れにつくろった一件は、ひとかたならず世話になった先代の鳥飼平右衛門に対する恩返しだったと言った。

「しかしながら、近ごろはあのときの鳥飼さまへの合力を大いに悔んでおります」

「ふむ」

尾形は目を孫左衛門にもどして、小さくうなった。

「平右衛門は仕事も出来たが、篤実の人物であった。いまの中老とはくらべものにならぬ」

「まことに仰《おお》せのごとく」

「よし、書類を見せるよう添状を書こう」

尾形は鳴戸屋のかすていらをもらったから書くのでにないぞ、と念を押した。

「そなたともう一人……」

「寺井権吉でございます」

「うむ、そなたらのあの折の進退がようやく腑《ふ》に落ちたからだ」

だが、尾形弥太夫の添状をもらって町奉行所をたずねた孫左衛門は、添状の宛て主山岸藤助に思いもよらない事実を告げられた。

さがして参る、と言って書庫に行った山岸は、やがて呆然とした顔で孫左衛門を待たせてある一室にもどってきた。尾形が調べた和泉屋の一件書類が、そっくり掻《か》き消えているというのである。

「さがし残したということはござらんか」

孫左衛門が言うと、尾形の時代から書類係を勤めている山岸は、首を振ってそういうことはあり得ないと言った。今度は孫左衛門が呆然とする番だった。

五

父親として、また藩の要職にある者として、勝弥どのに伜邦之助との果し合いを停止するよう命じてもらいたいと孫左衛門に言った。

「そういうことを申すようでは、布施も齢だの」

と鳥飼郡兵衛は言った。

そういう郡兵衛は血色よく太って、顔なども脂《あぶら》ぎっててらてら光っている。藩の経済がくるしい折にもかかわらず美食をしていると見えた。だが勘定奉行だったむかしにくらべると、人相はまた一段とわるくなっている。中老の地位に経のぼるには、それ相当の権謀術数を必要としたということだろう。孫左衛門を見た目もつめたかった。

「子供の喧嘩《けんか》に親が乗り出してくるのは感心せんの」

「子供の喧嘩とは言えますまい」

孫左衛門は上体を起こして切り返した。

「果し合いとなれば、結果はどうあれ、両家に傷がつき申そう。ご中老の家だとて、無傷では済みませんぞ」

「しかし聞いた話では、果し合いを言いかけたのはそなたの伜の方だというではないか」

郡兵衛の顔に人を嘲弄《ちょうろう》するような笑いがうかんだ。

「みんなも見ているときだと、伜は言っとったなあ。

腕は大したことはないそうだが、そなたに似たか、度胸はあるらしい。ま、それはそれとして……」

郡兵衛はにたにた笑いをつづけた。

「それこそ勝敗はどうあれ、出るところに出たときにはそのあたりの事情は役所にきっちりとみてもらわねばならん」

「それがしが聞いたところでは、ご子息に侮りをうけたということでござった。もとはといえば非はそちらさまにある」

「ほう、それは聞いておらなかったの」

と郡兵衛は言った。藩政を議する役目の中老としてはすこぶる品格を欠く笑顔のままで、その種の言い分は要するに水掛け論だと言った。

「どっちがいいの悪いのということは、簡単には決まらぬとしたものだ。しかし、ま、大人同士が果し合いを申し合わせたのだ。わしはほっとく。そなたも成行きにまかせたらどうだ」

「いや、承服出来申さん。聞くところによるとご子息は、腕自慢の乱暴者で、近習組の鼻つまみだと申す。そういう男のとばっちりをうけて、伜が婿入り先の家に危難をもたらすことになるような事態は、断じて認めることは出来ませんぞ」

「孫左、口をつつしめ」

郡兵衛は目をつり上げて険悪な顔をしたが、すぐにしまりのない笑顔にもどった。

「齢は取りたくないものだの、孫左。言い出したらきかん」

横をむいて、郡兵衛はあくびをした。よろしいと言った。

「では伜につまらぬ腕立てはやめろと言おう。ただしそれをあの乱暴者の伜がはいときくかどうかは、また別問題だ」

「ご中老」

孫左衛門は胸を張って、郡兵衛に射抜くような目をむけた。

「それがしが今夜参ったのは、ただ泣訴嘆願するためではござりませんぞ。いったん口に出したからには、そちらの鼻つまみどのにぜひとも果し合い中止を命じていただかねばなりません」

「ほほう」

今度は居直ったか、孫左と言って、郡兵衛は女子のような甲高い笑い声を立てた。

「さてはわしを脅迫するつもりとみえる。脅しの種は何だ」

「冥加金の一件でござる」

郡兵衛はまたあくびをした。そして、失礼、ちと寝不足でなと言った。

「あれは片づいた話だ、孫左。持ち出してもカビがはえておる」

「いいや、片づいてはおりません」

ご中老は派閥に献じるための賄賂だ、何とかしろと泣きついたが、その折事実を述べられたわけではなかったと孫左衛門は言った。

「まことの金額は、記載洩れとしてわれわれに指示した金子の倍額でござった。また献金は内藤さま個人にあてた賄賂でござったろう。こういうことはあとで必ず知れてくるものだ」

「………」

「それがしと寺井は藩を二重に欺《あざむ》いたことになったわけだが、それにしても金額が大きかった。表に出せばいまも大問題になるはず、カビなど少しもはえておりませんぞ」

郡兵衛は険しい表情で、じっと孫左衛門を見ている。笑いを消してそういう顔になると、かなり悪相の男だった。

「もうひとつ、賄賂で和泉屋を調べた当時の町奉行所の一件書類を、どこかに隠されましたな。それとも焼いて捨てられましたか。これはまずかった。調べがあったことはかくれもないのに、その書類がない。しかもそういう前代未聞《みもん》のことが起きたのは、もとの町奉行尾形さまが失脚したあとのことと判明しました」

「それで、どうする」

郡兵衛は、にわかに気短かな口調になって言った。

「表に出すつもりか」

「さきほど申し上げたそれがしのたのみが聞かれぬ場合は」

「しかしそうなると貴様と寺井権吉もただでは済まんぞ」

「さて、どうでしょうか」

この男をようやく窮地に追いこんだ、と孫左衛門は思った。郡兵衛を凝視しながら言った。

「いつまでもわが世の春と思っておられるようだが、ご中老が頼りとする内藤さまは多病、近ごろはお城の会議にも出られぬご容体で、藩政の実権はもはや横山甚六郎《じんろくろう》さまに移ったというのがもっぱらの評判。横山さまはまだご中老ながら対立する派閥の長、それがしと寺井が訴え出れば内藤派をつぶす好機と思われるかも知れませんな」

「………」

「ただで済まなくなるのは、われわれではなくご中老、あなたではありませんか」

「わかった、わかった。伜にはよく言って聞かせるゆえ、軽挙妄動するなよ、孫左」

と鳥飼郡兵衛は言った。

六

まだ日があるうちにたずねたのに、重臣の屋敷があつまる濠端《ほりばた》の鳥飼家を出ると、外は真夜中のように暗かった。十月の日が疾《と》く暮れるせいで、時刻はさほど遅くないはずだった。その証拠に、濠端から河岸の道に出ると、左手の方に提灯《ちょうちん》を手にした下城の人人の姿が点点と見えた。

孫左衛門も、主人を脅しに行った客とは思わなかった鳥飼家の召使いが貸してくれた提灯をさげて、三ノ丸の木戸前を通り行者橋をわたった。あとをつけられているようだと気づいたのは、久仁が嫁いでいる百人町を通り抜けているときである。

つけてくる者は心得があるらしく、まったく足音を立てなかった。ただ何とも言えない不快な気配がずっとうしろの方から、つかずはなれずについてくるだけである。孫左衛門の勘がただしければ、つけてくるのは鳥飼勝弥か、あるいは若いころはかなりの遣い手だった郡兵衛自身か、腕におぼえがある鳥飼家の家臣ということになる。

――ふん。

わしを亡き者にして不安の根を一挙に断とうというわけだ、と孫左衛門は思った。郡兵衛は、今日の孫左衛門の訪問で、鳥飼の家が勝弥の果し合いをやめさせたぐらいでは追いつかない途方もない不安を抱えこんでいたことに、おそまきながら気がついたのだ。

孫左衛門はとっくり橋という妙な名前がついている小さな橋を北にわたった。そしていきなり提灯の火を吹き消した。そのまま鶴子町につづく河岸の道を東にすすみながら、少し足どりをゆるめた。

果して橋をわたって来る足音がした。孫左衛門は脇《わき》差《ざし》の鯉口《こいくち》を切った。わざと下駄の音をさせた。するとうしろから熱い風に似たものが襲いかかってきた。闇の中を滑って来た見事な疾走だった。孫左衛門は下駄を蹴《け》り捨てて片膝《かたひざ》を地面に突くと、刀の鐺《こじり》を高く背後に突き出した。つぎの瞬間、身をひるがえして立つと足がとまった相手に一撃をくらわせた。

ただし遣ったのは峰打ちで、打った場所は足である。むっと声を飲みこんで横転した相手をそのままにして、孫左衛門は足袋《たび》はだしのままいそぎ足にその場をはなれた。片膝を突いた姿勢から身をひねって一撃をふるったとき、腰を痛めたようである。

鶴子町のわが家に近づいたころには、腰の痛みはみるみる堪えがたいほどにふくれ上がって、孫左衛門は腰を折り、這うような足どりになった。振り返ってみたが、さっきの一撃が利《き》いたらしく、さいわいに相手が追ってくる様子はなかった。

表口に入りはしたものの、板敷に両手をついてしゃがみこんでしまった孫左衛門をみて、布施家は大さわぎになった。事情を聞いた権十郎はすぐに刀をつかんで外に様子を見に出たが、怪しい者はいなかったらしい。

「父上に、膏薬《こうやく》でも貼ってさし上げろ」

権十郎は嫁にそれだけ言うと、さっさと自分の部屋に引っこんでしまった。相変らずそっけない男である。

「これは、亡くなられたおかあさまに貼ってさし上げたことがある薬の残りですけれども……」

布に手あぶりの火で膏薬をのばしながら、嫁の多加が言った。

「古くなって、効き目の方はいかがでしょうかしら」

「貼らないよりはましだろう」

多加は孫左衛門を双肌《もろはだ》ぬぎにさせ、痛いのはどこかと、腰と背のあちこちを押した。意外に力のある指である。背をまるめて坐りながら、孫左衛門は、あ、いたたと言った。

福泉寺の欅がちらと頭をかすめた。

――ふむ、生きている限りはなかなかああいうふうにいさぎよくはいかんものらしいて。

しかしまた、こうしてじたばたすることが、生きている証《あかし》というものかも知れん。そう思ったとき、孫左衛門はあっと顔色を変えた。

「いかがなさいました」

多加がおどろいたように手を引いた。

「権十郎はいつ帰ってきた」

「おとうさまより、ほんのひと足先に。夜食もこれからですけれども」

「権十郎を呼んでこい」

と孫左衛門は言った。そして権十郎がくると肌を着物にしまいながら、寺井権吉は下城したかと聞いた。

「いや、殿のご出発が明後日にせまり、その準備があって居残り仕事をされてござる」

「寺井を鳥飼が襲うかも知れぬ」

狙われるのはわしだけでなく、寺井権吉も一緒のはずだと孫左衛門は言った。

「行って様子をみてやってくれぬか」

すばやく事情をのみこんだらしい。権十郎はすっと立つと部屋を出て行った。

しかし権十郎が帰ってきたのははやかった。

「ご心配なく。片づきました」

部屋に入ってきた権十郎は、まずそう言って父親を安心させてから手短かに事情を話した。

権十郎は寺井の家には寄らず、まっすぐ城にむかった。その判断は正しかったようで、五間川の河岸道に出ると川向うの城門の方から、まだ提灯をさげた者がぽつりぽつりと歩いてくるのが見える。居残りの者が帰るところだろう。

――とりあえず城門まで行って……。

と思いながら行者橋に入りかけたとき、向う河岸を歩いていた提灯のひとつが同じ橋に入ってくるのが見えた。

提灯の主が橋の三分の一ほどのところに来たとき、その前にぬっと立ちふさがった黒い影がある。白刃がひらめき、提灯が下に落ちた。権十郎は走った。その目に、斬りかかった大柄な男の身体がふわりと宙に浮き、そのまま横倒しに橋板に落ちたのが見えた。

「寺井どの」

と権十郎は燃え残る提灯の火にうかぶ顔に呼びかけた。斬りかかったのは中老の鳥飼郡兵衛で、一瞬の技で刀も抜かずに相手を倒したのは寺井権吉。郡兵衛は頭でも打ったのか、ぴくりとも動かず橋の上に横になったままである。

「それがしが加勢に行くまでもない、見事なものでした」

権十郎は言うと一礼して立ち上がったが、まだ少し興奮が残っているのか、部屋の外に膝をついてつけ加えた。

「あれが、以前父上が言われた寺井の手詰めですな。いや、目の保養をいたしました」

福泉寺のひろい境内に立って、布施孫左衛門は欅を見上げていた。青葉に覆われた老木は、春の日を浴びて静かに立っている。

――これも、わるくない。

と思いながら、孫左衛門は青葉の欅を飽きずに眺めている。

正月に、政権が交代した。長い間筆頭家老をつとめた内藤佐治右衛門が、病弱を理由に勤めを退き、内藤派の重職が何人か閑職に移った。かわって横山甚六郎が家老にのぼり、横山派と言われた何人かの重臣が、藩の要職を占めることになったのである。

そしてまだ寒い二月に、もとの中老鳥飼郡兵衛の収賄にかかわる疑獄が摘発され、鳥飼と、内藤派の大目付、町奉行などがそれぞれ咎めを受けて失脚した。中でも鳥飼の家は閉門五十日のあと、家禄を五分の一に減らされて普請《ふしん》組に役替えとなったが、疑獄のつねとして収賄側で大きな利益をうけたはずの内藤家老は無傷だった。疑獄の摘発が行なわれたのは、もとの町奉行尾形弥太夫が、和泉屋の一件書類が紛失したという山岸のひそかな報告を不審として、その解明を横山中老に直訴したのが発端である。孫左衛門も寺井権吉もかかわりがない。

かかわりがないどころか、新任の横山派の司直が鳥飼の収賄事件に手をつけたとわかったとき、孫左衛門も寺井も再度の処罰を覚悟して家の者に因果をふくめたほどだった。だが事件の処理が終ったあとで、思いがけなく減らされた家禄がもどってきたのである。

孫左衛門は十石、寺井権吉は五石。双手《もろて》を挙げて喜ぶというほどではなくとも、この家計がくるしいときに禄が返ってきたのは大きい、と孫左衛門と寺井は言い合った。二人は場末の小さな飲み屋でつつましく祝杯を挙げ、横山家老は世の道理を見る目があると、新しい執政をたたえた。

さくらのつぼみがふくらみはじめたころ、間瀬家には初孫が生まれた。これがじつにかわいらしい女児で、散歩の途中、孫左衛門は足がとかく間瀬家の方に向きがちになるのを押さえるのに苦労する。

――生きていれば、よいこともある。

孫左衛門はごく平凡なことを思った。軽い風が吹き通り、青葉の欅はわずかに梢をゆすった。孫左衛門の事件の前とはうってかわった感想を笑ったようでもある。

野菊守《も》り

近年来、斎部《いんべ》五郎助は自分の胸の裡《うち》に怪《け》しからぬものが棲みついたのを感じている。棲みついたのは、ひと口に言えば冷笑癖といったものだった。

何をみてもおもしろくなく、人が自慢したり、よろこんだり、ほめたたえたりするものを見たり聞いたりすると、さっそくに胸の中に物事をくさしたくなる衝動が動く。たとえば斎部一族の長者である斎部拓摩《たくま》家に招かれて、主《あるじ》の拓摩自慢の茶器を見せられても、表づらはともかく、肚《はら》の中では何で飲もうと茶の味が変るわけでもあるまいになどとひねくれたことを考えている。

そういう考えの中には、いつもかすかな怒りがまじっている。むかしにくらべ、世も人も堕落した、何というくだらん世の中だと思うのだ。だから胸の中でくさすだけでは気持がおさまらず、口に出して言うこともある。五郎助の家は代代御兵具方勤めで家禄は三十石、わけがあって夫婦二人だけのいたってさびしい家だから、五郎助の世をけなす文句の数数は妻女の久良《くら》が聞く羽目になる。

久良は主が何やら一人で息まいてえらそうに物事をけなすのを、大方は適当に相槌《あいづち》を打ったり、黙って聞きながしたりしているが、三度に一度はたしなめる口調で「人のことはほっときなされ」と言う。聞きぐるしいという態度を露骨に示した。

久良がそういう権高《けんだか》な物言いをし、五郎助がむっと黙りこむのは、五郎助が斎部家の婿《むこ》だということもあるが、五郎助自身が自分のけなし癖を決して上等のものとは思っていないからでもある。はっと気づいて、おれは近ごろおかしいぞと思うことがある。このまま齢《とし》とったらさぞ嫌味なじじいになって人にきらわれるだろうなと思ったりする。そこまでわかっていても、五郎助は世をくさすことをやめられなかった。その感情は五郎助の内部のどこか奥深いところから出てくるもののようでもあった。

一

斎部五郎助は、御兵具蔵の壁によりかかるような恰好で枯草に腰をおろし、昼の弁当を喰っていた。南向きのその場所には、かすかながら肌を刺すつめたさをふくんでいる北風もあたらず、真青な空から日差しが降りそそぐ。天気のいい出番の日は、五郎助は大ていは一人で、何か文句があるかというふうに時どき鋭い目であたりを睥睨《へいげい》しながらそこで弁当をたべる。

御兵具蔵は二棟並んでいて、北側の棟には主として、弓と槍、南側の一棟には鉄砲、大筒などの火器が納められている。今日は五門の百匁大筒を掃除し手入れしたので、配下の足軽、中間《ちゅうげん》たちは車で引き出した大筒を置いてある正面口のあたりで昼飯を喰っているらしく、少しはなれたそちらから話したり笑ったりする声が聞こえてくる。話の中身まではわからなかった。風の加減か、時おり手入れに使った種油が匂ってくる。

もう一人いる御兵具方、上司の稲垣八兵衛は会所に行って弁当を喰っているらしかった。会所は家中や足軽が事務をとっている建物で、奥には評議の間があって月に数回藩の重職があつまる。そういう建物なので、行けばお茶が飲める。冬はあちこちに火桶が置いてあって、日溜りを見つけて弁当を喰うようないじましいことはしなくても済む。

だが稲垣は小言が多く意地のわるい上司だった。稲垣の下には五郎助をふくめて五人の御兵具方がいるが、稲垣は彼らにも、また彼らの下で働く中間たちにもきらわれていた。

――日向ぼっこをしながら……。

一人で気ままに飯を喰っている方がずっといい、と五郎助は思っている。もっと寒くなり、雪が降る季節には蔵のそばにある執務小屋の土間にある大火鉢を囲んで、中間たちと一緒に昼飯を喰うのだ。もっとも五郎助は、ほかの御兵具方の者が出番のときに、どんなふうにして昼飯を喰っているのかは知らない。そんなことは確かめたこともないが、案外稲垣の尻について会所に行き、火にあたたまりながらお茶を飲んだりしているのかも知れなかった。

――しかしおれはこの方がいい。

もう一度そう思いながら、五郎助は大口あけて弁当の握り飯を喰った。御兵具蔵は三ノ丸のはずれ、桜の馬場の馬馴らしの小馬場に隣接しているので、遠くの方から御馬乗《ごばじょう》の者たちが馬を調練している声や馬のひづめの音が聞こえてくる。

隣の小馬場にも馬が一頭つながれているらしく、時どき思い出したように強い鼻息と土を蹴《け》るひづめの音がするが、人はいないらしく物音はすぐに静まる。馬の姿は高い柵にへだてられて見えなかった。かすかな馬の匂いが漂ってくるが、五郎助はその匂いがきらいではなかった。

握り飯をもうひとつつかんだ。そうしてからそえてあるたくあんをばりばりと噛《か》んだ。うまかったが、このときふと胸をかすめたものがある。それは、こんなことで満足しておれは一生を終るのだなという大げさに言えば感慨のようなものだった。

二十八のときに、病気で致仕《ちし》した舅《しゅうと》のあとを継いで御兵具方に勤め、そろそろ三十年になろうとしている。その間一石も婿入り先の家禄をふやしたわけでもなく、ましてや役職につくような機会もなかった。子供は一人しか生まれず、その子供も斎部宗家に存続の危難がおとずれたときに、無理やりに宗家にうばわれてしまった。そして五十の半ばを迎えながら初冬の日溜りで握り飯を喰っている。

その握り飯も、このあたりでへら菜と呼ぶ菜っ葉の漬け物の葉でくるみ、上からこんがりと焼いたもので、おかずは大てい塩辛いたくあんか、小茄子の漬け物二つ三つである。上司の稲垣が持ってくるような、真黒な海苔でつつんだ握り飯などは一度も喰ったことがなかった。

――満足など、しておらんぞ。

と五郎助は思った。世に悪態をつきたくなる悪い癖の出どころは、案外このへんかなという気がちらりとした。若くて気力のあるうちは、菜っ葉の握り飯を喰ってもいつかは海苔の握り飯を喰う身分になれるだろうと、先行きを楽観しているし、第一そんなことをあまり気にかけない。

だが齢を喰っておのれの先行きが見えてくると、さっきのようにめぐまれなかった半生というものがちらりと胸をかすめるようになるのだ。いつもそう思っているわけではない。大方はそんなことは忘れて、日日を過ごしている。しかしそうして時どき胸にうかびあがってくるところをみると、その満たされない思いは澱《おり》のように胸に蓄積されているに違いなかった。

だがこのごろ身についてきた冷笑癖の出どころがそれだと決めてしまうと多少の違和感が残るようだった。断定は出来んの、と五郎助は思う。そうだとすれば出どころはそれ以前のわが生まれ育ちのあたりか。

五郎助はもと普請《ふしん》組の赤松家の五男である。赤松の母親は多産の質で、五郎助をふくめて五男二女を産み育てたが、家禄はわずか二十石なので家の暮らしは極貧の一語に尽きた。子供ながら必死に内職にはげんだ記憶は、いまも五郎助の頭の奥にしまわれている。

だからついに買手がついて、斎部家の婿に決まったときは、赤松甚五郎という名前を捨てていずれは斎部五郎助というじじむさい名前を継がなければならないことに、わずかな抵抗感があったものの、五郎助は天にものぼるよろこびを味わったのである。いまは見飽きてしまって何の感興もおぼえないが、当時の久良は顔の造作の派手な美貌の娘で、そのことも大いに気に入ったのであった。

――めったに思い出すことはなくとも……。

齢をとったために、貧しく育って世を白眼視したむかしの地金が徐徐に表に出てきたということはあり得る。世の中にケチをつけているのは、ひょっとしたらそやつではないのか。

握り飯を嚙みながら、五郎助がもっともらしく考えにふけっていると、いきなり頭の上で声がした。

「うまそうな握り飯だの」

声の主をふり仰いで、五郎助は仰天した。そこには中老の寺崎半左衛門が立っていた。中老は一人だった。

二

寺崎は五郎助があわてふためいて、膝《ひざ》に敷いた風呂敷がらみに握り飯をつかんで立ち上がろうとするのを、いそいで押さえた。そのままそのままと言った。

「弁当を喰いながら話を聞け」

寺崎がそう言ったので、五郎助は中老がただ弁当をのぞきに来たわけではないのを悟った。しかし、はて何の話があるのだろう。

「弁当を喰え」

中老は催促した。そして同じ普通の声音で、誰かこちらをのぞいている者がいるかと言った。五郎助は中老が来た方を見た。

「いえ、誰もいません」

「よし」

と寺崎は言った。そして飯を喰いながら監視をつづけろと言った。声は平静だが、中老の言うことも態度も尋常ではなかった。ようやく五郎助にも事態が飲みこめてきた。中老は何か人には聞かれたくない内密の話があってきたのだ。

五郎助は身体《からだ》が固くなるのを感じた。喰えと言われて喰ってはいるが、握り飯もさっきのようにうまくはなかった。

「藩に揉めごとがあるのを聞いておるか」

「はい」

と五郎助は言った。今年の春ごろ、会所の奥にある評議の間で激論があった。表の事務をとる部屋まで声が聞こえたというから、相当のはげしい論争だったのだろう。激論の主は家老の竹中権左衛門と同じ家老の黒江又之丞だと言われたが、争いの中身まではわからなかった。次いでそれからふた月ほどして、黒江家老が突如として家老職を投げ出して引退した。寺崎が言っているのはそのことだろうと五郎助は思った。

しかし五郎助は上の方のそういう争いには何の興味もなかった。えらい人たちの勢力争いのようなものだろうと思い、自分に関係があることとは思えなかった。いまの五郎助にとって最大の関心事は、宗家の斎部拓摩がはたして約束を守って、跡つぎとなるべき孫の一人をこちらにくれるかどうかということである。

だが、つぎの寺崎の言葉が五郎助をおどろかした。

「五郎助、そなたわしに力を貸せ」

五郎助は握り飯を竹皮にもどして寺崎を見上げた。寺崎半左衛門は、執政府の賢者と呼ばれる器量人である。五郎助の驚愕を静めるように、ゆったりした微笑をみせた。

「急に言われても何のことかわからんだろうが、竹中権左衛門がいまよからぬ企《たくら》みをすすめておってな、藩の将来にかかわることなのでわしはそれを阻止せねばならんが、執政府はいまほぼ竹中派一色だ。わしは孤立しておる」

くわしく語るゆえ監視をおこたるなと念を押してから、寺崎はつぎのような話をした。

家中に知れわたったこの春の竹中、黒江両家老の激論は、竹中が長年にわたって、城下の富商尾花屋玉助から多額の賄賂《わいろ》を受け取っていたことを、黒江家老が弾劾したのが真相だった。しかし竹中が握っている権力は強大で、賄賂の事実をつついたぐらいではこの権力者に一指も染め得ないことを察知した黒江は、失望して執政府から去った。

だが黒江の攻撃は強引な反論でしのいだものの、竹中権左衛門はそれで安心したわけではなかった。黒江はそこまでつかんでいなかったが、竹中が尾花屋からねだり取った賄賂は巨額で、明るいところに引き出されれば家老職はおろか、組頭という家の身分まで剝奪されかねないほどのものだった。

竹中はその金を、いざというときの言いわけにほんの一部だけ尾花屋の献金として藩庫にいれ、あとはわが懐におさめて、半分は家の暮らしの贅《ぜい》と蓄えに回し、残る半分は派閥の強化と城奥の権力者榧《かや》の方《かた》に対する献金に使ってきた。竹中の胸の奥にはいつかはそのことがあらわれるのではないかという深い恐れがひそんでいるが、いまさら引きかえすことも出来ない。どこまでも強気で押して行くしかなかった。

そう考えたとき、竹中権左衛門の頭に悪心が宿った。黒江又之丞はまわりに少数の正義派の人間がいるという程度の男で、寺崎半左衛門は政治力皆無といっていい人間である。二人とも敵ではなかった。

しかし竹中には江戸屋敷に強敵がいた。世子志摩守俊方と江戸屋敷を切り回している御側御用人与田藤十郎の二人である。つぎの藩主となる志摩守は賢明な若者で、側用人の与田には剃刀《かみそり》の異名がある。この二人が藩の上に座ることになったその時は、と思うと、竹中権左衛門は身ぶるいを禁じ得ない。

しかもいまの藩主播磨守親安は老齢の上に病気持ちで、昨年は上府の年なのに幕府に願いを上げて参勤を一年延期してもらったほどである。藩主交代の時期は目前にせまっているとみるべきだった。

そういう事情を背景に、今年の夏六月に竹中権左衛門は広大な自分の屋敷で秘密の会合を持った。顔をそろえたのは竹中と尾花屋玉助、播磨守の側妾榧の方の三人である。榧の方は、いま二ノ丸御殿に住む藩主家の次男松次郎の生母で、御部屋さまと呼ばれて城奥を取りしきる権力者だった。

その日榧の方はお忍びで藩主家の菩提所に詣《もう》でたあ

と、休息を名目に竹中の屋敷に立ち寄ったのである。榧の方は竹中家の遠縁にあたる女子で、外出のついでに竹中家に立ち寄るのはその日がはじめてではなかった。

会合で竹中が持ち出したのは、志摩守を排して松次郎をつぎの藩主に据える相談だった。眼目は志摩守が賢明ではあるが蒲柳《ほりゅう》の質だということである。それにくらべて、松次郎は田舎育ちの丈夫な少年だった。執政府の重職、ほかの役持ちの大半はわが派で固めてある。出来ないことではないと竹中は熱心に二人に説いた。われわれが生き残るためにはその手を使うしかないと力説した。

「問題は江戸屋敷だ。そっちに工作をしかけるとなると、ざっと千両の資金が必要になるが、この金は尾花屋に面倒みてもらわねばならん」

一味同体の榧の方はただちに賛成した。ところが意外なことに尾花屋が一味することを拒んだ。

「どうした。千両が惜しいのか」

と竹中は言った。

「この企てが実現すれば、城下にそなたに敵する商人はいなくなるのだぞ。富も名誉も思いのままだ」

「私はお金が惜しくて言っているのではありません」

と尾花屋は言った。真青な顔いろになっていた。

「世子さまを取りかえるなどというお企てには、恐ろしくて加担出来ませぬ」

「ふむ、思ったより度胸がないの」

と竹中は言った。

「加担せぬとなれば、これまでそなたに与えてきた商いの特権もすべて取り上げねばならんぞ。それではたしてこの城下で商売をやって行けるのかな」

竹中は脅しをかけたが、尾花屋は翻意しなかった。それからひと月もたたないうちに、尾花屋ははげしい腹病みを訴えたあと、大量の血を吐いて急死した。尾花屋の裏切りを懸念した竹中が、手を回して殺したに違いない。

三

「ざっと、こういう状況だ」

と寺崎半左衛門は言った。

「見て来たようなことを言うと思うかも知らんが、わしも手をこまねいていたわけではない。自身でも少しは調べたし城奥には間者《かんじゃ》もいれた。竹中屋敷の密談は、この者がお部屋さまの供をして行って聞き取ったことだ。また尾花屋の急死は、不審ありとしていま町奉行がひそかに調べておる。何者かによる毒殺ではないかというのはこっちの方から聞いた話で、何者かと言っているが、奉行の矢田徳次郎が疑いの目をむけているのは、むろん竹中だ。竹中と尾花屋の密着ぶりは、黒江の弾劾で一ぺんに注目を浴びたからの」

五郎助は昼飯どころではなくなった。膝の上の物を片づけようとすると、寺崎がまだよいと制した。つづけて、そのままでもう少し聞けと言った。

「竹中屋敷の密談の中身がこちらの手に入ったのは、思いがけない上首尾だった。これで竹中の陰謀をつぶせる目途が立ったからの。わしは、あとは鳴りを静めて来春に帰国される殿を待つつもりであった」

帰国が近づいたら御側御用人の与田藤十郎に密書を送り、病身の播磨守につきそうという名目で与田にも一緒に帰国してもらう。その上で、近年病気で評議の席に出たり出なかったりしている中間派の家老、海鉾《かいほこ》万之助を味方につければ、竹中権左衛門、同じく家老の岡林右馬之助、中老藤井孫助という竹中派の顔触れに対抗出来る。その上で組頭、郡代、町奉行、大目付も加わる緊急の会議をひらけば、そこには家老職を投げ出した黒江又之丞も出席するから、その席で竹中の企みをあばき、権力の壁をつきくずして断罪に持ちこむことは十分可能だ、と寺崎は考えていた。

そうしているところに、ひそかに懸念していたことが起きた。城奥にいれている間者の女子から、竹中派に疑われている形跡があるという連絡がとどいたのである。夜おそく自分の部屋にもどると、持物を調べられた跡があったという。

町奉行の矢田は硬骨漢で、竹中の袖の下が利《き》くような人間ではない。その矢田の追及がきびしくなったので、竹中は城中や自分の屋敷でした椎の方、尾花屋との三者密談を仔細に点検してみる気になったのだろう。そしてその席につねにお茶をはこんでいた椎の方の小間使いである間者に、疑いの目が向いたということではないかと寺崎は推測した。

猶予は出来なかった。少しでも不審があるとみれば、竹中は寺崎の最大の手駒、かけがえのない生き証人をさっそく始末してしまうだろう。

思わず五郎助は言った。

「病気と偽って、親元に帰すような手配をなされてはいかがでしょうか」

「だめだ」

寺崎は首を振った。

「かえって疑いを濃くして、危険だ」

「大目付に届け出るということは」

「それが出来れば苦労はない」

と寺崎は言った。

「大目付の横山角兵衛には、ひょうたん角兵衛の渾名《あだな》がある。聞いたことがあるな。よし。風の吹きようでどちらにもなびくという意味でな、図体は大きいがこういうときは頼りにならん男だ」

五郎助は沈黙した。すると寺崎は、心配するなと言った。

「手は打った。ただ間に合うかどうか、それを心配しておるのだて」

寺崎は城奥から連絡があった翌日、江戸屋敷の与田に密書を送った。洗いざらい事情を打ち明けて至急の救援を要請したのである。使いは信用の出来る城下商人の手を借りた。

その与田から早飛脚《はやびきやく》がとどいたのが昨夜で、その手紙の中で与田は、いまは二、三重要な公用を抱えていて身動きがとれない。月が終り次第いそいで帰国の途につくが、国元到着はいついつになるだろうと書いていた。

「与田の帰国まで、まだ十二、三日ある。とてもそれまでは待てぬ」

明日間者を城から脱出させて、城下に用意した隠れ家にかくまう手配をした、と寺崎は言った。間者の女子の身辺にはその後も不審なことがつづき、昨日は主人の榧の方に遠回しな質問をうけたというのだ。ようやく、五郎助にも寺崎が力を貸せと言った意味がぼんやりと読めてきた。その間者の女子をかくまう仕事を手伝わせようというのだろう、と思っていると寺崎がつづけた。

「城を抜け出すということは、企みを知っていると白状するようなものだ。竹中は血まなこで女子の行方をさがし回るだろう」

「……」

「見つかれば万事終りだ。藩の行方は予測しがたいものになる。ゆえにわしは、与田が到着するまで何としてもこの女子を守り通さねばならん。手を貸せというのはそういうことでの、そなたこの女子を守ってやってくれんか」

「かしこまりました」

と五郎助は言った。かなり危険な仕事だが、ここまで打ち明けられてはことわれるものではない。それにしても何を見込んで老境にさしかかった自分にまで声をかけてきたのかはわからないが、要するにそれほどお味方が少ないということだろうと、五郎助は中老に同情した。

「で、ほかにはどのような方方が……」

「ほかに?」

寺崎は訝《いぶか》しむように五郎助を見た。

「ほかに人はおらん。女子を守るのはそなた一人だ」

「は? それがしが……、一人……」

怪訝な顔をしたのは、今度は五郎助の方だった。何かおかしい、話がどこかで喰いちがっているという気がした。

呆然と顔を見ていると、寺崎がなだめるように微笑した。

「よいか、肝要なのは目立たぬことだ。ひそかにひそかに、その女子を守らねばならん。警固《けいご》するのはそなた一人だ」

「しかし、それがしはもはや五十四」

五郎助はいそいで言った。顔にこそ出さないが、内心恐慌を来《きた》していた。

「近ごろは足腰も衰え、剣の方は、さよう、この際ゆえ真実を申し上げますが、ここ十年ほどは木刀も振ったことがござりません」

「だからどうだと申すのだ」

「でありますゆえ、せっかくのご指名ではござりますが、この件ばかりはご中老のお眼鏡違いではなかろうかと……」

「なに、そのあたりがこっちのつけ目だ」

寺崎は満面に笑みをうかべた。自分の思いつきの卓抜さに、ひとりで悦に入っているというふうにみえた。

「人のみる目も同じでな、そなたがわしに味方して女子を守るなどとは誰も思わん。竹中も然りだ。だが、わしのみる目は少少ちがう」

「……」

「赤松甚五郎」

寺崎は五郎助の旧名を呼んだ。中老の笑いが大きくなった。

「わしの目には赤松甚五郎の五人抜きが、昨日のことのごとく残っておるぞ」

「しかし、あれはざっと三十年もむかしの話でござる」

呆れて反論したが、五郎助はこのとき胸の奥底に火のごときものがぽつりとともったのを感じた。なんの、なんのと寺崎は言った。

「わしはその後も家中の若い者の試合をずいぶんと見てきたが、そなたに匹敵する遣い手はあれから出ておらんの。そなたの流儀は何と申したかの」

「無外流でござる」

「それよ、無外流。甚兵衛町裏にあった小さな道場だ」

「いまは廃されてありません」

「そうらしいの。たしかにむかしの話だ。赤松の五人抜きといっても、事実を知る者は数少なくなった。知っている者たちにしても、いまは思い出すこともあるまい。それが世の流れだとも言える。しかしだ」

寺崎は顔いろを改めた。

「あれだけの見事な技をわがものとしたそなただ。齢はとっても、稽古をせずとも、身体が技をおぼえていることはあろう。どうだ」

「さて、いかがでしょうか。あまり自信にありませんが」

「わしがそなたを見込んだのは、警固役は一見それらしくない人物である必要があるからだが、むろんそれだけではないぞ。無外流の腕を大いにあてにしておるのだ。むかし取った杵柄《きねづか》ということがあるではないか。その女子も多少の心得はあるが、一人では身を守れぬ。一臂《いっぴ》の力を貸してやれ」

中老はひそめた声に力をこめた。

「万一のときは、竹中がさしむけてくるへなちょこどもを、遠慮なく斬って捨てろ。無外流の片鱗《へんりん》を見せてやるのだ」

とんでもないことに巻きこまれるところだな、と五郎助は思った。

中老が追いこまれた苦境はわかるが、おれを味方につけようという考えには無理がある。おれにはそんな力は残っていない、と思ったが、寺崎の声は五郎助の耳に快くひびく。気持を鼓舞するものをふくんでいた。

胸の中の火はさっきよりもっと大きく、熱くなった。火がついたのは、死んだような日日の積み重ねの間に、忘れられ埃をかぶって眠っていた自負心に違いない。五郎助の目に、自信に満ちあふれていた若い自分の姿がちらついた。

家中からえりすぐった遣い手十人が、藩主の前で剣技を競った試合だった。みんな城下で名の聞こえた大きな道場の高弟で、五郎助のように小さな道場からえらばれた者はほかにはいなかった。だが五郎助は立ち合った相手をすべて打ち破り、そのときの試合を制覇した。中老は五人抜きと言っているが、実際は四人抜きである。

五郎助は、残っている握り飯と竹皮に包んだたくあんと風呂敷をごっちゃにつかんで立ち上がると一礼した。きっぱりと言った。

「かしこまりました。斎部五郎助、身命にかけてお役目をはたすよう努めます」

中老と五郎助は手早く打ち合わせをした。それが済むと、寺崎は顔にほっとしたいろをうかべて頼んだぞと言った。

中老は背をむけた。髪が真白で、小柄なうしろ姿だった。配下の者たちはもう蔵の中に入ったらしく、声は聞こえなかったが、稲垣の姿はまだ見えなかった。

ふと中老が振りむいて言った。

「その女子だが、菊という名前だ」

四

「ご加増があるかも知れませんね、おまえさま」

「そんなことを考えるときか」

五郎助は妻女を叱った。前途にどんな危難が待ちかまえているかわからない仕事である。いまは首尾よく役目をはたせるかどうかが問題で、加増の話どころではなかった。よしんばうまく警固出来たとしても、せいぜいちょっとした褒美が出る程度ではないのかと、五郎助は思う。

だが妻女の久良は、今度の中老じきじきの密命を、斎部家はじまって以来の名誉とも好機とも思うらしく、叱られるとやや不満そうな顔をした。その顔に、五郎助は少しきびしい声をかけた。

「それよりも、わしが役目についている間に一度宗家に行って、例の件を催促してまいれ」

「かしこまりました」

と言ってから、久良はこのいそがしいときに主《あるじ》がそんなことを言う意味は何かと考えたらしく、はっと顔いろを動かした。

例の件というのは、宗家にいる外孫二人のうち、一人をこちらの養子にもらう掛け合いのことである。宗家に養子にやった尚之助のほかに子供が出来ないとわかったときに、その申し入れをし、先方もいったんそれを承知したのに、いまになって宗家ではなかなかうんと言わなかった。もう一人出来たらなどと言うので、五郎助は憤慨していた。そういうことだが、掛け合いの中身はつまり斎部家の跡つぎの話である。

不吉なことを言うと思ったかも知れない。久良は形のいい眉をひそめた。

「無外流の腕前に、何ぞ不安でもございますのか」

「なに、そんなことはない」

と五郎助は言ったが、内心久良が今度の役目に何の不安も抱いていないらしいのにおどろいていた。

五郎助は胸の中で思わずにやりとした。ここにもう一人、いまなおおれの腕前を信じて疑わない人間がいたぞ、と思ったのだ。もっとも五郎助は無外流の腕を見込まれて斎部家の婿になった男で、その当時久良は父親に五郎助、むかしの赤松甚五郎のあざやかな剣さばきについて、耳にタコが出来るほど吹きこまれたに違いないのだ。

ひさしぶりに、五郎助は妻にやさしい気持になっている自分を感じた。では行ってくるぞと言った。

「おはげみなされませ」

表口の外まで見送って出た久良は、そう言って提灯《ちょうちん》をわたしたが、ふと思いついたというふうに警固する相手の齢を聞いた。

「むこうさまはいくつになるおひとですか」

「十八だそうだ」

「まあ、十八」

久良はおもしろくない顔をした。しかしたちまち、わが亭主が髪は半ば灰色で、頬にはえぐったような皺が走り、釣り上がった目ばかり炯炯《けいけい》と光る悪党づらなのに思いあたったらしく、顔いろをもどすとくれぐれもお気をつけられませと言った。

日が暮れて間もないというのに、初冬の夜の闇は濃くて、提灯の光のおよばないあたりの暗さは深夜のようだった。市中にかかる橋をひとつわたった。川も暗くて水音も聞こえないので、宙に浮く橋をわたっている感じがする。

——宗家め。

勝手な親父だ、と五郎助は改めて思った。宗家の主拓摩は、四十二の厄年に医者が一時サジを投げたほどの大病を患った。拓摩には子がいなかった。弟妹はすべて他家に片づき、数軒ある斎部の分れの家家にも、ただちに宗家の養子にしていいような男子はいなかった。三百二十石をいただき、代代御奏者と寺社奉行を兼ねる上士である斎部宗家が、突然に跡つぎがいないために廃家となるかも知れない危機に直面したのである。

宗家では五郎助の長男尚之助を養子にくれと言ってきた。尚之助は三歳だった。そのころはまだまだ元気だった五郎助の舅夫婦が、ひとりっ子を理由にことわったが、宗家では子供はまだ生まれるだろうと言い、その掛け合いは執拗《しつよう》だった。結局、宗家を潰してはならないということで、こちらの斎部家が折れたのである。だが久良はそのあと子供を産まなかった。斎部家、宗家双方にとっての誤算だった。

——当然……。

孫の一人をこちらにもどすべきだ、と五郎助は思っている。外孫は上が男、下が女児だが、下の子供でいいからくれと言っているのに、拓摩夫婦はいい返事をしなかった。尚之助が実家に気をつかって口添えするのに、拓摩はまだいいなどと言っているらしい。

孫のかわいさに目がくらんでいるとしか思えない。そう考えると五郎助は老後の心配と嫉妬で気持が狂おしくなる。宗家に乗りこんで、もとはわがいえの孫だぞとどなり散らしたくなる。

五郎助はふと足どりをゆるめた。行手の河岸《かし》の道に突然に提灯がひとつ現われ、橋の方に動いてくる。五郎助は油断なくその動きを目で追ったが、提灯の主は橋の先を左から右に通りすぎた。五郎助は警戒を解いて、いそいで橋をわたり終えた。

河岸道のむこうは商人町である。大きな店がならぶ目抜き通りに入ると、そこにはさすがにまだ灯がちらつく場所があり、遠くに見えるその光のまわりに人影が動くのも見わけられた。五郎助はすぐに道を横町に曲った。そこからさらに裏町へとたどる道は複雑で、寺崎と打ち合わせた昨日の下城どきに、まだあかるみが残るその町をたしかめておいたからわかるようなものの、はじめてきたら夜の道に迷ったにちがいない。

道から少しひっこんで建つしもたや風のその家が見

えてきたところで、五郎助は提灯を吹き消した。闇が五郎助をつつんだ。刀の鯉口《こいぐち》を切り、あたりの気配をさぐりながらすすんだ。しかし人の気配はなく、五郎助は無事に一軒の家の戸の外に立った。

静かに戸を叩く。中から低い応答の声がしたので、五郎助は「田代じゃ」と名乗った。寺崎と打ち合わせた偽名である。すると戸の隙間に灯のいろが動き、閂《かんぬき》をはずす音がした。だがあとはそのままである。五郎助は戸をあけるとすばやく土間にすべりこみ、うしろ手に戸を閉めた。

ひろい上がり框《かまち》に、小柄な若い女が一人立っていた。やや浅黒く化粧っ気のない顔、頬は一片の贅肉もなく引きしまり、黒黒と光る目が慎重に五郎助を見まもっている。わずかに額が出額《でびたい》だった。女は左手に小刀を持っていた。

菊どのか、と五郎助は声をかけた。

「斎部五郎助だ。気を楽にいたせ」

五郎助がそう言うと、女ははじめて緊張を解いたようである。小刀の鍔《つば》にかけた親指をひっこめ、かちりと音を立てて刀身を鞘《さや》にしまった。

女は、小声でお上がりくださいませと言うと、五郎助と入れちがいに身軽に土間に降りて戸の閂を閉めた。そして振りむいて言った。

「菊でございます。このたびはご厄介をかけまする」

低いが落ちついた声だった。

五

菊は無口な女だった。隠れ家では、大ていは縫い物をしている。城を脱け出した日、菊は榧の方に半日の暇をもらって生家にもどった。そして大風呂敷いっぱいの、母親が内職にしている仕立て物、家の者の繕い物と針仕事の道具を背負って、そのまま樽屋町裏町の隠れ家にきたのである。菊は物頭屋代《やしろ》源右衛門の手に属する鉄砲組足軽の娘である。

五郎助が隠れ家に着くころには、菊は夜食をたべ終えて、縫い物にはげんでいる。そして五郎助を迎えると火鉢のそばの席をすすめ、舌が焼けるような熱い番茶を一杯出す。それが済むと菊は火鉢と行燈《あんどん》から少しはなれた自分の席にもどって、縫い物に手をもどす。

生家にもどったときに着換えたとみえて、菊は藍《あい》無地の木綿着に辛子《からし》いろの帯をしめている。着物も帯も新しいものではなく、水をくぐったふだん着のように見えた。しかし黄色が勝った帯が、地味な身なりの中でただ一点、若い娘らしい色どりになっている。

菊は美人ではなかったが、しかしただの平凡な容貌の娘でもなかった。何かの拍子に、たとえばふと縫い物の手をやすめて顔を上げるときなど、菊は思いがけない魅力のある表情を示すことがあった。

——なにせ、飾らぬのがいい。

と五郎助は思っている。化粧のあとのない顔、さっぱりと清潔に見える着ているもの。花にたとえるなら、まずは野菊だろうかの、と五郎助は柄にもなく思うことがある。ただしその感想は、多分に娘の名前とむすびついているので、五郎助が急に詩人になったわけではない。

城下から南に一里の丘の麓《ふもと》に、銃と大筒の訓練場があって、そこでは実際に弾をこめて実戦さながらの訓練を行なう。役目柄五郎助も火器隊に同行して訓練場に行くことがあるのだが、行列が街道を逸れて野道に入ると、そこには野の花が色とりどりに咲き、中でも黄色と白の野菊の花が一面に咲きひろがっていたのを思い出すのだ。もっともほかの野草の花の名前を、五郎助は知らない。

そんな娘を見ながら、五郎助は熱いお茶を吹き吹き、娘の家のことなどをたずねたりするのだが、菊という娘の無口は相当のもので、答えても返事は短く、時には黙殺したりする。それでも菊は長女で、下に四人の弟妹がいることなどがわかった。ただ菊は、たとえば五郎助がわしの生まれた家も子供が多くて、兄弟が七人もいたと話の水を向けても、それには何の返事もしないのだ。

しかし五日たち、六日たつうちに、隠れ家の米、味噌、薪炭《しんたん》の類は、ひそかに寺崎中老に協力している商家の橘屋が用意したこと、橘屋はいまも、様子をたしかめがてら二日に一度、少女を使いにして青物、干物などをとどけてくることなどもわかってきた。

無口だが菊の印象は、つめたくはない。縫い物の間にふと立って台所に行き、これも橘屋の差し入れに違いない甘柿の皮を剝《む》いてきて五郎助に喰わせることもあるし、夜横になった五郎助がひきかぶっている搔巻《かいまき》の裾を、そっと押さえてくれることもある。明日は出番という日の夜だけ、五郎助は少し横になってうとうとし、その晩は菊が起きていて警戒にあたることにしていた。齢をとると、夜っぴて起きていることがつらくなる。それで翌日が非番という夜は、五郎助は隣の部屋に菊をやすませ、自分は未明に家にもどってから昼まで寝て寝不足を補う。それで何とか疲れを防げた。

それにしても菊が無口なので、いよいよ話の種もつき、菊の縫い物を眺めるのにも飽きると、五郎助は所在なさに音《ね》を上げた。それでふだんは怠けてやらない虫籠づくりの内職仕事を家から持ってきた。そして火鉢の鉄瓶がちーと鳴る部屋で黙黙と菊は縫い物、自分は虫籠にする竹ひごを削っていると、五郎助は襲ってくるかも知れない敵のことをつい忘れそうになることがあった。

だが今夜は、五郎助は息せき切って夜の町を走っている。打ち合わせのとき、寺崎に人に怪しまれぬように出仕日は休まずに勤めろと言われたので、五郎助は出番の日も城からいったん家にもどってから隠れ家に行くようにしていた。兵具蔵の勤めは一日出て三日の非番が決まりだった。だが五郎助は、寺崎の言葉を念頭において、非番の日も町が暗くなってから家を出る。

ところが今日は、さて夜食を喰って出かけるかという時刻になって、客がきた。客は五郎助の家と同様の、斎部の分家筋にあたる親戚の男で、来春の予定だったのに、先方のつごうでにわかに今年中に行なうことになった長男の祝言に使う屛風《びょうぶ》を借りにきたのだ。用件はそれだけで簡単に済んだのに、長っ尻の男でなかなか腰を上げない。五郎助はじれてのぼせ上がりそうになった。

男が帰ったのを見定めると、五郎助は夜食を喰うひまもなく家を走り出た。昼の間は一人でも防げましょうと菊が言うし、五郎助もそのとおりだと思っていた。実際明るくて人目のあるときに大勢できて、女一人を斬殺するとは考えられない。きても刺客は一人か二人だろう。

しかし夜は違うと五郎助は思っていた。彼らは多人数できて、一気にケリをつけて姿を消すかも知れない。危険なのは夜だった。菊もそう思っているようである。

――遅れた。

その思いで、五郎助の心ノ臓はただ走っているせいばかりでなく、はげしくとどろいている。隠れ家に着いたときは、全身汗まみれになっていた。

「田代」

外から名乗ると、待っていたように戸がひらいた。

「どうなさいましたか。遅うございましたこと」

と菊は言った。その声、その表情で、五郎助は自分が菊に大いに頼りにされていることを知った。

「客がきて遅れた」

「それならようございますけれども、途中で何かあったのではないかと心配いたしました」

菊はめずらしく長長と口をきき察しよくお夜食はと聞いた。

「喰うひまがなかった。腹がへってはいくさは出来んのにな」

「雑炊ならすぐに出来ますけれども」

「それはいい。雑炊を喰わしてくれ」

と五郎助は言った。菊に水に濡らした手拭いをしぼってもらい、首から胸のあたりの汗を丹念にぬぐった。その間に菊は台所で手ばやく包丁の音を立てている。たちまち葱《ねぎ》の香が匂ってきた。

熱くてうまい雑炊を喰い終って、五郎助は内職仕事にかかり、台所を片づけ終った菊がまた無口な縫い子にもどると、部屋の中にはいつものほとんどのどかと呼んでもいいような、平穏な空気がもどってきた。

——親子が……。

内職にはげんでいる図だの、と五郎助は思った。だが実際はそんなのんびりした話ではないことを、五郎助は心得ていた。非番の日には、五郎助は竹中派の動静をさぐるために市中に出る。そして今日の昼すぎについに竹中派の若手と思われる数人の若い武士が、しらみつぶしに町家に立ち入っているところを目撃した。ただし場所は城下の北にある寺前町で、二人がいる樽屋町裏町からみると方角ちがいである。距離も遠い。

連中がここまで回ってくるまではまだ間があるだろうが、このことは菊に話しておかなければならないと五郎助は思っている。だがあまりに平穏無事な空気に誘われたように、口をひらいたときはまったく別の話をしていた。

「わしの家は跡つぎの子がおらんのだ」

そうなった理由、当年三歳になったばかりの外孫を養子に引き取る掛け合いで苦労している、などということを五郎助は縷縷《るる》とこぼした末に言った。

「そなたのような娘がおればよかった」

五郎助がそう言うと、菊は顔を上げて五郎助を見た。そして無言のまま微笑した。野菊に日があたったような、つつましいがあかるい笑顔だった。

五郎助はむつかしい顔をして、内職に手をもどした。菊を警固する仕事が、引きうけたときにくらべいまは至極単純なものに変ったのを、五郎助は感じている。警固するのは、中老に忘れていた自負を掻き立てられたからでも、ましてや加増目あてからでもなかった。警固の目的は、ただひとつこの気持のいい娘を殺させてはならんということだけになっている。

——あと三日。

と五郎助は側用人の与田が帰国するまでの日数を数えた。それまで、何事もなければいいと心中にねがった。

六

だが襲撃は突然にやってきた。明日は与田藤十郎が帰国するというその夜、そろそろ四ツ（午後十時）になろうかという時刻に、はげしく隠れ家の戸を叩いた者がいる。つづいて若い男の声が、橘屋からきました、ご用心をとわめいた。五郎助も菊もすばやく刀をにぎって立った。菊が前褄《まえづま》を帯にはさむのを一瞥《いちべつ》しながら、五郎助が土間に降りたとき、戸の外で絶叫の声があがった。外はそのまま静まり返っている。五郎助は足を引いて上がり框までしりぞいた。

「灯を消せ」

と五郎助が言い、そのあとはこういう場合にそなえたとおりに動いた。灯を消した菊が戸口の横に隠れる。そして五郎助は上がり框の真中に立った。

菊が戸をあけると、外から松明《たいまつ》の光が流れこんで五郎助の全身を照らした。一瞬の間もおかず男が一人斬りこんできた。だが菊が気合鋭く男を斬り伏せた。手加減するなと五郎助は言ってある。土間に倒れた男を飛び越えて、五郎助は外に走り出た。

たちまち白刃がせまってきた。外にいる男は四人、一人は少しはなれて松明を持ち、あとの三人がはげしく斬りこんでくる。五郎助は正面からきた白刃を強くはね返し、体を転じて横から斬りこんできた刀を受け流すと、躱《かわ》されてよろめいた男にはかまわずに、はじめに太刀を交した男を軒下まで鋭く追いつめて斬った。男は五郎助の技に動きを封じられて、逃げ道を失って斬られた。ふたたび体を転じて、迫ってくる二本の白刃に立ちむかう。

身体も刀も軽軽と動いた。寺崎が言ったとおりだった。身体がむかしの技をおぼえていた。遣い手をえらんだとみえて、襲ってきた男たちが遣う太刀先も鋭いが、五郎助の太刀の動きが一瞬はやく、二人目が斬られて地面に崩れおちた。

——若いやつら、よくみろ。

これが無外流だ、と五郎助は思った。

そのとき、うしろ、うしろと呼ぶ菊の声がした。言葉だけでは足りないとみたか、つづいてはげしい気合がひびいた。うしろに回った男に菊が斬りかかったらしい。五郎助は振りむきざまにこちらに背を向けている男の肩を瞬時に斬りさげた。

だが五郎助はこのとき、自分が尋常でなく息を切らしているのに気づいた。空気を欲しがっている肺臓に息を送るために、喉が獣の咆えるような音を立てる。腕も足も、急に重くなった。

——どうした。

五郎助は自分を叱咤《しった》したが、疲れが重く全身にかぶさってきて、出来ることならこのまま地面に横になりたいほどだった。五郎助はよろめいた。

その様子をじっと見ていたらしい。松明を持っていた男が、火を地面に投げ捨てるとすばやく刀を抜いた。この男が頭分らしく、音もなく八双から斬りおろしてくる太刀先が、刃唸《うな》りするほどに鋭い。すぐにその男が一番の遣い手だとわかった。残る気力をふりしぼって立ちむかったが、五郎助は押され、はじめて防御に回った。斬りかかってくる刀を躱すのが精一杯で、踏みこむ隙を見出せなかった。五郎助は喉に獣の声を立てながら喘《あえ》いだ。

押されている五郎助を見かねたのだろう。菊が横に出ようとしている。

「わしにまかせろ」

五郎助はどなった。小太刀で対抗出来る相手ではなかった。押されながら、五郎助は最後の勝負どころを窺《うかが》って目を光らせた。その見きわめに失敗すればおしまいだ。

またしても八双から斬りこんできた敵の刀身が、五郎助に躱されてほんの少し外側に流れた。だが、そのために刀を引きうしろにさがる敵の動きにわずかに遅れが生まれた。五郎助はその引き足に思いきりよくひたひたとついて行った。少しうろたえたのだろう、十分な間合いをとれないままに、敵が八双に刀を引き上げる。その間合いがわずかに短いのを見きわめて、五郎助ははじめて鋭く踏みこんだ。

　五郎助が敵の脇腹から斜めに斬り上げた刀と、頭上に振りおろした相手の刀身が交錯したように見えたが、五郎助の技の方がまたしても一瞬はやかった。敵は地面に膝をついた五郎助を飛びこえるような恰好で背後に音立てて倒れた。

　五郎助はそのままの姿勢で、はげしく喘いだ。そうしているうちに次第に息が静まり、手足にも少しずつ力がもどってきた。菊が走り寄ってきて、無言で背をさすった。

「大丈夫だ。火を拾え」

　と五郎助が言った。地面に投げ捨てられた松明はまだ火が残っていて、菊が拾い上げるとまた明るさを取りもどした。その光で橘屋からきた男をさがした。隠れ家のすぐそばに若い商人ふうの男が倒れていた。肩を斬られていたが深手ではなかった。

　おそらく今日使いにきた橘屋の小女が、帰り道で探索の男たちが樽屋町のあたりをうろついているのをみて主人に告げ、若い男が闇にまぎれて知らせにきたといった事情ではないかと五郎助は思った。男を背負った。

「家に連れて行く」

　と五郎助は言った。つづけて、明日の昼前には与田さまが帰国される、それまでなら何とか防げようと言うと、うしろで菊がはいと答えた。声に安堵《あんど》のひびきがあった。


　一年が過ぎ、また初冬の季節がきた。それより前、今年の秋の半ばに、斎部五郎助の家には喜ばしい珍客があった。

「おじいさま、おばあさま、葭《よし》はお正月からこの家の子になります。よろしくおねがいしまする」

　とその珍客が言った。葭は斎部宗家の孫で四歳。かわいらしい女児だった。教えられてきた口上を無事に述べおえた葭を、大人たちは微笑して見まもった。長い掛け合いがついに実って、今日は宗家の女たちが挨拶にきたのである。

　葭をともなってきたのは拓摩の妻と尚之助の嫁だが、宗家の妻は、ほんとは嫁に三番目が出来てからにしてもらいたかったと愚痴を言った。

「決心するまでは大変だったのですよ」

宗家の妻女はさらに恩着せがましくそう言い、久良はそれに対して、それはそうでございましょうよ、こんなかわいい孫を手ばなすのですものと同情したような口を利いたが、その声音はうれしさを隠しきれずに、誰の耳にも、なに、もらってしまえばこっちのものとひびいた。

「葭、こっちへ来い」

と五郎助が言うと、葭は悪党づらの五郎助を恐れるふうもなく前にきて坐った。そして、

「おじいさま、葭はまた盆踊りが見たい」

と言った。城下町の盆踊りは全町あげてさまざまな趣向をこらす大仕掛けな踊りで、士分の者も見物を許されている。今年の夏、五郎助夫婦は葭を借り出して盆踊り見物をしたのである。

「よし、よし、また連れて行くぞ」

と五郎助は言った。幸福感につつまれていた。

竹中権左衛門は失脚し、権左衛門と嫡男の権之丞は郷入《ごうい》り、ほかの家族は領外追放の処分をうけた。郷入りは辺鄙《へんぴ》な山中にもうけた山牢に、監視人一人をつけて閉じこめる苛酷な刑である。竹中派は瓦解し、すべての処分が終ったのが四月だった。

また今度の事件で貴重な証人となった菊は、城勤めをやめて家に帰った。父親に増扶持の沙汰があったというから、藩は菊が勤めをやめても暮らしに困らないほどの心配りをしたということだろう。寺崎中老の話によると、中老は士分の者との縁組みをすすめたが、菊はうけなかったという。また家で縫い物の内職をしているのだろうか。ちなみに言えば、隠れ家でしていた縫い物は、無事菊の手にもどったらしい。

士分の者と足軽の間には隔絶した身分差があり、菊とはこれで世界をへだてたことになる。しかし、五郎助は、菊がいつか手土産を手に、嫁入ってはじめて出来た子供を見せにやってくるような気がしてならない。菊が来なければ、こっちが葭を見せに行ってもよい。住む家はわかっておる。これについては誰にも文句は言わせないと、五郎助は誰も文句なんか言っていないのに、心中ひとりでいきり立ってそのたぐいのことを考えていることがある。

五郎助には加増の沙汰があった。五石という加増は、この節の藩では破格というべきであろう。ただし、いつからという明示がまだないので、いまのところ加増

は空手形といった形である。久良があせって、寺崎さまに掛け合ってみなされと催促するけれども、五郎助は、まああわてるなどとゆったりと構えている。

勤めの日も、近ごろは一人で飯を喰ったりはしない。配下にまじって飽きもせず孫自慢をして顰蹙《ひんしゅく》を買い、今日は孫がくると言っては下城どきの帰りをいそいでは憫笑《びんしょう》を買っているのも気づかず、本人はいたって満ち足りた日を送っていた。

五郎助の冷笑癖はいつの間にかぴたりと止んで、今日などは近所に住む普請方勤めの白井弥平とこんな話を交している。白井は一日海釣りに行って、その帰りだった。そろそろ日が落ちようとしているのに、路上に城帰りの五郎助をつかまえて言う。

「八寸の黒鯛を上げたぞ。見るか」

以前ならふんと横をむくところだが、五郎助はどれどれと言った。白井が魚籠《びく》からつかみ上げた黒鯛は大きかった。

「ほう、これはりっぱだ」

と五郎助はほめた。相手が五十石の白井だからというわけではなく、ほんとにそう思ったのだ。気をよくした白井は、この鯛を釣り上げるのにいかに苦労したかという自慢話を長長と聞かせたけれども、五郎助はそれにもふんふんと相槌を打った。

苦心談の聞き賃というつもりでもなかろうが、白井が一緒に釣り上げた小鰈《こがれい》を二枚くれて立ち去ると、五郎助はそれをさげて家の門を入った。五郎助の心中は依然として穏やかで、ただはやく葭がくる正月になればいいと待ちこがれている。

偉丈夫

片桐権兵衛《かたぎりごんべえ》を偉丈夫と形容しても、それに異議をとなえる者は藩中に、まず一人もおるまいと思われる。六尺に近い巨軀《きょく》、鼻はしっかりとあぐらをかき、口はつねにしっかりと結ばれている。そして寡黙《かもく》。

その体格でいて職務が右筆役《ゆうひつ》だというのは、いささか役不足に思えなくもないが、右筆役は片桐家の家代代の職で、権兵衛は外からの入り婿《むこ》だから仕方ない。そして権兵衛自身も達筆の字を書く。能書家だった。

権兵衛の妻女、満江《みつえ》はつまり家つきの娘ということになるが、権兵衛が片桐家の婿、満江の夫になると決まったときは、家中の若者が興奮してさわいだものだ。

「おれを見ろ。伝十郎とくらべてみてくれ」

とその若者はわめいた。権兵衛の旧名は佐々伝十郎である。

「おのれを片桐満江にふさわしい美男子とは言わぬ。背丈も伝十郎にはおよばん。だがだ、伝十郎よりはおれの方が婿としてまだしもましだとは思わんか」

「思う、思う」

もう一人、これも興奮した男が言った。

「貴公の方が、片桐の婿としてはまあ尋常だろうな」

「そうだろ。伝十郎の取柄とは何か。ただ身体《からだ》がでかいだけではないか」

「しかし伝十郎は田宮流の居合いを遣うぞ」

と、べつの男が言った。これは背がひょろりと高い、青ざめた顔をした男で、四、五人いる若者たちの中で、この男だけはみんなの興奮ぶりをひややかに眺めていた。はじめから片桐家の婿の口はあきらめているとみえて、口の利《き》き方もつめたい。

「なんの、なんの」

まだ興奮がさめない男がただちに反論した。

「あのぐらいの遣い手は、藩中に十人はいるぞ。田宮流など恐れるに足らん」

このような騒ぎのあとで実現した縁談だったが、不思議なことに伝十郎と満江の新夫婦ははじめから琴瑟《きんしつ》相和《あいわ》し、さんざんに伝十郎をけなした連中もいつの間にか鳴りを静めた。いまは伝十郎は四十半ばとなり、病死した義父の跡を襲って家の名で権兵衛を名乗っている。男子が二人いて、二人とも藩の学塾と武道場に通って筋のよさを評判されている。片桐家の日日は何の障《さわ》りもなく過ぎて行くように見えた。

ところがある日、城を下がってきた権兵衛の顔いろがひどく悪かった。血の気の引いた面上を寒い風が吹きすぎるような顔をしている。いちはやく見咎《みとが》めた妻女の満江が聞いた。

「風邪でもひかれましたか」

「いや」

権兵衛は家の中でも寡黙である。青ざめた顔についても、白く粉を吹いたような唇についても何の説明もなかった。

しかし、夫婦の居間に入り、満江が着換えの世話をやいて、その手伝いも終ろうとしたとき、権兵衛がぽつりと言った。

「大役を仰《おお》せつかった」

「大役とは、何事を」

「例の境界争いの掛け合い役に選ばれた」

まあ、と言ったきり満江は黙りこんだ。それだけではない。満江の顔もみるみる青ざめた。

境界争いとは、本藩との境界について、百年以上も前から、本藩、支藩の間につづいて来た論争である。本藩と呼ばれる海坂《うなさか》藩の始祖政慶公は次男の仲次郎光成を愛して、死歿《しぼつ》するときに藩から一万石を削って仲次郎にあたえ、幕府の許しを得て支藩とした。すなわち片桐権兵衛の属する海上《うなかみ》藩である。

この本藩、支藩の間に境界争いが生まれたのは、政慶公が歿してから七十年ほどが過ぎたころだった。両藩の間に漆木《うるしぎ》を主木とする山があった。どういうこともない山で、漆そのものも灌木《かんぼく》まじりといった丘陵に過ぎないのだが、ある時期から本藩はこの山の境界に争いを持ちこんできたのである。

政慶公はこの山に線引きするに際して、三分の二を海上藩にあたえ、三分の一を本藩の海坂藩に残した。海坂藩は肥沃《ひよく》な稲田を持つ土地である。対して海上藩は山地が多く稲作に適する若干の平地はあるものの多くは棚田である。支藩の貧しさははじめから約束されたようなものだった。それをあわれんで、政慶公は商売人に売れば金になる漆蠟《うるしろう》を生み出す山を、支藩に多目にあたえたのであった。

そのような僅《わず》かな漆山を、なぜ本藩が強欲《ごうよく》にも似た境界争いの対象にしたのか。三分の二を支藩に、三分の一を本藩にという線引きは納得出来ぬ、半半にすべきである。これが本藩の百年前からの主張だったが、むろんこれにはしかるべき理由がある。

漆の実を採取加工して漆の生蠟《なまろう》をつくる。この生蠟は藩の息のかかった商人の手によって市場にはこばれ、蠟燭《ろうそく》や鬢付《びんつ》け、膏薬《こうやく》、諸種の艶《つや》出しの原料として取引きされて藩の経済をうるおすのだが、ある時期から、というのは本藩、支藩の間に境界争いがはじまったころからということになるけれども、本藩では無視出来ないある事実に気づいた。本藩の品は市場ではなかなか捌《さば》けず、売れても安い。対するに支藩の生蠟は引く手あまたという有様で、取引価格も格段に高い。

原因は生蠟の品質にあった。ひと口に言えば本藩海坂藩の蠟は漆蠟本来の黒味を帯び、支藩の蠟の色合いは白蠟に近い。市場での優劣は明らかである。稲作経済一本で喰えた時期は、このような差は取るに足らぬことだったが、米だけでは喰えぬという時代になってみると、この差は無視出来ないものとなってきた。しかもひそかに調べてみると、支藩が漆蠟から得ている利益は本藩の係り役人が驚倒したほどのものだったのである。

半半に線引きを改めるべしと本藩は主張した。品質の差を漆山の地味の差と考えたのである。だが実際は、支藩の漆蠟のめざましい質のよさは、羽賀兵助という郷方《ごうかた》役人が多年、苦心して樹木の品種改良と、製蠟法の改善につとめた結果だったのである。

何年かたってその事実が判明したときから、本藩の掛け合いはやや形式的なものとなった。だが、あわよくばという欲望まで失ったわけではない。年に一度、両藩からはしかるべき人物が選ばれて、丁丁発止と形容したくなるような緊張した論戦を展開する。相手の言葉尻をとらえて一気に優位を確立しようとするのだ。

これまで長年の間、本藩の攻勢をしのいできたのは郡《こおり》奉行の中台市兵衛である。漆山は市兵衛の管掌下にあるので、市兵衛はこの山のことなら掌《たなごころ》を読むごとく隅隅まで諳《そら》んじている。相手に乗ずる隙《すき》をあたえなかった。

その市兵衛が急病で倒れたので、支藩では急遽《きゅうきょ》代役を立てなければならなくなった。ただちに重役があつまって鳩首《きゅうしゅ》協議したがなかなかこれぞといった代役はいない。このとき末席家老の平田藤七郎が言った。

「姿、形といった押し出しなら右筆の片桐だろうが、惜しむらくはあの男……」

「片桐権兵衛か。ふむ、悪くない目のつけどころだの」

一番家老の兼松四郎右衛門が、平田の言葉をひきとった。兼松は狼狽《ろうばい》して手を振っている平田にうなずいてみせた。

「わかっておる。権兵衛は人も知る口下手だと申すのであろう。しかしながら口下手、必ずしも交渉に不利とは限らんぞ。ほれ、巧言令色鮮《すく》なし仁というではないか」

「威あって猛《たけ》からずというが、片桐がまさにそれだ」

もう一人の家老内藤甚左衛門《じんざえもん》が兼松を援護した。

「堂堂たる体軀、人なみはずれた寡黙、いずれも相手方を圧倒するに足りる。それに本家にしても、いまどき本気で掛け合いにきているわけでもあるまい。要は話をうやむやに終らせればよいのだ」

平田家老がおのれの軽率な発言を悔いる間もなく、話はどんどんすすんで、片桐権兵衛を藩を代表する交渉役とすることが決まってしまった。

「つとめて発言をお控えなされ」

ようやく顔色をとりもどした満江が夫に助言した。なんにも言わず、じっと坐っていろというのである。

と言っても、満江は夫の口下手を心配したわけではない。藩中でただ一人、満江は片桐権兵衛が馬のような体軀に蚤《のみ》の心臓をそなえる小心者であることを知っていた。

本藩の交渉役である番頭《ばんがしら》の加治右馬之助は、眼前に信じられないものを見ている。相手の片桐権兵衛は陳弁に窮して真青な顔面に冷や汗を滴《したた》らせていた。それだけではない。膝《ひざ》においた拳《こぶし》も上半身も小きざみに顫《ふる》えているではないか。勝った、と右馬之助は思った。夢のようだった。百年来の掛け合いが実ったのだ。念のために言うと、加治は言った。

「ご返事がないところをみると、漆山を二分する線引き、ご承知ということでござるな。それでよろしゅうござるな」

本藩に帰ったときにおのれが浴びる賞賛、お偉方の喜びを想像すると、右馬之助は危うく笑いがこぼれそうになる。

「それは出来申さん」

それまで黙っていた権兵衛が大声を発した。不意打ちを喰った加治が、ぴくりと身体を顫わせたほどのとてつもない大きな声だった。妻の満江だって、権兵衛のこんな大声は聞いたことがなかろう。漆山の線引きは、畏《おそ》れ多くも藩祖政慶公が病床から指図されたことである、と権兵衛は言った。

「これを本藩の威をもって、あくまでも我意を通し、政慶公のご遺志を曲げるということであれば、わが藩としては、これを守るためには弓矢をとっての一戦も辞さぬ覚悟をいたさねばならぬ。さようご承知ありたい」

このようになめらかに述べたわけではない。権兵衛はいまや赤鬼のように真赤に変った顔に相変らず滝のように汗を滴らせながら、つかえつかえこれだけのことを言ったのである。ただし、口はどもっているが目は炯炯《けいけい》と右馬之助をにらんでいる。窮鼠《きゅうそ》が猫に嚙《か》みついているのだが、右馬之助にはそこまではわからない。

「一戦とは穏やかでないの、片桐どの」

加治右馬之助は、相手をなだめるような微笑を口辺にうかべた。藩祖の遺志をこんなところで持ち出されては勝ち目はない。右馬之助はいさぎよく撤退を覚悟した。勝ったと思ったのは束《つか》の間《ま》の夢で、立場は見事に逆転している。右馬之助は言った。

「いや、それがしも言い過ぎた。線引き改めに応じない貴藩を吝《しわ》いようなことをもうしたことは取り消す。ゆえに貴殿も一戦云云《うんぬん》と申されたことを取り消していただきたいものだ。なに、また来年改めて話し合えばいいことだ」

ひと月ほどして、片桐権兵衛は家老の平田藤七郎の屋敷に呼ばれた。

「漆山の線引き問題は不毛の論争。本年をもって打ち切りといたそうではないか、と本藩から申し入れがあって、長年の問題はあっけなく片づいた。そなた、相手によほど痛烈なことを申したらしいの。先方の交渉役の加治がこぼしておったそうだぞ」

江戸にいる殿に申し上げたところ、殿は大層およろこびで、家老たちが相談して片桐に手厚い褒賞《ほうしょう》をあたえよというお言葉をいただいた。

「そこで功の大きさに鑑《かんが》み、加増十石と決まった。兼松どのは、いま空席となっておる右筆組の頭に推してはどうかと言われたがわしは反対した。その意味はわかるな。口下手のことではない。そういう役には、そなたは不向きな人間だ」

妻女の満江のほかに、藩中にもう一人権兵衛の小心を見抜いていた人物がいたことになる。それにしても何を申してあの能弁の加治右馬之助を降参させたか、不思議でならん、話して聞かせぬかと平田藤七郎は言ったが、片桐権兵衛は紅潮した顔をうつむけて黙然と坐っているだけだった。

桐畑に雨のふる日

その日は居残り番で、ゆきの帰りは遅くなった。通いで働いている駿河屋という木綿問屋を出たのは五ツ(午後八時)少し前だったろう。柴井町から家がある芝口三丁目まで、間にある町二つ、それもまだひとが歩いている表通りを歩いて帰ってくるだけなのに、居残りの日はゆきは帰り道がこわくて胸が固くなってしまう。はきはきと物を言うので人には勝気と思われがちだが、ゆきはほんとのところは臆病な女だった。

だから何事もなく住んでいる長屋に帰ってきたときはほっとした。木戸を入るといつもの習慣で提灯《ちょうちん》の火を吹き消した。木戸わきの家が大家で、この好人物の大家は店子《たなこ》を上回る貧乏大家である。いつも夫婦で夜内職をしている。

その灯明かりをたよりに歩き出したとき、ゆきはいったん静まった心ノ臓がぴくりとはねるのを感じた。一人暮らしの自分の家に灯がともっている。誰がきているのだろうと思う間もなく、ゆきは家の中にいるのが父親だと確信した。父親の由松が行方不明になってから九年たったが、ゆきは父親はいつか必ず帰ってくるだろうと思っていた。それもきっとこんなふうに突然に。

父親は大工だった。棟梁ではなかったが、年季奉公もワタリの修業も済ませた腕のいい大工で、ゆきが物ごころついたころには奉公した親方の右腕として働いていた。その父親が突然に失踪するにいたったわけというものを、ゆきはいまだに十分に納得できないでいるのだが、父親はどういう事情があってか、あるとき建て主からもらって親方にわたすべき手間賃を、そっくり猫ババして行方をくらましたのである。そのことは棟梁の家からひとがきてはっきりした。ただ大金ではなかったので、棟梁は話を内内で済ませ、外に訴え出るようなことはしなかった。

失踪する由松を見送った日のことを、ゆきははっきりとおぼえている。父親は家の者には親方の用で甲府まで行くと言っていた。父親は朝早く家を出るつもりだったようだが、じっさいには夕刻になった。ゆきの母親が風邪をこじらせて高い熱を出していたからである。母親は身体《からだ》が弱かった。由松は医者から薬をもらってきてのませたり、濡れ手ぬぐいで額をひやしたりして甲斐甲斐しく女房を看病したが、七ツ（午後四時）の鐘の音を聞くとたまりかねたようにゆきに言った。

「あとをたのんだぞ。どうしても今日のうちに旅立たねばならねえのだ」

「送って行く」

とゆきは言った。

一家はそのころ芝口南の備前町に、狭いながらも表店を借りて住んでいた。隣の種物屋と懇意にしていたので、そこの女房にあとをたのんで、ゆきと旅支度をととのえた父親は家を出た。

外は夜明けに降り出した小雨がまだ降りつづいていて、町は梅雨どきのようにうす暗かった。家を出るとすぐに、由松は何ごとかに深くこころを奪われたような顔つきになった。その顔でひとことも口をきかずにひたすらに道をいそぐので、ゆきはときどき小走りに走って父親に追いつかねばならなかった。

「ここでいい」

ひょっとしたら自分がついてきているのを忘れたのじゃないだろうかと、ゆきが心配になりはじめたころに、由松はようやく立ちどまってそう言った。二人は葵坂をのぼって溜池が見える場所に出ていた。

「おっかあをたのむぞ、いいな」

由松はそう言うと急に膝《ひざ》を折ってしゃがみ、ゆきを胸にひきよせて抱いた。不自然なほどに長い間そうしていたのを、ゆきはおぼえている。父親の身体は強く煙草の匂いがした。

ゆきは十歳だった。少し気はずかしい思いで父親に抱かれながら、ゆきは胸の中にさっきまでは影もみえなかった得体の知れない不安がひろがるのを感じていた。

池の上手に町ができるまで、そのあたり一帯はいちめんの桐畑だったという。いまは畑と呼ぶほどのものはなくなったが、むかしの痕跡はまだ残っていて、町とその先にのびている道から池の水ぎわにかけて、ややまばらながら桐の林がつづいている。桐の木は直立する紫色の花をつけて雨に濡れていた。

由松の姿は、一度は馬場の先にある武家屋敷とその先につづく町に隠れたが、やがて町はずれの道にもう一度現われた。桐林のむこうを横切る小高い道を、由松は背を曲げて遠ざかって行った。由松の前後にも傘をさした数人の通行人が見えたが、合羽を着て大きな笠を傾けた父親の姿は、遠目にもすぐ見わけられた。

──あんなにいそいで、どこに行くのだろう。

ふと、ゆきはそう思った。正体がわからずますます大きくなる不安とかすかなかなしみを胸にかかえて、ゆきは立っていた。父親は一度も振りむかなかった。やがてうす暗い雨の中に消えて行った。それから九年がたったのである。

ゆきは足音をしのばせて土間に入った。すると突きあたりの障子の陰からいびきの音が聞こえた。家の中で男のいびきを聞くのは何年ぶりだろう。

──おとっつあんだ。

遠くから帰って、くたびれて寝ているのだとゆきは思った。幸福感がゆきの胸をふくらませた。だが障子をあけたとたんに、幸福感は跡形もなくしぼんだ。長火鉢のそばに鼻提灯を出して若い男が眠っている。むろん父親ではなかった。

「豊《とよ》ちゃん、起きなさいよ」

そばに膝をつくと、ゆきは邪険に男の身体をゆすった。

男は豊太といい、由松の世話で同じ棟梁に奉公し、去年までに御礼奉公もワタリの修業旅も済ませた大工である。齢《とし》は二十四で、ワタリ修業に出かける前あたりから帰ったら所帯を持とうとゆきに持ちかけていた。

「お、お」

身体をゆすられて豊太は目をひらいた。けげんそうにゆきを見た。それであわててはね起きるかと思ったら、大きなあくびをしてからのっそりと身体を起こした。横着な男である。おまけにのんびりと言う。

「おれ、眠っちゃったな」

「なんで夜分になんかきたのよ」

ゆきは豊太をねめつけて、つけつけと文句を言った。半分は自分の思い違いに腹を立てていた。どうして父親が帰ってきたなどと思ったのだろう。九年もの間、生きているか死んでいるかの消息すらない父親が帰ってきたなどと、なぜ簡単に思ってしまったのだろう。

「女一人の住居なんだから、少しは考えてもらわないと。長屋の人ってけっこう口がうるさいんだからね」

「いや、明るいうちにきたんだぜ」

豊太は言って、もう一度あくびをした。

「待てどくらせどおまえさんが帰らねえから、つい眠っちまったんだ」

「あきれた」

とゆきは言った。

「で、何しにきたのよ」

「何しにとはごあいさつだな」

豊太もようやく、自分が歓迎されていないことに気づいたらしくにが笑いした。

「いや、たいしたことじゃねえ。今日の棟上げで一人で喰うにはもったいねえような鯛をもらったから半分……」

豊太はきょろきょろと身のまわりを見回している。

「はて、折りがどっかに行っちまった」

「ひょっとしたらあんたの背中にくっついているのがそれじゃないの。まあ、なんてひとだ」

ゆきは豊太をにらんだが、たまりかねてぷっと吹き出した。

豊太は固太りの身体の大きい若者である。丸顔の男ぶりもわるくなく、大工の腕はかなりのものだと聞いている。だが葛西《かさい》の百姓家の末子とかで、そのせいか万事やることがのっそりしている。生まれも育ちも芝のゆきには、豊太のやることなすことがかったるくて仕方がない。

ゆきは笑いをひっこめた。油断をすると豊太はすぐに所帯を持とうと迫ってくるから甘い顔は見せられない。豊太の背中からつぶれた折り箱をはがしてあけてみた。なるほど一人ではたべ切れないほどの大きな鯛が、きれいに焼き上がって入っている。

「はい、はい。じゃ半分いただきますからね。そうしたらすぐに帰ってちょうだいよ。木戸がしまったらみっともないから」

おしまいの方を切り口上で言うと、台所で鯛を分けにかかった。すると豊太が何か言った。ゆきは包丁の手をやすめた。

「え？　いま何か言った」

「いい加減に所帯を持とうぜと言ったんだ」

と豊太が決まり文句をとなえた。

「そうすりゃ、鯛を切る手間もはぶける」

「まだその気はないって、こないだも言ったばかりじゃないか」

「そういうけど、おめえだって来年は二十だぜ」

「よけいなお世話よ」

豊太がきらいではない。子供のころから備前町の家に出入りしていたから、気ごころも知れている。母親が死んだとき、そしてそのあと備前町からいまの裏長屋に引越したときは、ずいぶん豊太の世話になった。このひとがいなかったらどうなったろう。

だがゆきの胸の中には、どことなく片づかない気持がひとつ隠れていた。嫁に行く前に、せめて父親の生死ぐらいはたしかめたいと思うのだ。だがどうしたらそれができるかもわからず、胸の中の落ちつかない気分は痼《しこ》ったままだった。

それにもうひとつ正直なことを言えば、ゆきにはまだ、一緒になるならぜひとも豊太でなければというほどの気持がなかった。ゆきのまわりには、豊太よりもっと気のきいたせりふを言えて姿もいい若者たちがいて、彼らは豊太のように生まじめで頼り甲斐があるようには見えないとしても、気があるそぶりをして若いゆきのこころをくすぐったりするのがうまかった。

ゆきは半分にわけた鯛の包みを豊太にわたした。

「さあ、帰って。いつまでも二人でいると長屋のひとに怪しまれるから」

「何をこわがってるんだい」

「世間よ」

とゆきは言った。

「一人暮らしの女は、世間に憎まれたら生きちゃ行けないんだから」

鯛の包みを持って、豊太はのっそりと立ち上がった。そして土間に降りてからふと思い出した口ぶりで言った。

「そう、そう、さっき八丁堀の親方がきたぜ」

「あら」

とゆきは言った。

八丁堀というのは父親の由松の兄弟子で、運よく株を買うことができていまは棟梁と呼ばれている富五郎のことである。住居が本八丁堀そばの松屋町にある。母親の葬式を出すときには、富五郎が万事采配をふってくれた。

「なにか、おめえに話したいことがあったようだぜ」

「いやだ、あんたが家にいるのを見られたんだ」

とゆきは言った。かっとなった。

「八丁堀のおじさんに、きっとだらしない女だと思われたわ」

ゆきの見幕に、豊太も長居は無用と思ったらしく、めずらしく機敏に外の闇に姿を消した。


翌日はゆきは早番だった。勤め先の駿河屋は、通いをいれると十人を越える奉公人がいる店だが、春先に長年勤めた台所女中がやめると、後に残った住みこみは十三と十五の若い二人だけになった。

それをゆきと、もう一人近所からくるまさという所帯持ちが、早出、居残りをくりかえして補っている店だから、休むということができない。ゆきちゃん、あんたは家にもどっても待つ人はおらへんのやから、住みこみで働いてくれてもええやないかと、上方弁の店のおかみに言われるが、ゆきにはいつかは父親が帰ってくるだろうという思いこみがある。

以前に住んだ町の種物屋には、父親がもどってきたらいまの住居をおしえてくれるように、くれぐれもたのんであるから、帰ってくれば父親はまっすぐに三丁目の長屋をたずねてくるだろう。そのときは狭かろうが古かろうが、父親がゆっくり休める家が必要なのだと思っていた。

だがこの日は、一日中仕事に追われて夕方の早引けどきが近づくと、ゆきの気持は落ちつきなくさわいだ。八丁堀の棟梁の話とは何だろうという疑問がくりかえしくりかえし胸にわき、そして最後にはおとっつあんのことに違いない、ほかに富五郎おじさんがあたしにどんな話があるわけもないという確信が胸に居坐った。

富五郎はまた日を改めてくる、と言ったそうだが、とてもそれを待ってはいられない。そう思いながらゆきは駿河屋を出ると、そのまままだあかるい町を八丁堀にむかった。

富五郎はいなかった。富五郎の女房はゆきに笑顔をみせて、おやゆきちゃんひさしぶりだね、ずいぶんきれいな娘さんになったじゃないかと言い、親方はまだ帰っていないが、家に上がって待ったらどうか、それともいそぐ用なら今日の仕事場はこの家のすぐそばだから、そっちに行ってみるかと言った。

ゆきは道を教えてもらって富五郎の仕事場にむかっ

た。女房の笑顔の中に、世をしくじった亭主のおとうと弟子に対する憐愍《れんびん》、それとは逆に首尾よく棟梁株を手に入れたわが亭主の甲斐性をほこる色があることに気づいたからである。むかしは家がらみで親しくしたひとのそういう態度はゆきにつらい思いをさせたが、女房は自分では気づかなかったかも知れない。

仕事場は近かった。なんのことはなく、さっき通り過ぎてきた松村町の奥の方で、富五郎は家普請の指図をしていた。ゆきを見ると、富五郎はちょっとむこうへ行くかといって仕事場を出た。表に出ると、そこはまだ人がいっぱい歩いていた。富五郎は通行人の間を横切って、堀にかかる紀伊国橋まで行くと、そこでゆきを振りむいた。

「用ができてな、上方に行ってきたんだ。もどってきたばかりだ」

と富五郎はいった。

富五郎は小柄で、日焼けした顔にきれいな白髪が似合う男である。齢は五十近くになったはずだが、目は鋭く、身体はまだまだ機敏そうだった。

「上方はな、若えころにおめえのおとっつあんと一緒にワタリの修業に行った土地だ。こころあたりがあったから、少し行方をさがしてみた」

富五郎は口べたで、ところどころ話を端折るが、言っていることはむろんわかる。父親をさがしたのだ。ゆきは突然に息ぐるしく胸がとどろくのを感じた。

富五郎はそこで言葉をさがすように口をつぐんだが、すぐにあきらめたように言った。

「おとっつあんに会ってきたよ。大坂だ。女と暮らしていた。その女が、おれも知っていたひとなのだ」

「大坂のひとですか」

「いや」

富五郎は首を振った。つらそうな顔をして、ゆきから目をそらした。胸のとどろきが急におさまり、橋の下の三十間堀から汐《しお》の香が強く立ちのぼってくるのをゆきは感じた。

「神明前に小料理屋があってな、女はそこで働いていた。いまは子供が二人いる。おやじのことはもうあきらめな」

死んだかみさんとゆきちゃんのことを話したら泣いていたが、江戸に帰る気はねえそうだと富五郎はつけくわえたが、ゆきは半分ほどしか聞いていなかった。

旅に出る日、母を看病しながらそわそわと落ちつかなかった父親のことが思い出された。あれは父親が妻子を捨てて駆け落ちする姿だったのだとゆきは思った。

「このことは女房にも話さなかった。おめえさんのほかは誰にも話すつもりはねえから、安心しな」

「おじさん、ありがとう」

ゆきは深深と頭をさげると、富五郎に背をむけて橋をおりた。うしろで富五郎の声がした。

「豊太と一緒になるのか。あれは腕もよくて信用できる男だ。そのつもりならおれがめんどうみるよ」

「いいえ」

ゆきは橋袂から富五郎を振りむいて、笑顔をみせた。

「豊太さんが勝手にそう言っているだけなんです。あたしはまだ、当分一人でいます」

家に帰ると、ゆきは飯の支度もせずにじっと考えに沈んだ。天涯孤独という言葉がうかんできた。

駿河屋で住みこみで働いている十三の少女は、駿河屋の主人の遠い身よりで、みなしごだという。はるという名前である。はるは天涯孤独の子うやから、うちでちゃんとしつけて嫁にやらな思うてますのや、と駿河屋のおかみがときどき言う。

これまで一度も感じたことのない、天地の涯《はて》にきたようなさびしい気持に身体をつつまれて、ゆきは声を立てて泣いた。泣きやむと風呂敷包みをひとつつくって行燈の灯を吹き消し、外に出た。季節は梅雨に入ったはずだが、雨はいっこうに降る気配がない。町はうす暗く、頭の上に禍禍《まがまが》しいほどに赤い色をした雲を残しながら夜になるところだった。

豊太が住んでいる長屋に行くと、豊太は膝《ひざ》をそろえて飯を喰っているところだった。風呂敷包みを背負ったゆきを見ると、豊太は黙って箸をおいた。

「どういう風の吹き回しかな」

豊太はつぶやいた。

「まさか、嫁さんが乗りこんできたということはねえよなあ」

「さっき、八丁堀のおじさんのところに行ってきた。おとっつあんが大坂で見つかったんだって」

ゆきは風呂敷包みをおろすと、膳をわきにどけた。豊太の前に膝がくっつくほどに近く坐った。

「かみさんがいて、子供も二人いるんだって。あたしたち、おとっつあんに捨てられたのよ」

「へーえ」

豊太はけげんそうにゆきを見た。

「でもまあ、無事でいてよかったじゃないか」

「バカ、バカ、バカ」

とゆきは言った。両手のこぶしをかためて、豊太の胸をつづけざまに打った。

「男なんかみんなバカなんだから。男なんかみんな死んじゃえばいいんだ」

「まあ、そう言えばそんなもんだろうが……」

ゆきに胸を叩くままにさせながら、豊太は言った。

「でも、男がみんな死んだら、女だって困りゃしねえかい」

ゆきは身をそらして豊太を見た。それから小さく頭をさげて言った。

「あたしをお嫁にしてください。いいかみさんになるから」

「よしきた」

と豊太は言った。こわごわした手つきで、ゆきの手をとった。

「ゆきちゃんを大事にするぜ。おれは妻子を捨てたりはしねえ」

と豊太は言った。ゆきが身体を傾けて行くと、豊太はやっとゆきの背中に手を回したが、突然におとずれた幸運を信じかねているとでもいうふうに、こわれものにでもさわるようにそっと抱えている。そしてまだうわごとを言うように、一生懸命はたらいてあんたをしあわせにするぜとか、金をためていずれ備前町の家のような表店を借りるのだなどと言っている。

広くて厚い胸に額をつけながら、ゆきはあたしが嫁になるのはこのひとしかいなかったのだ、それなのにどうしてあんなにふわふわと浮ついた気持に取り憑《つ》かれていたのだろうと思った。

「ごめんね」

顔を上げて、ゆきはそう言った。豊太にその意味がわかるはずはなかったが、わからなくてもいいとゆきは思った。

長い間胸の中に痼っていたものが消えて、気持がさっぱりしているのを感じた。かわりに胸を満たしてきた幸福感につきうごかされて、ゆきは自分から豊太の胸にひしとしがみついた。豊太もようやく自信がわいてきたらしい。口をつぐむと太い腕で力強くゆきを抱いた。

品川洲崎の男

「おや」

みちは白粉《おしろい》をえらんでいた手をやすめて、たったいま小間物屋の前を通りすぎて行った男を見送った。

男は以前に、といってもそんなにむかしのことではない、みちとわけのあった人物だが、半年ほど前にふと消息を絶ってそれっきりになった。その男が、神田室町の繁華な通りを歩いていた。

男は一人ではなかった。若い女と風呂敷を背負った小僧をしたがえている。長身の胸をほんの少し反らし気味にして歩く姿がりっぱで、男はみちがかねて見当をつけたように、相当のお店《たな》の主人のように見えた。みちは店の表まで出て男を見送りながら、跡をつけてみようかと思った。

跡をつけて男の素姓をつきとめてどうしようというつもりはない。みちもひとの女房、男も多分れっきとした所帯持ちのはずである。素姓が知れたから、また以前のような世に秘めたつき合いがはじまるというものではなかった。それは百も承知だが、みちの胸の中に、澄ました顔で通りを歩いている男の正体を知りたいという、やみくもな気持が動く。

「あら、まあ」

とみちはつぶやいた。

まるでみちの気持が通じたように、男が大きな店の手前で右手の細路地に曲った。そして女は男について一緒に曲って行き、小僧は構えの大きいその店の表の入口から中に入って行った。

「お客さん、白粉どうしますか。お買いになるんならはやくして下さいな」

小間物屋が外へ出てきてそう言った。番頭をおくような大きな店ではないから、多分その男が店の主人なのだろう。丸顔で色が黒く、女相手の小商いには不向きな感じがする男である。

　男はみちが手にしている白粉の小袋に目を走らせた。持ち逃げされては大変だと思って店から出てきたらしい。ふん、こんな安物の白粉を誰が持ち逃げなんかするもんかねと思いながら、みちは小袋を主人の手に返した。

「ちょっと聞くけど」

「何ですか」

　買わない客と見きわめたか、主人の声は急につめたくなった。

「さっき店の前を通った男のひとを見なかった？」

「へ？」

「若い女のひとと小僧を連れてた」

「そんなことを言われても、これだけのひとが歩いてんだから」

　小間物屋の主人は、右に左に通り行きかうひとびとに目をやりながら言った。

「いちいち通行人に目をくばってはいられませんよ」

「でもそのひとたち、あのお店のひとじゃないかと思うんだけど」

「どの店？」

　五十近くみえる主人は、無愛想な声を出した。いつまでも買うか買わないかはっきりしない客の相手をしてはいられないといった気配が露骨にみえたが、つぎの客が来て待っているわけでもないので、どれどれと言いながらみちのそばに寄ってきた。

　みちは通り右側の五、六軒先に見えている大きな店を指さした。いまは店の前に、さっきはいなかった荷馬が二頭いて、店の者が二、三人馬の背から俵に詰めた荷を中にはこび入れている。

「あの店なんだけど、旦那らしい男のひとと女のひとは路地を店の横に曲って行ったし、小僧は表から店に入った。だから男と女は母屋の入口に回ったんじゃないかしらと思ったわけ」

「どんな男だったか、もう一度言って」

「そうね」

　あの男のことなら肌の色まで知ってるよ、ただ所も名前も知らなかっただけだと思いながらみちは言った。

「齢《とし》は四十になったかならず、背が高くて男前のひとだった」

「女の方は？」

「こっちもなかなかの美人だったねえ。若い女と言ったけど、二十半ばにはなってるんじゃないかしら」

「そりゃああんた、あの店、徳丸屋の旦那とかみさんだよ」

と、小間物屋の主人は急に破顔一笑という顔になって、小僧が入って行った大きな店を指さすと、そう言った。

「かみさん？」

みちは鋭く問い返した。

「ずいぶん若いかみさんじゃないか」

「後添いだからね。信兵衛さんは五年ほど前にかみさんに死なれてしばらく男やもめだったんだ。いまのかみさんは半年前にもらったんだよ」

小間物屋は急に饒舌《じょうぜつ》になった。

「徳丸屋は大身代だからね。その上に信兵衛さんがあのとおりの風采のいい男ときている。若い女だって美人だって、いくらでも後添いにきますよ、そりゃ」

男の声には強い羨望のひびきがまじった。

「うちの女房なんか、いっそ死んでくれないもんかと思うようなひどい女だけどね。こういうのに限って丈夫で、多分亭主より長生きするね。でもそんな女房でも、死なれたらあたしらなんかにはおいそれと後添いなんかきませんよ。若くて美人なんてどこの世界の話かと思うようなもんだが、徳丸屋さんはそういうかみさんをもらったね。大したもんだ」

「何を商ってるお店なの？」

「看板にでっかく出てるじゃないか」

小間物屋の主人にそう言われたが、みちは無筆で看板の字ものれんの字も読めない。みちはあたしゃ目がわるくて読めないからと言った。

するとそれと察したらしい小間物屋が、うす笑いしながら読み上げた。

「諸国乾物卸、徳丸屋と書いてあるね。このあたりは乾物屋が多いんだ。徳丸屋さんはその中で三本指に入る大店でね、商売敵《がたき》がおなじならびでその先十軒ほどのところにある相模屋。扱う品が似たようなものだから競《せ》り合っている。あの二軒は、奉公人まで仲がわるいそうだよ」

乾物というのはね、あんた、知ってるかも知れないが干物《ひもの》のことだよ。椎茸、干瓢から煮干、鰹節。干物を使わない家はありゃしない。それに諸国の名産というのがあってね、松前、秋田、越前越後の乾鮭《からざけ》、越前の干鯵、出雲、加賀の干鱈、駿河の干海老、播磨の干蛸などというものもある、と小間物屋は学のあるところをひけらかした。

しかしそこで主人は、ようやく本業の商いを思い出したらしく、手の中の小袋をかざして振った。

「白粉どうするんですか。買わないんですか。安くて上物の白粉だよ」

「またにしとくわ」

とみちは言った。

みちは小間物屋の主人の呪い言葉を背に聞き流して、室町一丁目と二丁目の角を左に曲った。本小田原町から伊勢町の米河岸《こめがし》に出る道だが、魚河岸の北側になるので、河岸の喧騒がかすかに聞こえる。

みちは米河岸を足ばやに南に歩いて荒布橋《あらめ》をわたり、小船町で日本橋川の河岸に出た。

——へえー、おどろいたね。

とみちは、胸の中で何度めかのつぶやきをくりかえした。少し興奮していた。だがそのつぶやきの中に、ただおどろいたおどろいたでは済まされないものがまじっているのも感じている。

お互いに所も名前も明かさない、それもおもしろいじゃありませんか。男はそう言って闊達《かったつ》に笑い、ひとの女房であるみちをおもちゃにした。そしてみちもまたそれを承知で、女をよろこばせるすべに長《た》けている男のあつかいに陶酔したのだ。それはそれで何の不満があるわけではない。夢だとすれば、これほど甘美な夢もなかったろう。

その男は半年前にふっつりと消息を絶ったけれども、みちは男が消えたことをそれほど残念がったわけではなかった。いつかはそういう日がくるだろうと思っていたし、それに一見お店の旦那ふうで、風采もりっぱな男といっても、相手はどこの馬の骨とも知れない人間である。世の中は広いから、風采のいい女たらしの詐欺師だっているだろう。そんなのにひっかかったらたまったもんじゃない。いい潮時じゃないか、とみちは思ったのだ。

しかし今日、色の黒い小間物屋に聞いた話によれば、男は半年前に、若くてぴちぴちした美人の後添いをもらい、時を同じくして弊履《へいり》のようにみちを捨てたことになる。つまり乗り換えて、はいさよならというわけだ。気に喰わない。

――そりゃ聞こえませぬ、信兵衛さん。

永代橋を東にわたりながら、みちはこっそりとつぶやいた。口の中で言ったはずだったが、声になって洩《も》れたらしく、すれ違った女がじろりとみちを見て通り過ぎた。

小間物屋の主人と話している間に石町《こくちょう》の鐘の音を聞いた気がするから、時刻は午《ひる》をかなり回ったはずである。そのせいか、橋の上の人影は疎《まば》らだった。

朝は寒さがきびしかったが、一片の雲もなく晴れわたったせいで、いまは空気があたたまり首のあたりがかすかに汗ばむほどだった。小春日和とはこういう日のことだろうとみちは思いながら歩いている。ただし十二月の日は懸命に燃えているものの、地上にとどく日差しには、一点のつめたさがふくまれていた。

風がないので、橋の下を流れる大川の水は、上流も下流も空のいろを映して真青に染まって、ゆたゆたと揺れていた。下流の、川水が海とまじわるあたりに白い日が映って、そこだけきらきらと水がかがやいているが、かがやいている部分はやがてどんどん上流に移ってくるだろう。河口の方から現われた舟が三艘、青い水を蹴《け》ちらすように川を遡《さかのぼ》ってきて、橋の下をくぐって行った。

みちは陽気な女である。胸がおさまらないものがあることはあるが、そんなに深刻に男の不実にこだわっているのではなかった。長い橋をわたり切るころには、気持は腹をすかして待っているだろう亭主の富蔵のほうに移っていた。

富蔵は錺《かざ》り職人である。女房に死なれた独り者で子供もいない、錺り職の腕はよくて、ほれ、この通りだと言って縁組み話を持ってきてくれた男が見せた、富蔵がつくったという簪《かんざし》にみちは惚れこんだ。みちは門前仲町の料理茶屋松葉屋に十何年から先も勤めているうちに、うかうかと二十半ばを過ぎてしまって、富蔵との縁談が持ちこまれたときは三十を目前にしていた。

ろくに相手をたしかめもしないで承諾した。みちの方は初婚だが、どういうわけかこれまであった縁談はひとつもみのらず、みちは料理屋勤めに厭《あ》いていた。このへんで奉公を切り上げてひとの女房におさまるのもいいんじゃないのと、そのときはいやに気をせかされておねがいしますと言ってしまったのだ。

だが嫁にきてみると、家が永代橋からさほど遠からぬ小松町の長屋にあるのは聞いていたことだからよいとして、その家は目の前に武家屋敷の高い塀と木立があって、ろくに日も差さない。そして肝心の聟《むこ》どのは、胡瓜《きゆうり》のようにあごがしゃくれて顔いろが青白い男だった。女房に死なれてからろくなものを喰っていなかったとみえて、極端に瘦せている。おまけに目を上げてみちを見ることも出来ず、おどおどと下うつむいている。借り物とひと目でわかる羽織がぶかぶかと大きすぎるのが、いかにもわびしかった。それが初対面だった。

みちは少少がっかりしたが、すぐに気を取り直した。

――ま、ええわ。

うまい物をつくってたくさん喰わせて、ひげも毎朝あたしが剃ってやろう。頰とあごに剃り残しの長い不精ひげが四、五本そよいでいるのを見ながらそう思った。そうしたらそのうちには少しは見栄えのする亭主になるだろう。

だが一緒に暮らしはじめてみ月も過ぎるころから、みちの目論見《もくろみ》を打ち砕くようなことがつぎつぎと出てきた。ひとつは富蔵がいまは簪も指の輪（指輪）もつくっていないことであった。毎日金床の上で木槌で叩きのばしている板金は、かなり大きいものである。もちろんそういう品物も、仕上げのときは鑿《のみ》とやすりでこまかい仕事をするが、出来上がった金物はやはり大きい。

みちはあまりに不思議で、それは何かと聞いた。

「仏壇の金具だよ」

「仏壇？　簪なんかはつくらないの？」

「若いころはこさえたけど、目をわるくしていまはこまかい仕事はやってないんだ」

富蔵は、ぼそぼそと弁解口調で言った。みちは内心憤然とした。仲人口に乗せられたと思ったのだ。だが顔いろには出さずに、もったいないねえ、折角いい腕を持っているのにと言った。

すると富蔵が意外なことを言った。

「そのうち、ひまが出来たら簪をつくってやるよ」

「あたしに？」

「うん」

「うれしい」

だがそのひまはたっぷりあるのに、富蔵が簪をつくってくれる気配はなかった。追い追いわかってきたことだが、富蔵は売れない錺り職人だった。得意先やむかしの親方筋が仕事を持ってくることはめったになく、大ていは自分が注文取りに出かけて行くのだが、それも手ぶらで帰ることが多かった。当然収入は少なくて、たびたび暮らしの金につまった。

だがみちはべつにあわてなかった。亭主には打ち明けていないが、松葉屋で働いている間にためた金がある。ひとが聞いたらびっくりするほどの金額だった。

じつを言うと、みちは富蔵を弟子の一人くらいはいる職人だと思っていたので、亭主に長屋から表店に出たい気持があるのなら、そのときは持っている金を使ってもいいと思っていたのだ。その気持は、富蔵が腕も大したことはない、世わたり下手の職人とわかっても変らなかった。表店に引越して、富蔵より腕のいい職人を一人頼めば済むことだ。

そのぐらいの夢は見ても、罰はあたるまいとみちは思っていた。それで暮らしの金に不自由するようだったら、また働きに出てもかまわない。働くのを厭《いと》う気持は少しもなかった。わが家のためと思えば今度は張りあいがあるようなものだ、とみちは思う。

松葉屋は女中のしつけがきびしかったので、みちは水商売上がりには見えない。おまけにはじめて広い世間に出て、顔いろも動作もいきいきしている。

「あんたは、富さんには過ぎた女房だ。よく面倒みてやってるじゃないか」

「でもさ、こんなぴちぴちした美人が後添いじゃ、あたしゃ心配だよ」

そう言ったのは長屋で一番の不器量で知られる、左官の女房だった。

「ウチのばか亭主が、よしおれもひとつなんてその気を起こしかねないからね」

女房たちはどっと笑った。長屋の女たちは、こんなあけすけな言い方でみちを自分たちの仲間と認めてくれたが、だからといってみちは、ろくに日も差さず、羽目板どころか、うっかりすると畳の上を蛞蝓《なめくじ》が這《は》い回っているような長屋で一生を終るつもりはなかった。

——いつかは……。

日の差す表店に出るのだ、と思っていた。あたたかい日が差す店の前を、絶えず身ぎれいに装った人たちが行き来し、遠くからのどかな物売の声が近づいてくるようなにぎやかな表通り。店構えは小さくとも、そこに店を借りて錺り師の看板を上げよう。

誰にも言わず、自分だけでそのことを考えていると、みちの胸は小さくときめく。ひとは誰でも、前途にたとえ小さくともあたたかく光るものを見つめていないと、当面の鬱屈に堪えられない。光ることでもいいが、光るものはうまいものを喰うことでも、いい着物を着ることでもいいが、みちの場合は表店に引越すことである。そののぞみは微動もせず、みちは想像するだけでたのしくなる。

だがみちのそういうきうきした心づもりを一撃で打ちくだくようなことがあった。ある日みちが買物をして帰ると、家の中が線香くさかった。おや、と思ったが、みちはそんなに気にしたわけではない。仏壇というものもない家なので部屋の隅に底を上にした箱をおき、その上に先妻の位牌が飾ってある。みちは几帳面に月命日、ふつう立ち日という日は、水とご飯のほかに線香と草花などをそなえておがんでいる。線香の匂いに違和感は持たなかった。

だが今日は月命日でも、ましてや祥月命日でもない。

「どうしたの？」

何気なく声をかけて家の中に入ると、亭主が位牌の前で線香の香を散らそうと大わらわで手を振り回している。それはいいとして、みちを見た目が真赤で、おまけに頰には泣いた跡が歴然と残っているではないか。

みちはかっとした。みちの留守をさいわいに、亭主が亡妻の思い出にどっぷりとひたって泣いていたことはひと目みただけであきらかだった。おまけに線香までともして。

泣いたのがわるいというのではなかった。数数の古い思い出の中には、思い出して思わず泣けてくるような事柄だってあるだろう。それを責めたってしようがない。責めるつもりもない。ただそれを女房の留守に、こそこそとやるとは何事だと思うのだ。

「何やってんのさ、みっともない」

富蔵は両掌を腿の間に突っこんでうなだれている。

「そんなに死んだかみさんが恋しいのなら、いっそ会いに行ったらどうなの。男らしくもないね、まったく」

みちはこれまで亭主に悪態をついたことなどないのに、このときばかりは大声を出した。怒っているうちに、こういうことが二度、三度とあったことに気づいたせいもある。外から帰ってくると、亭主が入口の戸をあけてばたばたと団扇《うちわ》を使っていたことがあったのだ。暑い時期だから気づかなかった。うかつだった。

「どこへ行くんだい」

みちが部屋の隅の葛籠《つづら》をあけて着換えをはじめると、

富蔵が顔を上げて言った。さっきまでの悄然《しょうぜん》とした顔いろは消えて、いまは不安そうな表情に変っている。

「どこだっていいでしょ。あたしがいない間に、また先《せん》のかみさんとしんみりと話でもしてたら」

「出て行くのか」

みちは返事をしなかった。実際どうしようかと迷っていた。この家に未練はないとも思った。富蔵は戸の外まで追っかけてきた。

「飯をどうすんだ」

「知らないよ」

とみちは言った。振り返りもせずに木戸を出た。


あの男、いまは神田室町の乾物問屋徳丸屋信兵衛と、素姓も名前もわかった男と出会ったのは、富蔵との間にそんなことがあった当日のことだった。

東海道品川宿はつぎの川崎宿にむかって北の方から歩行《かち》新宿、北品川、品川にかかる橋をわたって南品川という順序でつづいている。そして南品川に入るとすぐ、一丁目から左に、ということは品川の河口に沿って海ぎわにということになるが、そこに出島がある。品川の洲崎と呼ばれる場所がここで、品川の流れはこの洲崎と北品川の間を通って海に出る。

洲崎は猟師町《りょうし》と呼ばれて、四、五十軒の漁師の家がある。歩行新宿、品川北本宿、品川南本宿の旅籠《はたご》あわせて百軒弱、内実は遊女である飯盛り女五百人、ほかに芸妓置屋、引手茶屋でにぎわう東海道への出口、江戸の入口である品川宿のにぎわいにくらべると、猟師町は宿のにぎわいから取り残されたような閑寂な場所である。

その猟師町の西側、蛇行して急に北に曲る品川に沿ったところに、寄木大明神というあまりぱっとしない神社名ながら、多少人に知られた社《やしろ》がある。大むかし日本武尊《やまとたけるのみこと》が妃の弟橘媛《おとたちばなひめ》をともなって海上をわたっていたときにはげしい嵐に巻きこまれて、船が難破寸前という状態に陥ったとき、媛がみずから身を海に投じて海神の怒りを鎮めた。そのときに破損した船板の一部がこの浦に漂着したので、浦のひとびとが媛を憐れんでその霊を祀《まつ》ったのが寄木大明神であるという言い伝えがあった。

この洲崎を別名兜《かぶと》島と呼ぶこともあるのは、さきの言い伝えを聞いた源義家が奥羽の戦乱を鎮めて帰る途中、寄木大明神に立ち寄って兜を奉納したからだと言われる。

みちが信兵衛と出会ったのは、この明神さまの境内をぶらついていたときだった。深川小松町に家がある女房が、何でこんな辺鄙《へんぴ》な場所をうろついているかといえば、ここ南品川には叔父夫婦の家があり、ついでに言うとみちは赤ん坊のときに両親をはやり病いで失い、叔父夫婦に育てられたのである。

みちは十二の齢に、世話をするひとがいて深川門前仲町の松葉屋に奉公に上がった。叔父は寿司桶、手桶、小桶などをつくる小物桶屋で、場所柄もあって注文はそこそこにあったがなにしろ子供が多かった。十二のみちを頭に四人の子供がいるのに、叔母のせいはやくも五人目の子供を腹に抱いていた。働いても働いても貧乏と縁が切れない。

「十二のおまえを奉公に出したくはないけれども、ほら、叔父さんも暮らしが大変だから。わかってくれるね」

松葉屋のひとたちに、ひれ伏さんばかりにおじぎをくりかえして門まで出ると、叔母は送ってきたみちにそう言った。

血のつながる叔父よりも、他人の叔母の方が情が濃く、あんまり辛いときはいつでも帰っておいでとつけ加えたときには叔母はみるみる泣き顔になってぽろぽろと涙をこぼした。下うつむいて、重い足どりで馬場通りを遠ざかる小柄な叔母を見送って、自分も門の陰にかくれて泣いたことをみちは忘れない。

よろこぶことがあるにつけ、悲しいことがあるにつけ、みちは深川からはいささか遠い場所にある叔父の家にきた。そして胸にあることを話してしまうと気持が晴ればれとするのだった。だから今日も叔母にひと通り亭主の悪口を聞いてもらい、遅い昼飯を馳走になったあとは、いつもするように一分銀二つの小遣いを叔母にわたして帰途についたのだが、いったん重く塞《ふさ》いだ胸はいつものようには晴れなかった。そこで、子供のころによく友だちと遊んだ寄木大明神の境内にきて、丈高い松や榎《えのき》の葉が茂る場所を歩き回っていたのである。

品川の対岸にある品川北本宿は、夜になれば煌煌《こうこう》と灯がともり、三味線や歌舞の音が灯が映る川面をわたって聞こえてくるのだが、いまは横町のあたりにいそがしげに立ち働くひとの姿は見えるものの、まだ静かだった。

季節は初夏というにはまだ少し早い春の終りごろで、榎、欅《けやき》、えごのきなどの新葉にまじって、桜が一本遅い花を咲かせている。あたたかい日差しが、松や榎の枝葉の間から地面を斑《まだら》に染め、時おり漁師の家の間から江戸湾内の遠い波音が聞こえてくる。そういう静かなたたずまいに心を惹かれてか、境内にはゆっくりと動き回っている数人の人影が見えた。

——そろそろ帰ろうか。

とみちは思い、足を洲崎の出口の方にむけた。亭主の富蔵に対しては、まだ腹に据えかねるものがあるが、帰る家といえばやはり深川小松町の、蛞蝓が這い回っているあの長屋しかない。みちはそのことをかすかにいまいましく思った。

そのとき数歩先を歩いていた男が、物を落としたのを見た。うしろに小憎らしい風呂敷包みを背負った子供がついているのに、その子はあち見こち見、顔はあさっての方を向いているので気づかない様子である。

「もし」

とみちは背の高い男に声をかけた。拾い上げた物は、袂落《たもとお》としと呼ばれる煙草入れである。それも革細工で、留金も銀のりっぱなものだった。

「これが落ちましたけど」

近寄りながらみちが手に掲げた物を見て、男は懐をさぐり、つぎに狼狽《ろうばい》した様子でいそいでもどってきた。これはこれはと男は言った。

「大事の品を無くすところでした。ありがとう存じました」

男は引きしまった風貌に似げないやわらかい口調でそう言い、何度も頭を下げて煙草入れを受けとった。齢はまだ四十にはなっていないだろう。目にも艶《つや》のいい顔いろにも、男盛りの自信がおのずとにじみ出ているような中年男だったが、口の利《き》きかたから推して商人だろう、それもかなりの店の主人か、とみちは見当をつけた。長い間大きな料理茶屋に奉公したので、みちはこのたぐいの人物鑑定には自信があって、めったに間違わない。

礼を言って背をむけた男は、かなり先に行ってから何を思ったかまた遅れて歩いているみちの前に引き返してきた。

「失礼ですが、おいそぎですか」

「いいえ。ごらんのとおりひまつぶしをしていたところです」

「それならば……」

お礼というほどのことでもないが、そのあたりで茶を一服さし上げたいが、いかがでしょうと、男は自分の申し出のためにみちが鳥が飛び立つように逃げ去るのを懸念するような、おそるおそるといった感じの口ぶりで言った。

みちは承知した。どうせすぐには家にはもどりたくない気分でいたところである。見知らぬ男とお茶を飲んで少少の刻《とき》をつぶすのも一興だろうと思ったのである。こういうところに、もと料理茶屋の座敷女中の地が出る。男はこわくない。

——それに、べつに怪しげな男でもなさそうだし。

そう思いながら、みちは男のうしろについて品川の流れにかかる中の橋を品川北本宿にわたった。橋を降りると男はすぐに右側の横町に曲った。北本宿一丁目と二丁目の境にある道で、以前この横町に宿の本陣があったので、陣屋横町という通称で呼ばれる通りである。

男が案内したのは、言った通りの茶屋だった。ただしただの水茶屋ではなく、奥には男と女が差しむかいで酒を飲む部屋がある。それだけでなく飲んだあとで男と女は何かたのしいことをするのだという。土地っ子であるみちは、友だちの女の子たちと一緒に、男の子が聞かせるそういう話を聞いて顔を赤らめ、顔を見合わせてくすくす笑ったものだった。たのしいことの中身はわからなかったが、何かしら罪の匂いがする、そしてそれにもかかわらず気持がいいものであるらしいことは漠然と予想出来たのである。

だがみちを茶屋に誘った男は、たのしいことをする気などはなさそうだった。熱い茶と上等の蕎麦《そば》まんじゅうでみちをもてなした。二階の部屋からは洲崎越しに海が見え、時おり日にあたためられた海風が入ってくる。

「これをちょっとごらんください」

男はさっきみちが拾ってやった煙草入れをわたして、小さな二つの留金を指さした。双方の身体が近づいたので、みちは突然に男くさい匂いに包まれた。

「鯉ですよ。おわかりですか」

みちは目を凝らした。爪の先ほどの銀の留金に、手彫りで躍動する鯉が彫ってある。しかも鯉はひとつの留金に一尾ずつ、尾をはね上げた形に彫ってあるので、二つの留金で二尾の鯉がむき合うようになっている。

見事な細工だった。

「ごりっぱな細工ですこと」

みちがおっとりした口調で言うと、男は満足そうにうなずいた。

「亡くなった祖父の形見でしてね。無くしてはならない品なのです。本当は一席設けてお礼を言わなきゃならないところです」

男の口調はあくまで丁寧だった。松葉屋では着物の着つけ、口の利き方のしつけがことにきびしかった。男が目の前のみちを見て、相当の商家の人妻とでも思っているらしいことはまず間違いがなかった。化の皮が剝《は》げないうちに退散しようと、みちはお茶を馳走になった礼を言って、先に茶屋を出た。

男は引きとめなかったが、茶屋に入る前に何か言いふくめて小僧を帰したところをみると、一席設けてというのは案外本音だったかも知れない、とみちは思った。くわばら、くわばらとみちは思ったが、少し残念なような気もした。あんな地位も金もありそうで、貫禄までそなわった中年男にちやほやされる機会などめったにあるものではない。家で腹をすかして待っているだろう貧相な亭主のことを考えると、よけいにそう思われた。

――それにしても……。

とふと思ったのは、高輪の大木戸を過ぎてからである。あのひとは自分も名乗らなければ、こっちの住みかも名前も聞かなかったねえ、不思議なひともいるものだとみちは思った。

ほんの少し気味のわるい感じもしたが、しかしあの人品骨柄で大泥棒ということもあるまいし、相手はひとの女房であるみちの立場を思いやって、聞きたいことも遠慮したということに過ぎまい。そう考えると気分はそれでさっぱりした。二度と会うことはないひとだろうから、それでいいのだとも思った。

ところがそれからふた月ほどたったころ、みちは思いがけない場所で洲崎の男と再会したのである。

その日みちは、もとの松葉屋の先輩女中で、みちより先に神田三河町に嫁入っているたねに誘い出されて、浅草の浅草寺にお参りにきていた。ひさしぶりにみちの家に遊びにきたたねは、これから浅草寺にお参りに行かないかと誘った。あまり気はすすまなかったが、ここでは話せない相談ごともあるし、厩《うまや》河岸まで船を奢《おご》るからとまで言われるとことわりきれなくなって、みちは着換えて家を出た。

ところが道みちたねが話した相談ごとというのは、結局金を貸せということだった。たねの夫は下り塩の仲買い商人で、松葉屋に客できていたころは大層な羽振りだった。そのころ、齢は三十になるやならずだったろうから、商才に長《た》けたやり手だったのだろう。女中たちにわたす心づけも、目を剝《む》くほどに多かった。だから、見込まれて仲買いのおかみにおさまったたねは、同僚たちに大いにうらやましがられたものである。

だが長次郎というたねの亭主は、二年ほど前に商いの見通しを誤り、莫大な借金をかかえることになった。みちはたねと仲がよくて、所帯を持ってからもときどき行ききしていたので、その話は聞いていたが、商いに借金はつきものである。いずれはどこからか金を工面して、最初の借金の補いをつけることになるだろうと思い、まさかいまごろになって、その話が自分にふりかかってくるとは夢にも思っていなかったのだ。

浅草寺の本堂の伽藍《がらん》の前で、みちは立ちどまった。

「おたねさん、あんたあたしの家の暮らしを見たでしょ。大人二人かつかつ喰って行くのが精一杯なんだから。どこにあんたに貸す金があるのよ」

「あるじゃないのさ」

とたねはすわったような目で、みちをじっと見た。

「あんたがこっそりとお金をためていたのを、あたしが知らないとでも思ってるの。三十両？　それとも五十両？　ご亭主には内緒でかなり持っているはずだわ。そのお金を貸してよ。かならず返すから」

「やめて」

みちは背筋にぞっと寒けが走るのを感じながら言った。

「そんな口約束を信用すると思ってるの。あたしを甘くみないで。おねがいだから」

たねはそれでもまだ動かない目をじっとみちに据えていたが、不意に顔をそむけて言った。

「そう固いことを言われちゃしようがないわ。どれ、この先の馬道に知り合いがいるから、そっちをあたってみようかね」

あーあ、舟賃を一人前損したよ、聞こえよがしに言い捨てると、たねはみちを見向きもしないで雑踏をかきわけ、境内の外に逸れて行った。

行きかう参詣《さんけい》人と、観音堂裏の奥山に行く行楽の客の流れの中で、みちは小さく身体をふるわせて立っていた。恐怖と安堵《あんど》の思いが身体の中を駆けめぐって、すぐには歩き出す気になれなかった。

恐怖は、もの静かで手落ちのない口を利くたね、みちが持ちかける相談ごとをいつでもおだやかに親身に聞きとり、時にはみちを意地のわるい先輩女中からかばってくれた仲よしのたねが、知らないひとを見るような目でみちを見ながら、まるでこちらの懐の中をのぞいたような口を利いたことからきていた。

――あたしを見ていたのではない。あたしが持っている金を見ていたのだ。

とみちは思った。気味わるさはそこからきていた。蛇に見つめられたようなざわつくような感触が残っている。女は亭主次第であんなふうに変るのだろうか。それともあれがもともとのたねの本性だったのだろうか。そして、たねはほんとにあたしの金をあきらめたのだろうか。

通りすがりに誰かがぶつかって行ったので、みちは大きくよろめいた。そのとき男の声がした。

「どうしましたか、そこのご新造さん」

みちは振りむいた。横の方に品川の洲崎で出会った男が立っていた。男は今日は一人だった。みちの顔を見ると満面に笑いをうかべながら近づいてきた。

「やっぱりあんたでしたか。どうもそうじゃないかと思って、さっきから見ていたところです」

あの節はどうも、と言って男は頭を下げた。大きな安堵がみちをつつんだ。そして今度はそのために身体がふらりと揺れたが、すばやくそばにきた男が力強い腕で抱きとるようにしてみちの身体をささえた。

「これはおどろいた、顔いろが真青ですよ。ぐあいでもわるくなりましたかな。え？　そうではない？　痛むところはないのですな」

男はみちの肩を半ば抱えるようにしながら言った。

「それじゃ軽いめまいでしょう。頭の血がさがるとこんなふうになることがあります。よし、よし、とりあえずそのへんでひと休みしましょうか」

ひと休みというからには、仁王門前の茶屋町のあたりでこの前のように茶でも馳走してくれるのかと思ったら、男はみちの腕を取ってどんどん先に進み、雷門を出て東仲町の町筋に入って行った。そして一軒の料理屋に上がった。部屋がいくつもある奥深い家だった。

「こういうときは軽く一杯やるのが一番の薬としたものです。そしてちょっと休めば、なに、すぐに元気になりますよ」

男は快活にいい、酒と肴《さかな》をはこんできた女中が去ると、さっそくみちに盃を持たせ、酒を注いだ。みちはまだ夢のつづきを見ているような気分のままひと息に盃を干した。

奥に入れば入るほど部屋数が多い造りのせいだろう。家の中はうす暗くて、まだそんな時刻とは思えないのに、女中は部屋を出て行くときに行燈《あんどん》に灯をいれて行った。多分そのせいで、男と二人きりの部屋にはなまめかしい夜の気配がただよい、みちはすすめられるままに盃をあけた。そして気がついたときには、男と二人で隣の部屋に用意されていた夜具の中にいた。

二人はその日をいれて三度、東仲町奥にあるその家で密会し、四度目からは二人が最初に出会った品川北本宿の茶屋の奥で会うようにした。月に一度の約束で会った三回目の密会のあと、連れ立って料理屋を出たとき、親しげに男に声をかけた人間がいた。

ひと目で裕福な商人とわかる羽織姿の老人だったが、声をかけられた男の狼狽ぶりは見るにしのびないほどのものだった。男は先方が聞きもしないのに、みちを取引き先の内儀だと紹介し、大きな取引き話がまとまったので料理屋でもてなしていま帰るところだと、しどろもどろに弁解した。相手はうす笑いの顔で聞いていたが、表情には男の弁解を少しも信じていないいろがうかんでいた。

「同業のお偉方のじいさんだ」

男はそう言い、離れて行く老人を見送りながらさかんに汗を拭いた。そういう事件があったあと、二人は河岸を品川に移したのである。

老人に見つかったのが七月末のことで、その翌月から年末の閏月《うるうづき》をいれて今年の二月まで、二人はそのあと八回も品川で密会をくりかえしたことになる。だが男は今年の三月末の約束の日に、突然みちに待ちぼけを喰わせ、それっきり消息を絶った。

最後まで名前も身分も名乗らなかったので、地にもぐったも同然、さがしようもなかった。もっとも女にさがす気があればの話である。みちにその気がなかったことは、前に言ったとおりである。ただし、一言のことわりもなしに鼬《いたち》の道を決めこんだ男に不信感が残ったのは否めなかった。

——でもね……。

永代橋をわたりきったところで、みちは下うつむい

「知り合いの家かね」

と老人が言った。

「ええ、ここのおかみさんの友だちです。それでたずねてきたのですけど」

「ああ、おたねさんの友だちか」

「この家建て替えるんですか」

「いいや」

と老人は首を振った。

「建て替えには違いないが、ここのご主人が商いに詰まって首をくくったものでね。家主さんが縁起でもないというのですっかり建て替えることにしたようだねえ」

「首をくくったって、あの、長次郎というひとのことですか」

「そう。塩の仲買いでひところはずいぶん儲けたひとだけどね。いつごろからか、商いが傾いたようだったな。あたしらのような商売と違って、仲買いは先を読めないとうまくいかない商いらしいから」

「あの、おたねさん、いまどこにいるかわかりませんか?」

「さあて」


てくくっと笑った。わたくし、若くてきれいなかみさんをもらうもんで、つき合いはこのへんで終いにしてくださいとは言いにくかったろうさと思った。

日が少し西に回ったせいで、長屋の狭い路地にほんの少し日が差しこんでいる。疲れた足をひきずって、みちが家の戸をあけると、金床の上に胸をかぶせて仕事をしていた富蔵が頭を上げた。

「腹へった」

と富蔵がひとこと言った。ひとの顔を見れば飯のことしか言わないんだから、とみちはまたかっとしたが、帰ってきた女房を見て子供のように喜色を露わにしている亭主を見ると、怒りはすぐにしぼんだ。


たねの家があった三河町のその場所は、板切れひとつ残さずきれいに整地されていた。表店がならぶ通りのここだけが櫛《くし》の歯が一本欠けたように、うつろに暗い。力のない初冬の日差しがその空地の一隅を照らしていた。

みちがあまりに動かないので気になったのか、隣の履物屋からひとが出てきた。六十年配の髪のうすい老人である。店の主人かも知れない。

老人は首をかしげた。

「行方知れずと言われているね。だいぶ前から店を閉めていたから、いつごろこの家を出て行ったかは、このへんのひとも誰も知らない」

はかないことを聞いたという気がした。すると、あのときは留守だとばかり思って引き返したが、そうではなくてもう店を閉めたあとだったのだと、老人に礼を言ってその場をはなれながらみちは思った。

あのときというのは、室町の大通りで徳丸屋信兵衛と若い女房を見かけた日のことである。浅草寺の境内であいう別れ方をしたものの、そのあとみちは心の隅にいつもたねのことがひっかかって気に病んでいた。ぴしゃりとことわらずに、五両ぐらいの金なら貸してもいいと言えばよかったかと気弱に思うこともあった。あの日も、その後どうしているか、金策はうまく行ったかと、それとなく様子を聞くつもりで出かけたのである。だがたねの家はぴったりと戸が締まり、森閑としていた。戸を叩いてみたが、返事はなかったのだ。

みちはたねの家があった場所を振りむいてみた。通りの家家はことごとく日があたり、光は弱いながらあたたかそうに見える。たねの家があった場所だけが、隣の二階家の影に覆《おお》われて、夜のように暗いのが見えた。

みちは行方知れずになったたねのことを考え、くらい気持を抱いて永富町から新石町とつづく道をたどり、鍛冶《かじ》町で大通りに出た。さっき、たねの家をたずねる前は、ついでに室町の徳丸屋をのぞいて、不実といえば不実な、あの調子のいい男をびっくりさせてやろうかと思っていたのだが、いまはそんな気も失《う》せていた。

ただ、みちは帰りにこの前はひやかして終った小間物屋で、白粉を買って帰るつもりだった。料理茶屋勤めの習慣で、たとえ安物でもうすく白粉を使わないと気が済まない。その白粉が切れていた。

「もうおいでにならないかと思ってあきらめていましたですよ」

色の黒い小間物屋の主人は、みちが白粉をと言うと大よろこびでそう言った。忘れもせずに、みちをおぼえていた。

そして金を受けとると、心安だてに教えるという口調で、みちにささやいた。

「徳丸屋さん、子供が生まれますよ。大よろこびだそうです。はい」

「まあ、そうなの」

みちはおっとりと言ったが、急に腹の中が煮えくり返った。なにさ、ずいぶんいい気なもんじゃないの、と思った。

みちはずんずん歩いて、そこから見えている徳丸屋に行くと店の中に入った。お客さま、何をさし上げましょうかと番頭だか手代だかが言ったが、みちは見向きもせずに立ったまま、奥の帳場に坐っている信兵衛を見つめた。小僧がそばにきて、こちらにかけませんですかと袖を引いたが、みちはその手を払いのけた。店にいる数人の客も、話をやめて呆然とみちを見ている。

突然に徳丸屋の店の内は静寂につつまれた。それに気づいたらしく、信兵衛が顔を上げた。そして店の入口に立っているみちを見ると、たちまち狼狽した顔になった。それだけではなく急に帳場の中に立ち上がると、うろうろと履物をさがしている。

信兵衛は履物を突っかけた。だが、足もとがもつれて二度、三度と危うく倒れそうになった。ようやく体勢を立て直してみちを見たとき、みちの中に不意に本来の陽気な気分が気泡のようにうかび上がってきた。信兵衛にむかって、みちは科《しな》をつくってにっこり笑いかけた。そして振りむきもせず店を出た。うしろに店の者たちの騒然とした罵《のの》り声が聞こえた。

永代橋は暮れかけていた。川は流れの中ほどまで河岸の家家の影に覆われ、わずかにみちがむかって行く方角の流れが赤らんで揺れている。橋をわたってくる人の顔は沈む日をうけてうす赤く染まり、みちのうしろにつづくひとびとの顔は青ざめて見える。対岸の佐賀町の蔵の白壁だけがまだ赤かった。一日が終るところだった。

——亭主が……。

腹をすかして待っているだろう、とみちは思った。はじめて富蔵にやさしい気持が動き、このへんがあたしらの相場じゃないの、と思った。それに、がんばってたねに金を貸さなかったから、表店に移る金は手つかずで残っている。そのころまでには、いくら甲斐性なしの亭主でも簪一本ぐらいはつくってくれるだろう。みちはかすかな幸福感につつまれて、帰りの足を動かしている。

最後の六枚

解説　向井敏

一

慶長五年（一六〇〇）、東軍が関ヶ原の役を制し、徳川家康による天下一統の形勢が定まった。役後、去就のさだかでなかった諸藩が相次いで家康の軍門に降るなか、遠く東北の地にあってひとり楯つくことをやめなかった会津藩百二十万石もついに大勢に屈し、同年暮れ、藩主上杉景勝は謝罪使を上洛させて、正式に家康に降服を申し入れた。明けて慶長六年には景勝自身が腹心の直江兼続《かねつぐ》とともに伏見におもむき、同年八月十七日、領国を召し上げて、そのうちの米沢三郡三十万石に封じる旨の沙汰を受けることになる。

藤沢周平は、戦国の雄上杉謙信のあとを継いだ景勝と、その重臣で名将として聞えた直江兼続を主役に、信長、秀吉、家康と張り合った上杉家の来歴を描いた長篇『密謀』（初刊昭和五十七年、毎日新聞社）の末尾で、この武門の名家が心ならずも矛をおさめた次第を語ったのち、こう記して物語を閉じた。

戦国の世からつづいた、上杉の長い戦《いくさ》が、その日に終わったのである。

刀槍をもってする戦いは終った、かろうじて謙信以来の家名を残すこともできた、しかしその直後から、上杉家はもっと手ごわい敵を相手に、悪戦苦闘しなくてはならなくなる。それも、二百数十年の長きにわたって。藩財政の窮迫、手っとり早くいえば、貧乏神との戦いである。

なにしろ、百二十万石もの大藩が一挙に三十万石に減封され、しかも謙信時代からの譜代家臣団五千人と、その眷属およそ三万人を抱えたままというのだから、これでは藩の財政が保《も》つわけがない。三十万石ならまだしも、米沢移封から六十余年を経た寛文四年（一六六四）、四代藩主綱勝が嗣子を定めることなく急死したため、十五万石に減知されるという大事が起きる。当時の幕法では大名が嗣子なくして死亡したときは改易という定めだったのを、藩の重職たちが八方手をつくし、半知の削減で切り抜けはしたものの、以来、この藩は会津藩時代と同じだけの家臣団を八分の一の石高で養うという難題を背負いつづけることになった。

多すぎる家臣団に加えて、幕命による数次の国役、宝暦五年（一七五五）の大凶作をはじめとするたびたびの不作、藩政をかえりみない歴代藩主の浪費などが相重なって、各地の富商から借り入れた急場しのぎの負債がかさみ、やがて年々の返済金だけで四万両、藩の歳入額をこえるにいたる。その穴埋めのために、家中に対しては禄米の削減、領民に対しては年貢の増徴がしきりにおこなわれた。禄米の削減についていえば、米沢移封のときに三分の一、十五万石減知のときにそのまた二分の一に減らされたうえ、さらにその半ばを藩に借り上げられ、それでも足りずに、人頭税に当る人別銭《にんべつせん》を再三取り立てられるというありさま。

貧にあえいだのは、なにも米沢藩の士卒や領民に限らない。元禄のころから、諸藩は軒なみ財政難に苦しみ、禄米借り上げなどはほとんど慣例化していた。領民の作った米に年貢をかけて藩運営の費用をまかなうという米作中心の財政の仕組みが、流通経済の滲透という時代の流れのなかで成り立たなくなってきたことに由来すると経済史家は説くのだが、それにしても、米沢藩の貧しさは格別だった。時代の趨勢も何も、この藩の置かれていた経済的な立地条件があまりにも悪かったのだ。

藤沢周平の遺作『漆の実のみのる国』（初刊平成九年、文藝春秋）は、いえば、米沢藩に取り憑《つ》いた貧乏神と、のちに鷹山と号した九代藩主上杉治憲《はるのり》との、いつ果てるとも知れぬ戦いの物語である。

二

治憲は幼名を直丸といい、日向高鍋藩三万石の秋月家から八代米沢藩主上杉重定の養子に迎えられ、藩の世子としての訓育を受けたのち、明和四年（一七六七）、十七歳で破産に瀕した上杉家の家督を継いだ。

物語はその治憲がまだ十二の少年だったころ、江戸の上屋敷で素読師範の藁科《わらしな》松柏に、領国が人別銭という悪税を課さざるを得ないほどの窮境にあることを教えられ、「それでは家中、領民があまりにあわれである」と涙したという逸話からはじまる。

この逸話をよくある名君伝説と見る人もいるかもしれないが、そこまでシニカルになることはないだろう。藩政は家臣に任せっきりで、民情になど目もくれないのがふつうだった諸侯のなかで、治憲ほど領国経営にみずから心を砕き、民意民情を汲むことにつとめた人物は珍しい。しかも、家中や領民をあわれんだ少年時の素志は終生変らず、天明五年（一七八五）、養父重定の実子治広に家督を譲るに当っては、家訓ともいうべき「伝国の辞」三ヶ条をしたためて新藩主に手渡している。こういうのである（文中、「国家」は藩を、「君」は藩主をさす）。

一、国家は、先祖より子孫へ伝候国家にして、我私すべきものには無《これなく》レ之候、
一、人民は国家に属したる人民にして、我私すべき物には無レ之候、
一、国家人民の為に立《たて》たる君にて、君の為に立たる国家人民には無レ之候、

しかし、志がいかに高く、心ばえがいかに優しくとも、それで逼迫《ひっぱく》した藩の財政が好転するわけのものではなかった。藩主の座についてまもなく、治憲は大倹令を発し、みずから率先して諸事節約につとめはしたが、その程度のことでは骨がらみの貧乏は小ゆるぎもしなかった。

藩財政を根本的に建て直すには新たに殖産事業を興すしかない。やがて治憲はそう心を決め、執政の竹俣《たけのまた》当綱《まさつな》、軽輩から立身してのちに中老になった莅戸《のぞき》善政《よしまさ》の二人の有能な家臣とともに、二度にわたって貧乏征伐の軍を起すことになる。

まず、竹俣当綱の立案した三百万本植樹計画。漆、桑、楮《こうぞ》それぞれ百万本を領内一円に植え、十年後に漆の実から採れる木蠟《もくろう》、桑による養蚕、楮による製紙の三つの事業で、年々十六万石相当の利益を得ようという計画である。もう一つは莅戸善政の建議した「十六年組立て」。こちらは「改革すべき項目を十六段階に分け、一年に一項目を実施してその上に新規の事業を積み上げていく」という息の長い計画だった。

けれども、この作戦ははかばかしい成果を見るにいたらなかった。植樹計画ははじまってから七年を経た天明二年（一七八二）になっても、計画の半ばにも達していなかったうえ、中軸になる漆蠟は西国諸藩の生産する質のいい櫨《はぜ》蠟に押されて売れにくくなっていたし、「十六年組立て」も遅々として進まず、治憲の在世中にできたことといえば、藩外の金主からの借財をほぼ返済し、家臣から借り上げた米と銀のうち銀だけを返したにとどまる。

三

貧乏征伐がうまくいかなかったのは、治憲主従の作戦がかならずしも誤っていたからではない。さきにも触れたが、それは米沢藩の置かれていた地理的経済的な立地条件があまりにも悪く、もともと勝ち目のない戦いだったというしかない。

かつて司馬遼太郎は歴史紀行「街道をゆく」シリーズの一篇『羽州街道』（初刊昭和五十三年、朝日新聞社）で、関ヶ原の役後、ともに封地を大幅に削られた米沢藩上杉家と、長州藩毛利家のその後の国力のへだたりを、両家の立地条件の違いから説いてみせたことがある。豊臣政権下で山陽山陰十カ国百二十万五千石を領していた毛利家も、関ヶ原の戦後処分で防長二州三十六万九千石に減封された。上杉家と同じく、大人数の家臣団をかかえたままで。ただし、その後が違った。司馬遼太郎はつづけて言う。

以後、百年ほどのあいだ、毛利家は士卒もろとも極度に窮乏し、徳川氏への恨みをひそかに充塡しつづけたが、一方において必死に干拓事業を瀬戸内海にむかってのばし、産業を興し、下関港を中心とする北前船の利益をおさえ、幕末においては米作だけで百万石の獲れ高があるといわれるほどに富裕になった。この経済的実力がこの藩をして倒幕勢力たらしめる最大の条件になったのだが、これとは逆に上杉家は江戸期を通じて破産寸前の状態をつづけた。このことは、瀬戸内海岸の生産と商業にめぐまれた場所にあった長州藩と、雪ぶかい東北米沢盆地（置《おき》賜《たま》盆地）にとじこめられていた上杉藩との立地条件のちがいであろう。

貧しさと縁が切れない。治憲は領国がそういう難儀な土地柄であることをもとより承知していたろう。腹心というよりは同志の一人、竹俣当綱は賽の河原で石を積むような、積んでは鬼がやってきてこわしてしまうような、果てしもなく甲斐もない財政建て直しに疲れて去っていったが、治憲はそうした当綱の胸の内もよくわかっていたろう。それでも、彼はくじけなかった。何度もくりかえすようだが、領国の窮状に涙して、「それでは家中、領民があまりにあわれである」と言った少年直丸の心優しさをついぞ失うことがなかった。

思うに、治憲は藤沢周平の最も好きな型の人物だった。だからこそ、治憲を主役とする物語を二度も書いたのではあるまいか。二度というのは、ずっと早い時期に中篇『幻にあらず』（初出「別冊小説新潮」昭和五十一年冬季号）で、治憲主従による藩政改革の次第をすでに扱っているからだ。

『幻にあらず』は独立した小説の形をとってはいるものの、元来は治憲の生涯とその仕事のすべてを描くつもりでいたそうだから、その意味では未完に終った作品である。それから十七年ののち、その始末をつけようと、想をあらたにして起稿され、「文藝春秋」誌上に平成五年一月号から三年余にわたって連載されたのが、ほかならぬ『漆の実のみのる国』。しかしじつはこちらのほうも構想通りの形では完結を見ることができなかった。九分通り書き終えたところで（本文の章立てでいえば三十六章まで）、作者自身が病に倒れ、翌九年一月二十六日に他界、ついに書き継がれることなく終ったからである。せっかくの大作を中断しなければならなくなった作者の無念はいかばかりか。

ところが、没後、思いがけないことが起きた。作者はさしあたって連載最終回分に当る原稿を病床で書きあげ、万一のことを考えて編集者に手渡していたというのである。ただし、その量は四百字詰原稿用紙にしてわずか六枚（「文藝春秋」平成九年三月号に遺稿として掲載）。それがまた驚いたことに、その六枚のなかで、既発表分の話柄を巧みに受けて物語がとりまとめられ、大作の幕引きにふさわしく、余韻を豊かに響かせて閉じられていた。もし事情を知らずに通読する読者がいるとしたら、彼はなぜこれが未完なのだといぶかしむにちがいない。

第二十四巻　初出控

漆の実のみのる国　「文藝春秋」平成五年一月号〜平成九年三月号（休載を含む）
岡安家の犬　「週刊新潮」平成五年七月二二日号
深い霧　「オール讀物」平成五年一二月号
静かな木　「小説新潮」平成六年五月号
野菊守《も》り　「オール讀物」平成六年一二月号
偉丈夫　「小説新潮」平成八年一月号
桐畑に雨のふる日　「別冊文藝春秋」平成六年二〇八号
品川洲崎の男　「別冊文藝春秋」平成八年二一四号

藤沢周平全集 第二十四巻

平成十四年五月三十日 第一刷

著者 藤《ふじ》沢《さわ》周《しゅう》平《へい》

発行者 寺田英視

発行所 株式会社 文藝春秋

東京都千代田区紀尾井町三―二三

電話代表(〇三)三二六五―一二一一

印刷 理想社

付物印刷 凸版印刷

製本所 中島製本

製函所 加藤製函

万一落丁乱丁の場合は送料当方負担でお取替え致しますので小社営業部宛お送り下さい。定価は函に表示してあります。

(補巻一・通巻第二十四巻)

ISBN4-16-364440-7 Printed in Japan